Dinah Jefferies

Bis wir uns wiedersehen

Roman

Aus dem Englischen von Angela Koonen

BASTEI
LÜBBE
TASCHENBUCH

BASTEI LÜBBE TASCHENBUCH
Band 17239

Dieser Titel ist auch als E-Book erschienen

Vollständige Taschenbuchausgabe
der bei Lübbe Paperback erschienenen Paperbackausgabe

Titel der englischen Originalausgabe: »The Separation«

Titelillustration: © trevillion Images/Yolande de Kort
Umschlaggestaltung: Kirstin Osenau
Satz: Dörlemann Satz, Lemförde
Gesetzt aus der Bembo von Linotype
Druck und Verarbeitung: CPI books GmbH, Leck-Germany
Printed in Germany
ISBN 978-3-404-17239-9

5 4 3 2 1

Sie finden uns im Internet unter www.luebbe.de
Bitte beachten Sie auch: www.lesejury.de

Für meine Mutter und meine Tochter

PROLOG

England, Weston-super-Mare 1931

Der Mann tauchte den Schwamm in den Wassereimer und führte ihn über die Löwenpfote. Dann zog er aus einer Ledertasche an seiner Hüfte ein Messer, blickte zu der wartenden Menschenmenge und beugte sich schließlich über die Pfote, um behutsam die Krallen zu spitzen.

Das kleine Mädchen, das einen halben Schritt entfernt kauerte, streckte den Arm zur Mähne hin aus und berührte sie mit den Fingerspitzen.

»Nicht!«, rief der Mann und stieß das Mädchen weg. »Noch nicht.«

Einen Moment lang ließ es den Kopf hängen, aber dann blickte es über die Schulter zu der Frau, die beobachtend dabeistand. Das Mädchen lächelte sie schüchtern an und drehte sich wieder um, um weiter gespannt zuzuschauen.

Ein Windstoß wirbelte Sand auf und ließ die Körnchen in der Luft tanzen. Der Mann reagierte schnell und benetzte den Löwen mit Wasser, ehe noch mehr Sand weggefegt würde.

Die Frau schauderte. Ihre rotblonden Haare waren kurz geschnitten und der gepflegten Erscheinung wegen mit der Brennschere onduliert. Sie trug ein hellblaues Kleid mit dunkelblauen Kornblumen am züchtigen Rocksaum und eine dünne weiße Strickjacke gegen kühle Windböen.

Nachdem das Tier fertig und der Bildhauer mit seinem Werk zufrieden war, verbeugte er sich und ging mit dem Hut zwischen den Zuschauern hindurch. Die Frau im blauen Kleid hörte die Münzen klimpern und griff in ihre Handtasche.

Von der Kopfsteinpflasterstraße hinter der Uferpromenade hörte man Pferdegetrappel. Doch konnte das die Aufmerksamkeit der Frau nicht ablenken. Ihre Augen blieben auf das kleine

Mädchen gerichtet, das bei der Skulptur kniete und sich den silbrig-gelben Sand durch die Fäuste rinnen ließ.

Als sich die Zuschauer zerstreuten, wurden die Schreie der Seemöwen und das Wellenrauschen von hellen Hammerschlägen übertönt. Die Frau drehte den Kopf zum Grand Pier, dessen elegantes schmiedeeisernes Gitterwerk vom Feuer verbogen war. Der Duft von Herzmuscheln in Essig wehte ihr in die Nase.

»Hast du Hunger?«, fragte sie das Mädchen.

Die Kleine schüttelte den Kopf. Dabei war ein Zögern, eine Unsicherheit zu spüren, die sich auch in leichtem Erröten zeigte.

»Wie wär's mit einer Lakritzstange?«

Die Frau kniete sich neben sie und neigte sich zu ihr, so nah, dass sie den zarten Duft des Kinderhaars wahrnahm. Langsam und tief sog sie ihn ein und atmete durch die Lippen aus, die nur ganz leicht zitterten. Dann stand sie auf, schüttelte sich den Sand vom Rocksaum und nahm das Mädchen bei der Hand.

»Machen wir ein kleines Wettrennen?«

Nach einem Blickwechsel rannten sie aus Leibeskräften den Strand entlang und wirbelten dabei stolpernd und schlitternd Sand und Muschelschalen auf, bis sie bei der wartenden Nonne anlangten.

Eigentlich war die Nonne nicht gefühllos. Freundlich fasste sie der Frau an die Schulter. Es war eine flüchtige Berührung, um sie zu erinnern, dass der Wechsel sanft verlaufen, Tränen und Gefühle zurückgehalten werden mussten. Das Mädchen legte den Kopf in den Nacken und richtete seine hellbraunen Augen auf die beiden Frauen, dann an ihnen vorbei zu den rotblauen Flaggen an der Promenade, die dem Bogen der sandigen Bucht folgte.

Für die Frau hatte der Tag mit Vorfreude und einem Hochgefühl begonnen. Jetzt war er fast vorbei, und es fiel ihr schwer, die Augen von der kantigen, dünnen Gestalt des Mädchens abzuwenden. Sie strich ihm über die kastanienbraunen Haare, und der Augenblick brannte sich in ihr Gedächtnis ein.

Dem Mädchen sollte es anders ergehen: Seine Erinnerung verblasste und wurde Teil der Vergangenheit, sodass es stets zweifelte, ob es diesen Tag mit dem Löwen und der Frau wirklich erlebt hatte. Immer wieder haschte es später nach Einzelheiten aus einer Zeit, die nicht mehr zurückzuholen war. Es gab nur ein flüchtiges Bild von einem Kleid und einem Lächeln, mehr nicht. Und einen Kummer, den sie auch als Frau noch immer unterdrücken würde.

»Komm«, sagte die Nonne und nahm das Mädchen an die Hand. »Wir müssen jetzt zur Straßenbahn, sonst kommen wir nicht mehr rechtzeitig zum Bahnhof.«

Die Frau im blauen Kleid trat zurück und schaute zu dem goldschimmernden Sandlöwen, den die auflaufende Flut bald wegspülen würde.

I

Malaya 1955

Sie konnten mich unter dem Pfahlhaus nicht sehen. Aber ich belauschte sie heimlich, Mei-Lien, unser Kindermädchen, und meine kleine Schwester Fleur. Ich hörte Sandalen auf der Veranda flappen und Fleurs Schluchzen, als sie davonlief, dann das Knirschen ihrer Schritte auf dem Kiesweg, wo sie ihr altes rosa Kaninchen an den Ohren neben sich herschleifte.

Mei-Lien mit ihrer schrillen Chinesenstimme rief ihr nach: »Du kommst sofort her, Missy. Du machst Kaninchen schmutzig, wenn du es so trägst.«

»Ist mir egal! Ich will nicht weg«, schrie Fleur. »Es gefällt mir hier.«

»Mir auch«, flüsterte ich und schnupperte. Unter dem Haus roch es nach toten Eidechsen und Weberknechten. Aber die machten mir nichts aus.

Hinter meinem erdigen Versteck, am Ende des Gartens, begann das hohe Gras, wo sich niemand hinwagte. Auch davor hatte ich keine Angst.

Wovor ich Angst hatte, war die Abreise.

Später, als die Farbe des Himmels in ein Lavendelblau überging, zeigte Daddy von einem der oberen Balkone aus in diese Richtung. Mit einem Tiger-Bier in der Hand schaute er über den Rasen und die Hügel – nach England.

»Im Januar ist einem nie warm genug«, sagte er zu sich selbst und rieb sich das Kinn. »Es weht ein rauer Wind, bei dem dir die Wangenknochen wehtun. Nicht wie hier. Überhaupt nicht wie hier.«

»Daddy?«

Ich betrachtete sein hageres Gesicht, den großen Adamsapfel und den geraden Mund, der schmal wie ein Strich war. Er schluckte, der Adamsapfel hüpfte, und seine Augen kehrten zu mir und Fleur zurück, als ob ihm gerade einfiel, dass wir auch noch da waren. Er lächelte sonderbar und drückte uns kurz.

»Na kommt, ihr zwei. Kein Grund, so ein jämmerliches Gesicht zu machen. Wir werden in England ein prächtiges Leben haben. Du schaukelst doch gern an Bäumen, nicht, Em?«

Ich nickte. »Ja, aber –«

»Was ist mit dir, Fleur?«, unterbrach er mich. »Da gibt's viele Bäche zum Planschen.«

Fleurs Mundwinkel blieben unten. Ich fing ihren Blick auf und zog ein Gesicht.

»Na komm«, sagte Dad. »Du bist jetzt schon ein großes Mädchen, Emma. Fast zwölf. Gib deiner Schwester ein Beispiel.«

»Aber Daddy«, wollte ich einwenden.

Er ging zur Tür. »Emma, es ist entschieden. Such dir die Bücher aus, die du mitnehmen willst, dann bist du beschäftigt. Entschuldige mich für ein paar Minuten. Komm mit, Fleur.«

»Aber Dad.«

Als er meine Tränen sah, blieb er stehen. »Es wird dir gefallen, falls es das ist, was dir Sorgen macht. Das verspreche ich.«

Mir war schrecklich heiß, und bei dem Gedanken an meine Mutter blieb mir die Luft weg.

Er öffnete die Tür.

»Aber Dad«, rief ich hinter ihm her, als er mit Fleur hinausging. »Warten wir denn nicht auf Mummy?«

2

Lydia stellte ihren staubigen Koffer ab. Draußen auf der Terrasse beim Palisanderbaum lagen die Fahrräder ihrer Töchter.

»Emma, Fleur!«, rief sie. »Mummy ist wieder da.«

Sie trat von der Terrasse, um den Kiesweg hinunterzuschauen, der zu der hohen Wiese führte. Als sich der Himmel verdunkelte, flog ihr ein großer Nachtfalter gegen die Wange. Sie wischte sich den schwarzen Flügelstaub ab, dann huschte sie ins Haus zurück, da es jeden Augenblick anfangen würde zu regnen.

»Alec?«, rief sie. »Ich bin zu Hause.«

Die klaren Gesichtszüge ihres Mannes traten ihr vor Augen, seine Haut, die stark nach Seife vom Chinesenmarkt roch, die hellbraunen Haare, die an den Seiten und am Hinterkopf kurz geschnitten waren. Es kam keine Antwort.

Sie unterdrückte ihre Enttäuschung. Das Haus war zu still. Sie hatte ein Telegramm geschickt, wie er gebeten hatte. Wo war also ihre Familie? Für einen Spaziergang war es zu heiß. Waren sie vielleicht bei den Teichen? Oder hatte Alec die Mädchen zum Tee in den Club mitgenommen?

Sie stieg die Treppe zu ihrem Schlafzimmer hinauf, schaute auf das Foto von Emma und Fleur auf dem Nachttisch, und Liebe wallte warm in ihr auf. Sie hatten ihr gefehlt.

Nachdem sie sich ausgekleidet hatte, strich sie sich durch die schulterlangen kastanienbraunen Haare und schaltete den Ventilator ein. Sie war müde von der Reise und dem Besuch bei einer kranken Freundin, die sie einen Monat lang gepflegt hatte, und brauchte jetzt dringend ein Bad. Als sie die Schranktüren aufzog, hielt sie stirnrunzelnd inne. Dann stockte ihr der

Atem – Alecs Kleider fehlten. Sie warf sich ihren dünnen Kimono über und rannte barfuß ins Zimmer ihrer Töchter.

Jemand hatte den Kleiderschrank offen gelassen. Sie sah sofort, dass er praktisch leer war. Nur ein Paar kurze Hosen lagen unordentlich gefaltet im obersten Fach und zerknülltes Papier in dem darunter. Wo waren all die Kleider hin?

Sie werden doch nicht …?, dachte sie und stockte in der Überlegung. Sie zwang sich, ruhig zu atmen. Genau das wollen sie, die Männer im Dschungel: uns verängstigen. Sie stellte sich vor, was Alec sagen würde. *Kopf hoch. Lass sie nicht siegen.* Aber was soll man anderes empfinden als Angst, wenn sie eine Handgranate auf einen Marktplatz voller Menschen werfen?

Als sie draußen einen Schrei hörte, fuhr sie herum und rannte ans Fenster. Enttäuscht ließ sie die Schultern sinken. Es waren nur die Flughunde, die im Baum hingen.

Eine Hand am Herzen, schob sie die Finger unter das geknitterte Schrankpapier und zog eines von Ems Notizbüchern hervor. Vielleicht fände sich darin ein Hinweis. Sie setzte sich auf die Truhe aus Kampferholz, atmete den vertrauten, beruhigenden Geruch ein und drückte das Notizbuch an sich. Nach einem tiefen Atemzug schlug sie es auf und las.

Die Matriarchin ist eine fette Dame mit schwabbeligem Hals. Sie heißt Harriet Parrot. Sie hat Rosinenaugen und eine fettig glänzende Nase, was sie mit Puder kaschieren möchte. Sie gleitet auf kleinen Füßen in chinesischen Pantoffeln dahin, aber die sieht man unter ihren langen Röcken kaum.

Harriet. Waren sie zu Harriet gegangen?

Sie stutzte und griff nach der Truhenkante, weil ihr plötzlich schwindelig wurde. Heiße Panik stieg in ihr auf. Es fehlten zu viele Sachen. Eine Nachricht. Natürlich. Er hatte sicher irgendwo einen Zettel hingelegt. Oder den Dienern aufgetragen, ihr etwas auszurichten.

Sie sprang die Treppe hinunter, immer zwei Stufen auf einmal nehmend, und verlor beinahe das Gleichgewicht, als sie über die Kanten glitt. Sie rannte durch die Räume im Parterre:

Wohnzimmer, Küche, Spülküche, dann den überdachten Gang entlang zu den Dienstbotenzimmern und den Lagerhäusern. Nur zwei Kisten waren zurückgeblieben. Überall war es dunkel und leer, das Hauspersonal fort. Mei-Liens Schaukelstuhl war nicht mehr da, ebenso die Bettcouch des Kochs. Auch die Werkzeuge des Gärtners fehlten. Sie schaute durch alle Räume – nirgendwo eine Nachricht für sie.

Während sie auf einem Fingernagel kauend in den Regen lauschte, überlegte sie fieberhaft. Bilder ihrer Heimreise drängten sich zwischen ihre Gedanken. Wie sie stundenlang eingezwängt am Zugfenster stand, eine Hand vor der Nase. Der stechende Gestank von Erbrochenem, denn einem indischen Jungen war schlecht geworden. Die fernen Schüsse.

Sie krümmte sich zusammen, bekam kaum Luft. Das konnte nicht sein. Sie war müde. Sicher dachte sie nicht klar genug nach. Es musste eine vernünftige Erklärung geben. Ganz bestimmt. Alec hätte ihr doch eine Nachricht zukommen lassen, wenn sie hätten abreisen müssen. Oder nicht?

Sie drehte sich nach allen Seiten und rief nach ihren Töchtern. Sie schluckte, um nicht zu schluchzen, sah Fleurs Grübchenkinn vor sich, die blauen Augen, die gescheitelten blonden Haare mit der Schleife. Dann fielen ihr die Dschungelnebel ein, in denen zu allem entschlossene Männer lauerten, und ihre schlimmsten Ängste gewannen die Oberhand über jede aufkeimende, auf Vernunft begründete Hoffnung. Unter ihrem Kimono kribbelte der Schweiß, ihre Augen begannen zu brennen, und sie schlug sich die Hand vor den Mund.

Mit zitternden Fingern nahm sie den Telefonhörer ab, um Alecs Chef anzurufen. Er würde wissen, was passiert war und was sie tun sollte.

Dann saß sie mit dem Hörer im Schoß da, während der Schweiß auf ihrer Haut kalt wurde. Über ihr summten die Fliegen, der Ventilator drehte sich surrend, ein Nachtfalter flatterte vorbei. Die Leitung war tot.

3

Im Taxi auf dem Weg zum Hafen konnte ich nicht verstehen, warum Mum nicht rechtzeitig nach Hause gekommen war, obwohl Dad es versprochen hatte.

Am letzten Tag in unserem Haus in Malakka hoffte ich bis zuletzt, dass sie es noch schaffen möge, und lief immer wieder ans Fenster und schaute mir die Augen nach ihr aus.

In Haushaltsdingen war Dad ein hoffnungsloser Fall, und da Mummy nicht da war, um das Packen zu organisieren, tat Mei-Lien es zusammen mit mir. Fleur mit ihren acht Jahren wäre nur ständig im Weg gewesen.

Zuerst nahm ich das rosa Ginghamkleid, das Mum mir für Gesellschaften genäht hatte, und legte es in den Schrankkoffer. Es hatte einen weiten Rock und kleine Puffärmel und war das einzige Kleid, das ich mochte. Ich weinte, als es mir nicht mehr passte und Fleur es bekam.

Dad kam in unser Zimmer. »Ihr werdet solche Kleider nicht brauchen«, sagte er.

»Gibt man in England keine Gesellschaften?«

Er seufzte. »Ich meine nur, dass ihr eure malaiischen Kleider hierlassen sollt. Und wir müssen uns jetzt beeilen.«

»Was passiert damit? Soll ich sie in den Schrank hängen?«

»Nicht nötig. Mei-Lien wird sich darum kümmern.«

»Wie lange bleiben wir denn weg?«

Mein Vater räusperte sich, sagte aber nichts.

Ich gab das Kleid Mei-Lien, die es auf den wachsenden Haufen ausgemusterter Kleidung legte.

»Was ist mit unseren Krönungskleidern?«

Ich hielt das Weiße von Fleur hoch, das mit roter und blauer Borte besetzt war und ihr gar nicht mehr passte.

Dad schüttelte den Kopf, und ich versteckte mein geliebtes Dandy-Krönungsheft hinter dem Rücken. Mit einem goldenen und sechs weißen Pferden auf dem Umschlag war es zu schön, um es zurückzulassen.

»Wo ist Fleur?«

Mei-Lien zeigte nach draußen.

»Rad schlagen, nehme ich an«, sagte Dad. »Ihr beide kommt doch sicher allein zurecht, nicht wahr?«

Ich nickte.

Er war im Begriff hinauszugehen, schaute aber noch einmal auf mein Bett und blieb stehen. »Was hast du da?«

»Ich habe Mummy geschrieben.« Ich nahm den Brief und hielt ihn hoch, damit er ihn sehen konnte.

»Oh«, sagte er mit hochgezogenen Brauen. »Was schreibst du?«

»Nur, wie sehr ich sie vermisse und dass ich mich freue, sie in England wiederzusehen.«

»Gut. Gib ihn mir.«

»Ich wollte ihn auf dem Tisch im Flur liegen lassen.«

Er streckte die Hand aus. »Nicht nötig. Ich kümmere mich darum.«

»Ich wollte es selbst tun.«

»Emma, ich sagte, ich kümmere mich darum.«

Mir blieb nichts anderes übrig, als ihn ihm zu geben.

»Braves Mädchen«, sagte er und wandte sich zum Gehen.

»Daddy, bevor du gehst.« Ich hob Fleurs Kaninchen hoch. »Was ist damit? Soll ich es einpacken, oder wird Fleur es in der Kabine haben wollen?«

»Um Himmels willen«, sagte er. »Ich habe keine Zeit für solche Kinkerlitzchen. Große Veränderungen stehen bevor, Emma, große Veränderungen.«

Ich zog zweifelnd die Stirn kraus. Mir schien, die waren schon eingetreten. Vor über drei Wochen nämlich. Da hatten sie meiner Meinung nach angefangen.

Wir waren auf dem Heimweg von einer Hochzeit, an einem regnerischen dunklen Abend. Bei der Feier tanzte Mum in einem hellgelben Kleid und Krokodillederschuhen mit hohen Absätzen. Mum ist jünger als Dad und wirklich schön. Sie hat eine glatte, helle Haut und hellbraune Augen. Dad tanzte nicht wegen seiner Kriegsverletzung. Allerdings hielt ihn die nicht vom Tennisspielen ab. Im Auto dann rieb sich meine Mutter mit den Fingerspitzen über die Stirn, und da wusste ich, dass er wütend war.

»Fahr langsamer, Alec!«, schrie meine Mutter. »Ich weiß, dass du aufgebracht bist, aber du fährst zu schnell. Es ist nass. Um Himmels willen, sieh dir das viele Wasser an.«

Ich spähte aus dem Fenster. Wir waren am Fuß der Berge, und die Straße schwamm.

Vom Rücksitz aus sah ich die Adern an seinem Hals hervorstehen, und ich bemerkte, wie einer von Mums Eidechsenohrringen herunterfiel, als sie sich hinüberbeugte, um ins Lenkrad zu greifen. Ich wollte es ihr sagen, doch unser Wagen geriet auf die andere Straßenseite. Ohne den Fuß vom Gas zu nehmen, lenkte Dad uns auf die rechte Seite zurück, musste dann aber in einer scharfen Kurve hart bremsen.

Das Auto rutschte über den Straßenrand und blieb im Überschwemmungsgraben neben einem großen Bambusdickicht stecken.

Mutters Stimme überschlug sich. »Herrgott noch mal, Alec. Hast du den Verstand verloren? Schau, was du angerichtet hast.«

Mir war klar, dass wir in Schwierigkeiten steckten, weil Mum sonst nur fluchte, wenn sie dachte, dass wir es nicht hören könnten. Allerdings hatte ich sie auch schon fluchen hören, wenn sie beide zu viel getrunken hatten. Manchmal wiederholte ich die Flüche, flüsterte sie vor mich hin, traute mich, jedes Mal ein bisschen lauter zu werden, und suchte mir Reimwörter dazu.

Mum flehte Dad an. »Lass uns nicht hier zurück. Was, wenn es eine Straßensperre gibt?« Sie klang ängstlich, aber Vater hielt das nicht auf.

»Hier. Die kannst du benutzen, falls nötig«, sagte er und warf ihr eine Pistole auf den Fahrersitz. »Emma, pass auf Fleur auf.«

Sowie er fort war, um Hilfe zu holen, kam es mir vor, als rückte der Dschungel dichter an uns heran, mit tellergroßen Blättern und leuchtenden Augen, die uns von den Zweigen herab anblickten.

Mum drehte sich um und hörte auf zu schluchzen, als ob ihr plötzlich einfiele, dass wir auch im Auto saßen, hinten auf dem Rücksitz, wo unsere nackten Beine am Leder klebten. »Emma, Fleur, alles in Ordnung?«

»Ja, Mummy«, sagten wir beide, Fleur weinerlicher als ich.

»Kein Grund zur Sorge, meine Lieblinge. Daddy geht nur Hilfe holen.« Sie musterte uns hastig und versuchte zu klingen, als wäre alles in Ordnung. Aber ich ahnte, dass es sehr wohl Grund zur Sorge gab. Ich wusste von den Rebellen im Dschungel. Die banden einen an einen Baum und hackten einem den Kopf ab. Den spießten sie dann auf einen Pfahl. Ich kniff die Augen zu, aus Angst, so ein Kopf könnte mich angrinsen.

Mum begann zu summen.

Bald würde es stockdunkel sein, und die Sterne würden aufgehen, dann wäre es besser. Allerdings wusste Mum nicht, dass ich zum Thema Terror im Wachsfigurenmuseum sogar noch Schlimmeres gesehen hatte. Gleich hinter den Schrumpfköpfen gab es eine Abteilung, die für Kinder verboten war. Ich bin sofort wieder rausgegangen, nachdem ich die Wachsfiguren der weißen Frauen und Kinder gesehen hatte. Sie lagen gefesselt am Boden. Ihre rot bemalten Münder waren weit aufgerissen, und auf sie zu fuhr ein Japs auf einer riesigen Dampfwalze, mit der gewöhnlich Asphalt plattgewalzt wird. In diesem Fall wurden aber die Menschen plattgewalzt. Als ich draußen war, musste ich mich in einen Abfalleimer übergeben.

Japaner waren schlimm. Das sagten unsere Eltern. Obwohl die Leute im Dschungel, die sie Rebellen nannten, inzwischen Chinesen waren. Ich verstand das nicht. Unser Kindermädchen war Chinesin, und ich hatte sie gern. Wieso waren vorher die

Japaner schlimm, aber jetzt die Chinesen und von denen auch nur manche? Das war doch nicht einleuchtend.

Unser Auto steckte abseits der Hauptstraße fest, ganz nahe dort, wo die Banditen waren. Und tief im Dschungel gab es Geister, die Kinder fraßen. Das hatte uns unser Gärtner erzählt, der immer einen roten Mund vom Betelkauen hatte.

»Wenn ihr euch jemals im Dschungel verirrt, nehmt euch vor den *hantu hantuan* in Acht«, sagte er und kniff furchterregend die Augen zusammen. Aber der Rat war nutzlos, weil er nie beschrieb, wie sie aussahen.

»Emma, kannst du Arme und Beine bewegen?«, fragte Mum.

Ich zappelte, um zu zeigen, dass es ging.

»Fleur?«

Fleur bewegte die Arme und das linke Bein, aber beim rechten schrie sie auf.

»Der Fuß ist vermutlich verstaucht. Zieh ihr den Schuh aus, bevor der Knöchel dick wird, Emma.«

Ich tat es, obwohl Fleur sich dagegen wehrte. »Ich mag das nicht. Wo ist Daddy?«

Ich sagte ihr, sie müsse leise sein und Daddy sei gegangen, um Hilfe zu holen. Sie schniefte ein bisschen, stöhnte ein paarmal leise und verhielt sich dann ruhig.

Draußen war es still, aber plötzlich hörte man in der Ferne Explosionen.

»Mummy!«, schrien wir gleichzeitig.

»Schsch!«

Der Himmel wurde braun, und weißer Nebel glitt den Hang herab. Wenigstens waren wir nicht richtig in den Bergen. Denn *Ada bukit, ada paya* – wo Berge sind, sind auch Sümpfe. Und von denen konnte man verschluckt werden.

Irgendwann kam Dad mit einem Schützenpanzerwagen zurück, der unterwegs nach Malakka gewesen war. Wir mussten aussteigen, während die Soldaten unser Auto aus dem Graben zogen. Und als wir dann irgendwann endlich ins Bett gingen, war es so spät wie noch nie.

Am nächsten Tag holte nicht Mum uns von der Schule ab, sondern Dad. Sein Gesicht sagte: Ich bin nicht in der Stimmung, um Fragen zu beantworten. Und er ignorierte uns, als wir wissen wollten, wo Mummy war. Er sagte bloß, dass wir nach England reisen würden.

Zu Hause angelangt, stürmten wir die Treppe hinauf, um zu sehen, ob Mum da war. Sie war nicht da. Ich roch das Zitronengras unter unserem Zimmerfenster und dachte an ihr breites Lächeln und ihre welligen Haare. Sie trug sie hochgesteckt mit einer orangefarbenen Paradiesvogelblüte darin, aber bis zum Mittagessen war ihre Frisur immer auseinandergefallen. Und sie sang ständig, sogar gleich nach dem Aufstehen.

»Komm, Em«, sagte Fleur. »Sie ist nicht da. Lass uns nach draußen gehen und spielen.«

Ich schüttelte den Kopf.

Fleur ging Rad schlagen. Ihr Knöchel war in Ordnung. Sie machte immer so ein Theater.

Ich bürstete mir die Haare. Sie sind lockiger als Mums und röter. Wilde Haare nennt Mum sie. Dann tastete ich unter dem Kopfkissen nach meinem Notizbuch. Aber mit ihm kam auch ein Brief zum Vorschein, der an Fleur und mich gerichtet war. Was für ein ulkiger Platz, um einen Brief zu hinterlegen, dachte ich, während ich ihn aufriss.

Meine Lieblinge, las ich.

Suzanne hat heute angerufen. Es tut mir so leid, aber ich muss zu ihr und ihr helfen. Sie hat eine furchtbare Krankheit und ist nicht in der Lage, allein damit fertig zu werden. Ihr Mann Eric soll in einigen Wochen aus Borneo zurückkommen, sodass ich also nicht wesentlich länger dortbleiben muss. Passt auf Euch auf. Seid brav. Daddy und Mei-Lien wissen, was wegen der Schule zu tun ist. Ihr könnt mit dem Bus fahren. Das habt Ihr Euch ja immer gewünscht. Wenn Ihr Hilfe braucht, lasst Mei-Lien bei Cicely oder Harriet Parrott anrufen. Ihre Adressen stehen in dem roten Buch.

Alles Liebe, Mummy.

Ich schob den Brief unter das Kopfkissen, ging nach draußen und versteckte mich unter dem Haus.

Es war unser letzter Tag und mehr als drei Wochen her, seit Mum verreist war. Kurz bevor wir das Haus verließen, um zum Hafen zu fahren, faltete Mei-Lien noch einige nützliche Kleidungsstücke zusammen und packte sie in den Koffer. Hosen, Unterwäsche, ein oder zwei Pullover. Mir war das ziemlich egal. Mein rosa Ginghamkleid lag bei den ausrangierten Sachen, und ich saß auf dem Bett, mit den Gedanken im Holy Infant College, meiner Schule. Sie stand neben einer Reihe Palmen, war weiß gestrichen und hatte angebaute Räume, deren Fenster keine Scheiben hatten, nur Bambusrollos, die während der Unterrichtszeit heruntergelassen und hinterher wieder aufgerollt wurden.

Ich war traurig, weil wir nun nicht mehr dorthin gehen würden. Aber am traurigsten war ich, weil es so aussah, als käme Mum nicht rechtzeitig nach Hause. Und dann würde sie bei ihrer Rückkehr nur ein leeres Haus vorfinden. Ich war froh, dass sie wenigstens meinen Brief haben würde.

Mei-Lien hob meinen Schulkittel hoch. »Willst du ihn behalten?«

Ich sah hin und schüttelte den Kopf. »Macht keinen Sinn.«

»Dein Daddy sagt, wir müssen jetzt zu Ende packen. Nicht träumen. Geh jetzt.«

Ich nahm den Schulkittel, faltete ihn ordentlich und legte ihn auf den Kleiderhaufen. Mums Brief steckte ich in den Koffer, dazu ein gerahmtes Foto von ihr, auf dem sie die hellbraunen Augen lachend zusammenkniff. Zuletzt packte ich Fleurs rosa Kaninchen ein. Wenn sie es auf dem Schiff bei sich hätte, könnte sie es verlieren oder es würde womöglich über Bord gehen.

Eine halbe Stunde später fuhren wir ohne Mum ab. Ein Laster hatte die Koffer abgeholt, und das Taxi nahm Dad, Fleur und mich mit. Als wir Malakka verließen, schaute ich aufs Meer und kurbelte das Fenster herunter, um noch einmal die wilden Orchideen zu riechen. Dabei hatte ich den Kopf voller Fragen und musste mich richtig fest kneifen, um die Tränen zurückzuhalten.

4

In der weitläufigen Kolonialvilla führte der malaiische Diener Lydia durch einen großen Flur mit Glasdecke und Kronleuchter. Als sie ihn betrat, blickte ihr die Königin von einem Gemälde entgegen. Der Boden war mit schwarzen und grauen Marmorplatten ausgelegt, und entlang der hellgrünen Wände standen schwere Möbel. Die Förmlichkeit, die den Besucher beeindrucken sollte, bereitete ihr Herzklopfen.

George Parrott, Harriets Mann, war Distriktvorsteher, nach dem Hochkommissar die höchste Stellung, die es in der britischen Verwaltung auf Malaya gab, und somit spielte er eine Schlüsselrolle bei der Unterstützung der britischen Streitkräfte. Wenn er es nicht weiß, wer dann?, ging es ihr durch den Kopf.

Der Flur mündete auf eine Veranda, wo sie gebeten wurde, im Schatten eines ausgewachsenen Narrabaums zu warten. Froh über den Schutz vor der Morgensonne schaute sie sich um und versuchte, ruhig zu bleiben. Vor ihr auf dem Rasen flog ein rotbäuchiger Sonnenvogel über zwei Hibiskusbüsche mit duftenden gelben Blüten. In der Ferne streckten sich Kokospalmen dem Himmel entgegen.

Das war alles so verkehrt. Es wäre Zeit, die Kinder zur Schule zu bringen. Sie schloss die Augen und sah sich dorthin fahren. Gleichzeitig fühlte sie sich wirr im Kopf. Etwas schien sie zurückzuhalten wie in einem bösen Traum. Eine Stimme wiederholte immerzu dieselbe Frage: Wo sind die Mädchen? Wo sind sie? Lydia sah die Hauptgebäude der Schule vor ihrem geistigen Auge und beschwor die Mädchen, mit hüpfenden Ranzen über den Kiesweg zum Tor zu laufen.

Aus der Küche kam Peperoniduft. Ihre Kehle war wie zugeschnürt. War heute Freitag? Sie schluckte mühsam. Egal, welcher Tag es war, es würde keine Fahrt zur Schule geben. Sie blickte zum blauen Himmel hinauf. Der Wagen. Sie hatte noch nicht in der Garage nachgesehen. Könnte Alecs Chauffeur die Kinder vielleicht in einem Dienstwagen irgendwohin gefahren haben?

Als sie Schritte hörte, drehte sie sich um und sah eine große, vollbusige Frau auf sich zukommen: Harriet, erhobenen Hauptes und selbstsicher. Orangefarbene Lippen in einem plumpen Gesicht voll gepuderter Falten, schwarz gefärbte, locker hochgesteckte Haare. Harriet war bekannt für ihre Vorliebe für Zitrusfarben und trug nur Seide. Heute grüne und gelbe. Ems Beschreibung war zwar wenig schmeichelhaft, aber Lydia sah sehr wohl, warum ihre Tochter sie als Matriarchin bezeichnete.

»Lydia, meine Liebe«, sagte Mrs. Parrott und hielt ihr eine fleischige Hand hin. Die Nägel waren orangefarben lackiert. Ein Lächeln lag in den scharfsinnigen schwarzen Augen.

Lydia, die sich der frühen Stunde bewusst war, errötete. »Ich bitte vielmals um Entschuldigung, aber unser Telefon ist tot«, sagte sie.

Mrs. Parrott legte den Kopf schräg und nahm in einem breiten Rattansessel Platz. Lydia setzte sich auf die vordere Kante eines anderen und holte tief Luft.

»Alec und die Kinder sind nicht zu Hause. Sämtliche Sachen sind weg.« Ihre Stimme wurde immer schriller, während sie durch die Sätze hastete und die Hände faltete, um das Zittern zu unterbinden. »Ich bin mit dem Taxi gekommen. Entschuldigen Sie die frühe Stunde. Ich weiß nicht, was ich tun soll. Glauben Sie, dass George als Alecs Vorgesetzter etwas wissen könnte?«

Harriet zog ihre mit dem Stift gezogenen Brauen hoch. »Meine Liebe, haben Sie denn gar keine Ahnung? Sind Sie schon bei der Polizei gewesen?«

Lydia schüttelte den Kopf und hielt die Tränen zurück. »Ich hätte es gestern Abend tun sollen, habe aber nicht gewagt, das Haus zu verlassen. Das war dumm von mir. Ich dachte, sie kämen vielleicht zurück.«

»Vielleicht ist das auch nicht nötig. Ich bin sicher, George wird etwas wissen. Sie stecken ja ständig zusammen, Alec und George.« Sie griff nach der Handglocke. »Sie haben Glück, dass er heute zu Hause arbeitet.«

Kurz darauf wurde Noor, ihr schmalhüftiger Hausdiener, geschickt, um den Hausherrn zu holen. *Sofort.*

Lydia starrte aus dem Fenster und betete, Harriet möge recht haben. Georges tiefe Stimme hallte durch den Korridor, an dem sein Arbeitszimmer lag. Man hörte deutlich, dass er ungehalten war.

»Was soll das, Harriet? Ich habe zu tun«, sagte er und platzte auf die Veranda. Mit seiner großen, vierschrötigen Gestalt füllte er den Türrahmen fast aus.

Ohne Zögern deutete Harriet auf Lydia, neben deren Sessel er stand. »Lydia muss dringend wissen, wo Alec und die Kinder sind.«

George drehte sich in seinem leinenen Tropenanzug zu ihr herum und zog seine buschigen Augenbrauen zusammen, bis sie sich in der Mitte trafen. Hustend fuhr er sich durch die grau melierten Haare und kratzte sich am Kinn. »Verzeihung. Habe Sie gar nicht bemerkt.«

Sie sah den Schweiß auf seiner Oberlippe glänzen.

Für einen kurzen Moment herrschte Schweigen.

»Ich dachte, er hätte irgendwelche Anweisungen hinterlassen.« George blähte die roten Wangen. »Wurde nach Norden versetzt. Oben nach Ipoh. Ein dringender Auftrag. Der Bursche, der da die Finanzverwaltung unter sich hatte, hat plötzlich den Löffel abgegeben. Wahrscheinlich das Herz.«

Lydia stieß den Atem aus und griff sich an die Brust, als sich der Raum um sie zu drehen begann. »Du meine Güte. Danke. Das erklärt alles. Ich danke Ihnen vielmals, George. Ich wusste, es würde eine vernünftige Erklärung geben. Seine Nachricht muss verloren gegangen sein.«

»Alec ist vor wenigen Tagen abgereist. Vielleicht hat er bei der Bank weitere Instruktionen hinterlegt. Wissen Sie, für den

Fall, dass das Haus vor Ihrer Rückkehr neu zugeteilt worden wäre.«

Harriet nickte. »Das klingt einleuchtend.«

»Die Straßen nach Ipoh sind schlecht«, sagte George.

»Wie lange fährt man dorthin?«

»Mit dem Auto ein paar Tage. Hängt von den Minen und von allem Möglichen ab. Mit dem Bus natürlich länger. Der Zug wäre am besten. Großartiger maurischer Bahnhof in Ipoh.«

»Ich könnte Alec anrufen und ihn bitten, mich abzuholen.«

»Telefon und Post funktionieren in dem Bezirk derzeit nicht. Die Verbindung ist unterbrochen. Schreckliches Chaos. Es ist nicht so übel wie in Penang, aber trotzdem.« Er stob davon und brummte Harriet im Vorbeilaufen etwas zu.

»Können Sie mir die Adresse geben?«, rief Lydia hinter ihm her.

Er antwortete über die Schulter. »Das Gästehaus da oben. Es ist größer als üblich, hat fünfzig Zimmer, glaube ich. Ist nur vorübergehend, bis ihnen ein eigenes Haus zugeteilt wird, aber sie sollten noch dort sein. Seien Sie auf jeden Fall vorsichtig, wenn Sie allein reisen. Bei diesen Banditen weiß man nie.«

Es herrschte Schweigen, während er den Flur hinuntereilte.

Harriet beäugte sie. »Ich will nicht neugierig sein, aber Sie scheinen sich nicht besonders gut zu fühlen. Sie sehen nicht ganz so nach Rita Hayworth aus wie sonst.«

Lydia tupfte sich die Feuchtigkeit vom Haaransatz und verscheuchte die Fliegen, die sich auf sie setzen wollten. Gut aussehend und temperamentvoll, wie sie mit ihren einunddreißig war, verstand sie es, Aufsehen zu erregen, doch abgesehen von ihren Haaren war die Ähnlichkeit mit dem Filmstar gering.

»Eine alte Freundin ist an Polio erkrankt, Suzanne Fleetwood. Ich bin gerade erst von ihr zurückgekehrt. Es war schrecklich, die Kinder so lange nicht bei mir zu haben, viel länger, als ich gedacht hatte, fast einen Monat. Aber Suzannes Mann ist in Borneo, und sie konnte ihn nicht erreichen. Wie Sie wissen, ist er beim Geheimdienst.«

Harriet warf George einen hastigen Blick hinterher.

Lydia seufzte. »Ich weiß. Ich behalte es für mich. Es ist entsetzlich, man wird sie in einer Eisernen Lunge nach England zurückbringen.«

»Eine traurige Sache. Sie waren ihr sicher eine große Hilfe. Und ich nehme an, dass es Ihnen jetzt bessergeht, nachdem Sie wissen, wo Ihre Familie ist?«

Lydias Blick hellte sich auf. »Oh ja. Ich hatte mich nur so sehr darauf gefreut, sie wiederzusehen.«

»Haben Sie schon gefrühstückt?«

Sie schüttelte den Kopf.

Harriet schaute streng. »Aha. Ich schlage vor, ich lasse Ihnen etwas bringen. Sie wissen so gut wie ich, dass man in diesem grauenvollen Klima bei Kräften bleiben muss, sonst ist man erledigt. Ich sollte das wissen.«

Lydia zog fragend die Brauen hoch.

»Oh, es war nichts Besonderes, aber wenn man nicht auf sich achtgibt, kann es mit einem sehr schnell bergab gehen. Nun, sind Ihnen Pfannkuchen recht?«

Da es vollkommen windstill war, fühlte Lydia die Feuchtigkeit unter ihren Kleidern umso mehr. Sie ging schneller und schaute zum Himmel hinauf. Es kündigte sich kein Regen an, am Horizont waren nur ein paar Wölkchen zu sehen. Sie nahm einen Bus nach Malakka und schritt dort durch laute Straßen und schmale Gassen, in denen die Luft geschwängert war vom Gestank offener Latrinen und brutzelnder Salzfische. Lydia kämpfte gegen Brechreiz an.

In der Bank drückten zwei Deckenventilatoren die warme Luft nach unten. Mit kribbelnder Kopfhaut wartete Lydia in der Schlange. Bei den Parrotts hatte sie es sich nicht anmerken lassen, aber jetzt war sie nervös wegen der bevorstehenden Reise. In Gedanken ging sie eine Liste mit zu erledigenden Dingen durch. Auf den Busfahrplan sehen, dann auf den Zugfahrplan, in der Garage nachschauen, packen. Wie weit war es bis nach Ipoh? Sie konnte sich nur erinnern, dass es im Kintatal lag. Hundert Meilen? Nein, eher zweihundert. Zweihundert Meilen Straße, die womöglich vermint war. Und wenn sie den Bus nähme, würde die Fahrt Tage dauern.

In ihrer Hast hatte sie sich am Morgen die Haare nicht hochgesteckt. Nun verschränkte sie die Hände im Nacken und hob den Wust von Haaren an, dann strich sie sich die Strähnen zurück, die ihr im Gesicht klebten. Die meisten Engländerinnen entschieden sich hier für eine Kurzhaarfrisur, sie bisher nicht. Lange Haare waren das Symbol der Weiblichkeit, wie Schwester Patricia zu sagen pflegte, und doch hatten die anderen Frauen recht. Sie würde sich die Haare ebenfalls abschneiden lassen. Sie rückte in der Warteschlange auf und krümmte einmal den oberen Rücken, um die Anspannung darin loszuwerden.

Sie dachte an ihre Mädchen, sah sich im Wagen sitzen und warten, bis sie winkend einen mit Beeten gesäumten Weg zwischen den Schulgebäuden entlanggelaufen kämen. Im Kiosk gegenüber steckten Lutscher für zwei Cent das Stück wie Fähnchen in einem Brett. Die durften die Mädchen nur freitags haben. Nicht nur der Zucker störte Lydia, sondern vor allem, dass dort beim Verkauf der Süßigkeiten zum Glücksspiel animiert wurde.

Sie schüttelte den Kopf. In diesem Alter brauchten sie noch nicht zu erfahren, dass es so etwas gab. Man musste so vorsichtig sein.

Endlich war sie an der Reihe. Ein junger Malaie mit weichen, welligen Haaren und dunkler Haut lächelte sie an.

»Ich muss etwas Geld abheben«, sagte sie.

Er neigte den Kopf. »Gewiss, Madam.«

»Cartwright ist mein Name.«

Er drehte sich zu den Aktenschränken um, und einen Moment später zog er eine Mappe heraus.

»Ich denke, fünfzig Dollar genügen.«

Er warf ihr einen Blick zu, dann sah er wieder in die Unterlagen.

Sie runzelte die Stirn. »Gibt es ein Problem?«

»Nach diesem Kontostand sind nur fünfzehn Dollar vorhanden.«

»Aber das ist lächerlich«, sagte sie mit brennenden Wangen. »Wir waren vorigen Monat nicht mal in der Nähe der roten Zahlen.«

Der Mann presste die Lippen zusammen. »Mr. Cartwright war vor ein paar Tagen hier, um eine große Summe abzuheben.«

»Hat er etwas gesagt?«

»Er erwähnte eine Reise.«

»Einen Brief hat er nicht für mich hinterlassen?«

»Ich bedaure. Er sagte, er werde zu einer anderen Bank wechseln. Er ließ fünfzehn Dollar auf dem Konto und wies mich an, es aufzulösen, sobald das Geld abgehoben sei.«

Lydia atmete tief ein und langsam wieder aus.

»Und sonst hat er keine Instruktionen hinterlassen?«

Der Mann schüttelte den Kopf.

Es gelang ihr, ruhig zu bleiben. Der Kassierer konnte nichts dafür. Das Wichtigste war nun, zu ihren Mädchen zu reisen. Aber fünfzehn Dollar, um bis nach Ipoh zu kommen? Was ging hier eigentlich vor?

5

Dad befahl uns, nicht wegzulaufen, sondern neben der Stahltreppe auf dem Deck zu warten, solange er unten mit dem Steward wegen unserer Kabinen redete. Ich stand still und lauschte.

»Schsch«, sagte ich zu meiner Schwester, als wir am feuchten Geländer lehnten und die Treppe hinunterschauten. »Hörst du das?«

Fleur verzog das Gesicht. »Nein.«

Ich runzelte die Stirn. Man brauchte nicht die Ohren zu spitzen, um auf den salzigen Gängen Schritte zu hören.

»Auf dem Schiff spukt es«, flüsterte ich und setzte ein ängstliches Gesicht auf. Fleur verdrehte die Augen und wandte sich ab.

»Schon gut, Mehlwurm. Komm, lass uns durchs Schiff rennen.«

Mums Lieblingsname war Emma. In ihre Eidechsenohrringe waren hinten die Buchstaben E und M eingraviert. Das war mein Name, aber auch Fleurs, denn ihr zweiter Vorname war Emilia. Aus Fleur Emilia machte ich Floury Millie, also Mehlige Millie, und darum Mehlwurm.

Wir rannten rufend das Deck entlang, und wenn wir außer Atem waren, beugten wir uns vornüber und hielten uns die Seiten. Dann stellten wir uns an die Reling und betrachteten den Ozean, während die rote Sonne im Meer versank und der Tag verschluckt wurde. Rosa und gelbe Flecke schaukelten auf dem Wasser, das so schwarz war wie Lakritz, und das Gekreische der Seevögel hörte man vom Hafen bis zu unserem Deck.

»Schau mal, die Händler, sie segeln in Sampans«, sagte ich.

»Was sind Sampans?«

»Die Boote da, Dummerchen. Kannst du nicht sehen?«

Wir kreischten, wenn sie größeren Booten auswichen, um an die Bordwand unseres Schiffes zu gelangen. Der Schein ihrer Laternen tanzte auf dem Wasser. Leute riefen zum Deck hinauf und reichten große Körbe nach oben. Grob wurden wir von den Matrosen weggescheucht, trotzdem hatten wir sehen können, was in den Körben war: funkelnde Orientpantoffeln und glänzende Perlenketten. Für Fleur und mich war das Herumtollen auf dem Schiff, als wären wir im Märchenland – bis unser Vater vor uns stand.

»Ich möchte euch den Spaß nicht verderben«, sagte er, »aber ihr könnt hier nicht drauflosrennen.«

»Aber Daddy!«

»Kein Aber, Emma.«

»Wir gehen auch nicht zu nah ran«, bettelte Fleur.

»Trotzdem, Kleines, das kommt nicht in Frage. Nur wenn ein Erwachsener dabei ist, besonders bei Nacht. Niemals allein. Und ich hatte euch gebeten, an der Treppe zu warten.«

»Das ist gemein«, brummte ich leise.

»Ich meine es ernst, Emma. Hier kann alles Mögliche passieren.«

Ich sagte nichts mehr, sondern horchte auf die Geisterstimmen, die hinter den Liegestühlen säuselten, und stellte mir vor, wie sich eine dunkle Gestalt von hinten anschlich und mich umhaute oder wie mich die See vom Deck in die Tiefe zog, wo Orpheus mit Wassergeistern tanzte. Orpheus kannte ich aus der Schule.

»Emma?«

»In Ordnung.«

Wir gingen mit ihm hinein, doch ich hielt die Finger hinter dem Rücken gekreuzt. Ich konnte nicht anders. Ich liebte das Meer, besonders wenn der Himmel darüber erst violett und dann tintenschwarz wurde.

Heimlich spielte ich, ich hätte ein großes Abenteuer zu bestehen, und wartete, bis Fleur eingeschlafen war. Dann schlüpfte ich aus der Kabine, schlich die schmale Stahltreppe hinauf zum Deck und wartete, bis niemand mehr in der Nähe war. Ich rannte zu einem der Rettungsboote hinüber. Es hing ziemlich hoch über dem Boden, darunter hatte jemand eine Kiste stehen lassen. Auf die stellte ich mich und zog mich an dem Boot hinauf, bis ich kopfüber hineinfiel. Ich drehte mich auf den Rücken und schaute in den Himmel. Es war noch warm draußen und sternklar. Das Boot schwankte, wenn ich mich bewegte, darum lag ich ganz still, genau wie das Meer.

Ich musste daran denken, wie ich in unserem Garten im Gras gelegen und den Wolken hinterhergeschaut hatte, die wie Zitronenbrauseschaum vorbeigezogen waren. Ich wollte mir möglichst viele Erinnerungen einprägen, weil ich nicht wusste, wann wir zurückkehren würden. Als eine kleine Stimme in mir sagte: *Falls wir zurückkehren,* setzte ich mich auf und schaute aufs Meer. Ich schlang die Arme um mich und atmete tief die salzige Luft ein. Am liebsten wäre ich ins Wasser gesprungen und zu Mummy zurückgeschwommen. Doch das stille Meer beruhigte mich, und ich blieb in dem Boot, bis mir zu kalt wurde.

Mit uns am Tisch im Speisesaal saßen Mr. Oliver und seine Schwester. Sie hieß Veronica und er Sidney. Veronica war groß und dünn, fast so groß wie Dad, und hatte eine leise Stimme. Sie trug weiche, todschicke Röcke und hatte blonde, aufgedrehte Locken, die sie häufig berührte, um zu sehen, ob sie noch ordentlich saßen. Beide hatten so weiße Haut, als hätten sie sich in Malaya vor der Sonne versteckt, aber Veronicas Wangen waren rosa, so rosa wie die kleinen Glasperlen, die sie um den Hals trug. Sie schien uns zu mögen, besonders Vater, den sie mit hübschen blauen Augen anlächelte, wenn sie über seine Scherze kicherte.

Mr. Oliver und Veronica kamen später zum Lunch, sodass wir zunächst allein am Tisch saßen. Während wir warteten, erzählte uns Dad, dass sie eine Wohnung in London habe, aber meistens in einer Stadt namens Cheltenham lebe, nicht weit von dem Dorf, in das wir reisten. Und sie habe eine unglückliche Geschichte hinter sich, und wir sollten freundlich zu ihr sein. Sie habe keine Kinder, und ihr Mann sei Lehrer gewesen und an einer Krankheit namens Cholera gestorben.

»Was ist Cholera?«, fragte ich. »Fallen einem davon die Augen aus dem Kopf?«

Er seufzte schwer. »Nein, Emma. Die Krankheit macht müde und blass, bis es einem immer schlechter geht.«

»Und dann stirbt man.«

Er nickte. »In den meisten Fällen schon.«

Im Hintergrund sang Doris Day eines von Mums Lieblingsliedern: *Once I had a Secret Love.* Ich wurde traurig, weil ich dabei an Mums schönes ovales Gesicht und ihre strahlenden Augen denken musste. Das helle Braun hatte grüne und blaue Sprenkel wie der Schwanz des Pfaufasans, und eine ihrer Brauen saß ein kleines bisschen höher als die andere. Ich hatte ihr immer gerne dabei zugesehen, wenn sie versuchte, sie auf eine Höhe zu bringen. Es war ihr nie gelungen.

Es gab ein malaiisches Gericht, das nach süßen Kaffir-Limettenblättern roch, die ich besonders gern mochte. Das Pudding-Buffet war nicht besonders. Trotzdem aß ich zu viel Pfirsich-Melba und bekam Bauchschmerzen. Ich fragte Daddy, ob ich vom Tisch aufstehen und in meine Kabine gehen dürfe, um mich hinzulegen.

Veronica lächelte ihn an. Vater war vom vielen Draußensein gebräunt und hatte Fältchen bekommen. Er trug eine runde Schildpattbrille. Mir fiel auf, dass er sich anstrengte, gut auszusehen, noch mehr als sonst.

»Ich werde mich um Fleur kümmern, wenn Sie möchten«, sagte Veronica in munterem Ton. »Dann kann Emma ungestört schlafen und fühlt sich nachher umso besser.«

In der Kabine legte ich mich auf die blaue Frottierplüschdecke. In meinen Ohren rauschte es. Ich nahm das untere Bett, also Fleurs, weil ich mit meinen Bauchschmerzen nicht die Leiter hochklettern wollte. In unserer winzigen Kabine roch es schal und salzig. Man hörte das Schiff brummen und die Wellen gegen die Bordwand schlagen. Ich machte die Augen zu, und die Geräusche lullten mich in den Schlaf.

Einige Zeit später wurde ich von einem Klopfen an der Tür geweckt. Mr. Oliver kam herein. Ich vermutete, dass Dad ihn geschickt hatte, damit er nachsah, wie es mir ging. Doch ich war überrascht, dass er kam und nicht seine Schwester.

Atemlos schnaufend setzte er sich auf mein Bett.

»Rutsch ein bisschen rüber, Liebes«, sagte er lächelnd.

Er kam mir mit dem Gesicht so nah, dass ich die geplatzten Äderchen in seiner Nase sehen konnte.

»Mach die Augen zu, mein Liebes«, sagte er und begann mir ganz sacht die Stirn zu streicheln. Ich vergaß, dass er es war, und zuerst war es schön. Es erinnerte mich an Mummy, und ich träumte wehmütig vor mich hin. Sie fehlte mir so sehr, und Dad wollte nicht sagen, wann sie nachkommen würde. Aber dann hatte ich ein komisches Gefühl im Bauch und in den Beinen. Es kam mir nicht ganz richtig vor, und ich atmete erleichtert auf, als Mr. Oliver mich allein ließ.

Als wir in den Golf von Biskaya gelangten, zogen graue Wolken über den Himmel, und beim Mittagessen schwankte das Schiff auf und nieder. Mr. Oliver rückte dicht an mich heran und legte unter dem Tisch eine schweißige Hand auf meinen nackten Oberschenkel. Ich mochte das nicht, weshalb ich mich von ihm weg gegen die Sitzlehne neigte. Er zwinkerte mir zu, und mir brannten die Wangen. Alle anderen unterhielten sich eifrig über das Wetter, sodass niemand auf mich achtete.

Nach dem Essen blieb ich an Deck und sah zu, wie die Welt immer finsterer wurde. Zum Glück war Mr. Oliver nicht seefest und verschwand als Erster in seiner Kabine. Dann wurde es Fleur schlecht, worauf Dad und Veronica sie nach unten brachten. Dad wollte, dass ich mitkam, aber mir ging es draußen besser, und ich blieb. So war es besser. Die Wellen stiegen immer höher und höher, das Deck zitterte und schwankte, und selbst einigen Matrosen war übel.

Ich wurde allmählich seefest und kreischte, wenn große Wogen auf das Deck klatschten, auf dem ich hin und her geworfen wurde. Vögel schrien, der Wind brauste, und ich vergaß Mr. Olivers heiße Hand, vergaß sogar, dass wir meine Mum zurückgelassen hatten. Ich blieb im Freien und sog gierig die salzige Luft ein. Später strich ich über die verkrusteten Geländer und leckte mir die Salzkristalle von den Fingern. Sie schmeckten genauso fischig, wie sie rochen.

Das letzte Stück unserer Reise ging schnell vorbei, und am letzten Tag erwachte ich, bevor es hell wurde. Ich stieg auf einen Stuhl, um durch das Bullauge zu schauen, und sah in der Ferne einen langen dunklen Schatten. Mein erster Blick auf England. Als das Schiff am Vormittag im Hafen festmachte, stieg ich die Treppe hoch auf das rutschige Deck. Eine Minute lang sah ich mir den grauen Himmel an. Dann machte ich die Augen zu, sprach ein stilles Gebet für meine schöne Mutter, blies ihr über das Meer einen Kuss zu und bat sie, schnell nachzukommen.

Auf dem Liverpool-Kai blockierten Scharen von Menschen die Wege, und Ölgeruch hing in der Luft. Männer mit Leinenmützen legten Taue um dicke Stahlpfosten, und man hörte Glockengeläut, rollende Karren, Zeitungsverkäufer und das Poltern von Kisten, die abgeladen wurden, vor allem aber das Gebrüll der Arbeiter. Man musste ständig beiseitespringen, weil einen vor lauter Dunst niemand sah. Das sei der Smog, sagte Dad.

Ich kam mir sehr klein vor. Aber ich holte einmal tief Luft und wartete, als ob mich die strahlende Zukunft, die Dad versprochen hatte, persönlich in Empfang nehmen würde. Sie tat es nicht. Sie war nicht strahlend, sondern kalt und grau, und sie stank. Erst da wusste ich wirklich, was Grau war. Jetzt hätte ich mich gern an Mummys Hand festgehalten, sie lächeln sehen und sagen hören: »Alles wird gut, du wirst sehen.«

Als Dad mich so aufgewühlt sah, sagte er es, aber es war nicht dasselbe.

Wir mussten Veronica und einem grünlichen Mr. Oliver

zum Abschied einen Kuss geben. Ich verzog das Gesicht, und sobald es vorbei war, rannte ich am Ufer entlang davon. Es war ein eisiger Februartag, und das Laufen wärmte mich.

»Geh nicht zu nah ans Wasser!«, rief Dad hinter mir her.

Ich lief nicht weit, denn mir taten die Füße weh. In Malaya spielten wir meistens in Sandalen oder barfuß. Doch jetzt steckten unsere Füße in braunen Schuhen mit einem Knopfriemchen und in langen, kratzigen Strümpfen. Über die beschwerten wir beide uns, waren aber stolz auf unsere zu großen roten Jacken, die Mum uns für den nächsten Heimaturlaub gestrickt hatte. Es hatte nur einen solchen Urlaub gegeben, an den ich mich erinnerte, und der hatte ein verschwommenes Bild von diesem England hinterlassen. Jeder Gedanke an Mum tat mir in der Brust weh.

Bisher hatte Dad noch keinen Grund für ihre Verspätung genannt, aber auf dem Kai fragte ich ihn erneut.

Er nahm die Brille ab, putzte die Gläser am Ärmel und sagte lediglich: »Sie ist nicht hier. Ich fürchte, mehr kann ich dir nicht sagen.«

»Aber wann kommt sie denn?«

»Emma, ich weiß es nicht.«

»Du hast ihr doch meinen Brief hingelegt?«

»Natürlich.«

Wahrscheinlich wurde Mum aufgehalten, dachte ich. Vielleicht möchte Dad nicht darüber reden, weil er nicht etwas versprechen will, was er nicht halten kann, und uns nicht enttäuschen möchte. Doch meiner Vorstellungskraft tat das keinen Abbruch. Und so sah ich meine Mutter überall, wohin wir gingen. Auch in dem großen, zugigen Wartesaal, wo wir auf einen Gepäckträger warteten und wo einem vom Ruß und Rauch die Augen brannten. Und obwohl Mummy nicht wirklich dort war, stellte ich mir eine dünne Schnur vor, die sich um die halbe Welt zog: ein unsichtbares Band, das sich von Ost nach West und zurück erstreckte. Das eine Ende war an das Herz meiner Mutter geknüpft und das andere an meins. Und ich wusste, dass dieses Band nie zerreißen würde, was auch geschehen mochte.

6

Lydia sah einem Jeep der malaiischen Polizei hinterher, auf dem mit Maschinenpistolen bewaffnete Männer in Khakiuniform saßen. Seit die Rebellen 1951 den britischen Hochkommissar Sir Henry Gurney getötet hatten, fühlte sich niemand mehr sicher. Sie fasste sich an den Hals, dann klopfte sie an die Tür von Cicelys portugiesischem Stadthaus, einem schönen hellrosa Bau mit Bogenfenstern und Säulengang. Augenblicke später wurde sie in einen luftigen hellblauen Raum geführt, wo ein starker Luftzug an dem sengend heißen Tag für Erfrischung sorgte.

Sie fuhr herum, als Cicely hereinkam und die Hände ausstreckte. Ihre Fingernägel schimmerten in einem frostigen Rosa, passend zu ihrem hellen Etuikleid.

»Darling, welch unerwartete Freude«, sagte Cicely mit ihrer tiefen, gedehnten Stimme.

Sie war eine elegante Schönheit mit schwingenden platinblonden Haaren, einer leichten Bräune und dunkelroten Lippen. Als sie sich setzte, schlug sie die langen Beine unter. Ein farbiger Kalbslederschuh mit hohem, ungemein dünnem Absatz hing von ihren Zehen.

»Es tut mir leid, aber … ich brauche deine Hilfe. Es ist sehr peinlich.« Lydia zögerte und straffte den Rücken, während sie nach einer Formulierung suchte, die nicht mitleiderregend klang.

Gelassen zog Cicely eine perfekt gezupfte Braue hoch. Da sie beide nicht zu den Frauen gehörten, die sich leidenschaftlich über Verdauungsstörungen oder Haushaltsführung unterhielten, waren sie unvermeidlich so etwas wie Freundinnen geworden.

Lydia unterdrückte den Drang, sich die Haare glattzustreichen, und zwang sich weiterzusprechen. »Ich bedaure, dass ich dich darum bitten muss, aber kannst du mir etwas Geld borgen?«

Cicelys Augen, deren Farbe zwischen Topasblau und Smaragdgrün lag, leuchteten entzückt auf. »Oh, Darling, was ist denn passiert?«

Lydia beschloss, vorsichtig zu sein. Cicely war zwar kein schadenfroher Mensch, steckte aber in einer lieblosen Ehe fest und musste mit den Gerüchten über die Affären ihres Mannes leben. Es folgte ein kurzes Schweigen. Nur das Summen des Ventilators war zu hören, während Lydia überlegte, wie viel sie verraten sollte.

In dem alten chinesischen Viertel bahnten sie sich mit den Ellbogen ihren Weg durch den Strom der Menschen und wichen einem Heer von Fahrradrikschas aus. Cicely führte sie über einen Markt, wo das laute Klacken an den Mahjong-Tischen vom Gesang leuchtend blauer Vögel in Bambuskäfigen begleitet wurde.

Cicely nickte und lächelte, während sie sich zwischen chinesischen Ladenbesitzern und malaiischen Straßenhändlern hindurchdrängte. Neben einem Eimer mit lebenden Krebsen blieb sie stehen und erwarb mehrere Schachteln mit Essen. Lydia riss verwundert die Augen auf. Ihr war der saure Gossengestank, der unablässig vorbeiwehte, nur zu bewusst.

»Das musst du probieren, Darling. Absolut köstlich.« Cicely lächelte und schob ihr einen Happen Bananenblatt-Curry in den Mund. »Ach, komm, das wird schon in Ordnung sein. Du machst dir zu viele Gedanken. Allerdings kann ich mir nicht erklären, warum Alec dir nicht genug Geld dagelassen hat, damit du nachkommen kannst. So ein Scheißkerl.«

Am Ende einer Gasse, neben grellen Plakaten, die für Lucky Strikes warben, blieb Cicely vor einem Geschäft stehen. Ein rotes Schild mit einem Drachen hing über der Tür. Gertenschlank und sexy lehnte sie sich gegen den Türrahmen und schenkte dem strengen Wachmann, der mit einer Schrotflinte auf dem Schoß davorsaß, keine Beachtung.

»Da sind wir«, sagte sie. Auf ihrem schmalen Gesicht zeigte sich ein breites Grinsen, und die Perlenkette um ihren Hals schimmerte.

Nebenan hatte ein Kräuterhändler und Schlangenbeschwörer seinen Laden. Er stand draußen, ein stämmiger Inder, der Betel kaute. Lydia warf einen misstrauischen Blick auf die Schlangenkörbe.

»Keine Sorge, Darling.« Cicely lachte und drückte die Tür auf. »Die Kobras schlafen immer bis Sonnenuntergang.«

Drinnen hielt sich Lydia die Nase zu, dabei roch es bloß nach billigen Räucherstäbchen und Kokosöl. Der Chinese hinter dem Ladentisch trug ein besticktes rotes Gewand und empfing sie mit feindseliger Miene. Lydias Blick huschte zu Cicely, die ohne Zögern den Inhalt ihres Beutels auf den Tisch leerte: Bettelarmbänder, goldene Ohrringe und ein halbes Dutzend Halsketten.

Lydia trat der Schweiß auf die Stirn, und sie spürte, dass sie rot wurde. »Aber das ist echter Schmuck.«

Cicely zuckte die Achseln und drückte ihr die Hand. »Hauptsächlich chinesischer Plunder. Ehrlich. Mach dir keine Gedanken. Hast du Fotos von deinen fabelhaften Mädchen?«

Lydia beugte den Kopf über ihre vollgestopfte Handtasche und zog das Portemonnaie heraus. Darin steckten zwei kleine Fotos von Emma und Fleur vor einem Erfrischungsstand im Zoo. Sie betrachtete Fleur, die ihr mit einem leichten Silberblick entgegenschaute, dann Alecs ernste Augen und Ems schiefes Grinsen. Man sah sehr gut die gerade Nase und das eckige Gesicht ihrer älteren Tochter, aber nicht ihre lachenden türkisblauen Augen und wie die Sonne durch ihre roten Locken schien. Man sieht nicht, dass sie groß ist für ihr Alter, und auch nicht, wie klug sie ist, dachte sie stolz.

»Sie wirkt sehr erwachsen«, sagte Cicely.

»Wer?«

»Emma natürlich. Fleur ist hübscher, aber sie spricht kaum.«

Lydia dachte an ihre jüngere Tochter, und ihr Herz geriet ins Stolpern. Seit ihrer Lungenentzündung war Fleur noch verschlossener als vorher. »Sie spricht durchaus, aber Em liebt Wörter. Schon mit drei Jahren tat sie, als könnte sie lesen.«

»Sie scheint mir sehr weit für zwölf.«

Lydia blinzelte. »Fast zwölf.«

Cicely legte ihr tröstend die Hand auf die Schulter. »Richtig«, sagte sie und hob dann eine Silberkette mit einem Medaillon daran vom Ladentisch. »Mein Geschenk an dich. In diesem Land ist am sichersten, was man um den Hals trägt. Und pass auf das Geld auf. Mach dir keine Sorgen, du wirst bald bei deinen Töchtern sein. Und bei deinem schlanken Ehemann.«

Lydia nickte. Sie konnte sich nicht ganz erklären, warum sie sich so unbehaglich fühlte. Sicher, es gefiel ihr nicht, dass sie von ihren Mädchen getrennt war, und die Gefahren, die der Guerillakrieg mit sich brachte, lagen auf der Hand. Aber war da nicht noch etwas anderes?

»Und dann wirst du dich nach ein wenig Ruhe und Frieden sehnen. Ich weiß gar nicht, wie du das machst. Mutter zu sein, meine ich.«

Ich liebe sie, dachte Lydia, so mache ich das.

»Und Jack? Wie denkst du über ihn?«

Lydia spürte, wie ihr die Röte von der Brust aus ins Gesicht stieg, doch sie widerstand dem Bedürfnis, sich ihre uneingestandenen Gefühle von der Seele zu reden.

Cicely kniff die Augen zu schmalen Schlitzen zusammen. »Also, ich könnte keine Mutter sein. Aber jetzt lassen wir dir erst mal die Haare abschneiden.«

Ein kurzer Schauer, bei dem das Wasser aus den Regenrinnen tropfte und plätscherte, hatte die schwüle Luft zwar nicht abgekühlt, aber Lydia fühlte sich dennoch erfrischt. Sie schob die nassen Zweige der violetten Bougainvillea beiseite, die schon auf das Garagentor übergriff. Alles wuchs so schnell hier. Das Tor quietschte, als sie es aufriss. Da stand der Humber Hawk. Sie spähte ins Innere und war erleichtert. Der Zündschlüssel steckte. Wenigstens hatte Alec ihr den Wagen dagelassen. Sie rutschte auf den Fahrersitz und schaute auf die Tankanzeige.

In ihrem Schlafzimmer packte sie rasch ein paar praktische Kleidungsstücke in zwei Reisetaschen. Als sie aus ihrem feuchten Kleid schlüpfte, überwältigte die Leere des Hauses sie von neuem, und in der Stille sog sie schnuppernd die Luft ein. Der übliche Geruch nach Politur fehlte, und jetzt, da alle fort waren, roch es auch nicht mehr wie ihr Zuhause. Sie berührte die Seide ihrer indischen Kleider, die sie sich in ungewöhnlichen Farbzusammenstellungen genäht hatte: Rosa mit Orange, Grün mit Pfauenblau, Lackrot mit Schwarz. Doch am liebsten mochte sie es, wenn ihre Garderobe eine orientalische Note hatte. Sie zog sich ein praktisches dunkelblaues Kleid an, bei dem nicht gleich auffallen würde, wenn es schmutzig war. Die indischen Kleider ließ sie hängen, packte aber zwei paillettenbesetzte Abendkleider ein, die zu schade waren, um sie zurückzulassen.

Emmas Notizbuch schob sie in ihre Handtasche. Auch wenn sie neugierig war, verkniff sie es sich, darin zu lesen. Sie würde ihre Töchter früh genug wiedersehen. Wie sehr sie sich doch nach ihnen sehnte.

Zurück im Flur stutzte sie. Da war Leben zu hören. Vielleicht hatte George sich geirrt, und Alec war zurückgekommen, um sie zu holen. Ihr Herz schlug schneller. Vielleicht waren sie auch auf der Insel gewesen und noch gar nicht nach Ipoh gefahren. Sie dachte an die dunkelgrüne Farbe des Wassers, den salzigen Wind und das Zitronenöl, mit dem sie die Kinder eingerieben hatte.

Die Geräusche kamen aus der Küche: Schniefen, leises Schluchzen und schnelle Worte auf Chinesisch. Eine der Dienerinnen also. Lydia ging zur Küche, warf die Tür auf und hielt sich schützend die Hand über die Brauen, weil ihr die niedrigstehende Nachmittagssonne in die Augen stach.

In der Ecke saß eine schmächtige junge Frau mit verhärmtem Gesicht, verängstigten Mandelaugen und einem schwarzen Haarknoten im Schneidersitz auf dem Boden. Auf dem Schoß hatte sie einen kleinen Jungen mit glattem Chinesenhaar, der das Gesicht an ihrer Brust versteckte. Er war barfuß, trug weite blaue Hosen und ein Perlenband am Fußgelenk. Er sah unterernährt aus. Lydia starrte die beiden an und war sicher, dass sie die Frau schon einmal gesehen hatte.

»Mem.« Die Chinesin stand auf, tiefes Elend in den Augen. »Ich bin Suyin. Das ist der Junge von meiner Schwester«, sagte sie in fehlerhaftem Englisch.

Sie kommt mir bekannt vor, dachte Lydia, während sie den fadenscheinigen Kittel betrachtete. »Wie heißt er?«

»Maznan Chang, Mem. Er war im Krankenhaus, kann nicht nach Hause. Bitte nehmen Sie ihn mit.«

Lydia schaute auf die Uhr, aber die Frau flehte gleich umso drängender.

»Im Dschungel ist er nicht sicher. Sie werden ihm etwas antun.«

Der Junge stand auf und zog sein Hemd hoch, um einen roten Striemen zu zeigen. Lydia sah, wie dünn und schmutzig er war, und die Verletzung war ihm erst kürzlich zugefügt worden.

»Er kann Ihnen helfen, Mem. Er spricht Malaiisch und Chinesisch.«

»Er sieht sehr jung aus.«

»Er ist sieben, nur klein für sein Alter.«

Der Junge sah Lydia mit feuchten Augen an und lächelte vorsichtig. Sie war verblüfft. Hübsch wie ein Mädchen war er, hatte ein flaches Gesicht und die typische malaiische Nase, aber helle Augen und hellere Haut als die meisten seiner Landsleute. Er lächelte breiter und zeigte eine Reihe ebenmäßiger Zähne.

Sie dachte kurz nach und schob dabei ihre Unruhe wegen der Verzögerung beiseite. Ein Bild von Emma schoss ihr durch den Kopf, und sie hörte ihre Tochter sagen, als stünde sie neben ihr: *Beeil dich, Mummy. Bist du denn immer noch nicht hier? Ich muss dir unbedingt etwas erzählen.* Lydia schloss die Augen. Es brach ihr das Herz.

»Mem?«, sagte die Frau.

»Warum ist er im Dschungel nicht sicher?«, fragte Lydia.

»Seine Mutter. Sie ist weggerannt ... zu den Anhängern.« Die junge Frau hielt einen Moment inne, bevor sie weitersprach. »Sie ist im Dschungel, Mem. Wenn die ihn nicht holen kommen, dann die anderen.«

Lydia begriff. Die Mutter des Jungen hatte sich den kommunistischen Rebellen angeschlossen.

»Welche anderen?«

Die junge Frau schaute verlegen. »Die Weißen mit den roten Haaren. Bitte. Bringen Sie ihn in eine der neuen Siedlungen oder in ein malaiisches Dorf. Die nehmen ihn auf.«

Lydia war unentschlossen. »Was ist mit der Polizei?«

Die junge Frau spitzte die Lippen und spuckte auf den Boden.

Lydia fühlte sich hin- und hergerissen. Sie sollte endlich losfahren, ehe der Tag zu Ende ging, und zusehen, dass sie zu ihren Mädchen gelangte. Aber dann stellte sie sich vor, sie wären es, die allein und auf die Freundlichkeit eines Fremden angewiesen waren. »Also gut«, sagte sie spontan. »Ich nehme ihn mit. Wie lautet Ihre Adresse? Und wie heißt das Dorf, in das ich ihn bringen soll?«

Sie musterte das Gesicht der jungen Frau, und da fiel es ihr ein. »Sie sind die Tochter des Chauffeurs?«

Die Frau nickte.

»Kann Ihr Vater ihn nicht nehmen?«

Sie schüttelte den Kopf, und Lydia sah die Sorge in ihren Augen.

»Hat Ihr Vater meinen Mann nach Ipoh gefahren?«

Die Frau schüttelte den Kopf. »Mein Vater ist krank.«

»Also geben Sie mir Ihre Adresse, damit ich Sie wissen lassen kann, wo Ihr Neffe untergekommen ist.«

Die Frau nahm den Jungen bei der Hand, trat vor und gab

seine andere in Lydias Hand, beugte sich an sein Ohr und sagte etwas auf Chinesisch. Er schüttelte den Kopf, dass ihm die Haare ums Gesicht flogen. Seine Tante richtete sich auf, drehte sich um und lief zur Tür hinaus. Auf dem überdachten Weg rannte sie noch schneller und verschwand dann im hohen Gras.

Lydia rief ihr nach, bekam aber keine Antwort mehr. Seufzend schaute sie den Jungen an. Er hatte Augen wie ein europäisches Kind. War er wirklich in Gefahr? Ihr fiel das Waisenhaus ein, dieser unbarmherzig wirkende graue Klotz am Stadtrand. Wenn die Gerüchte über die Fälle von Verwahrlosung stimmten, dann war das kein geeigneter Platz für den Kleinen. Bei der Vorstellung, ihre eigenen Mädchen müssten dort hausen, stockte ihr der Atem.

Er blickte zu ihr hoch, dann zählte er auf Malaiisch die Perlen um seinen Fuß. »*Satu, dua, tiga, empat, lima.*«

Langsam atmete sie aus. Armer Kleiner, dachte sie. Was soll ich bloß mit dir machen? Du siehst nicht aus, als würdest du irgendwo dazugehören.

Ein Geräusch von der Garage ließ sie aufhorchen. Verflixte Katzen. Sie hob den Jungen hoch und drückte ihm einen Kuss auf den Scheitel. Dann sah sie noch einmal auf die Uhr. Wo war nur die Zeit geblieben? Sie brauchten beide ein Bad und etwas zu essen. Dann würde sie den Jungen in Emmas Bett legen und ebenfalls versuchen, ein wenig zu schlafen, um früh am nächsten Morgen aufzubrechen.

7

Es war ein strahlender Morgen. Der Frühnebel hatte sich schon verzogen, als sie das Haus verließen. Auf den Straßen war es noch still. Nur vor den Teeläden standen ein paar Männer in gelben und orangefarbenen Sarongs und plauderten. In den Außenvierteln sausten Malaien auf Fahrrädern vorbei. Am Stadtrand stutzten Tamilinnen mit schweißglänzenden Gesichtern die Büsche, und ihre langen Ohrläppchen schaukelten bei jeder Bewegung.

Froh darüber, endlich unterwegs zu sein, begann Lydia zu singen. Sie hatte immer eine gute Stimme gehabt. Zuversichtlich gab sie mehr Gas, so dass die Reifen auf dem Asphalt surrten. Entsprechend lauter sang sie. Der Junge neben ihr kicherte.

»Singe ich so schlecht?«, fragte sie und schaute zu ihm hinüber.

Lächelnd schüttelte er den Kopf.

Er hat an dem Straßenstand ein ordentliches Frühstück verputzt, dachte sie. Das ist doch ein guter Anfang.

Während Bäume in Millionen Grüntönen an ihnen vorbeiflogen, plante sie in Gedanken die Reise. Es waren ungefähr fünfundfünfzig Meilen bis Seremban, also könnten sie, wenn sie in drei Stunden daran vorbei wären, zu einem frühen Mittagessen Halt machen und die schlimmste Hitze meiden. Dann würden sie weiterfahren, bis es dunkel wurde. Sie müssten einen günstigen Platz zum Übernachten finden. In Rawang vielleicht oder in Tanjung Malim. Wie viele Meilen waren es wohl von dort bis Ipoh? Sie dachte an Jack. Lieber nicht Tanjung Malim. Es hatte keinen Sinn, sich in Schwierigkeiten zu bringen.

Nach anderthalb Stunden Fahrt ging eine Erschütterung durch den Wagen, und er kam zum Stehen.

Lydia stieg aus und sah die Straße entlang. Blauer Dunst stieg aus dem Staub empor. Sie hob die schmierige Motorhaube des alten Humber Hawk hoch, betrachtete den Motor und versuchte sich zu erinnern, welche Handgriffe Alec ihr immer hatte eintrichtern wollen. Maznan zeigte auf den schwarzen Ölfleck an ihrer Handfläche. Sie seufzte. Der Junge hatte recht. Sie kannte sich mit Autos nicht aus, sodass es zwecklos war, sich schmutzig zu machen.

Sie schlug die Motorhaube zu und wischte sich die Hände an ihrem Kleid ab. Dann tastete sie unter dem Fahrersitz nach dem Handbuch. Da war keines, doch stattdessen stießen ihre Finger auf etwas anderes. Sie zog den verloren geglaubten Eidechsenohrring hervor und lächelte. Da warst du also die ganze Zeit, dachte sie. Wenn das kein gutes Zeichen ist.

Sie verschränkte die Arme und sah den Jungen von der Seite an. Was nun? In diesem Guerillakrieg sollte man keinem Fremden trauen. Verdammt, Alec, warum konntest du nicht zwei Tage warten?

Sie richtete sich darauf ein, auf einen Bus zu warten. Später würde sie die Polizei anrufen und diese bitten, den Wagen abzuschleppen. Seufzend hockte sie sich wie eine Einheimische in den Schatten einer fünfzig Fuß hohen Bambusgruppe, den schweigsamen Jungen an ihrer Seite. Ein leuchtend orangefarbener Schmetterling landete auf ihrem Knie. Der Junge kicherte und streckte die Hand danach aus. Seine Fähigkeit, sich bezaubern zu lassen, erinnerte sie an Em.

»Magst du Schmetterlinge?«, fragte sie.

Er nickte.

Am Rand des Dschungels roch es nach wildem Ingwer, Zimt und Feigen. Hoch oben in den Baumkronen, die kaum Sonne durchließen, schrien Nashornvögel. Diese Welt war voller Schönheit, doch das allgegenwärtige Schwirren und Knacken der Dschungeltiere beunruhigte sie auch.

Sie zog Ems Notizbuch hervor und blätterte darin. Der Text von Doris Days *Secret Love* in Emmas selbstbewusster Handschrift sprang ihr entgegen. Sie fing an, die Melodie zu summen, kam aber ins Stocken und begann, an der Nagelhaut ihres Daumens zu kauen. Dann stand sie auf. Es wäre zu anstrengend, in der Hitze zwei Taschen zu tragen. Entschlossen schob sie deshalb die kleinere Reisetasche zwischen den dichten Farn am Straßenrand. Die größere behielt sie. Sie stellte sich eine glücklichere Zeit vor, in der sie und ihr Mann in den Club etwas trinken gehen würden und die Kinder sicher im Bett lagen. Doch wer kann in diesem verfluchten Land schon glücklich sein?, dachte sie. Außer Männern wie Alec.

»Was ist, wenn sie die Unabhängigkeit erhalten?«, fragte sie ihn einmal auf dem Weg zum jährlichen Sultansball.

»Für jemanden wie mich werden sie immer Verwendung haben«, antwortete er und schlug ihre Sorge in den Wind. »Ich habe ohnehin nicht vor, wieder zu meinen Eltern oder überhaupt nach England zurückzukehren, auf keinen Fall.«

Sie schaute zu dem hohen, messerscharfen Silberhaargras am Straßenrand. Sie hatte keinen Grund, ihm nicht zu glauben. Alec hatte keinen Kontakt mehr zu seinen Eltern. Dort hatte eine schreckliche Atmosphäre geherrscht.

Lydia und der Junge vertraten sich ein wenig die Beine.

Es ging kein Wind, und selbst die haarigen Spitzen der Grasähren standen völlig still. Lydia dachte an die Vipern im Gras und an die größeren Schlangen, die zusammengerollt in den Bäumen hingen, und blieb lieber auf der Straße. Immer wieder war der Ruf des Wechselkuckucks zu hören, der sich zu einem nervtötenden Crescendo steigerte.

Maznan hatte noch immer kein Wort gesprochen, außer dass er seine Perlen zählte. Dabei kam er nur bis fünf und fing dann wieder von vorn an. *Satu, dua, tiga, empat, lima.*

Der Schweiß brannte ihr auf den Lidern, und für einen Moment schloss sie die Augen. Sie hörte ihn, bevor sie ihn sehen konnte: ein leuchtend gelb-rot lackierter Bedford, der die Straße entlangfuhr. Rufend taumelte sie auf ihn zu, behindert von dem Jungen, der Malaiisch plappernd neben ihr her hüpfte, um ihr mit der Reisetasche zu »helfen«. Der Busfahrer bremste auf Kriechtempo herunter, breitete bedauernd die Arme aus und schüttelte den Kopf. Als Lydia dreißig Augenpaare durch die offenen Fenster starren sah, sank ihr Mut. Der Bus war vollgepackt mit Menschen, Gepäck, Hühnern und Ziegen.

Der Fahrer gab wieder Gas. Von der hintersten Bank erhob sich eine Inderin mit vorstehenden Augen und zeigte protestierend auf Lydia und den Jungen. Der Fahrer schüttelte erneut den Kopf, doch sie schien sich durchzusetzen. Achselzuckend hielt er an und winkte Lydia, einzusteigen.

Mit dem Jungen an der einen Hand, in der anderen die Reisetasche, taumelte sie durch den Mittelgang zur hintersten Bank. Die Inderin, die einen geblümten Schal auf dem Kopf trug, rutschte ein Stück zur Seite. Mit einem erleichterten Seufzer setzte sich Lydia auf die Metallbank; kein Polster, in das sich Insekten einnisten konnten.

Die Frau lächelte breit und enthüllte ihr vom Betelkauen gerötetes Zahnfleisch und zwei rosa verfärbte Zähne. Lydia lächelte selbstbewusst als die einzige weiße Frau in einem Bus voller Malaien, zwischen denen eine Handvoll Chinesen in weiten schwarzen Hosen und einige Tamilinnen in Saris saßen. Sie sah ihre Blicke auf sich gerichtet und hörte sie murren. Sie glaubte, die malaiische Sprache einigermaßen zu beherrschen, sah jetzt aber, dass das nur stimmte, wenn ihr Gegenüber sich um eine deutliche Aussprache bemühte. Doch hier tat das niemand. Hier war sie nicht die Herrin eines großen Hauses mit Dienerschaft.

Flüchtig lächelte sie in Augen, die sich langsam abwandten. Dann schaute sie aus dem Fenster, während der Bus schaukelnd durch einen grünen Tunnel fuhr.

Ihr Blick verlor sich ins Leere, und ein Schmerz machte sich in ihrer Brust breit. Sie legte einen Arm um den Jungen, und er lehnte sich gegen sie. Erst seit ihre Töchter verschwunden waren, war sie sich der Liebe zu ihnen so stark bewusst,und sie hätte alles gegeben, um mit ihnen zusammen zu sein.

Ein paar Augenblicke später hörte sie Papier rascheln und

sah unter schweren Lidern, dass die Inderin Maznan ein Stück Gebäck anbot. Er schlang es hinunter und hielt die Hand auf. Schmunzelnd holte die Frau zwei weitere Kuchen hervor, gab einen dem Jungen und stieß Lydia an, um ihr den anderen zu überlassen.

Sie ließ sich das süße Zimt-Muskat-Aroma auf der Zunge zergehen und versuchte zaghaft, ein paar Worte Malaiisch hervorzubringen, aber die Frau unterbrach sie. »Sprechen Sie Englisch.« Sie reichte ihr eine Flasche mit Zitronentee und einen kleinen gelben Pfannkuchen. »Guter Kuchen. Hält die Pontianak fern.«

»Die Pontianak?«

»Böse Geister toter Frauen, die kommen und Ihr Kind stehlen. Der Kuchen schützt ihn«, sagte sie auf Maznan deutend.

»Oh nein, er ist nicht mein Sohn. Meine Kinder sind im Norden bei meinem Mann. Er ist …« Sie stockte. Die Inderin bedeutete ihr lächelnd, dass sie ganz Ohr sei.

»Er ist«, sie überlegte kurz, »der Sohn einer Bekannten.«

Die Inderin schaute zweifelnd.

Lydia seufzte, drehte das Gesicht des Jungen zu sich herum und streichelte seine glatte Wange.

»Er ist ein braver Junge.«

Maznan lächelte.

Nach und nach schliefen die Leute ein. Ihr Schnarchen und Pfeifen kam Lydia sonderbar beruhigend vor.

Sehnsüchtig dachte sie an ihre Familie. Ihre Mädchen. Und auch an Alec. Den ersten Mann, den sie bei einer Abendgesellschaft kennengelernt hatte. Sie schloss die Augen und dachte an jenen Abend zurück.

Es war eine typische Kriegsparty gewesen. Er fiel ihr auf, wie er draußen an der Wand lehnte, ein großer, älterer Mann in Uniform. Er rieb sich das Bein und drehte den Kopf nach ihr, als sie sich näherte. Sie trug ein grün gestreiftes Kleid mit enger Taille und fühlte sich mit ihren achtzehn Jahren von seinen Blicken geschmeichelt.

»Rauchen Sie?«, fragte er und öffnete eine Dose mit Woodbines.

Sie zögerte erst, dann nahm sie eine.

Sie musterte sein Gesicht. Er war zu dünn, und alle Augenblicke zuckte er vor Schmerzen zusammen. »Sollten Sie sich nicht besser setzen?«, fragte sie.

»Ehrlich gesagt bin ich das Sitzen leid.«

»Luftwaffe?«

Er zog die Brauen hoch. »Offensichtlich.«

»Warum rauchen Sie dann nicht Player's Airman?«, fragte sie und warf die Haare zurück.

Seitdem war so viel passiert. Zunächst war sie überhaupt zu jemandem geworden: zu einer Ehefrau und dann zu einer Mutter, und jetzt stand sie vor dem dritten Neuanfang seit ihrer Ankunft in Malaya.

Sie schaute wieder aus dem Fenster und blinzelte mit einer dumpfen Schwere im Kopf in die strahlende Helligkeit. Noch einmal dachte sie an die erste Zeit mit Alec zurück, stocherte darin herum, als suchte sie etwas.

Bei ihrer zweiten Begegnung hatten sie sich auf ein Sandwich mit Frühstücksfleisch und Salat im Fiddler's Arms getroffen. Hinterher bot er ihr Kaffee in seiner Unterkunft an, wo er das Fenster mit einem Verdunklungsvorhang an einer Stange verhängte. Die Lampe war aus, und er rauchte, aber sogar das Glimmen der Zigaretten war verboten. Versehentlich streifte er ihren Nacken, und sie wurde rot.

»Schon mal von dem Mann gehört, der zehn Shilling Strafe zahlen musste, weil er ein Streichholz anzündete, um nach seinem Gebiss zu suchen?« Sie scherzte, um ihre Nervosität zu kaschieren.

Er lachte nicht, sondern hielt nur die Flasche Camp Coffee hoch. Auf dem Etikett bediente ein Inder mit Turban einen Offizier im Kilt, der entspannt dasaß und das Gebräu trank.

Als die Aussicht auf einen Posten in Malaya aufkam, beschrieb er ihr den tropischen Sternenhimmel und die Abende an mondbeschienenen Palmenstränden mit einer Flasche Pimms. Natürlich müssten sie heiraten.

Sie seufzte. All das würde sie jetzt gern gegen das gute, alte englische Wetter eintauschen. Sie musste gerade daran denken, wie sehr sie die Jahreszeiten vermisste, als es krachte. Der Bus schlingerte, sodass die Insassen mit aufgerissenen Augen gegeneinanderstießen. Es folgte ein schrecklicher Schlag, und der Bus kam rumpelnd zum Stehen. Draußen schnauzten gellende Stimmen Befehle auf Chinesisch. Lydia hielt den Jungen im Arm und schaute, ob er sich wehgetan hatte. Er blickte mit riesigen Augen zu ihr auf, als versuchte er zu ergründen, ob er ihr wirklich trauen durfte.

Sie tätschelte ihm den Arm und drehte sich zu der Inderin um.

»Was ist passiert?«, flüsterte sie.

Die Frau legte einen Finger an die Lippen und warf Lydia ihren Schal über den Kopf.

»Anhänger. Sehen Sie nach unten«, sagte sie. »Lehnen Sie sich gegen mich.«

Lydia verbarg den Jungen unter dem Schal und senkte den Kopf. Ihr fiel der grelle Lichtblitz der Handgranate ein, die damals auf den vollen Marktplatz geworfen worden war, und Angst durchströmte sie. Kommunisten. Was wollten sie? Vielleicht Leute für die Min Yuen, ihre Nachschuborganisation, rekrutieren? Oder hatten sie Schlimmeres im Sinn? Lydia blickte auf und sah, wie die mageren, zerlumpten Rebellen zwei Chinesen aus dem Bus zerrten. Berichte von ihren Gräueltaten schossen ihr durch den Kopf. Sie schaute zu Boden und spürte das Entsetzen der Leute, die starr in den vorderen Reihen saßen. Maznan fing an zu zählen. *Satu, dua.*

Dann sah sie durch das staubige Fenster, dass sie inzwischen mitten im Dschungel waren. Die zwei Chinesen standen an einen Baum gebunden, und mehrere andere wurden zum Aussteigen gezwungen. Sowie sie ins Freie traten, wurden ihnen die Hände gefesselt. Dabei schrien sie wie Makaks, die sich das

Maul an scharfen Chilis verbrannt haben. Zwei wurden ein paar Schritte weit geschleift, auf die Straße gestoßen und aufgefordert loszurennen. Die übrigen Leute blieben im Bus.

Lydia wechselte einen Blick mit der Inderin, die unsicher die Achseln zuckte. Als Schüsse fielen, begann Maznan zu zittern. Lydia biss sich auf die Lippe und riss den Blick vom Fenster los. Nach den Schüssen war es still, und ein schrecklicher Gedanke fuhr ihr durch den Kopf. Sie griff an ihr Medaillon und hielt es in der Faust.

Die Vögel sangen noch. Sie riskierte einen Blick, und ihre plötzlich aufwallende Wut überstieg die Angst. So hatte sie sich Malaya nicht vorgestellt. Alec hatte nichts vom endlosen Kampf gegen die Moskitos erwähnt, auch nicht die feuchte Hitze, die wie eine Wand war, und vor allem nicht den Krieg, den sie als Notstand bezeichneten.

Vorn im Bus bemerkte sie einen kahlköpfigen Mann, der ganz still dasaß. Bisher war er ihr nicht aufgefallen, aber jetzt, da der Bus halb leer war, konnte sie einen glatten braunen Kopf und Schultern sehen, die alle anderen Leute überragten. Er trug malaiische Kleidung in gedämpften Farben, aber als er aufstand, sah sie, dass sein Sarong silbern und türkisfarben war. Der Mann stach durch seine Größe heraus. Kein gewöhnlicher Malaie, dachte sie. Er machte einen weltläufigen Eindruck. Ein Eurasier vielleicht? Aus den Augenwinkeln sah sie zwei Rebellen den Mittelgang entlang auf sich zukommen. Mit angehaltenem Atem blickte sie ihnen entgegen. Einer leckte sich über die Zähne und verzog höhnisch die Lippen, als er an dem großen Mann vorbeistrich. Der drehte den Kopf zu ihr. Seine Miene war ernst. Prüfend schaute er durch die Reihen bis zu ihr, angespannt, zum Sprung bereit, wie es schien. Kurz trafen sich ihre Blicke.

Die Inderin legte den Arm um sie und den Jungen. Doch das nützte nichts. Alle drei wurden sie mit vorgehaltener Waffe zum Aussteigen aufgefordert. Lydias Herz setzte für einen Schlag aus, doch der Junge stand auf und streckte ihr eine Hand entgegen. Schwankend kam sie auf die Beine, die vom Sitzen auf der Metallbank taub geworden waren. Flüchtig sah sie durch das Fenster tief hängende schwarze Wolken über den Himmel ziehen. Während sie sich an der Hand des Jungen festhielt, gelang es ihr, aus dem Bus zu steigen.

8

Als ich aufwachte, blickte ich auf einen Eisdschungel. Die Fensterscheiben schienen mit großen weißen Lotusblüten überzogen. Durch die Fensterrahmen und die Türritzen kroch die Kälte herein. Ich schauderte, und mein Atem bildete weiße Wolken. Ob das Fenster zu war oder nicht, machte keinen Unterschied, darum öffnete ich es. Ich hörte die Tauben im Nachbargarten gurren und reckte den Hals nach ihnen. Sie stolzierten über den Dachfirst des Taubenschlags.

Gegenüber lag ein Feld, begrenzt von einem Furchenrain mit einer Reihe schwarzer Bäume dahinter. Es erstreckte sich bis zur Kirche. Man konnte die Umrisse der Turmspitze über den anderen Häusern sehen. Ich rief Fleur, damit sie gucken käme, aber sie war schon aufgestanden, um Dad zu suchen.

Unten klopfte Großvater Cartwright uns auf den Rücken, und Granny wischte sich die Tränen ab. Sie war klein und rundlich. Sie nickte und lächelte viel, hatte dunkelblaue runzlige Augen und trug ein kompliziertes Ding über Bluse und Rock. Es ging über die Schultern und um die Hüften und wurde mit Bändern zusammengehalten. Sie nannte es eine Schürze und sah damit ganz bauschig aus. Dazu hatte sie Pantoffeln an. Ihre Haare waren grau, und die Locken fielen ganz ulkig. Überhaupt nicht so schick wie bei Mummy.

Granddad war auch alt und hatte dichtes weißes Haar. Sein Atem pfiff, wenn er umherging, und er hatte dunkle Haare in den Nasenlöchern und große braune Leberflecke an den Händen.

Sie führten uns durch das Haus. Es hatte braun geblümte Tapeten, beigefarbene Teppiche und so viele Möbel, dass zum

Spielen kein Platz war. Die Küche war Grans Reich, der einzige fröhliche Raum, und sie strahlte, als sie uns die bunten Hühner und Schweine auf der Tapete zeigte. Granny war stolz auf das Haus, obwohl es nicht viel zu sehen gab. Es war bloß eine Doppelhaushälfte an einer Landstraße in Bewdley, Worcestershire. Allerdings hatte das Haus einen riesigen Garten, der hinten mit einem Drahtzaun von einem Acker getrennt war.

In dem einzigen Zimmer, das geheizt wurde, fragte ich Granny, wo denn die Dienerschaft wohne. Gran schlug die Hände zusammen, wischte sich mit der Schürze über die Augen und stieß Granddad vor die Brust.

»Ach, Häschen, die einzige Dienerin, die ihr hier finden werdet, bin ich. Hab ich recht, Eric?«

Eric war Granddad, und der nickte und saß Pfeife rauchend in seinem Sessel.

Fleur stupste mich an und flüsterte hinter vorgehaltener Hand: »Wir sind keine Hasen, oder, Em? Warum nennt sie uns so?«

Ich zischte, sie solle still sein, und starrte auf eine Dose mit Bonbons, die auf dem Bücherbord stand. Gran sah meinen Blick und gab uns welche. Danach steckte sie uns immer wieder ein paar zu, ohne daran zu denken, wie viele wir schon bekommen hatten.

»Die tun einfach gut«, sagte sie.

»Was denkst du dir dabei, Mutter?«, sagte Dad.

Sie schnalzte begütigend mit der Zunge.

»Zu viel Zucker verdirbt den Kindern den Appetit«, meinte er und lockerte seine Krawatte. »Und es ist zu warm hier drinnen. Weißt du nicht, dass Kohlenrauch schlecht ist für Fleur? Sie braucht frische Luft. Siehst du, sie hustet schon.«

Fleur hustete gehorsam.

»Lüften ist unnötig«, widersprach Granddad unwirsch.

Dad fuhr ihn an. »Du hast da gar nichts zu melden.«

»Na, na«, sagte Gran. »Ihr wollt das doch nicht alles wieder aufwärmen. Besser, ihr spart euch weitere Worte.«

Granddad sah weg, und Dad kniff die Lippen zusammen und stampfte hinaus.

Nachdem Vater weg war, setzten wir uns auf die Türstufe, spielten mit Daddys altem Flohspiel und aßen Kaugummizigaretten, wobei wir ein Auge auf die Straße hatten. Ich tat, als rauchte ich echte Zigaretten, bis ich mich nicht mehr beherrschen konnte und kauen wollte. Wir beäugten einen Jungen, der herangeradelt kam. Das Fahrrad war zu groß, sodass er stehend fahren musste. Wegen der beiden großen Körbe daran schlingerte es hin und her. Er hielt an jedem Haus, auch an unserem, und aus den Körben duftete es. Fleur rief nach Granny.

Ich starrte den Jungen an und gab mir Mühe, ihn sympathisch zu finden. Er war dürr, trug eine Kappe auf dem Kopf und hatte Zähne, die für seinen Mund zu groß aussahen. Aber er hatte freundliche braune Augen und Sommersprossen auf der Nase. Sobald er einen angrinste, vergaß man das mit den Zähnen, weil sie dann besser zu passen schienen.

Am nächsten Tag gingen wir zum ersten Mal zur Schule. Ich fragte Vater nicht noch einmal nach Mum, wünschte mir aber, sie wäre bei uns. Ich konnte es kaum noch erwarten, dass sie endlich eintraf. Ich fragte mich, ob sie schon nach Malakka zurückgekehrt war und meinen Brief gelesen hatte. Es war Mummy, die immer alles erträglich gemacht hatte. Im Haus meiner Großeltern wäre es ihr Lächeln gewesen, das im Flur auf Wiedersehen sagte. Und in der Schule stellte ich mir vor, wie sie draußen wartete und winkte, während wir Brötchen mit Zuckerguss aßen und eiskalte Milch aus kleinen Flaschen trinken mussten.

Auf dem Schulhof gab es Aufregung, als jemand aus meiner Klasse hörte, wie ich zu Fleur sagte, das süße Brötchen sei altbacken. Es war der Bäckerjunge, der mit wütendem Gesicht herumfuhr. Er trug seine Kappe nicht, und ich sah, dass sein Haar schlecht geschnitten war und ein paar Büschel abstanden.

»Sie sind herrlich, jawohl, nicht altbacken.«

»Sind sie doch. In Malaya hatten wir bessere. Nyonya-Kuchen und kleine chinesische Kuehs.« Bei dem Gedanken an die klebrigen Reiskräcker lief mir das Wasser im Mund zusammen.

»Oooh, Malaya also? Wo soll das denn überhaupt sein?«

Entschlossen hatte ich die Hände in die Hüften gestemmt, obwohl ich innerlich zitterte. »In Asien, wenn du es unbedingt wissen willst. Und da hatten wir auch nicht diese schauderhafte eiskalte Milch. Wir bekamen frischen Zuckerrohrsaft oder Kokosmilch.«

»Warum gehst du dann nicht wieder dahin zurück? Wir wollen dich hier nicht haben. So eingebildet wie du bist. Du bist nicht mal Engländerin. Du bist 'n Immigrant.«

Inzwischen hatten sich einige Kinder um uns geschart und riefen im Takt: »Immigrant. Immigrant. Hau doch wieder ab.«

Fleur brach in Tränen aus, aber ich packte den Jungen bei den Haaren, riss daran und brüllte ihm ins Gesicht: »Ich bin genauso englisch wie du, Büschelkopf!«

Wir landeten auf dem Boden, traten und rissen uns an der Kleidung. Die übrigen Kinder drängelten pfeifend und johlend um den besten Zuschauerplatz. Ich bekam den Pullover des Jungen zu fassen und er meine Schuljacke. Dann hörte ich es im Rücken reißen. Oh nein, dachte ich, Gran wird mich umbringen.

»Zeig's ihr! Zeig's ihr!«, schrien die anderen. »Los, Billy, mach sie fertig!«

Wir rollten auf dem Boden herum. Das Geschrei erstarb, als sich der Kopf eines Lehrers über uns beugte. Ich schaute in sein schweinchenrosa Gesicht, während seine donnernde Stimme das Schweigen durchbrach.

»Emma Cartwright, du kannst dich hier nicht wie eine Wilde aufführen. Du bist hier in England!«

Er bückte sich so weit herunter, dass ich die roten Äderchen in seinen Augen sehen konnte.

Der Junge bekam eine Ohrfeige und wurde knallrot, und

ich bekam fünf Schläge mit dem Lineal auf die Hand. Ich weinte nicht und hatte auch keine Angst. Ich war wütend.

Die Mädchen waren noch schlimmer. Sie kicherten hinter vorgehaltener Hand, sprangen Seil und sangen dabei oder jonglierten Bälle und ließen mich nicht mitspielen. Sie warfen mir gemeine Blicke zu, um sich dann abzuwenden und laut weiterzureden, als wäre nichts gewesen. Ich blinzelte die Tränen weg und gab mich gleichgültig. Aber mit meiner Sonnenbräune und den rotblonden Haaren sah ich wohl tatsächlich anders aus als sie. Jedenfalls lehnten sie mich ab, redeten über mich, stießen mich bei der Essensausgabe ans Ende der Schlange, und wenn die Schule aus war, traten sie mir herausfordernd in den Weg. Zu Fleur waren sie netter, weil sie wirklich gut seilspringen konnte.

Zu Hause verkündete Dad, er habe von Veronica einen Brief bekommen, und sie wolle mal an einem Samstag zum Tee vorbeikommen. Ich fragte mich, was Mum davon halten würde. Veronica mochte ich ja, aber was, wenn sie ihren Bruder mitbrächte? Ich fragte meinen Vater danach, doch er antwortete mir nur, ich solle nicht so neugierig sein. Vater und sie seien befreundet, sagte Gran. Veronica hatte eine Wohnung in London, aber sie mietete sich ein Häuschen in einem Dorf namens Drakes Broughton, fünfzehn Meilen von Cheltenham entfernt. Ihr gefiel Cheltenham, und sie überlegte, die Londoner Wohnung zu verkaufen, um sich dort eine zu suchen. Gran wirkte sehr beeindruckt, als sie uns erzählte, Veronica habe »Privatvermögen«.

Als ich an diesem Abend im Bett lag, ohne das Moskitonetz, unter dem ich mich sicher gefühlt hatte, dachte ich an Mummy. Ich stellte mir vor, sie säße neben mir und sänge *Baby, It's Cold Outside*. In Malaya hatte ich dabei immer lachen müssen, bis ich Schluckauf bekam, weil es dort so heiß gewesen war. In England passte das Lied.

Auf dem Schulhof hatte ich nicht geweint, das tat ich erst am

Abend im Bett, als Fleur schlief. Gran hörte mich und kam auf Zehenspitzen herein. Als ich ihr erzählte, dass mich die anderen Mädchen ausschlossen, drückte sie mich.

»Die kalte Schulter zeigen sie dir, hm?« Sie zwinkerte, und ihre runden Bäckchen wurden noch runder. »Ich weiß, Häschen«, sagte sie nickend und hob meine wilden Haare an. »Wir werden dafür sorgen, dass du genauso aussiehst wie sie, mit allem Drum und Dran. Du wirst schon sehen. Und jetzt schlaf schön.«

»Kommt Mr. Oliver auch zum Tee?«, fragte ich, ehe sie hinausging.

»Schon möglich. Er wohnt bei ihr, solange er sich um eine neue Stellung im Ausland bemüht.«

Ich drückte ihm die Daumen, damit er noch vor dem Besuch eine fände.

9

Unter der heißen Sonne blieben die Toten an den Baum gefesselt und hingen schlaff in den Seilen. Lydia konnte den Anblick nicht ertragen und drehte sich weg. Dennoch zog das Entsetzliche sie immer wieder an, als müsste sie sich davon überzeugen, dass es wirklich passiert war. Maznan wimmerte, und sie kämpfte beim Gestank des Todes gegen eine drohende Ohnmacht an. Sie zog ihn in ihren Arm und scheuchte die Fliegen weg, wenn sie sich auf ihn setzen wollten. Er barg weinend das Gesicht an ihrem Kleid. Sie schaute zum Himmel auf und sprach ein stilles Gebet.

Die Rebellen kamen zu ihr. Sie wich einen Schritt zurück, als einer Maznan unters Kinn fasste. Sie wollte ihn wegziehen, doch er blieb hartnäckig stehen, wischte sich über die Augen und blickte den Mann an.

Der war klein und abgezehrt, seine Augen eingefallen, die Falten im Gesicht schwarz von Schmutz. Lydia hörte das Summen von Insekten hinter seinem Kopf, dann neben ihm. Das Geräusch kam näher. Ihr wurde schwindlig. Jetzt war es in ihrem Kopf, und es summte ununterbrochen. Sie blickte dem Mann ins Gesicht und erschrak über den unverhohlenen Hass in seinen Augen.

Er brummte einem anderen Mann etwas zu und hob die Waffe. Lydia konnte ein einzelnes Wort heraushören: »Engländer«. Sie hielt den Atem an und zwang sich zu einer aufrechten Haltung, obwohl ihre Knie nachzugeben drohten. Der andere, ein Stämmiger mit vielen kleinen Narben an einer Wange, trat einen Schritt näher. Offenbar war er der Anführer, denn er schüttelte den Kopf, packte sie und schob sie an einen dicken Baumstamm. Der Schreck durchfuhr sie. Kurz überlegte sie, sich zu widersetzen, bemerkte jedoch, dass Maznan unauffällig den Kopf schüttelte und sich zu fügen schien. Sie folgte seinem Beispiel und drückte ihm die Hand. Während der Anführer sie beide an einen Baum band, versuchte sie, in seinem Gesicht zu lesen, doch ohne Erfolg. Der Hagere band die Inderin neben ihnen an den Stamm. Der Stämmige entfernte sich.

Ihre Muskeln verkrampften sich, und ihre Kehle war so trocken, dass sie nicht schlucken konnte. Würden sie auch den Jungen töten? Sollte sie um sein Leben betteln? Und um ihr eigenes, um ihrer Töchter willen? Die Inderin legte einen Finger an die Lippen. Lydia murmelte ein Stoßgebet und schloss die Augen. Erinnerungen schossen ihr durch den Kopf. Sie sah ihre blonde, stupsnasige Fleur vom Essen aufblicken, und Em, die mit einer Bananenspinne in einem Glas hereingesaust kam.

Der Hagere senkte den Gewehrlauf und kam noch näher. Lydia roch seinen sauren Atem. Als sie das kühle Ende des Laufes am Bein fühlte, musste sie sich zwingen, nicht zu schreien. Langsam hob der Mann ihren Rocksaum an. Sie erstarrte. Mit der anderen Hand berührte er sie unterhalb des Schlüsselbeins und schob einen Finger zwischen ihre Brüste. Sie bemerkte, dass Maznan vor sich auf den Boden starrte. Sie tat es ihm gleich, blickte aber auf, als der Stämmige zurückkam. Er winkte den anderen beiseite und grinste sie an, dann stieß er ihr den Kopf gegen den Baum und packte sie dicht unter dem Kinn am Hals. Er drückte leicht zu und deutete mit einer Geste an, ihr die Kehle durchzuschneiden. Ihr Herz krampfte sich zusammen, und sie biss sich so heftig auf die Lippe, dass sie Blut schmeckte. Tränen liefen ihr übers Gesicht, als sie doch noch flehte, verschont zu werden.

Im nächsten Augenblick fuhr der Anführer herum, schoss zweimal auf die Vorderreifen des Busses und bog sich vor Lachen. Die Leute, die noch drinnen saßen, rissen entsetzt die Augen auf, als der Bus plötzlich absackte und sie auf ihren Sitzen ruckartig nach vorn geworfen wurden wie auf einer Jahrmarktsattraktion.

Zwei Blaustirnamazonen flogen an ihnen vorbei in einen Baum. Auf den höheren Ästen hielt ein Trupp langnasiger Affen inne, um das Geschehen zu beobachten. Was von dem blauen Morgenhimmel noch übrig war, verschwand schnell hinter schwarzen Rauchwolken, und in der stinkenden Luft schien die Welt stillzustehen. Lydia schluckte mühsam und schloss die Augen. Naiv war sie gewesen, leichtsinnig. Jetzt stand alles auf dem Spiel. Alles, was zählte, waren ihre Mädchen. Sonst gar nichts.

Dann war sie mit einem Schlag zurück in der Realität, in der es nach Blut und Urin stank, Nashornvögel schnatterten und Chinesen Befehle brüllten.

»Keine Angst, Mem, sie werden uns nicht töten«, flüsterte Maznan in klarem Englisch.

Sie hielt den Atem an.

»Und sie haben den Bus nicht angezündet.« Der Schreck musste dem Jungen die Zunge gelöst haben, dass er plötzlich so viel redete.

Und er behielt recht. Die Rebellen überquerten die Straße und schlugen sich einen Pfad durch das hohe Gras zwischen den Bäumen. Dabei zogen sie die zwei Erschossenen an einem Seil hinter sich her. Als sie im Dschungel verschwunden waren, stiegen die Leute aus dem Bus. Mit bleichem Gesicht und düsterem Blick traten sie über Rinnsale von Blut, flüsterten miteinander und hoben fassungslos die Schultern.

Die Inderin befreite sich von ihren Fesseln, dann band sie Lydia und den Jungen los. Als sie Lydias verwirrten Gesichtsausdruck sah, sagte sie: »Alles Theater. Inzwischen bringen sie keine Frauen und Kinder mehr um. Denn sie brauchen unsere Hilfe.«

»Aber warum haben sie die zwei Männer erschossen?«

»Das waren Verräter.«

Maznan trat von dem Baum weg. Vor Erleichterung zitternd drehte Lydia sich nach ihm um und sah, wie er mit einigen Malaien aus dem Bus redete. Plötzlich wurde ihr schlecht, und sie übergab sich in einen Busch.

Während sie sich den Mund am Rocksaum abwischte, kam der Junge zu ihr gerannt.

»Der Mann da kennt den Weg zu einem Dorf«, sprudelte es aus ihm hervor. »Komm mit.« Er lächelte sie vertrauensvoll an. Offenbar fühlte er sich ihr durch die gemeinsam durchgestandene Tortur noch mehr verbunden.

Sie warf einen kurzen Blick zu der Inderin, die ihr zulächelte. »Gehen Sie. Der Mann nimmt noch andere mit.«

»Was ist mit Ihnen?«

Die Frau zuckte die Achseln. »Wenn Gott will, kommt morgen ein anderer Bus.«

Lydia fühlte sich plötzlich unendlich müde, und die vielen Zweifel verwirrten sie. Aus Gewohnheit schaute sie sich nach ihren Mädchen um, aber natürlich waren diese ihr ein gutes Stück voraus. Sollte sie bleiben und auf den nächsten Bus warten und damit auch auf noch unbekannte Gefahren? Oder sollte sie sich an Maznan halten? Es wäre zu riskant, die Nacht an der Straße zu verbringen, da in der Gegend Ausgangssperre galt. Maznan stand wartend vor ihr und streckte ihr die Hand entgegen.

»Du passt auf mich auf, und ich passe auf dich auf«, sagte er und grinste schüchtern.

»Abgemacht.« Sie nahm seine Hand.

Wenigstens redete er jetzt. Und es war, als hätten die Momente des Grauens sie zusammengeschweißt.

Während die lose Gruppe den Weg in den Dschungel einschlug, nahmen die Affen ihr Geschrei wieder auf. Kurz sah Lydia zum Bus zurück, noch unsicher, ob ihre Entscheidung richtig war. Schweiß strömte ihr übers Gesicht, und die Zunge klebte ihr am Gaumen. Als ihr der widerliche Duft wilder Kletterorchideen in die Nase wehte, drehte sich ihr der Magen um. Sie wischte sich über die Stirn und versuchte um des Jungen willen, Ruhe zu bewahren. Doch niemand konnte wissen, ob der Mann sie statt in ein Dorf in einen Hinterhalt führen würde.

10

Ich stand gerne früh auf, um den Milchmann auf seinem Pferdewagen abzupassen. Gran sagte, dass er bald nicht mehr mit den Gäulen, sondern motorisiert kommen würde. Ich zog die Spitzengardine beiseite und spähte hinaus. Samstags kam er ein bisschen später als sonst. Darum ging ich nach draußen, fläzte mich auf der Türstufe herum und schlug mit dem Fuß den Rhythmus von *You Belong to Me*. Das war ein altes Kriegslied, das Mummy gern sang und bei dem ich dann in die Zeile über den regennassen Dschungel mit einfiel. Fürs Herumlümmeln bekam ich immer Ärger. *Häng nicht so herum, Emma. Sitz gerade!*

Wir hatten April. Letzten Monat war ich zwölf geworden. Es war schon hell draußen. Die Vögel sangen im Garten, und am Himmel hinter den schwarzen Bäumen bildeten sich gelbe Streifen. Ich sah zu, wie sich die Häuser und der Kirchturm rosa färbten. Roter Himmel am Morgen macht dem Schäfer Sorgen. Vielleicht würde es regnen. Ich sah den Milchmann in seinem adretten weißen Kittel in unsere Straße einbiegen. Er stellte zwei Flaschen auf unsere Stufen, nannte mich seinen frühen Vogel und schenkte mir ein paar Kupfermünzen für Süßigkeiten. Ich steckte sie strahlend ein.

Nach dem Frühstück lief ich zur Scheune, heimlich und leise wie ein Panther. Die Leute sagten, ich hätte denselben Gang wie Mutter. Sie lief wie eine Katze, flink und geschmeidig. Ich war dünn und groß, hatte aber keine Sommersprossen wie sie. Das Beste an meinem Gesicht seien meine Augen, sagte Mum immer. Türkisblau. Fleur war anders. Keine Bohnenstange wie ich. Sie ließ sich gern Zeit und schob ihren Puppenwagen hin und her. Endlos. Hielt die Stupsnase immer hochgereckt. Saß gerade und mochte Kleider lieber als kurze Hosen – wie ein braves kleines Mädchen, ein hübsches kleines Mädchen, sagte Dad.

In Malaya hatte er viel Sport getrieben. Tennis, Rugby, sogar Boxen. In England tat er das nicht mehr, und fast immer trug er Anzug und Krawatte, alles in Dunkelbraun und Grau. Am Wochenende zog er sich die Fair-Isle-Weste an, die Gran ihm gestrickt hatte. Er seufzte immer, wenn er mich zu unordentlich fand. Und das war praktisch immer.

Die Scheune stand ein Stück abseits von einer Seitenstraße, ungefähr zwanzig Minuten von unserem Haus entfernt und auf dem Land eines Herrenhauses. Kingsland Hall. Obwohl die Scheune ganz in der Nähe lag, war es ein weiter Weg dorthin, weil man einen breiten Bach umgehen musste. Es gab Mäuse in ihr und vielleicht auch Ratten, aber trotzdem spielten ein paar Dorfkinder dort. Gnädig ließen sie mich mitmachen. Wir stiegen die Leiter hinauf zum Boden, wo wir vor neugierigen Blicken geschützt waren, und die Jungen zeigten uns ihren Hintern. Dafür sollten wir ihnen unseren zeigen.

Billy, der dünnste von den Jungen und mein Gegner auf dem Schulhof, zog direkt vor mir die Hosen herunter und pinkelte dann in eine Ecke. Ich linste hin und wurde rot, als ich seinen kleinen Stängel sah. Er warf mir schreckliche Schimpfworte an den Kopf, als ich mich weigerte mitzumachen. Die anderen zeigten auf mich, aber ich blieb stur. Nichts würde mich dazu bringen, auch wenn ich zu ihnen gehören wollte.

Nachdem die anderen Kinder früh gegangen waren, setzte er sich neben mich. Er roch nach Schlamm und faulem Holz. Doch es war nicht allzu schlimm. Er hatte hübsche dunkelbraune Augen, und sein Grinsen war großartig, wenn man sich erst mal an die Zähne gewöhnt hatte. Inzwischen war sein Haar ein wenig nachgewachsen. Er hatte einen kurzen, geraden Pony, und man sah, dass er blond war.

Er grinste mich an und holte einen speckigen Stoß Karten hervor.

»Deine Haare sehen anders aus«, sagte ich.

»Hatte Nissen«, erzählte er unbekümmert. »Mum hat sie mir abgeschoren. Tut mir leid, dass ich gesagt hab, du wärst ein Immigrant. Bist keiner. Nur 'n Ausländer. Willst du einen?«

Ich nickte, und er gab mir einen großen lila Dauerlutscher.

»Wo wohnst du?«, wollte er wissen.

»Bei meiner Großmutter, aber du irrst dich, ich bin Engländerin.«

»Na gut. Na gut. Reg dich nicht auf.« Er kratzte sich am Kopf. »Sie finden dich hochnäsig. Du weißt schon, die anderen.«

»Ich weiß. Und dich nennen sie Miefer.«

Wir lachten beide.

»Erzähl mir von dem Land, wo du herkommst. Wie ist es da?«

»Da gibt es jeden Tag einen Wolkenbruch, und im Dschungel leben Millionen Tiere.«

»Affen?«

Ich nickte.

»Hab noch nie einen gesehen. Hab nur ein Bild von einem.« Er zog eine Karte mit Eselsohren hervor und gab sie mir. Er wirkte fröhlich, aber seine Fingernägel waren abgekaut und die Haut ringsherum aufgebissen.

»In Malaya gibt es hundert verschiedene Affen, in allen Größen. Die ganz jungen hängen am Bauchfell ihrer Mütter und schreien wie richtige Säuglinge.«

»Sag bloß!«

Eine Weile saßen wir schweigend im Heu und saugten an unseren Lutschern.

»Kannst du pfeifen?«, fragte er.

»Kann ich.« Zum Beweis pfiff ich das Lied von den Münzen im Brunnen, das Mum mir beigebracht hatte. »Mum sagt, ich pfeife wie ein Mann.«

»Wo ist sie?«

Ich bekam einen Kloß im Hals und schluckte schwer, um es mir nicht anmerken zu lassen. »Sie kommt bald nach.«

»Willst du mir bei meinem Gokart helfen?«

»Klar.«

Wir stiegen die Leiter hinunter. Er rannte zu einer Ecke, wo er ein paar alte Holzlatten versteckt hatte, dazu kamen ein Satz verbogener Puppenwagenräder, etwas rostiges Metall und eine Kiste. Er wühlte im Heu und brachte einen Hammer und Nägel zum Vorschein.

»Von Dad«, sagte er, und wir machten uns an die Arbeit. Dabei besprachen wir, wie es am besten gehen könnte.

Als der Wagen fast fertig war, traten wir zerkratzt und mit Splittern in den Fingern ein Stück zurück, um ihn zu betrachten. Er sah nicht hübsch aus, fuhr aber, und wir waren glücklich.

Ich blickte auf meine Armbanduhr. Halb sechs. Veronica hatte sich für vier Uhr angekündigt. Ich hätte zu Hause auf sie warten sollen, vor dem Fernseher, aber dann war mir eingefallen, dass tagsüber keine Sendung kam. Dad sprach selten mit mir, außer um zu schimpfen, und trotz allem, was er über frische Luft sagte, verbrachte er die Abende vor Großvaters Fernsehgerät. Dad hatte es für ihn gekauft, obwohl sich die beiden nicht besonders gut verstanden.

Diesmal kriege ich wirklich eins aufs Dach, dachte ich.

»Dann bis morgen in der Schule«, sagte Billy grinsend.

»Klar.« Ich wurde rot vor Freude, weil ich nun einen richtigen Freund hatte.

Ich traf zu Hause ein, als der Kohlenhändler die Straße heraufkam. *Wilson's* stand auf dem Wagen. Alle standen draußen auf dem Pflaster. Es ging ein kalter Wind, und mir tränten die Augen, als ich Veronica mit Dad und Fleur sah. Dad küsste Veronica auf die Wange. Sie wurde rot, betastete ihre Lockenwicklerfrisur und band sich einen Schal um den Kopf, während ihr Rock im Wind flatterte. Dann kam Mr. Oliver aus dem Haus.

»Ah, da ist sie ja«, sagte er und lächelte mich an.

Dad sah, wie ich mich von der Seite heranstahl. Ich hatte

gehofft, so tun zu können, als wäre ich die ganze Zeit über zu Hause gewesen. Sein Adamsapfel hüpfte, und seine Lippen wurden schmal. »Wir sprechen uns später, junge Dame«, sagte er leise. »Komm mit zum Wagen und verabschiede dich. Das wirst du ja wenigstens schaffen.«

Ich trödelte hinterher, weil ich zu Mr. Oliver Abstand halten wollte, doch gerade als wir das Auto erreichten, rief Veronica mich zu sich, sodass ich in seine Nähe musste. »Ich habe dich vermisst, Emma. Lass uns bald einen Ausflug machen. Nur du und ich.«

Sie roch nach Lavendel und Stärke und wollte mich gern umarmen. Als sie es tat, spürte ich, dass sie einsam war und es verbarg. Sie stieg ein und winkte mir mit einem rosa Handschuh zu, während ihr Bruder mir an den Hintern fasste und ihn tätschelte. Mit zusammengebissenen Zähnen nahm ich es hin. Etwas anderes blieb mir nicht übrig. Zu Mum hätte ich etwas gesagt, aber nicht zu Dad.

»Bis bald«, sagte Mr. Oliver grinsend und entblößte eine Reihe sehr weißer Zähne und hellrosa Zahnfleisch.

»Lieber nicht«, murmelte ich und verzog das Gesicht bei seinem fleischigen Geruch. Doch dann knurrte mir der Magen, und ich drehte mich zu meinem Vater um. »Kann ich jetzt ein Milchbrötchen haben?«

Er blickte mich wütend an. »Ganz gewiss nicht. Ab nach oben in dein Zimmer.«

Anstatt wie sonst zwei Stufen auf einmal zu nehmen, stieg ich langsam hinauf und bekam Herzklopfen, als er mir folgte.

»Beug dich vornüber«, befahl er, sowie wir in meinem Zimmer waren.

Ich gehorchte, starrte auf den fadenscheinigen Teppich und wünschte mich Millionen Meilen weit weg. Es war vollkommen still im Zimmer. Ich rechnete mit Schlägen auf den Hintern, aber dann hörte ich, wie er seinen Gürtel aufschnallte, und erschrak.

Ich zitterte, versuchte aber, mir meine Angst nicht anmerken zu lassen. Plötzlich verspürte ich einen brennenden Schmerz an der Rückseite der Oberschenkel. Das verblichene Rosenmuster des Teppichs hüpfte und verschwamm vor meinen Augen. Ich blinzelte die Tränen weg und bohrte mir den Daumennagel in die Handfläche.

»Nie.« Ein zweiter brennender Schlag. »Wieder.« Noch einer. »Widersetzt du dich.« Noch einer. »Meinen Anweisungen.«

Ich weinte auch danach nicht. Und als ich mich aufrichtete und sein Gesicht sah, das tomatenrot war und vermutlich mehr leuchtete als meine Oberschenkel, blickte ich ihm gerade in die Augen und sagte mit möglichst fester Stimme: »Nein, Daddy. Es tut mir leid, Daddy.«

Um sein Kinn zuckte es, aber er wollte mich nicht ansehen. »Es ist zu deinem Besten, Emma«, sagte er, während er sich den Gürtel wieder umschnallte. Es schien ewig zu dauern, bis er ihn durch die Schlaufen geschoben hatte. Als er fertig war, ging mein Vater hinaus, ohne mich noch einmal anzusehen.

»Es ist zu deinem Besten«, wiederholte er. »Im Leben kann man nicht tun, was man möchte, und je eher du aufhörst, Dummheiten zu machen, desto besser. Jetzt bleibst du in deinem Zimmer.«

Bis dahin hatte er mich noch nie wirklich geschlagen, und meine Erschütterung darüber war größer als die Schmerzen von der Gürtelschnalle. Er hatte mich angeschnauzt und mir auch schon mal eine Ohrfeige gegeben, wenn er die Beherrschung verlor. Zum Beispiel als ich mir Tinte auf das Schulkleid goss und dann versuchte, den Fleck zu bleichen. Damals brüllte er mich an. Aber das war ungerecht, denn es war nicht mit Absicht geschehen, und ich wusste nicht, dass die Bleiche einen rosafarbenen Fleck auf dem dunkelblauen Stoff hinterlassen würde. Später befahl er mir, das Kleid gefälligst so anzuziehen, wie es nun war, und aus Angst vor Spott wurde ich laut. Ich schrie, dass ich das nicht tun würde und er mich nicht dazu zwingen könne und ich lieber sterben würde. Mit diesen Worten nahm ich eine Vase vom Sofatisch und warf sie zu Boden.

In der Nacht, nachdem er mich mit dem Gürtel verprügelt hatte, lag ich wach im Dunkeln und sehnte mich nach meiner Mum, während ich meinen Vater durch die Wand schnarchen hörte. Im Innersten wünschte ich mir, dass Dad mich liebte, und es machte mich traurig, dass er mich manchmal nicht besonders zu mögen schien. Fleur schlug er nie. Sie hatte einen Silberblick und sah ihm ähnlich, und gewöhnlich hielt ich mich an Mum, und sie hielt sich an Dad.

Ein Glück, dass ich Gran hatte, denn von Seiten meiner Mutter gab es keine Verwandten. Mum war von Nonnen großgezogen worden und hatte ihre Mutter gar nicht gekannt. Einmal fragte ich sie, warum sie nicht herausfinden wollte, wer ihre Mutter gewesen ist. Wenn ich sie darauf ansprach, sagte sie nur: »Ich habe jetzt dich und Fleur, und das ist das Wichtigste.«

Doch in meinem Kopf flüsterte eine Stimme: *Wenn du so wichtig bist, warum ist sie dann nicht mit nach England gekommen?*

Halts Maul. Halts Maul. Ihre Freundin war krank.

Ich schloss die Augen, um Bilder von Mum heraufzubeschwören, doch sie blieben undeutlich, und ihr Gesicht konnte ich gar nicht erkennen. Ich wischte mir die Tränen ab, und während ich immer wieder das Rosenmuster des Teppichs vor mir sah, schlief ich ein. In meinem Traum ging ich in den schönen Garten, in dem wir früher den süßen Nektar aus den Nadelblumen saugten, in dem Fleur ihre Limonade umstieß, als sie auf dem Rasen ein Rad schlug, und Mummy lachte und sagte, sie müsse eine Brille tragen. Es war der Garten, der an das Dickicht grenzte, in dem Gibbons heulten und Waldbewohner mit eingedrückten Gesichtern auf die Jagd gingen. Und wo das hohe Gras stand, in das sich wegen der Schlangen niemand hineinwagte.

11

Vor ihr schwatzte der Junge in einem fort auf Malaiisch, während sie auf federndem Boden tiefer unter das Blätterdach des Waldes vordrangen. Unmittelbar über ihrem Kopf hörte Lydia einen schillernden Vogel gackern und fuhr zusammen. Ihr fielen Ems Geister ein, die auf hinterlistige Weise in das Blut eines Menschen glitten und es erkalten ließen. Sie riss sich zusammen und verscheuchte die Insekten, die rings um ihren Kopf summten. Ständig gingen ihr ihre früheren romantischen Vorstellungen, wie das Leben in Malaya sein würde, durch den Kopf. Tatsächlich war es alles andere als idyllisch, sondern laut, voll übler Gerüche und furchteinflößend.

Sie blieb stehen und schaute zurück. Die Bäume hoben sich schwarz gegen einen gelben Himmel ab. Die Grillen zirpten. Sie sah den großen Eurasier, der ihr im Bus aufgefallen war, mit dem unbeschwerten Schritt der Malaien auf sich zukommen. Angespannt sah sie sich nach dem Jungen um.

»Geben Sie acht auf die *malu-malu*«, sagte der Mann und zeigte auf einen hübschen rosa Blütenteppich. »Sie haben stachlige Stängel.«

Sie nickte. Seine Stimme war bemerkenswert tief. Jetzt fielen ihr seine schrägen Augen auf, und er hatte die wohlgeformten Züge eines klugen Mannes. Sein Gesicht strahlte nicht die malaiische Offenheit aus, sondern schien eher von westlichem Denken geprägt.

Der Geruch von Holzrauch wehte heran. Sie sah Maznan am Rand eines Dorfes von einem Bein aufs andere hüpfen, nichts als Knie und Ellbogen und zerzaustes Haar, ganz so wie sie sich den Mogli aus Kiplings *Dschungelbuch* vorstellte. Als sie ihn einholte und ihm durchs Haar strich, strahlte er sie an.

Vorsichtig gingen sie durch die Gemüsebeete, die den Kampong umgaben, und gelangten zu den strohgedeckten Pfahlhäusern. Lydia wich den malaiischen Dschungelhühnern aus, die in der Erde pickten.

Maznan lachte. »Das sind nur Hühner.«

»Ich habe noch nie drei Fuß große Hühner gesehen.«

Er schüttelte den Kopf.

»Was bedeutet *malu-malu*?«, fragte sie.

»Das ist eine schüchterne Blume.« Er imitierte mit den Händen eine sich schließende Blüte.

Lydia hielt Abstand zu einem grasenden Büffel, doch allein den Anblick häuslichen Lebens empfand sie als tröstlich. Offenbar war es die richtige Entscheidung gewesen mitzugehen. Für den Augenblick zumindest schienen sie in Sicherheit.

Auf den zwei schmalen Brücken, die den Bach kreuzten, versuchten Kinder, Glühwürmchen zu fangen. Sie sprangen und wirbelten herum und schnappten nach ihnen. So hatte Alec die Dörfer der Einheimischen nicht beschrieben. Voller Ratten seien sie, hatte er behauptet, und von Krankheiten heimgesucht.

»Die Malaien sind durchweg faul«, hatte er ihr gesagt, als sie die heitere Gelassenheit der Menschen erwähnte.

Alec war bei seiner Arbeit für die britische Kolonialregierung sehr engagiert und verbrachte viel Zeit in der Natur und im Club. Er wollte zu George, Harriet und deren Bekanntenkreis gehören, und dort hatten alle dieselben Ansichten. Wer hätte geahnt, dass ich einmal einen Kampong betreten würde, dachte sie. Es roch nach Kokosöl, und es waren malaiischer Gesang und sanfte Musik zu hören.

Maznan rannte los, um mit zwei Männern in orangebraunen Sarongs zu sprechen, und winkte ihr zu, ihm zu folgen. Als sie zögerte, flitzte er zu ihr zurück und nahm sie bei der Hand. Ist das ein geeignetes Dorf, wo ich ihn lassen kann?, überlegte sie und ließ sich von ihm zu einer Hütte ziehen.

Eine junge Frau mit den sanften Augen, dem runden Gesicht und der glänzenden Haut der Malaien bot ihr lauwarmes Wasser in einer breiten Schale an. »Lela«, stellte sie sich vor. Maznan bedeutete Lydia, sich Hände und Gesicht zu waschen, doch stattdessen nahm sie die Schale und machte Anstalten, ihm das Hemd über den Kopf zu ziehen.

»Nein!« Er zog es sich wieder herunter.

»Ich will dich nur waschen, Maznan. Lässt du mich?«

Stirnrunzelnd wog er die Entscheidung ab. »Du willst mich nur waschen und mir nicht das Hemd wegnehmen?«

»Nein, mein Kleiner, ich nehme es dir ganz bestimmt nicht weg. Versprochen.«

Er hörte auf, ihre Hand abzuwehren, und erlaubte ihr, ihn auszuziehen. Sie wusch die Wunde an seiner Seite, dann rieb sie ihn von Kopf bis Fuß ab. Mit einer zweiten Schale Wasser wusch sie sich das Gesicht und spülte das Erbrochene von ihrem Rock.

Am gelbroten Himmel stand eine dünne Mondsichel. Als es dunkler wurde, flammten im Dorf die Laternen auf. Sie erfuhr, dass es bald Essen geben würde. Draußen am Feuer, soweit sie richtig gehört hatte. Maznan bestätigte es ihr breit grinsend.

»Reisbällchen«, sagte er und leckte sich die Lippen. »Die klebrigen.«

Lächelnd griff sie ihm unters Kinn. Kinder waren überall auf der Welt gleich. Sie verspürte eine plötzliche Sehnsucht nach ihren Mädchen, die ihr körperlichen Schmerz verursachte. Sie stellte sich die beiden vor, wie sie zusammen in der Badewanne lachten und sangen. Wie lange würde es noch dauern bis zu ihrem Wiedersehen?

Schwärme von Glühwürmchen begannen am Bachufer und in den Bäumen zu leuchten. Lydia fühlte sich verloren. Die Trennung von den Mädchen war schlimmer als ein fehlender Arm. Es war, als hätte man ihr das Herz herausgerissen.

In dieser Nacht lag sie auf ihrem Behelfsbett, und blaues Mondlicht fiel durch die glaslosen Fenster herein. Als sich Maznan an sie kuschelte, legte sie einen Arm um ihn und hielt ihn fest. Dann ließ sie die Gedanken zurück zu ihren Töchtern wandern und brachte sich mit der Vorstellung zum Weinen, wie die beiden in ihren Betten lagen, geschützt von einem Moskitonetz, aber nicht von ihr.

Maznan wischte ihr mit den Fingern die Tränen weg. Dann sang sie ihn in den Schlaf und sprach ein Gebet für ihre Töchter, die Meilen weit entfernt hinter unwirtlichem Dschungel schliefen.

Das schattenhafte Bild einer Frau im hellblauen Kleid mit dunkelblauen Blumen am Saum schwebte ihr durch den Kopf. Sie stand an einem Strand, der Rock flatterte ihr um die Waden, und Lydia sehnte sich danach, das Bild möge klarer werden, doch das tat es nicht. Das tat es nie. Dennoch klammerte sie sich an die Erinnerung, die in den langen Jahren, die sie im St. Josephs verbracht hatte, nie verschwunden war. Wenn sie die Nonnen damals fragte, wer die Frau sei, begannen diese, von etwas anderem zu reden, und Lydia musste sich mit ihrer Vorstellungskraft begnügen. Sie ließ das Bild verblassen, und trotz der stickigen malaiischen Hitze fiel sie in einen tiefen und festen Schlaf. Der Friede des Dorfes hatte über den Schrecken des Tages gesiegt.

Sie erwachte, als die aufgehende Sonne auf die Hüttenwände schien und der Duft reifer Ananas und Mangos hereinwehte. Schnuppernd ging sie nach draußen und sah Maznan zählend über die Glut der nächtlichen Feuerstelle springen. Dabei quietschte er herum, als hätte er Angst, obwohl die Asche kaum noch glühte. Lydia sah ihm lächelnd zu. Trotz der frühen Stunde arbeiteten die Männer gebückt in den Gemüsebeeten, und die Frauen fegten den Erdboden rund um ihre Hütten.

»Maznan«, rief Lydia.

Er drehte den Kopf und kam strahlend zu ihr gelaufen. Dann führte er sie zu den Ziegen, einer kleinen Herde sandfarbener Tiere, die auf einer Lichtung grasten.

»Acht«, sagte er. »Du kannst sie streicheln.«

Zaghaft streckte sie die Hand nach der kleinsten aus. Er lachte. »Die ganz jungen beißen nicht.«

Lela kam mit zwei Schemeln, einem für Maznan und einem für sich selbst. Lydia staunte über sein Geschick, als er zu melken begann. Wieder fragte sie sich, ob dies das Dorf war, in dem sie ihn lassen sollte. Schwer zu sagen. Seine Tante hatte sich da nicht klar ausgedrückt.

»Mem.« Er lächelte sie ermutigend an. »Willst du es versuchen?«

Lydia schüttelte den Kopf und sah seinen enttäuschten Blick. »Würdest du gern hierbleiben?«

»Wie lange, Mem?«

»Du kannst mich Lydia nennen, Maznan.«

»Ja, Mem. Und du nennst mich Maz.«

Sie seufzte. »Ich meine, ob du gern hier leben würdest, Maz, bis deine Tante dich abholen kann.«

Er blickte sie wachsam an. »Ich will nicht zu meiner Tante, Mem. Ich will mit dir gehen.«

Lydia schaute ihn an. In Malakka hatte sie ihn aus Mitleid an sich genommen, und jetzt schossen ihr ein Dutzend widersprüchlicher Gedanken durch den Kopf.

Da er halb Malaie, halb Chinese war, sollte sie ihn zu einem Kampong oder zu einer Stacheldrahtsiedlung für Chinesen bringen, wo er Verwandte hatte. Aber wohin genau, hatte seine Tante nicht gesagt, und es gab viele davon. Lydia konnte ihn schlecht bis nach Ipoh mitnehmen, und in diesem Dorf hier schienen die Menschen trotz des Guerillakriegs ein glückliches Leben zu führen. Sie fragte sich, ob sie ihn vielleicht bei erster Gelegenheit der Polizei hätte übergeben sollen, doch das Bild ihrer eigenen Kinder in einer Zelle vertrieb den Gedanken sofort wieder.

Maznan sah sie hoffend an.

»Aber du musst bei deiner Familie leben, Kind. Ich werde zu meiner eigenen reisen.«

Er unterbrach das Melken und kam zu ihr, schob die Hand

in ihre und blickte zu ihr auf. In seinen Augen sammelten sich Tränen. »Bitte. Ich habe hier keine Familie.«

Sie sah den Schwalben nach, die über den Dorfplatz sausten, hörte sie zwitschern, hörte die Ziegen meckern und die Hühner gackern und die Geräusche des Dschungels. Jenseits der Feuerstelle stand der große Mann im Schatten und schaute starr zu ihnen herüber. Lydia starrte zurück. Er nickte ihr zu. Am Nachmittag zuvor waren sie das letzte Wegstück gemeinsam gegangen, in angespanntem Schweigen, und seitdem hatte sie ihn nur beim Abendessen gesehen. Er hielt ihren Blick weiter fest.

Sie sah weg. Darauf kam er geradewegs zu ihr, mit geschmeidigen Schritten wie ein Athlet. Wie ein Läufer. Er gab ihr die Hand. »Ich heiße Adil«, sagte er.

Sie nickte, zog ihre kribbelnde Hand zurück und schaute zu Boden. Trotzdem konnte sie vor ihrem geistigen Auge seine breiten, hohen Wangenknochen, die starke Nase, die ruhigen schwarzbraunen Augen und die schönen Brauen sehen.

»Warum haben die Männer den Bus überfallen?«, fragte sie, nur um etwas zu sagen.

»Um zu töten und zu erpressen. Gewöhnlich zünden sie den Bus an, wenn die Leute nicht *spenden*.«

»Sie kennen sich mit solchen Vorfällen aus?«

Er zuckte die Achseln.

Obwohl er nicht mehr jung war, um die vierzig etwa, hatte er eine faltenlose Stirn, und wie sie schon im Bus bemerkt hatte, war sein Kopf geschoren und braun. Von der Nase zu den Mundwinkeln verliefen zwei Falten. Der Mann war schlank, aber breitschultrig, und obwohl er eine recht dunkle Haut hatte, konnte sie ihm nicht ansehen, welcher Nationalität er angehörte.

»Wohin reisen Sie?«, fragte er.

»Nach Ipoh«, hörte sie sich antworten. »Ich treffe mich dort mit meinem Mann.«

Er rieb sich das Kinn. »Ah ja. Dann können wir zusammenreisen. Es ist eine schwierige Strecke. Ich will auch in diese Richtung.«

Lydia zögerte, dachte über das Angebot nach und hoffte, dass George Parrott recht behielt und Alec mit den Mädchen noch dort sein würde. Sie wusste nicht, wo sie sich gerade befand, und kannte diesen Mann nicht. Er war zurückhaltend, hatte aber nichts Ehrfurchtgebietendes an sich. Er konnte sonst wer sein.

»Oh. Wahrscheinlich werde ich allein weiterreisen«, plapperte sie schließlich.

»Ich bestehe darauf«, widersprach er und lächelte milde. »Mit mir zusammen wird Ihre Reise viel sicherer sein, Lydia. Sie heißen doch Lydia?«

»Woher wissen Sie das?«

Er zuckte die Achseln und deutete auf Maznan. »Ich muss es wohl von ihm gehört haben. Sie werden ihn hierlassen?«

Es hörte sich beinahe wie eine Feststellung an, und ihre Unentschlossenheit war augenblicklich verflogen. Sie wandte den Blick ab, als sie antwortete: »Nein, er bleibt bei mir.«

Maznan umschlang ihre Beine, gerade als ein Schwarm Schmetterlinge vorbeiflatterte. Sie sah ihm an, dass er sie zu zählen versuchte, doch sie flogen zu schnell. Der Mann neigte scheinbar gleichmütig den Kopf, doch ihr war nicht entgangen, dass er kurz die Lippen zusammenpresste.

Sie ließ ihn stehen und half Maznan in sein trockenes Hemd. Strahlend entblößte er eine Reihe gleichmäßiger weißer Zähne und beklopfte den Stoff. Sie packte ihre Reisetasche neu und verzichtete dabei auf zwei Paar Schuhe und eines der Abendkleider. Der körnige Staub brannte ihr in den Augen, und ihre kurz geschnittenen Haare waren verschwitzt. In einem fort scheuchte sie brummende Insekten vor ihrem Gesicht weg und kratzte sich an den Knöcheln, wo sie gestochen worden war. Im Stillen flehte sie, die nächste Etappe der Reise möge nicht zu nervenaufreibend werden. Sie fasste an ihr Medaillon und atmete tief durch. *Es dauert nicht mehr lange, meine Lieblinge. Bald bin ich bei euch.*

12

Als sie aus dem Dorf aufbrachen, nickten sie einander nur wortlos zu und sprachen auch kaum, während sie einem verschlungenen Pfad folgten. Nach einer Stunde gelangten sie zu einer Bahnstation am Rand des Dschungels, die aus einem Telegrafenhäuschen und einem Bahnsteig bestand. Lydia ließ sich auf eine Bank sinken, verschwitzt und müde, die Beine voller Insektenstiche. Für ein Bad hätte sie alles gegeben. Maznan legte die Arme um ihre Taille und schlief mit dem Kopf an ihrer Brust ein. Ein paar Flugblätter flatterten im Wind und kündigten jedem den Tod an, der die Aufständischen mit Lebensmitteln versorgte. An einer Plakatwand wurde für Tiger-Bier und die Lieder von Dinah Shore geworben.

»Sie werden sich sicher freuen, Ihre Töchter wiederzusehen«, sagte Adil.

Lydia runzelte die Stirn. Hatte sie ihm von Emma und Fleur erzählt? Schon möglich.

»Es gibt nichts Wichtigeres als die Familie.« Er griff in seinem Sarong in eine verborgene Tasche und brachte eine Orange zum Vorschein. »Hier. Teilen Sie sich die mit dem Kind.«

»Danke«, sagte sie. »Ich esse gern Orangen, und Durst habe ich auch.«

Sie schälte die Orange, und beim Duft der Schalen lief ihr das Wasser im Mund zusammen. Als sie die Vorfreude in Maznans Augen sah, überließ sie ihm die Frucht ganz.

Adil schwieg.

Als sie den Zug heranrattern hörte, schaute sie auf die Schienen und hoffte auf ein kühles Abteil. Doch er fuhr vorbei, ohne anzuhalten. Sie ließ die Schultern hängen und starrte in die Staubwolke, die den letzten Waggon einhüllte.

Da sie es nicht gewohnt war, am späten Nachmittag im Freien zu sein, verging sie vor Hitze und hoffte, dass es bald regnen würde. Adil litt unter der Feuchtigkeit offenbar nicht so stark wie sie und hatte ihr den ganzen Weg über die Reisetasche getragen. Er nickte bedächtig und zog die Brauen zusammen.

»Die Strecke scheint unbeschädigt zu sein, wenigstens zu einem Teil.« Er blickte sich um, sagte, er müsse noch einmal kurz verschwinden und lief zu dem Telegrafenhäuschen.

Während er fort war, entdeckte Lydia einen kleinen Spinnenjäger, der sich furchtbar aufregte, weil sie genau unter seinem Nest saß. Ihr war zu heiß, um aufzustehen und ein Stückchen wegzugehen, und als Adil zurückkam, machte sie keinen Versuch, ein Gespräch anzufangen. Sie roch den Schweiß in ihren Achselhöhlen und verfluchte Alec. Maznan klopfte ihr auf den Arm, um auf sich aufmerksam zu machen.

»Ich habe noch Hunger, Mem«, sagte er. Dabei rieb er sich den Bauch und sah sie mit großen Augen an.

Ihm zuliebe brachte sie ein Lächeln zustande. »Was isst du am liebsten?«

»Nasi Dagang. Das kocht meine Mutter immer.«

Es war das erste Mal, dass er sie erwähnte. »Wo ist sie jetzt, Maz? Weißt du das?«

Er zuckte die Achseln und ließ den Kopf hängen.

»Hat sie dir dieses Hemd gekauft? Wolltest du es deshalb nicht ausziehen?«

Er schniefte.

Sie überlegte einen Moment lang. »Woraus besteht Nasi Dagang?«

»Das ist Kokosreis mit Fisch.«

Sie suchte in ihren Taschen. Ein räudiger Hund schlich vorbei und beäugte sie hoffnungsvoll. Ihr blieb nichts anderes übrig, als mit Adil zu sprechen, obwohl seine Reserviertheit ihr die Zunge lähmte.

Sie senkte die Stimme. »Was können wir tun? Es ist nichts mehr übrig.«

Seine Augen wirkten wachsam. Ihr wurde bewusst, dass sie einander anstarrten, und sie blickte zur Seite.

»Wenn ein Zug kommt, können wir etwas zu essen kaufen. Manche fahren nur, um zu verkaufen. Haben Sie noch Geld?«

Sie nickte, dann fand sie die Sprache wieder. »Ich dachte, es sei nicht erlaubt, mit Lebensmitteln zu reisen. Und geht das Geld, das die Verkäufer dabei verdienen, dann nicht gleich wieder für die teure Fahrkarte weg?«

»Diese Leute zahlen nicht. Sie springen auf und wieder ab«, erklärte er mit einem flüchtigen Lächeln und sah sie weiter unverwandt an.

»Verletzen sie sich dabei nicht?«

»Es sind doch nur Einheimische«, sagte er, ohne die Miene zu verziehen.

Er neckte sie. Sie betrachtete die staubigen Pflanzen, die am Rand des Bahnsteigs wuchsen, und dachte an eine andere Reise. Damals hatten sie und Alec zwei Siamkatzen durch den Zoll in Johore geschmuggelt.

Sie schaute den Mann, der neben ihr saß, von der Seite an. Sie wusste nichts über ihn, und plötzlich fühlte sie sich unsicher.

Als ein zerbeulter Zug mit kreischenden Bremsen anhielt, wehte mit dem Rauch der Lok der Geruch von Ingwer und Tamarinden heran. Dazu kam der Geruch nach Regen, der in der Luft lag.

Sie stiegen ein, fanden Sitzplätze und kauften einer dünnhaarigen Frau in weiten Hosen Guaven und Curryreisplätzchen ab. Lydia sah nun selbst, dass der Transport von Lebensmitteln und Vieh trotz des Verbots weiterging. Die Frau hatte einen Rucksack voller Essen und lebende Hühner in einem Deckelkorb bei sich.

»Sie finden Wege, um der Polizei aus dem Weg zu gehen«, sagte Adil.

»Wird denn von den Lebensmitteln nicht einiges zu den Rebellen im Dschungel gelangen?«

»Das dürfen Sie aber niemandem verraten«, sagte er mit

hochgezogenen Brauen. Lydia bemerkte, dass er sehr dichte Wimpern hatte.

Das Licht fiel auf sein Gesicht, und sie sah echte Wärme in seinen Augen. Für einen Moment schlug sie den Blick nieder, und als sie ihn wieder ansah, war die Wärme aus seinen Augen verschwunden. Sie schluckte mühsam, wusste nicht, wie sie reagieren sollte. Mit Menschen anderer Hautfarbe hatte sie noch nie zwanglosen Kontakt gehabt. Alle, die sie kannte, waren entweder Alecs Untergebene oder Diener ihres Haushalts gewesen. Und auch die Begegnungen beim jährlichen Sultansball konnte man kaum als persönlich bezeichnen.

»Essen Sie auf«, empfahl er ihr. »Das könnte für eine Weile das Letzte sein, was Sie bekommen.«

Als der Zug schneller fuhr, sauste ein Meer von Grün an ihnen vorbei. Es gab keine Toilette, und sobald er langsamer wurde, sprangen Leute ab und rannten in die Büsche. Lydia unterdrückte ein Schmunzeln, als sie Männer vor aller Augen im Regen pinkeln sah.

Maz schlief zwischen ihnen. Er hatte den Kopf an ihren Arm gelehnt, während sie sich mit dem Ruckeln des Zuges bewegte. Auch Adil hatte die Augen geschlossen, und ab und zu warf sie einen Blick auf sein kräftiges Kinn und seinen Mund. Einmal öffnete er die Augen und ertappte sie dabei, wie sie ihn betrachtete. Verlegen drehte sie den Kopf weg.

Nach kurzer Zeit bemerkte sie, dass sich fremde Blicke auf sie richteten. Ein Angehöriger des Militärs und seine Frau kamen den Gang entlang und traten auf sie zu. Der Mann war über sechs Fuß groß, gut gebaut und hatte eine violette Nase. Offenbar ein Trinker.

Mit verwirrter Miene beugte er sich zu ihr. »Kann man Ihnen behilflich sein?«

»Nein, vielen Dank. Ich komme schon zurecht. Ich reise hoch in den Norden.«

Die Frau verschränkte die Arme und verzog das Gesicht. »Aber mit Ihrem Gärtner, meine Liebe?«

Lydia war es peinlich, dieses Gespräch vor Adil zu führen. »Ich komme zurecht. Danke der Nachfrage. Guten Tag.«

»Also so was!«, sagte die Frau mit rotem Kopf. Ihr Gatte nahm sie am Ellbogen und schob sie vor sich her den Gang hinunter. Noch aus dem nächsten Waggon war ihre Entrüstung zu hören.

Lydia seufzte und sah, dass Adil grinste.

»Soll ich den Oleander zurückschneiden, Madam?«

Sie öffnete das Fenster, um nach dem Regen den frischen Geruch des Dschungels hereinzulassen, und der zarte Duft wilder Fresien wehte ins Abteil. Lydia lachte, und alles war wieder in Ordnung.

Die Strecke ging nun leicht bergan. Eine halbe Stunde später starrte sie mit der Stirn an der Fensterscheibe in eine Schlucht, durch die ein Fluss strömte. Die Sonne kam hinter den Wolken hervor, und ihre Strahlen fielen auf eine Palastruine am Hang eines Berges.

»Was ist das?«, fragte sie und drehte den Kopf zu Adil.

»Es könnte der Palast des Sultans von Selangor sein, und dies wäre dann das Klangtal.«

Lydia runzelte die Stirn. Ihre geografischen Kenntnisse von England waren schon nicht umfassend, und was Malaya betraf, waren sie noch geringer.

»Wir sind nicht weit von Kuala Lumpur entfernt.«

Lydia dachte an die Landkarte, die in Alecs Büro über dem Schreibtisch hing. Er hatte einmal vage auf diesen oder jenen Punkt gezeigt, ohne sich darum zu kümmern, ob sie etwas damit anfangen konnte. Jetzt hatte sie Mühe, sich an das Gezeigte zu erinnern. Sie kannte Johore Bahru, Malakka und die Hauptinsel von Singapur. Das alles lag im Süden. Und gleich nach ihrer Ankunft in Malaya hatten sie einen kurzen, aber friedlichen Urlaub oben bei Kuala Trengganu an der Ostküste verbracht. Damals waren sie noch einigermaßen glücklich gewesen.

Was sie von der Karte im Kopf hatte, waren nur die Orte, an

denen sie schon gewesen war, keine weiteren Einzelheiten. Auch wo Ipoh lag, wusste sie nur ungefähr.

»Wir haben jetzt die Hälfte der Strecke hinter uns«, sagte Adil. Er zog einen Bleistiftstummel und ein abgenutztes Notizbuch hervor. »Ich werde es Ihnen zeigen.«

Behutsam nahm Lydia den Jungen auf den Arm und wechselte mit ihm den Platz. So dicht neben Adil stieg ihr der würzige Zedernölduft seiner Haut in die Nase.

»Im Westen liegt Penang, ungefähr gegenüber von Kuantan im Osten.«

Sie nickte und sah zu, wie die länglichen Umrisse Malayas auf dem Papier erschienen. »Und Ipoh?«

»Hier.« Er machte ein Kreuz. »Ein Stück unterhalb von Penang und etwa auf halbem Weg nach Kuala Lumpur.«

So weit noch, dachte sie. »Wie weit können wir mit dem Zug fahren?«

»Das hängt vom Zustand der Gleise ab, aber eigentlich bis Tanjung Malim.«

Sie erschrak. »Das kenne ich. Ein Freund bewirtschaftet dort eine Plantage. Jack Harding.«

Sie dachte an Jacks breites Grinsen, stellte sich vor, wie er mit energischem Gang durch die Plantage lief, sah seine muskulösen Beine vor sich, seine schwingenden Armbewegungen, die schweißglänzenden Schultern. Dabei schoss ihr durch den Kopf, was er kurz nach ihrer ersten Begegnung zu ihr gesagt hatte. »Verdammt noch mal, Lyddy, ich will nicht im Dschungel sterben.« Er hatte ihr fest in die Augen geschaut und dabei die Hände geknetet.

Sein Grinsen und seine Energie, beides so elektrisierend wie ein tropisches Gewitter, zogen sie magisch an, und sie hatte ihn hart auf den Mund geküsst.

»Keine Sorge, Liebster, das wirst du nicht«, sagte sie. »Aber warum bist du überhaupt hergekommen?«

»Nach Birma fand ich den Gedanken an ein normales Leben unerträglich«, antwortete er.

Er war Anfang vierzig, stammte aus gutem Hause und hatte eine Privatschule besucht. Doch dann hatte er allem den Rücken gekehrt. Seitdem war ihm gleichgültig, was andere von ihm hielten. »Sollen sie doch denken, was sie wollen«, sagte er immer und breitete achselzuckend die Arme aus. Gutaussehend und blond wie er war, stach er aus jeder Menge hervor. Wie ein großer goldener Gott, kam es ihr einmal in den Sinn. Sie wagte kaum, sich einzugestehen, dass sie gleich zu Anfang den bösen Jungen in ihm gespürt hatte.

Jetzt schob sich sein Aussehen in den Vordergrund und glättete die Erinnerung.

Der Rhythmus der rollenden Räder und die Hitze im Abteil machten schläfrig. Maz lag eingerollt an sie gelehnt und schien zu schlafen. Aber als sie auf ihn hinabschaute, streckte er die kleine Hand aus und tippte ihr auf den Oberschenkel.

»Meine Mutter ist jetzt bei den Rebellen, ich sehe sie nicht wieder«, sagte er.

Sie zog ihn näher an sich. Der arme Kleine, dachte sie gerade, als jemand sie streifte, der hastig vorbeiging.

Eine Malaiin, die einen Säugling in einem Tuch vor der Brust trug, beeilte sich, zur Tür zu gelangen. Am anderen Ende des Ganges erschien der Schaffner und verlangte die Fahrkarten. Während Lydia den Kopf in seine Richtung drehte, sprang Adil auf.

»Was ist los?«, fragte sie.

Ohne zu antworten, drängte er sich durch die stehenden Fahrgäste und folgte der Frau. Lydia reckte den Hals nach ihr. Als die Malaiin die Tür erreicht hatte, griff sie nach der Türklinke. Inzwischen war der ganze Waggon auf sie aufmerksam geworden, alle sahen sie an.

Die Tür öffnete sich. Lydia schnappte entsetzt nach Luft und stand auf, eine Hand vor dem Mund. Der Zug hatte nicht abgebremst, fuhr auf keinen Bahnhof zu. Dennoch setzte die Malaiin, die den Arm um ihr Kind gelegt hatte, einen Fuß auf das Trittbrett. Sie neigte sich vor, bereit abzuspringen. Im letzten Moment bekam Adil ihren Schal zu fassen und zog sie zurück. Dann hielt er sie fest an den Armen.

Lydia sah seine Betroffenheit. Kopfschüttelnd redete er auf die Frau ein, die den Kopf senkte und schließlich mit tränennassem Gesicht aufblickte. Er griff in seinen Sarong und zog eine Brieftasche hervor, deutete auf den Schaffner und drückte der Frau einige Münzen und eine Fünf-Dollar-Note in die Hand.

Als der Schaffner neben ihren Plätzen stand, zahlte Adil für sie alle.

»Das war nett von Ihnen«, sagte Lydia.

»Sie meinen die Fahrkarten für Sie und Maznan?«

»Das auch. Vielen Dank. Und dass Sie die Frau zurückgehalten haben. Woher wussten Sie, dass sie springen würde? Sie hätte sich das Genick brechen können.«

»Ich habe das schon erlebt. Die paar Münzen sind doch nicht der Rede wert«, sagte er wegwerfend, als wäre ihm ihre Anerkennung peinlich.

Lydia war beeindruckt, nicht nur von seiner selbstlosen Hilfe, sondern auch davon, wie schnell er die Situation erfasst hatte.

Draußen wirbelte der Wind Staubwolken auf. Als der Zug an einem winzigen Bahnhof anhielt, wartete davor ein kleiner Bus. Türen knallten, Vögel flogen auf, und es gab ein Gedränge, als die Leute ihr Gepäck abluden. Eine Schar Glücklicher strebte auf den Bus zu. Ein Priester, der in der Menge wartete, wandte sich ihr lächelnd zu, als sie sich näherten, an der Hüfte ein Halfter mit einer Pistole. Früher wäre sie bei dem Anblick erschrocken, doch inzwischen trug jeder eine Waffe, und Lydia zog nicht einmal eine Braue hoch. Sie sorgte sich mehr darum, wie sie in der staubigen Luft atmen sollten, falls der Bus sie nicht mitnähme.

Adil beschaffte ihnen drei Plätze in der Mitte.

Seufzend wischte Lydia sich über den Haaransatz, wo sich immer wieder Schweißperlen bildeten. Maz bemerkte ihre Niedergeschlagenheit und sagte: »Ich finde dich schön, Mem.«

Ihr traten die Tränen in die Augen. Das war vielleicht einmal, dachte sie. Im Augenblick fühlte sie sich nur noch erschöpft und schmutzig.

Laute Motorengeräusche waren zu hören. Sie schaute sich um. Eine Lastwagenkolonne fuhr in Polizeibegleitung die Straße entlang.

Adil spähte hinüber. »Sie bringen chinesische Dörfler vom Rand des Dschungels zu einem der Umsiedlungslager.«

Der Wind wehte Geplärre heran, das aus einem Lautsprecher drang.

»Den Chinesen bleibt hier nichts mehr«, sagte er. »Nur die Lager oder das entsetzliche Leben bei den Rebellen.«

Lydia wusste von Alec, dass die Polizei und sogar das Militär an den Umsiedlungsmaßnahmen beteiligt waren. »Entscheiden sich denn nicht die meisten für die Seite der Regierung?«

»Doch, durchaus. Das heißt aber nicht, dass sie die Briten unterstützen. Sie sind nur die Gewalt leid.«

Lydia hatte Kopfschmerzen, und ihre Schultern waren verspannt nach den Strapazen des Tages. Sie schloss die Augen, um mit Maz auf dem Schoß ein Weilchen zu schlafen, und achtete darauf, dass eine kleine Lücke zwischen ihr und dem Mann blieb. Versunken in die Träume ihrer Kindheit und die ständige Sehnsucht nach der unbekannten Mutter, war sie weit in der Vergangenheit, als der Bus scharf bremste. Sie riss die Augen auf, und die Frau im blauen Kleid verschwand aus ihrem Kopf. Der Bus war zum Stehen gekommen.

Sie schüttelte sich, um wach zu werden, und seufzte schwer. Was war jetzt wieder los?

Sie sah Adil durch den Gang nach vorn drängen. Die Leute standen auf, reckten sich, raunten sich Fragen zu. Maznan hatte sich nicht gerührt. In der zunehmenden Dämmerung zogen sich graue Streifen über den dunkelblauen Himmel. Lydia konnte die Straße vor ihnen nicht sehen, also wartete sie geduldig ab. Sie hatte das Gefühl, den Malaien in dieser Hinsicht immer ähnlicher zu werden. Alec mit seiner steifen britischen

Nachdrücklichkeit hätte sie hier verlegen gemacht. Schließlich kam Adil zu ihr zurück.

»Die Polizei hat uns angehalten. Der Bus muss umkehren. Die Straße ist vermint. Sie wollen kein Risiko eingehen.«

Lydia ließ sich nach vorn sacken. Warum musste alles so verdammt schwierig sein?

»Aber meine Mädchen. Ich kann nicht umkehren.«

»Ich habe Ihnen eine Mitfahrgelegenheit besorgt. Einer der Polizisten da draußen soll morgen früh seinen Dienst auf der Plantage Ihres Freundes antreten. Er ist bereit, schon jetzt dorthin zu fahren und Sie mitzunehmen.«

Bei dem Gedanken, Jack wiederzusehen, setzte ihr Herz einen Schlag aus. Sie stellte sich die blauen Hügel und dunkelgrünen Täler der Plantage vor, wie er sie ihr beschrieben hatte, das Schnalzen der Hausgeckos unter seinem Schlafzimmerfenster, den Chor der Ochsenfrösche. Sie schüttelte den Kopf. Sie war nicht wegen Jack hier.

»Woher wissen Sie von ihm?«

»Sie haben ihn vorhin erwähnt, erinnern Sie sich? Ich habe bei den Polizisten an der Straßensperre nachgefragt, und Bert und einige seiner Kollegen wurden der Plantage zugeteilt. Wenn Sie mitfahren, können Sie und der Junge sich einmal ausschlafen, etwas essen und sich waschen.« Amüsiert sah er in ihre Gesichter und auf ihre Kleider. »Sie wollen doch nicht so aussehen, wenn Sie Ihre Töchter wiedersehen, nicht wahr?«

Bitter lächelnd blickte sie auf ihre wund gescheuerten Füße und die nässenden Insektenstiche an ihren Beinen. Alles brannte und juckte. Sie zögerte. Es wäre zu riskant. Erschöpfung wallte in ihr auf, und sie wischte sich über die Stirn, bewegte die geschwollenen Finger und versuchte ihren Ehering zu drehen. »Ich kann nicht zu Jack gehen.«

Adil sah sie freundlich an. »Welche Möglichkeit haben Sie sonst? Es wird eine Woche dauern, bis wieder ein Bus durchkommt.«

»Was ist mit Ihnen? Kommen Sie nicht mit?«

»Nein, ich werde gleich mit dem Bus zurückfahren.«

Sie seufzte, und ihre Enttäuschung überraschte sie. »Kann ich nicht mit Ihnen fahren?«

Er schüttelte den Kopf. »Eine Woche ist eine lange Zeit. Was würden Sie währenddessen tun?«

Er hatte recht. Sie musste es einsehen. Außerdem hatte sie so die Chance, Emma und Fleur eher wiederzusehen. Doch was würde Alec sagen, wenn er herausfand, dass sie bei Jack gewesen war?

Adil trug ihr die Reisetasche und nahm Maz bei der Hand. So brachte er sie beide zu dem gepanzerten Polizeiwagen, wo ein stämmiger britischer Polizist in grünem Tarnanzug rauchend bei einem Polizei-Sergeanten stand, einem Turban tragenden Sikh.

Adil deutete mit einer Kopfbewegung auf den Offizier. »Das ist Bert.«

Lydia schirmte sich die Augen gegen den Schein seiner Taschenlampe ab, um zu sehen, zu was für einem Mann sie ins Auto steigen sollten. Mit der anderen Hand scheuchte sie einen Schwarm fliegender Ameisen weg. Auf den ersten Blick machte dieser Bert einen freundlichen Eindruck. Er hatte wellige, mit Pomade zurückgekämmte Haare und Sommersprossen.

»Einer Dame bin ich immer gern behilflich«, sagte er in breitem Yorkshire-Tonfall. »Und morgen früh hätte ich sowieso hinfahren müssen.«

Lydia lächelte schwach und stellte überrascht fest, dass sie bei seinem Akzent Heimweh nach England bekam. Sie setzte Maz in den Wagen und stieg ebenfalls ein. Als sie die Tür zuziehen wollte, zögerte sie. Bert saß hinter dem Steuer und war im Begriff, den Motor anzulassen.

»Verzeihung«, sagte sie. »Nur eine Sekunde noch.« Sie stieg aus und ging zurück zu Adil.

»Wer sind Sie? Sie waren so … so freundlich.« Sie berührte seine Hand. Sein Blick wurde warm, als er sie anlächelte. Seine Würde und Zurückhaltung erinnerten sie an alte Legenden, die sie den Mädchen vorgelesen hatte, Geschichten von mächtigen Priestern, die ruhig wie Adil wirkten, aber im Herzen Krieger waren.

»Das ist nicht der Rede wert. Wir leben in gefährlichen Zeiten.«

Sie sahen sich in die Augen, und sie genoss den flüchtigen Moment.

»Nun, gleichgültig, wer Sie sind, ich möchte Ihnen danken. Für Ihre Freundlichkeit.«

»Keine Ursache. Betrachten Sie mich als Freund.«

Bert hielt sich an einsame Asphaltstraßen. Als es dunkler wurde, schimmerten ab und an zwischen den Bäumen die Feuer der Kampongs hindurch. An einem hohen Stacheldrahtzaun hielt er schließlich an und leuchtete mit der Taschenlampe zu einem Wachturm hinauf, wo zwei Polizisten mit Bren-MG zu ihnen herunterschauten. Einem dritten Wächter am Tor zeigte Bert seinen Ausweis, und der Mann stieg zu ihnen in den Wagen. In der Ferne schienen von weiteren Wachtürmen Lichtkegel in die Plantage.

Die Zufahrtsstraße zum Haus war viel länger, als Lydia erwartet hatte. Als sie es erreichten, war alles hell erleuchtet. Ihr Herz klopfte schneller. Es war ein zweigeschossiger Bau mit Nebengebäuden, beeindruckend groß und von einer Veranda und einem Garten umgeben, der durch einen Stacheldrahtzaun gesichert war. Der Wachmann schloss das Tor auf und ließ sie passieren, dann ging er um einen Azaleenstrauch herum, den eine Laterne beschien, und postierte sich außerhalb des Lichtkreises.

Lydia war noch nie hier gewesen. Ihre Rendezvous mit Jack hatten tagsüber in Hotels stattgefunden, und ein-, zweimal sogar bei ihr zu Hause.

Lydia fragte sich, ob es wirklich klug war hierherzukommen. Was würde Jack davon halten, dass sie unangemeldet bei ihm aufkreuzte? Sie wäre wohl doch besser mit Adil umgekehrt, trotz der Woche Verzögerung.

Während sie versuchte, sich ihre Aufregung nicht anmerken zu lassen, sah sie sich im Flur um. Bis auf den hellblauen chinesischen Teppich auf dem glatten Fliesenboden wirkte er kahl, so als wäre das Haus gar nicht richtig bewohnt. Sie nahm die karge Möblierung, die dunkle Holztäfelung und den männlichen Geruch nach Tabak und Wachs in sich auf.

Eine zierliche Chinesin mit unfreundlichem Blick kam leichtfüßig auf sie zu. Sie hatte seidiges blauschwarzes Haar, das ihr bis zur Hüfte reichte, hellbraune Haut und feine Gesichtszüge. Ihr geschmeidiger Gang strahlte eine selbstbewusste Sinnlichkeit aus. Lydia, die sich verschwitzt fühlte, bemühte sich zu lächeln.

»Ja?«, sagte die Chinesin auf Englisch und musterte sie rasch.

Bert wirkte ein wenig verblüfft, blieb aber höflich. »Ist Jack da, bitte?«

»Möglicherweise ist er noch auf. Wen soll ich melden?«

»Bert Fletcher. Ich bin einer der zusätzlichen Hilfspolizisten für die Plantage. Ich soll hier morgen früh meinen Dienst antreten.«

Lydia wusste, dass Jacks Plantage von Rebellen angegriffen worden war. Doch ihr war nicht klar gewesen, dass Jack deshalb Hilfspolizisten benötigte.

»Nur vorübergehend. Dann komme ich zu dem neuen Umsiedlungsdorf«, sagte er zu Lydia gewandt. »Wir arbeiten immer zu zweit.«

Die Chinesin entfernte sich. Geistesabwesend zog Lydia an ihrem feuchten Kleid und scheuchte sich die Fliegen aus dem Gesicht. Während sie wartete, sah sie einen rötlich braunen Gecko über die Wand laufen. Ein zweiter flitzte auf ihn zu und packte ihn, doch der andere stieß seinen Schwanz ab, der weiterzappelte. Das war ein gutes Omen, und Lydia schaute so fasziniert zu, dass sie Jacks Gesicht nicht sah, als er hereinkam. Als sie beim Klang seiner Schritte herumfuhr, hatte er sich schon wieder gefasst. In einem dünnen blauen Bademantel, unter dem sich seine Muskeln abzeichneten, stand er vor ihr, barfuß und mit feuchten Haaren. Sie sah in seine leuchtend blauen Augen und versuchte abzuschätzen, was in ihm vorging.

Die Chinesin stand still hinter ihm. Ihre zierliche Figur zeichnete sich im Gegenlicht einer Stehlampe ab.

»Lyddy«, sagte er und kam auf sie zu. »Was führt dich denn hierher?«

Sie war sich ihrer klebrigen Haut und schmutzigen Haare bewusst, doch sie bemühte sich, ein tapferes Gesicht zu machen und die aufsteigenden Tränen zu unterdrücken. Während er sie von oben bis unten musterte, gab er sich keine Mühe, seine Überraschung zu verbergen. Trotz ihrer Erschöpfung fühlte sie sich verlegen, als sie sich über die schweißfeuchten Haare strich.

»Das ist Maznan«, sagte sie und löste den Jungen von ihrem Rock, an dem er sich festgesetzt hatte wie eine Napfschnecke. »Oder kurz Maz. Ich passe eine Zeit lang auf ihn auf.«

Verwirrt strich sich Jack die dunkelblonden Haare aus der Stirn, drehte sich zu der Hausangestellten um und gab ihr auf Chinesisch Anweisungen.

Die neigte den Kopf und verließ den Raum.

»Lili wird dir ein Bad einlassen und etwas zu essen bereitstellen. Du siehst fix und fertig aus.« Er trat einen Schritt näher und fasste sie bei den Schultern. Plötzlich hellte sich sein Gesicht auf. »Hast du es dir anders überlegt? Bist du deshalb gekommen?«

Sie begann zu zittern, schüttelte den Kopf und ballte die Fäuste, um das Zittern zu unterdrücken.

Er hob ihr Kinn. »Was ist dann passiert?«

Sie biss sich auf die Lippe und versuchte, die Tränen zurückzudrängen, doch sie liefen ihr schon über die Wangen. Sie wünschte sich, dass er sie auf den Arm nehmen und in sein Bett tragen und alles wieder in Ordnung bringen würde. Doch sie hatte Alec ein Versprechen gegeben. Sie hatte ihre Wahl getroffen.

Er wischte ihr die Tränen ab. »Also gut. Das ist wohl nicht der geeignete Moment, um zu reden. Ich muss morgen vor

Sonnenaufgang aus dem Haus. Bis zwölf bin ich zurück. Dann kannst du mir alles erzählen. Im Gästezimmer steht ein Doppelbett.«

Er nickte Bert zu. »Der Wächter zeigt Ihnen, wo Sie hinmüssen.«

»Wir sehen uns morgen, Lyddy.« Er gab ihr einen flüchtigen Kuss auf die Stirn und ließ sie allein.

13

Das Fenster hatte drei Flügel, und die Metallstreben darin bildeten ein Rautenmuster. Ich starrte in den Sommerhimmel, den die Sonne rosa färbte, und hatte Heimweh. Noch immer hatte ich den staubigen Geruch meines Verstecks unter dem Pfahlhaus in der Nase, wo ich immer zum Spionieren hineingekrochen war. Hinterher, wenn ich mit lauter Krabbeltieren an der Kleidung und in den Haaren wieder zum Vorschein kam, sagte Mehlwurm jedes Mal: »Puh, du stinkst.« Sie kroch nie unters Haus. Und Mum sagte immer: »Also wirklich, Emma. Was habe ich dir gesagt? Eines Tages wirst du noch von einer Giftschlange gebissen.«

Ich sehnte mich so sehr nach ihren Augen. Ich sah sie vor mir, wie sie sich die Haare hochsteckte und lachte, wenn sie wieder herabfielen. Aber konnte sie noch lachen, so ohne uns? Ohne mich? Es fiel mir jetzt schwerer, tagsüber von ihr zu träumen. Doch wenn es mir gelang, glaubte ich, ihr Parfüm zu riechen, und konnte kaum atmen vor Sehnsucht.

Wir waren seit sechs Monaten in England, aber die Erinnerungen an Malaya waren immer noch sehr lebendig. Mir fehlten die Tiere und die Gerüche des Dschungels, die uns magisch angezogen hatten. In Worcestershire gab es keine Gerüche, die einen irgendwohin lockten. Aber ich hielt trotzdem die Nase in den Wind.

Es war noch früh, und solange Fleur schlief, bastelten Gran und ich weiter an dem Puppenhaus, das wir ihr zum neunten Geburtstag schenken wollten. Fleur glaubte, sie würde ein Teeservice aus Plastik bekommen. Wir mussten also leise sein. Granddad hatte die Holzbrettchen zusammengenagelt, während wir Mädchen in der Schule gewesen waren, und Gran und ich strichen das Häuschen nun an und richteten es ein, alles in ihrem Schlafzimmer, damit Fleur es nicht sah. Reste orangefarbener Tapete und braunen Linoleums hatten wir schon zurechtgeschnitten und die Wände und den Fußboden damit beklebt. Jetzt nähte ich an einem Kleid für die Puppen. Gran setzte sich in ihrer Schürze und den Hausschuhen hin und bastelte aus Streichholzschachteln einen Tisch und Stühle. Sie war gerade mit dem Tisch fertig und begann mit einem Stuhl, als es an die Tür klopfte.

»Bist du da drinnen?« Es war Dads Stimme.

Ich stöhnte.

»Veronica und ihr Bruder kommen zum Mittagessen. Sie werden um elf hier sein, also in zwei Stunden. Ich erwarte von dir, dass du dann hier bist, Emma. Die ganze Zeit über. Nimm dir ein Beispiel an deiner Schwester. Hast du mich verstanden?«

Im Gegensatz zu mir saß Fleur auf seinem Schoß, und sein Gesicht wurde weich, wenn er sie anlächelte. Sie war nicht mehr krank und sah ihm seitdem noch ähnlicher. Sie hatte die gleichen ruhigen blauen Augen und ordentlichen Haare wie er. Ich hörte die Uhr auf dem Kaminsims ticken. Ich hätte still sein und so tun können, als wäre ich nicht da. Doch dann wäre er hereingekommen und hätte mich gesehen. Gran stupste mich an.

»Ja, Daddy«, rief ich in einem Ton, als ob ich lächelte.

Veronica war eigentlich ganz in Ordnung. Nachdem ihr Mann krank geworden war, hatte Mr. Oliver ihr beim Leiten der Schule geholfen, und nach dem Tod ihres Mannes, sagte Dad, sei er so freundlich gewesen, sie nach England zu begleiten. Veronica war immer ein wenig traurig, was ich gut verstand, doch Dad lächelte häufiger, wenn sie da war.

Gran hatte in der Küche zu tun, darum stellten wir das Puppenhaus in ihren großen Kleiderschrank, und ich zog mich an, um nach draußen zu gehen und mich mit Billy zu treffen.

Als ich mit dem Ankleiden fast fertig war, wachte Fleur auf und sprang sofort aus dem Bett. Ich konnte die Puppe, die ich für sie nähte, gerade noch unter mein Kopfkissen stopfen. Dann stand Fleur vor mir und stemmte die Hände in die Seiten. Sie sagte, sie wisse genau, dass ich etwas im Schilde führe, und wenn ich sie in das Geheimnis nicht einweihe, werde sie mich verpetzen. Das ärgerte mich dermaßen, dass ich das Geschenk beinahe verraten hätte. Aber sie war noch klein, und das wäre gemein gewesen. Und jetzt würde sie auch noch eine Brille tragen müssen. Darum erwiderte ich bloß, sie solle sich um ihren eigenen Kram kümmern. Sie schmollte, aber als sie merkte, dass es mir ernst war, zuckte sie auf so eine komische erwachsene Art die Achseln.

»Du gehst doch nicht raus?«

»Nur ein bisschen. Verrate es nicht, ja?«

Billy und ich hatten etwas gemeinsam: Beide liebten wir es, unserer Fantasie freien Lauf zu lassen. Seit ungefähr einem Monat dachten wir uns Neuerungen für das Leben in der Zukunft aus, und das taten wir jeden Samstag in der Scheune. Meistens waren wir nicht vor zehn da, doch als ich die Leiter hochstieg, sah ich ihn schon dort sitzen.

»Ach gut«, sagte er erfreut. »Ich wusste nicht, ob du kommst. Kannst du den ganzen Vormittag?«

Ich stöhnte. »Ich muss um elf wieder zu Hause sein.«

Billy war witzig und ein ungehorsames Kind, genau wie ich. Wir klatschten uns ab und sagten »ungehorsames Kind«, dann ließen wir uns lachend ins Heu fallen. Diesmal war ich an der Reihe, eine Maßnahme zu erfinden, die Leben rettete. Wenn einem nichts einfiel, musste man sich etwas ausziehen. Damit es für mich nicht peinlich würde, hatte ich mir ein Leibchen, ein langärmliges Baumwollunterhemd, einen Pullover, eine Strickjacke, ein Paar kurze Hosen, Socken und meinen Rock angezogen, darüber meinen Wintermantel. Es war August, und ich kam vor Hitze fast um.

Billy besaß nicht viel zum Anziehen und stand da in einer weiten Unterhose und einem löchrigen Leibchen, das sein Bruder vor ihm getragen hatte. Es bedeckte nicht mal seine Brust, und das war gemein, darum wurde ich schwach und gab ihm meinen Mantel. Billys Familie war arm, hauptsächlich weil sein Dad trank. Das sagte jedenfalls Granddad. Sie hatten ein kleines Haus am Dorfrand. Manchmal roch Billy nach Pipi, obwohl er sagte, dass er sich gewaschen hätte. Nicht gut genug, meinte ich dann und zog die Nase kraus.

Wir begannen mit unserem Spiel und verloren sofort die Zeit aus den Augen.

»Wie wär's, wenn man zum Sehen Geräusche statt Licht bräuchte«, sagte er, strich sich einen eingebildeten Schnurrbart glatt, reckte das Kinn vor und zog die Mundwinkel herab wie ein verrückter Professor.

Ich lachte. »Du meinst, wie Fledermäuse?«

»Ja! Blind wie eine Fledermaus.«

Wir lagen in Unterwäsche im Heu, bis ich wieder an die Zeit denken musste. »Wie spät ist es?«, rief ich erschrocken.

»Weiß nicht.«

Ich sah auf meine Armbanduhr. Oh nein! Halb eins. Mittagessen gab es immer um Punkt viertel vor eins. Wie hatte ich nur schon wieder die Zeit vergessen können?

Hastig zog ich mich an, während Billy mich von oben bis unten betrachtete.

»Was denn?«, fragte ich.

»Stroh im Haar.«

Ich fuhr mir mit den Fingern durch die Haare, stieg die Leiter hinunter, stolperte über meine Schnürsenkel, die ich offen gelassen hatte, landete auf der Erde und kam schließlich völlig verdreckt zu Hause an. Ich stahl mich zur Hintertür hinein und hoffte, nicht erwischt zu werden. Andernfalls würde ich behaupten, ich hätte im Garten gespielt. Dad, Gran und Veronica standen in der Küche. Auf dem Tisch lag ein neues kariertes Wachstuch. Veronica sah sehr hübsch aus mit ihrem babyrosa Lippenstift und dem Baumwollkleid mit dem weiten Rock, der raschelte, als sie auf mich zukam. Dad machte ein strenges Gesicht und presste die Lippen zusammen. Seine Bräune aus Malaya war zu einem Gelbgrau verblasst.

Gran strich sich über die unordentlichen Haare und setzte ein breites Lächeln auf, sodass ihre leuchtenden Augen ringsherum Falten bekamen. »Ah, der Schornsteinfeger ist gekommen«, neckte sie.

Ich blickte auf den braunen Linoleumboden.

»Was habe ich dir gesagt, Emma?«, begann Dad.

Ich wagte einen direkten Blick in seine Augen. Besser, ich hätte den Mund gehalten, doch ich konnte nicht anders. Munter drauflosreden und sie zum Lächeln bringen, dachte ich.

»Ich war so damit beschäftigt, Billy von den Affen zu erzählen. Er wollte wissen, was die fressen. Lammkeule, hab ich gesagt. Er wollte es nicht glauben, aber es stimmt doch, oder? Mum sagt, sie hat mal eine beiseitegestellt, und die Affen haben sie gemopst. Also müssen sie Lammkeule mögen.«

Gran schmunzelte, aber nur hinter vorgehaltener Hand, und an Dads verkrampftem Unterkiefer sah ich, dass ich alles nur schlimmer machte.

»Das reicht, Emma«, sagte er scharf. Sein Adamsapfel hüpfte.

»Nun spring mal nicht gleich aus dem Hemd, mein Sohn«, sagte Gran. »Sie denkt sich nichts dabei. Es ist ja nichts Schlimmes passiert.«

Veronica lächelte und begrüßte mich. Ohne zu antworten, kehrte ich ihr den Rücken zu.

Gran fing an, mir das Stroh aus den Haaren zu ziehen. »Sie ist ja nicht zu spät zum Essen gekommen«, sagte sie. »Aber wozu du all die Kleider angezogen hast, ist mir schleierhaft. Die ziehst du besser aus, und wasch dir auch gleich Gesicht und Hände, Häschen.«

Ich konnte mir vorstellen, was für Blicke jetzt hinter meinem Rücken gewechselt wurden. Wenigstens war bisher von Veronicas Bruder nichts zu sehen. Ich atmete auf. Doch dann kam Granddad aus dem Wohnzimmer herüber, und hinter ihm folgte Mr. Oliver.

Nach dem Essen beschloss Dad, die Großeltern beim Arzt abzusetzen und dann mit Veronica und Fleur einen Ausflug zu machen. Granddad hatte Herzrasen und ließ sich ausnahmsweise dazu bewegen, sich untersuchen zu lassen. Der Arzt hatte am Wochenende Bereitschaft und wäre auch zu uns gekommen, aber Gran meinte, dass es Granddad guttäte, mal an die frische Luft zu kommen. Ich wurde zur Strafe auf mein Zimmer geschickt, weil ich zu spät nach Hause gekommen und grob zu Veronica gewesen war. Ich wollte sagen, dass es mir leidtat, aber mir blieben die Worte im Hals stecken. Sich ins eigene Fleisch schneiden, nannte Mum das.

»Aber wer wird auf Emma aufpassen?«, fragte Gran.

»Ach, das ist kein Problem«, sagte Mr. Oliver und zwinkerte mir zu.

Mein Herz raste. »Nein!«, wollte ich schreien. »Lasst mich nicht mit ihm allein!« Aber alle hätten nur geglaubt, dass ich mir etwas einbilde. Ich ging nach oben und machte ganz leise das Fenster auf, weil ich überlegte, ob ich hinausklettern könnte. Die anderen standen noch an der Haustür und unterhielten sich.

»Ich weiß nicht, was in sie gefahren ist«, hörte ich Dad sagen. »Sie war immer ein schwieriges Kind, aber jetzt ist es noch schlimmer mit ihr. Daran ist nur ihre Mutter schuld, die ihr immer alles hat durchgehen lassen.«

Ich stellte mir vor, wie er die Hände in die Luft warf und die Augen verdrehte, mit besorgter Miene den Kopf schüttelte, um seine Hilflosigkeit anzudeuten, und Veronica dann charmant anlächelte.

»Sei nicht zu streng mit ihr«, sagte Veronica. »Sie vermisst ihre Mutter.« Daraufhin tat es mir doppelt leid, dass ich mich weggedreht hatte.

Ich drückte die Augen fest zu und dachte an Malaya, an die finstersten Plätze, wo ich nie gewesen war, die ich mir aber nachts ausgemalt hatte, wenn ich nicht schlafen konnte.

Unser Gärtner sagte damals immer: »Hütet euch vor der

lockenden Dämmerung, denn dann kommen die Dämonen hervor, um im hohen Gras zu spielen.« Die lockten mit Leckereien aus Kokosnuss und Zuckerwatte Kinder an und kamen nur heraus, wenn sich jemand verlaufen hatte. Man musste sehr aufpassen, um sich nicht zu verlaufen, und wenn man immer weiter und weiter lief, um den Weg zurück zu finden, lockten sie mit Limetten und Zuckerbäumen. Und wenn man mitging, wurde man nie wieder gesehen.

Trotz allem hätte ich mich dort sicherer gefühlt als hier in Worcestershire, allein in einem Haus mit Mr. Oliver.

14

Als Lydia wach wurde, war es blendend hell im Zimmer, und eine Tasse mit kaltem Tee stand auf dem Nachttisch. Das Hausmädchen musste hereingekommen sein, um das Fenster zu öffnen. Lili. Hieß sie nicht so? Lydia setzte sich auf und reckte sich gähnend. Zum ersten Mal seit Tagen spürte sie Energie in sich. Heute würde sie mit Jack sprechen. Sie konnte es kaum erwarten. Ein bisschen Reden wäre doch nicht schlimm, oder?

Eine kalte Dusche, ein Buch aus dem Regal und Frühstück auf der Veranda.

Auf einem kleinen Holztisch standen eine Schale mit Mangostanen, eine Kanne Kaffee und ein Teller mit Toast, daneben lag die *Malay Mail.* Sie beschloss, die friedliche Ruhe bis zu Jacks Rückkehr zu genießen. Obwohl die Sonne noch nicht mit ganzer Kraft schien, stieg die Wärme bereits vom Boden auf. In der Luft hing Holzkohlengeruch. In der Nähe standen hohe Kautschukbäume mit runden Kronen und dunklen, glänzenden Blättern. Ihre Rinden waren eingeritzt und verbreiteten den sonderbaren Geruch ihres Latex. Das alles war Jacks Welt, und sie atmete in vollen Zügen ein.

Ein großes Stück Rasen befand sich vor der hölzernen Terrasse, die das Haus an drei Seiten umgab. An einer Seite führte ein überdachter Gang zu den Räumen der Hausangestellten.

Nach einer zweiten Tasse bitterem Kaffee legte Lydia das Buch beiseite, um einen Erkundungsgang zu unternehmen. Es war ein weitläufiges Haus aus Backstein und Holz mit ausgefallenen ockergelben Dachziegeln und braunen Fensterläden. Schön war es, und ohne den Notstand wäre es noch schöner gewesen.

Hier hatte sich Jack also aufgehalten, wenn er nicht bei ihr gewesen war. In dem Jahr ihrer Affäre hatte er hier gewohnt. Sie hatte es sich tausendmal vorgestellt, war aber nie da gewesen. Und jetzt sah sie ihn im Schatten jedes Baumes, hörte ihn in jedem Rascheln. Trotz allem, was sie Alec versprochen hatte, und obwohl sie die Affäre beendet hatte, sehnte sie sich mehr nach Jack, als sie es sich eingestehen wollte.

An der Rückseite des Hauses standen einige Bananenstauden, Papaya- und Jackfruchtbäume. Und hinter einem besonders hohen Baum schien die Sonne auf ein Dutzend bunte Papageien, die einer nach dem anderen aufflogen.

Lydia trat durch eine Glastür ins Haus und fand sich in einem dunkel getäfelten Arbeitszimmer wieder. Kein Teppich, keine Bilder, nur eine Lampe auf Jacks Metallschreibtisch und ein einzelner, bequem aussehender Stuhl erwarteten sie dort. Sie ging zu der hinteren der beiden lackierten Türen, öffnete sie leise und betrat einen Flur mit hell gestrichenen Wänden. Dort gab es zwei braune Türen, die beide angelehnt waren. Als sie hindurchspähte, stellte sie fest, dass eine auf einen schlecht beleuchteten Gang, die andere in Jacks Schlafzimmer führte, das sie daraufhin betrat.

Es war kühl und dunkel. Die Fenster waren weit geöffnet, um Luft durch die Fliegengitter hereinzulassen, doch die Lamellenläden und die Verandatür waren aus Schutz vor der Sonne geschlossen. Lydia atmete tief ein und roch Jacks ledriges Rasierwasser, seine Zigaretten und Schweiß. Sie stutzte. Da war noch ein Geruch, ein leicht exotischer.

Sie blickte sich um. Da lag ein Stapel mit frisch gewaschener Kleidung. Der Fußboden war auf Hochglanz poliert. Das sah Jack gar nicht ähnlich. Der Jack, den sie kannte, interessierte sich für so etwas nicht und war ständig auf der Suche nach Nervenkitzel, um sich lebendig zu fühlen.

Sie ging in das nach Seife riechende Bad, um sich auch dort umzusehen. Seine Toilettensachen standen auf einem Glasbord über einem leicht verfärbten Waschbecken mit einem Vergrößerungsspiegel zur Rechten und einem Blechschrank zur Linken. Jacks feuchtes Handtuch hing über dem Wannenrand. Der Duschkopf tropfte. Sie nahm das Handtuch und hielt es sich ans Gesicht. Es roch rauchig. Teerseife, dachte sie. Sie wusch sich die Hände an seinem Becken und spritzte sich Wasser ins Gesicht. Das Wasser kam kalt, aber mit Rostflocken aus dem Hahn. Sie trocknete sich an seinem Handtuch ab, sodass sich ihr Geruch mit seinem mischte, faltete es, wie sie es vorgefunden hatte, und legte es über den Wannenrand. Dann wandte sie sich dem Blechschrank an der Wand zu. Das sollte ich wirklich nicht tun, sagte sie sich und drehte dennoch den Schlüssel.

In dem Schrank standen neben Jacks Zahnbürste und Zahnpasta ein Tiegel Ponds-Creme, ein Lippenstift und ein Parfümfläschchen.

Es verschlug ihr den Atem. Abrupt setzte sie sich auf den Wannenrand und verschränkte die Arme. Eine innere Stimme sagte ihr, sie solle nicht albern sein. Er musste andere Frauen haben. Alec hatte das auch gesagt. Und Cicely hatte so etwas angedeutet, sogar während Lydia sich noch mit ihm getroffen hatte. Doch es war Jack gewesen, der gebettelt hatte, das Verhältnis aufrechtzuerhalten. Verlasse ihn, hatte er gesagt. Lebe mit mir zusammen. Er hatte sie geküsst und angefleht, es nicht zu beenden.

In seinem Vier-Jahres-Vertrag stand, dass er während seiner ersten Dienstzeit nicht heiraten und mit niemandem zusammenleben durfte. Aber als sie das seinerzeit ansprach, sagte er, dass es Mittel und Wege geben würde. Er habe Geld gespart, um sich aus dem Vertrag freizukaufen. Sie würden die Mädchen mitnehmen, nach England zurückkehren. Am Ende wollte sie es nicht. Dafür hatte Alec gesorgt.

Ihr Herz klopfte heftig. Wer war die Frau? Nun, vielleicht standen die Sachen schon seit einer Ewigkeit dort, stammten noch aus der Zeit, bevor sie und Jack sich begegnet waren. Sie nahm den Lippenstift, eine Marke, die sie nicht kannte, und öffnete ihn. Hellrosa. *Blossom* stand an der Unterseite. Das Parfüm hatte lediglich zwei chinesische Schriftzeichen, die sie nicht verstand, auf dem Etikett. Sie tupfte sich einen Tropfen aufs Handgelenk. Jasmin? Nein. Zweifellos war dies der fremde Geruch in Jacks Schlafzimmer. Ihre Hoffnung schwand. Die Frau war also doch noch aktuell. Sie blickte auf die Uhr. Fast zwölf. Er durfte sie hier nicht ertappen. Sie riss sich zusammen, schlüpfte durch die Verandatür hinaus und ließ sich wieder an dem Tisch vor dem Haus nieder.

Mit einer Hand am Herzen zwang sie sich zu lächeln, als Maz angerannt kam und sich in den Stuhl neben ihr warf. Er zeigte plappernd auf vorbeiflatternde Schmetterlinge, die unmöglich zu zählen waren, und gemeinsam lauschten sie dem hohen Trillern eines Mistelfressers. Sie fühlte sich zwar gekränkt, doch es hatte keinen Sinn, sich zu quälen. Schließlich würde sie ohnehin bald zu ihrer Familie aufbrechen. Und als Jack wenig später nach Hause kam, hatte sie sich wieder gefasst.

»Es scheint dir besser zu gehen«, brummte er, als er in einem Lehnstuhl Platz nahm und sich das Haar aus dem müden Gesicht strich.

»Ich muss dir einen ganz schönen Schrecken eingejagt haben, verwahrlost, wie ich aussah. So bin ich nicht aufgebrochen, weißt du. Ich sah sogar recht passabel aus.« Sie grinste. Ihr dunkelblaues Kleid mit den weißen Paspeln lag in der Mülltonne. Es war hoffnungslos ruiniert.

Er lachte. »Für mich siehst du immer gut aus. Obwohl du mir mit langen Haaren besser gefällst. Ist das ein sogenannter Bubikopf?«

Sie strich mit den Fingern durch ihre kurzen Locken. »Nicht ganz. Jedenfalls ist es so praktischer.«

Er aß hastig, als wäre er auf dem Sprung, Currysuppe mit Nudeln und Hähnchen-Satay.

»Was ist das?«, fragte Maz.

»Eine Dajaldrossel. Schau doch mal, ob du sie entdecken kannst.«

Nachdem Maz nach draußen gegangen war, konnte Lydia

die ganze Geschichte erzählen. Sie bekam nur einen Kloß im Hals, als sie von den Mädchen sprach.

»Und du bist sicher, dass sie in Ipoh sind?«, fragte Jack.

»In dem Gästehaus, hat George gesagt. Ist es in Ordnung, wenn wir noch zwei Tage bleiben?« Sie sah zu Maz hinüber, der zwischen den nahen Bäumen herumschlenderte und die schönsten Steine aufsammelte.

»Bleib doch ein bisschen länger. Ich fahre nächstes Wochenende mit dem Lastwagen nach Ipoh hoch. Da kann ich euch mitnehmen. Das Büro der Firma liegt gleich neben dem Regierungsgebäude. Ich kann euch also direkt vor der Tür absetzen. Dorthin ist Alec doch versetzt worden, oder?«

Sie nickte und nahm sein Angebot an. »Ein schönes Haus hast du hier«, sagte sie dann.

»Es ist nicht übel. Gehörte mal dem Firmenbesitzer. Jetzt mir. Die Japaner waren während des Krieges hier und haben es in einem furchtbaren Zustand hinterlassen.«

Sie wollte ihn nicht auf das Parfüm im Bad ansprechen, obwohl sie ständig daran denken musste, und suchte nach einem anderen Thema.

»Wie läuft es sonst hier?«, fragte sie schließlich.

»Nicht so gut. Ein paar Kautschukzapfer wurden bedroht. Dann fanden wir gestern einen von ihnen aufgeknüpft. Er ist mit einem Parang erschlagen worden. Für ihre Landsleute vergeuden diese Banditen keine Kugeln.« Er zog eine Braue hoch. »Die sparen sie sich für uns. Und gestern Nacht wurde einer unserer Laster in Brand gesteckt.«

»Gab es weitere Tote?«

Er stieß einen langen Seufzer aus. »Nein, aber gestern war ein höllischer Tag. Darum war ich auch so erledigt, als du hier ankamst.«

Sie zuckte die Achseln. »Das macht nichts.«

»Nach dem Mittagessen lege ich mich gewöhnlich aufs Ohr. Das ist das Beste, um der Nachmittagshitze zu entkommen.«

Er stand auf, reckte sich und lockerte seine Arme. Dann

stellte er sich hinter ihren Stuhl und begann ihr die Schultern zu massieren. Sie war leicht verschwitzt und wollte sich nicht anmerken lassen, wie sehr es ihr gefiel, was er tat. Doch es gelang ihr nicht. Mit einer Hand streichelte er ihren Nacken, mit der anderen umfasste er ihre Brust. Sie strich über die blonden Härchen an seinem Handgelenk. Es war breit und kräftig. Dann drehte sie seine Hand um. War sehr schlimm, was sie tat?

»Meine Güte, Lyd, deine Schultern. Du bist wie versteinert.«

Er kam um den Stuhl herum und bückte sich, um sie anzublicken. Ein Schauder durchlief sie. Sie öffnete den Mund und neigte sich zurück. Er fasste ihr unters Kinn, sodass sie ihm in die Augen sehen musste, dann küsste er sie. »Na komm, ich weiß doch, was du brauchst.«

»Aber der Junge«, wandte sie ein.

Im selben Moment kam Maz auf die Veranda zurück und zog ein Gesicht. »Ich habe den Vogel nicht gesehen.«

Jack nahm sein Gesicht in die Hand. »Dann beim nächsten Mal. So, junger Mann, ab mit dir ins Bett.«

Lydia brachte ihn in sein Zimmer, und nachdem er im Bett lag, zog sie die Tür hinter sich zu.

Ehe Jack mit ihr in sein Schlafzimmer ging, zeigte er ihr einen abgedunkelten Raum. »Ich wollte es dir gestern schon sagen: Falls es einen Überfall gibt, nimm den Jungen, und dann verkriecht ihr euch hier drin. Da habt ihr Wasser, und Konserven sind in dem Schrank dort.«

An der Wand waren Sandsäcke gestapelt. »Aber woran werde ich es merken?«

»Du wirst es merken. Wenn es nachts passiert, und das ist meistens so, schlagen die Wachleute mit den Blechtrommeln Alarm. Dann gehen im Haus alle Lichter aus, und es darf nicht mehr geredet werden.«

»Du lieber Himmel!«

»Mach dir keine Sorgen. Du wirst ja nicht lange hier sein. Kannst du mit einer Schusswaffe umgehen?«

Sie schüttelte den Kopf und summte eine Melodie, die

sie ständig wiederholte. Alec reagierte gereizt, wenn sie so summte, doch je nervöser sie wurde, desto weniger konnte sie diesen Impuls unterdrücken.

»Welches Lied ist das?«, fragte Jack. »Ich kenne es.«

»Stranger in Paradise.«

Er lachte. »Sind wir das nicht alle? Übrigens hängt das Telefon im Flur an der Wand. Falls jemand anruft, während du hier bist.«

»Ich würde gern in Ipoh anrufen und mit Alec sprechen, aber George meinte, die Leitungen wurden gekappt.«

»Das stimmt. Die hiesige Polizei überprüft täglich, ob unsere Leitung noch intakt ist. Es gibt einen speziellen Code. Darum ist es wahrscheinlich besser, wenn du nicht rangehst. Die rufen dann einfach später noch mal an. Und mach niemals die Tür auf, wenn es dunkel ist.«

Sie dachte an die Geschichten über *penunggu*-Witzbolde, die als Poltergeister mitten in der Nacht an der Tür klingelten oder anriefen. Sie lächelte. »Noch etwas, was ich wissen sollte?«

»Nein. Aber halte dich vor Riesentausendfüßlern, giftigen Schlangen und Skorpionen fern!« Er packte sie lachend beim Handgelenk und schob sie rückwärts zur Wand. »Hier oder im Bett?«

Ein plötzliches Schuldgefühl überfiel sie. Mit angehaltenem Atem dachte sie an Alec. Doch die Leidenschaft siegte. Sie fegte die Zweifel beiseite und machte sich mit einem breiten Lächeln los von Jack. Sowie sie in dem kühleren Schlafzimmer waren, knöpfte sie sich das Hemdkleid auf und ließ es zu Boden gleiten, wo es als grün gestreiftes Häuflein liegen blieb. Jack lag bereits auf dem dünnen Baumwolllaken. An der Decke drehte sich der Ventilator. Die Hände hinter dem Kopf verschränkt, die Augen geschlossen, empfing er sie mit seinem Komm-und-hol-mich-Lächeln. Sie schmiegte sich an ihn und roch Moschus auf seiner warmen Haut. Sie spürte ein unbändiges Kribbeln in sich. Dann legte sie die Hand auf seine Brust und fühlte sein Herz schlagen. Als sie zu ihm aufblickte, sah sie seine blauen Augen auf sich gerichtet und erschauerte sehnsüchtig.

Er beobachtete ihr Gesicht, während er langsam über die Innenseite ihrer Oberschenkel streichelte. »Gefällt es dir so?«

Sie spürte die raue Haut seiner großen Hände und die Hitze seines Körpers. Oh Gott, was tat sie denn da? Das durfte nicht sein. Sie musste das abbrechen. Sie hatte es Alec versprochen. Doch sie brauchte Jacks Nähe so sehr, sie brauchte ihn so sehr. Sie konnte nicht aufhören, obwohl sie es hätte tun sollen. Er hatte von ihr Besitz ergriffen, und sie sehnte sich so sehr nach ihm, dass es ihr die Tränen in die Augen trieb. Sie biss sich auf die Lippe.

Er schaute verwirrt und kratzte sich am Kinn. »Nicht weinen. He, Lyddy, du weißt, dass ich dich liebe.«

Er wischte ihr die Tränen ab und leckte sie sich von den Fingern, mit denen er dann über ihren zarten Hals strich. »Beim Sex geht es nur um die Frau«, meinte er grinsend. »Das wissen viele Männer nicht.«

Sie lachte.

In der erdrückenden Hitze des Nachmittags erkundete er ihre Kniekehlen und die Stelle hinter ihrem Ohr, strich die feuchten Locken in ihrem Nacken glatt und küsste ihre Lider.

Sie schaute an seiner Schulter vorbei auf die Lichtflecken, die an den Wänden, auf der Tür und über ihre Kleidungsstücke tanzten. Bei Alec brauchte sie drei Drinks, um es dann vorzutäuschen. Bei Jack war es anders. Sie atmete tief durch und versank dann kopfüber in seinem betörenden Geruch, und obwohl sie es nicht sagte, wusste sie, dass das Verbotene ihre Lust noch steigerte.

»Gott, Lydia, du bist so scharf«, sagte er. Dann liebten sie sich leidenschaftlich.

Hinterher kratzte sie sich die wunden Stellen am Fußgelenk, als sie ihm beim Rasieren zusah. Der Geruch der Teerseife füllte den Raum, während er sich mit dem Rasiermesser über die Haut fuhr. Sie lachte über seine Grimassen: Nase nach rechts, Nase nach links.

»Was ist so lustig?«

»Du.«

»Du solltest dich mal sehen, wenn du deinen Lippenstift benutzt.« Eine Hand an der Hüfte, tänzelte er zum Spiegel, öffnete die Lippen zu einem großen O und machte eine kreisende Handbewegung. Dann drehte er sich zu ihr um, um ihr die Wange zu streicheln und den Hals zu küssen. »Himmel, Lyd, du hast mir gefehlt.«

»Wirklich?«

»Was ist das für eine Frage?«

Wieder im Bett, zog sie das Laken über sich. Hatte er sie tatsächlich vermisst? Sie dachte an die Parfümflasche im Bad und an ihren Trennungsschmerz.

Nachdem Jack wieder zur Arbeit gegangen war, blieb Lydia liegen und schlief. Sie stand erst auf, als ein Windstoß in den Bäumen rauschte und kühle Luft ins Zimmer brachte. Sie duschte und frottierte sich die Haare, dann ging sie mit Maz hinaus in den grünlich schimmernden Abend. Sie spazierten im Schutz der nahen Kautschukbäume, deren seidige Äste sich zum Licht streckten. Noch bevor Lydia bemerkte, wie sich hastig entfernende Schritte Zweige und Blätter knickten, legte Maz lauschend den Kopf schräg. Das genügte, um sie an die ständige Gefahr zu erinnern.

»Besser, wir gehen zurück«, sagte sie. »Wenigstens auf die Veranda.«

Die Luft schwirrte von summenden Insekten. Dann erschien Jack in staubigen Kleidern und Dschungelstiefeln. Sein Gesicht hellte sich auf, als er die beiden sah, und gemeinsam gingen sie zum Haus. Unterwegs blieb er stehen, bückte sich und hob etwas auf, was er in den Händen verbarg. Vor Maz öffnete er sie und zeigte ihm einen zarten rot-grünen Falter mit ausgebreiteten Flügeln.

»Warum fliegt er nicht weg?«, fragte Maz, dem die Neugier aus den Augen leuchtete.

Jack zuckte die Achseln. »Weil er tot ist, fürchte ich. Komm weiter, sonst werden wir noch lebendig gefressen.«

Es dämmerte schnell, und von überall her hallten die Schreie der Affen. Am Haus angelangt, sahen sie gerade noch, wie die rotgelbe Sonne am Horizont verschwand.

»Schau her, Maz«, sagte Jack, »bevor es ganz dunkel wird.«

Maz lachte freudig, als Jack ihn auf ein großes, unordentliches Nest aufmerksam machte, das locker aus trocknem Laub, Zweigen und Moos gebaut war. »Das stammt von Mistelfressern. Aber sie sind weggeflogen.«

Lydia betrachtete den Himmel. »Die Sonnenuntergänge hier sind herrlich«, sagte sie. »Aber so schnell vorbei.«

Jack legte einen Arm um sie und drückte ihre Schulter, dann lehnte er sich gegen das Geländer und sah plötzlich abgekämpft aus.

Hinter ihnen öffnete sich scharrend die Terrassentür. Lili kam zu Jack, verneigte sich und sprach mit ihm. Ihr Gesicht schien unergründlich, als Jack mit ihr beiseitetrat, um ihr auf Chinesisch zu antworten. Dann sah Lili ihn mit unterdrückter Wut an und ging nach einer scharfen Erwiderung ins Haus. Ihr Blick hatte etwas Beunruhigendes gehabt. Lydia ging zu Jack und runzelte die Stirn, als er ihr keine Erklärung für den Vorfall gab.

»Sie lächelt nie«, bemerkte sie und setzte sich.

Breitbeinig nahm er ihr gegenüber Platz. »Nein. Im Augenblick nicht. Da hast du wohl recht.« Er sah sie ausdruckslos an. Sein Blick wirkte angespannt.

Das Schweigen dehnte sich und wurde ihr zu lang. Demonstrativ sah sie auf die Uhr. »Maz sollte schon im Bett sein. Ich werde mich darum kümmern.«

Jack wirkte erleichtert.

Im Gästezimmer sah sie Kieselsteine rings um ihre Betten aneinandergereiht.

»Siebenundfünfzig«, sagte Maz. »Zum Schutz.«

Lydia sehnte sich danach, ihre Töchter an sich zu drücken, und so umarmte sie stattdessen den Jungen. Er nahm ihre Hand und bedeckte sie mit Küssen.

Als sie wieder nach draußen trat, kam ihr mit einem Windstoß der Duft von Pomeloblüten entgegen.

»Erzähl mir von deiner Arbeit«, sagte sie und zog sich einen Stuhl dicht an Jack heran. »Von der Plantage. Was du jeden Tag machst.«

»Auf jeden Fall nicht, was ich mir vorgestellt hatte, das kann ich dir sagen. Stattdessen falle ich in Bäche und schlage mich durch schulterhohes Gras. Aber das hält mich wohl fit.«

Lydia schloss die Augen.

»Kautschukzapfen ist eine Kunst«, erzählte er weiter. »Der Schnitt muss genau an der richtigen Stelle sitzen, sonst blutet der Baum aus und geht ein.« Er seufzte. »Und ich kann dir gar nicht sagen, wie grauenvoll es ist, Dutzende guter Bäume brennen zu sehen. Die Rebellen zünden sie an, und wir können herzlich wenig dagegen tun.«

Sie hörten, wie sich ein Motorrad der Vorderseite des Hauses näherte, dann rief jemand nach Jack.

Er stand auf, streckte sich und ging dann die Veranda entlang zu seinem Arbeitszimmer. Es war fast dunkel, die stillste Zeit in den Tropen, wenn die Geräusche des Tages verstummt sind und die Laute der Nacht noch auf sich warten lassen. Lydia scheuchte die Moskitos weg und fühlte sich plötzlich fehl am Platz. Sie war hier so weit von ihrem eigentlichen Leben entfernt. Von ihrem wirklichen Leben. Die Minuten verstrichen. Sie hörte Flügelschlagen und den Schrei eines Tieres, dann fuhr sie erschrocken zusammen, als ein Schwarm Fledermäuse über ihren Kopf hinwegsauste.

»Verflucht noch mal!«, hörte sie Jack ausrufen. Danach senkte er die Stimme und sprach leiser, während sie horchte, aber nichts verstehen konnte.

15

Ich lag auf dem Bett, versuchte zu lesen und hoffte, dass Mr. Oliver ein Nickerchen machte und sich nicht regen würde, bis die anderen zurückkamen. *Heidi* und *Black Beauty* kannte ich schon. Jetzt kam *Die Schatzinsel* dran, eines der wenigen Bücher im Haus. Ich war bestürzt, als Gran erzählte, dass sie ihre Bücher während des Krieges abgegeben hatten, weil das Papier für Lebensmittelkarten gebraucht worden sei. Dad versprach, wir könnten uns stattdessen Comics schicken lassen. Ich wünschte mir *Eagle*, aber er sagte, das sei etwas für Jungen, und so landete *Girl* auf unserer Türschwelle. Langweilig.

Aber dann passierte etwas wirklich Aufregendes. Am Freitag lag ein Brief aus Malaya für Dad auf dem Tisch im Flur. Mum muss nach Hause gekommen sein und meinen Brief gelesen haben, dachte ich und hoffte, dass sie auch an mich geschrieben hatte. Dad war nicht da, und ich ging den ganzen Tag über immer wieder in den Flur und drückte den Brief an meine Lippen. Ich war ganz sicher, dass er von Mum war und dass sie uns mitteilte, wann sie ankommen würde. Leider war er mit der Maschine geschrieben, sonst hätte ich es schon an der Handschrift erkannt. Aber wer sonst sollte Dad schreiben? Ich wollte es so gern wissen, doch da steckte ich in der Klemme, denn es war keine gute Zeit, um Dad zu fragen.

Im blassen Sonnenschein Englands sehnte ich mich danach, in der malaiischen Hitze zu spielen, bis die Sonne abends ins Meer plumpste. Mum hatte mir schrecklich gefehlt, und ich war so aufgeregt, wenn ich daran dachte, was ich ihr nun bald alles zeigen würde: die Scheune, die kleine Gasse hinter der Kirche, wo die Katzen lebten, den langen Weg, der um das Dorf herumführte.

Ich versuchte, nicht an Mr. Oliver zu denken, und verbrachte eine Ewigkeit damit, die verblassten Rosen auf dem Teppich und die schnörkeligen Linien auf der Tapete zu zählen. Von beidem, Teppich und Tapete, hatten wir kleine Reste in Fleurs Puppenhaus geklebt. Granny hatte sogar ein paar Papierblumen und einen kleinen Baum gebastelt, der jetzt an der Hausseite klebte.

Ich schaute zur Weide hinüber, auf der schwarz-weiße Kühe standen, und zu der dunklen Baumreihe dahinter. Als die Sonne in den Garten schien und die Dächer leuchteten, überlegte ich, dorthin zu flitzen. Dort könnte ich aus einem Versteck Ausschau halten, bis Dads Wagen zurückkam.

Obwohl es Sommer war, verschwand die Sonne wieder, und es wurde ein grauer, regnerischer Tag. Ich hatte Hunger. Zu Mittag hatte ich kaum etwas gegessen, und für ein Marmeladensandwich hätte ich alles gegeben. In der Küche standen Kekse, die es zum Tee geben sollte, und Gran hatte einen Früchtekuchen gebacken, aber ich wagte nicht, mich nach unten zu schleichen. Falls Mr. Oliver schlief, wollte ich ihn nicht aufwecken. Ich schaute wieder aus dem Fenster, ob die anderen vielleicht früher zurückkamen und der Wagen schon zu sehen war. Aber nur der Worcestershire-Fish-'n'-chip-Wagen fuhr vorbei.

Ich holte mein Schreibheft hervor, setzte mich im Schneidersitz auf den Boden und konzentrierte mich auf meine neueste Geschichte. Sie handelte von einem Mord in Spanien und spielte in einem Kloster aus dem 17. Jahrhundert. Ich freute mich schon darauf, sie Mum zu zeigen. Der Obermönch war in einer schönen Krypta gestorben, weil er Gift genommen hatte. Jeder würde davon erfahren, denn er hatte einen Abschiedsbrief hinterlassen. In dem Brief stand, dass er sich das Leben nehmen würde, weil er es nicht mehr ertragen könne. Warum, wusste ich noch nicht, aber ich würde mir etwas Dramatisches ausdenken. Selbstmord war eine schreckliche Sünde, und so beschloss der junge Mönch, der den Brief fand, ihn zu vernichten, um den Ruf seines alten Lehrers zu schützen.

Ich überlegte, wie er den Brief verschwinden lassen könnte, doch der Geruch von gebratenem Fisch, der aus einer Lüftung an der Seite des Wagens kam, lenkte mich ab. Ich stand auf und blickte aus dem Fenster. Unten stand der Fischbrater in seinem weißen Kittel und mit der Kochmütze auf dem Kopf. Mir lief das Wasser im Mund zusammen. Zufällig schaute ich kurz über die Schulter ins Zimmer und sah plötzlich Mr. Oliver in der Tür stehen. Ich hatte ihn nicht die Treppe heraufkommen hören. Erschrocken rannte ich zum Bett und rutschte mit dem Hintern bis an die Wand, dann drückte ich mir das Kopfkissen an den Schoß. Er kam ins Zimmer und schloss die Tür hinter sich. Mir drehte sich der Magen um, und ich hatte den Drang zu pinkeln.

»Hallo«, sagte er und kam zum Bett.

Ich dachte daran abzuhauen, solange es noch möglich war, aber mein Körper wollte nicht gehorchen. Ich weiß nicht, warum, aber ich konnte mich nicht rühren.

Er zog eine Augenbraue hoch und guckte mich ganz komisch an. Ich sah die verschlissenen Stellen an seinem Revers, als er sich aufs Bett setzte. Er fasste mich am Kinn und zog mein Gesicht ein wenig zu sich heran.

»Bitte gehen Sie«, sagte ich.

»Aber ich habe mich darauf gefreut, dich zu sehen«, erwiderte er und streichelte mir die Stirn. »Das hat dir doch gefallen, nicht wahr?«

Ich rückte von ihm weg.

»Es gibt nichts, wovor du Angst haben müsstest, nicht wahr?« Er kniff die Augen zusammen und ließ mein Kinn los.

Kurz dachte ich, er würde wieder gehen, doch dann fasste er mich bei den Armen. »Es wird angenehmer, wenn du schön still hältst, Liebes.«

Er drückte mich mit den Schultern aufs Bett.

Ich wollte schreien, aber heraus kam nur ein Quieken. Ich wehrte mich, versuchte, mich seitlich vom Bett zu rollen, doch er hielt mich fest und riss mir das Kissen weg.

»Lassen Sie mich los. Bitte. Ich verspreche, nichts zu sagen«, bettelte ich.

»Sei nicht albern, Liebes. Natürlich wirst du nichts sagen.«

Er schob mir den Rock ein Stück hoch und legte die Hand auf meinen Oberschenkel, an die Innenseite neben das Knie. Ich hatte furchtbare Angst und glaubte, gleich ins Bett pinkeln zu müssen. Ich versuchte, ihn wegzudrücken.

Und obwohl er sah, wie mir die Tränen kamen, schüttelte er den Kopf und lächelte.

Ich wollte zu meiner Mutter. Ich sah sie so deutlich vor mir, dass es mir in der Brust wehtat. *Mummy, Mummy, Mummy, wo bist du?*, schrie ich innerlich, und mir klopfte der Puls in den Ohren. Im Geiste rannte ich zur Tür raus und in ihre Arme. Ich hatte mal von Leuten gehört, die ihren Körper verlassen konnten und dass man sich dafür nur fest genug konzentrieren brauchte. Ich versuchte es, aber es klappte nicht.

Dann blickte ich auf die Tapete und begann die Blumen zu zählen, doch ich konnte an nichts anderes denken als an Mum. Als er begann, mich zu befingern, setzte in meinem Kopf ein lautes Rauschen ein, und in meiner Brust schmerzte es so sehr, dass ich nicht mehr richtig Luft holen konnte. Er war stark. Aber wenn ich abwartete, bis er durch etwas abgelenkt und mich nicht mehr so fest halten würde, dann vielleicht ... Plötzlich erkannte ich meine Chance. In dem Moment scherte mich keine Strafe. Ich wusste, dass sie in meinem Nachttisch lagen. Gestern hatten wir noch damit gespielt, Fleur und ich. Ich schob mich langsam zum Bettrand.

Er deutete meine Bewegung als Folgsamkeit. »Du hast also doch noch beschlossen, es zu mögen«, sagte er und schob die Finger unter den Gummibund meines Schlüpfers.

Mir wurde schlagartig schlecht, aber ich zwang mich abzuwarten.

Er machte die Augen zu und begann zu keuchen. Schließlich ließ er mich los, um sich mit dem Handrücken über die Stirn zu wischen. Jetzt, dachte ich. Tu es jetzt. Ganz langsam, um ihn nicht zu warnen, streckte ich den Arm aus und zog die Schublade auf. Ich bekam den Wurfpfeil zu fassen. Mit aller Kraft stieß ich die Pfeilspitze in seinen Nacken.

Seine Hand blieb am Bund meines Schlüpfers. Er bewegte sich nicht, aber er wurde puterrot und riss die Augen auf. Einen Moment lang glaubte ich, sie würden ihm ausfallen.

Dann drehte er ruckartig den Kopf zur Seite, nahm die Hand von mir weg und griff sich in den Nacken. Der Pfeil saß fest. Er betrachtete seine blutigen Finger, blies die Backen auf und fing an zu husten und zu spucken. »Du kleines Miststück«, zischte er durch die Zähne. Dann holte er mit der Hand aus.

Ich duckte mich unter seinem Schlag weg. Er holte erneut aus. Ich sprang aus dem Bett, jagte die Treppe hinunter und rannte aus dem Haus.

Ich rannte an den leeren Schuppen vorbei, wo die Jungen immer Krieg und Piratenschiff spielten – in der Dämmerung waren sie mir zu unheimlich. Ich ließ das Wäldchen links liegen, wo Robin Hood sich mit Jungfer Marion verschwor – auch zu unheimlich. Ich rannte weiter, bis ich Seitenstiche bekam und mich vornüberbeugen musste. Ich schnaufte heftig, aber inzwischen war ich bei der Scheune angelangt, und es war fast dunkel.

Ich stieg die Leiter hinauf und setzte mich auf den Heuboden, den Kopf zwischen den Knien. Als die Übelkeit vorüber war, versteckte ich mich im Heu, deckte mich damit zu und ließ die Welt um mich herum verschwinden. Selbst die Ratten waren mir egal. Ich stellte mir vor, was jetzt zu Hause los war. Veronicas Entsetzen. Das Blut. Dads Zorn. Mr. Oliver würde lügen, behaupten, er habe nichts gemacht, ihnen weismachen, ich hätte ihn aus heiterem Himmel angegriffen. Und wenn ich ihnen die Wahrheit sagte, würden sie ihm glauben, nicht mir. Ich war diejenige mit dem überschäumenden Temperament. Aber was, wenn er tot war? Wenn ich ihn umgebracht hatte? Bei dem Gedanken daran begann ich zu zittern.

Morgen früh wird Billy kommen, dachte ich, und er wird

mich erst mal verstecken und mir dann helfen abzuhauen. Ich würde nach Liverpool gehen, als blinder Passagier reisen, und dann meine Mum suchen. Ich war stolz, dass ich beim Anblick des Blutes nicht in Ohnmacht gefallen war, obwohl Mum bestimmt ohnmächtig geworden wäre.

Ach, Mum.

Als mich die Einsamkeit einholte, kam ich mir vor, als wäre ich in ein tiefes Loch gefallen, aus dem ich nie wieder herauskommen würde, und ich weinte aus Sehnsucht nach meiner Mutter wie noch nie zuvor.

16

An Jacks Miene war wenig abzulesen. Er blieb mit den Händen in den Hüften stehen und blickte auf seine abgewetzten Sandalen.

Sie stand auf. »Schlechte Neuigkeiten?«

»Keine guten jedenfalls. Das war jemand von der Polizei. Sie rechnen mit einem Angriff auf das Regierungsgebäude in Ipoh. Das Personal zieht mit den Akten in das Gästehaus der Regierung um. Es wird eng werden, aber sie können die Drohung nicht ignorieren.«

»Sind meine Mädchen dort sicher?«

Er nickte. »Ja. Aber meine Besprechung in Ipoh wurde abgesagt. Der Boss will niemanden in der Nähe haben, bis Entwarnung gegeben wird.«

Sie machte ein langes Gesicht.

»Nein, das wollte ich nicht damit sagen. Ich werde dich hinfahren, Lyddy. Kein Problem. Es heißt nur, dass ich dich direkt zum Gästehaus bringe und nicht in die Stadt zum Regierungsgebäude fahre. Und dass wir ein bisschen früher aufbrechen, morgen schon.«

Er sah traurig aus, aber ihr Herz machte einen Freudensprung. Also würde sie ihre Mädchen viel eher wiedersehen als gedacht. Sie holte tief Luft und atmete langsam aus. Morgen. Sie klappte das Medaillon auf und betrachtete ihre Gesichter. Die beiden fehlten ihr so sehr. Mit Tränen in den Augen drehte sie sich zu Jack.

»Danke. Ich bin dir zutiefst dankbar. Und es tut mir leid, dass ich dir zur Last falle.«

»Überhaupt nicht«, sagte er. »Niemals.«

Sie nahm seine ausgestreckte Hand, küsste seine Fingerspitzen und sah ihn forschend an. Verlangen stieg in ihr auf, aber dann blickte sie zu Boden und ließ seine Hand los.

»Es hat sich nichts geändert, stimmt's?« Er zog einen Korbsessel heran und ließ sich hineinfallen.

»Es tut mir leid. Du weißt, dass ich es mit Alec noch einmal versuchen muss. Den Mädchen zuliebe.« Sie biss sich auf die Lippe. »Eines Tages vielleicht.«

»Eines Tages könnte ich weg sein.«

»Ach, Jack.« Sie stellte sich hinter seinen Sessel. Er lehnte den Kopf an sie. Sie legte die Arme um seine Brust, küsste ihn auf den Hals und biss ihm ins Ohr.

Er saß ganz still.

Sie strich durch seine Brusthaare.

»Na wenigstens war das Gästehaus in Ipoh bis jetzt ziemlich leer«, sagte er schließlich, viel zu gut gelaunt. »Es ist also genug Platz für alle, die kommen werden. Die werden heute Abend ordentlich feiern, um alle bei Laune zu halten.«

»Wir haben noch den Abend für uns«, sagte Lydia. Sie kam um den Sessel herum, um sich vor ihn zu knien, legte die Hand an seine Seite und blickte ihm in die Augen. Ein tiefer Schmerz war da zu sehen, an den sie nicht herankommen würde und den nicht nur sie verursacht hatte, dessen war sie sicher. Sie versuchte, ihn zu verführen.

»Besser nicht«, sagte er und schob ihre Hand weg. »Wir müssen morgen früh raus.«

Wie sich die Zeiten geändert haben, dachte sie traurig und erinnerte sich unwillkürlich an den aufregenden Beginn ihrer Affäre.

Genau wie Alec hatte sie auch Jack bei einer Abendgesellschaft kennengelernt. Er kam zur Tür herein und fing dann ihren Blick auf, als er durch den Raum schaute. Sie sah wunderschön aus in dem schwarzen Cheongsam mit den orangegoldenen Blüten und dem hohen Seitenschlitz, das ihre blasse Haut zur Geltung brachte. Sie hatte schon zu viel Gin getrunken und wurde rot, als er zusammen mit Cicely auf sie zukam.

»Kümmere dich um ihn, Darling. Ich muss noch mit einigen Leuten sprechen.« Cicely zwinkerte ihnen beiden zu.

Alec stand gerade bei einer Gruppe Männer, die rauchten und tranken, und kehrte ihr eisern den Rücken zu. Sie und Jack tanzten den ganzen Abend über, ohne an die möglichen Folgen zu denken. Als die Gesellschaft allmählich zu Ende ging, wartete sie im Flur auf Alec. Jack kam zu ihr, strich ihr das Haar hinters Ohr, biss sie ins Ohrläppchen und schob seine warme Hand in den Schlitz ihres Kleides. Von da an stieg ihr bei der Erinnerung an diesen Abend immer wieder die berauschende Mischung seines Geruchs und ihres Shalimar-Duftes in die Nase. Er flüsterte etwas in ihr Ohr, und sie erschauerte unter seinem Atem. Prompt zeigten sich rote Flecke an ihrer Brust. Zu viel Alkohol, Nikotin, Verlangen, dazu der Nervenkitzel, und schon hing sie an der Angel.

»Wo? Wann?«, fragte er.

»Im Park«, sagte sie und sah aus den Augenwinkeln Alec kommen. »Da gibt es eine Teestube. Halb zehn morgen Vormittag.«

»Eine Frühaufsteherin, hm?«

»Eigentlich nicht. Doch bei zwei Kindern, die man zur Schule bringen muss, bleibt einem keine Wahl.«

Mit einem Kopfschütteln streifte sie die Erinnerung an diesen Abend nun ab. Die Dinge hatten sich geändert. Sich so nahe zu sein und nicht anzufassen wäre damals undenkbar gewesen.

Jetzt, als es anfing zu donnern, zog sich Jack zurück, um sich schlafen zu legen. Lydia ging zu Maz in das Gästezimmer.

»Erzählst du mir eine Geschichte?«, bat der Junge und kuschelte sich unter dem Laken zurecht. »Bitte.«

»Kennst du die von dem Krokodil, das die Uhr gefressen hat?«

Er riss die Augen auf. »Ist es daran gestorben?«

»Nein. Aber es hat Captain Hook damit erschreckt.«

»Wer ist das?«

»Captain Hook ist ein Pirat.«

Maz seufzte voller Vorfreude.

Nachdem sie ihm die Geschichte von Peter Pan erzählt hatte, ließ die drückende Gewitterschwüle sie keinen Schlaf finden. Die Dschungelnacht begann und mit ihr das Zirpen der Zikaden vor Lydias Schlafzimmerfenster. In der Ferne heulten wilde Hunde. Sie zog sich das dünne Laken bis zur Nase. Die Geräusche von draußen vermischten und steigerten sich zu einem wogenden Lärm. Hellwach lag sie da und hörte Flügelschlagen, das Brummen des Generators und dieses unheimliche Johlen, von dem Emma immer sagte, es stamme von einsamen Geistervögeln.

Sie sehnte sich nach ihren Mädchen. Es war die richtige Entscheidung, dass sie Jack verließ, und was die eine Nacht mit ihm betraf, so schob Lydia ihre Schuldgefühle beiseite. Schließlich war es nur das eine Mal gewesen.

Am nächsten Morgen machten sie sich vor Sonnenaufgang in Jacks provisorisch gepanzertem Wagen auf den Weg. Jack hob den schlafenden Maznan aus dem Bett und legte ihn behutsam auf den Rücksitz, wo sich der Junge halb auf Lydias Schoß kuschelte. Vorn saß ein malaiischer Polizist. Maz schlief tief und fest weiter. Lydia hatte in der Nacht kein Auge zugetan. Auf der Plantagenstraße kamen im Zwielicht die hohen Bäume in Sicht, dann fuhren sie an dem Wohnhaus der Arbeiter vorbei, und Lydia nahm die Trostlosigkeit in sich auf. Niemand sprach ein Wort.

Sie streifte sich die Schuhe von den Füßen, um sich zu entspannen. Doch in Jacks Nähe und mit seinem anziehenden Geruch in der Nase gelang es ihr nicht.

»Kopf hoch, Lyd!«, sagte er über die Schulter hinweg, als er an der Plantagengrenze entlangfuhr. »Versuch ein wenig zu schlafen. Es wird eine lange Fahrt.«

Gern hätte sie sich in die alte Unbeschwertheit fallen lassen, doch sie spürte Distanz zwischen ihnen, und da der Polizist bei ihnen war, wollte sie nicht reden. Und was gäbe es auch zu sagen? Sie schloss die Augen und sah im Geiste ihre Töchter spielen, ließ sie in ihre ausgebreiteten Arme laufen, wo sie den Apfelduft in ihren Haaren riechen konnte. Fleur blieb in ihrem Arm, doch Emma drehte sich weg und zog sie ungeduldig an der Hand. *Komm weiter, Mummy, beeil dich.*

Sie ließ sich vom Holpern des Wagens einlullen und schlief schließlich ein. Nur einmal nahm sie vage wahr, dass sie an einer Straßensperre anhielten und Taschenlampen in den Wagen leuchteten. Dabei hörte sie den Dämmerungschor des Waldes.

Nach zwei Stunden, als sich im ersten Tageslicht ein blassrosa Himmel mit plumpen, runden Morgenwolken zeigte, wurde sie durch scharfes Bremsen aus einem Traum gerissen. Sie fühlte Schweiß im Nacken und öffnete die Augen. Man hatte ihren Wagen angehalten, und Jack war ausgestiegen und sprach gestenreich mit einem malaiischen Polizisten. Als sie den scharfen Ton hörte, horchte sie auf. Für einen Moment ließ Jack den Kopf hängen, dann kamen er und der Polizist mit schleppenden Schritten zum Wagen.

Ihr lief es eiskalt über den Rücken. »Jack!«, rief sie aus dem Fenster.

Er räusperte sich und sah ihr direkt ins Gesicht. Sein Blick war düster, sein Gesichtsausdruck seltsam verletzlich.

»Jack?«

In den Bäumen um sie herum war es still. Aber es war eine unheilvolle Stille. Lydia stieg aus und stand barfuß auf dem Asphalt. Ein starker Brandgeruch hing in der Luft, und sie sah sich hektisch nach seiner Quelle um. Zu ihrer Rechten stieg grauer Rauch in den Morgenhimmel auf.

Sie rannte los, Jack ebenfalls. Der Polizist folgte ihnen.

»Madam«, rief er. »Madam, das dürfen Sie nicht! Der Zutritt ist verboten. Es ist zu gefährlich. Es ist nichts mehr übrig geblieben.« Der Mann holte sie ein und packte sie am Arm. Sein Atem roch nach Fisch.

Sie schüttelte seine Hand ab, ohne zu bemerken, dass Maz ihr nachgelaufen war.

Jack nahm ihn bei der Hand und beugte sich zu ihm hinab. »Bleib bei dem Polizisten. Ja? Bleib hier.«

»Kommt ihr zurück?«, fragte Maz.

»Ganz sicher.«

Lydia rannte weiter. »Wieso hast du den Rauch nicht gesehen?«

»Hab ich, aber es war unmöglich zu ahnen, woher er stammt.«

Sie rannten durch den Wald, wo sich der Rauch unter dem dichten Laubdach ausbreitete, stolperten über Wurzeln und stießen gegen niedrige Zweige. Wenn es nicht weiterging, machten sie kehrt und suchten sich einen anderen Weg, bis sie die Zufahrt mit dem Wegweiser zum Gästehaus fanden. Sie liefen auf ein großes Kolonialgebäude zu, das schwarz von Ruß war. Das Dach war eingebrochen. Der Rauch stieg zwischen den verkohlten Dachbalken auf, und es stank. Ein Polizist bewachte den Eingang.

Als Lydia in Asche trat, erstarrte sie. Die Welt verschwamm vor ihren Augen, und sie klapperte mit den Zähnen wie im tiefsten englischen Winter.

»Um Himmels willen, Jack, frag ihn, ob die Mädchen gerettet wurden.«

Der Polizist hörte, was sie sagte. »Nur zwei Frauen mittleren Alters haben den Brand überlebt. Sie wurden ins Krankenhaus gebracht. Leichte Verbrennungen, wie es aussieht.«

Lydia sah auf die Brandruine. Sie fühlte sich seltsam entrückt, als blickte sie wie aus einer anderen Welt dorthin. Mit flatternden Lidern sank sie auf die Knie und griff in die grobkörnige Asche. Jack ging neben ihr in die Hocke, wollte ihr über die rußverschmierte Wange streichen.

»Lass das! Fass mich nicht an!«

Ihr wurde schlecht. Hinter sich hörte sie Maz schluchzen und drehte sich verwirrt zu ihm um. Jack versuchte, sie in seine Arme zu ziehen. Plötzlich wurde sie lebendig, stieß Jack weg, sprang auf und rannte an dem verblüfften Polizisten vorbei zu den Trümmern.

In den einfallenden Sonnenstrahlen tanzten Millionen weißer Staubpartikel. Nach ein paar Schritten schon klebte ihr der Gestank im Hals. Einige Balken schwelten noch, und die Luft schien keinen Sauerstoff zu enthalten. Lydia blieb stehen, drehte den Kopf hin und her. In ihren Ohren pochte und rauschte es. Wo entlang? Sie lief weiter. Was, wenn sie sich in einen Schrank oder ein Bad geflüchtet hatten? Dort könnten sie noch sein. In Sicherheit trotz allem. Auf der Suche nach einem möglichen Versteck ihrer Töchter bahnte sie sich einen Weg durch die Zerstörung. Der Boden lag voller Scherben, und Metallstangen blockierten die Durchgänge. Sie duckte und wand sich an allen Hindernissen vorbei, ohne auf Gefahren zu achten, blieb nur stehen, um Atem zu schöpfen, und hörte im Geiste ihre Kinder rufen: *Mummy, Mummy!* Sie spürte weder Scherben noch glühende Asche unter den Fußsohlen.

Irgendwo in der Ruine rief Jack nach ihr. Ein neuer Gedanke stieg in ihr auf. Die Mädchen könnten aus dem brennenden Haus gerannt sein und sich im Wald versteckt haben, wo sie jetzt vielleicht verängstigt warteten. Sie folgte einem Lichtschein und kroch durch ein Mauerloch nach draußen. Auf allen vieren rief sie in den Wald hinein und spähte zwischen die Bäume hindurch. Je mehr sie ihre Augen anstrengte, desto mehr Schatten schienen sich dort zu bewegen.

»Emma, Fleur, wo seid ihr? Mummy ist da!«

Jack kam aus einem Hinterausgang, fand sie und wollte sie wegführen. »Lyd, wir können hier nichts mehr tun.«

Noch immer auf Händen und Knien und japsend wie ein Hund, wehrte sie ihn ab. Ihre Kehle war wie zugeschnürt, als sie den Mund öffnete. Sie wollte schreien, schlug stumm ins Leere, die Augen vor Entsetzen weit aufgerissen. Die Bäume verschwammen in ihren Tränen. Wie angewurzelt kniete sie da, hörte Flügel schlagen, Jack reden und weiter weg die Stimme eines Mannes. Vor ihrem geistigen Auge sah sie das Feuer im Haus prasseln, sah den schweren schwarzen Rauch unter der Tür durchdringen, die Flammen am Holz züngeln, sah die schreckensstarren Gesichter ihrer Töchter, durchlebte ihre Todesangst und roch ihr brennendes Fleisch. *Mummy! Mummy!* Mit einem Mal war ihr Kopf leer, die Kraft verließ sie, und sie sank zu Boden.

Neben ihr lag ein Teddybär mit angesengtem Fell und geschmolzenen Plastikaugen. Sie nahm ihn, wiegte ihn in den Armen und schaute mit verquollenen Augen zum strahlend blauen Himmel Malayas auf.

17

Während ich Billy herbeisehnte, sah ich ständig Mr. Oliver tot in meinem Zimmer liegen. Nun tröstete ich mich mit den Gedanken an Billy. Meistens erschien er ganz plötzlich und verschwand dann genauso schnell, wie es dem Ehrgeiz eines Magiers entsprach. Das wollte er nämlich werden, ein Zauberer. Stück für Stück sammelte er die nötigen Requisiten und hatte schon einen Zylinder und ein Päckchen Karten. Ich hatte versprochen, ihm bei seinem schwarzen Umhang zu helfen, der silberne Sterne und violette Paspeln bekommen sollte. Mum hatte mir Nähen beigebracht. So ein Umhang konnte nicht schwierig sein.

Billys Leidenschaft konnte ich gut nachvollziehen. Ich probierte meine Geschichten an ihm aus und er dafür seine Zaubertricks an mir. Ich unterdrückte einen Schluchzer. Um mir aus der Klemme herauszuhelfen, in der ich jetzt steckte, wäre allerdings mehr als ein Trick nötig.

Es wurde dunkel, und feuchter Modergeruch stieg in der Scheune auf. Ich machte die Augen zu und stellte mir vor, wie glänzende Blätter und Farnbüsche aus dem Boden brächen und leuchtend blaue Vögel umherflatterten. Doch immer wieder schob sich Mr. Olivers wütendes Gesicht und sein blutiger Nacken vor dieses Bild.

Als ich wach wurde, wusste ich nicht gleich, wo ich war. Dann kam die Erinnerung und traf mich wie ein Schlag in den Magen. Ich hatte Durst, aber es gab nichts zu trinken. Darum kauerte ich mich in meiner Scheunenecke zusammen und barg den Kopf zwischen den Händen, bis ich die Stimmen von Vater und Veronica hörte. Auf Zehenspitzen schlich ich an den Rand des Heubodens und spähte hinunter, um zu sehen, ob sie es wirklich waren. Drei Gesichter starrten zu mir herauf. Sie mussten Billy gezwungen haben, unseren Platz zu verraten, denn er stand ebenfalls am Fuß der Leiter. Er hatte ein rotes Gesicht und zog finster die Mundwinkel herab.

Ich stieg die Leiter hinunter und stand da, während ich mich in einem fort kratzte. Billy ließ den Kopf hängen, wollte mich nicht ansehen, sondern schniefte und wischte sich die Nase an seinem löchrigen Pullover. Ich blickte zu Dad auf. Mit starrem Gesicht sah er mich an und ballte die Fäuste an den Seiten. Ich hatte solche Angst, dass ich mich vollpinkelte. Es lief mir warm den Oberschenkel hinab. Als mein Vater entdeckte, wie sich ein dunkler Fleck auf meinem Rock bildete, kniff er die Lippen zu einem geraden Strich zusammen.

Veronica ging vor mir in die Hocke. Sie war aschfahl im Gesicht. Ihre Augen waren rotgeweint, die Haare unordentlich. »Emma«, sagte sie sanft. »Erzähl uns, was passiert ist. Warum hast du das getan?«

Wenn Mum wie Feuer war, war sie wie Wasser, sanft und lieblich, und doch bekam ich kein Wort heraus.

Darauf nahm mein Vater die Sache in die Hand. »Herrgott noch mal, Kind, hast du deine Zunge verschluckt? Was hat dich geritten, Mr. Oliver zu stechen?«

Ich senkte den Kopf.

»Du kannst von Glück reden, dass er nicht zur Polizei gegangen ist.«

Wenigstens ist er nicht tot, dachte ich.

»Aber bilde dir nur nicht ein, dass du ungeschoren davonkommst«, fuhr er fort und nahm mich beim Ellbogen.

Zu Hause brachte er mich in mein Zimmer und schloss mich ein. Das war ungerecht. Mr. Oliver sollte derjenige sein, der Ärger bekam, nicht ich. Ich machte den Mund auf, um alles zu erzählen, doch bei dem Gedanken, es auszusprechen, wurde mir schlecht.

»Du bleibst in deinem Zimmer!«, rief Dad von draußen und schlug mit der Faust an die Tür.

Ich hatte Angst vor dem, was als Nächstes kommen würde. War es mein Fehler gewesen? Hatte ich irgendetwas getan, um es herauszufordern?

Nach einer Weile brachte Veronica ein Tablett mit Kakao und zwei Sandwichs mit Orangenmarmelade. Meine Augen füllten sich mit Tränen.

Sie setzte sich zu mir und tätschelte mein Bein. »Nicht weinen. Sidneys Verletzung sieht schlimmer aus, als sie ist. Er ist ein bisschen wie dein Vater – der bellt auch mehr, als er beißt. Das wird bald wieder gut.«

Mir fiel auf, wie schmal ihre Handgelenke und wie klein und weiß ihre Hände waren. Sie trug jetzt ein gelb geblümtes Kleid. Sie hatte sich umgezogen und frisch frisiert, aber die Haarnadeln saßen locker, und ihr Gesicht wirkte faltiger als sonst. Mir steckte ein Kloß im Hals. Wie soll das denn wieder gut werden?, schoss es mir durch den Kopf, aber ich traute mich nicht, es laut zu sagen. Schließlich wollte sie nur freundlich sein, obwohl ich das gar nicht verdient hatte. Es würde nie wieder gut werden.

Fleurs Bett wurde in ein anderes Zimmer gestellt. Ich musste allein schlafen. Gran schlich sich zu mir, während Dad außer Haus war, schloss ganz leise die Tür auf und legte den Finger an die Lippen, als sie hereinkam. Sie setzte sich zu mir aufs Bett und drückte mich. Die Sonne schien ihr ins Gesicht, und ich sah, wie alt und erschöpft sie war. Ich ließ den Kopf hängen.

»Emma, Häschen, erzählst du mir, was passiert ist?«

Sie sagte das ganz leise, und mir kamen wieder die Tränen. Ich wollte es ihr sagen, aber die Worte blieben mir im Hals stecken.

Sie gab mir zwei Cadbury-Riegel. »Teil sie dir ein, Liebes, und sag deinem Vater nichts davon.«

»Was wird passieren, Gran?«

Sie zog die Schürzenbänder stramm. Komischerweise sah sie

umso bauschiger aus, je enger sie sie schnürte. »Sie suchen nach einem Internat für dich.«

Ich erschrak. »Dad und Granddad?«

»Nein, Liebes, dein Vater und Veronica. Sie ist sehr um dein Wohlergehen besorgt. Ein Glück, dass sie dir kein bisschen böse ist wegen ihres Bruders.«

Ich runzelte die Stirn. Was sollte das heißen? Wusste sie etwa, was ihr Bruder für einer war? Wenn sie ihn im Verdacht hatte, standen die Dinge vielleicht doch nicht so schlecht für mich. Schniefend sah ich in Grans blaue Augen. »Warum hasst er mich?«

»Wer, Liebes?«

»Dad. Warum hasst er mich?«

Gran blickte mich verstört an. Dann stand sie auf, um ihre Schürze glattzustreichen. Sie seufzte, und ich dachte schon, sie würde anfangen zu weinen.

»Es liegt nicht an dir, Liebes. Aber es gibt Dinge, die du nicht verstehst.«

»Was für Dinge?«

»Vielleicht erkläre ich es dir, wenn du älter bist. Aber jetzt, mein Häschen, musst du eine Zeit lang still und bescheiden sein. Dein Vater hat viele Sorgen und tut sein Bestes. Vergiss das nicht. Reize ihn nicht, dann wird sich alles zum Guten wenden. Das verspreche ich dir. Aber du musst lernen, dein Temperament im Zaum zu halten, Em. Wirst du das tun?«

Ich ließ den Kopf hängen, doch ihre Worte gaben mir zu denken. War mein Vater wirklich so schlimm, wie es mir vorkam, oder hatte ich einen Schurken aus ihm gemacht wie in meinen Geschichten? War ich vielleicht im Unrecht und gar nicht er? Und woher wusste überhaupt jemand, wer wirklich recht hatte? Diese Fragen beschäftigten mich sehr.

»Nun, probier es doch einfach, und sieh, was passiert.« Sie schaute mich komisch an, dann küsste sie mich auf die Stirn. »Du bist ein gutes Mädchen. Und denk daran: kein Wort. Ich werde das Radio in der Küche anmachen, damit du dich nicht so einsam fühlst. Da kommt jetzt *Music While You Work*, und vielleicht spielen sie Lonnie Donegan in *Pick of the Pops*.«

Ich lächelte schwach. »Oder Bill Haley.«

»So ist es recht. Ich werde es etwas lauter stellen, damit du es hören kannst. Also gut, Häschen.«

»Kann Fleur kommen und mit mir das Leiterspiel spielen?«

»Oh, Fleur geht für eine Weile fort. Sie wird bei Veronica wohnen, solange dein Vater alles regelt. Am Donnerstag geht Veronica mit ihr zum Optiker.«

Das machte mich vollends mutlos. Was würde aus ihrem Geburtstag werden? Fleur und ich waren nicht die besten Freundinnen, aber immerhin Schwestern, und ich hatte sie trotz allem gern. Außerdem war mir bis zu diesem Moment nie der Gedanke gekommen, dass Mr. Oliver mit ihr das Gleiche tun könnte wie mit mir. Vater würde es doch sicherlich bemerken, wenn mit Fleur etwas nicht stimmte? Bei mir war ihm nichts aufgefallen, aber Fleur war sein Liebling. Und manchmal fragte ich mich sogar, ob Fleur unsere Mum überhaupt vermisste.

Bevor Gran wieder nach unten ging, fragte ich sie, ob Mum jemals wiederkommen würde.

»Ich weiß es nicht, Liebes. Genau wie du weiß auch ich nur, was dein Dad sagt.«

»Aber warum braucht sie so lange?«

Gran zuckte die Achseln. Sie könne es sich nicht denken, und selbst Dad wisse es nicht. Stöhnend streckte ich mich auf dem Bett aus. Dann rief Gran Fleur nach oben.

»Ich lasse euch beide allein, damit ihr euch verabschieden könnt«, sagte sie, als Fleur hereinkam, und ließ die Tür angelehnt.

Ich blickte auf. Fleur stand an der Tür und scharrte mit den Füßen. Ich fragte sie, ob sie Mum vermisse. Sie antwortete, sie habe Veronica und Gran, und es habe keinen Zweck, sich Gedanken zu machen. Die Antwort beunruhigte mich.

»Mehlwurm, liebst du Mummy denn nicht? Wünschst du dich nicht ins hohe Gras von Malaya zurück?«

Fleur sagte nichts. Ich musste warten. Das hatte ich gelernt. Zuerst, als sie klein war und nicht Schritt halten konnte, dann, als sie nur langsam das Sprechen lernte. Jetzt wartete ich, weil sie Zeit brauchte, um zu sagen, was sie meinte.

»Doch, Em, das tue ich.«

»Aber du weinst nicht.«

Sie biss sich auf die Lippe.

Ich stand auf und blickte ihr ins Gesicht. »Erinnerst du dich nicht mehr an die Insel, Fleur?«

Sie schüttelte den Kopf.

»Aber das musst du doch noch wissen. Wie kannst du das vergessen haben?« Ich sah den Strand unserer Ferieninsel vor mir. »Du weißt doch bestimmt noch, wie Mummy von der Qualle gestochen wurde. Und wie sehr wir aufpassen mussten, wohin wir treten.«

Fleur senkte den Kopf und wollte mich nicht ansehen.

»Aber an die Kokospalmen erinnerst du dich noch? Und dass du vor den hohen Wellen Angst hattest?«

»Ich hatte keine Angst«, sagte sie kleinlaut.

»Du erinnerst dich also doch! Ich wusste es. Wenn Dad und ich ins Wasser und wieder raus gerannt sind, hast du Sandburgen gebaut, und Mum ist nackt geschwommen.«

»Sei still, Emma. Hör auf. Hör auf, von Mummy zu reden.« Sie rannte aus dem Zimmer und schlug die Tür hinter sich zu.

Ich ging ihr nicht nach, obwohl ich sie im Bad schluchzen hörte und wusste, dass ich sie zum Weinen gebracht hatte.

Nach einer Weile beschloss ich, alle meine Lieblingssachen mitzunehmen, wenn ich schon weggeschickt werden sollte. Ich holte mein Schatzkästchen hervor und häufte alles aufeinander. Mein Notizbuch für Beobachtungen, ein paar alte schwarze Perlen von Mum, eine schöne orange-violette Murmel und meine Haarbürste. Ich musste mir die Haare hundertmal am Tag bürsten. Am kostbarsten waren mein Füller und die Flasche Quink-Tinte. In der Schule benutzten wir eine schreckliche Feder mit Holzgriff und Metallspitze, die einen Schlitz hatte.

Man musste sie alle paar Wörter in ein kleines Tintenfass im Schreibtisch tauchen, und sie tropfte, sodass meine Arbeiten immer voller Kleckse waren.

Ich saß im Schneidersitz am Boden vor meinen Sachen und nahm mal dies, mal jenes in die Hand, während mir die Tränen in den Augen brannten. Vom Flur her hörte ich Geräusche. Dad. Ich warf alles in das Kästchen und das Kästchen in den Schrank, als mir ein rosa Kaninchenohr auffiel, das unter einer karierten Wolldecke hervorlugte. Ich zog das Kaninchen heraus, um es Fleur zu geben, damit sie es zu Veronica mitnehmen konnte, und strengte mich an, ein gleichmütiges Gesicht zu machen wie ein wohlerzogenes Mädchen.

18

Lydia hatte an ihren Aufenthalt im Krankenhaus keine Erinnerung. Sie wusste nichts von ihrer Rauchvergiftung, von ihrer Fahrt zum Gästehaus und auch nichts von ihrem verzweifelten Lauf durch die glühende Asche der Brandruine. Wenn Jack an ihrem Bett über die Mädchen sprechen wollte, drehte sie das Gesicht zur Wand. Eine Woche lang fütterte er sie und zwang sie zu schlucken. Wenn sie nicht schlafen konnte, las er ihr vor. Sie hörte ihn, ohne den Sinn seiner Worte zu erfassen. Stattdessen blickte sie in die Vergangenheit, in der ihre Kinder noch lebten, in der sie lächelten und lachten und stritten wie immer.

Mummy, komm mal. Mummy, guck mal, wie wir tanzen.

In einer Atmosphäre künstlicher Ruhe versorgten sie ihre Schnittwunden und Verbrennungen und gaben ihr Beruhigungsmittel. Als sie zum ersten Mal die Fensterläden öffneten, blinzelte sie in das grelle Licht. Unter der Mittagssonne träumte sie davon zu flüchten, tief in den Wald hinein, wo sie sich in einen dunklen Bach fallen lassen und spüren konnte, wie das Wasser über ihrem Kopf zusammenschlug.

Sie hörte Jack leise mit dem Arzt sprechen. »Es hat enorme Hitze geherrscht. Man fand Anzeichen für Stichflammen und Spuren von Brandbeschleunigern rings um das Gebäude, das heißt, es gab viele Brandherde.« Sie hörte zu, während er weitersprach. »Die Untersuchung ist jetzt abgeschlossen. Das war die Tat von Aufständischen, und der Wind kam ihnen zu Hilfe. Es gibt keine identifizierbaren Leichen.«

»Aufhören!«, schrie sie. »Aufhören!« Sie zog die Knie an, hielt sich die Ohren zu und schaukelte hin und her. Zwei Schwestern versuchten, sie wieder hinzulegen. Sie wand den rechten

Arm los und schlug um sich. Doch einer Schwester gelang es, ihr eine Spritze in den Oberschenkel zu geben. Am anderen Ende des Krankenzimmers saß Jack, dem die Tränen übers Gesicht liefen. Nacheinander gingen die Lampen aus. Was ist mit Jack los?, wunderte sie sich, als sie in eine kalte Unterwasserwelt zu gleiten schien, die sie mit silbrigen Fischen und riesigen Sumpfschildkröten teilte.

Am Morgen erwachte sie aus einem Traum mit Palmen und weißem Sandstrand. Sie hörte nackte Füße auf dem Gang vor ihrem Zimmer und starken Regen, der auf das Dach trommelte. Sie wollte die Augen schließen und wünschte, alle wären fort, dann könnte sie sich auf dem Krankenhauslaken ausstrecken, und alles hätte ein Ende. Als sie hereinkamen, stellte sie mit Schrecken fest, dass sie offenbar mehrere Wochen lang nicht richtig bei Bewusstsein gewesen war. Ihr selbst kam es vor, als wäre die Zeit im Nu vergangen. Sie schaute zum Fenster und sah gelbe Blumen auf dem Fensterbrett. An ihrem Bett stand ein Mann mit besorgter Miene.

»Darf ich jetzt nach Hause?«, fragte sie und trank einen Schluck lauwarmen Tee.

Der Mann nickte. »Mr. Harding ist da, um Sie abzuholen. Die Verbrennungen heilen, und Ihre Lunge ist in ein paar Wochen wieder wie neu.«

Sie erschrak. »Harding? Ach, Sie meinen Jack.«

Der Mann nickte.

Sowie Jack hereinkam und sie den Kummer hinter seinem Lächeln sah, kamen ihr die Tränen. »Sag mir, dass es nicht wahr ist«, bat sie. »Bitte, Jack.«

Er schluckte. »Lydia –«

»Ich will Gewissheit haben. Kannst du noch einmal nach Ipoh fahren? Oder George anrufen? Er wird es wissen. Frag ihn. Bitte, Jack.«

»Das habe ich beides schon getan. Es tut mir furchtbar leid, aber die Kinder waren dort. George wusste es aus erster Hand.

Alec war noch kein Haus zugewiesen worden, und er ist nirgendwo anders aufgetaucht.«

»Vielleicht sind sie nach Borneo gegangen?«

»Alec und die Mädchen waren in dem Gästehaus. George sagt, dass kein Zweifel besteht. Sie sind in dem Feuer umgekommen, Lydia.«

Auf dem Weg zur Plantage ging der schwere Regen in warmen Dunst über. Lydia bekam Sehnsucht nach England und dem gleichmäßigen englischen Regen. Ihr gingen Bilder ihrer Töchter durch den Kopf, wechselten mal schnell, mal langsam. Sie hatte keine Kontrolle über ihre Gefühle. Die Trauer schmerzte unaufhörlich in ihrer Brust und ließ ihr die Tränen über die Wangen rinnen, und immer wieder packte sie eine unbeschreibliche Wut. Sie starrte geradeaus. Sie wollte nicht in einer Welt weiterleben, in der ihre Kinder hatten sterben müssen. Wo man von einem Tag auf den anderen keine Familie mehr hatte. Wie konnte das sein? Sie dachte an Ems Geschichten und schlug sich die Fäuste vor die Augen.

Maz schlief allein im Gästezimmer. Sie wollte lieber bei Jack schlafen, nur schlafen, mehr nicht. Gleichzeitig hatte sie in ihren Träumen Angst vor den Verstorbenen, fürchtete, sie würden aus den Gräbern aufstehen, in denen niemand sie begraben hatte, und sie anklagend anblicken. Jack hielt ihren schwitzenden Körper, wenn sie sich verteidigte und schrie: »Ich wusste es nicht. Es tut mir leid, es tut mir leid!« Am Tag blieb sie zusammengerollt im Bett liegen, sehnte das Vergessen herbei und drückte ihr Gesicht ins Kopfkissen, damit es die Tränen aufsaugte. Wie überlebt man das?, fragte sie sich. Wie kann man mit dieser Trauer weiterexistieren?

Schließlich wurden die Schmerzen vom Liegen zu groß, und sie war gezwungen aufzustehen. Sie duschte langsam und bedächtig, weil ihr Körper steif war wie der einer alten Frau. Sie wischte den beschlagenen Rasierspiegel blank, um die gebrechliche Frau zu betrachten, die ihr daraus entgegenblickte, untersuchte ihre wächserne Haut, starrte in die eingefallenen Augen. Wo war die alte Lydia? Sie sah sich überhaupt nicht mehr ähnlich, abgesehen von der einen Braue, die höher saß als die andere. Sie zog sie hoch und runter, dann fuhr sie herum, weil sie die Stimmen ihrer Mädchen hörte. Die hatte sie sich nicht eingebildet, sondern klar und deutlich in sich vernommen. *Schon gut, meine Lieblinge, Mummy ist hier.* Aber gar nichts war gut, und Mummy war nicht da gewesen.

Sie rasierte sich die Beine mit Jacks Rasiermesser, wählte einen kühlen Leinenrock und eine grüne Bluse und ging nach draußen, um aufs Frühstück zu warten. Die Sonne brannte von einem strahlend blauen Himmel. Lydia atmete langsam ein und aus und verspürte zum ersten Mal wieder Appetit.

Eine Inderin im hellen Sari kam mit einem Tablett.

»Wo ist Lili?«, fragte Lydia.

Die Frau zuckte die Achseln. »Ich heiße Channa.«

Lydia aß trockene Reisplätzchen mit viel zu süßer Mangomarmelade. Erst dachte sie, sie könne nichts trinken, ließ sich dann aber doch Kaffee einschenken. Maz saß ihr gegenüber und beobachtete sie stumm.

Sie sah ihn an, stellte fest, dass er gewachsen war und sein Haar ebenfalls. Er war so lebendig. Wie war es da möglich, dass Emma und Fleur tot waren? Wie konnten sie tot sein, während er am Leben war? Während sie selbst am Leben war? Sie konnte den Strom der Erinnerungen nicht aufhalten. Der Morgen ihrer Abreise, als sie zu Suzanne gefahren war, spielte sich vor ihrem inneren Auge ab. Wenn es doch nur irgendein Zeichen gegeben hätte. Wenn sie doch nur Suzannes Anruf nicht entgegengenommen hätte. Wenn sie doch nur früher nach Ipoh gelangt wäre. Wenn sie doch nur mehr als auf Wiedersehen gesagt hätte.

Hitze durchströmte ihren Körper. Das alles war so unbegreiflich. Jemand musste dafür bezahlen, nicht nur die gesichtslosen chinesischen Rebellen, die das Feuer gelegt hatten, sondern jemand, dem sie in die Augen sehen, den sie anschreien konnte.

Die Kraft ihrer Wut überraschte sie. Ihre Finger krallten sich um den Rand des Frühstückstisches, und mit einem Schrei stieß sie ihn um. Kaffeetasse, Teller, Marmelade und Brötchen kullerten über die Veranda. Sie hörte es klirren und platschen, hörte Maz erschrocken beiseitespringen. Sie senkte den Kopf und schloss die Augen, ergab sich der Sehnsucht nach ihren Mädchen, einer Sehnsucht, die zu nichts führte und sie in den Wahnsinn treiben konnte. Als sie die Augen wieder öffnete, war da nichts. Nur der Tag, der Staub, der Geruch der Bäume und von Marmelade.

Channa kam mit Handfeger und Schaufel angelaufen.

»Es tut mir leid«, sagte Lydia, als sie ein Blick aus großen Mandelaugen traf.

Sie lauschte dem Knarren der Kautschukbäume und den Tieren, die sich in den nahen Ästen bewegten. Ab und zu fielen ihr Geschichten des Gärtners ein und wie er die Mädchen damit zum Kreischen gebracht hatte. *Mummy, Mummy.*

Maz schaute sie tieftraurig an. Sie streckte einen Arm nach ihm aus und drückte seine Hand. Sie lächelten sich an, und für einen Augenblick war es wie früher. Sie wusste, dass die Situation nicht leicht für ihn war, und fragte sich, wie es ihm ergangen sein mochte, als sie im Krankenhaus gewesen war. Dann ging der Junge in die Küche, und sie hörte ihn mit Channas Sohn Burhan schwatzen. Sie hoffte, dass er glücklich war, wenn er mit seinem Freund Steine zählte oder Schmetterlinge suchte.

Die Tage zogen sich dahin. Sie musste an eine schicke Europäerin denken, die sie aus Malakka kannte. Wie hieß sie noch? Ach ja, Cicely. Die hatte ihr eine Karte geschickt. Sie bedaure so sehr, nicht vorbeikommen zu können, doch sie reise gerade durch Australien. Lydia wollte sie sowieso nicht um sich haben. Ein Bild von Jack, nackt, schoss ihr durch den Kopf. Gin-Tonic, klimpernde Eiswürfel, eine Scheibe Zitrone – eine diskrete Trinkerin, schon vormittags. Das brachte sie auf eine Idee, wie sie die Erinnerungen auslöschen konnte.

Im Barschrank stand eine ungeöffnete Flasche, aber kein Tonic. Sie eilte in die düstere Küche.

»Tonic?« Sie hielt die Flasche hoch und schüttelte sie. »Für den Gin.«

Keine Antwort. Die Frau zuckte nur die Achseln. Lydia zog die Tür des Kühlschranks auf. Es war ein großer amerikanischer, der mit Kerosin lief. Jede Menge Bier. Sie versuchte es in der kleinen Speisekammer neben der verrußten Küche und rümpfte die Nase, als ihr der Geruch überreifer Ananas entgegenschlug. In einer Ecke standen Getränkekästen. Ohne auf giftige Spinnen zu achten, die mit dem Staub aufgewirbelt werden konnten, zog sie die Kästen hervor. Zwei enthielten Bier und einer verschiedene Limonaden. Den trug sie ins Wohnzimmer.

Die ersten Schlucke Gin linderten den Schmerz in ihrem Herzen und in ihren Gliedern und dämpften die plötzlichen Wutanfälle. Das war die Lösung. Sie wollte eine Zigarette. Jack rauchte seit einiger Zeit nicht mehr, aber bestimmt lag noch in irgendeiner Schublade eine Packung versteckt. Seit Emmas Geburt hatte sie nicht mehr geraucht, aber jetzt war sie regelrecht von dem Gedanken besessen.

In Jacks Schlafzimmer gab es nicht viele Möglichkeiten, etwas zu verstecken, nur eine Kommode und einen schmalen, hohen Kleiderschrank. Sie zog die oberste Schublade auf. Unterwäsche und Socken. Sonst nichts. In der zweiten nur kurze Hosen und Hemden. In der dritten lag allerhand Kram. Eine Fliege. Ein Päckchen Karten. Ein Scrabble-Spiel. Eine Lesebrille. Sie hatte Jack höchstens mal Zeitungen oder Zeitschriften lesen sehen, obwohl die Regale voller Bücher standen.

Die vierte Schublade klemmte ein wenig. Lydia ging in die Knie und zog fester, bis der ganze Kasten herauskippte und ein Häuflein chinesischer Kleidung auf dem Boden lag. Sie betastete feine Cheongsams, weite, fließende schwarze Hosen, hübsche weiße Blüschen und erkannte den Duft wieder. Das

Parfüm aus dem Badezimmer. Es war in alle Kleidungsstücke gezogen. Sie hob ein grünseidenes Cheongsam hoch und stellte sich damit vor Jacks kleinen Spiegel. Sie konnte sich nicht im Ganzen sehen, aber es war offensichtlich, dass die Trägerin sehr zierlich sein musste. Bei einem Blick in den Stehkragen sah sie einen eingestickten goldenen Schriftzug: Lili. Du meine Güte. Wie begriffsstutzig sie gewesen war! Lili hatte kein einziges Mal gelächelt, nie die freundliche Rücksichtnahme an den Tag gelegt, die für chinesische Hausmädchen so typisch war. Stattdessen war sie sehr selbstsicher aufgetreten, und jetzt wusste Lydia auch, warum.

Sie kannte Geschichten aus der Kolonialzeit über einsame Plantagenbesitzer, die sich ein Mädchen hielten, das für sie sorgte, kochte und putzte und ihnen das Bett und gelegentlich das Herz wärmte. Warum hatte er ihr das nicht gesagt? Sie gab die Suche nach Zigaretten auf und lief zurück ins Wohnzimmer. Dort nahm sie die Flasche, schloss draußen das Tor auf und rannte hindurch und vom Haus weg.

Sie überquerte den Weg und bog in den Schatten der Plantage ab, lief durch hohe Farnbüsche und wich Zweigen aus, die freche Affen herabschleuderten. Vögel huschten zwischen den Bäumen umher. Lydia war schweißgebadet. Sie fühlte sich, als stünde sie neben sich. Als existierte sie plötzlich nur noch außerhalb der Zeit, als könnten ihr die Skorpione unter den herabgefallenen Zweigen oder die kurzen, dicken Vipern im Gras gleichgültig sein.

Sie gelangte an einen breiten Bach und rannte mitten hindurch, riss sich die nasse Bluse vom Leib und lief weiter. Dabei schwenkte sie die Flasche und trank große Schlucke, als wäre es Wasser, bis es in ihrem Kopf wummerte und sie völlig außer Atem war. Dann brach sich ihre Wut Bahn. Mit aller Kraft warf sie die halb leere Flasche gegen den Stamm eines Kautschukbaums. Das dumpfe Poltern ließ sie befriedigt aufatmen. Doch das Gefühl hielt nur für einen kurzen Moment an. Selbst tausend zerschmetterte Flaschen wären nicht genug, um Ruhe zu finden. Ohne sich um die Richtung zu kümmern, taumelte sie morastige Wege entlang, und noch immer gelang es ihr nicht, den unsinnigen Tod ihrer Mädchen auch nur für einen kurzen Moment zu verdrängen.

Auf einer kleinen Lichtung trat sie in grelles Sonnenlicht. Metallisches Zwitschern war zu hören, als ein roter Honigsauger über ihr am Himmel kreiste. Lili schwebte wie eine Nymphe vorbei, kühl und mit makelloser Alabasterhaut. Lydia fasste sich an die heißen Wangen und schloss die Augen. Als sie sie wieder öffnete, war die Chinesin verschwunden. Durch die wässrig grüne Luft fuhr ein blendender Sonnenstrahl. Jetzt sah sie Emma zwischen den Bäumen, die schelmisch grinsend an einem Lutscher saugte und für den Kostümball zu Weihnachten als Chinesin verkleidet war. Lydia hörte sie lachen und lächelte ihr liebevoll zu.

Als sie am Straßenrand lag und sich vor Hitze aufzulösen schien, kam Jack vorbei, auf dem Weg in die Mittagspause. Die Luft schwirrte von gefräßigen Moskitos. Sie starrte ihn mit leerem Blick an, dann erbrach sie sich auf seine Schuhe. Er zog ihr Glasscherben aus den Fußsohlen und sengte ihr mit einer Zigarette die Blutegel von den Beinen. Dann trug er sie heim. Sie erbrach sich mehrmals. Doch lieber die Übelkeit als diese Qual, die ihr das Herz in Fetzen riss.

Als Jack am Abend schlafen gegangen war, legte sie sich in den kühlen Garten und schaute zum Halbmond hinauf. Sie hörte Emma aus dem Dunkeln rufen und wäre ihr am liebsten dorthin gefolgt. Sie hatte das Gefühl, tief unter die Oberfläche des Lebens zu gleiten, wo nichts mehr an sie herankam, wo es keine Liebe und keinen Schmerz mehr gab und auch keine Hoffnung.

Am Morgen fand Jack sie ausgekühlt am Boden liegen, während Maz neben ihr in einem von Jacks alten T-Shirts kniete. Jack zog sie auf die Beine, klatschte ihr leicht ins Gesicht und half ihr zurück ins Haus. Er drückte Maz kurz an sich und schickte ihn in die Küche zu Channa, um Kaffee und Brötchen zu holen. Sowie der Junge damit zurückkam, flößte Jack Lydia schwarzen Kaffee ein. Dann rieb er ihr die Hände, um sie zu wärmen. Sie wurde ohnmächtig.

Als sie aufwachte, war es Abend. Die untergehende Sonne hatte das Zimmer in ein dunkelrotes Licht getaucht. Lydia hatte Schmerzen in Beinen und Füßen.

»Versprich mir, dass du das nie wieder tust«, sagte Jack.

»Aber was soll ich tun?«

»Du wirst mit Maz bei mir bleiben. So lange wie nötig. Dann sehen wir weiter.«

»Ich habe nichts mehr.«

»Du hast mich.«

»Nein. Ich meine, ich habe kein Geld.«

»Lydia, Herrgott noch mal. Ich bekomme ein Gehalt. Über Geld brauchst du dir jetzt keine Gedanken zu machen. Werde gesund. Das ist vorerst alles, was zählt.«

Sie nickte.

»Im Augenblick glaubst du zwar nicht daran, aber irgendwann wird es besser werden.«

Sie zog die Brauen zusammen und schüttelte den Kopf. »Es ist diese Sinnlosigkeit.«

Jack blickte sie an. »Ich weiß, Liebling. Du musst jetzt in dir selbst einen Sinn finden, auch wenn es schwer ist.«

Trotz seiner Freundlichkeit stieg wieder Wut in ihr hoch. »Wie kannst du so etwas sagen? Emma und Fleur waren mein Leben.«

»Es muss noch etwas anderes geben, Lyddy.« Er redete sanft, streichelte ihr die Wange. Seine Augen waren so blau wie der malaiische Himmel.

Sie schob seine Hand weg. »Etwas anderes als meine Kinder? Bist du verrückt?«

»Es gibt immerhin Maz und mich«, erwiderte er so leise, dass sie genau hinhören musste, um ihn zu verstehen.

»Ich weiß nicht, Jack. Ich möchte noch mal mit George telefonieren und ihn fragen, ob es etwas Neues gibt.«

Er presste die Lippen zusammen und atmete hörbar aus. »Meinetwegen, wenn dir so viel daran liegt.«

Sie wussten beide, dass Lydia, wenn sie sich dem Verlust offen stellte, entweder schwimmen oder untergehen würde. Sie hoffte nur, Jack wäre so klug zu wissen, dass sie noch nicht so weit war.

Maz trat neben sie und sah aus, als hätte er sich die Augen ausgeweint. Sie hob ihn hoch und drückte ihn an sich. »Es tut mir leid, mein Liebling. Es ist nur so, dass Kinder nicht vor ihren Eltern sterben sollten.« Sie strich ihm übers Haar und bemerkte, dass auch Jack Tränen in den Augen hatte.

Nachdem Jack gegangen war, um mit einem Kautschukzapfer zu sprechen, und Maz mitgenommen hatte, rief sie George an.

Als sie erklärte, was sie wollte, seufzte er. »Schauen Sie, Lydia, es tut mir ja leid, aber es hat keinen Sinn, nach Strohhalmen zu greifen. Alec und die Mädchen sind bei dem Brand ums Leben gekommen. Der Fall ist abgeschlossen. Übrigens brauchen Sie sich um den Papierkram nicht zu kümmern, meine Liebe. Das kann ich erledigen, und falls ich Sie dabei irgendwie brauche, melde ich mich.«

»Danke.«

»Nicht, dass es irgendwelchen Besitz gäbe. Wie Sie wissen, hatte Alec weder hier noch in England Eigentum. Er war nicht mal dazu gekommen, in Ipoh ein neues Konto zu eröffnen. Also scheint leider auch sein Bargeld in Flammen aufgegangen zu sein. Ihr Wagen ist übrigens bei der Polizei in Malakka. Soll ich einen Verkauf in die Wege leiten?«

»Ja, bitte, ich brauche das Geld. Aber George, wie können Sie so sicher sein, dass sie auch tatsächlich dort waren?«

»Es spricht alles dafür. Alec war noch kein Haus zugewiesen worden, und seit dem Unglück sind sie nirgendwo mehr aufgetaucht. Zu gegebener Zeit werden wir auch Totenscheine bekommen, aber da es keine Leichen gibt, kann das eine Weile dauern. Verzeihen Sie mir meine Offenheit.«

Lydia schluckte und konnte ihm nur murmelnd danken. Nachdem sie aufgelegt hatte, setzte sie sich nach draußen und schlug zum ersten Mal seit dem Brand Ems Notizbuch auf.

Einer der Engel sitzt auf meinem Bett. Er hat wellige rote Haare, blasse Haut und trägt ein weißes Kleid. Er hat keine Flügel. Auch nicht hinter dem Rücken gefaltet. Da ist nur Luft. Heute ist Jack zu uns gekommen. Ich wünschte, er wäre nicht gekommen. Er ist größer als Dad, und ich habe Angst, dass sie in Streit geraten. Zuerst mochte ich ihn. Wir standen auf der Straße und kauften neue Flipflops mit einer orangen Blüte in der Mitte. Er kam zu uns rüber und legte eine Hand auf Mums Schulter. Fleur und mir schenkte er Lutscher. Ich betete zu dem Engel, er möge ihn von uns fernhalten, doch er kam wieder, und ich sah sie beide im Bett.

Lydia schlug das Notizbuch zu und sah, wie ein großer Nachtfalter kreisend in die Laterne flog. Sie starrte in das Licht, bis ihr die Augen brannten. Es war feuchtwarm auf der Veranda. Dünne Wolken verschwammen wie Wasserfarben. Sie konnte nicht weiterlesen. Emma hatte es gewusst. Sie hatte es gewusst.

19

Es war ein kalter Septembertag. Die Felder verschwanden in weißem Dunst. Der Nebel war so dicht, dass die Schule nicht zu sehen war, als wir darauf zufuhren. Ich wünschte, sie bliebe verschwunden. Für immer. Mein Vater bog in eine Auffahrt ein, eine Allee mit Eichen, deren Blätter rot-gold gefärbt waren.

Fleur und ich hatten noch keinen Herbst erlebt. An meinem letzten Tag zu Hause flitzte meine Schwester mit einem Rechen über den Rasen und jagte dem Laub nach, das der Wind am Drahtzaun entlangwehte, wo die Brennnesseln wuchsen. Hinten im Garten stand eine Buche, die hellorange Blätter hatte. Nur in unserem Garten gab es einen so großen Baum. Granddad hatte zu Beginn des Sommers eine Schaukel darangebunden, und Fleur schaukelte stundenlang.

Am Abend zuvor hatte Gran mir beim Packen geholfen. Zwei Garnituren Kleidung, hieß es auf der Liste, die Schuluniform und eine Freizeitgarnitur, außerdem Hausschuhe und Schlafanzüge. Ich steckte noch meine Notizbücher und den Füller ein, auch Mums Brief und das gerahmte Foto von ihr, das ich aus unserem Haus in Malakka geschmuggelt hatte. Da so etwas nicht auf der Liste stand, würde ich die Dinge verstecken müssen. Als wir fertig waren, schloss Gran mich in die Arme. Sie duftete nach Maiglöckchen und hatte Tränen in den Augen.

Penridge Hall war ein großer viktorianischer Bau mit drei Stockwerken. Gran sagte, dass er im Krieg als Krankenhaus genutzt worden war. Jetzt beherbergte er ein von Nonnen geleitetes Internat, vor allem für »Problemkinder«. Das war ich also jetzt: ein Problem.

Ich versuchte, mich zusammenzureißen, während Vater seinen Morris Oxford parkte. Ich wollte den Mund halten, weil ich wusste, dass es ja doch nichts nützte. Doch am Ende klammerte ich mich an seine Jacke, und die Worte sprudelten von ganz allein hervor.

»Zwing mich nicht. Ich werde brav sein, ich schwöre es. Bitte, Dad.«

Er stieß meine Hände weg, wurde dann aber ein wenig milder. »Es ist zu deinem Besten, Emma. Du kannst nicht erwarten, dass du ohne Strafe davonkommst, nachdem du Mr. Oliver angegriffen hast.«

»Aber ich habe den ganzen Sommer über nichts mehr angestellt. Ich verspreche, dass ich so etwas nie wieder tun werde.«

Er biss die Zähne zusammen, und sein Blick wurde hart. »Das hatten wir schon. Für Versprechungen ist es zu spät. Ich habe dich gefragt, warum du es getan hast, und du konntest mir keine Antwort geben. Was soll ich davon halten? Hoffentlich bringen sie dir hier Vernunft bei. Und jetzt steig aus, und mach nicht so ein mürrisches Gesicht, Emma. Das gehört sich nicht.«

Ich schob das Kinn vor und beachtete die neugierigen Gesichter nicht, die von einem der oberen Fenster auf mich herabblickten. Aber vor Angst bekam ich feuchte Hände. Wir gingen an einem frisch gemähten Rasen vorbei und stiegen die Vordertreppe hinauf. Als wir den Hausflur betraten, fühlte ich mich, als würde ich verschluckt. Hinter uns schwang die Milchglastür zu, und eine Frau mit einem kleinen Terrier auf dem Arm wartete schon auf uns.

»Frau Direktorin«, sagte mein Vater und streckte die Hand aus. Offensichtlich kannte er sie schon.

»Ich habe Schwester Ruth herrufen lassen«, sagte sie.

»Sehr freundlich.«

Die Direktorin hatte eine schrecklich wiehernde Stimme. Ich hielt den Kopf gesenkt, musterte sie aber durch meine Wimpern hindurch. Sie hatte glatte schwarze Haare, eine komische Figur und rote Flecken im Gesicht. Sie betrachtete mich durch ihre Brille.

Ich streckte die Hand aus, um den Terrier zu streicheln.

Sie blickte mich finster an. »Fass den Hund nicht an. Die Schwester weiß über dich Bescheid, und ich habe strikte Anweisung gegeben, ein wachsames Auge auf dich zu haben.«

Ich ließ den Kopf hängen.

»Und ich werde monatlich einen Bericht erhalten. Dann sehen wir ja, wie du dich machst«, fügte Dad hinzu.

»Heißt das, ich darf irgendwann wieder nach Hause?« Ich hatte ein Flattern im Magen und hielt den Atem an.

»Wir werden sehen.«

Vater gab der Direktorin meinen Koffer und trat von einem Bein aufs andere. Es schien ihm peinlich zu sein, dass er hier war, und er sah immer wieder zur Tür. Dann setzte er ein Lächeln auf, nickte der Frau zu und ging. Ich blinzelte hastig, um nicht zu weinen. Kein Kuss auf die Wange, keine Umarmung. Nichts, damit es mir besser ging. Die Direktorin befahl mir zu warten, drehte sich auf dem Absatz um und ging in ein Büro.

Ich fand den Mut, den Kopf zu heben und mich im Eingangsbereich umzusehen. Drei Damen, die Hüte trugen, standen in einer Ecke und tratschten. Sie hatten sackartige Tweedröcke, dunkelblaue Strickjacken und weite weiße Blusen an, und über ihren eng geschnürten Stiefeln schauten fette Waden hervor. Ein Mädchen stand mit einem Plakat auf dem Rücken herum, das verkündete, sie sei faul. Nachdem ich es gelesen hatte, musterte ich ihr Gesicht. Sie zwinkerte mir zu, und ich zwinkerte zurück.

Als eine schrille Glocke ertönte, verließen die Damen den Flur.

»Wer waren die?«, fragte ich das Mädchen mit dem Plakat. »Die Tanten von irgendwem?«

»Die geben Englisch, Französisch und Musik.«

»Lehrerinnen?«, keuchte ich verblüfft. Die Lehrerinnen am Holy Infant College waren immer so elegant gewesen.

Die Glocke schrillte zum zweiten Mal, der Flur leerte sich, und das Mädchen ging ebenfalls. Ich machte die Augen zu. Hatte mein Vater denn niemals etwas Schlimmes angestellt? Konnte er mich denn gar nicht verstehen?

In der ersten Nacht in dem kalten, heruntergekommenen Gebäude trug ich meine sämtlichen Sachen übereinander. Die Fenster blieben nachts offen, und die Kälte drang mir bis in die Knochen. Zum Zudecken gab es nur eine dünne Daunendecke und einen Überwurf mit Lochmuster. So lag ich frierend in meinem Eisenbett und wärmte mich innerlich mit Gedanken an Mum. Unglaublich, dass ich schon seit neun Monaten aus Malaya weg war und sie seitdem nicht mehr gesehen hatte. Ich dachte an unser Haus dort und den Garten, an die violetten Bougainvilleen, die Orchideen, die Eidechsen. Dort hatte ich nie frieren müssen.

Auch tagsüber war es in der Schule kalt. Die Heizkörper hämmerten, aber die Zimmer wurden nicht warm. Die Mädchen kauerten in kleinen Gruppen beisammen und beachteten mich gar nicht, außer zwei ganz gemeinen, die mir den Ranzen wegrissen und einen Tag lang versteckten.

Am Samstag, nach der längsten Woche meines Lebens, kam ein Päckchen von Granny mit einem Cadbury's Schokoladenriegel. Sie hatte sogar ein Zwei-Schilling-Stück auf die Rückseite geklebt. Viele Mädchen kamen von weit her. Wahrscheinlich waren einige sogar aus Indien hergereist. Nicht alle hatten das Glück, dass ihnen jemand Schokolade schickte. Ich teilte meine mit dem Plakatmädchen und war froh darüber, denn sie stemmte die Hände in die Hüften und grinste mich an.

»Ich heiße Susan Edwards.«

Meine neue Freundin hatte sehr krause braune Haare, eine ziemlich große Nase und tiefliegende braune Augen. Wir setzten uns draußen auf die Treppe und aßen die Schokolade.

»Wie hast du dich daran gewöhnt?«, fragte ich.

»Das kommt ganz von allein.«

»Wie ist das Essen?«

Sie zuckte die Achseln. »Furchtbar. Aber da kann man nichts machen.«

Sie hatte recht. Überall roch es nach gekochtem Kohl. An diesem Tag gab es Lamm-Kartoffel-Eintopf mit knorpeligem Fleisch, auf dem obendrauf das Fett schwamm. Zum Nachtisch stand Torte mit Kokosraspeln und Marmelade auf durchweichtem Teig auf dem Speiseplan.

»Man muss sich was suchen, worüber man lachen kann«, sagte sie. »Ich bin adoptiert, und du?«

»Manchmal wünsche ich mir, es wäre so.«

Sie lachte. »So übel?«

Ich zog ein Gesicht.

Dad kam mich nicht besuchen. Er schrieb nur steife Briefe, die er mit *Dein Vater* unterschrieb. Keine Andeutung, dass mich jemand vermisste. Er erwähnte den Brief aus Malaya nicht, und über Mr. Oliver wurde auch nicht mehr gesprochen, so als gäbe es ihn gar nicht. Dabei musste ich immer wieder daran denken, wie ihm das Blut am Hals entlanggelaufen war. In den Briefen äußerte Vater seine Billigung oder Missbilligung, je nachdem, welche Lehrerin ihm über mich berichtet hatte. Nur ein Schreiben war anders.

Dieser Brief kam an einem kalten, klaren Tag, an dem ich gehofft hatte, nach dem Mittagessen draußen spielen zu können. Stattdessen wurde ich ins Sekretariat gerufen, damit ich ihn dort las, und eine Sekretärin brachte mir eine Tasse Kakao und gab mir einen von ihren Keksen ab. Daran sah ich, dass der Brief wichtig war. Einen Moment lang hatte ich Angst und wagte nicht, den Umschlag zu öffnen. Doch die Sekretärin stand wartend neben mir, sodass ich es tun musste. Darin lag ein einzelner blauer Briefbogen, und ich kaute meinen Keks, während ich las, dass mein Granddad gestorben war. Zuerst begriff ich die Worte gar nicht richtig, aber dann tat mir mein Dad ehrlich leid. Sie hatten sich nie gut verstanden, und jetzt, da Granddad tot war, war es zu spät, um daran noch etwas zu ändern.

Ich dachte an sein altes Männergesicht mit den vielen Leberflecken und den Haaren, die ihm aus den Nasenlöchern wuchsen, und an seinen weißen Haarschopf. Ich war ziemlich aufgewühlt und fühlte mich nicht gut. Als die Sekretärin fort musste, schickten sie deshalb Schwester Ruth zu mir, um auf mich achtzugeben. Die blasse Nonne hatte freundliche graue Augen und ein unscheinbares Gesicht, aber wenn sie lächelte, war sie hübsch. Sie benahm sich uns gegenüber nicht wie die anderen Lehrerinnen. Sie war freundlich, und sie gab uns das Gefühl, dass sie uns mochte und auf unserer Seite stand.

Ich wurde ins Krankenzimmer gebracht, und als ich am nächsten Morgen aufwachte, beugte sie sich über mich. Ich sah sie im Gegenlicht der hohen Fenster. »Was habe ich?«, fragte ich, besorgt, dass ich vielleicht im Sterben lag.

»Du hast Grippe.«

»Das habe ich in Malaya nie gehabt«, krächzte ich.

»Das ist eine typisch britische Krankheit. Das Wetter tut einiges dazu.« Sie lächelte. »Setz dich kurz auf, damit ich dir das Kissen aufschütteln kann, und dann werde ich dich waschen.«

Die harte Seife, mit der wir uns morgens und abends waschen mussten, war unangenehm, aber der Schwester zuliebe beschwerte ich mich nicht.

»Hinterher geht es dir besser, das verspreche ich.«

Sie hatte selbst einen schlimmen Husten, bei dem ihr jedes Mal die Farbe aus dem Gesicht wich.

»Haben Sie auch Grippe?«, fragte ich.

Sie schüttelte den Kopf.

»Wieso zittere ich in einem fort?«

Sie deckte mich mit einer zweiten Decke zu und setzte sich an mein Bett. »Wie ist es in Malaya? Ich habe oft überlegt, wie es wohl wäre, in Asien Missionarin zu sein.«

Ich schluckte und bekam feuchte Augen.

»Möchtest du mir von deiner Mutter erzählen?« Sie wrang

einen Lappen in lauwarmem Wasser aus und legte ihn behutsam auf meine Stirn. Dann saß sie still da und hielt die Hände im Schoß gefaltet.

Ich wunderte mich, warum sie mich nach meiner Mutter fragte, und überlegte, was ich sagen sollte. Aber ich freute mich auch darüber, weil ich mit niemandem mehr über Mum reden konnte.

»Sie ist sehr schön und heißt Lydia.« Nach kurzem Zögern erzählte ich weiter. »Sie singt viel und näht ganz tolle Kostüme. Hat sie jedenfalls früher. Meine kleine Schwester war mal Miss Muffet und ich ein Schneemann.«

»Das war bestimmt lustig.«

»Ja. Ich habe einen Preis damit gewonnen. Und Mum und Dad auch, mit Peter Pan und Captain Hook. Das Nähen hat sie im Kloster gelernt. Aber da war sie sehr traurig.«

»Warum?«

»Weil sie ihre Mutter nicht gekannt hat, nur ihren Namen. Emma hieß sie. Ich bin nach ihr benannt.«

Sie sah mich lächelnd an. »Weißt du, was aus ihrer Mutter geworden ist?«

»Nein. Mum wurde in dem Kloster sogar geboren. Sie ist da auch zur Schule gegangen, und die Nonnen haben sie erzogen.«

»Weißt du, in welchem Kloster sie war?«

»Nicht genau. Ich glaube, es hieß St. Joseph. Oder vielleicht St. Peter.« Ich muss wohl sehr bedrückt ausgesehen haben, denn Schwester Ruth gab mir einen Kuss auf die Wange.

»Es gibt ein St.-Josephs-Stift in der Nähe. Vielleicht ist es dasselbe. Allerdings haben die keine Schule dort, sondern bieten Exerzitien an. Und nun haben wir genug geredet. Du brauchst Ruhe.«

Ich sah in ihre Augen und wusste, dass ich in ihr eine Freundin hatte.

Sie wurde meine Klassenlehrerin, und wenn sie gesund war, unterrichtete sie Religion und Geschichte. Wenn sie krank war, wirkte sie dünn und nervös, hatte rote Flecke auf den Wangen und glänzende Augen. Dann übernahm Miss Wiseman den Unterricht, eine zwergenhafte Waliserin mit schwarzen Augen, glatten, grau melierten Haaren, einer roten Nase und einem stoppeligen Kinn. Außerdem hatte sie einen so starken Akzent, dass ich Wochen brauchte, bis ich sie richtig verstand. Doch jetzt hatte ich Susan Edwards und Schwester Ruth auf meiner Seite und war froh, dass ich wenigstens nicht mehr ganz allein war. Mum würden sie nicht ersetzen, aber wer hätte das schon gekonnt?

20

Lili war ihr wie eine geheimnisvolle Blume vorgekommen. Und Lydia glaubte, nicht einmal nüchtern mit ihr konkurrieren zu können, und heute war sie nüchtern. Während sie auf Jack wartete, hörte sie Gelächter und ging ans Fenster. Channa stieß Maz auf der Schaukel an, die Jack an den stärksten Ast im Garten gebunden hatte. Zuerst tat sie es sachte, aber das konnte Maz nicht lange zufriedenstellen.

»Höher, Channa, höher!«, rief er.

Channa ging auf die Bitte nicht ein, und so bettelte er immer weiter. Schließlich gab sie nach und schubste kräftiger.

»Mehr, mehr«, quietschte er aufgeregt.

»Nicht mehr«, sagte sie und trat zurück.

Ärgerlich zog er an den Seilen, knickte die Beine nach hinten, um sich selbst Schwung zu geben, und rutschte vom Sitz.

»Pass auf die Schaukel auf, Channa, sonst bekommt er sie an den Kopf!«, rief Lydia.

Channa rannte zu ihm und drückte ihn nach unten. »Kriech zur Seite weg«, sagte sie und fing die Schaukel mit einer Hand ab.

Maz gehorchte und setzte sich dann hin, um sein Knie zu untersuchen.

Channa hockte sich zu ihm. »Nur eine kleine Schnittwunde«, sagte sie und heilte sie mit einem Kuss.

Maz stand wieder auf und wanderte mit einem Korb durch den Garten. Lydia sah ihm zu, wie er Kieselsteine sammelte. Ab und zu schaute er zu ihr hinüber.

»Zum Schutz«, erklärte er schüchtern lächelnd und fing an, die Steine im Kreis um einen Baum zu legen. »Jetzt kann mich die böse Schaukel nicht mehr kriegen.«

Als Jack spätabends heimkam, stand er schwankend in der Tür. Seine starke Ginfahne erinnerte Lydia an den Abend, an dem sie Alec die Affäre gestanden hatte.

Damals saßen sie eingecremt mit einem starken Insektenschutzmittel auf der überdachten Veranda. Dazu kam der Geruch von Gin und Staub. Das Klopfen einer Langschwanz-Nachtschwalbe war zu hören, und das Meer rauschte. Lydia steckte sich die Haare zum Knoten hoch, während sie überlegte, wie sie beginnen sollte. Alec war entspannt. Er saß in seinem karierten Morgenmantel da und redete über seinen indischen Assistenten, der seit der Herabstufung unzuverlässig geworden sei.

Als er eine Pause machte, holte sie tief Luft. »Alec, ich habe dir etwas zu sagen.«

Es folgte ein kurzes Schweigen, bei dem er den Blickkontakt vermied. Sie spürte, dass er es ihr nicht leicht machen wollte.

»Es tut mir leid, aber ich war mit jemandem zusammen –«

»Du denkst, ich weiß das nicht?«, unterbrach er sie. »Du musst mich für sehr dumm halten.«

»Woher?«

»Ich habe dich am Telefon gehört. Mich nennst du nicht Liebling.«

Er fauchte Jacks Namen.

»Ich liebe ihn, Alec. Es tut mir leid.«

Seine Selbstgefälligkeit verschwand, und der Schmerz in seinen Augen machte sie sprachlos. Mit brennenden Wangen erkannte sie, dass sie ihn enttäuscht hatte. Beide schwiegen.

Schließlich holte er Luft. »Sex ist keine Liebe, Lydia. Um das zu wissen, hast du doch wohl genug betrunkene Pflanzer in den Bars gesehen.«

»Alec.«

»Und ihre Flittchen, die Pelzmantel tragen, aber keinen Schlüpfer anhaben.«

Sein verächtlicher Ton erschreckte sie. Er zerbiss einen Eiswürfel, und an seinem Hals pochte eine Ader. »Die stinken alle nach Puff. Jack ist nicht anders.«

Ihr Herz raste. Das war nicht wahr.

»Du hast alles zerstört, Lydia. Sieh es, wie es ist.«

Sie hielt den Atem an. Es wurde still.

»Jedenfalls möchte ich, dass du die Mädchen weiterhin siehst«, sagte sie dann.

»Du denkst, ich lasse dich auf eine Kautschukplantage ziehen?«

»Dir wird nichts anderes übrig bleiben«, antwortete sie gereizt.

»Glaubst du? Vor dem Krieg konnte man auf einer Plantage vielleicht ganz angenehm leben. Jetzt kommen die Rebellen, knüpfen den Mann auf und schlitzen ihm den Bauch mit einem Parang auf. Möchtest du das erleben?«

Ihr wurde schlecht. Sie hatten den Gärtner mit einem Parang das Gras schneiden sehen.

Alec rieb sich mit dem Zeigefinger über das Kinn. Dann sagte er beinahe trotzig: »Jedenfalls wirst du nach deiner schmutzigen kleinen Affäre niemals das Sorgerecht bekommen.«

»Jack wird sich um uns kümmern. Wir werden zurück nach England gehen.«

»Er will seinen Vertrag brechen?«

»Er spart, um sich freizukaufen.«

Alec stutzte. »Das Sorgerecht bekommst du trotzdem nicht.«

»Ich werde mir eine Stelle besorgen.«

»Ohne Ausbildung, ohne Berufserfahrung? Ohne ein Zuhause? Ohne irgendeine Unterstützung und noch dazu als Ehebrecherin? Hör auf zu träumen.«

»Es tut mir leid. Es war nicht meine Absicht, dich zu kränken. Es ist einfach passiert.«

»Nein, Lydia«, fuhr er sie an. »So etwas passiert nicht einfach. Man trifft eine Entscheidung.«

»Ich wollte ehrlich zu dir sein. Du weißt, wie es zwischen uns ist. Du kannst doch auch nicht glücklich damit sein.«

»Glücklich! Hier geht es nicht ums Glücklichsein, Lydia. Hier geht es um Pflicht.«

Sie hatte gehofft, an sein Herz zu rühren, sah aber, als er sich wegdrehte und nach dem Geländer griff, dass das unmöglich war. Alec sprach nie über Gefühle. Als er sich ihr wieder zuwandte, waren seine Fingerknöchel weiß.

Sie horchte auf die Geräusche der Nacht. »Was soll das heißen?«, fragte sie.

Mit kalten Augen schaute er sie an und verzog den Mund. »Die Entscheidung liegt bei dir«, sagte er dann. »Entweder du bleibst, oder du gehst ohne Emma und Fleur. Überleg es dir.«

Sie drängte die Tränen zurück. Das konnte doch nicht sein Ernst sein, oder etwa doch?

»Und mach dir nichts vor, Lydia.« Er polierte seine Brillengläser mit einem Taschentuch. »Ich werde dafür sorgen, dass du deine Töchter nie wieder siehst.«

Sprachlos schlang sie die Arme um ihren Körper, wie um sich gegen einen Schlag zu schützen. Dann schluckte sie mühsam und richtete sich auf. »Das kannst du nicht.«

»Doch, Lydia, du wirst schon sehen, dass ich das kann. Trink doch noch einen Gin, während du es dir überlegst.«

Sein spöttischer Tonfall machte sie plötzlich unendlich wütend. Sie nahm die Ginflasche und schleuderte sie gegen das Geländer. Eine Zeit lang fiel kein Wort.

Der starke Gingeruch ließ ihn die Nase rümpfen. »Soll ich das so verstehen, dass du bleibst?«

Sie schaute an seinem müden Gesicht vorbei. Ihr blieb keine andere Wahl, und sie wusste, dass er das wusste. Niemals würde sie ihre Kinder aufgeben. Der Gedanke an Jack drückte ihr das Herz zusammen. Seine goldbraune Haut, seine Lebensfreude. Sie hatte nicht erwartet, sich zu verlieben, doch ihr Herz machte einen Sprung, sobald sie ihn sah. Ihr war sogar gleichgültig, ob Alec recht hatte und sie für Jack nur eine von vielen war.

Sie lehnte den Kopf an die Sessellehne. »Nie sprichst du mit mir, Alec. Ich weiß überhaupt nicht, was in dir vorgeht.«

»Ach, es ging also ums Reden? Das hast du mit Jack getan?«

Sie schoss in die Höhe und wusste, dass sie schweigen sollte, konnte sich aber nicht bremsen. »Nein, Alec, und zum ersten Mal in meinem Leben hatte ich Spaß im Bett.«

Sie starrten sich an.

»Keine Chance, Lydia. Den Schuh ziehe ich mir nicht an. Du wusstest, wen du heiratest.«

»Du hast mich damals gebraucht.«

»Ist es so schwer weiterzumachen? Ich brauche dich noch immer.«

»Damit ich mich um die Mädchen kümmere.«

Er zuckte die Achseln und drehte sich weg. »Wir waren einmal glücklich, Lydia. Aber du bist zu impulsiv. Das bringt dich in Schwierigkeiten.«

Sie starrte auf Alecs Rücken. Er hatte seinen Sport und bewunderte sich selbst. Er würde den verletzten Stolz überwinden. Er kam auf sie zu und hielt ihr die Hand hin, doch sie senkte den Blick. Sie war zu wütend, um ihn anzusehen.

»Besser, du reißt dich zusammen«, sagte er. »Ich möchte die Kinder nicht beunruhigen. Wir müssen morgen früh zu einer Hochzeit.«

Sie bemerkte, dass Jack noch immer in der Tür stand und sie beobachtete. Seit Tagen ging ihr der Streit mit Alec im Kopf herum. Das war alles ihre Schuld. Alles. Hätte sie nicht die Affäre mit Jack begonnen. Hätte sie nicht Suzannes Anruf entgegengenommen. Sie konnte niemanden für das Geschehene verantwortlich machen außer sich selbst.

Böse sah sie Jack an. »Ich dachte, du hättest mehr Mumm.«

Er schaute sie unsicher an. »Lydia?«

»Alec hatte recht. Du kennst den Unterschied gar nicht, stimmt's?«

Sein Gesicht lag im Halbdunkel. Er war dünn geworden. Hatte Gewicht verloren. »Was zum Teufel redest du da?«

Sie wurde rot, sprach aber weiter, während sie in sein verwirrtes Gesicht blickte. »Zwischen Liebe und Sex.«

Er zog die Brauen zusammen. »Jetzt bin ich also schuld.«

»Wie konntest du mir das verschweigen?«

Langsam begriff er. »Ach, du meinst Lili. Welchen Zweck hätte es denn gehabt, darüber zu reden? Du warst auf dem Weg zu Alec. Für uns gab es keine Zukunft. Das hast du mir klargemacht.«

»Und wie war das, als wir noch zusammen waren? War ich es, die du wirklich wolltest? Oder sie?«

»Lydia, bitte.« Er schüttelte den Kopf. »Ich mochte Lili. Da kommt so etwas schon mal vor. Menschen machen Fehler.«

Sie ging zu ihm und stellte sich vor seinen Sessel. Wie schadenfroh Alec gewesen wäre, hätte er gewusst, dass Jack die ganze Zeit über eine andere gehabt hatte. Jack stand auf und streckte die Arme nach ihr aus. Anstatt seine Hände zu nehmen, schlug sie ihm ins Gesicht.

Er rieb sich das Kinn. »Warum tust du das? Das Ganze ist nicht meine Schuld.«

Er hatte recht. Ihre Kinder waren tot, und das war ihre Strafe. »Ich dachte, du bist der einzige Mensch auf der Welt, der mich wirklich kennt. Ich dachte, wir gehören zusammen.«

»Wir können auch jetzt noch zusammen sein. Komm her.«

Sie blieb, wo sie war. »Hast du sie in einem Puff aufgegabelt?«

Er breitete achselzuckend die Arme aus.

Sie sehnte sich so sehr danach, dass das alles ein Ende hatte. Und so wehrte sie sich nicht, als Jack sie schließlich hochhob und zu ihrem Bett trug. Er legte sie vorsichtig hin, dann setzte er sich neben sie und nahm ihren Kopf in seine kräftigen Hände und sah sie an. Sie betrachtete seine schmalen Wangen im Mondlicht. Dann hob sie den Arm und zog die Konturen mit den Fingerspitzen nach. Was für ein Biest sie war, dass sie nicht eine Sekunde darüber nachdachte, wie er sich bei alldem fühlen mochte.

Er zog ihr das Kleid aus und breitete eine Decke über sie. Dann legte er sich neben sie, und es dauerte nicht lange, bis er eingeschlafen war.

Doch Lydia konnte keinen Schlaf finden, und einmal mehr verspürte sie Wut und Scham darüber, dass sie noch am Leben war. Sie beschwor die Bilder ihrer Töchter herauf und malte sich aus, dass alles ein grausiger Irrtum wäre und die beiden noch lebten. Der Zweifel wuchs in ihr, und am Ende rüttelte sie Jack wach.

Er rieb sich die Augen, setzte sich auf und sah sie stirnrunzelnd an. »Lyddy, du brauchst Schlaf. Wir beide. Wie spät ist es?«

»Kannst du noch mal nach Ipoh fahren? Nach einem Beweis suchen, dass die Mädchen tatsächlich dort waren?«

Er seufzte. »Lydia, du musst damit aufhören. Du weißt, was George gesagt hat. Sie waren da, und seitdem hat niemand mehr von ihnen gehört. Die Behörden konnten keine Liste der Opfer herausgeben, weil das Anmeldebuch verbrannt ist. Aber du weißt, dass es nur zwei Überlebende gab.«

Lydia schüttelte den Kopf. »Ich kann es einfach nicht glauben. Sag mir noch einmal Wort für Wort, was sie dir gesagt haben.«

»Das willst du nicht hören …«

»Doch.«

»Sie sagten, dass die menschlichen Überreste in der Nacht von Tieren weggeschleppt wurden.«

Sie schlug sich die Hand vor den Mund.

»Und auch George meinte, dass weitere Nachforschungen sinnlos sind.«

Zitternd dachte sie an Emmas ausgelassenes Lachen zurück und sah Fleurs zartes Gesicht vor sich. Und dann endlich kamen die Tränen und rollten ihr über die Wangen. Bin ich verrückt?, dachte sie. Verrückt vor Schmerz? Oder liegt es daran, dass ich gar nicht mehr weiß, wer ich eigentlich bin?

Am Morgen liebten sie sich. Erst schmiegten sie sich lange aneinander, und Lydia merkte, wie die Anspannung von ihr abfiel. Sie spürte seine Haut und gleichzeitig ein Kribbeln wie beim ersten Mal. Und als er schließlich in sie eindrang, war sie bestürzt und erleichtert zugleich, denn für den Moment konnte sie sich ihren Gefühlen für Jack völlig hingeben und die Trauer loslassen. Aus ganzem Herzen wollte sie ergründen, wie sie mit diesem Mann glücklich werden konnte. Er hatte sich ins Bett gelegt, ohne vorher zu duschen, und als sie ihm durch das Haar strich, fand sie klebrige Latexfäden darin. »Danke, Jack«, sagte sie. »Ich will es versuchen.«

Am Nachmittag zogen dicke schwarze Wolken vom Berg herunter. Sie hörte Kinderstimmen. Maz und Burhan spielten draußen Nachlaufen. Als der Sturm losbrach, rief sie beide ins Haus. Mit übertrieben fröhlichem Ton las sie ihnen eine Geschichte vor.

Maz saß im Schneidersitz auf dem Boden neben ihrem Sessel. Ab und zu strich sie ihm übers Haar. Doch er war ihr gegenüber zurückhaltend geworden, teilte nicht mehr ständig mit, was er beobachtete, und wenn er zählte, tat er es leise. Der andere Junge zappelte herum und lief schließlich zu seiner Mutter.

Maz stand ebenfalls auf. »Ich gehe mit ihm, Mem.«

Lydia wollte Maz' Nähe zurückgewinnen, doch die Bilder ihrer Töchter quälten sie noch immer, und mit Reue stellte sie fest, dass sie verlernt hatte, dem kleinen Jungen zuzuhören.

Als der Sturm sich ausgetobt hatte und alles wieder still war, fasste sie einen Entschluss: Sie würde versuchen, ihr zerstörtes Leben neu aufzubauen, auch wenn sie wusste, dass die Chance auf Heilung zart und flüchtig war.

Im nächsten Moment gesellte sich Maz wieder zu ihr und zeigte auf einen Honigsauger mit blauschwarz schillernder Stirn, der schwebend vom Nektar einer Blüte saugte. Sie lächelte den Jungen an. Von jetzt an würde sie sich mehr Mühe geben. Ganz bestimmt.

21

In Malaya wehte schon am frühen Morgen ein starker Tiergeruch vom Dschungel her in die Zimmer. In England war es der Geruch von angebranntem Haferbrei. In Malaya kletterten wir auf den Regenbaum und versteckten uns vor den Dämonen, die das Licht aus der Welt saugten. Hier schrieb ich Strafarbeiten, doch ich stellte mir dabei vor, ich sei in Malakka auf dem Heimweg und wiche den Angstmachern aus, die in den Pflasterspalten lauerten und einem die Zehen abbissen, wenn man auf sie trat. Ich hatte es aufgegeben, Dad zu fragen, wann Mum käme, und er wechselte immer das Thema, wenn ich auf den Brief aus Malaya zu sprechen kam, oder er erwiderte, dass mich das nichts anginge. Um ihn nicht sauer zu machen, hielt ich schließlich meinen Mund, beschloss aber, die Augen offenzuhalten für den Fall, dass noch so ein Brief kam.

Ich war inzwischen gut dreizehneinhalb, und in dem einen Jahr im Internat hatte ich ein Dutzend Strafarbeiten aufbekommen. Meistens von Mrs. Wiseman. Aber im Vergleich mit Susan war das nicht viel. Sie hielt den Rekord. Wir waren noch immer beste Freundinnen, obwohl wir uns stritten wie verrückt.

Ich muss im Unterricht besser aufpassen und darf nicht aus dem Fenster schauen. Ich muss im Unterricht besser … Ich musste mal wieder in der Mittagspause nachsitzen. Diesmal war ich aus der Hauswirtschaftsstunde geflogen, weil ich Susan Mehl ins Haar gestreut hatte. Ihr war das egal, und ich konnte Kochen sowieso nicht ausstehen. Ohne nachzudenken, kritzelte ich unten auf die Seite ein kleines grinsendes Gesicht. Oh nein! Mrs. Wiseman würde mich alles noch mal schreiben lassen. Die anderen Lehrerinnen waren alle in Ordnung, nur sie konnte mich nicht leiden. Mein Bleistift hatte am hinteren Ende einen harten Radiergummi, und so rieb ich über das Grinsegesicht, um es zu entfernen. Als die Mädchen wieder hereinkamen, fuhr ich erschrocken zusammen und riss dabei versehentlich ein Loch ins Papier.

Es waren drei, alle älter als ich, und ich kannte nur eine von ihnen. Nicht die schon wieder, dachte ich. Sie hieß Rebecca und war eine von denen, die ganz am Anfang meinen Ranzen versteckt hatten. Sie hatte Beine wie Baumstämme und war eine der wenigen aus der Umgebung hier. Es ging das Gerücht, dass sie in der Grundschule einer Lehrerin ein blaues Auge verpasst hatte. Und jetzt hatte sie es auf mich abgesehen.

Darum riss sie nun auch mein Blatt Papier an sich. Eine ihrer Freundinnen packte mich bei den Haaren, kippte meinen Stuhl und zog mich nach hinten. Die dritte hielt mich in der Schwebe, während ich nach ihr trat.

»Lass mich los, du blöde Kuh!«, schrie ich und traf sie am Schienbein.

Sie lachte verächtlich, kippte den Stuhl noch tiefer, ließ ihn für einen Moment los und fing ihn wieder auf, gerade als ich einen Schrei ausstieß.

»Ha!«, sagte sie. »Hab dich.«

Ich trat weiter um mich, bis ich Rebecca auf das Blatt kritzeln sah. Es gelang mir, das Mädchen wegzustoßen. Ich versuchte, das Blatt zu erwischen, doch Rebecca wich mir mit Leichtigkeit aus.

»Tu das nicht«, flehte ich. »Mein Dad bringt mich um.«

»Pech. Und wenn du petzt, kommen wir wieder«, drohte eine der anderen.

»Ohne Susan bist du nicht mehr so mutig, wie?« Rebecca lachte. »Aber die ist sowieso nur deine Freundin, weil alle anderen sie nicht ausstehen können.«

Dann war die Mittagspause vorbei, und die Schulklingel machte dem Treiben der Mädchen ein Ende. Sie verschoben noch ein paar Schreibtische und boxten johlend in die Luft, bevor sie hinausschossen. Ihre Stimmen und ihr Getrampel hörte ich noch aus dem hintersten Flur. Mir war schwindlig, und ich stellte mir vor, wieder auf See auf dem Schiff zu sein, wo alles schwankte und brummte.

Ich riss mich zusammen und blickte auf meine Strafarbeit. Oh nein! Kreuz und quer waren gut erkennbar Geschlechtsteile darauf gezeichnet. Hätte ich nicht solche Angst gehabt, hätte ich vielleicht gelacht. Stattdessen dröhnte mir der Kopf. Ich wusste nicht, was ich tun sollte. Höchstens das Blatt zerreißen und von vorn anfangen. Ich sah mich um. Nirgends lag Papier herum. Was wäre schlimmer, tausend Papierfetzen oder diese Kritzeleien? Ich zerriss das Blatt hastig. Hintern, Busen und ein oder zwei Penisse segelten zu Boden wie Konfetti.

Die Tür schwang auf.

Die zwergenhafte Mrs. Wiseman kam unwirsch herein. Mir blieb das Herz stehen, obwohl ihr Ärger nichts war im Vergleich mit dem Zorn meines Vaters.

Sie faltete die Hände vor dem Bauch und riss die dunklen Augen auf. »Was tust du denn da? Gib das her!«

Mir brach der Schweiß aus, als ich ihr die letzten Papierstücke hinhielt.

Sie nahm sie, und ich schwöre, dass ich in diesem Moment Haare an ihrem Kinn wachsen sah.

Hastig ging ich meine Möglichkeiten durch. »Ich … ich … ich dachte, ich hätte nicht schön genug geschrieben und wollte gerade neu anfangen.«

»Das ist eine glatte Lüge. Es befinden sich Schmierereien auf dem Blatt.«

Sie blinzelte heftig, wich zurück und ließ die Fetzen fallen. Ihr kurzer Leib schwankte, die glatten Haare hüpften, und die Hängebäckchen wabbelten, als sie ruckartig zwischen den Fetzen am Boden und mir hin- und herblickte. Alles an ihr schien sich eigenständig zu bewegen. Einen Moment lang glaubte ich, sie hätte einen Anfall und bekäme gleich Schaum vorm Mund, sodass ich die Fetzen aufsammeln und abhauen könnte. Doch sie rang die Hände und krächzte, dass ich sie kaum verstand: »Geh in deinen Schlafsaal. Raus! Ich werde mich später mit dir befassen.«

Ich sauste hinaus. Sie würden Vater herbestellen. Ich könnte zwar erzählen, was passiert war, aber dann hätte ich Rebecca und ihr Gefolge auf dem Hals. Und nach dieser Sache würde mein Vater mich erst recht nicht mehr aus dem Internat holen.

Anstatt zum Schlafsaal zu gehen, rannte ich einen Korridor entlang bis zum anderen Ende des Gebäudes und durch eine Tür, auf der »Privat« stand. Es war ein Vorratsraum. Ich nahm mir eine Packung Kekse und versteckte mich in einer dunklen Nische neben der Hintertür. Als ich eines der Hausmädchen kommen hörte, hielt ich den Atem an. Wollte sie nach draußen, um schnell eine zu rauchen? Oh, bitte nicht! Dann käme sie an mir vorbei und würde mich sehen. Bitte mach, dass sie in den Vorratsraum geht.

Jemand vom Küchenpersonal rief nach ihr. Sie blieb stehen, drehte sich um und zögerte. »Ich wollte noch ein Stück Butter holen.«

»Wohl eher heimlich qualmen. Komm her, zurück an die Arbeit.«

Als sich die Küchentür hinter ihr schloss, seufzte ich erleichtert auf und huschte nach draußen.

Ich musste das Gelände überqueren, ohne von einem der Klassenräume aus gesehen zu werden. Als ich zum Garten gelangte, wurde es schwierig. Denn in diesen konnten gleich Dutzende gelangweilte Augenpaare blicken. Und alle fieberten nur darauf, etwas zum Tratschen zu haben. Wobei das beliebteste Thema derzeit der neue Gärtner war, ein hinreißender Bursche mit dunklen, lockigen Haaren. Die älteren Mädchen schmachteten ihn an. Es ging das Gerücht, dass er mit der Französischlehrerin ins Kino gegangen war, Arm in Arm. Wir jüngeren konnten es kaum erwarten, die beiden bei irgendetwas zu erwischen, um die älteren Mädchen damit ärgern zu können. Ich spähte über den Rasen. Zum Glück arbeitete er gerade nicht auf dieser Seite. Am besten wäre es, das Ende der Stunde abzuwarten und dann abzuhauen.

Ich wollte in den Wald, wo Susan und ich uns beim Querfeldeinlauf immer mal wieder abgesetzt hatten. Dort gab es hohle Bäume und hohe Haufen toter Äste, die wir zusammengetragen hatten. Hinter ihnen wollte ich mich verstecken und überlegen, was ich tun konnte.

Der einzige Weg, der mir blieb, führte links hinter den Rosenbüschen den Pfad entlang, der zum Wald ging. Die Sträucher boten wenig Deckung, aber eine andere Möglichkeit hatte ich nicht.

Eine Männerstimme stoppte mich. Ich fuhr herum und verbarg die Kekspackung unter meiner Schuljacke. Ausnahmsweise war ich froh darüber, dass sie mir zu weit war. Es war nur der Bäcker auf dem Rückweg zu seinem Lieferwagen.

Die Glocke schrillte, und ich hätte loslaufen müssen, doch er hielt mir ein verlockendes Zuckerbrötchen hin. Ich griff danach. »Ja, gerne, aber ich esse es nachher. Vielen Dank.« Dann rannte ich los wie eine Verrückte, ohne zurückzublicken.

Im Wald hockte ich mich hinter eine dicke Eiche und verschlang das Brötchen. Die Kekse wollte ich mir für später aufheben. Einen Plan hatte ich noch nicht.

Als es dunkel wurde, stapften Leute mit Taschenlampen durch den Wald und riefen nach mir. Nachdem sie abgezogen waren, betrachtete ich, wie sich die Bäume im Wind neigten. Ich dachte an Krokodiljäger und Krebsfischer, stellte mir den Dschungel vor und die Banditen, die sich genau wie ich unter Laub versteckten. Ich dachte an Malakka und den Bratfischgeruch und an unseren alten Gärtner, der den Erdgeistern Schalen voll Reis opferte, und ich sehnte meine Mutter herbei. Sie wollte ich mehr als alles andere. Ich deckte mich mit noch mehr Laub und Zweigen zu und lauschte dem heulenden Wind.

Unter Eichen und Ulmen, den Geruch von moderndem Laub in der Nase, fühlte ich mich durch das Geraschel im Wald an die *hantu hantuan* erinnert. Noch nie hatte ich im Dunkeln solch eine Angst gehabt wie in dieser Nacht. Ich rollte mich ein und dachte an heiße Schokolade und Rührei.

Ich beschloss, mich auf ein Schiff zu schmuggeln und nach Malaya zurückzukehren, um dort meine Mutter zu suchen. Doch ich war noch ein Kind. Was konnte ich schon tun? Veronica mochte es gut mit mir meinen, doch sie würde mich wohl kaum auf ein Schiff bringen und mich in ein Land fahren lassen, wo Krieg herrschte. Ich unterdrückte einen Schluchzer. Das ist ungerecht, dachte ich, ich habe nichts Schlimmes getan.

Am nächsten Morgen stapften Dad, die Direktorin und zwei Polizisten durch den Wald. Ich war durchnässt und eigentlich froh, dass sie kamen.

»Komm heraus, Emma. Wir wissen, dass du da bist.« Mein Vater klang streng und beherrscht, aber ich wusste, dass er vor Zorn bebte.

»Komm heraus, Kleine. Du bist nicht in Schwierigkeiten, aber es ist trotzdem besser für dich, wenn du jetzt herauskommst«, sagte eine freundlichere Stimme, die einem der Polizisten gehörte.

»Emma Cartwright, du zeigst dich auf der Stelle.« Das war die Direktorin.

Ich zögerte noch, aber als der Polizist schon ganz in meiner Nähe war, schüttelte ich die Blätter und Zweige ab und stand auf. Ich hatte Gummi in den Beinen. »Hier bin ich!«, rief ich.

Dann gaben meine Knie nach, und an das Folgende kann ich mich nicht mehr erinnern.

Als ich aufwachte, lag ich auf der Krankenstation und sah meinen Vater im Zimmer sitzen. Er sah mager und hart aus. Ich hörte ihn leise mit dem Arzt sprechen. Es ging um meinen Blutdruck.

»Gefährlich niedrig. Gibt es in der Familie Herzprobleme?«

»Mein Vater starb an einem Infarkt«, antwortete mein Dad.

»Und die anderen Großeltern?«

Durch die Wimpern sah ich ihn die Lippen schürzen und den Kopf schütteln.

»Meine Frau wurde im St. Joseph großgezogen. Sie kannte ihre Eltern nicht.«

Ich wollte etwas sagen, doch meine Lippen klebten zusammen. Unter dem fortgesetzten Gemurmel döste ich ein wenig ein. Fragen, Antworten, Schreibgeräusche. Eine Pflegerin trug Dinge hin und her und räumte auf.

»Können wir die aktuelle Adresse Ihrer Frau bekommen?«, fragte der Arzt.

Dad holte scharf Luft und zögerte, bevor er sehr leise antwortete. »Ich fürchte, Emmas Mutter hat die Familie verlassen. Zurzeit wird sie vermisst. Vermutlich ist sie nicht mehr am Leben.«

Die Decke raste mir entgegen, und ich hatte das Gefühl, zu fallen. Ich konnte nur einen Lichtfleck am Fenster sehen, einen gelben mit orangem Rand, der pulsierte und immer kleiner wurde, bis er nur noch stecknadelkopfgroß war. Der Raum wurde schwarz, und ich wurde in ein dunkles Loch gezogen. Mit ausgestreckten Armen wehrte ich mich dagegen und drehte suchend den Kopf nach dem Licht am Fenster. Einen Moment lang leuchtete es wieder auf, und ich hörte mich schreien: »Mummy, Mummy, hilf mir!«

Doch meine Stimme und ich waren weit weg. In Malaya auf der Insel, wo wir immer wieder ins Wasser rannten und Mummy mit einer eiskalten Bierflasche in der Armbeuge dasaß, um die Quallenstiche zu betäuben. Der Sand war weiß und fein, wunderbar weicher Sand, und das Wasser warm wie in der Badewanne. Ich sah alles kristallklar vor mir, und es fühlte sich wie das wirkliche Leben an.

Ich war wie vor den Kopf geschlagen, als ich zu mir kam und sah, dass ich gar nicht dort war. Verwirrt drehte ich den Kopf hin und her. Wo war ich gewesen? Was war passiert? Zwei Beutel mit Flüssigkeit waren über dünne Schläuche mit meinen

Armen verbunden. Und als die Beutel leer waren und durch neue ersetzt wurden, erinnerte ich mich. *Mummy, Mummy, Mummy.* Tränen liefen mir übers Gesicht, und ich wusste, dass mein Herz gebrochen war.

22

September 1956. An dem Tag, als die Hoffnung zurückkehrte, waren mehr als anderthalb Jahre seit dem entsetzlichen Feuer vergangen. Lydia stand ahnungslos im Wohnzimmer und schaute aus dem Fenster. Als sie sich umdrehte, um sich etwas zu essen zu holen, sah sie eine graue Eidechse über die Zimmerdecke flitzen und in einer Mauerritze verschwinden. Geistesabwesend nahm sie eine Mango vom Sofatisch. Sie strich mit der flachen Hand über die gemaserte Holzplatte. Dann prüfte sie die Reife der Frucht. Unter dem Druck ihres Daumens gab diese ein wenig nach, war aber noch fest. Genau richtig.

Im Schlafzimmer legte sie die Mango auf die Kommode und zog die unterste Schublade auf. Lilis Kleider waren nicht mehr darin. Stattdessen lagen jetzt ihre eigenen schlichten Blusen und Röcke dort. Sie vermisste ihre alten Kleider aus feiner indischer Rohseide und leuchtendem Satin und die Haremsjäckchen. Schon wieder schnürte die Erinnerung ihr die Brust zusammen. Sie und die Mädchen beim Stoffkauf. Wie sie die Seide betasteten, dunkelrosa mit feurigen Drachen gemustert. Das erinnerte sie auch an Cicely, ihre alte Freundin aus Malakka, die den gleichen Stoff gehabt hatte, aber in Lila.

Am Tag zuvor war sie – inzwischen aus Australien zurückgekehrt – völlig überraschend bei ihr aufgetaucht, kühl wie immer, in einem türkisfarbenen Leinenkleid mit einer filigranen Silberkette um den Hals. Sie sagte, sie sei gerade unterwegs nach Penang und wolle nur mal kurz reinschauen. Als Lydia fragte, warum sie dorthin reise, zuckte Cicely nur die Achseln und wollte nichts preisgeben, bot aber an, sie auf dem Rückweg noch einmal zu besuchen. Lydia antwortete ihr ausweichend.

Cicely verstand. »Nun, Darling, wenn du irgendetwas

brauchst, eine Bleibe, Geld, eine Schulter zum Ausweinen, weißt du ja, wo du mich findest.«

»Im Augenblick geht es mir gut. Jack ist sehr großzügig. Aber ich bin dir noch etwas schuldig für den Schmuck, den du damals für mich versetzt hast.«

»Ach, Unsinn. Und falls sich etwas ändert, mein Angebot steht.«

Bei dem Gedanken an ihre Freundin musste Lydia lächeln. Sie konnte sich nicht erklären, wieso sie keine Zeit mit ihr verbringen wollte, außer dass Cicely zu sehr Teil ihres alten Lebens war. Dann zog sie sich ihren einzigen hübschen Rock aus bedruckter Baumwolle an, legte roten Lippenstift auf und ging auf die Veranda in den Nieselregen hinaus.

Es wehte ein leichter Wind, und Maz war draußen und beobachtete eine kleine Affenschar, die zwischen den Bäumen zum Vorschein kam und wieder verschwand. Sie schloss die Augen, doch die Farben der Kautschukbäume wirbelten ihr weiter durch den Kopf. Als der Schwindelanfall vorüber war, wischte sie den grünen Belag fort, der sich über Nacht auf den Stühlen gebildet hatte, und setzte sich, um in die Plantage zu schauen. So viele Pfade schlängelten sich durch sie hindurch, und es schien Lydia wie ein Wunder, dass Jack immer wieder nach Hause fand.

Maz hörte als Erster das Pfeifen, als Jack über den Rasen kam. »Jack!«, rief er und rannte ihm entgegen.

Jack hob die Hand, um ihn von sich fernzuhalten. Lydia wich vor dem überwältigenden Uringestank zurück. Sie verzog das Gesicht.

»Was ist denn mit dir passiert?«

»Du wirst es nicht glauben«, sagte Jack.

Sie zog die Brauen hoch. Er trug ein verknittertes Khakihemd mit aufgekrempelten Ärmeln und grinste sie breit an. Betrunken war er jedenfalls nicht.

»Auf dem Rückweg von Ipoh haben wir angehalten, um ein paar verbrannte Bäume aus dem Weg zu räumen.«

»Und?«

»Nun ja, wir dachten, es würde regnen. Doch weil es über uns so ein Spektakel gab, sahen wir nach oben, und da entdeckten wir die kleinen Nichtsnutze. Eine Horde langschwänziger Makaken, die jammernd die Äste entlangrannten und nur anhielten, um uns vollzupinkeln.«

Sie schmunzelte.

»Es tut gut, dich lächeln zu sehen, Lyddy. Ansonsten gibt es leider nichts Neues.«

Lydia zuckte die Achseln. Obwohl er es für sinnlos gehalten hatte, war Jack noch einmal nach Ipoh gefahren und hatte sich bei den Behörden wegen des Brandes erkundigt. Doch es war alles vernichtet worden, und wer etwas hätte wissen können, war selbst bei dem Unglück umgekommen. Nicht einmal Akten über Alecs Arbeit in Ipoh gab es. Seine ganze Abteilung war dem Brand zum Opfer gefallen.

An diesem Nachmittag freundete sie sich auf besondere Weise mit Jacks Haus an, indem sie in jedem Raum eine gewisse Zeit still zubrachte. Sie lauschte auf die Geräusche um sich herum, einige kamen bis aus dem Dorf. Doch eine Stunde lang war es so gut wie still, eine unglaubliche Wohltat. Maz tappte hinter ihr her und hielt zaghaft Abstand. Wenn sie ihn ansprach, blickte er wachsam. Es ging ihr ans Herz, und während sie in Jacks getäfeltem Arbeitszimmer stand, kam ihr eine Idee. Rasch nahm sie sich Papier und Bleistifte und rief Maz zu sich.

Im Wohnzimmer schob sie die Schale mit den Mangos beiseite, kniete sich vor dem Tisch auf den Boden und legte Papier und Stifte aus. In Linien, die leicht nachzuahmen waren, begann sie, das Alphabet aufzuschreiben. Erneut rief sie nach Maz, doch er blieb weiter vor der Tür stehen. Langsam und sorgfältig schrieb sie jeden einzelnen Buchstaben.

»Maz, komm doch her«, sagte sie noch einmal. »Ich will dir zeigen, wie man schreibt. Möchtest du das nicht gern lernen?«

Er schüttelte den Kopf, schaute ihr aber weiter aus der Ferne zu.

Sie konzentrierte sich auf ihre Aufgabe, und als sie beim K angelangt war, hörte sie ihn näher kommen. Sie schaute nicht auf. Als er neben ihr stand, hielt sie ihm einen weichen Bleistift hin. Er schüttelte den Kopf, hockte sich aber hin und schlang die dünnen Arme um seine knochigen Knie. Lydia zog ihre Buchstaben noch einmal nach. Beim M nahm er den Bleistift in die Hand.

»M wie Maz«, sagte sie. »Und Milch und Murmel und Maultier.«

Er schrieb ein M und sagte, ohne aufzusehen: »M wie Mutter.«

Lydia biss sich auf die Lippe. »Richtig, mein Kleiner, vollkommen richtig.«

Maz lernte schnell, und Lydia nahm die Aufgabe, ihn zu unterrichten, ernst. Ohne Kinderbücher oder geeignetes Lehrmaterial brachte sie ihm das Alphabet bei und ermutigte ihn, einfache Wörter zu schreiben, während sie ein passendes Tier dazu malte. Einen Affen, der wie ein Hund aussah. Eine Königskobra mit zwei Köpfen. Ein lächelndes Kurzschwanz-Stachelschwein. Sie lachten über die sonderbaren Kreaturen auf dem Papier, und Maz wurde wieder so gesprächig wie früher.

Sie forderte ihn auf, Bilder über sein Leben zu malen, Bilder, die seine Mutter zeigten, seine Tante und sein altes Zuhause. Dann schrieb sie die Namen daneben, und nach und nach blieb haften, was sie ihm auf diese Weise beibrachte. Doch es geschah noch etwas anderes.

Er malte eine Hütte mit sieben Strichmännchen darin. Lydia lächelte und fragte ihn nach den Personen.

»Das ist meine Mutter, das mein Onkel, das meine Tante und diese vier sind meine Cousins.« Dann malte er daneben noch einmal das gleiche Bild, aber mit einer Figur weniger.

»Schau, Maz, du hast jemanden vergessen«, sagte sie.

Er ließ den Kopf hängen.

»Maz?«

Schweigen.

»Möchtest du mir sagen, wer fehlt?«

Als er aufblickte, schwammen seine Augen in Tränen. »Mein Onkel, Mem. Er wurde getötet.«

Als er zu schluchzen begann, zog sie ihn an sich und hielt ihn fest in ihren Armen. Dann holte sie ein sauberes Taschentuch hervor und wischte ihm die Tränen weg.

»Ich habe bei meiner Tante und meinen Cousins gelebt.«

»Warum ist deine Mutter in den Dschungel gegangen?«

Maz wollte den Grund nicht nennen. Vielleicht kennt er ihn auch gar nicht, dachte sie.

»Sollen wir weiterlesen?«, fragte sie.

Er nickte, und sie strich ihm übers Haar. Seit dem Verlust ihrer Töchter war etwas in ihr zerbrochen, doch sie wusste, dass der Junge ihr half, ein weiteres Stück auf dem verschlungenen Weg der Genesung zu gehen. Ich passe auf dich auf und du auf mich. Hatte er das nicht so gesagt?

Am nächsten Tag kam Jack mit einem großen Pappkarton in den Armen hereingewankt. Er wirkte sehr zufrieden mit sich. Den Karton lud er auf dem Sofatisch ab, fing eine Schallplatte und ein paar Notenblätter auf, die davon herunterglitten, drückte ihr beides in die Hand und holte einen Black-Box-Plattenspieler aus dem Karton.

»Er ist nicht neu, sollte aber funktionieren.«

Einen Augenblick später schloss er ihn an die Steckdose an, legte die Platte auf und drückte den Kippschalter. Nichts passierte. Er machte ein langes Gesicht und versuchte es mit einer anderen Steckdose. Die Stimme von Frank Sinatra schallte durchs Zimmer. Lydia nickte lächelnd im Takt. Jack griff nach ihrer Hand und legte ihr den Arm um die Taille. Wange an Wange tanzten sie durchs Zimmer, stolperten dabei lachend über Schuhe, Zeitschriften und Teetassen. Für kurze Zeit kehrten ihre alten Hoffnungen zurück. Sie begann, das Lied mitzusummen – *Three Coins in a Fountain* –, und er fiel mit ein.

»Ach, Jack, du bist völlig unmusikalisch.« Sie tippte ihm an die Brust, und das Leben fühlte sich fast an wie früher. Sie dachte an den Silvesterabend im Club zurück, als sie – in hohen Absätzen und einem hautengen schwarzen Kleid mit hohen Seitenschlitzen – nach zu vielen Cocktails ein Auge auf Jack geworfen hatte. Was war das für ein unschuldiges Leben gewesen, ohne die leiseste Ahnung, was vor ihr lag.

»Aber ich habe noch mehr mitgebracht«, sagte Jack und holte sie damit aus ihren Erinnerungen.

Kurz verschwand er im Flur und kehrte dann mit einer Singer-Nähmaschine im Arm zurück. »Sag schön danke zu Onkel Jack.«

Sie gab ihm einen Klaps. »Weiß der Himmel, wo du die her-hast.«

»Ich habe auch Stoff mitgebracht.«

Sie musste daran denken, dass Cicely ihr Geld angeboten hatte, und wurde rot vor Verlegenheit. Als sie es Jack erklärte, lächelte er sie an, als wären sie ein altes Ehepaar.

»Du brauchst Cicelys Geld nicht. Was ich besitze, gehört auch dir, Lydia. Außerdem ist es nicht gerade so, dass du hier viel ausgeben würdest, nicht wahr?«

Dann zeigte er ihr, wo er seine Ersparnisse aufbewahrte.

»Anfangs habe ich das Geld im Schreibtisch versteckt, aber jetzt liegt es unter dem Teppich unter dieser losen Diele hier. Für den Fall, dass du etwas brauchst.«

Er schlug den Teppich beiseite, hob das Bodenbrett an und zog mehrere Bündel mit Zehn-Dollar-Scheinen heraus, die mit Gummibändern zusammengehalten wurden.

»Du lieber Himmel. Das ist eine Menge Geld.«

Er nickte. »Eine ordentliche Summe. Ich sagte dir ja, dass ich mich freikaufen will.«

»Ich hätte dich ernster nehmen sollen.« Sie küsste ihn auf die Nase. »Danke.«

Was hätte sie ohne ihn getan? Was wäre aus ihr geworden? Er hatte sich in den vergangenen Monaten um sie gekümmert, finanziell, emotional und auf manch andere Weise. Sie führten ein abgeschiedenes Leben und hatten nur wenig Besuch. Manchmal schlug Jack einen Ausflug nach Ipoh vor oder zu einer Plantage, wo er den Verwalter und dessen Frau kannte. Aber Lydia hatte kein Bedürfnis danach, sich mit Leuten, die sie nicht kannte, über Belanglosigkeiten zu unterhalten. Doch sie wusste, dass es Jack guttat, ab und zu rauszukommen. Er war ein guter Mensch, auch wenn er gelegentlich in eine düstere Stimmung verfiel. Und sie hatte gelernt, diese dunklen Stunden einfach abzuwarten.

»Komm doch mal mit auf den Markt in Ipoh«, sagte er nun wieder. »Dort bekommt man einfach alles. Du brauchst etwas Abwechslung, und es ist auch einigermaßen sicher dort.«

Sie sah ihn nur an und seufzte.

»Tut mir leid. Ich weiß, Trauer braucht Zeit.«

Sie kaute auf ihrer Unterlippe. Sie wusste, dass er recht hatte. Der Schmerz über den Verlust der Mädchen gehörte nun zu ihrem Leben dazu. Gleichzeitig quälte sie der Gedanke, dass sie sich irgendwann an ihre Abwesenheit gewöhnen könnte. Manchmal, wenn sie aufwachte und glaubte, sie seien da, war sie erschüttert über die Leere, die sie vorfand, und darüber, dass ihr von ihnen nichts weiter als Ems Notizbuch und die Fotos im Medaillon geblieben waren. Sie zwang sich dann, an etwas anderes zu denken.

»Mittlerweile kann ich Gemüsecurry kochen«, sagte sie eine Spur zu fröhlich.

Jack nickte mit geschlossenen Augen.

»Du bist müde. Sollen wir nach dem Essen einen richtigen Mittagsschlaf halten?« Sie berührte ihn leicht am Arm.

»Ich sag dir was.« Er öffnete die Augen. »Lass uns heute Abend schwimmen gehen.«

Sie neigte den Kopf zur Seite und lächelte. Das hatten sie noch nie gemacht.

Es gab so viele verzweigte Pfade zwischen Haus und Teich, dass sie wohl nie allein zurückfinden würde, ging es ihr durch den Kopf, während sie zusammen mit Maz hinter Jack herging. Aber Maz würde sie retten. Wenn er einmal irgendwo entlanggekommen war, kannte er den Weg. Sie fragte sich, ob er ihn sich merkte, indem er die Bäume zählte. Oder konnten Männer so etwas einfach besser?

Schließlich sah sie das Wasser durch die Bäume glitzern. Es wurde hoch oben aus einem Reservoir durch ein hölzernes Auslaufrohr in einen tiefen Teich geleitet, der von Bäumen und großen Farnen umgeben war. In der Luft tanzten violette und orangefarbene Schmetterlinge, und im Wasser spiegelten sich unzählige Grüntöne wider. Der Teich war klar, und am Grund und in Ufernähe waren ein paar dunkle Tiere zu erkennen.

Jack sah Lydias skeptischen Blick. »Keine Angst. Das sind nur Wasserschildkröten. Die beißen nicht.« Er zog sich aus und sprang ins Wasser.

»Kommt!«, rief er.

Maz war der Nächste und warf sich mit einem durchdringenden Schrei ins Nass.

»Komm rein, Lyd!«, rief Jack. »Worauf wartest du noch?«

Sie zögerte, dann streifte sie ihre verschwitzten Sachen ab und ließ sich in den Teich gleiten, sodass ihre Haare im Wasser schwebten.

»Meine Güte!«, schrie sie und bespritzte Jack, der sie daraufhin untertauchte. Maz schüttelte sich vor Lachen, hüpfte im Wasser auf und ab und zeigte auf sie beide, während er einen malaiischen Wortschwall auf sie abfeuerte.

»Es ist einfach fantastisch hier!«, rief Jack und stellte sein sportliches Können zur Schau, indem er im Wasser Salti drehte.

Sie rangelten miteinander, ruderten mit Armen und Beinen wild durch die Luft, und schließlich verlor Lydia den Halt und tauchte unter. Als sie nach Luft schnappend wieder an die Wasseroberfläche kam, küsste Jack sie auf die Stirn, schwamm um sie herum und zog sie an den Haaren nach hinten. Sie fiel rückwärts in seine Arme. Maz schwamm Kreise, plantschte zufrieden und jagte Schmetterlingen nach. Es war eine Wohltat, sich im Wasser von der Hitze des Tages abzukühlen.

Das ist fast so etwas wie Frieden, dachte sie, und tauchte prustend unter. Maz kicherte und lauerte auf Luftblasen, während Jack sie kurz darauf wieder gnadenlos ins Wasser tauchte. Dabei fasste er ihr an die Brüste, wenn Maz es nicht sehen konnte.

Später stiegen sie unter fröhlichem Lachen aus dem Teich, schüttelten sich das Wasser aus den Haaren und blinzelten die Tropfen von den Wimpern. Lydia und Jack setzten sich Rücken an Rücken auf eine kleine Lichtung am Ufer, und Jack zündete sich eine Zigarette an. Sie konnte sich nicht entsinnen, wann er wieder mit dem Rauchen angefangen hatte.

Sie dachte an den Familienurlaub auf der unbewohnten Insel zurück, an das türkisblaue Wasser, die Delphine, die Palmen am Strand. Sie schloss die Augen, um für einen Moment die friedliche Stille zu genießen, hatte aber das komische Gefühl, beobachtet zu werden. Sie verdächtigte die Affen. Doch dann schnellte eine lange Zunge über Jacks linke Schulter, und erschrocken sprang er auf. Lydia drehte sich um und sah geschlitzte Nasenlöcher und helle Schuppenhaut. Maz rollte sich lachend am Boden, bis er sich die Seiten hielt und ihm die Tränen übers Gesicht liefen.

»Das ist ein Waran«, sagte er. »Ein Waran.«

Währenddessen lief das Tier in den Teich.

»Ich wusste gar nicht, dass du dich so schnell bewegen kannst«, neckte er.

Jack zog eine Grimasse. »Ja. Wahnsinnig komisch.«

Es hatte aufgehört zu nieseln. Sonnenflecken fielen auf Jacks Gesicht. Als sie aufbrachen, ließ er Maz vorgehen und hielt Lydia am Ellbogen zurück. Ein gutes Stück voraus sang Maz ein raues malaiisches Lied. Über das abendliche Grün legte sich ein rosa Schleier, und plötzlich füllte sich die Luft mit Hunderten kleiner schwarz-weißer Schmetterlinge, die schwebten wie Seidenpapierstückchen.

»Es wird schon okay sein, weißt du.« Jack streckte die Arme nach ihr aus, und dann standen sie unter dem hohen Blätterdach der Bäume und gaben sich ihrer Leidenschaft hin, während um sie herum die Frösche quakten.

23

Nach Hause zu kommen war nie leicht für mich, aber diesmal würde es noch unangenehmer sein als sonst. Wegen Mum und weil ich krank gewesen war, gaben sie mir Sonderferien, und vor lauter Erleichterung, von Penridge Hall wegzukommen, vergaß ich fast, dass ich eine Schwester hatte. Aber dann weinte ich, als mir wieder einfiel, wie wir in Malakka in den Laden gingen, der Spiegel, Federn, Trommeln und Flöten verkaufte. Ich sah Mummy und Fleur und mich, wie wir Krepppapier kauften und Drahtflügel bastelten. Mum ließ uns unsere besten Kleider anziehen, und wir tanzten als Elfen für Daddy. Mir wurde das allerdings schnell langweilig, und ich verzog mich wieder unters Haus, um unser Kindermädchen heimlich zu beobachten. Jetzt, da nichts mehr war wie damals, wünschte ich mir diese Zeit sehnsüchtig zurück.

Gran empfing uns an der Tür und drückte mich so fest, dass ich keine Luft bekam. Ihre Wangen waren gerötet, und sie hatte noch rundere Schultern bekommen. Hinter ihr stand Fleur, die uns zaghaft anlächelte. Sie trug eine neue Brille mit einem rosa Plastikgestell. Gran wischte sich die Augen und ließ mich los. Fleur umarmte mich linkisch. Sie hatte jetzt ein Zimmer für sich allein, und ich sollte bei Gran schlafen.

»Seit dein Großvater tot ist, habe ich keine Verwendung für das andere Bett«, sagte Gran mit einem traurigen Blick darauf. »Dein Dad hat es ans Fenster gerückt. Es ist jetzt deins, Häschen.«

Ich zog die Stirn kraus. »Aber ich dachte, er kauft ein eigenes Haus für uns drei.«

»Zurzeit läuft es für deinen Vater nicht so gut. Das Geld ist knapp.«

»Wenn ich wieder zu Hause sein dürfte, bräuchte er kein Schulgeld zu zahlen.«

»Ach nein, Liebes, das tut dein Dad sowieso nicht …« Sie schlug sich die Hand vor den Mund und stand abrupt auf.

»Was tut er nicht, Gran?«

»Du meine Güte. Ich verplaudere mich hier und sollte stattdessen lieber das Mittagessen kochen.«

»Sag schon, Gran.«

»Mein Gedächtnis lässt mich neuerdings schrecklich im Stich. Um es kurz zu machen, vorige Woche musste ich zu einem Test.«

»Wie ist es gelaufen?«

Sie stieß mir in die Rippen und lachte. »Keine Sorge, mein Häschen. Hab mit Bravour bestanden. Nicht jeder weiß, dass Winston Churchill Premierminister ist.«

Mir war nicht ganz klar, ob sie einen Witz machte und in Wirklichkeit wusste, dass Anthony Eden den Posten innehatte, oder ob sie wirklich glaubte, es wäre Churchill. Fragen wollte ich aber nicht. Jedenfalls war ihr Gedächtnis noch gut genug, dass sie mir erzählen konnte, wie häufig Veronica und mein Vater sich sahen.

»Ich denke, es könnte mehr als ein Strohfeuer sein«, bemerkte sie.

Das machte mich traurig.

»Es tut mir so leid wegen deiner Mum, Liebes.«

Ich wusste nicht, was ich sagen sollte, und brummte nur. Sie klopfte mir liebevoll auf den Rücken. »Na komm, wie wär's, wenn du dir mal die Haare kämmst und deine Sachen auspackst, und ich mache dir währenddessen ein schönes Sandwich mit Stachelbeermarmelade.«

Fleur hatte Dad und jetzt auch Veronica und ließ sich mit Lakritzkonfekt bestechen. Aber ich brauchte meine Mutter und schämte mich der Wut, die ich manchmal auf sie bekam. Es war so ungerecht. Wie hatte sie uns nur verlassen können? Wie konnte sie jetzt tot sein?

Ich griff nach der Bürste und fuhr mir durchs Haar. In Malaya beschwerte ich mich einmal, dass das Kämmen doch sowieso nichts nützte. »Trotzdem«, erwiderte Mum in scharfem Ton, nahm mir die Bürste aus der Hand und zog sie energisch durch mein Haar. Es war der Tag der Hochzeitsfeier, an dem wir den Autounfall hatten und sie in dieser komischen Stimmung war.

Fleur sah ihr damals mit offenem Mund zu, wie sie sich an mir zu schaffen machte. »Was ist mit meinen?«, fragte sie.

»Deine lassen sich leicht frisieren«, sagte Mum, und nach ein, zwei Strichen mit einem feinen Kamm waren Fleurs Haare glatt. Dann zog Mum ihr einen Scheitel und schob ihr eine Spange in Form einer Schleife ins Haar.

»Kann ich auch eine Spange haben?«, fragte ich.

»Bei deinen Haaren hat das keinen Zweck, Em. Die Spange würden wir nie wiederfinden. Und hör um Himmels willen auf, dich so herumzulümmeln.« Sie lachte, und obwohl es dumm war, fühlte ich mich gekränkt.

Ich halte das nicht mehr aus, dachte ich. Mir schwirrte der Kopf vor Fragen. Was war mit Mum passiert? Gab es jemanden, der das wusste? Ich beschloss, Fleur zu fragen, ob sie etwas gehört hatte, und ging in ihr Zimmer, blieb aber an der Tür stehen. Sie saß auf dem Bett und malte eine Karte von Großbritannien aus. Ringsherum malte sie einen blauen Kräuselrand, der das Meer darstellen sollte.

»So sieht das Meer nicht aus, Mehlwurm«, sagte ich und dachte daran zurück, wie der Himmel nachts in einem indigoblauen Ozean zu versinken schien.

Sie schaute mich kühl an. »Nenn mich nicht so. Das ist kindisch. Und geh weg. Ich bin beschäftigt. Das muss bis zum Tag der offenen Tür fertig sein.«

»Hast du mich vermisst?«

»Ein bisschen«, sagte sie.

Ich drückte mich noch ein Weilchen an der Tür herum, aber abgesehen von ein paar demonstrativen Seufzern ignorierte sie mich. Schließlich ging ich. Es hatte keinen Zweck, sie zu fragen. Es war nicht mal sicher, ob sie es mir sagen würde, falls sie etwas wusste. War es möglich, dass sich Geschwister so wenig trauten wie fremde Leute? Es machte mich traurig, so zu denken, doch ich wünschte mir eine Schwester, die mir ähnlicher wäre und die mir sagte, dass alles gut würde und Mummy gar nicht tot sei. Oder die wenigstens wüsste, was mit ihr passiert war.

Auf eine Gelegenheit, mehr zu erfahren, brauchte ich nicht lange zu warten. Gran und Dad waren mit Fleur zur Schule gegangen, zum Tag der offenen Tür. Es war ein schöner Nachmittag, und es gab dort Tee und Kuchen, sodass ich genug Zeit für mich haben würde.

Wie ein guter Spion wartete ich ab, bis ich ihre Stimmen nicht mehr auf der Straße hören konnte.

Sein Zimmer war nicht abgeschlossen. An Möbeln gab es dort einen dunklen Nussbaumschrank, eine passende Frisierkommode, einen Stuhl, ein Doppelbett und zwei Nachttische. Ein breiter Sonnenstrahl fiel auf den Fußboden und brachte die durchgelaufenen Stellen im Teppich zum Vorschein. Ich schaute in die Nachttischschubladen. Nichts als Bewerbungsformulare und Ablehnungsschreiben. Darum läuft es für ihn also nicht so gut, dachte ich und wandte mich dem Schrank zu. Anzüge, Hemden, ein Mantel, schwarze und braune Schuhe militärisch streng aufgereiht, Kartons oben auf dem Schrank. Ich zog mir den Stuhl heran und stieg hinauf. Alle versiegelt. Blieben noch die Matratze und die Frisierkommode.

Die Matratze war dick und schwer, aber es gelang mir, die Hand darunterzuschieben. Da war nichts versteckt. Ich zog die oberste Kommodenschublade auf. Schuhputzzeug: ein Tuch, zwei Bürsten – eine harte, eine weiche, ein Spray und vier Dosen verschiedenfarbiger Wichse. Dad hielt alles in bester Ordnung, wie er es nennen würde. Ich zog ein Gesicht, als mir auffiel, dass ich die Sachen durcheinandergebracht hatte, aber nicht mehr wusste, wie sie ursprünglich gelegen hatten. Ich räumte alles wieder ein, wie ich glaubte, es vorgefunden zu haben. Nun die untere Schublade. Das Schreiben musste dort sein. Ich würde es nur glauben, wenn ich es mit eigenen Augen sah. Ich kramte den Inhalt durch: ein Kalender, ein Adressbuch, ein Buch und eine Flasche Gesichtsbräuner. Grinsend drehte ich die Flasche um. Mein Dad war gerne braun. Ich hob das Buch hoch. *Das Gartenjahr* hieß es. Musste von Granddad sein. Dad gärtnerte nicht. Als ich darin blätterte, fiel ein dünner blauer Luftpostbrief heraus. Ich zögerte, dann hob ich ihn auf, drehte ihn um und sah den malaiischen Poststempel. Mir blieb fast das Herz stehen. Eine Adresse stand nicht darauf, aber das Datum auf dem Umschlag zeigte, dass er vor über einem Jahr aufgegeben worden war, bevor ich Mr. Oliver den Pfeil in den Nacken stieß. Das musste der Brief sein, von dem ich damals dachte, er sei von Mum. Ich zog das Schreiben heraus.

Lieber Alec! Habe mich um alles gekümmert. Es besteht also kein Grund mehr zur Sorge. Ich gehe davon aus, dass wir jetzt quitt sind, alter Junge. Gruß, George

Ich merkte, dass ich die Luft angehalten hatte. Was bedeutete das? Er schrieb nicht, worum er sich gekümmert hatte. Das war seltsam. Ging es dabei um meine Mutter? Oder hatte das überhaupt nichts mit ihr zu tun? Es gab keinen weiteren Brief, in dem Dad mitgeteilt wurde, dass sie verschollen und vermutlich tot sei oder dass sie uns verlassen habe. Ich muss fast eine Stunde einfach nur dagesessen haben. Ich dachte nach und machte mich verrückt, indem ich mir das Schlimmste ausmalte. Immer wieder fiel mir das Wachsfigurenkabinett im Museum in Malakka ein. Hatte vielleicht jemand den Kopf meiner Mutter geschrumpft? Jedes Mal wenn ich daran dachte, wollte ich sterben, und fast hätte ich überhört, wie mein Vater und die anderen schwatzend den Weg entlangspaziert kamen.

»Nun, sie macht sich sehr gut, nicht wahr?«, hörte ich Gran sagen. »Wenn es mal so weit ist, wird sie auf der höheren Schule glänzend zurechtkommen.«

Mein Herz machte einen Satz. Ich schob den Brief in das Buch, legte es in die Schublade zurück und schlich auf Zehenspitzen aus Dads Zimmer zu meinem Bett, wo ich mich mit verschränkten Armen hinsetzte.

Später in der Küche fragte ich Dad, ob ich Mutters Totenschein sehen dürfe. Ich hatte Mühe, normal zu sprechen. Er blickte mich streng an. »Es gibt keinen. Aber sie wird für tot *gehalten*, Emma.«

»Woher willst du dann wissen, dass sie wirklich tot ist?«, fragte ich mit einem Funken Hoffnung.

»Weil uns das gesagt wurde.«

»Von wem denn?«

Dad stand auf, um hinauszugehen. »George Parrott hatte alle Informationen.«

Ich blieb hartnäckig und ging ihm nach. »Schreib ihm. Frag ihn.«

»Emma, du hast mir gar nichts zu befehlen. George Parrott hat es mir gesagt und damit Schluss. Und jetzt habe ich zu tun.«

Ich ließ mich nicht einschüchtern und ignorierte seinen ärgerlichen Blick. »Wann hat er geschrieben? Zeig mir den Brief!«

Er holte scharf Luft, und ich sah, wie er mit sich rang. Dann lächelte er, als wollte er sagen: »Mach nicht so ein albernes Theater.«

»Also, Emma, verstehe ich recht? Du glaubst deinem Vater nicht, was er sagt?«

Mir war klar, dass ich mir nur schadete, aber ich konnte nicht anders. »Ich will doch nur, dass du ihm schreibst. Was ist denn falsch daran?«

»Ich habe den Brief vor einem Monat erhalten. Und nun, junge Dame, verlierst du kein Wort mehr darüber, wenn du weißt, was gut für dich ist.« Damit wandte er sich ab und zog die Schuppentür hinter sich zu.

Log mein Dad mich an? In seinem Zimmer war kein solcher Brief gewesen, kein Wort von George Parrott, dass Mum für tot gehalten wurde. Natürlich konnte Dad, wenn so ein Brief gekommen war, ihn einfach weggeworfen haben. Aber hätte er das getan? Mir war, als wüsste ich genauso wenig wie vorher.

Ich ging nach oben, setzte mich auf mein Bett und schlug mein Notizbuch auf, das ich unter meiner Matratze versteckte. Manchmal fand ich das Leben furchtbar ungerecht, und wenn es zu schlimm wurde, flüchtete ich mich ins Geschichtenschreiben. Es gefiel mir, dass ich mir dabei alles so zurechtlegen konnte, wie ich es haben wollte, und dass ich in meiner Fantasie jemand anders sein konnte. Ich war fest entschlossen, später einmal Schriftstellerin zu werden.

Ich verlor mich in einer Geschichte über grauäugige Statuen, die zum Leben erwachten und mit ihren Steinhänden Leute erwürgten. Eine davon wollte gerade nach Dad greifen, als ich ihn wieder ins Haus kommen hörte. Veronica war bei ihm, und sie unterhielten sich. Ich hörte ihn sagen, dass Gran in ein Altersheim müsse und dass die örtlichen Behörden ihm bald einen Platz anbieten würden. Als Veronica nach oben kam, um mich zu begrüßen, war ich den Tränen nahe. Sie kam zu mir, legte einen Arm um meine Schulter und strich mir über die Wange. Ich rückte weg.

»Wie kommst du im Internat voran?«

»Ganz gut.« Ich rümpfte die Nase.

»Ich kann zwar nichts versprechen, aber wenn du dich ordentlich anstrengst, besteht meiner Ansicht nach die Chance, dass dich dein Vater wieder nach Hause holt.«

Ich blickte sie wütend an. »Angeblich hat die Schule geschrieben, dass ich noch nicht so weit bin.«

»Ich weiß. Aber die Dinge können sich ändern. Es tut mir so leid, Emma. Ich kann deine Mutter nicht ersetzen, aber wenn du mich lässt, werde ich mein Bestes tun.«

Ich traute meiner Stimme nicht und schwieg deshalb lieber.

»Ich weiß«, sagte sie. »Irgendwann werde ich dich mal von der Schule abholen, und dann machen wir uns einen schönen Tag in Cheltenham. Mit allem Drum und Dran. Tee im Oriental Café an der Promenade, ein Film im Gaumont. Was meinst du?«

Ich überlegte. Hieß das, sie war auf meiner Seite? Oder versuchte sie doch, Mums Platz einzunehmen, und tat nur so, als wollte sie es nicht?

»Warum willst du das tun?«

»Weißt du, ich habe nicht vergessen, wie es ist, jung zu sein.«

Verstohlen schaute ich auf ihre blasse, pudrige Wange, die rosa lackierten Fingernägel, die Lockenwicklerfrisur und fragte mich, ob das stimmte. Es muss eine Ewigkeit dauern, um die Locken so hinzubekommen, dachte ich und fuhr mir unwillkürlich durch meine unbändigen Haare. Die waren noch genauso rot und wild wie immer.

»Ich sag dir was. Wenn du Lust hast, zeige ich dir meine alte Schule. Das Wellington College für Mädchen am Pittville Circus. Du meine Güte, wir hatten so viel Spaß, wenn wir in dem Labyrinth der Gänge dort Verstecken spielten. Es hatte zur Straße hin eine lange Fensterflucht. Dreizehn Fenster insgesamt. Oder waren es vierzehn? Die Klassenzimmer auf dieser Seite hatten wir am liebsten.« Sie lächelte mich an, gab mir mit kühlen Lippen einen Kuss auf die Stirn und zwinkerte. »Und ich zeige dir, wo wir herumlungerten, um die Jungen von der Oberschule zu sehen.«

Als sie gegangen war, lief ich zum Fenster und riss es weit auf, dann wischte ich mir den Lippenstift von der Stirn. Draußen leuchtete alles in der Abendsonne, die Bäume, der Kirchturm, sogar die Weide, aber ich sah es gar nicht richtig. Stattdessen fühlte ich mich sonderbar und unsicher. Wenn ich mich mit Veronica anfreundete, wäre das dann kein Verrat an meiner Mum?

24

Ein paar Wochen waren seit ihrem ersten Bad im Teich vergangen. Nun waren sie wieder dort gewesen, und auf dem Rückweg ermunterte Jack den Jungen, vorauszulaufen, und ging selbst langsamer. Der Himmel war golden, und die Luft roch süß. Es war ein Tag, an dem niemand von ihnen an die Schicht Fliegen über dem stinkenden Sumpf dachte oder an die Dornen, die, groß wie Fleischerhaken, nur darauf warteten, einem die Haut aufzureißen. Lydia fühlte neuen Frieden in sich. Sie mochte die Hitze nach dem kalten Bad im Teich und spürte, wie die Berührungen mit Jack sie erregten, während sie zusammen den Pfad entlanggingen.

Er blieb stehen und nahm ihr Gesicht in die Hände, küsste sie auf die Stirn, dann auf den Mund.

»Maznan«, sagte sie.

»Er kann uns nicht sehen. Ist wahrscheinlich längst am Haus angekommen.«

Sie ließ sich küssen, dann gingen sie Hand in Hand weiter.

Als sie vor dem Haus anlangten, sauste Maz mit strahlenden Augen heraus. »Channa hat mich reingelassen«, sagte er und sprang auf der Stelle, während er auf Malaiisch weiterplapperte.

Jack lachte. »Was ist los, Maz? Hast du Ameisen in der Hose?«

Lydia fing den Jungen mit beiden Armen, und Maz zeigte auf die Hintertür.

»Warte hier«, sagte Jack. »Vermutlich ist gar nichts, aber ich sehe vorsichtshalber nach.«

Sie zog Maz an sich. Sein Geplapper stockte. Er begann zu schniefen und barg das Gesicht an ihrem Rock. Als in einem nahen Baum ein Vogel kreischte, fuhr Lydia zusammen.

Jack kam zurück. »Komm, das solltest du dir besser ansehen.«

Als sie das Haus betrat, griff sich Lydia erschrocken an die Brust. Porzellanscherben lagen überall auf dem Boden verteilt. Bücher und Kleider waren aus den Regalen und Schränken gerissen worden. Ein Unterrock hing über einem Lampenschirm. Wut stieg in ihr hoch, weil fremde Hände ihre Sachen berührt hatten. Sie hob eine zerbrochene Teekanne auf und warf sie in den Papierkorb.

»Wonach haben die gesucht?«, fragte sie.

Er schüttelte den Kopf, straffte die Schultern und holte seinen Revolver hervor.

»Sag es mir, Jack. Ich bin nicht aus Glas.«

Er kratzte sich am Kinn. »Ich hab keine Ahnung. Das Geld haben sie jedenfalls nicht gefunden, und abgesehen von dem und ein paar Bestandslisten gibt es hier nicht viel zu holen. Nichts, was diesen Aufwand lohnen würde.«

Jack rief die Polizei an, dann flickte er das Loch im Stacheldrahtzaun und tauschte das Schloss an der Hintertür aus, das die Einbrecher aufgebrochen hatten. Zu dritt saßen sie schweigend beim Abendessen. Nachdem Lydia die sonst so ausgedehnte Gutenachtgeschichte hastig erzählt hatte und obwohl Maz sich beschwerte, schickte sie ihn früh ins Bett.

Auf der Veranda verbreitete das Mittel, das sie abends zum Schutz vor Insekten anzündeten, einen schwachen Infektionsmittelgeruch, der sich mit dem Geruch von Latex und moderndem Laub mischte. Lydia sah die Nachtfalter um die Lampe schwirren, die sie ein Stück von ihren Sesseln entfernt aufgestellt hatten. Bis auf diese Lichtquelle war alles dunkel, und das Zwitschern der Nachtvögel in den Bäumen beunruhigte sie.

»In ein paar Tagen ist das Haus wieder neu eingezäunt«, sagte Jack. »Der alte Draht wird nicht bleiben. Ich fürchte, bis dahin sind wir hier nicht sehr sicher, trotz der zusätzlichen Wachen.«

Sie ließ die Schultern hängen. Gewöhnlich genoss sie einen

kalten Drink nach ihren Ausflügen zum Teich, wenn ihre Haut von der Sonne und dem kalten Wasser kribbelte. Aber an diesem Abend fühlte sie sich auf einmal nur noch unbehaglich. Sie hatte Gänsehaut und spürte, wie sie vor Nervosität die vertrauten roten Flecke auf der Brust bekam. Jack rieb sich geistesabwesend die Arme und schaute besorgt.

Beim zweiten Tiger-Bier rückte er mit der Sprache heraus. »Die Sache ist die, Lyd. Es geht nicht nur um den Einbruch. So etwas gab es schon einmal.«

Er griff in die hintere Hosentasche, zog einen Brief hervor und gab ihn ihr. Sie überflog ihn zweimal. Er war von Jim Dobson, Jacks Chef. Schließlich las sie laut vor, was auf dem Papier stand.

Mir ist zu Ohren gekommen, dass Sie eine Europäerin und ein einheimisches Kind im Haus wohnen lassen. Es ist meine Pflicht, Sie an Ihren Vertrag zu erinnern. Ich verstehe die besonderen Umstände, rate aber, ein anderes Arrangement zu treffen, zumindest für den Jungen. Diesbezüglich empfehle ich ein schottisches Ehepaar, das unweit von Penang lebt. Es führt eine Schule für einheimische Kinder, um die sich sonst niemand kümmert, und würde ihn vermutlich aufnehmen.

Der Mut verließ sie, als Jack resigniert seufzte.

»Jim ist kein übler Bursche. Er würde den Vorschlag nicht machen, wenn er kein gutes Gefühl dabei hätte. Er schreibt aber auch, dass ich seine Worte ernst nehmen muss. Ich könnte sonst meine Stelle verlieren, und da ich noch nicht genug gespart habe, wäre die Vertragsstrafe hoch. Auf der positiven Seite lässt sich anführen, dass das Meer bei Penang großartig ist. Wir könnten ihn besuchen.«

Lydia schaute in den tintenschwarzen Himmel und dachte an den Strand und die Frau im blauen Kleid, von der sie glaubte, dass sie ihre Mutter war. Sie war nicht bereit, Maz so einfach aufzugeben und ihren Kontakt auf gelegentliche Besuche zu beschränken.

Sie sah Jack in die Augen. »Du sagst also, ich kann bleiben, aber er muss gehen.«

Jack räusperte sich. »Du kennst die Vertragsbedingungen: keine Ehefrauen, keine Kinder. Nicht während der ersten Dienstzeit.«

»Du darfst ihn nicht wegschicken. Er braucht mich.«

»Ich muss mich morgen bei Jim melden. Der Brief kam schon vor drei Wochen.«

»Das hättest du mir sagen sollen.«

»Du hängst an dem Kind, und die Dinge wurden langsam besser. Da wollte ich nicht …« Er zuckte die Achseln.

Lydia war es gewohnt, dass Jack mit einer Schusswaffe neben dem Bett schlief. Doch an diesem Abend kam ihr das wie ein böses Omen vor. Zwar war es im Großen und Ganzen ruhig geblieben, dennoch war ihr die Gefahr, in der sie alle schwebten, deutlich bewusst. Die Polizei hatte Jack zusätzliche Wachposten versprochen, und Lydia hoffte, dass sich diese bereits rund um die Plantage postiert hätten.

Obwohl sie sehr unruhig schlief, hörte sie nicht, wie Jack aufstand. Als sie mitten in der Nacht wach wurde, war sein Bett leer. Sie warf sich ihren Morgenmantel über und ging vorsichtig durch die Scherben im Wohnzimmer, das noch immer so aussah, wie die Einbrecher es zurückgelassen hatten.

Jack saß auf dem Sofa, die Brille mit dem Goldrand auf der Nasenspitze, den Revolver im Schoß. Das Buch, in dem er gelesen hatte, lag mit dem Rücken nach oben zu seinen Füßen. Er schaute sie über die Brille hinweg an und lächelte vage.

»Was ist hier los, Jack? Du riechst nach Whisky.«

»Wir können nicht so weitermachen.«

Sie zog die Brauen zusammen.

Seine Augen glänzten fiebrig. Er ließ seinen Blick durchs Zimmer wandern und stieß sich mit der Faust in die Handfläche. »Lass uns abhauen. Zum Teufel mit dem verdammten Vertrag.«

»Abhauen? Wohin?«

Er grinste sie traurig an. »Ich habe die Nase voll, Lyd, von den Moskitos, der Hitze, den Sümpfen. Und am meisten von den verdammten Gummibäumen. Hauen wir einfach ab. Wir können Maz mitnehmen. Behaupten, dass er unser Kind ist.«

»Na sicher!«

»Warum denn nicht? Du sagst selbst, dass man ihn nicht so einfach einordnen kann. Er sieht weder wie ein Chinese noch wie ein Malaie, noch wie ein Weißer aus.«

Ihr fiel auf, wie abgespannt Jack plötzlich aussah. Blasser als sonst und völlig erschöpft.

Er nahm den Revolver und hielt ihn sich an den Kopf. »Peng, peng, peng, peng«, sagte er und warf ihn auf den Tisch.

Sie ging zu ihm und nahm seinen Kopf in die Hände. »Ach, Jack.«

Er blickte weiter auf den Revolver.

»Du hast es selbst gesagt«, erinnerte sie ihn leise. »Die Dinge sind ein bisschen besser geworden. Ich meine, auch zwischen uns.«

Es folgte ein langes Schweigen. Lydia wusste, dass sich Jack meistens völlig in sich zurückzog, wenn er deprimiert war.

Schließlich zuckte er die Achseln. »Es ist nur der Drink. Du weißt, ich würde alles für dich tun, Lyddy.«

Er nahm den Revolver vom Tisch, hob sie auf die Arme und trug sie in ihr Bett. Während er schon lange eingeschlafen war, lag sie noch wach, kauerte sich an seinen Rücken und lauschte seinem Atem.

Nachdem Jack wegen einer Besprechung früh das Haus verlassen hatte, räumte sie auf und fuhr jedes Mal zusammen, wenn es irgendwo knackte. Im Wohnzimmer warf sie einen kurzen Blick in das Buch, in dem Jack gelesen hatte: ein Überlebenshandbuch. Im Flur fand sie ein englisches Kochbuch, in dem die Seiten mit der Ochsenschwanzsuppe und dem Kochpudding mit Eselsohren markiert waren. Sie nahm sich vor, ihn schon bald mit diesen Gerichten zu überraschen. Die Erinnerung an die Heimat würde ihn aufmuntern.

Doch zuerst backte sie Pfannkuchen mit Zimt und Zucker und ging dann Maz wecken. Wir werden auf der Veranda frühstücken und die Eidechsen beobachten, dachte sie und schaute durch das Flurfenster, ehe sie seine Tür öffnete. Draußen herrschte dichter Nebel.

Sie betrat das Zimmer des Jungen.

Das Fenster stand weit offen, das Bett war leer. Ihr Herz klopfte heftig. Das sah Maz gar nicht ähnlich. Er hielt die Fensterläden immer geschlossen, weil er wusste, dass sich die Räume sonst zu sehr aufheizten. Deshalb schloss sie sie jetzt. Dann ging sie durchs Haus und rief nach ihm, aber er blieb verschwunden.

Als sie auf die Veranda trat, knackten Zweige. Sie fuhr herum, sah aber niemanden. Nur die Nähe des Dschungels war zu spüren.

Sie eilte den überdachten Gang entlang. Im Aufenthaltsraum saß Channa mit geschlossenen Augen im Schneidersitz auf dem Boden.

»Ist Maznan bei dir?«, fragte Lydia. »Ich kann ihn nirgends finden.«

Die Frau blickte Lydia ruhig und gelassen an. Sie schüttelte den Kopf und stand auf. »Ich helfe suchen.«

»Meinst du, es könnte etwas Ernstes dahinterstecken? Du weißt schon, nach dem Einbruch gestern.«

Channa fasste sie beruhigend am Arm. »Wahrscheinlich ist er ganz in der Nähe. Ich sehe hinter dem Haus nach.«

Lydia nickte. Sie rief weiter nach Maz. Ihm war oft genug gesagt worden, dass er sich nicht zu weit vom Haus entfernen sollte. Aber wenn er es nun doch getan hatte? Wenn er sich verlaufen hatte und nicht zurückfand?

Channa kam ums Haus herumgelaufen.

Lydia ging ihr aufgeregt entgegen. »Und?«

Die Frau streckte die Faust aus und öffnete sie.

Erschrocken nahm Lydia Maz' Perlen an sich.

»Sie lagen auf dem Weg«, sagte Channa. »Neben einem Loch im Zaun.«

»Kann er fortgelaufen sein?«, fragte Lydia.

»Der Junge ist hier glücklich. Der rennt nicht weg.«

Sie hat recht, dachte Lydia. Er fühlt sich hier zu Hause.

Channa fasste sie an der Schulter, und die Frauen wechselten einen Blick. Jede wusste, was die andere dachte, aber Lydia brachte es nicht über sich, es auszusprechen. Channa schüttelte den Kopf, und Lydia schluckte den Kloß im Hals hinunter. Sie sah Maz' lächelndes Gesicht vor sich und wie sie beide Buchstaben schrieben und über ihre Tierzeichnungen lachten.

»Die Rebellen«, sagte sie schließlich.

Channa zuckte die Achseln.

Doch Lydia sah ihr an, dass sie es ebenfalls vermutete. »Was sollen wir tun?«, fragte sie.

»Ins Haus gehen und warten.«

»Ich werde die Polizei anrufen.«

Sie gingen hinein. Es hatte keinen Zweck, ohne einen Führer nach Maz zu suchen. Die Plantage erstreckte sich meilenweit, und für das ungeübte Auge sah es überall gleich aus. Eine endlose, undurchdringbare Fläche.

Bei ihrem Telefonat mit der Polizei erklärte Lydia so ruhig es ging die Situation und konnte zuerst auch die Tränen zurückhalten. Aber als sie dem Beamten den vollständigen Namen des Jungen nannte, flossen sie doch. Sie fasste sich an die Schläfe und schwankte, als sie sich noch einmal in das verlassene Haus in Malakka kommen sah. Malakka – Fleur und Emma tot. Ihre Kehle schnürte sich zusammen. Nicht schon wieder. Nein, nicht schon wieder. Das konnte ihr doch nicht zweimal passieren.

»Ist er Ihr Sohn, Madam?«, fragte der Beamte.

»Nein, aber ich habe ihn in meiner Obhut.« Lydia erstickte fast an den Worten.

»Lassen Sie sich einen Moment Zeit, Madam«, sagte der Mann und ließ einige Augenblicke verstreichen. »Ist er Engländer? Maznan Chang ist kein englischer Name.«

»Nein. Er ist halb Malaie, halb Chinese.«

Der Mann zischte durch die Zähne. »Wir werden tun, was wir können.«

Sie legte auf und ging durch den Garten in der Hoffnung, Maz doch noch dort zu finden. Ein Schmetterling landete auf ihrem Knie, und der Kloß in ihrem Hals schwoll wieder an.

Als Jack zum Mittagessen heimkam, saß sie auf der Veranda und wiegte sich hin und her.

»Hey, Lyddy, was ist los?«

Sie hielt inne. »Maz ist verschwunden.«

Er seufzte schwer. »Das hat uns noch gefehlt.«

»Kann dein Chauffeur ihn ins Dorf mitgenommen haben?«

Jack ließ sich in einen Korbsessel fallen und lehnte sich zurück. »Channa ist seine Frau. Sie würde es wissen, wenn Tenuk ihn mitgenommen hätte.«

»Und wenn sie es nicht weiß?«

»Dann werden wir es sehen, wenn Tenuk zurückkommt.«

Sie stand auf und starrte ihn an. »Kümmert es dich denn gar nicht?«

Er seufzte. »Doch, natürlich.«

»Dann hast du eine komische Art, es zu zeigen.«

Aufgebracht ging sie ins Haus und warf die Tür hinter sich zu. Dann setzte sie sich auf den Badewannenrand und machte sich Vorwürfe. Sie hätte Maz nicht herbringen dürfen. Die ängstlichen Gesichter ihrer Töchter blitzten vor ihrem inneren Auge auf, so klar, als stünden sie vor ihr, Emma aufgebracht, Fleur an den Fingern kauend. Das Bild verschwand, und ihr liefen Tränen über die Wangen.

Jack kam herein und streckte die Hand nach ihr aus. »Es tut mir leid.«

Zitternd überließ sie ihm ihre Hand. »Jack, ich halte das nicht aus. Was haben die mit ihm gemacht?«

»Wir werden ihn finden. Versprochen.«

Für einen Moment nahm er sie in den Arm, dann wies er sie an, das Haus nicht zu verlassen. Er rief zwei Mitarbeiter zu sich und machte sich mit ihnen auf die Suche.

Sie wischte sich über das Gesicht und starrte sich im Spiegel an.

Der Nachmittag verging, und es wurde Abend. Wind kam auf und wirbelte Laub und Sand umher. Lydia schritt auf der Veranda auf und ab. Zwischen den Bäumen war es schon dunkel. Sie rieb sich die Schläfen und dachte an die Sümpfe und die blutrünstigen Insekten dort. Was, wenn Maz tatsächlich von Rebellen entführt worden war? Wenn sie ihn zwangen, brusttief durch Wasser und Schlamm zu waten? Sie dachte an ihre versteckten Lager und daran, dass sie sich mit Vogelrufen Signale gaben – und Menschen mit Draht erdrosselten. Hagere, dunkle Gestalten, die nichts als kalten Reis aßen. Wie sollte Maz da überleben?

Dann aber rief sie sich zur Vernunft. Vielleicht war er jetzt bei seiner Mutter. Sie spähte angestrengt zwischen die Bäume, doch dort war alles dunkel und wirkte seltsam fremd. Der Dschungel wartete, riesig und schwarz und voller Feindseligkeit. Und Lydia wusste, solange kein Vollmond zwischen die Bäume schien oder die Sterne nicht aufgegangen waren, wurden dort lautlos Kehlen durchgeschnitten und Kinder entführt.

25

Die Umsiedlungsdörfer waren gebaut worden, um die Aufständischen von ihren Unterstützern zu isolieren. Lydia wusste das, und dennoch erschütterte sie der Anblick: ein Graben mit scharf zugespitzten Bambusrohren, ein dreifacher Maschendrahtzaun und mehrere hohe Wachtürme.

Sie sah Jack von der Seite an. In dem frischen weißen Hemd sah er gut aus, wirkte aber deplatziert.

»Die Polizei teilt uns mit, wenn sie eine Spur hat«, sagte er. »Ich halte es für das Wahrscheinlichste, dass er in diesem Dorf ist. Es sei denn, er ist im Dschungel.«

Nachdem sie die Kontrolle passiert hatten, begannen sie mit der Suche.

Lydia hielt sich die Nase zu. »Es stinkt furchtbar.«

»Das kommt von den Latrinen«, sagte Jack. »Es gibt hier kein fließendes Wasser.«

Das Dorf war größer, als sie gedacht hatte, laut und voller Menschen. Plötzlich kam ihr das Vorhaben, den Jungen hier zu suchen, aussichtslos vor. »Das ist wie mit der Nadel im Heuhaufen. Wie viele Leute sind hier untergebracht?«

»Ein paar Tausend.«

»Wovon leben sie?«

»Einige arbeiten als Zapfer. Auf meiner Plantage zum Beispiel.«

»Und die übrigen?«

Er zuckte die Achseln. »Die sind ein Problem.«

Lydia wischte sich die Moskitos vom Arm und schaute über die Reihen von Baracken, die mit Mangrovenblättern gedeckt und nicht größer als ein Gartenschuppen waren.

Eine Glocke läutete, dann folgte eine Lautsprecherdurchsage. Die Menschenmenge wurde dichter, und der Lärmpegel stieg. Die Leute strebten zu einem Platz mit einer Bühne hin. Es war sechs Uhr, und es dämmerte bereits.

Lydia erschrak, dann spiegelte sich Freude auf ihrem Gesicht. »Schau! Da drüben.«

Ein kleiner braunhäutiger Junge lungerte im Schatten einer Hütte herum.

»Maz?«, rief sie und ging auf ihn zu. »Bist du das?«

Der Junge trat aus dem Dunkel hervor, ein zerlumptes, dunkeläugiges Kind.

Sie seufzte. »Das wäre auch zu schön gewesen.«

Jack legte den Arm um sie.

»Vielleicht ist er verletzt. Gibt es hier einen Arzt?«

Jack schüttelte den Kopf. »Sollen wir auf dem Platz bleiben? Wenn Maz hier ist, wird er wahrscheinlich auch zuschauen kommen.«

»Nicht, wenn er irgendwo gefangen gehalten wird.«

»Wir sollten für alle Fälle einen Blick auf die Menge werfen und uns hinterher vorsichtig umhören.«

Es roch nach schwitzenden Leibern, doch sie versuchte, den Gestank zu ignorieren, während sie dem Strom der Leute folgten, die sich auf dem Platz vor der Bühne versammelten. Jack schob sich mit ihr in eine Lücke nach ganz vorn, wo Laternen mit grünen und orangefarbenen Saris verhangen waren, um Dschungelatmosphäre zu schaffen. Ein Gong wurde geschlagen, die Vorstellung begann.

Hinter einem Vorhang kamen chinesische Tänzer in traditionellen Kleidern und mit kunstvollem Kopfputz hervor. Lydia sah an ihnen vorbei in die Zuschauermenge. Dort standen Dutzende Kinder, die aussahen wie Maz. Bei jedem lächelte sie freudig erregt, um dann festzustellen, dass er es doch nicht war.

Der stellvertretende Bezirksvorsteher trat vor, um das Schauspiel anzusagen.

»Das gehört zu unserer Propaganda«, sagte Jack. »Soll die jungen Mädchen davon abhalten, die Rebellen zu idealisieren.«

Doch das alles interessierte Lydia im Augenblick nicht. Sie wollte nur Maz finden.

Das Schauspiel begann.

»Lächle. Benimm dich normal«, flüsterte Jack.

Lydia hörte nicht hin. Ihr rauschte das Blut in den Ohren. Sie hatte jemanden entdeckt, den sie kannte. Nicht Maz, sondern Lili. Die Frau stand auf der anderen Seite der Bühne, eingezwängt zwischen zwei grob aussehenden Männern. Sie war gar nicht mehr elegant gekleidet und sah krank aus. Bestürzt über ihr hohlwangiges Gesicht, zupfte Lydia Jack am Ärmel und neigte sich zu ihm.

»Schau. Da drüben steht Lili. Sie sieht furchtbar aus.«

Als sie wieder hinsah, war die Chinesin verschwunden.

»Wahrscheinlich war sie es gar nicht«, meinte Jack. »Lili kann auf sich aufpassen. Ich bin sicher, es geht ihr gut. Lass uns gehen. Maz ist nicht hier.«

»Wohin jetzt?«

»Lass uns am Dorfrand suchen, und dann arbeiten wir uns bis zur Mitte vor.«

Nachdem sie sich durch die Zuschauer geschoben und den Platz verlassen hatten, kamen sie an einem großen Blechschuppen vorbei, der mit schweren Schlössern gesichert war. Davor pickten Dutzende Vögel auf dem Boden herum.

»Das ist ein Lebensmittelspeicher«, sagte Jack, als er Lydias Stirnrunzeln sah. »Die Polizei wacht über die Versorgung.«

Sie gingen weiter zum Ende des Dorfes. Aus dem Graben hinter dem Maschendrahtzaun kam ein starker Sumpfgestank. Hier waren die Wege zwischen den Baracken morastig, und die Luft war voller Insekten. Es liefen keine Kinder umher. Lydia schaute durch den Zaun in den dunklen Dschungel, der ihr in seiner Stille bedrohlich erschien. Der Gedanke, Maz könnte da draußen sein, war ihr unerträglich.

»Es sieht nicht gut aus«, sagte Jack.

Sie schüttelte den Kopf und wollte die Hoffnung nicht aufgeben, dass Maz doch irgendwo im Dorf war.

Sie gingen zurück und machten an einem Kaffeehaus Halt. »Warte hier«, sagte er. »Ich werde den Wirt fragen.«

Überall lagen Flugblätter im Sand. Sie hob eines auf und starrte auf die Fotos von wohlgenährten ehemaligen Rebellen, die sich vor ihren hungernden Kameraden zur Schau stellten. Die chinesischen Schriftzeichen über den Bildern waren sicher ein Aufruf, sich zu ergeben. Sie setzte sich, um auf Jack zu warten, und beobachtete eine Schar Kinder, die den Weg entlangrannte. War Maz darunter? Sie rief nach ihm. Kein Kind drehte sich um. Stattdessen kam ein Mann heran, der nach starkem Tabak roch. Er beugte sich zu ihr und griff in die Tasche seiner weiten schwarzen Hose. Lydia fuhr zurück, aus Angst, er könnte ein Messer ziehen. Doch er hielt ihr nur eine alte Geldbörse hin.

Sie suchte in ihrer Tasche nach Münzen und legte zehn Cents auf den Tisch. Sie fühlte sich unbehaglich. Bald würde es dunkel werden. Die Paraffinlampen zwischen den Baracken ließen das Dorf nun etwas freundlicher wirken, aber Lydia hatte trotzdem Herzklopfen.

Jack kam mit zwei Tassen Kaffee zurück.

»Ich bin froh, dass du kommst. Gibt es etwas Neues?«

»Nein. Aber sieh mal, da ist Bert.«

Er zeigte auf einen Mann, der von der anderen Seite der schmalen Straße aus die Menschenmenge beobachtete, während zwei Soldaten von Baracke zu Baracke gingen und ab und zu jemanden herauszerrten.

»Die suchen nach illegalen Vorräten, damit nichts aus dem Dorf hinausgeschafft wird. Wenn sie etwas finden, kommt der Besitzer für achtzehn Monate ins Gefängnis.«

»Ohne Prozess?«, fragte Lydia.

Er nickte. »Ich fürchte, ja.«

Sie gingen zu Bert und fragten ihn nach Maz.

Der schüttelte den Kopf. »Habe von der hiesigen Polizei gehört, dass er vermisst wird. Tut mir leid, aber ich weiß nichts. Kommt, ich suche mit euch, dann bringe ich euch zum Tor.«

Ein Stück die Straße hinunter gingen sie in einen Laden. Darin war es dunkel bis auf den Lichtschein zweier Petroleumlampen. Jack fragte den Besitzer nach Maz und bat ihn, die Augen offen zu halten.

Eine halbe Stunde lang fragten sie in allen Läden und Werkstätten nach, dann begleitete Bert sie am Zaun entlang zum Tor, auf das gerade eine Menschenmenge zuzustreben schien. Lydia bekam eine Gänsehaut. Ein Säugling weinte, und eine Schlange von Bettlern stand in der mit Abfall übersäten Straße. Jack hielt Lydia am Ellbogen und schob sich durch die Leute.

Lydia hielt weiter nach Maz Ausschau.

Sie vermisste seinen vertrauensvollen Blick, sein freundliches Gesicht, seine Zählrituale, seine Jagd auf Schmetterlinge. Der Gedanke, dass er möglicherweise in diese fremde Welt verschleppt worden war, war ihr unerträglich. Sie betete, dass seine Mutter ihn geholt haben mochte – aber ohne ihn zu den Rebellen zu bringen. Sie blickte auf. Vor dem dämmrigen Himmel zeichnete sich der Dschungel als schwarze, bucklige, zerrissene Silhouette ab. Raubvögel kreisten am Himmel. Alles in ihr wollte schreien.

Von einer Gruppe am Tor kamen schrille Stimmen. Lydia bekam Angst, und Jack erstarrte. Sie reckte den Hals, um etwas zu sehen. Dann sperrte sie entsetzt den Mund auf und packte Jacks Arm.

Zwei Leichen waren in den Morast am Zaun geworfen worden, nackt und voller Schusswunden. Lydia starrte auf die abgezehrten Leiber und toten Augen. Das war jemandes Sohn, jemandes Bruder. Hinter ihr zählte jemand. Sie drehte sich um und sah ein paar alte Frauen, die kopfschüttelnd auf die Schusswunden zeigten.

»Das ist eine wirksame Abschreckung«, sagte Bert mit Blick auf die Leichen.

Lydia ließ Jack los und wich zurück. »Dort drüben bieten wir ihnen Unterhaltung, und hier erschrecken wir sie zu Tode.«

»So kann man es beschreiben«, sagte Jack.

»Aber das sind Menschen, Jack.«

»Vielleicht dieselben, die das Gästehaus niedergebrannt haben«, hielt Bert ihr mit versteinertem Gesicht entgegen. »Sie wollen uns Angst machen. Wir sollen uns so unsicher fühlen, dass wir aufgeben.«

Ihr fehlten die Worte, und sie hörte nicht weiter zu. Der Gestank, der Anblick der Leichen, der Lärm, das war alles zu viel für sie. Ihr wurde schwindlig. Sie sah Jacks finsteren Blick.

»Mach dir nichts vor«, sagte er. »Sie nennen es Notstand, aber glaub mir, das ist Krieg. Und jeder ist dabei auf seinen Vorteil aus.«

»Dann helfe uns Gott«, sagte sie.

Jack schnaubte. »Gott? Wohl kaum.«

Am Tor wurden Scheinwerfer eingeschaltet, und ein großer Mann mit geschorenem Kopf und aufrechter Haltung ließ Lydia und Jack vorbei und über den Graben gehen. Er erinnerte sie an Adil. Einen Moment lang dachte sie sogar, er könnte es sein, und sie wünschte sich, er wäre es und würde ihnen mit seinem Wissen weiterhelfen. Ihnen helfen, Maz zu finden. Aber natürlich war er es nicht, und bei genauerem Hinsehen war er Adil nicht einmal besonders ähnlich. Nun waren sie auf sich allein gestellt, denn fremde Hilfe, um einen kleinen Mischlingsjungen zu finden, würden sie nicht bekommen. Nicht von der Polizei und auch von niemandem sonst.

26

Das Verschwinden meiner Mutter war wie eine unerträgliche Verletzung, die ich im Internat so gut wie immer verbarg. Mum mochte verschwunden sein, aber dass sie tot war, glaubte ich nicht. Nachts kehrte ich in Gedanken nach Malaya zurück, in den prasselnden Regen, der vom Boden bis über die Knie hochspritzte und die Überschwemmungsgräben in reißende, schmutzige Bäche verwandelte. Dann hörte ich die Stimme meiner Mutter, wachte schweißgebadet auf und schluchzte vor Trauer und Angst, sie könnte mich nie geliebt haben.

Tagsüber machten Susan und ich uns über die Lehrerinnen und unsere Mitschülerinnen lustig. Das war unsere Art zu überleben. Sie erzählte mir, ihre Mutter sei schwanger aus Indien heimgekehrt und habe sie in einem Heim für ledige Mütter in Birmingham zur Welt gebracht. Das Sozialamt fand eine Familie, die ein kleines Mädchen haben wollte, aber nach der Adoption habe Susan sich nicht eingefügt und sei deshalb nach Penridge Hall gekommen.

»Wer zahlt dein Schulgeld?«, fragte ich sie bei einer heimlichen Pause während eines Geländemarsches. Querfeldeinwandern nannten sie das.

»Die Gemeinde. Woanders konnten sie mich nicht unterbringen. Bei Rebecca ist es dasselbe, obwohl sie es nicht zugibt. Ich hab mal die Direx belauscht, wie sie zu einer Lehrerin sagte, dass niemand sie haben will. Genau genommen stammt das Geld von einer Wohltätigkeitsorganisation für gestörte Kinder. Rebecca konnte nur noch hierher oder in eine Besserungsanstalt.«

Ich war überrascht. Susan nickte und verzog das Gesicht, aber mir gab das zu denken.

»Gran sagt, dass mein Dad pleite ist«, erzählte ich. »Und fast wäre ihr rausgerutscht, dass nicht er für mich bezahlt. Jedenfalls hörte es sich so an.«

»Warum fragst du ihn nicht einfach?«

»Du kennst meinen Dad nicht.«

»Wir könnten es auch selbst rausfinden«, sagte Susan leichthin.

»Wie denn?«

Sie tippte sich an die Nase.

»Ich habe einen Mann angegriffen. Aber er hat mich nicht angezeigt. Seine Schwester ist Dads Freundin.«

»Es könnte das Schulamt sein oder eine wohltätige Organisation wie bei Rebecca.«

Ich runzelte die Stirn. »Aber ich dachte, ihre Eltern sind reich.«

»Das behauptet sie!«

Wir standen unter einer großen Kastanie, wo man im Herbst leicht ein Geschoss abbekam. Ich schaute zu den abgeernteten Feldern und dann zu den schmutzig grauen Wolken hoch.

»Wenn die Lehrer wollen, dass wir wandern, sollten sie mit uns nach Malaya reisen«, sagte ich trotzig. »In den Dschungel.«

»Ach, hör auf mit Malaya«, sagte Susan. »Was meinst du? Wir könnten uns unsichtbar machen und auf dem kürzesten Weg zurücklaufen, durch den Wald.«

Ich dachte an meine einsame Nacht im Laub. »Ich weiß nicht.«

»Oder wir nehmen die hintere Gasse. Na los, Em. Es könnte dein Dad sein oder die Gemeinde. Willst du nicht wissen, wer für dich bezahlt? Das wird ein Spaß. Jetzt ist niemand im Sekretariat. Und auf die Weise kämen wir auch noch aus dem blöden Nieselregen raus.«

Ich mochte es, wenn sie mit leuchtenden Augen fluchte, und sie hatte recht: Dieser graue Himmel war das Allerletzte, und mittwochs nachmittags war keiner im Haus, weil nach dem Mittagessen die gesamte Schule wandern ging, auch die Lehrer.

Wir kletterten über einen eingefallenen Zaun, sprangen über den Graben am Straßenrand, überquerten eine Wiese, wo uns das hohe Gras kalt über die Beine strich, und waren im Nu auf der hinteren Gasse. Eine halbe Stunde später liefen wir auf das Schulgebäude und die einzige Stelle zu, an der man ungesehen durch den Keller einsteigen konnte.

Als wir im Gebäude waren, schlichen wir durch die Korridore, drückten uns in Nischen und zischten uns Befehle zu wie Geheimagenten.

»Ich warte hier und behalte den Flur im Auge. Du gehst nachsehen, ob das Büro wirklich offen ist«, sagte sie.

Wir mussten an uns halten, um nicht loszukichern, als ich zum Zimmer der Direktorin ging, den Knauf drehte und die Tür aufdrückte. An den Wänden standen deckenhohe Regale voller Akten. Ich winkte Susan heran.

Sie machte ein langes Gesicht. »Ich werd' verrückt. Das sind Hunderte. Da dauert es eine Million Jahre, bis wir deine finden.«

»Dann sollten wir besser anfangen«, sagte ich. »Aber denk dran: Stell die Akten wieder genau an dieselbe Stelle zurück.«

»Ich würde lieber alles durcheinanderwerfen«, erwiderte sie lachend und marschierte durchs Zimmer, wobei sie wahllos Schubladen aufzog. Dann fischte sie eine Zeitschrift aus dem Papierkorb.

»Sieh mal einer an! Sie liest *Frau und Heim*.« Sie zeigte mir das Titelbild: eine Frau mit ordentlicher Frisur und Schürze und einem künstlichen Lächeln.

Ich schnappte mir das Heft und las mit vornehmer Betonung vor: *»Glück und Erfüllung einer jeden Frau liegen in der Küche und im Kinderzimmer, wo die lohnenswertesten und befriedigendsten Aufgaben auf sie warten. Mit achtseitigem Zusatzheft mit Strickanleitungen und einer gefühlvollen Geschichte von Lucilla Smythe-Watkins.«*

Susan streckte die Zunge heraus.

Ich zog mir einen Stuhl heran und wäre dabei fast in einen Napf mit Hundefutter getreten. Wir bekamen den Terrier kaum zu Gesicht. Von dem Stuhl aus konnte ich die oberen Aktenrücken lesen. Allerdings musste ich mir dafür fast den Hals verrenken. Auf den Klebeschildern standen der Name der Schülerin und das Jahr ihrer Ankunft.

»Sind die nicht alphabetisch geordnet?«

Ich schaute über die Rücken. »Einige. Ich suche hier oben, du da unten.«

»Aber die Akten reichen Jahre zurück und haben auch noch verschiedene Farben.«

Die Sonne kam durch und warf ein Laubmuster auf eine aufgeschlagene Zeitung auf dem Schreibtisch. Susan kramte in einem Stapel Zeitschriften, der daneben auf einem Stuhl lag. »Erwischt! Hier ist eine mit Marilyn Monroe vorn drauf.«

»Ich dachte, wir suchen nach meiner Akte.«

»Der strahlende Star und die Wahrheit dahinter«, las sie.

»Oh je, ich glaub, ich habe sie gefunden!« Ich zog eine Akte heraus, auf der mein Namen in Großbuchstaben stand.

Plötzlich hörte man die Direktorin unter dem Fenster sprechen.

Susan erstarrte.

»Hau ab«, zischte ich.

Susan schoss mir einen dankbaren Blick über die Schulter zu und sauste hinaus. Sekunden später hörte ich energische Schritte auf dem Gang und eine wiehernde Stimme rief: »Was hast du hier zu suchen, Mädchen?«

»Mir ist schlecht geworden, Miss«, antwortete Susan laut, damit ich es ebenfalls hörte.

»Hast du um Erlaubnis gebeten, dich von den anderen zu entfernen?«

»Nein, Miss. Ich muss mich gleich übergeben, Miss.«

»Was hast du dann hier zu suchen? Schleunigst auf die Krankenstation mit dir.«

Ich blickte mich hastig im Zimmer um. Wenn sie nun den Terrier bei sich hatte, was dann? Er würde sofort knurren.

Hinter dem Schreibtisch an den beiden Schiebefenstern, die auf die Sportplätze hinausgingen, hingen bodenlange Vorhänge. Ich hatte keine Wahl. Ein anderes Versteck gab es nicht. Ich huschte hinter eine Stoffbahn, die halb zugezogen war, und drückte die Akte an mich. Ich hoffte inständig, die Direktorin möge nicht wegen der Dämmerung die Vorhänge zuziehen, denn dann wäre ich entdeckt. Voller Angst, sie hätte vielleicht Augen im Hinterkopf und könnte damit durch den dicken Stoff sehen, hielt ich den Atem an.

Sie schaltete eine Lampe ein, die goldenes Licht verbreitete. Gott sei Dank war der Hund nicht bei ihr. Nur einen Schritt von mir entfernt saß sie am Schreibtisch. Sie schob die Zeitung beiseite und begann zu schreiben. Es dauerte bestimmt eine Stunde lang. Allerdings wagte ich nicht, auf die Uhr zu sehen. Die Wanderer kamen lachend und scherzend zurück, und weiter weg beschleunigte ein Wagen. Die Lehrerinnen scheuchten die Schülerinnen ins Haus. Sie klangen mürrisch. Bald würden sie die Abendkontrolle machen. Ich musste mal dringend, und mir war ein Fuß eingeschlafen. Es dauerte und dauerte. Die Vorhänge stanken nach Kreidestaub, sodass ich Mühe hatte, nicht zu niesen. Als das Telefon klingelte, drückte ich mir die Daumen und hielt erneut den Atem an.

»Miss Watson, Penridge Hall.«

Bitte, mach, dass sie gehen muss

Der Drehstuhl quietschte. Sie telefonierte ein paar Minuten lang, dann stand sie auf und gähnte. Es kam mir vor wie eine Ewigkeit, bis sie den Schreibtisch aufgeräumt hatte. Endlich schaltete sie das Licht aus, und dann erst ging sie hinaus. Der Schlüssel drehte sich im Schloss. Oh nein! Das war's. Sie würden mich finden. Morgen früh. Und das Schlimmste war, ich würde in den Papierkorb machen müssen. Dann fiel mir ein, dass das Büro im ersten Stock lag. Links vom Fenster sah ich den Fahrradschuppen. Vielleicht reichte er bis unter das zweite

Fenster? Das Fenster klemmte, aber ich drückte mit aller Kraft und konnte es so weit hochschieben, dass mein Kopf hindurchpasste. Der Himmel war schwarzblau. Ich sah nach unten und seufzte erleichtert. Das Ende des Schuppens befand sich genau unter mir.

27

In dem halben Jahr, nachdem Maz verschwunden war, schwankte Lydia zwischen Angst und der Hoffnung, dass er bei seiner Mutter sein könnte. Die Ungewissheit war das Schlimmste. Sämtliche Anrufe beim Distriktvorsteher, bei der Polizei oder anderen, die ihr noch einfielen, führten zu nichts. Jack suchte in Ipoh und allen Dörfern in der Nähe, doch Maz blieb verschwunden.

Lydia war niedergeschlagen. Der stahlgraue Himmel und die Schwüle taten ein Übriges. Es war Nachmittag, und auf der Plantage gab es schon wieder Ärger mit Aufständischen. Jack telefonierte mit seinem Vorgesetzten und konnte ihm nur mit großer Mühe die Erlaubnis abringen, Lydia noch länger bei sich wohnen zu lassen. Seufzend strich er sich durch die Haare. Hinzu kam, dass sich von den malaiischen Polizisten auf der Plantage einige als korrupt erwiesen hatten.

Jacks Chef Jim war ein zugänglicher Mann, doch die Störungen, die Lydias Anwesenheit für die Arbeit auf der Plantage bedeutete, konnten ihm nicht gefallen, das wusste sie. Es dauerte seine Zeit, bis ein Plantagenverwalter wie Jack Fuß fasste, mit der Einsamkeit zurechtkam, das harte, komplizierte Plantagenleben verstand und Vertrauen gewann. Er musste bei Kräften sein, jeden Tag weite Strecken über sumpfigen Boden laufen, sich einen Weg durch hohes Gras schlagen und mit feindseligen Kautschukzapfern fertig werden. Ganz zu schweigen von der Gefahr, die von den chinesischen Rebellen ausging. Selbst wenn die Bedrohung akut war wie jetzt, blieb Jack nichts anderes übrig, als sie zu ignorieren.

Als er das Telefonat beendete, schaute sie auf. Er zuckte die Achseln. »Er gibt mir Bescheid.«

Schuldbewusst dachte sie an die vielen Male, als sie sich vor ihm verschlossen hatte. Er hatte ein gutes Herz, aber mit alldem hatte er bestimmt nicht gerechnet, als er sie kennenlernte. Und jetzt, da sie nur noch einander hatten, redete er tatsächlich mit glänzenden Augen von ihrer gemeinsamen Zukunft.

»Komm ins Bett«, sagte er. »Für alles andere ist es zu heiß.«

Sie ließen sich auf die Kissen fallen, er legte seinen braunen Arm über ihren Bauch. Sie strich über die blonden Härchen. Ihr silberner Armreif glänzte im Licht. Die Sonne schien durch die Läden. Er kitzelte sie an den Rippen, bis sie Tränen lachte. Sie hörten eine Dajaldrossel vor dem Fenster singen. Dann verhängte Jack den Fensterladen mit einem orange-goldenen Sari, der das Zimmer in rosa Licht tauchte. Es wurde ein sanftes, zärtliches Liebesspiel.

»Es gefällt mir, wenn deine Haare so lang sind«, sagte er und zupfte ihr ein vereinzeltes graues Haar aus.

»Autsch!«

Er schob ihr eine feuchte Strähne aus dem Gesicht, dann zog er ihre Finger an den Mund und küsste sie in die Hand. »Ich mag die grauen«, sagte er und hielt das Haar ins Licht, sodass er es betrachten konnte.

Sie runzelte die Stirn.

»Mach nicht so ein Gesicht. Da sind doch nur ganz wenige!«

Dann genossen sie die friedliche Stille. Er zog die blauen Adern an ihrem Handgelenk nach. Nach einer Weile sagte er: »Erzähl mir noch mal von den Mädchen.«

Sie freute sich über seine Aufforderung. Inzwischen hatte sie vor der stillen Gegenwart der beiden keine Angst mehr, beschwor sie sogar herauf, durchlebte immer wieder die Tage ihrer Geburt und wie sie später die pummligen kleinen Säuglinge im Arm hielt, Weihnachtsfeste, besondere Unternehmungen. Lydia hatte das Gefühl, dass das Schlimmste hinter ihr lag. Endlich hatte sie den Tod der Mädchen als Realität akzeptiert. Jetzt quälte sie, dass ihr die Erinnerung an den gemeinsamen Alltag mit ihnen allmählich verloren ging. Ihre ersten Worte, ihre fiebrigen Gesichtchen, wenn sie krank waren, die lustigen Bilderbücher, ihr Lachen. Darum hob es ihre Stimmung, wenn sie über sie reden konnte, und Jack wusste das. Er nahm sie in die Arme, während sie erzählte, und sie schmiegte sich mit dem Rücken an ihn und fühlte seinen Atem an ihrem Hals.

»Emma hat beim Lesen immer auf dem Bauch gelegen und den linken Fuß durch die Luft geschwenkt. Wir hatten eine große alte Kampferholztruhe. Darin haben wir unsere Kostüme aufbewahrt, und sie stritten sich immer um das Peter-Pan-Krokodilkostüm.«

Wehmut überkam sie. Die Tage waren so ausgefüllt gewesen. Manchmal streckte Fleur die Arme weit auseinander und sagte: »So lieb hab ich dich, Mummy.« Und Emma kam voller Schlamm und mit Insekten an den Kleidern von draußen herein. Inzwischen wäre Emma fast vierzehn und Fleur zehn. Lydia versuchte, sich vorzustellen, wie sie wohl aussähen, doch der Gedanke daran schmerzte zu sehr. Stattdessen dachte sie an Jack. Er war stark und sah gut aus, und sie war dankbar, dass er sie aufgenommen hatte. Sie mochte es, wie ihm das Haar ins Gesicht fiel und wie er es mit seinen großen Händen zur Seite strich und sie dabei aus blauen Augen anfunkelte.

Er hielt sie fest im Arm, als wäre sie ein Teil von ihm. Dann löste er sich von ihr und hauchte ihr einen zarten Kuss auf die Schulter.

»Wir könnten heiraten. Sobald mein Vertrag abgelaufen ist.«

»Ehrlich?«

Einen Moment lang herrschte Schweigen zwischen ihnen.

»Brauchen wir dazu nicht Alecs Totenschein?«, fragte sie dann. »George wollte sich darum kümmern. Aber ich habe noch nichts von ihm gehört.«

»Ich kann ihn daran erinnern. Aber was sagst du grundsätzlich dazu?«

Vor Freude machte ihr Herz einen Satz, und sie küsste ihn stürmisch auf den Mund. »Ich sage ja.«

»Nun, Mrs. Harding, dann sollten wir das feiern.«

Sein breites Grinsen ließ keinen Zweifel daran, was er im Sinn hatte. Später, nachdem sich ihre Körper voneinander gelöst hatten, lag er rauchend auf dem Rücken und blickte an die Decke.

»Erschöpft, mein Tiger?«, neckte sie ihn und legte das Kinn auf seine Schulter.

Er spannte die Muskeln an und lachte. »Ich habe eine Frage.«

»Noch eine?«

»Wo willst du leben?«

»Du meinst, wo in Malaya?«

»Wo auf der Welt.«

Sie zog die Brauen hoch. »Ich weiß nicht. Ich habe mir keine Gedanken darüber gemacht. Und du?«

»Australien. Ich dachte an Perth. Dort kann man gutes Geld verdienen. Ein Kumpel von mir hat gerade eine Kupfermine gekauft und sucht einen Partner.«

»Wie ist es denn dort?«

»Weiß ich nicht so genau. Hügel gibt es da und das Meer.«

»Perth liegt am Meer?«

»Ja. Wir könnten ein Boot haben.«

Sie lachte und schmiegte sich an ihn. »Das klingt großartig, Jack.«

Ihr kam eine Idee und mit ihr neue Hoffnung. Wenn sie heirateten, könnte sie wieder ein Kind bekommen. Zusammen könnten sie ein neues Leben beginnen. Dann würde die Wunde in ihr endgültig heilen, auch wenn immer eine Narbe bliebe. Lange Zeit hatte sie sich ein Leben ohne die Mädchen gar nicht vorstellen können, doch sie hatte überlebt. Nun fragte sie sich unwillkürlich, ob es möglich sein konnte, dass die Erinnerung an die Mädchen eines Tages nicht mehr ihre Gedanken beherrschen würde?

In der Hitze des Nachmittags waren sie eingeschlafen. Da weckte sie das Klingeln des Telefons. Jack ging in den Flur und nahm ab.

»Ja, selbstverständlich, ich fahre sofort hin«, hörte sie ihn sagen.

Er kam strahlend zurück. »Das war Bert. Du wirst es nicht glauben, aber sie haben Maz gefunden.«

Verblüfft setzte sie sich auf. »Wirklich?«

»Ich beeil mich lieber. Muss vor der Ausgangssperre los. Die Verbindung war so schlecht, dass ich kaum ein Wort verstehen konnte. Und es gibt irgendwelchen Ärger mit einem der Zapfer. Aber ist das zu glauben? Wir bekommen Maz doch noch zurück.«

»Lass dich von Tenuk fahren.«

»Er hat eigentlich frei.«

»Trotzdem.«

Jack ging zu den Räumen der Diener, kam aber stirnrunzelnd zurück. »Niemand da.«

Sie zog die Brauen hoch. »Sonderbar, aber egal, ich werde mitkommen. Ich habe so lange auf diesen Moment gewartet.«

»Wir nehmen den Laster«, sagte er. »Mein Wagen hat nicht mehr genug Sprit.«

Sie zog sich an und versprühte dabei eine Freude, die Jack in dieser Intensität nicht verstand. Aber woher sollte er auch wissen, welch unerträglich bittersüße Macht ein Kind über eine Frau haben kann, wie bedingungslos man sein Leben für es opfern würde und dass man nach seinem Tod Mühe hatte, auch nur weiterzuatmen?

Draußen hörte Lydia den gewohnten Chor der Frösche und schaute zum Himmel auf, wo dicke Wolken mit Lichtrand von den Bergen herabrollten. Sie wartete draußen, während Jack den Kleinlaster holte. Der war an den Seiten mit dicken Stahlplatten gepanzert, die schmale Sehschlitze hatten. Normalerweise fuhr Jack nicht allein, sondern in Begleitung von Tenuk oder ein, zwei britischen Hilfspolizisten. Wenn diese nicht zur Verfügung standen, nahm er die malaiischen Polizisten, insbesondere für den schweren Lkw, mit dem die Arbeiter befördert wurden. Jack sagte zwar immer, er wisse nicht, wem er weniger traue: der malaiischen Polizei oder den chinesischen Rebellen. Doch diesmal ging es ja nicht weiter als bis ins Dorf.

Lydia hatte es vermisst, mit Maz auf der Veranda zu frühstücken, in die schattigen Bäume zu schauen und den Vögeln zuzuhören, bevor die sengende Sonne sie ins Haus verbannte. Sie schlang die Arme um sich. Jetzt wird alles wieder gut, dachte sie euphorisch. Jemand hatte Maz gefunden. Sie brauchten ihn bloß abzuholen, und er wäre wieder in Sicherheit. Jack und sie würden heiraten und ein Kind bekommen. Und sie würden alle zusammenleben. Dann kam ihr der Gedanke, dass Jack vielleicht keine eigenen Kinder haben wollte.

Sie öffnete die Beifahrertür und wollte einsteigen.

»Nein, Lyd, geh nach hinten. Besser, wir halten uns an die Vorschriften.«

Sie stöhnte, fügte sich aber anstandslos.

»Sonderbar, dass Channa nicht da ist.« Sie beugte sich nach vorn und sprach laut durch die Lücke zwischen den Stahlplatten, die hinter den Vordersitzen angebracht waren. »Gewöhnlich legt sie sich ein bisschen hin, ehe sie das Abendessen kocht.«

»Vielleicht besucht sie Verwandte. Manchmal setzt sie sich nach dem Mittagessen aufs Fahrrad!«, rief Jack nach hinten. »Aber was für eine tolle Neuigkeit, das mit Maz.«

»Ja. Ich bin so aufgeregt.« Lydia schüttelte lachend ihr Haar. »Hat Bert sonst noch was gesagt?«

»Nein. Im Hintergrund schien irgendetwas los zu sein, und ich hatte Mühe, ihn zu verstehen.«

Es war weder der passende Moment noch der richtige Ort, um Jack zu fragen, doch sie konnte nicht anders. Die Worte drängten aus ihr heraus.

»Was hältst du davon, ein Kind zu bekommen?«

Der Wagen ruckte heftig, und Lydia hielt den Atem an. Wenn er nun dagegen war? Er wollte ein Boot und Kricket und Rugby spielen. Vielleicht wollte er kein Vater sein. Männer hatten Abenteuer. Frauen hatten Kinder. So liefen die Dinge.

»Himmel, Lydia. Da bleibt einem Mann glatt das Herz stehen.« Er zögerte. »Lass uns erst mal Maz zurückholen, dann sehen wir, was die Zukunft bringt.«

»Vielleicht können wir ihn adoptieren.«

Eine Weile fuhr er schweigend weiter, und Lydia war voller Energie und freute sich auf das Wiedersehen mit Maz. Sie würde ihm einen Pagenanzug nähen. Ein weißes Hochzeitskleid wollte sie nicht tragen, aber sie und Jack würden heiraten, sowie seine erste Dienstzeit endete. Bis dahin war es nicht mehr lange, und dann würde sie sofort versuchen, schwanger zu werden. Zum ersten Mal sah sie in eine strahlende Zukunft, in der es Hoffnung auf ein neues Glück gab. Sie konnten ein neues Leben anfangen, in Perth oder wo auch immer. Ihre Gedanken wanderten, und mit ihnen zog ein Strom von Bildern an ihrem inneren Auge vorbei: ihr gemeinsames Leben, Maz und das neue Kind, ein Brüderchen oder Schwesterchen für ihn, ihr Garten mit einem großen Rasen, Apfelbäumen und einer Schaukel für beide.

Ein schreckliches Getöse riss sie aus ihren Träumen. Der Wagen schleuderte nach rechts und landete mit der Schnauze im Graben.

»Duck dich, Lydia«, zischte Jack und schob den Kopf in die Lücke zwischen den Stahlplatten.

»Was ist passiert?«

»Weiß ich nicht.« Er gab ihr einen Luftkuss und reichte ihr seinen zweiten Revolver nach hinten.

Sie nahm ihn mit zitternden Händen.

»Ziel durch die Schlitze und zögere nicht zu schießen. Und egal, was passiert, steig nicht aus!«

Ihr Herz hämmerte. »Und du?«

»Ich muss nachsehen.«

»Nicht, Jack!«

Sie hörte ihn aussteigen, dann vernahm sie schrille chinesische Stimmen. Sie spähte durch die Sehschlitze an den Seiten, aber Jack war außerhalb ihres Blickfelds. In der Sekunde vor dem Schuss sah sie Lili am Straßenrand halb verborgen hinter einem Kautschukbaum stehen. Die Chinesin riss erschrocken Mund und Augen auf und schlug sich die Hände vors Gesicht.

Lydia schwirrte der Kopf von tausend Bildern – Jack unverletzt, Jack bei ihr, verheiratet, glücklich, mit einem Baby, ihrem Baby. Dann ließ ein zweiter Schuss sie aufschrecken. Dann war alles unnatürlich still. Sie erstarrte, den Finger am Abzug des Revolvers, ihr Herz raste. Die Stille hielt an. Ihr war schlecht, speiübel, als wollte ihr Magen sich ausstülpen, um die Wahrheit von sich zu stoßen.

Nein, das durfte nicht sein. Nicht auch noch Jack. Sie schloss die Augen, und wieder sah sie Lilis verzerrtes Gesicht vor sich.

Lydia krümmte sich und begann zu zittern. Sie drückte sich die Fäuste gegen die Augen und weigerte sich zu glauben, was geschehen war, flehte zum Himmel, ihr nicht die Wärme seines Körpers und das Licht seiner blauen Augen zu nehmen. Sie dachte an sein sündiges Lächeln, wenn er Sex wollte, an seine großen Hände, sein raues Lachen. Gleichzeitig war sie starr vor Entsetzen, doch sie musste etwas tun. Aussteigen. Jack sehen. Bei ihm sein.

Sie griff zum Öffner der Hecktür. Abgeschlossen.

Natürlich, die Tür ließ sich nur von außen öffnen. Also kroch sie mit dem Kopf voran durch die Lücke nach vorn auf den Fahrersitz. Als sie sich aufrichtete, sah sie sein Blut auf dem Asphalt – so viel Blut – und hatte das Gefühl, es auch schon riechen zu können. Die Hand vor dem Mund, stieß sie die Tür auf, die nur noch halb in den Angeln hing, und zwängte sich hinaus. Sie rannte und fiel nach wenigen Schritten auf die Knie, wo Jack mit dem Gesicht nach unten auf der Straße lag. Es fing an zu regnen, und das Wasser spülte sein Leben in einem Rinnsal die Straße hinunter.

Behutsam drehte sie ihn auf den Rücken, um sein Gesicht zu sehen. Seine Lippen waren weiß, seine Augen blicklos. Ohne jeden Vorwurf. Alles war so schnell passiert. So schnell.

Sie dachte an die Wärme seiner Lippen, sein Lächeln, an seine Art, sie zu kitzeln. Ihr schossen die Tränen in die Augen und liefen ihr über die Wangen.

Oh, Jack.

Der Regen setzte aus. Es tropfte von den Bäumen, und die Straße dampfte. Die Sonne stand schon tief. Lydia kauerte weiter neben ihm, ohne ihn auch nur eine Sekunde aus den Augen zu lassen. Es kümmerte sie nicht, ob sie auch von einer Kugel getroffen würde. Sie hätte es verdient. Sie war schuld an dem, was geschehen war. Hätte sie Jack nicht ständig wegen Maz in den Ohren gelegen, wäre das alles nicht passiert. Sie nahm nicht wahr, dass es dämmerte. Aber als es vollends dunkel wurde, fühlte sie sich dankbar vom Rest der Welt isoliert. Sie legte sich zu ihm, spürte ihn ein letztes Mal an ihrem Körper, hielt ihn fest und sicher, während ihr Kleid sich mit seinem Blut vollsog.

Der Himmel war rot, als sie sie fanden. Es waren vier. Zwei Polizisten in Khaki, Bert und ein anderer Hilfspolizist in einem gepanzerten Lkw. Sie blickte an Bert vorbei zum Himmel auf, wo graue Vögel kreisten. Bert nahm sie bei den Händen und zog sie vom Boden hoch, Bert mit seinem starken nördlichen Akzent und seinem energischen Gang. Wie deplatziert die Briten im malaiischen Dschungel wirken, dachte sie unwillkürlich.

Er rieb ihre Hände, um sie zu wärmen. »Kommen Sie, Lydia«, sagte er. »Wir können nichts mehr für ihn tun.«

Sie spürte den Verlust körperlich, wie einen Tritt in den Magen, der einen kraftlos zusammenklappen ließ. Sie entzog sich Bert und krümmte sich zusammen. Einen Arm um die Taille, einen um ihre Brust, als könnte sie sonst auseinanderfallen. Als er sie zum Wagen brachte, richtete sie das Wort an ihn, konnte ihm aber nicht in die Augen sehen.

»Wir waren auf dem Weg zu Ihnen«, murmelte sie.

Bert schaute verwirrt.

Sie straffte die Schultern und blickte ihn zornig an. »Sie haben Jack angerufen, ihm gesagt, dass Maz gefunden wurde. Das müssen Sie doch noch wissen. Sie haben ihn selbst angerufen und gebeten, ins Dorf zu kommen.«

»Nein.«

»Doch, das haben Sie!«, schrie sie und packte ihn am Hemd.

Sanft löste er ihre Hände, dann nahm er sie bei den Schultern. »Lydia, ich habe Jack nicht angerufen.«

Die Schüsse hallten ihr durch den Kopf. Bert irrte sich. Er musste sich irren.

»Wir können nichts mehr tun«, sagte er. »Ich fürchte, Jack wurde in eine Falle gelockt. Es tut mir leid.«

Ihre Beine zitterten so stark, dass sie glaubte, nicht mehr stehen zu können. Doch Berts Worte gaben ihr neue Kraft. Langsam schüttelte sie den Kopf. Er hatte unrecht. Es gab doch noch etwas, was sie tun konnte. Sie würde herausfinden, wer Jack verraten hatte, wer der Anrufer wirklich gewesen war und wer gewusst hatte, dass er ohne Polizeischutz diese Straße nehmen würde. Egal, was es sie kosten würde. Und dazu würde sie als Erstes nach Lili suchen.

Sie wandte sich ab, als die anderen Jacks Leiche aufhoben. Es war ihr unmöglich, mit anzusehen, wie sie sich mit seinem leblosen Körper abmühten und den Kopf darüber schüttelten, dass die Aufständischen ein weiteres Opfer gefordert hatten.

Am nächsten Tag fand die Beerdigung statt. Der Wind hatte die Wolken weggetrieben, und es wurde ein heißer, strahlend blauer Tag. Die Zeremonie war kurz, denn niemand wollte sich in der malaiischen Hitze länger als nötig aufhalten. Eine Handvoll Leute war gekommen. Sie hielten die Augen von dem ausgehobenen Grab abgewandt und lächelten einander unsicher an. Mit einem Strauß gelber, bereits erschlaffender Cannablüten im Arm nickte Lydia erst Bert zu, dann einem Hilfspolizisten und zwei Freunden von Jack, die sie nicht kannte, Jim, seinem Vorgesetzten, und einer schönen Chinesin, die Rosenblütenblätter verstreute. Die Frau sprach mit niemandem, sondern murmelte nur mit ausdruckslosem Gesicht vor sich hin.

Es gab eine kurze Andacht. Das Gras, das noch vom Regen nass war, glänzte in der Sonne, und der Wind wehte Erdkrümel vom Grab. Grausam, wie das Leben einfach so weitergeht, dachte Lydia und starrte zu Boden, während Jim ein Gedicht vorlas:

»Steht nicht an meinem Grab und weint.
Ich bin nicht dort, ich schlafe nicht.
Ich bin in der Morgenstille,
im anmutigen Kreisen der Vögel,
im Sternenschein der Nacht.
Steht nicht an meinem Grab und weint,
ich bin nicht tot.«

Es passte. Jack hatte an die Natur und das Diesseits geglaubt, nicht an Gott oder ein Leben nach dem Tod, weder im Himmel noch in der Hölle. »Die Hölle ist hier«, hatte er gesagt und dabei gestöhnt.

Der verzierte Sarg wurde hinuntergelassen. Lydia hatte ihn ausgesucht und von dem Geld bezahlt, das Jack unter der Diele versteckt hatte. Den Rest würde sie nach und nach verbrauchen. Sie dachte an den Moment zurück, als er ihr von seinem Versteck erzählt hatte. »Falls du mal etwas brauchst«, hatte er gesagt. Man hörte ein lautes Rascheln vom Waldrand, dann war es einen Moment lang so still, als hätte die Welt angehalten. Mit einem dumpfen Schmerz hinter den Augen streute sie Erde aus dem Plantagengarten auf den Sarg und warf den Cannastrauß hinterher. Neben ihren Füßen wimmelten Ameisen, deren Nest mit der Erde ausgehoben worden war. Reglos starrte sie auf den Sarg, roch die Erde und die Blüten und dachte voll wütender Trauer an den Ort, wo sein Herz zuletzt geschlagen hatte. Dann holte sie tief Luft und lauschte, als die Geräusche des Dschungels zurückkamen, das Rascheln, Klopfen, Flattern, Summen.

Bert führte sie zu jemandem, der Hähnchenkeulen und

Honigdatteln mitgebracht hatte. Sie aßen mit den Fingern im Schneidersitz auf dem Boden. Nachdem der Priester gegangen war, ließen sie eine Flasche Gin herumgehen und erinnerten sich an Jack. Die Totengräber kamen, um das Grab zuzuschaufeln, und die Trauernden zogen sich in den Schatten der Bäume zurück, um ihnen dabei zuzusehen. Irgendwo bellte ein Hund. Es klang traurig und verloren. Als es zu dämmern begann, brachte jemand eine kleine Laterne zum Vorschein und zündete sie an. Orangefarbene Falter flatterten ins Licht, und ein leichter Wind sorgte für etwas Kühle.

Nach einer Weile sagte Bert: »Besser, Sie machen sich jetzt auf den Heimweg. Nimmt Jim Sie mit?«

»Er bringt mich zu Jacks Haus, damit ich packen kann, und morgen fahre ich nach Süden.«

»Haben Sie genügend Geld?«

Sie nickte und sah über seine Schulter. Hinter ihm zwischen den Bäumen bewegte sich jemand. Einen Moment lang spürte sie Wut in sich hochsteigen. »War das nicht Lili dort?«

»Tut mir leid, ich hab nichts gesehen. Wissen Sie übrigens, wo Jacks zweiter Revolver ist? Wir konnten ihn nicht finden.«

»Ich habe ihn Jim gegeben«, sagte sie.

Gerade als er in seinen Wagen stieg, fiel ihr die Chinesin ein, die sich nicht an dem Leichenschmaus beteiligt hatte. Sie fragte Bert nach ihr.

Er zuckte die Achseln. »Vielleicht eine alte Flamme von Jack. Ist das jetzt noch wichtig?«

Sie schüttelte den Kopf. Nichts war mehr wichtig.

Der böige Wind trug Geräuschfetzen heran, das Surren der Insekten, Motorgeheul, Blätterrauschen. Einen Moment lang erstrahlte alles um sie herum im Licht der tiefstehenden Sonne. Sie dachte an Jacks breite Schultern und ihr heimliches Lachen von einst. Das war so lange her. Sie dachte daran, wie sie sich an ihn geschmiegt und wie sie sich geliebt hatten, als wollten sie einander mit jedem Atemzug verschlingen. Ihr Herz raste und überschlug sich fast, als sie sich zu dem Erdhügel umdrehte, unter dem er nun lag. »Adieu, Liebster«, flüsterte sie und hielt die Tränen nicht länger zurück. »Verzeih mir.«

Die Worte kamen ihr so abgedroschen vor, aber mehr konnte sie nicht über die Lippen bringen.

28

Ich war der Aufgabenbetreuerin entronnen und starrte auf meine Akte. Sie war dick, und ich wagte noch nicht, den braunen Deckel aufzuklappen. Neugierige Leute finden Dinge heraus, die sie lieber nicht wissen wollen, sagte Gran immer. Aber höchstwahrscheinlich zahlte die Gemeinde das Schulgeld, und das wäre keine Überraschung. Ein Gedanke schoss mir durch den Kopf. Könnte es auch Veronica sein? Die Tür ging auf.

Susan kam breit grinsend durch den Schlafsaal auf mich zu. »Wie bist du entkommen?«

»Bin aus dem Fenster gesprungen.«

»Meine Güte!« Sie versetzte mir einen Rippenstoß. »Du hast noch nicht reingesehen, oder?«

Ich schüttelte den Kopf.

»Dann gib mal her!«, sagte sie gespannt.

Ich sah zu, wie sie den Aktendeckel zurückschlug, die erste Seite überflog, weiterblätterte und dann innehielt. Das Grinsen verging ihr. Sie hob eine Hand an den Mund.

»Was ist denn?«

Stumm schlug sie die Akte zu und gab sie mir.

Auf den ersten Seiten standen mein Name und meine Adresse und einiges über meine Eltern. Bei der nächsten Seite stutzte ich und sah Susan an, dann blätterte ich weiter. Bemerkungen von Lehrerinnen. Durchschriften von Briefen an meinen Vater, in denen meine Fortschritte beschrieben wurden. Es gab nur wenige Klagen über Ungehorsam. In allen Briefen stand, dass mein Betragen noch Raum für Verbesserungen ließe, aber im Großen und Ganzen würde ich mich gut machen, und es sei an der Zeit, mich nach Hause zu holen. Der

Lehrkörper war sicher, dass ich mich in meiner vertrauten Umgebung noch besser entwickeln würde.

»Aber er hat mir gesagt, dass alle der Meinung sind, ich sei noch nicht so weit«, platzte ich heraus.

Susan schnaubte empört. »Das ist gemein.«

Ich blätterte um, und da war ein Brief von meinem Vater, in dem er erklärte, dass meine Mutter vermisst werde. Und dass man mir das nicht sagen solle. Er werde es selbst tun, wenn die Zeit dafür reif sei. Und um meiner Stabilität willen solle ich lieber im Internat bleiben.

Ich schluckte schwer. »Hatte er überhaupt vor, jemals mit mir über irgendetwas zu reden?«

Susan klopfte mir tröstend auf den Rücken.

»Dad will Platz für Veronica schaffen. Darum will er, dass ich hierbleibe.«

Was ich soeben erfahren hatte, wühlte mich ziemlich auf. Ich stand auf und lehnte mich mit der Stirn an die Wand, um die Kühle zu spüren. »Und er will Gran in ein Altersheim stecken.«

Die Vorstellung, Gran aus dem Haus zu schicken, in dem sie so lange gelebt hatte, war zu traurig. Und es ging ihr doch gar nicht so schlecht. Ich sah Veronicas strahlendes weißes Gesicht vor mir. Vielleicht steckte sie in Wirklichkeit hinter alldem, gab Dad das Schulgeld und drängte ihn, Gran loszuwerden.

»Dad will Platz schaffen«, sagte ich noch einmal.

»Wieso?«

Ich verzog den Mund. Ich hatte leise zu mir selbst gesprochen und Susan ganz vergessen. »Er ist nur an Veronica und Fleur interessiert. Alle anderen will er loswerden.«

»Glaubst du das wirklich?«

»Weiß nicht.«

»Was ist mit den Abrechnungen? Hast du welche gefunden?«

»Noch nicht.«

Ich war verwirrt. Wenn Gran recht hatte, konnte sich mein Vater das Schulgeld nicht leisten. Doch wenn die Gemeinde zahlte, dann höchstens so lange, wie es nötig war.

Susan schaute neugierig. »Weiter, Em. Lass uns sehen, was noch drinsteht.« Sie nahm die Akte und blätterte weiter. Schließlich starrte sie auf die letzten Seiten.

»Was ist?«

Sie drückte mir die Akte in die Hand, und ihre Stimme schwankte. »Em, das Geld kommt immer von einem Anwalt.«

Ich überflog eine Reihe von Briefen, die zu den Rechnungen geheftet waren. In allen stand dasselbe: *Anbei finden Sie den Scheck, der die Forderungen für Miss Emma Cartwright im Namen unseres Mandanten begleichen soll.* Der Absender war jeweils ein Mr. N. Johnson von Johnson, Price & Co. in Kidderminster.

»Verstehe ich nicht. Wer ist der Mandant?«

»Das steht da nicht.«

»Ob ich dem Anwalt mal schreiben soll?«

»Der wird dir bestimmt nichts sagen. Wenn der Name da nicht steht, ist er geheim.«

Wir saßen still auf dem Bett und hatten nur noch ein paar Augenblicke für uns. Dann flogen die Türen auf, und die Mädchen kamen nach und nach herein. Sofort stellte Susan sich schützend vor mich.

»He, was ist denn mit euch beiden?«, fragte ein Mädchen.

Andere machten Bemerkungen, die sie für witzig hielten, aber dann schnaubte Rebecca verärgert: »Ihr hinterhältiges Pack. Wie seid ihr so früh hier raufgekommen? Ihr habt doch was vor, oder?«

Ich wurde rot und war froh, dass ich die Akte unter meine Bettdecke geschoben hatte. Unbemerkt, wie ich hoffte.

29

Auf dem Bahnhof roch es stark nach Metall und Schweiß, und der Lärm von Reisenden, Zügen und Händlern war ohrenbetäubend. Trotzdem stand Lydias Entschluss fest, und nach einigem Suchen fand sie eine Telefonzelle. Sie wählte Cicelys Nummer und erschrak, als ihre Freundin selbst abnahm. Doch dann drückte sie sich für einen Moment den Hörer an die Wange, atmete tief durch und kam sofort zur Sache.

»Ich brauche eine Bleibe.«

Cicely holte scharf Luft. »Also ist es wahr. Wo bist du jetzt?«

»Hier, auf dem Bahnhof.«

»Bleib dort und warte auf mich.«

Lydia wischte sich den Schweiß von der Stirn, dankbar, dass Jack ihr in verblüffender Voraussicht sein Versteck unter der Diele gezeigt hatte. Ein paar Monate würde sie mit dem Geld über die Runden kommen. Eine Anstellung würde sie trotzdem brauchen. Nun war sie erst einmal heil nach Malakka gelangt. Es hatte keine Überfälle, Gleissperren oder Umwege gegeben. Alles war überraschend normal verlaufen. So reibungslos, dass sie sich kneifen und in Erinnerung rufen musste, dass Jack und die Mädchen tot waren und sie nicht nur zu Alec nach Hause fuhr.

Lydia trank gerade eine Eislimonade, als Cicely eintraf, taufrisch und elegant wie immer. Sie hauchte Lydia einen Kuss auf die Wange. »Du kannst mir alles unterwegs erzählen.«

Cicely stieß die Haustür auf und sah sich um. Sie wohnte in einem schönen alten Kaufmannshaus in einem wohlhabenden Viertel.

»Gut. Ralph ist nicht da. Männer wissen nie, was wirklich

vor sich geht. Darling, du siehst schrecklich aus. Ich denke, du solltest baden und dann etwas essen.«

»Ich dachte immer, die Männer sind es, die die Fäden in der Hand haben«, sagte Lydia.

Cicely lachte und wackelte mit dem Zeigefinger. »Du musst noch vieles lernen, mein Mädchen.«

Sie gingen durch den stillen Flur. Cicely nahm Lydias Hand. »Darling, du weißt ja, wie leid es mir wegen Emma und Fleur tut. Und nun auch noch Jack. Es muss entsetzlich gewesen sein. Aber wenigstens ist er gestorben, wie er gelebt hat.«

Lydias Magen revoltierte. »Jemand hat ihn an dem Nachmittag auf die Straße gelockt.«

Cicely starrte sie an. »Irgendeine Ahnung, wer?«

Lilis Gesicht schoss ihr durch den Kopf, aber Lydia entschied sich, nur die Achseln zu zucken. »Ein kleiner Junge, um den ich mich gekümmert habe, ist auch verschwunden. Ich muss herausfinden, ob er in Sicherheit ist.« Sie lehnte sich gegen die Flurwand. »Vielleicht sollte ich bei Harriet Parrott anfangen. Du weißt, wegen der Kontakte von George. Bist du bereit, mir zu helfen?«

»Ich werde sie anrufen und dich für morgen um zwölf ankündigen. Jetzt kannst du erst mal so lange bei mir bleiben, wie du möchtest. Einverstanden?« Ein breites Lächeln ließ Cicelys Gesicht strahlen. »Dafür sind Freunde schließlich da.«

Lydia folgte ihr zu der eleganten Gästesuite im oberen Stock.

»Entspricht das Ihren Vorstellungen, Madam?«, fragte Cicely scherzhaft. »Du brauchst nicht herunterzukommen. Ich lasse dir etwas zu essen bringen.«

Als sie allein war, stellte Lydia ihre Tasche ab, trat ans Fenster und schaute zur Meerenge von Malakka hinüber. Der Regen behinderte die Sicht und ließ die Farben zu wässrigen Blau- und Violetttönen verschwimmen. In Lydias Schultern löste sich die Anspannung, die sie zuvor gar nicht wahrgenommen hatte. Ihr Zimmer ging auf einen ummauerten Garten. Dort gab es einen Teich mit riesigen Seerosenblättern und einer Fontäne. Sie schlenderte durch die Gästesuite, die in Hellrosa und Gold gehalten war. Der Unterschied zu Jacks Haus hätte nicht größer sein können. Hier hatte sie ein Schlafzimmer, ein Bad und ein eigenes Wohnzimmer. Und im Moment war sie unendlich dankbar für diesen Zufluchtsort.

Wenn die Erinnerung an Jacks Ermordung sie zu überwältigen drohte, legte sie die Hand fest auf ihr Herz und atmete tief durch. Und wenn sie das tat – was gar nicht so einfach war –, beruhigte sie sich, und die Panik ließ allmählich nach. Doch gegen die Gedanken an die schöne Zeit mit ihm und an ihre Liebe war sie machtlos, und immer wieder brach sie in Tränen aus. Aber das war in Ordnung. Hauptsache, es gelang ihr, das Bild von Jacks Leiche auf dem Asphalt abzuwehren. Daran zu denken würde sie umbringen.

Als sie aufwachte, schaute sie in einen weiten, sonnenhellen Himmel, an dem nichts an den Wolkenbruch erinnerte, der am Tag zuvor niedergegangen war. Im Bad schreckte Lydia beim Blick in den gut beleuchteten Spiegel zurück. An den Ecken waren Lilien, an den Seiten schlanke Palmen auf das Glas gemalt. Angesichts ihres hageren Körpers und der rot geschwollenen Lider ließ sie die Schultern hängen und dachte an die neu erwachte Hoffnung kurz vor Jacks Tod, sah sich noch einmal in dem hübschen Rock und mit Lippenstift und verzog das Gesicht. Sie warf die Flasche Shalimar in den Abfalleimer. Sie konnte den Duft nicht mehr ertragen, es war zu schmerzhaft. Sie spritzte sich kaltes Wasser ins Gesicht und strich sich mit den Fingern durch die feuchten Haare. Auf dem Flur klapperten hohe Absätze, und Cicely kam mit einem Ebenholztablett ins Zimmer. Ein Hauch Chanel No. 5 wehte hinter ihr her.

Lydia trat nackt aus dem Bad und hielt die Arme von sich gestreckt. »Schau dir an, wie ich aussehe!«

»Furchtbar, ich weiß.« Cicely lachte. »Doch dagegen lässt sich einiges unternehmen. Ich habe für dich einen Friseurtermin vereinbart, um acht, und danach gehen wir einkaufen. Aber zuerst überlegen wir, wie es nun weitergehen soll.« Sie warf sich in das helle Chintzsofa am Fenster und klopfte auf den Platz neben sich.

»Ich habe gerade an Jack gedacht.«

Cicely zog die Stirn in Falten. »Ich weiß, Darling. Es ist ein Jammer.« Sie deutete auf den Schrank. »Da hängt ein Morgenmantel, den kannst du dir überziehen.«

Lydia tat wie geheißen. Natürlich war er aus Seide. »Er wollte mich heiraten, weißt du.« Sie bekam einen Kloß im Hals, und schon wieder schimmerten Tränen in ihren Augen.

Cicely schüttelte den Kopf. »Darling, du darfst jetzt nicht mehr an ihn denken.« Sie trug eine Smaragdkette zu einem eisblauen Kostüm und wirkte darin kühl wie eine Eisprinzessin.

Lydia seufzte und spürte, wie sich auf ihrer Stirn schon wieder kleine Schweißperlen sammelten. »Das sagt sich so leicht.«

»Du musst dich ablenken und Pläne schmieden, sonst gehst du vor Verzweiflung unter.«

Sie schwiegen beide für einen Moment.

»Du scheinst überhaupt nicht unter der Hitze zu leiden«, sagte Lydia, um das Thema zu wechseln. »Hast du ein Geheimrezept?«

»Ja, Wasser. Ich dusche viel«, antwortete Cicely lachend.

»Ich werde mich nie an dieses Klima gewöhnen, ob mit oder ohne Wasser.«

Sie dachte an den Teich. Wie viel Spaß sie dort gehabt hatten. Dachte an das wunderbar kühle Wasser. Dann kam ihr unvermittelt der Mann in den Sinn, den sie bei dem Überfall auf den Bus kennengelernt hatte. Adil. Ihre gemeinsame Reise lag so lange zurück, und doch spürte sie ein unbestimmtes Kribbeln im Bauch, wenn sie daran zurückdachte. Das war vor all den furchtbaren Schicksalsschlägen gewesen. Vor Emmas und Fleurs Tod. Vor Jack.

»Einen Penny für deine Gedanken«, sagte Cicely.

Lydia hätte nicht genau sagen können, warum, aber sie

wollte vor Cicely nicht zu viel von sich preisgeben. »Ach, mir kamen nur ein paar Erinnerungen in den Sinn. Ich kannte mal jemanden, der auch immer aussah, als würde er nie schwitzen. Wie du.«

»Wer ist es? Ich dachte, ich sei die einzige Eiskönigin in Malaya.«

»Es ist ein Mann, keine Frau. Er heißt Adil. Ich habe ihn auf dem Weg nach Ipoh kennengelernt. Wusste zuerst nicht, was ich von ihm halten sollte.«

Cicely musterte sie aufmerksam. »Dann also ein Eiskönig, hm?«

»Er hat einer Frau das Leben gerettet. Im Zug. Das hat mich beeindruckt.«

Cicely strich über ihre Smaragde. »Klingt nach einem anständigen Burschen. Scheint ein Einheimischer zu sein, dem Namen nach.«

Lydia nickte. »Sie wollte aus dem fahrenden Zug springen, doch er riss sie zurück. Und er hat mir geholfen. Einfach so, aus reiner Freundlichkeit.«

»Warum reiste er in den Norden?«

»Ich glaube, um etwas zu erledigen. Er sagte –«

»Gefällt sie dir?«, unterbrach Cicely und tippte auf ihre Halskette. »Ist sie nicht hinreißend? Ralph hat sie mir gestern Abend geschenkt. Um sein Gewissen zu beruhigen.«

»Geht er etwa fremd?«

Cicely zuckte die Achseln. »Andauernd. Junge Chinesinnen.«

Sie musste an Jacks Beziehung mit Lili denken. »Also hat er dich mehr als einmal betrogen?«

»Glaubst du, ich lüge, Darling?«

Lydia schüttelte den Kopf. »Wie hältst du das aus?«

»Sei doch nicht so verdammt spießig. Das passiert doch überall, und ich revanchiere mich, so gut ich kann.«

Alec hatte mal eine Bemerkung über Cicelys Affären fallen lassen, und dabei hatte seine Stimme verächtlich geklungen.

»Bei Ralph sind es wenigstens Frauen. Das kann man von einigen hochstehenden Persönlichkeiten nicht behaupten. Behalte es für dich, aber Harriet tut mir leid.«

Lydia staunte mit offenem Mund.

»Ach komm, Lyddy. In diesem verfluchten Land lässt sich alles kaufen. Besonders jetzt, da wir es verlassen.«

»Du meinst das Ende einer Ära?«

»Mir kommt es mehr wie das Ende des Empires vor, Darling.« Cicely verdrehte lachend die Augen.

Lydia musterte das ebenmäßige Gesicht ihrer Freundin, die geschminkten Lippen, das glatte blonde Haar. Perlte an ihr tatsächlich alles ab, ohne Spuren zu hinterlassen? »Gegen Alec lässt sich ja viel sagen, aber wenigstens war er in dieser Hinsicht nicht wie Ralph und George.«

»Er war auch kein Heiliger.« Cicely fegte ein Stäubchen von ihrem Rock und sah Lydia amüsiert an.

Lydia erwiderte ihren Blick entgeistert. »Du meinst, er hat es versucht?«

Cicely nickte.

»Bei dir?«

Cicely schnaubte. »Bei wem sonst?«

Lydia wollte es lachend abtun, war aber doch zu erschüttert. Sie stand auf, öffnete die französischen Fenster und trat auf den winzigen Balkon, der ein hübsches schmiedeeisernes Geländer hatte. Straßenlärm schlug ihr entgegen, von den Autos, von den Fahrradklingeln und den vielen Menschen, die sich ihren Weg durch die Stadt bahnten.

»Du bist hoffnungslos romantisch, Lydia Cartwright. Wie wollen wir nun die Suche nach Maz beginnen? Das ist die Frage. Hast du ein Foto von dem Jungen?«

Lydia schüttelte den Kopf.

»Komm wieder herein, und mach die Tür zu. Wir müssen uns einen Schlachtplan zurechtlegen. Ich werde gleich Harriet anrufen. Und denk dran: Wenn du Geld brauchst, sag es mir einfach.«

Lydia nickte. »Danke. Ich werde mir wohl irgendwann eine Stelle suchen müssen. Aber vorerst komme ich über die Runden.«

Sie bemerkte, dass Cicely sie musterte.

»Ich habe mich nicht darauf eingelassen … du weißt schon, mit Alec.«

Trotz dieser Beteuerung fragte sich Lydia, ob Cicelys Geldangebot nicht auch einem schlechten Gewissen entsprang, und war erschüttert, dass sie nie etwas geahnt hatte.

30

Vor den hohen grauen Mauern des Altenheims stach mir der eisige Januarwind in die Wangen. Mit fast vierzehn sei ich alt genug, mit dem Bus herzufahren und Gran allein zu besuchen, meinte Dad. In der Nacht hatte ich von dem Park in Malakka geträumt. Fleur und ich spielten dort Verstecken. Ich musste lächeln, wenn ich an die Zeit zurückdachte, als ich Fleur noch Mehlwurm nannte und Mum beim Versteckspiel so tat, als sähe sie uns nicht, und scheinbar verwundert rief: »Wo können die Mädchen denn nur sein? Ich bin mir sicher, dass sie eben noch hier waren!« Und Fleur und ich hielten uns aneinander fest und quietschten vor Aufregung.

Ich spähte durch ein großes Fenster, an dessen Rahmen die Farbe abblätterte. Hoffentlich kein schlechtes Zeichen, dachte ich. Drinnen sah es aus, wie ich es erwartet hatte: Längs der Wände im Aufenthaltsraum standen verschlissene Sessel wie einsame Inseln herum.

Ich wurde zu einem Zimmer mit dünnen, geblümten Gardinen an den Fenstern gebracht, das auf den hinteren Garten hinausging. Ich setzte mich steif auf einen Holzstuhl mit hoher Lehne und verfolgte, wie sich die Zeiger der Wanduhr langsam voranbewegten. Wie schrecklich, in diesem staubigen Geruch alter Sachen zu wohnen, während das Leben dahintickt und man nichts anderes als Grießpudding zu essen bekommt.

Als eine junge, rosige Wärterin Gran hereinbrachte, blinzelte ich die Tränen weg. Gran war immer klein gewesen, doch sie jetzt so gebrechlich zu sehen tat weh. Sie ging gebeugt, als könnte sie ihren Füßen nicht trauen. Sie trug einen neuen, praktischen Haarschnitt mit einem Seitenpony, der sonderbar aussah.

Sie hob den Kopf, und ihre blauen Augen leuchteten auf. »Emma, mein Häschen. Du bist wie ein Sonnenstrahl.« Sie fasste sich mit zittrigen Fingern an den Hals.

Ich umarmte sie behutsam und ging mit ihr zu einem alten braunen Sofa. Die Wärterin versprach uns Tee und Kekse. Gran lehnte sich in die Kissen, ich dagegen blieb angespannt und verlor die Hoffnung, dass sie mir würde helfen können.

»Es ist die Hüfte, Liebes. Bin nicht mehr so sicher auf den Beinen. Aber mach dir keine Gedanken. Wie lange wirst du zu Hause sein?«

Wenigstens weiß sie noch, dass ich nicht bei Dad wohne. »Nicht lange, Gran. Nur bis zum Ende der Weihnachtsferien. Hat Dad dich in letzter Zeit mal besucht?«

»Ich fürchte, ich erinnere mich nicht mehr so genau. Aber er kam mal mit dieser Frau.«

»Veronica?«

»Ja, das ist sie. Arme Frau. Sie wollte immer eine Familie, weißt du. Sie hatte aber nur diesen Bruder. Ein unangenehmer Mensch.«

Ich biss mir auf die Lippe und sah zu Boden, da mir meine Untat sofort vor Augen stand.

»Keine Sorge, Liebes, ich mache dir keinen Vorwurf daraus, dass du ihm ein Messer in den Hals gestoßen hast. Das hätte ich selbst gern getan.«

»Gran! Du bist schrecklich. Und es war auch nur ein Wurfpfeil.« Wir schütteten uns aus vor Lachen, und meine Anspannung verging.

Gran tätschelte mir das Knie und wollte dann ihre Schürzenbänder stramm ziehen, eine Geste der Gewohnheit, denn sie trug gar keine. »Er ist wieder ins Ausland gegangen. Hab den Mann nie leiden können.«

Da sich noch keine Gelegenheit ergeben hatte, mit Veronica zu sprechen, war mir Mr. Olivers Abreise neu. Ich konnte nicht verbergen, wie erleichtert ich war, und seufzte tief.

Gran nickte erfreut, als der Tee kam. Für mich war er viel zu heiß, aber sie trank ihn geräuschvoll in großen Schlucken. Sie mochte ihren Tee am liebsten brühheiß, genau wie Dad. Ich sah ihr zu, wie sie einen weichen Vollkornkeks dazu kaute. Sie krümelte sich Brust und Rock voll, aber abgesehen davon schien alles in Ordnung mit ihr zu sein, und ihr Gedächtnis war auch nicht allzu schlecht.

»Immer gibt es diese Vollkornkekse, obwohl ich so gern die mit Cremefüllung esse«, murmelte sie. Dann hielt sie inne, als versuchte sie, sich an etwas zu erinnern. »Da war etwas, was ich dir noch sagen wollte, Häschen.«

Ich sah sie gespannt an.

»Ja, da war etwas«, bekräftigte sie.

Ich dachte sofort an meine Mutter. Ging es darum, was mit ihr passiert war? Doch dann zog Gran die Brauen zusammen und schüttelte den Kopf. Ohnehin war ich mir ziemlich sicher, dass sie es nicht wusste. Niemand wusste es.

»Nein, ich weiß es nicht mehr.«

»Zerbrich dir nicht den Kopf, Gran. Wenn es wichtig war, wird es dir schon wieder einfallen.«

»Das hat deine liebe Mutter auch immer gesagt. Aber ich fürchte, es ist kein Verlass mehr darauf, dass mir die Dinge wieder einfallen. Jedenfalls nicht, wenn ich sie brauche.«

Sie legte ihre ädrige Hand auf meinen Arm und sah mich forschend an. »Wie ist es dort, Liebes? In der Schule. Ganz ehrlich.«

Ich versuchte, ein gleichmütiges Gesicht zu machen, und sagte fröhlich: »Ganz gut, Gran. Aber ich wollte dich etwas fragen. Über meinen Dad und das Schulgeld. Wer bezahlt es eigentlich für mich?«

»Ach, Häschen.« Mit zitternden Lippen sah sie mich an, und als ich schon dachte, jetzt sagt sie es mir, wandte sie sich ab und schaute mit leerem Blick aus dem Fenster. »Der Garten ist zurzeit ein wenig trostlos. Aber bald grünt es wieder.«

Ich sah, wie eine Träne über ihre Wange rollte. »Ich vermisse deinen Großvater«, sagte sie. »Jeden Tag denke ich an ihn, den mürrischen alten Kerl.«

Ich tätschelte ihre Hand. »Er war nicht mürrisch, Gran, nur zu Dad.«

»Sie haben sich immer aneinander gerieben, Häschen. Auch früher schon. Dass mich der alte Nichtsnutz hat sitzen lassen, als dein Dad noch klein war, tat sein Übriges dazu.«

»Wirklich? Das wusste ich nicht. Ist Dad darum immer so griesgrämig?«

Sie schürzte die Lippen. »Das ist nun alles vorbei.«

»Du hast ihm verziehen?«

»Natürlich. Das tut man, wenn man jemanden liebt.«

»War Dad vorher auch schon griesgrämig?«

»Wann vorher, Liebes?«

»Als er jung war. Als er noch Pilot war.«

»Pilot, Häschen? Nein, nein, er war nie Pilot.«

»Im Krieg, Gran. Mum hat das gesagt.«

Sie runzelte die Stirn. »Dein Dad war nie Pilot. Er war bei der Luftraumüberwachung. Und ich war sehr stolz darauf.«

Ich sagte nichts. Draußen fegte der Wind Zweige über den Rasen. Gran ließ die Schultern hängen, und die Traurigkeit in ihrem müden, alten Gesicht traf mich schwer. Es war unmöglich zu sagen, ob es wahr war oder ob ihr Gedächtnis sie trog. Arme Gran. Sie kam mir vor wie ein vertrocknetes Blatt, das noch am Zweig hängt, aber jeden Augenblick weggeweht werden kann.

»Aber was wolltest du mich eigentlich fragen?«

»Wegen des Schulgelds«, sagte ich hoffend.

Die Sonne brach durch die Wolken, und Grans Blick wurde wachsam.

»Schau nur, es hellt sich auf«, sagte sie blinzelnd, als ihr die Sonne ins Gesicht schien. »Aber du musst dich trotzdem warm anziehen. Es ist noch immer ein bisschen frisch.« Sie schüttelte den Kopf. Ich hatte den Eindruck, dass sie mich sehr wohl verstanden hatte, traute mich aber nicht, sie weiter zu bedrängen.

31

Mit ungewohnt hohen Absätzen stöckelte Lydia die Treppe zum Haus der Parrotts hinauf. An diesem Tag konnten ihr nicht einmal zu enge Schuhe das Lächeln verderben. Sie strich den neuen roten Rock glatt. Baumwollsatin. Cicely hatte ihn ausgesucht. Die schmale Bleistiftform passte perfekt zu ihr, und der Stoff glitt bei jeder Bewegung über ihre Beine und Hüften. Zusammen mit der frischen weißen Bluse und ihrer neuen Frisur fühlte sie sich so schick wie seit Monaten nicht. Sie warf noch einen Blick auf die laute Straße, atmete tief durch und läutete.

In der kleinen Bibliothek erweckten die türkisgrün gestrichenen Wände den Eindruck von Kühle, doch unter dem dreiflügeligen Ventilator hielt sich die Feuchtigkeit. Schade, dachte sie. Der Tag hatte so frisch begonnen. Der Garten, den sie durch das Fenster sah, wirkte schon kraftlos, als hätte die Sonne ihn seiner Farben und Schönheit beraubt.

Während sie auf Harriet wartete, tappten zwei Siamkätzchen über das Eichenparkett und strichen ihr um die Beine. Harriet würde wissen, an wen man sich wenden könnte. Lydia bückte sich, um die Kätzchen zu streicheln, schaute aber überrascht auf, als sie George durch den Flur posaunen hörte. Dann stand er in der Tür und knackte mit den Fingerknöcheln.

»Harriet ist nicht da, fürchte ich. Sie werden mit mir vorliebnehmen müssen. Einen Drink?«

Sie schüttelte den Kopf und setzte sich auf einen Teakholzstuhl, ohne sich anzulehnen, und stellte die Handtasche neben sich auf den Boden. »Ich dachte, sie erwartet mich.«

»Kann ich Ihnen irgendwie helfen?«, fragte er und goss sich ein Glas ein.

Sie überlegte für einen Moment. »Offen gesagt bin ich hier, um herauszufinden, warum Jack ermordet wurde.«

Er neigte sich zu ihr und schwenkte ein Glas Whisky-Soda in der fleischigen Hand. Sein grau meliertes Haar lichtete sich bereits.

»Aber das wissen Sie doch, meine Liebe. Die kommunistischen Rebellen waren es. Einen anderen Grund gibt es nicht.« Er blickte sie mitfühlend an.

»Jemand hat ihn in einen Hinterhalt gelockt.«

»Ich fürchte, den werden wir unmöglich finden. Aber ich verstehe, dass Sie es wissen möchten, meine Liebe. Das ist eine normale Reaktion. Doch diese Leute sind heute hier und morgen schon ganz woanders. Und nun, da Malaya kurz vor der Unabhängigkeit steht, ist noch mehr Chaos zu befürchten. Bin froh, dass ich in Pension gehe, das steht fest.« Er ging zum Barschrank. »Sicher, dass Sie nichts trinken möchten? Mir scheint, Sie könnten einen Schluck gebrauchen.«

Lydia fächelte sich mit der Hand Luft zu und überlegte mit klopfendem Herzen, wie direkt sie sein durfte. »George, da war noch etwas anderes im Spiel. Jack war früher mit einer Chinesin liiert. Ich denke, sie könnte mir einen Hinweis geben.«

»Chinesin, sagen Sie. Klingt für mich ein wenig nach Eifersucht.«

»Genau das denke ich auch.«

»Nein, ich meinte Sie, meine Liebe.«

Lächelnd öffnete er das Fenster, obwohl kein Windhauch die abgestandene Luft in Bewegung brachte. Irgendwo im Haus klingelte ein Telefon. Lydia spürte Schweiß im Nacken, griff nach ihrer Handtasche und zog ein Taschentuch hervor. Als sie aufsah, starrte er sie an.

Er war kein attraktiver Mann, hatte große Ohren, eine Knollennase und kleine Augen, die zwischen buschigen Brauen und dicken roten Wangen fast verschwanden. Er räusperte sich.

»Mir sind Sie immer ein bisschen flatterhaft vorgekommen, gar nicht wie der eifersüchtige Typ.«

Es folgte ein unangenehmes Schweigen, das nur vom Summen eines Moskitos gestört wurde. Lydia wischte sich mit dem Handrücken über die Stirn und überging die Bemerkung. Ihr war nicht klar, ob er sticheln wollte oder nur taktlos war.

»Sie heißt Lili, und ich denke, sie könnte Jack verraten haben.«

»Ich kann mich mal umhören, solange ich noch im Dienst bin.«

»Ich hatte auf mehr gehofft.«

Er musterte sie von oben bis unten und schnaubte anerkennend. »Sie sehen gut aus, ein bisschen dünn vielleicht. Und Sie sind jung genug, um noch mal neu anzufangen. Warum lassen Sie die Sache nicht einfach auf sich beruhen, meine Liebe?«

Sie schüttelte ungläubig den Kopf. »Wie können Sie mir so etwas vorschlagen? Ich habe meinen Mann, meine Kinder und nun auch noch Jack verloren.«

»Ich wollte Sie nicht verärgern, ganz im Gegenteil. Sie können sich geschmeichelt fühlen.«

Ein Lächeln glitt über sein Gesicht, und er zog andeutungsvoll eine Braue hoch. Sie biss die Zähne zusammen. Der Mann war unerträglich, aber sie brauchte seine Hilfe. Sie beschloss, sich nicht so leicht abfertigen zu lassen.

»Wäre es nicht doch möglich, dass es inzwischen eine Liste gibt? Sie wissen schon: von den Opfern des Brandes. Zu Jack meinten Sie, dass daran nicht zu denken sei, aber ich frage mich –«

Er straffte die Schultern und sah sie skeptisch an. »Nach all der Zeit? Schon damals wusste keiner, wer in der Nacht alles in dem Gästehaus war. Nur was die Mädchen, Alec und seine gesamte Abteilung betrifft, gab es keine Zweifel. Darüber hinaus lassen sich nur Vermutungen anstellen.«

»Sind Sie sicher?«

»Ich hoffe doch, Sie wollen damit nicht andeuten, dass ich Sie belüge?«

Sie unterdrückte ihren Ärger. »Keineswegs, aber könnten Sie nicht im Ministerium anrufen?«

Er zuckte die Achseln. »Wenn Sie darauf bestehen, bitte. Aber ich fürchte, es wird vergeblich sein. In diesem Land kommen fortwährend Leute um, auf alle mögliche Art und Weise.«

»Sie sagten seinerzeit, Sie würden sich um die Totenscheine kümmern.«

»Da haben Sie wohl recht, meine Liebe. Ich muss mich entschuldigen. Die Frau, die sich darum kümmern sollte, hat gekündigt, weil sie schwanger war. Hat im Büro alles in beklagenswertem Zustand hinterlassen. Ich fürchte, da ist noch nicht viel passiert. Aber ich werde noch mal nachhaken.«

Während er in seinem Arbeitszimmer den Anruf erledigte, dachte sie nach. Ein Mann in seiner Position musste doch mehr wissen, oder nicht?

Er kam zurück und zündete sich eine Zigarette an, die er aus einem Kästchen nahm. Sie blickte ihn erwartungsvoll an.

»Tut mir leid. Keine Liste. Aber die Totenscheine werden neu beantragt. Nehmen Sie meinen Rat an, und belassen Sie es dabei.« Er sprach in vorsichtigem, ruhigem Ton.

Sie seufzte. »Dann geben Sie mir wenigstens Ihr Wort, dass Sie nichts weiter tun können, um Jacks Mörder zu finden.«

Er setzte sich breitbeinig neben sie und rieb sich das Knie. Sie rückte ein wenig von ihm ab. Er stank nach Whisky und Schweiß und legte tatsächlich die Hand auf ihren Oberschenkel.

»Sie sind eine sehr attraktive Frau, Lydia.«

Ihr fiel plötzlich das Atmen schwer. Die Luft in dem Raum war unerträglich feucht.

»Es hat keinen Zweck, bei dieser Hitze herumzuhetzen. Aber ich werde mich mal umhören, und dann wissen wir bald, ob es eine neue Spur gibt.«

Sie schloss die Augen. »Es gibt da noch etwas.«

»So?«

»Ich hatte einen kleinen Jungen in meiner Obhut. Er ist verschwunden.«

Sie sah seinen schweißglänzenden roten Nacken, als er zu einem Aktenschrank ging.

»Dazu könnte ich etwas haben. Vermisste Personen. Sein Name?«

»Maznan Chang.«

Er runzelte die Stirn. »Europäisches Land?«

»Er sieht halb chinesisch, halb malaiisch aus, hat aber graue Augen.«

Er warf die Schranktür wieder zu. »In dem Fall kann ich nicht helfen. Wir kümmern uns hier nur um die vermissten Weißen.«

Sie stand auf. Ihre Haut war gerötet und brannte. Die Hitze war erstickend.

»War nett, Sie zu sehen, meine Liebe«, sagte er, »aber Sie sollten die Dinge wirklich auf sich beruhen lassen. Hier wird sich ohnehin alles verändern. Fangen Sie ein neues Leben an. Alles andere hat keinen Sinn.«

Er lockerte seinen Kragen. Der Schweiß stand ihm auf der Stirn. Er wischte ihn sich mit einem zerknüllten Taschentuch ab und schritt auf und ab. »Diese verdammte Hitze«, sagte er. Dann drehte er sich zu ihr um, die Hände hinter dem Rücken, das Gesicht angespannt.

Georges sexuelle Abenteuer könnten ihr nützlich sein, auch wenn sie größtenteils bezweifelt wurden. Sie straffte sich. Sollte sie ihn mit Cicelys Enthüllung unter Druck setzen?

»Wie ich höre, gefällt Ihnen Singapur. Alec sagte, Sie hätten immer mit Begeisterung davon gesprochen. Kehren Sie dorthin zurück. Nehmen Sie eine Stellung in einer der expandierenden Firmen an. Ich könnte mich für Sie verwenden. Bei Ihrem Aussehen wird es nicht schwer sein. In der Tabakbranche vielleicht.«

Für einen Moment sagte keiner von ihnen ein Wort. Sie spürte, dass er ihr etwas verschwieg, hatte aber keine Vermutung, was es sein könnte. Kurz entschlossen trat sie einen Schritt auf ihn zu.

»George, ich weiß einige Dinge über Sie, die Sie sicher nicht an die Öffentlichkeit dringen lassen wollen.«

Seine Augen verengten sich zu schmalen Schlitzen. »Wie unfreundlich von Ihnen. Ich an Ihrer Stelle würde mich nicht mit mir anlegen, meine Liebe. Die Vergangenheit zurückzuholen kann sehr ungesund sein. Bei Ihren angegriffenen Nerven wäre doch ein kleiner Urlaub genau das Richtige. Kuala Trengganu. Was halten Sie davon? Palmen, weißer Sand, angenehmer Wind. Ich kann das arrangieren.«

Sie schüttelte den Kopf und wunderte sich, dass er ihre Drohung so leicht abtat.

»Nein? Dann gibt es nichts weiter zu sagen. War mir ein Vergnügen.« Er reichte ihr die Hand und rief den Diener.

Die Tür fiel hinter ihr ins Schloss. Lydia blinzelte in die Helligkeit, dann eilte sie aufgebracht davon. Nach wenigen Schritten blieb sie jedoch stehen, um Atem zu schöpfen, und schaute nachdenklich die staubige Straße entlang. Vielleicht hatte George recht. Vielleicht sollte sie wirklich ein neues Leben anfangen. Nichts würde ihr Jack zurückbringen, und wenn George ihr nicht half, Maz oder Lili zu finden, wer dann? Sie hörte seine Haustür erneut ins Schloss fallen und warf einen Blick über die Schulter. Verblüfft fuhr sie herum. Ein großer, kantiger Mann stand auf dem Bürgersteig. Sie sah ihn nur im Gegenlicht und konnte sein Gesicht nicht erkennen, aber bei seinen langen Beinen, der aufrechten Haltung und dem kahlen Kopf dachte sie sofort an Adil.

Unsicher wandte sie sich ab und spürte, wie sie rot wurde. Sollte sie hingehen und ihn ansprechen? Oder vielleicht nur winken und abwarten, ob er zu ihr käme? Sie wollte ihn sehr gern wiedersehen, war aber noch aufgewühlt von dem Gespräch mit George. Andererseits brauchte sie gerade jetzt einen Freund. Sie drehte sich um, aber der Mann war schon verschwunden. Vielleicht war es gar nicht Adil gewesen. Dann hätte sie zum zweiten Mal einen Fremden für ihn gehalten. Beim Verlassen der Stacheldrahtsiedlung und jetzt hier vor dem Haus der Parrotts.

32

Es war ein sonniger, aber kalter Tag, obwohl wir schon April hatten. Ich war niedergeschlagen wegen Granny. Nach dem Wochenende zu Hause sah ich als Erstes Schwester Ruth, die im Eingangsbereich herumstand. Mit einem verstohlenen Blick über die Schulter fasste sie mich beim Arm und zog mich mit nach draußen.

»Ich habe eine Neuigkeit für dich«, sagte sie und spähte blinzelnd über den Schulhof, wo der Frost Risse und Hubbel hinterlassen hatte. »Versprich, dass du es nicht von mir hast.«

Ich war sprachlos und nickte nur.

Sie wurde ein bisschen rot. »Komm nach dem Mittagessen in den Garten, hinter die Rhododendren beim Waldrand.«

Schlagartig besserte sich meine Laune. Schwester Ruth war ein grundehrlicher Mensch. Solche Heimlichtuerei sah ihr gar nicht ähnlich, was die Sache noch spannender machte.

Nach dem Essen machte ich mich auf den Weg zu der genannten Stelle und wartete dort auf Schwester Ruth. Dabei fragte ich mich, was es wohl sein mochte, was diese Vorsichtsmaßnahmen erforderte. Zwei Mädchen rannten vorbei, ohne mich zu bemerken. Ein guter Platz für ein Geheimtreffen. Auch die neugierigen Parkaufseher sahen mich nicht, und ich kam nicht einmal für Susan aus meinem Versteck, obwohl ich mir dabei gemein vorkam.

Schwester Ruth kam mit einem großen Weidenkorb, und wir gingen weiter zum Wald. Seit meiner einsamen Nacht im Laub war ich nicht mehr dort gewesen. Heute sah er harmlos aus, schattig und mit ein paar Sonnenflecken zwischen dem neuen Grün.

»Warum treffen wir uns heimlich? Und wofür ist der Korb?«

»Zur Tarnung. Damit es aussieht, als hätte ich etwas Nützliches zu tun. Alles andere erkläre ich dir gleich.«

Ich grinste sie an.

»Wie war dein Wochenende zu Hause?«, fragte sie und sah sich schon wieder nach allen Seiten um.

»Gut.«

Sie nickte. »Emma, was weißt du über deine Mutter? Lydia heißt sie, nicht wahr?«

»Das ist eine komische Frage.«

»Ich meine, was weißt du über ihre Herkunft?«

Ich schlurfte mit den Absätzen über totes Laub und Kies. »Nicht viel. Sie wurde in einem Kloster geboren, und die Nonnen haben sie aufgezogen.«

»Hat sie nie über ihre Mutter gesprochen?«

»Nein. Nur mal über eine der Nonnen.«

»Hieß sie Patricia?«

Ich versuchte, mich zu erinnern. »Ich glaube, ja.«

Mit leuchtenden Augen fasste sie mich an den Oberarmen und blickte noch einmal zu den Schulgebäuden.

»Hör mir zu, Emma. Bei den Exerzitien zu Ostern bin ich jemandem begegnet, der Schwester Patricia kannte. Sie heißt Brenda und war fünf Jahre lang mit ihr im selben Konvent. Im St. Joseph. Leider ist Schwester Patricia inzwischen tot.«

»Woher wissen Sie, dass es dieselbe Patricia ist?«

»Bevor sie starb, hat sie sich Brenda anvertraut und ihr von einem Baby namens Lydia erzählt. Offenbar war sie bei der Geburt des Kindes dabei.«

Schwester Ruth neigte den Kopf und nickte mir ermutigend zu. Ich hörte die Stimme meiner Mutter in mir, als stünde sie vor mir. Mich überkam eine starke Sehnsucht nach ihr, die mich sprachlos machte, und ganz plötzlich begann ich zu frieren.

Ich versuchte, das Gefühl abzuschütteln. »Aber wer war sie? Die Frau, die meine Mutter zur Welt brachte. Ist sie dabei gestorben?«

Schwester Ruth schüttelte den Kopf. »Brenda konnte von der alten Schwester nur den Vornamen erfahren. Aber es hörte sich nicht so an, als wäre die Frau bei der Geburt gestorben.«

»Und?«

Sie lächelte mich verschwörerisch an und drückte meine Hand. »Schwester Patricia gab Brenda ein Bild der jungen Frau, ein Miniaturporträt. Ich finde, du solltest es bekommen, obwohl ich es eigentlich der Direktorin aushändigen müsste, damit sie es deinem Vater übergibt.«

Ich starrte in den Wald, wo ein paar Hasenglöckchen in der Sonne standen.

Ruth beschattete ihre Augen und sah mich an. »Komm, setzen wir uns auf die Bank.«

Sie griff in die Falten ihres Habits und zog das Bild hervor. »Schwester Patricia hat es all die Jahre aufbewahrt. Schau, da sind Initialen in der Ecke.«

Die Haare der Frau waren heller als die meiner Mutter, rotblond, aber mein Herz machte einen Sprung, denn die Augen meiner Mutter sahen mich an. Sie waren hellbraun mit blauen und grünen Sprenkeln. Es waren die gleichen geschwungenen Brauen, von denen eine ein bisschen höher saß, es war das gleiche ovale Gesicht, der gleiche breite Mund. Es klingt seltsam, aber ich erinnerte mich plötzlich wieder an Mums Duft. Ich sah sie in unserem alten Garten stehen, ein Schwarm von Schmetterlingen, groß wie Vögel, flatterte vorbei, und es roch nach dem Pfeifentabak, den Dad rauchte, während er die *Straits Times* las.

»Lydias Mutter bat Schwester Patricia, auf das Bild aufzupassen und es deiner Mutter an ihrem achtzehnten Geburtstag zu geben. Aber deine Mutter lief mit siebzehn davon, und Schwester Patricia hat sie nie wiedergesehen.«

Ich schnaubte. »Das ist doch lächerlich. Hat sie denn nicht versucht, sie ausfindig zu machen?«

Schwester Ruth schüttelte den Kopf. »Das hätte sie gern getan, doch die Schwester Oberin war damals der Ansicht, man sollte Lydia besser in Ruhe lassen.«

Ich sah zur Seite. Die Hasenglöckchen standen jetzt im Schatten, und so schön der Tag angefangen hatte, zog sich nun ein graues Wolkenband über den Himmel. Kopfschüttelnd bohrte ich meine Schuhspitze in den Morast vor der Bank und zog eine Zickzacklinie.

»Wann wurde sie geboren?«, fragte ich.

»Am 16. August 1924.«

Ich schnappte nach Luft. »Am 16. August hat meine Mutter Geburtstag, und sie wurde 1924 geboren.«

Schwester Ruth strich mir über die Wange.

»Wie hieß die Frau?«, fragte ich.

Sie grinste. »Jetzt kommt das Beste: Sie hieß Emma. Leider wusste Brenda den Nachnamen nicht.«

Konnte sie wirklich von der Mutter meiner Mum gesprochen haben? Ich dachte darüber nach. Eine Nonne namens Patricia, ein Baby namens Lydia mit demselben Geburtsdatum wie meine Mum, und die Mutter des Babys hieß auch noch Emma. Mum hatte immer gesagt, ich sei nach ihrer Mutter benannt. Ich war mir fast sicher, dass ich ein Bild meiner Großmutter in der Hand hielt. Meiner Großmutter, über die ich bisher nichts gewusst hatte.

Jetzt wünschte ich mir nichts mehr, als dass auch meine Mum das Bild zu sehen bekäme. Alle waren überzeugt, sie sei tot, doch ich glaubte das nicht. Es fiel mir schwer, zurück ins Haus und in den Unterricht zu gehen, während mir diese aufregenden Neuigkeiten durch den Kopf schwirrten. Doch die Glocke läutete, und mir blieb nichts anderes übrig.

»Danke, Schwester Ruth.« Ich küsste sie auf die Wange und rannte über den Rasen zurück ins Haus.

Bevor ich in die Klasse ging, brachte ich das Bild in den Schlafsaal und schaute es mir noch einmal an. Die Frau sah Mum so ähnlich. Ich betete inbrünstig, meine Mutter möge noch leben, und bei dem Gedanken an sie schmeckte ich gezuckerte Hibiskusblüten, hörte die Nachtschwalben klopfen und die Schlangen im hohen Gras hinter dem Haus rascheln.

Jeder sagte, in Malaya lebe man gefährlich, doch an die Gefahren erinnerte ich mich selten.

Ich dachte viel daran zurück, wie schön es in den Abendstunden war, wenn der Himmel leuchtete wie Gold und hinter den dunklen Hügeln der Dschungel wartete. Dort waren wir, als wir den Autounfall hatten, und Mumm dabei ihren Eidechsenohrring mit den Smaragdaugen verlor. Das wusste ich noch, weil wir auf der Rückfahrt von der Hochzeit waren. Es war der Tag, nachdem Mum und Dad sich gestritten hatten, und die Stimmung war furchtbar.

Und dann kamen wir nach England.

Ich blickte auf meinen bisherigen Tag zurück. Ich war so niedergeschlagen gewesen, und jetzt hatte ich wieder Anlass zur Hoffnung. Mit etwas Glück würde ich meine Großmutter finden, falls sie noch am Leben war. Wer hätte das gedacht? Ich schaute noch einmal auf das Bild und hatte keinen Zweifel. Da waren Initialen in der unteren rechten Ecke. CLP, mit schwarzer Farbe hingepinselt. Als Erstes würde ich also herausfinden müssen, wer der Maler war.

33

Auf dem Markt hörte Lydia, wie ihr schnelle Schritte folgten. Sie kannte sich in den Seitenstraßen Malakkas nicht aus, tat aber ihr Bestes, um das zu ändern. Heute war sie am Rand des chinesischen Viertels unterwegs, weil sie hoffte, dort einen Hinweis auf Lilis Verbleib zu finden. In der feuchten Luft kräuselte sich ihr Haar, und sie blieb vor einem Pfandhaus stehen, um es sich zu richten. Bei einem Blick ins Schaufenster sah sie zwischen den billigen Halsketten sein dunkles Spiegelbild. Sie zog sich den Rock glatt.

»Lydia.«

Sie fuhr herum, und da stand er. In europäischer Kleidung: dunkle Hosen, weißes, kurzärmliges Hemd, eine Goldkette um den Hals, der Kopf geschoren und braun. Langsam kam er auf sie zu und gab ihr die Hand.

Sie sah ihn forschend an und lächelte unsicher. »Folgen Sie mir etwa, Adil?«

»Kommen Sie mit. Sie werden es nicht bereuen.«

Sie zog die Brauen zusammen. Die Sonne stand fast im Zenit und brannte ihr in den Nacken. Lydia spürte, wie sie langsam errötete. Adil zeigte in eine Richtung, und sie ließ sich zu einer Gasse führen, wo der Verkehrslärm nicht so stark zu hören war. Vor einem kleinen Café mit gold-blauer arabischer Schrift über der Tür blieb er stehen.

Drinnen setzten sie sich auf unbequeme Hocker an die hintere Ecke der Theke, ein gutes Stück von den Mahjong-Spielern entfernt, die am anderen Ende saßen. Adil lächelte sie an. Sie erwiderte sein Lächeln, dann zog sie eine Zeitung zu sich heran, die jemand liegen gelassen hatte.

»Sind Sie überrascht, dass George Ihnen nicht hilft?«, fragte er.

Sie blickte auf, schaute auf seine glatte Stirn und die zwei tiefen Falten, die von seiner markanten Nase zu den Mundwinkeln verliefen.

»Wie bitte?«

Er neigte den Kopf zur Seite und sah ihr in die Augen, dann goss er sich von dem süßen Kaffee aus der Messingkanne ein und sagte langsam: »Ich denke, Sie wissen, was ich meine.«

Sie überging seine Frage. »Woher kennen Sie George?«

Adil zuckte die Achseln.

»Um Ihre Frage zu beantworten: Ich bin nicht überrascht darüber. Aber was haben Sie damit zu tun?«

Die Sonne schien durch das einzige Fenster und warf einen weißen Lichtfleck auf die Theke. Lydia rieb sich die Schläfen, um den Druck loszuwerden, und spürte, dass Adil ihren tiefen Ausschnitt wahrgenommen hatte und dass sie rote Flecke bekam. Sie würde sich nie an dieses feuchtheiße Klima gewöhnen.

Für ein paar Augenblicke sagten sie nichts.

Adil kratzte sich am Kinn und sah sie mitfühlend an. »Es tut mir leid, dass Sie Ihren Freund verloren haben. Ich weiß, dass Worte dem Schmerz nicht gerecht werden können.«

Sie atmete tief durch.

»Es wird mit der Zeit besser«, sagte er.

Ihr krampfte sich das Herz zusammen, weil sie die Gesichter ihrer Töchter vor sich sah, und sie versuchte, nicht gereizt zu reagieren.

»Verzeihung. Das wissen Sie natürlich.«

»Zu liebenswürdig. Und woher wissen Sie überhaupt von Jack und den Mädchen?«

Er zuckte die Achseln. »Solche Dinge sprechen sich herum.«

Sie wollte jetzt nicht an Jack denken, doch im Radio spielten sie einen Pat-Boone-Song, den Jack besonders gemocht hatte, und unwillkürlich musste sie an ihre erste Begegnung denken.

»Ich mache Ihnen einen Vorschlag«, sagte Adil in diesem Moment. »Wollen Sie mir vertrauen?«

Sie wischte sich den Schweiß von der Stirn, dann trank sie ihren Kaffee aus. Sie hätte ihn gern um Hilfe gebeten, aber konnte sie ihm trauen? Sie war sich nicht sicher, obwohl er ihr schon einmal geholfen hatte. Ihr war heiß, und sie kam sich linkisch vor. Beim plötzlichen Lärm eines Lkws, der seine Ladung auf die Straße kippte, fuhr sie zusammen und ließ ihr Glas fallen.

»Oh je! Entschuldigen Sie.«

Nachdem der Barkeeper die Scherben weggefegt hatte, sah Adil sie ernst an. »Was wollten Sie eigentlich von George?«, fragte er.

»Es geht Sie zwar nichts an, aber ich hatte einige Fragen an ihn. Eine Antwort habe ich nicht bekommen. Stattdessen schlug er vor, ich solle Urlaub machen, wegen meiner nervlichen Verfassung.«

»Vielleicht hat er recht.« Adil lächelte schief und sprach dann in leicht amüsiertem Ton weiter. »Den Fluss hinunterpaddeln, in den Mangroven die Vögel beobachten. Es gibt so vieles zu entdecken. Wussten Sie zum Beispiel, dass die Wurzeln der Mangrovenbäume zur Hälfte aus dem Wasser ragen?«

Sie kniff die Augen zusammen. »Die Moskitos und die sengende Hitze haben Sie ausgelassen.«

Er grinste. »Das habe ich wohl. Sie müssten sich auch vor der blauen Korallenotter in Acht nehmen, die ist hochgiftig.«

»Danke für den Vortrag, aber jetzt verraten Sie mir, warum Sie bei George waren. Ich habe Sie neulich dort gesehen.«

»Ich arbeite für ihn. Das heißt, manchmal. Hauptsächlich –«

»Sie arbeiten für George?«, rief sie aus. »Warum um Him mels willen sollte ich Ihnen dann trauen?«

»Nun ja, ich habe mal für ihn gearbeitet. Jetzt nicht mehr.«

Sie war perplex. »Sie lügen.«

»Es tut mir leid, dass Sie das denken. Ich werde Ihnen die Geschichte erzählen, aber lassen Sie uns gehen.«

Sie glitten von den Barhockern und standen sich gegenüber. Lydia war schwindelig. Er bemerkte es und stützte sie. Sie sah die Wärme in seinen Augen. Warum hatte sie diesen Blick vergessen? Weil er kein Weißer war?

Mit der Hand an ihrem Ellbogen führte er sie durch die Gasse. »Wie wär's mit dem Park?«, fragte er. »Da ist die Luft etwas frischer.«

Der Weg dorthin führte sie an zahllosen chinesischen Geschäften vorbei, durch Straßen, in denen das Leben pulsierte. Zielstrebig lenkte er sie an den Vorhängen aus trocknenden Fischen vorbei, die quer über eine Gasse aufgehängt waren. Als sie den Park erreichten, war kaum noch jemand dort, und sie schlenderten einen Pfad zwischen dicht belaubten Bäumen entlang, wo schwarze Baumratten an den Stämmen hinaufhuschten, um im Geäst zu verschwinden. An einem stillen Plätzchen an einem Teich zwischen rosa blühenden Hibiskussträuchern stand eine Bank. Lydia setzte sich, weil ihre neuen Schuhe sie an den Zehen drückten.

»Ein Symbol des Friedens«, sagte er und deutete auf den Hibiskus. »Des Friedens und der Tapferkeit.«

Von der Sonne war nicht mehr viel zu sehen, und die heranrückenden Wolken kündigten Regen an. Ein Pfau stolzierte zwischen Mohnblumen herum und ließ seine bunte Federpracht in den letzten, vereinzelten Sonnenflecken aufleuchten.

»Sie lächeln«, sagte Adil. »Aber nicht mit einem glücklichen Gesicht.«

Lydia streifte sich die Pumps ab und ließ ihre Füße kreisen. Es entstand ein angespanntes Schweigen.

Sie wandte sich ihm zu. »Sie haben noch nicht gesagt, wie Sie mir helfen können.«

»Ich habe gehört, wie George mit jemandem über den Jungen sprach. Über Maznan.«

»Heißt das, George wusste davon? Ich habe es geahnt. Dieser herablassende Mistkerl. Tut mir leid, aber ich kann ihn nicht ausstehen.« Sie ließ sich gegen die Lehne sacken und drückte die Finger an die Schläfen. »Warum hat er gelogen?«

Adil schaute bedrückt. »Manche Dinge darf ich nicht verraten.«

»Adil, wenn Sie etwas wissen, sagen Sie es mir, bitte.« Sie hielt den Atem an, während er noch zögerte.

»Ich habe im Flur gewartet. Er telefonierte im Arbeitszimmer, aber die Tür stand offen. Ich weiß zwar nicht, wo der Junge ist, habe aber allen Grund zu glauben, dass er am Leben ist.«

Lydia griff sich ans Herz und seufzte erleichtert. »Das bedeutet mir so viel. Danke.«

Eine Gruppe Mädchen in den gleichen dunkelblauen Schulkleidern, die Emma und Fleur getragen hatten, spazierten vorbei. Sie stießen einander kichernd in die Rippen, dann drehten sie den Kopf und starrten Adil und sie an. Tränen verschleierten ihren Blick, und sie schloss die Augen. Der Moment ging vorbei. Ein leichter Wind vom Teich wehte in ihre Richtung.

Adil achtete nicht auf die fremden Blicke, sondern sah Lydia ins Gesicht. »Ich werde tun, was ich kann, um Ihnen zu helfen. Noch einmal: Es tut mir wirklich leid, dass Sie Jack und Ihre Kinder verloren haben. Ich weiß, wie es ist, jemanden zu verlieren, den man liebt. Aber ich muss mich darauf verlassen können, dass Sie mir vertrauen.«

Er nahm ihre Hand und drückte sie freundlich, wie um Lydia von seinen guten Absichten zu überzeugen. Eine Eidechse mit grünem Kamm rannte an ihren Füßen vorbei.

Sie genoss das Gefühl seiner kühlen Hände auf ihrer Haut. Nach einem Moment rückte sie von ihm ab.

»Verzeihung«, sagte er sofort. »Ich bin wohl zu weit gegangen.«

Sie schüttelte den Kopf und blickte auf. Der Himmel war düster. Die ersten warmen Regentropfen fielen zu Boden und hinterließen Wasserflecken, groß wie Kinderfäuste.

»Welche Art von Arbeit haben Sie für George gemacht?«

»Es ging hauptsächlich um verdeckte Operationen.«

Sie hatte den Eindruck, dass ihm das unangenehm war. »Sprechen Sie weiter.«

»Ich darf darüber wirklich nicht reden. Es gibt viel Korruption hier. Die Einheimischen nennen die Europäer rothaarige Teufel, wissen Sie. Manchmal denke ich, dass sie recht haben.«

Sie stand auf. Auch Alec hatte einmal davon gesprochen. Da es ihr leid tat, gehen zu müssen, fasste sie ihn am Arm. »Wir sollten zusehen, dass wir hier wegkommen, bevor es richtig regnet.«

Er erwiderte ihr Lächeln.

Ihr erster Eindruck von damals hatte sie getäuscht. Adil war ihr kühl und distanziert erschienen und hatte sich dann als freundlich erwiesen. Doch erst jetzt spürte sie, dass er zu tiefen Empfindungen fähig war. Sie sah ihm in die Augen.

»Wie kann ich Sie erreichen?«

»Keine Sorge, ich finde Sie schon«, sagte er.

Sie merkte bestürzt, wie sehr sie darauf hoffte.

34

Ich saß im Eingangsbereich und blätterte in einem Schulheft, ohne mich ernsthaft damit zu befassen. Es war ein schöner warmer Tag. Durch zwei Schiebefenster schien die Sonne. Ich öffnete eines von ihnen, um frische Luft hereinzulassen, und sah nach draußen. Auf dem Schulgelände blühten Frühlingsblumen, und der Rasen war leuchtend grün. Rebecca wartete auch auf jemanden, zog aber ein mürrisches Gesicht.

Veronica verspätete sich. Sie hatte mir geschrieben, dass sie mich sehen wollte. Ich wusste noch immer nicht, ob ich ihr trauen sollte, konnte mich aber kaum weigern, sie zu treffen. Ich klopfte auf meinen Ranzen, in dem das kleine Bildnis steckte. Ich trug es immer bei mir.

Eine kleine Frau im hellgelben Kostüm rauschte herein und ging zu Rebecca, während sie ein paar Papiere in der Hand schwenkte.

»Ach, hier bist du. Du hast deine neuen Pflegeeltern warten lassen, Mädchen. Eines will ich dir sagen: Es wäre besser für dich, wenn du dir diesmal mehr Mühe gibst.« Sie sprach schneidend, und es war ihr offenbar gleichgültig, ob jemand sie hörte. Dann machte sie auf dem Absatz kehrt und wackelte beim Hinausgehen mit ihrem dicken gelben Hintern.

Rebecca rutschte mit erhobenem Kinn von ihrem Platz. Als sie an mir vorbeiging, zischte sie: »Wenn du es verrätst, bringe ich dich um.«

Ich lächelte. Es war gar nicht meine Absicht, sie zu verraten, aber damit stand nun fest, dass sie nicht die Tochter reicher Eltern im Ausland war. Ich lehnte mich gegen die Wand und ließ mir die Sonne ins Gesicht scheinen. Dann hörte ich das Klappern hoher Absätze.

Veronica wirkte groß und auf ihre britische Art elegant. Also auf eine zurückhaltende Weise. Sie war nicht schick oder aufregend gekleidet wie Mum, aber passabel. Eng anliegende dunkelblaue Jacke und ein Glockenrock im selben Blau, der ihr beim Gehen um die Beine schwang. Auf dem Kopf ein flaches rundes Hütchen in Weiß.

Sie sah, wie ich darauf schaute, und tippte dagegen. »Ein Pillbox-Hut. Gefällt er dir? Ist der letzte Schrei.«

Ich nickte, und ihre Augen leuchteten. Sie trug auch weiße Handschuhe. »Emma, Liebes, wie geht es dir?« Sie gab mir die Hand.

»Gut«, murmelte ich und kam mir plötzlich vor wie ein mürrischer Trampel, da ich selbst an einem freien Tag die Schuluniform und diesen dummen Panamahut tragen musste. Schrecklich.

Wir saßen im Restaurant eines Kaufhauses auf geblümten Polsterstühlen auf einer Art Balkon, von wo man in das Geschäft hinunterschaute. Ich war eingeladen, doch ich fühlte mich fehl am Platz. Unbehaglich reckte ich das Kinn und schaute mich um. An den Fenstern hingen schwere rote Samtvorhänge mit Fransenborte. Die Tapeten hatten romantische Motive. Auf der hinter uns ritt der heilige Georg auf einem goldenen Schlachtross umgeben von blauen Glockenblumen. Am Balkongeländer standen in gleichmäßigem Abstand fünf hohe Lampen mit blau-gold gestreiften Schirmen, die mit Troddeln besetzt waren.

Im Hintergrund spielte Musik – *Memories Are Made of This.* Auf diesen Laden traf das bestimmt nicht zu, fand ich und dachte an die strahlenden Erinnerungen an meine Mutter, die ich in mir hütete wie einen Schatz. Genau wie Mum es mit ihren besten Seidenblusen getan hatte, die sie in einer großen chinesischen Wäschetruhe liegen hatte. Die Kellnerin brachte uns einen vergoldeten Tortenständer, und das Porzellan war weiß mit rosa Rosenknospen am Rand von Tasse und Untertasse. Veronica spielte nervös mit ihrer Tasse und redete über die Schule. Ständig fragte sie mich, wie es mir ging.

Warum, wurde mir klar, als ich meinen Eisbecher halb ausgelöffelt hatte.

»Dein Vater und ich haben uns auf einen Tag geeinigt«, sagte sie so ruhig, als ginge es um eine zweite Tasse Tee.

Sie wurde puterrot. Mir lief das Eis aus den Mundwinkeln, während ich sie finster anstarrte.

»Ich wollte es dir persönlich sagen«, stammelte sie und sah mich an. Ihr Lidschatten war genauso blau wie ihre Augen. Ich starrte auf ihre Lider. Wie machte sie es, dass der Lidschatten so glänzte?

»Emma?«

Ich wischte mir mit dem Handrücken über den Mund und kleckerte dabei Schokoladeneis auf den Teppich, mit dem der Laden ausgelegt war. Er war blau und in der Mitte des Raums rosa. Unglaublich, dass ich mir über den Teppich Gedanken machte. Ich blickte sie wütend an.

»Was ist mit meiner Mutter?«, fragte ich und wurde unwillkürlich lauter.

Sie seufzte und machte ein so trauriges Gesicht, dass ich dachte, gleich bricht sie in Tränen aus.

»Es tut mir leid. Ehrlich. Aber deine Mutter ist tot, Emma. Ich hatte gehofft, du hättest das inzwischen akzeptiert.«

Ich setzte meinen Hut ab und ließ den Kopf hängen. In meiner Kehle saß ein dicker Kloß. Auf keinen Fall wollte ich das akzeptieren, obwohl ich selbst sah, dass Dad und Veronica gut zusammenpassten. Er schien sich bei ihr sicher zu fühlen, was bei Mum wohl nie möglich gewesen wäre.

»Ich liebe deinen Vater, Emma.«

Und ich liebe meine Mutter!, wollte ich schreien. *Und sie wird nur vermisst.* Ich verkniff es mir und kaute auf der Lippe. Die Sonne schien auf die weiße Tischdecke. Die Geräusche des Ladens verschmolzen zu einem lauten Summen.

Sie lächelte mich herzlich an. »Ist es denn nicht besser für dich und Fleur, eine Stiefmutter zu bekommen, als gar keine Mutter zu haben?«

»Fleur«, schnaubte ich.

Das Gespräch stockte. Ich versuchte, den Rest geschmolzenes Eis aus dem Becher zu löffeln, während sie auf ihre im Schoß gefalteten Hände schaute. Am Nachbartisch wimmerte ein Baby, und draußen hupte ständig ein Auto. Ich wollte schreien, sie sollten alle still sein.

»Was hast du denn erwartet, Emma?«, sagte sie nach einer Weile. »Dein Vater ist noch jung und ich auch. Jetzt haben wir beide eine zweite Chance, glücklich zu werden. Willst du uns das verwehren?«

Sie langte über den Tisch und wollte meine Hand nehmen, aber ich riss sie weg, blickte an ihr vorbei und starrte dann vom Balkon auf die Leute, die unten einkauften. Ich wollte allein sein, raus aus dem stickigen Kaufhaus, aber zur Schule war es zu weit, um zu Fuß zu laufen, und für den Bus hatte ich kein Geld.

Schmollend betrachtete ich sie. Sie fummelte an ihren Handschuhen herum, zog die Finger heraus und schob sie wieder hinein. Das ließ sie auch nicht sein, als sie mit einem kleinen Räuspern sagte: »Ich hatte die Hoffnung, dass du mich ein bisschen magst.«

Still dachte ich darüber nach. Zufällig hatte ich nichts gegen sie, aber ich wollte eben keine Stiefmutter.

»Ich würde gern deine Freundin sein. Deine Mutter kann ich nicht ersetzen, aber ich kann es dir bei deinem Vater etwas leichter machen.«

Ich sah auf.

»Er ist kein Heiliger und kann manchmal ein bisschen hart sein.«

»Das ist untertrieben«, meinte ich und lächelte schief.

Sie verzog das Gesicht und legte den Kopf schräg. »Ich weiß, was du meinst. Aber wenn du mich lässt, stehe ich auf deiner Seite. Ich muss deinem Vater nicht alles erzählen.«

Ich sah sie an und schwankte noch. Dabei kam mir eine Idee.

Sie schaute ein bisschen herum. »Weißt du, eigentlich gefällt es ihm in England nicht. Manchmal denke ich, er wäre lieber wieder in Malaya.«

Meine Laune stieg. Ich dachte an die Eichhörnchen, die Pfaufasane, die Fledermäuse. »Wirklich?«

»Ich glaube nicht, dass er wieder hinziehen würde. Das ist nur Sentimentalität.«

Ich fühlte mich sofort wieder ernüchtert. Nach Malaya zurückzukehren war mein Traum. Zuerst würde ich zu unserem alten Haus gehen und mich darunter verkriechen wie früher und dann im hohen Gras liegen, ohne an die Schlangen zu denken. Anschließend würde ich Mum suchen.

»Emma, was hast du denn?«, fragte Veronica.

»Meine Mum fehlt mir«, sagte ich und merkte, wie mir Tränen in die Augen stiegen.

Sie nahm meine Hand, und diesmal ließ ich sie.

»Ich weiß, es muss schrecklich für dich sein. Aber wie wär's denn, wenn wir Verbündete würden?«

Es folgte ein langes Schweigen. Innerlich hin- und hergerissen, schaute ich aus dem Fenster und sah ein paar Arbeitern zu, die am Haus gegenüber auf ein Gerüst stiegen. Veronica drängte nicht und plapperte auch nicht weiter, sondern wartete auf meine Antwort. Das gefiel mir, weil es mir zeigte, dass sie überhaupt nicht wie Dad war, der nie zuhörte. Und so war die Sache entschieden.

»Könntest du mir bei etwas helfen? Dad darf aber nichts davon wissen.« Schon als ich das sagte, zog sich mir der Magen zusammen. Wenn sie es weitererzählte, würde ich Ärger bekommen, aber wer sollte mir sonst helfen, wenn nicht sie? Schwester Ruth hatte schon getan, was sie konnte.

»Solange es nichts Verbotenes ist«, antwortete sie.

Ich holte das Bild aus meinem Ranzen und drückte es mir zögernd an die Brust. Mir klopfte das Herz. Dann sah ich ihr in die Augen. Sie wirkte so freundlich, so grundehrlich, dass es schwer war, sich vorzustellen, sie könnte mich verraten. Ich drehte das Bild um und hielt es ihr hin.

Sie nahm es, schaute darauf, blickte auf, musterte mein Gesicht und dann wieder das Porträt. »Das kann sie doch nicht sein. Die Kleidung ist viel zu altmodisch.«

»Nein, es ist nicht meine Mutter. Das ist meine Großmutter.«

Veronica lächelte. »Sie ist schön. Alec hat nie eine andere Großmutter erwähnt. Seine Mutter ist das jedenfalls nicht.«

»Das ist die Mutter meiner Mum. Darum geht es … Ich brauche deine Hilfe, um sie zu finden.«

»Und dein Vater darf nichts davon erfahren?«

Mit angehaltenem Atem hoffte ich, mich richtig entschieden zu haben. Es war ein Wagnis. Wenn sie mich bei Dad verpetzte, würde er mir das Bild wegnehmen, und dann wäre es noch schwieriger, meine Großmutter aufzuspüren.

»Also gut«, sagte sie endlich. »Das wird unser kleines Geheimnis. Darf ich fragen, warum dein Vater nichts erfahren darf?«

»Bevor ich weiß, wo meine Großmutter ist, oder zumindest ehe ich etwas mehr über sie weiß, soll er sich nicht einmischen können.«

»Dann müssen wir uns einen Plan zurechtlegen«, sagte sie und schlug dabei einen verschwörerischen Ton an. »Heimlich, versteht sich.«

»Könntest du vielleicht herausfinden, wer das gemalt hat? Die Anfangsbuchstaben des Namens stehen hier in der Ecke, auch das Datum. CLP 1923. Das Jahr, bevor meine Mutter geboren wurde.«

»Ich fahre recht häufig nach London zu Freddy, meinem Anwalt. Er wohnt zurzeit in meiner Wohnung. Da alle Museen und Kunstgalerien in der Nähe sind, wird es mich keine große Mühe kosten.«

Mir klingelten die Ohren. Das war die Chance, um unauffällig zu fragen. »Dein Anwalt gehört nicht zufällig zu Johnson, Price & Co. in Kidderminster?«

»Nein, Liebes.«

»Und du hast auch keinen weiteren Anwalt?«

»Freddy ist der einzige, den ich je in Anspruch genommen habe. Und ein guter Freund ist er außerdem. Ich kenne ihn seit seinem Studium in Birmingham, das war vor seiner ersten Anstellung in Worcester. Jetzt gehört er zu den Londoner Spitzenanwälten. Warum fragst du?«

»Nur so.«

Sie nickte. »Trotzdem eine komische Frage.«

Während sie bezahlte, suchte ich die Toilette auf. Dabei beschloss ich, an Mr. Johnson zu schreiben. Ich wollte mich seiner Gnade ausliefern, indem ich ihn bat, mir zu verraten, wer mein Schulgeld zahlte.

Im Vorraum musste ich in der Schlange warten, als ich ein schmerzhaftes Ziehen im Unterleib spürte. Als eine Toilette für mich frei wurde, sah ich den Grund. Es blutete nicht stark, aber ich hatte einen Fleck im Schlüpfer. Einen Moment lang brannten mir Tränen hinter den Lidern, und ich bedauerte mich selbst. Doch als ich ungeduldiges Schnauben von den wartenden Frauen hörte, wischte ich mir die Augen trocken und stopfte mir zusammengefaltetes Klopapier in den Schlüpfer. Ich schaute prüfend meine Rückseite an, aber mein Rock hatte keinen Fleck bekommen. Dann verließ ich die Kabine und ging mit gesenktem Blick an der Schlange vorbei. Ich schämte mich, denn das Toilettenpapier war hart und raschelte beim Gehen.

Veronica stand am Ausgang und muss mir etwas angesehen haben.

»Was ist denn, Emma? Du siehst aus, als hättest du einen Geist gesehen?«

Ich zog ein Gesicht. »Keinen Geist.«

»Was dann?«

Wenn ich meinen Rock und ihren Autositz nicht vollbluten wollte, musste ich es ihr sagen. Ich schluckte schwer und bekam eine kleinlaute Stimme. »Ich hab sie gerade bekommen. Du weißt schon, meine Tage.«

»Oh. Verstehe.« Sie wurde rot. »Zum ersten Mal?«

Ich nickte elend.

»Hast du, was du brauchst?«

Ich schüttelte den Kopf.

»Ach, Schatz, komm mit zur Toilette. Da gibt es einen Automaten.«

»Hab ich gesehen, aber ich hatte kein Geld.«

»Kein Problem.« Sie zögerte, dann flüsterte sie: »Ich nehme an, du hast noch keinen Bindengürtel?«

Ich schüttelte den Kopf und wurde puterrot. Am liebsten wäre ich im Erdboden verschwunden.

»Als Erstes ziehen wir eine Binde aus dem Automaten. Da liegen immer zwei Sicherheitsnadeln bei, sodass es für den Augenblick ohne geht. Zumindest kommst du damit bis zur Schule.«

Mir kamen schon wieder die Tränen, und ich wischte sie mit den Fingerknöcheln weg.

»Und gleich gehen wir zu Timothy Whites und kaufen dir einen Bindengürtel und einen anständigen Vorrat an Binden für später.«

Ich fühlte mich nicht erwachsener, wie ich erwartet hatte. Im Gegenteil. Ich fühlte mich klein und einsam, und so dankbar ich war, dass Veronica da war, so sehr wünschte ich, Mum wäre jetzt bei mir.

Nachdem wir die Besorgungen erledigt hatten, setzte sie mich vor der Schule ab. Ich stieg aus und hielt die Tür noch einen Moment lang auf.

»Danke, Veronica.«

Sie lächelte. »Gern geschehen.«

»Übrigens, wegen der Hochzeit. Was hast du gesagt, wann die ist?«

»In den Sommerferien, damit ihr beide dabei sein könnt. Wir reisen hinterher für eine Woche nach Torquay.«

»Wer wird dann auf Fleur und mich aufpassen?«

»Ich hoffe, dass mein Bruder dann Urlaub hat. In dem Fall würde er sich um euch kümmern.« Sie hob die Hand, um zu winken, sah aber mein bestürztes Gesicht.

»Wegen Sidney?«, fragte sie.

Ich biss mir auf die Lippe und murmelte etwas, ohne sie anzusehen.

»Wenn du dir wegen des Wurfpfeils Sorgen machst … Er nimmt es dir nicht mehr übel.«

Ich schüttelte den Kopf.

»Was denn?«

Ich konnte nicht sprechen. Ich rannte ins Haus und hoffte inständig, dass Mr. Oliver etwas passierte. Etwas richtig Schreckliches. Mir war, als fühlte ich bereits seine schleichenden Finger. Ich bekam feuchte Hände und Herzklopfen. Ich wollte ihn nie wiedersehen, in meinem ganzen Leben nicht. Aber wenn ich ihn doch wiedersehen müsste und es noch einmal passierte, so beschloss ich, dann würde ich es sagen.

35

Lydia lag auf dem Bett und sah zu, wie der Sonnenuntergang den Himmel violett färbte. Während der Luftzug vom Ventilator ihre nackte Haut kühlte, wurde es Abend, und als die Sterne aufgingen und der Mond am Himmel stand, dachte sie an Jack. Sie spürte ihn, als läge er bei ihr. Seine große Hand lag flach auf ihrem Bauch und roch nach Teerseife.

Sie ließ die Gedanken schweifen. Eine Frau in Blau kam aus dem Meer. Sie bewegte sich anmutig. Ihre Haare schimmerten hellgolden, obwohl es Nacht war. Als Lydia zu ihr laufen wollte, zerstob das Bild, und sie stand zwischen schnatternden Gibbons, die sich an Ästen entlanghangelten. Heftig weinend wachte sie auf und sah, dass Cicely an ihrem Bett saß.

»Komm mit nach unten, dann trinken wir etwas.«

»Wie lange sitzt du schon hier?«

»Nicht lange. Hast du gehört, was ich gesagt habe?«

Lydia wischte sich die Tränen fort und zog sich das Laken über die Brust.

In Cicelys elegantem Wohnzimmer, das in Cremetönen und kühlem Hellblau eingerichtet war, mixte Ralph ihnen einen Gin Tonic, warf Eiswürfel in die Gläser und rührte um. Lydia saß angespannt auf einem vergoldeten Barockstuhl und fühlte sich unbehaglich.

»Du hast abgenommen«, sagte Ralph grinsend. »Steht dir.«

Sie senkte den Blick und dachte an Jack. »Es war nicht meine Absicht.«

»Ralph, Darling«, schnurrte Cicely und sah ihn auffordernd an. »Komm und setz dich. Wir brauchen deine Hilfe … Lydia braucht deine Hilfe.«

Er schien nicht zu bemerken, wie ernst es ihr war, und ließ sich unbefangen neben seine Frau auf das Sofa plumpsen.

Die lächelte ihn an. »Wir wissen nicht, warum, glauben aber, dass George Parrott Informationen zurückhält. Es könnte mit Jack zu tun haben oder mit der Entführung eines Jungen namens Maznan Chang.«

Sie sah Lydia an, damit sie ihre Worte bestätigte.

»Außerdem war er sehr gereizt, als ich ihn bat, mir eine offizielle Liste mit den Opfern des Brandes von damals zu beschaffen«, sagte Lydia. »Meinte, das sei völlig unmöglich.«

Ralph runzelte die Stirn. »Stimmt wahrscheinlich.«

Cicely, aufmerksam und selbstbewusst, tätschelte ihm den Oberschenkel, worauf sich auf seinen Wangen rote Flecke bildeten.

»Ich weiß, Darling. Aber wir haben uns gefragt, ob dir vielleicht etwas zu Ohren gekommen ist.«

Lydia schaute durch die offenen Vorhänge in die Dunkelheit. Es überraschte sie, wie gut Cicely und ihr Mann miteinander auskamen. Trotz aller Behauptungen, die Cicely hatte fallen lassen, herrschte eine angenehme Atmosphäre zwischen ihnen. Und als hätten sie ein Abkommen geschlossen, schien ihn ihre kalkulierte Zuneigung nicht zu stören.

Er schüttelte den Kopf. »Es hieß überall, Alec sei bei dem Brand umgekommen, nachdem seine Abteilung in das Gästehaus umgezogen war. Nun ja, das Übrige wisst ihr. Ein völlig überfülltes Gebäude, keine schriftlichen Unterlagen, alles verbrannt. Die Opfer nicht identifizierbar. Also auch keine Liste. Tut mir leid, Lydia.« Er schenkte ihr ein mitfühlendes Lächeln.

»Nun, Lydia ist überzeugt davon, dass George doch irgendetwas weiß.«

Ralph zog überrascht die Brauen hoch. »Über den Brand?«

»Vielleicht auch«, sagte Lydia. »Aber ich glaube eher, dass es mit dem Jungen zu tun hat, oder auch mit Jack und Lili.«

»Lili?«

Lydia holte tief Luft. »Sie war früher mal Jacks Geliebte. Ich denke, sie hat etwas mit seiner Ermordung zu tun.«

Es folgte ein verlegenes Schweigen.

»Das überrascht mich, Darling«, sagte Cicely schließlich. »Warum hast du das nicht eher gesagt?«

Lydia zuckte die Achseln.

Cicely wandte sich ihrem Mann zu, küsste ihn auf die Stirn und strich mit einem rosa Fingernagel über seine Wange. »Kannst du dich heimlich in Georges Büro umsehen? Als sein Stellvertreter müsste dir das doch möglich sein, oder?«

Er rutschte unbehaglich hin und her. »Und was genau soll ich dort tun? Es könnte eine Weile dauern, bis ich –«

»Aber prinzipiell bist du dazu bereit?«, unterbrach ihn Cicely. »Sein Büro zu durchsuchen, meine ich?«

Lydias Stimmung hellte sich auf, als er nickte. Er wollte noch etwas fragen, als es laut an der Haustür klopfte. Es war schon spät. Ralph und Cicely wechselten einen Blick.

»Erwartest du jemanden?«, fragte er im Hinausgehen.

Lydia sah, wie Cicely gedankenverloren an ihrer Halskette spielte. Sie dachte an Jack und die Frangipanibäume am Rand des Friedhofs. Im Hausflur hörte man Stimmen, und als Ralph zurückkam, war er aschfahl im Gesicht.

Er blickte von einem zum anderen. »Ich fürchte, unser Vorhaben hat sich erledigt. Wie es aussieht, hat George sich erschossen.«

Es war später Nachmittag, als sie Cicelys Haus verließ. Der Lärm, der ihr draußen entgegenschlug, war ohrenbetäubend. Sie sah Adil wartend an der Straßenecke stehen. Es war zu spät, um so zu tun, als hätte sie ihn nicht bemerkt. Als sie näher kam, zog er die Brauen hoch und nickte ihr zu. Dann trat er neben sie und bot ihr seinen Arm.

Sie lehnte ab. »Ich kann sehr gut allein laufen.«

»Wie Sie wollen. Aber lassen Sie uns von hier verschwinden.«

Alarmiert blickte sie ihn an.

Er schmunzelte, und sein ernstes Gesicht wurde weich. »Sie sehen heute sehr hübsch aus, Lydia.«

So persönlich war er ihr noch nie begegnet, und sie stellte fest, dass es ihr gefiel. Sie überspielte ihre Freude, indem sie blinzelnd zum sonnigen Himmel aufsah und dabei fast in eine Rikscha gelaufen wäre. Im letzten Moment riss er sie zurück und sah ihr direkt in die Augen.

»Warum sind Sie so leichtsinnig?«

»Mir ist übel. Liegt an der Hitze. Wie wär's, wenn Sie mit ins Haus kommen, und ich mache Sie mit Cicely bekannt?«

Er schüttelte den Kopf. »Das ist keine gute Idee.«

»Aber Sie haben sie doch noch nie gesehen.«

»Im Gegenteil. Wir arbeiten zusammen.«

Lydia wich einen Schritt zurück. »Aber Sie sagten doch etwas von verdeckten Operationen.«

»So ist es.«

»Und sie arbeiten nicht mehr für George Parrott.«

»Dann haben Sie es also schon gehört.«

Sie nickte. »Aber Cicely?«

»Wie wär's mit meiner Wohnung? Dort können wir uns ungestört unterhalten.«

Sie blickte zu Cicelys Haus zurück. Sie wollte mit ihm gehen, obwohl sie es nicht tun sollte. Zugleich war sie darauf angewiesen, diesem Mann zu vertrauen.

Er lächelte. »Nur für eine Weile?«

Am Taxistand an der Hauptstraße, neben einem schaufensterlosen Laden voll exotischer Vögel, saß ein indischer Schlangenbändiger auf dem Pflaster und spielte auf einer Flöte. Lydia blieb stehen.

»Cicely ist also …«

Er nickte. »Natürlich darf ich Ihnen das eigentlich nicht sagen.«

Sie seufzte. Das erklärt Cicelys Gelassenheit, dachte sie, und dass alles an ihr abzuperlen scheint.

»Ich wohne auf der anderen Seite des chinesischen Viertels. Es wird Ihnen gefallen. Man kann dort sehr gut essen gehen. Aber ich vergesse, dass Sie ein Kolonialhaus am Stadtrand hatten. Da gibt es nicht so viele Ratten.«

Sie zuckte die Achseln. »Ich musste das Bad immer erst auf Spinnen und Schlangen absuchen, und Ratten gibt es überall!«

Er lachte.

Er wohnte in der Street of the Three Dragons in der Nähe des allmählich zerfallenden Rotlichtviertels. Es war ein altes Haus, an dem die Farbe abblätterte, das aber dennoch etwas Mondänes ausstrahlte. Die Bogenfenster und hellen Lamellenläden waren mit Korallenwein überwachsen, an dem rote Lampionblüten hingen. Das Gebäude hatte schon bessere Tage gesehen, war aber keine schlechte Adresse. Oben in seiner Wohnung ließ sich Lydia in einem Korbsessel am Fenster nieder und lehnte sich gegen das schwarze Seidenkissen. Er brachte ihr einen Singapore Sling.

Während sich der Gin allmählich in ihrem Körper ausbreitete, betrachtete sie das Meer. Eine leichte Brise strich ihr über die Wangen. Fernöstliche Musik und orientalische Stimmen drangen von der Straße herauf, doch von den Gerüchen blieben sie verschont. Das Zimmer selbst wirkte akkurat und elegant. Ein bisschen wie Adil, dachte sie. Es gab eine Rauchglasvase auf einem Teakholztisch und Rambutanfrüchte in einer Schale. Auf dem Teppich mit Rautenmuster, der einen Teil des glänzenden Holzbodens bedeckte, lagen schwarze Kissen verstreut. In einer Ecke bewegten sich unter dem Deckenventilator getrocknete Gräser, die in einer dekorativen Vase standen.

Lydia sah Adil forschend an. »Warum haben Sie auf mich gewartet?«

Mit nachdenklicher Miene zündete er einen bronzenen Weihrauchkessel an, gab aber keine Antwort. Dann ging er in sein Schlafzimmer, um sich umzuziehen, wobei er die Tür angelehnt ließ. Aus der unteren Wohnung hörte man Klavierspiel.

Lateinamerikanische Musik. Sie stellte sich vor, mit ihm Tango zu tanzen oder eine heiße Rumba, sie in Pailletten, er im Smoking. Während sie auf ein beeindruckendes chinesisches Clanhaus auf der anderen Straßenseite blickte, wurde der Himmel sehr schnell tintenblau, und auf dem Wasser spiegelten sich die Lichter.

Er kam in einem langärmligen türkisfarbenen Hemd zurück, das seine dunkle Haut betonte. Er hatte eine andere Art von Männlichkeit, als sie es kannte, war athletisch, schlank und kraftvoll zugleich.

Sie musterte ihn neugierig. »Wer sind Sie?«

Er lächelte mit geschlossenen Lippen. »Das sagte ich doch schon: ein Freund.«

Sie rang mit ihren Gefühlen. Sie wusste nicht so recht, was sie von ihm halten sollte, und wollte ihm doch glauben.

Sie wollten in einem kleinen chinesischen Restaurant essen gehen, das ein paar Straßen von seiner Wohnung entfernt lag. Auf dem Weg dorthin kamen sie am Cheng-Hoon-Tempel vorbei. Die roten Säulen waren mit schwarzen Schriftzeichen bedeckt, die Dachbalken mit Löwen und Tigern bemalt, und der Dachfirst lief in aufwärtsstrebenden Spitzen aus.

»Hier esse ich am liebsten«, sagte Adil, als sie am Tisch saßen und die Speisekarte lasen. Ein Dutzend Lampen, die an einem Mittelbalken hingen, verbreiteten rotes Licht, und aus der Küche drangen, jedes Mal wenn der Kellner durch die Tür ging, helles Licht und heißer Dampf.

»Das Walnusshähnchen ist gut, auch der Safranreis. Wie wär's mit einer Haifischflossensuppe als Vorspeise?«

»Suchen Sie aus. Ich bin zu müde, um zu denken.«

Er trank gekühltes Wasser und goss ihr ein Tiger-Bier ein. Sie trank in großen Schlucken und hielt ihm das Glas hin, um sich nachschenken zu lassen.

»Vorsicht«, sagte er. »Es ist stärker, als man meint.«

»Meine Güte, ich bin doch kein Kind«, erwiderte sie, und

ihr Tonfall klang scharf. »Sie sind ja so schlimm wie mein Mann … ich meine, als er noch lebte.«

Er zog die Brauen zusammen.

Sie wusste, dass sie es nicht sagen sollte, und tat es trotzdem. »Wissen Sie, das ist typisch für die Weißen: sich vollaufen zu lassen.«

An seinem Hals traten Sehnen hervor, und er sah angespannt aus. »Wenn es denn sein muss, Lydia. Aber müssen wir nicht überlegen, wie wir vorgehen wollen?«

Sie schwieg verdrossen. Und als er ihr in die Augen blickte, schien es ihr, als könnte er in sie hineinsehen.

»Es tut mir leid«, sagte sie. »Das war ungehörig.«

Er lächelte. »Verlieren Sie nicht den Mut, nachdem Sie so weit gekommen sind.«

»Ich bin nur so schrecklich müde.«

»Sind Sie krank?«

Sie schüttelte den Kopf. »Nein. Machen wir uns also an den Plan.«

»Gut. Als Erstes hoffe ich, den Jungen zu finden.«

»Und Sie glauben, dass Ihnen das gelingen wird?«

Er überlegte. »Ja. Ich habe viele Kontakte, genau wie Cicely.«

Sie war überrascht, wie zuversichtlich er klang. Sie neigte den Kopf zur Seite und sah ihn an. »Mir kommen nur viele Dinge so seltsam vor.«

Sie hatte den Eindruck, dass er ihrem Blick ausweichen wollte und sich deshalb an den Kellner wandte und das Essen bestellte. Während er wegsah, betrachtete sie sein Gesicht.

»Zwischen Ihnen und Cicely geht es um mehr als nur Arbeit, habe ich recht?« Es war nur ein leiser Verdacht, aber sie hatte ins Schwarze getroffen, denn er wurde ein wenig rot.

»Sie irren sich.« Er sah sie nicht an.

Sie seufzte und betrachtete ihn eingehend. Er war anständig. Dessen war sie sich sicher. Sein Gesicht wirkte vertrauenswürdig, anders konnte sie es nicht bezeichnen. Dennoch schien irgendetwas unausgesprochen zwischen ihnen zu stehen.

»Waren Sie schon mal verheiratet?«

Seine Lippen wurden schmal. »Nein. Können wir uns jetzt auf das Wesentliche konzentrieren?«

Getroffen von seinem tadelnden Ton und ihrer Taktlosigkeit, murmelte sie eine Entschuldigung.

Er seufzte. »Schon gut.«

Es folgte ein kurzes Schweigen. »Woher stammen Sie eigentlich?«

»Ich bin wirklich nicht in der Stimmung, mich ausfragen zu lassen.«

Sie zog ein ulkiges Gesicht wie ein Kind, und er lenkte ein. »Also meinetwegen. Ich bin halb Malaie, halb Portugiese, habe aber auch Vorfahren aus China und Sumatra. Vermutlich Piraten. Stellt Sie das zufrieden?«

Sie lächelte. »Wie exotisch.«

Er gab seinen steinernen Gesichtsausdruck auf, und auch Lydia wurde lockerer.

»Ich werde nach Singapur und Johore gehen«, sagte sie. »Vielleicht finde ich da eine Spur.«

»Sie können nicht einfach von Ort zu Ort ziehen. Sie müssen sich erholen.«

»Das kann ich nicht. Ich muss mir Arbeit suchen.«

Er breitete die Arme aus. »Lydia, Sie haben Mut, aber Sie brauchen auch Kraft, sonst werden Sie krank. Sie sehen erschöpft aus.«

Sie dachte an Maz. »Na gut, aber was werden Sie tun?«

»Wie gesagt, als Erstes will ich den Jungen aufspüren, dann diese Frau, von der Sie gesprochen haben.«

»Lili.«

»Viele Anhaltspunkte haben wir nicht, aber irgendjemand muss etwas wissen. Das ist immer so.«

Sie strich sich über den Kopf und gähnte. Er hatte recht. Sie brauchte Erholung.

»Ich kenne einen ehemaligen Kollegen von George. Ich werde mal hören, was er tun kann. Das ist ein Anfang.« Er sah auf die Uhr. »Es ist spät geworden. Wir können nach einem Taxi Ausschau halten, wenn Sie möchten, aber Sie können auch gern bei mir übernachten. Es besteht kein Grund, so ein besorgtes Gesicht zu machen. Ich werde auf dem Sofa schlafen.«

Er schaute amüsiert, aber ihren Gesichtsausdruck hatte er missverstanden.

»Danke«, sagte sie. »Ich nehme die Einladung an.«

36

Im Morgengrauen wurde ich mit einer Gänsehaut wach. Die Decke hatte sich um meine Beine geschlungen. Ich setzte mich auf und zog Veronicas Brief hervor. Ich kannte ihn schon auswendig, hielt ihn aber ins graue Licht und las ihn noch einmal.

Meine liebste Emma, schrieb sie, *bei meinem letzten Besuch in London habe ich den Namen des Malers herausgefunden, Charles Lloyd Patterson. Leider ist er verstorben, aber ich habe seine frühere Adresse erfahren. Dort gibt es jetzt eine kleine Galerie, in der seine Arbeiten ausgestellt werden. Ich habe mir die Freiheit genommen, dort schriftlich anzufragen, ob wir auf einen Besuch vorbeikommen dürfen. Gestern kam die Zusage der Galeristin.*

Wenn Du einverstanden bist, werde ich Dich an Deinem nächsten freien Tag sehr früh abholen. Dann fahren wir nach Cheltenham, wo das Haus des Malers steht. Danach dachte ich an einen Kinobesuch im Gaumont, wenn Du Lust hast.

Übrigens müssen wir auch noch zu einer Anprobe für Dein Brautjungfernkleid. Ich hoffe, Du hast nichts gegen Gelb. Fleur hat ihres schon. Herzliche Grüße, Veronica

Es war zu früh, um sich anzuziehen, darum blieb ich liegen und lauschte den Schlafgeräuschen der anderen und dem Vogelgezwitscher von draußen. Mehrmals hörte ich Rebecca im Schlaf aufschreien, und hier und da wurde geschnarcht. Obwohl schon Anfang Mai war, war es stürmisch draußen, und der Wind pfiff um das Haus und sorgte für Zugluft unter der Tür.

Sowie die Glocke tönte, sprang ich aus dem Bett und zog mich an. Das Frühstück ließ ich sausen, rannte ins Büro, um meinen Urlaubsschein abzuholen, und dann nach draußen. Veronica wartete schon mit leuchtenden Augen in ihrem Morris

Minor auf mich. Kerzengerade saß sie da und sah sehr schick aus in ihren schwarzen Skihosen und dem engen gelben Pullover.

»Aufgeregt?«, fragte sie grinsend.

»Und wie!«

Wir fuhren durch ein hübsches Dorf und dann durch Kidderminster. Ich beneidete die schmuddeligen Jungen, die lauthals schreiend auf der Straße Kricket spielten, und kurbelte das Fenster herunter, um sie zu hören. Dann kamen wir an einer zerbombten Kirche vorbei, wo sich irgendwelche Bengel an den Dachbalken entlanghangelten. Mir schien, dass Jungen eine besondere Freiheit genossen, die ich nicht hatte.

Eine Stunde später fuhren wir am Rand von Cheltenham an einer Reihe einfacher Häuser vorbei. In den Gärten waren Wäscheleinen gespannt. Es wurde Gemüse gezogen, und Schweineställe verbreiteten Gestank. Die Straßen dort waren schmal und verlassen, aber ein Stück weiter kamen grüne Alleen und großzügige Regency-Häuser. In der Stadtmitte war es sehr laut wegen der vielen Autos, Fahrräder und Fußgänger.

Veronica parkte, und wir gingen am Gaumont-Kino vorbei, wo quer über die Straße Wimpel hingen und ein großes Plakat den neuen John-Mills-Film *Eine Stadt steht vor Gericht* ankündigte.

»Birmingham ist näher, aber Cheltenham gefällt mir besser«, sagte sie gut gelaunt. »Bei mir steht es an zweiter Stelle nach London.«

»Wo werdet ihr leben? Ich meine, du und Dad.«

»Im Dorf. Dein Vater ist nicht scharf auf London, obwohl ich meine Villenwohnung dort noch habe, eine bröcklige alte Bude in Wandsworth. Ich sollte sie wirklich verkaufen oder vermieten, aber sie ist so praktisch, wenn ich in die Stadt fahre. Irgendwann nehme ich dich mal dahin mit.«

Sie fuhr an den Straßenrand und hielt an. »Da sind wir. Erinnere mich, bevor wir fahren, dass ich in den Victoria Stores Käse und Schinken kaufe.«

Wir stiegen die Steinstufen zu einem Reihenhaus hinauf. Ich schaute über die Schulter zu den Bäumen am Straßenrand, die mit ihren Wurzeln das Pflaster angehoben hatten.

Die Frau, die uns öffnete, war ungefähr sechzig Jahre alt, hatte weiße Haare, die wirr toupiert waren, sehr helle Haut, eine goldene Brille und graue Augen, die wichtig dreinblickten. Als ich auf ihre Füße blickte, schienen mir ihre flauschigen rosa Pantoffeln überhaupt nicht zu ihrem Gesichtsausdruck zu passen. Ich konnte sie mir sehr gut vorstellen, wie sie vor einem der Häuser am Stadtrand mit Lockenwicklern und Paisleykopftuch an der Tür stand und rauchte.

Sie gab uns die Hand. »Bonnie Butcher. Kommen Sie doch mit nach hinten in den Salon. Da können Sie mich alles fragen. Es war Mr. Pattersons Lieblingszimmer, und jetzt ist es natürlich meins.«

Ich wusste nicht, wer sie war. Mir kam der Gedanke, sie könnte seine Frau gewesen sein, aber der Akzent, den sie zu verstecken suchte, und mein erster Eindruck von ihr sprachen dagegen.

»Ein hübsches Haus«, bemerkte Veronica.

»Machen Sie es sich bequem, ich hole inzwischen den Tee. Möchten Sie Kuchen? Leider muss ich für Kuchen und die Besichtigung des Hauses Geld verlangen.«

Veronica nickte höflich. Mir knurrte der Magen, weil ich noch nicht gefrühstückt hatte.

Ich sah mich in dem Zimmer um. Auf jeder verfügbaren Fläche standen Nippfiguren, und die Tapete war mit gelben Weiden und exotischen blauen Vögeln gemustert. Das Sofa war aus dickem grünem Samt und mit Polsterknöpfen versehen, und es gab drei Stehlampen mit goldenem Schirm und Troddeln am Rand, die sich bei jedem Luftzug bewegten. Ich befühlte den Samt des Sofas.

Mrs. Butcher kam mit einem vornehmen Tablett herein und stellte es auf den runden Sofatisch.

»Nehmen Sie sich bitte Kuchen.«

Es gab zwei Sorten, und ich entschied mich für die Schokoladensahnetorte. Dann bemerkte ich, dass ich mit meinen feuchten Händen zwei gut sichtbare Abdrücke auf dem Samt hinterlassen hatte. Ich nahm den Kuchenteller in die andere Hand und rieb behutsam über die Stelle, machte es aber nur noch schlimmer. Unbehaglich rückte ich hin und her und hoffte, dass es Mrs. Butcher nicht auffiel.

Eine Weile lang sagte keiner etwas. Wir klapperten mit unseren Teelöffeln in den Tassen, und ich versuchte, möglichst geräuschlos zu kauen. Unsere Gastgeberin trank mit abgespreiztem kleinen Finger und starrte mich immer wieder an. Als sie fertig war, tupfte sie sich die Lippen mit einer Papierserviette ab und atmete tief durch.

»Sie möchten also den Namen einer Frau erfahren, die dem Maler Modell gesessen hat. Habe ich das richtig verstanden?«

»Ja. In den zwanziger Jahren. Ich habe das Bild bei mir.«

Veronica ließ sich von mir das Porträt geben und reichte es der Frau.

Die nickte. »Oh ja. Da kann ich Ihnen behilflich sein.«

»Ach ja, bitte«, platzte ich heraus.

Sie zog eine Braue hoch.

Ich setzte ein, wie ich hoffte, vertrauenerweckendes Lächeln auf und erklärte: »Wissen Sie, sie könnte eine Verwandte sein.«

Ich fragte mich, ob sie das erschreckte, denn sie zog die Brauen zusammen und wirkte einen Moment lang misstrauisch. Ich hielt den Atem an und wartete gespannt.

»Ich kenne die Frau«, sagte sie schließlich. »Es gibt noch zwei Bilder von ihr. Kommen Sie mit.«

Gespannt stand ich vom Sofa auf und folgte ihr und Veronica eine Wendeltreppe hinauf in einen Raum mit hohen Fenstern. Sie reichten vom Boden bis zur Decke und gaben den Blick auf einen Garten mit hohen Bäumen frei. Obwohl es nicht kalt war, brannte ein Feuer im Kamin.

An den Wänden hingen Porträts unterschiedlicher Größe. Alte Gesichter, junge Gesichter, hässliche Gesichter, schöne

Gesichter. Ihre Augen blickten einen an, egal wo man stand. Auf einem Gemälde gegenüber der Fenster war ein mittelalter Mann mit Bart und mürrischem Gesicht dargestellt. Er hing zwischen zwei anderen beleibten Herren.

»Das ist die Galerie«, sagte Mrs. Butcher stolz. Sie zeigte an mir vorbei. »Und das da ist sie: Emma Rothwell.«

Ich fuhr herum. Das Gesicht leuchtete mir entgegen. Es war oval, die Wangen weich, die Brauen stolz geschwungen, die Augen hellbraun mit blaugrünen Sprenkeln. Auf diesem Bild sah sie meiner Mutter noch ähnlicher. Ich holte scharf Luft. Veronica nickte lächelnd, aber mir wurde heiß. Das Zimmer drehte sich um mich, und ich stieß rückwärts gegen einen Tisch.

Ich muss wohl ohnmächtig geworden sein, denn als Nächstes lag ich auf einem großen, butterweichen Sofa, und Veronica beugte sich über mich. Bonnie Butcher war nicht mehr im Zimmer.

»Geht es dir besser?«, fragte Veronica besorgt.

»Das ist die Hitze«, sagte ich.

Veronica nahm meine Hand.

Ich hielt sie fest, und plötzlich brach es aus mir heraus: »Rothwell war der Mädchenname meiner Mutter. Sie hat ihn nie für echt gehalten, dachte immer, die Nonnen hätten ihn ihr gegeben.«

»Dann ist klar, was wir als Nächstes tun müssen«, sagte Veronica. »Lass uns herausfinden, ob Emma Rothwell noch lebt.«

Ich nickte und schickte ein stilles Gebet zum Himmel. Bitte, lieber Gott, lass sie noch am Leben sein und mach, dass wir sie finden. Wir gingen zurück nach unten. Veronica hielt mich stützend am Ellbogen. Im Wohnzimmer drückte Mrs. Butcher uns einen Katalog in die Hand.

»Natürlich sind die Bilder nicht verkäuflich. Er hat mir alles vermacht, wissen Sie, das heißt, auf Lebenszeit. Dafür muss ich die Bilder hier ausstellen.« Sie zögerte. »Wenn Sie interessiert sind, kann ich Ihnen das übrige Haus zeigen.«

Das wollte ich mir nicht entgehen lassen, und mir gingen alle möglichen Fragen zu Emma Rothwell durch den Kopf: Wer sie war, was sie hier getan hatte, woher sie den Maler gekannt hatte. Ich hoffte, Mrs. Butcher würde mir mehr über sie erzählen können.

Die Räume im Erdgeschoss waren sehr altmodisch, nur drei insgesamt mit unebenen Steinplatten als Fußboden und kleinen Fenstern, durch die ich nur hinaussehen konnte, wenn ich mich auf die Zehen stellte. Die beiden Fenster an der Rückseite des Hauses gingen auf einen Hof hinaus. Mrs. Butcher sah mich auf den Fußspitzen balancieren.

»Da draußen haben wir die Kohlen liegen, und da steht natürlich auch die Originaltoilette.«

In dem engen Vorderzimmer gab es einen alten schwarzen Herd mit einer Kupferpfanne oben drauf, der die halbe Wand einnahm, auf der anderen Seite eine Mangel und ein Keramikspülbecken. Von der Decke hing eine breite Vorrichtung aus Leinen und Rollen, vermutlich zum Wäschetrocknen.

»Er ließ die Dinge gern, wie sie waren«, erklärte sie.

Oben zeigte sie uns sein Atelier, einen Raum mit hoher Decke und einem sehr großen Fenster, das nach Norden ging. Mrs. Butcher fasste alles an, während wir herumgingen, als könnte sie sich nur dadurch vergewissern, dass es noch an seinem Platz war. Alles wirkte, als wäre der Maler nur mal eben weggegangen. Es roch sogar ein bisschen nach Terpentin. Nirgends lag ein Stäubchen. Aber das war bestimmt nicht so gewesen, als in dem Raum noch gemalt wurde. Mrs. Butcher ist es bestimmt lieber so, dachte ich. Das Atelier eines toten Malers ist leichter sauber zu halten.

»Dort saß sie immer, wenn er sie malte«, sagte sie.

Ich schaute auf den verschossenen Sessel am Fenster. *In diesem Sessel. Da hat Emma Rothwell gesessen, als sie nicht viel älter war als ich.*

»Darf ich?«, fragte ich.

Sie nickte. Ich setzte mich und schaute in einen altmodischen Garten mit einer eckigen Rasenfläche, Hecken an den Seiten und einem efeubewachsenen Holzzaun am hinteren Ende. Davor standen Pappeln. Auf die hatte meine Großmutter geblickt und die Amseln singen und die Nachbarn im Garten plaudern hören. In dem Moment fühlte ich mich so einsam wie noch nie. Heute war der Himmel verhangen, aber vielleicht hatte sie bei schönem Wetter, wenn die Pappeln lebhafte Schatten warfen, hier gesessen. Und vielleicht auch im Winter, und Rasen und Hecken waren weiß gewesen.

Während ich ihr auf diese Weise nah war, dachte ich mich in ihre Zeit zurück. Ich fragte mich, ob sie ein Parfüm getragen und wie es wohl gerochen hatte. Gern hätte ich ihre Lebensgeschichte gehört, doch ausgerechnet ich, die ich mir von morgens bis abends Geschichten ausdachte, konnte mir keinen einzigen Grund denken, warum sie ihr Baby weggegeben haben sollte.

In einem der Gärten spielte ein Radio. Hausfrauenprogramm. Doris Day sang *Que sera, sera*, eines von Mums Lieblingsliedern. Das brachte mich in die Gegenwart zurück.

»Kannten Sie Mr. Patterson lange?«, fragte ich.

»Mein ganzes Leben. Er hat nie geheiratet, obwohl er ein gutaussehender Mann war. Ich war seine Haushälterin. Er hat sich als Kriegsmaler einen Namen gemacht, weißt du. Im Ersten Weltkrieg natürlich.«

Das wusste ich nicht. Im Haus waren nur Porträts ausgestellt.

»Die Kriegsbilder wurden allesamt verkauft. Nach dem Krieg wandte er sich der Porträtmalerei zu, obwohl sich die nicht so gut verkaufte. Ich habe sie kennengelernt, weißt du, Emma Rothwell.« Sie musterte mich eingehend. »Wenn das Licht so auf dein Gesicht fällt, siehst du aus wie sie.«

Mir klopfte das Herz, als ich die nächste Frage stellte. »Was ist aus ihr geworden?«

»Oh, so etwas weiß ich nicht. Ich habe sie nur gesehen, wenn sie ihm Modell saßen. Und das ist schon lange her.«

Wir gingen nicht in den Park zu den Booten oder ins Kino, stattdessen nahm mich Veronica mit ins Belle View Hotel zum Mittagessen, und dann gingen wir einkaufen. Ich war völlig überrascht, als ich mir die gleiche schwarze Skihose aussuchen durfte, die sie hatte. Dazu bekam ich einen dunkelblauen Dufflecoat, den ich mir schon seit Jahren wünschte, und einen engen taubenblauen Pullover. Ich hätte vor Freude weinen können. Aber ich lachte, und dann zeigte ich auf meine wilden Locken und sagte, dass ich sie mir gern schneiden lassen würde. Also ging Veronica mit mir zu ihrem Friseur. Während meine Haare auf den Boden fielen, wurde *Sweet Sixteen* im Radio gespielt. Veronica nahm eine silberne Zigarettendose heraus und zündete sich eine an, und ich wünschte mir, ich wäre schon sechzehn. Ich bekam einen kurzen Bubikopf und fühlte mich sehr erwachsen. Wir vergaßen den Schinken und Käse, aber leider nicht das gelbe Brautjungfernkleid.

Ich war gewachsen, aber Fleur auch. Der Babyspeck war verschwunden, und ihre blonden Haare waren bis auf die Spitzen ihres Pferdeschwanzes hellbraun geworden. Als sie in alten Sachen von Gran – einem langen schwarzen Rock, bei dem sie den Saum hochgesteckt hatte, und einer geblümten Bluse – in mein Zimmer kam, sah ich sie wie zum ersten Mal und stellte fest, dass Fleur sehr hübsch war. Stupsnase und Grübchenkinn. Die Jungen, die ein Mädchen wollten, das sie anhimmelte, wogegen sie sich selbst gern derb gaben, die würden hinter ihr her sein. Bei mir sah die Sache anders aus. Ich war den meisten Jungen zu eigensinnig.

»Wollen wir uns verkleiden?«, fragte sie. »Wir könnten eine deiner Geschichten nachspielen, so wie früher.«

»Wozu? Das ist doch Kinderkram.«

Sie sah mich sonderbar an.

»Warum guckst du denn so?«, fuhr ich sie an.

»Nichts. Nur wegen deiner Haare. Du bist anders, Em, du spielst überhaupt nicht mehr.«

»Falls du es nicht bemerkt hast, ich bin die meiste Zeit gar nicht mehr hier.«

Ihre Augen füllten sich mit Tränen. »Aber selbst wenn du da bist, tust du es nicht mehr.«

»Sei nicht albern. Es hat jedenfalls nichts mit dir zu tun.«

Das stimmte nicht ganz, denn was mir im Kopf herumging, hatte mit ihr und mir zu tun, aber wenn ich es ihr erzählt hätte, hätte sie es ausgeplaudert.

Ich ging hinaus, um Veronica zu suchen. Vater war die ganze Zeit über zu Hause. Er hatte zwar eine Stellung in Birmingham angenommen, in der Verwaltung einer Hotelkette, aber noch nicht angefangen. Er saß vor dem Fernseher und sah sich die Nachrichten an, also winkte ich Veronica, damit sie mit mir nach draußen kam.

Im Garten war es düster, und von den Feldern stieg Nebel auf. Die Buche sah darin gespenstisch aus. Ich musste an unseren Garten in Malakka denken, aber nicht nur das machte mich traurig. Der Garten war Granddads ganzer Stolz gewesen. Da hatten Stachelbeer- und Himbeersträucher gestanden und in einer Ecke ein Fliederbusch und weiter hinten ein knorriger Holzapfelbaum. Und hinten am Drahtzaun entlang hatte er Kohlköpfe und Kürbisse gezogen, mit denen er Preise gewann. Doch die Zeiten waren lange vorbei.

Der Nebel verwandelte sich in Nieselregen, als Veronica nach draußen kam. »Ich habe über Emma Rothwell nachgedacht«, sagte sie und hielt die Hand über den Kopf, um ihre Haare vor dem Regen zu schützen.

»Ich auch.«

»Wenn sie noch lebt und ich ihre Adresse herausfinde, sollten wir sie zusammen besuchen.«

»Das ist ein großes Wenn.«

Sie klopfte mir auf die Schulter und ging hinein. Ich hatte wissen wollen, ob ich ihr vertrauen durfte, und jetzt war ich mir sicher. War das verkehrt? Wäre Mum gekränkt, weil ihre Rivalin mir half? Ich schüttelte den Kopf. Im Grunde wusste ich, dass sie nicht Mums Rivalin war, weil Mum meinen Vater nicht liebte.

In Malaya, wenn der Mond auf den Balkon schien, belauschte ich häufig die Erwachsenen und sah zu, wie die Flughunde zwischen den Bäumen hin und her sausten. Als ich Billy mal erzählte, dass es fliegende Hunde gab, nannte er mich eine Lügnerin und sprach dann eine Woche lang nicht mehr mit mir. Ich wusste alles über Mums Liebesaffäre mit Jack, was sie natürlich nicht wusste. Einmal, als Jack über Nacht blieb, schlich ich um die Balkonecke und spähte durch das offene Fenster ins Zimmer. Sie schliefen in einem Bett und waren kaum zugedeckt. Ich wusste damals nicht, was ich tun sollte. Ich war wütend, wollte hineinstürmen und ihn aus dem Bett stoßen. Dad hätte dort liegen sollen, nicht er. Doch dann sah ich Mum im Schlaf lächeln und schlich wieder weg. Danach beobachtete ich sie tagelang und überlegte, was ich tun sollte, doch alles lief ganz normal weiter. Die Welt ging davon nicht unter, zumindest noch nicht zu diesem Zeitpunkt.

37

Sie wurde wach, und im nächsten Moment klingelte das Telefon. Sie wischte sich über die Stirn, stolperte über ihre Kleider und setzte sich wieder auf die Bettkante, um sich den Knöchel zu reiben. Es war spät. Die Sonne hatte den Morgendunst längst vertrieben. Lydia fragte sich, warum sie über Nacht geblieben war. Natürlich wusste sie es, versuchte aber, sich einzureden, sie habe es wegen Cicelys Betrug getan. Nie hatte die Freundin auch nur angedeutet, was sie arbeitete oder dass sie überhaupt arbeitete. Unwillkürlich fragte sich Lydia, was ihr Cicely sonst noch verschwiegen hatte.

Es klopfte an der Wohnungstür. Sie rieb sich den Schlaf aus den Augen, zog sich Adils Morgenmantel über und öffnete.

Auf der Schwelle stand Cicely, völlig entspannt und in einem taubengrauen Etuikleid aus Seide und roten Lacksandaletten. Sie hatte eine große Reisetasche bei sich, lächelte reuig und roch nach ihrem teuren Parfüm. Jemand, der dem Bild eines Spions weniger ähnelte, ließ sich nur schwer vorstellen. Außer natürlich in Hinblick auf ihre unvergleichliche Gabe, auch in der größten Hitze immer kühle Eleganz auszustrahlen.

»Was machst du denn hier?«, fragte Lydia.

»Entschuldige die Störung, Darling, aber ich hatte keine andere Wahl.« Cicely wollte an ihr vorbeischlüpfen.

Lydia hob die Hand, um sie zu stoppen. »Ich weiß Bescheid, Cicely, über deine Arbeit.«

Cicely schaute überrascht, legte den Kopf schräg und zuckte schließlich die Achseln. »Dann weißt du sicher auch, dass die Fußmatte kein geeigneter Ort ist, um darüber zu sprechen. Hier, ich habe dir etwas zum Anziehen mitgebracht.«

»Woher weißt du, dass ich hier bin?«

»Sei doch nicht albern. Natürlich weiß ich es.«

Lydia ließ sie herein und tappte hinter ihr her ins Zimmer. Cicely stellte sich vor dem Fenster auf. Dann musterte sie Lydia von oben bis unten. »Ich sehe, du hast meinen Rat angenommen.«

Lydia sah an Adils schwarzem Seidenkimono hinab. In der Nacht war sie aus einem Traum hochgeschreckt, einem Traum, in dem Lili vorkam, und hatte ins Bad gemusst. Auf dem Weg dorthin hatte sie Adils langsame, gleichmäßige Atemzüge gehört und sein Gesicht betrachtet, das halb vom Vollmond beschienen wurde. Als er sich im Schlaf rührte, war sie zurück ins Bett gehuscht.

»Es ist nicht, wie du denkst.«

»Ich glaube dir. Tausend andere täten es nicht«, sagte Cicely. »Ich muss zugeben, er ist absolut fantastisch.« Sie zog schmunzelnd die Brauen hoch. »Aber ein kleiner Tipp, Darling. Lass die Finger von ihm. Er ist gefährlich. Andererseits magst du ja gerade die schlimmen Jungs, nicht wahr? Sie sind auch viel besser im Bett. Wo ist er überhaupt?«

»Hat er dir gesagt, dass ich hier bin?«

Cicely zuckte die Achseln.

Lydia sah weg. »Ich weiß nicht, wo er hingegangen ist.«

»Also, komm her und hör dir an, was ich erfahren habe.«

Lydia blieb, wo sie war, und stemmte die Hände in die Hüften. »Moment mal. Du hast mir noch nicht erklärt, warum du mir nie etwas über deine Arbeit erzählt hast. Oder dass du mit Adil zusammenarbeitest. Als ich seinen Namen erwähnte, hast du nicht mal gesagt, dass du ihn kennst.«

»Es gibt mehr als einen Adil, Darling, und über meine Arbeit weiß nicht mal Ralph richtig Bescheid. Ich sagte dir doch, dass Männer nie wissen, was vor sich geht.«

»Langsam glaube ich dir das sogar.« Sie schaute an Cicely vorbei in den typisch malaiischen blauen Morgen. Wo war Adil? Er hatte versprochen, einen Kollegen von George anzurufen, aber nichts davon gesagt, wie lange er wegbleiben würde. Sie ging zum Kühlschrank und nahm sich ein Bier.

Cicely zündete sich eine Zigarette an und strich sich die Haare hinters Ohr. »Es ist etwas sehr Ungewöhnliches passiert. Versprich mir, dass du dich nicht aufregst.«

Lydia spürte die Anspannung in sich.

»Es geht um Lili. Sie wurde von der Hafenpolizei aufgegriffen«, sagte Cicely, und in ihren Augen blitzte es. »Du weißt ja, dass sie auf den Fischerbooten ständig nach Rebellen suchen, obwohl es wahrscheinlicher ist, dass die Kommunisten die Straße von Johore zum Schmuggeln benutzen. Jedenfalls wird ihr vorgeworfen, dass sie an Jacks Ermordung beteiligt war. Ich dachte, das würde dich interessieren. Soll ich weiterreden?«

Lydia holte scharf Luft und nickte knapp.

Cicely erzählte die ganze Geschichte und ging dann zur Tür. »Dann lasse ich dich jetzt mal allein. Komm wieder zu uns, wenn du ihn leid geworden bist.«

Lydia setzte sich aufs Sofa. Offenbar hatte eine beiläufige Bemerkung des Hafenmeisters die Polizei aufmerksam gemacht, und die schnappte die Chinesin am Kai. Lili behauptete, Jack habe sie vergewaltigt und ruiniert. Sie habe es ihm nur heimzahlen wollen. Lydia kippte das Bier in sich hinein, um die Bitterkeit wegzuspülen. Sie hatte das Bild von Lilis Parfümflasche im Kopf und wusste, dass die Chinesin gelogen hatte. Die Falschheit dieser Frau verschlug ihr den Atem. Sie ballte die Fäuste und musste sich zusammenreißen, um nicht irgendetwas gegen die Wand zu werfen, so wütend war sie darüber. Niemand hatte Lili gezwungen, mit ihm ins Bett zu gehen. Damit war Eifersucht der Grund für Jacks Ermordung gewesen, nichts anderes. Sie senkte den Kopf, bedeckte die Augen mit der Hand und versuchte, das Bild des toten Jack zu verdrängen.

Beim Verhör gestand Lili ihren Kontakt zu den Rebellen, behauptete aber, sie habe sich aus Angst vor Jack im Dschungel versteckt, dem einzigen Ort, wo er sie nicht aufspüren konnte. Die Kommunisten hätten sie mitgenommen, und sie habe Maznans Mutter davon überzeugen können, dass ihr Sohn in

Gefahr sei. Sie hätten Jacks Haus geplündert und Lebensmittel mitgenommen, aber kein Geld gefunden. Das Wichtigste sei aber gewesen, Maznan am nächsten Tag von dort mitzunehmen.

Lydia dachte an Lilis zierliche Figur, die hüftlangen Haare und ihren festen Po. Sie stellte sich vor, wie Jack jede Nacht mit ihr schlief, wie Lili dabei vor Lust schrie und sie danach nebeneinanderlagen, Jack mit einer Zigarette im Mund, den Arm unter dem Kopf, die blauen Augen an die Decke gerichtet. Selbst jetzt noch gab ihr der Gedanke daran einen Stich. Einen Moment lang dachte sie an Alec und ihr altes Leben. Bei ihm hatte sie oft, wenn sie aus dem Bad kam, absichtlich das Handtuch fallen lassen und die Arme über den Kopf gehoben, um sich die Haare hochzubinden. Doch er hatte sie dabei nicht einmal angesehen. Das war der Preis dafür gewesen, dass sie durch die Ehe mit ihm endlich eine eigene Familie bekommen hatte. Ihre Vorahnung, dass die Beziehung mit Alec eine Katastrophe sein würde, hatte sie gleich am Anfang in den Wind geschlagen.

Sie wollte Lili die Schuld an Jacks Tod geben, wurde aber einen Gedanken nicht los: Wäre sie selbst nicht bei Jack aufgekreuzt, wäre das alles nicht passiert. Dann wäre Lili jetzt glücklich in ihrer Rolle der Geliebten, und Jack würde noch leben. So jedoch war Maz entführt und Jack mit einem manipulierten Telefonat in die Falle gelockt worden.

Lydia stand auf und schritt in Adils Wohnung auf und ab. Sie strich über seine Sachen, sah sich seine Bücher und Schallplatten an und versuchte, möglichst viel über ihn herauszufinden. Aus einem Bücherregal zog sie einen Bildband über Monet und blätterte darin. Auf dem Sofatisch standen einige hübsche Skulpturen, die aus malaiischen Geister- und Dämonengeschichten stammten, und an den Wänden hingen große abstrakte Gemälde und dazwischen Schwarzweißfotos, auf denen Menschen abgebildet waren.

Adil hatte keine Nachricht hinterlassen, wann er zurückkommen würde, und er rief auch nicht an, darum bereitete sie sich eine Mahlzeit aus Toast und Ölsardinen zu. Das Brot schmeckte alt, und die Fischdose war das einzig Essbare, was sie im Küchenschrank fand. Der Kühlschrank enthielt nur Getränke.

Sie überlegte, zu Cicely zurückzukehren, wollte aber vorher Adil wiedersehen. Darum setzte sie sich ans Fenster und beobachtete die Passanten auf der Straße, betrachtete ihre Art, sich zu kleiden und sich zu bewegen. Irgendwann döste sie schließlich ein und sah quälende Bilder von Lili mit ihrer geschmeidig schwingenden Haarpracht.

Als Adil nach Mitternacht zurückkam, fand er sie im Dunkeln sitzend vor. Sie war aschfahl im Gesicht und von Schuldgefühlen wie gelähmt.

»Lydia?«

Sie nahm es zuerst gar nicht wahr, dass er sich neben sie setzte. Er griff nach ihrer Hand und strich ihr über die Wange. Dumpfer Verkehrslärm und Klaviermusik waren in der Wohnung zu hören. Sie schlug sich die Hände vors Gesicht, und als sie seinen Atem im Nacken spürte, weinte sie.

Er zog sie an sich und hielt sie ganz fest, ohne ein Wort zu sagen. Doch plötzliches, lautes Hupen von der Straße machte den Moment zunichte.

Er hustete, und sie zog sich verlegen zurück. »Wer hat die Bilder gemalt?«, fragte sie, ohne ihn anzusehen.

Er holte tief Luft. »Jemand, den ich kannte«, sagte er nach einer Weile. Er betrachtete ihr Gesicht im Zwielicht. »Es tut mir leid, dass es so lange gedauert hat. Dafür gibt es Neuigkeiten zu berichten.«

Überrascht sah sie ihn an. »Und? Sind es gute Neuigkeiten?«

»Das hoffe ich.«

38

Veronica schaute kurz in mein Zimmer, um sich zu verabschieden. Ich musste dringend mit ihr reden, bevor sie losfuhr, zögerte aber. Wenn in der Schule herauskäme, dass ich in meiner Akte gelesen hatte, würde es Ärger geben, auch wenn mein Vergehen bereits über ein Jahr zurücklag.

Ich holte tief Luft, drückte mir selbst die Daumen und lächelte sie an. Dann erklärte ich, woher ich wusste, dass ein Anwalt mein Schulgeld zahlte.

»Ich habe an ihn geschrieben, aber er hat geantwortet, dass er den Namen seines Mandanten nicht preisgeben darf, wegen seiner Schweigepflicht oder so ähnlich.« Es machte mich ein bisschen nervös, dass sie so ein bestürztes Gesicht machte.

»Ich werde es deinem Vater nicht verraten, Emma«, sagte sie, »falls es das ist, was du befürchtest. Daran denke ich gar nicht. Ich habe nur geglaubt, dass er die Schule bezahlt.«

»Das dachte ich auch, aber Gran hat mal gesagt, dass er pleite ist.«

Sie legte den Kopf schräg, betrachtete mich aus leicht zusammengekniffenen Augen und lächelte dann. »Du dachtest, ich zahle es, stimmt's?«

Ich wurde rot.

»Darum hast du mich damals nach Freddy gefragt, nicht wahr? Natürlich fand ich dein Interesse an meinem Anwalt sonderbar.«

Ich zog ein Gesicht.

»Nein, Schatz, ich zahle es wirklich nicht. Aber wenn ich Freddy das nächste Mal sehe, werde ich ihn fragen, ob er etwas herausfinden kann.«

»Danke.«

Sie drückte mich und ging.

Eine halbe Stunde später ging ich summend aus dem Haus. Ich schlug den Mantelkragen hoch und blickte vor mich auf den Bürgersteig, um nicht auf die Ritzen zu treten. Dabei versuchte ich, bis hundert zu zählen.

Ich mochte die ruhigen Maiferien. Nie wusste man, was als Nächstes geschah, auch wenn am Ende gar nicht viel passierte. In der Schule ging alles nach Stundenplan. Selbst wann man sich die Zähne putzte oder zum Klo ging, war festgelegt, und gnade einem Gott, wenn man Verstopfung hatte, denn dann musste man Lebertran trinken.

Durch die Bäume der Allee blies ein starker Wind. Ich hielt den Kopf geduckt und zählte, sodass ich Billy nicht gleich bemerkte. Ich sah ihn erst, als ich aufschaute, weil von einem Haus starker Räuchergeruch heranwehte.

»Emma«, sagte er und wollte schon vorbeigehen.

»Billy! Entschuldige, ich habe dich gar nicht gesehen.« Ich roch sein Shampoo, Pfefferminz, und sah seinen verschlissenen Hemdkragen.

»Dachte, du wolltest mich nicht sehen.« Er blickte auf den Boden und bekam rote Ohren.

»Sei nicht blöd. Ich war bloß meilenweit weg.«

Er trat von einem Fuß auf den anderen. »Wie ist es im Internat?«

Ein Bild aus der Vergangenheit stieg in mir hoch und machte mich verlegen. Ich hatte mich vor ihm ausgezogen. Offenbar hatte er den gleichen Gedanken, denn er wurde rot bis unter die Haarwurzeln.

In das unbehagliche Schweigen hinein lachte er. »Lust auf einen Ausflug zur Scheune?«, fragte er mit belegter Stimme. »Um der alten Zeiten willen.«

Ich schätzte, dass er das nur sagte, um das Schweigen zu beenden, und wusste darum nicht, was ich antworten sollte. Ich hatte ihn eine Ewigkeit nicht gesehen, aber plötzlich packte mich der Übermut, und ich stimmte zu.

Meine Füße bewegten sich wie von selbst, und wir gingen

zur Scheune, ohne dass wir unterwegs ein Wort sprachen. Die Sonne kam heraus und brachte das Gras zum Leuchten wie in einem Film. Zwischen den dunklen Wolken war der Himmel gelb. Vom Feld hinter den Bäumen wehte Jauchegeruch heran. Während wir vor uns hin gingen, hörte ich jedes Geräusch überdeutlich, die Vögel, den Wind, unsere klappernden und schlurfenden Schritte, die nicht im Takt waren. In der Ferne hupte ein Wagen. Ich war so aufgeregt, dass mir die Zehen kribbelten.

Er sah noch immer ärmlich aus, aber als die Sonne auf sein Gesicht schien, sah ich aus den Augenwinkeln, dass er auch etwas Anziehendes hatte. Er ging nach vorn geneigt, die Hände in den Hosentaschen. Die dunkelblonden Haare fielen ihm bis über die Augen. Seine Zähne wirkten jetzt nicht mehr zu groß, und sie waren strahlend weiß. Billy ging inzwischen auf die Oberschule.

»Wie geht's?«, fragte ich.

»Gut.« Er blieb stehen und fasste mich am Arm. »Em.«

Etwas Ungestümes in seinem Blick brachte mich schon wieder zum Erröten, und der Abstand zwischen uns schrumpfte plötzlich.

»Tut mir leid wegen damals. Weißt du, ich hatte keine andere Wahl.«

Mein Herz machte einen Sprung. Er meinte den Tag, als man ihn gezwungen hatte, mein Versteck zu verraten. »Ach, Unsinn, Billy. Das ist tausend Jahre her. Mach dir keine Gedanken.«

Wir gingen weiter und redeten schon ein bisschen unbefangener miteinander, auch wenn ein Rest von Verlegenheit blieb. Als wir in der Scheune angekommen waren, blieb er neben der Leiter stehen und starrte auf seine Füße. Dann sah er mich an. Seine Augen schimmerten wie Spiegel, und er hatte einen sonderbaren Ausdruck im Gesicht.

»Du bist richtig schön, Em«, sagte er mit einem unsicheren Lächeln.

Da begriff ich, warum wir in der Scheune waren – nicht um der alten Zeiten willen. Doch es war mir egal. Er fand mich schön, und in diesem Moment wünschte ich mir nichts mehr, als dass ich es tatsächlich wäre.

Wir mieden die morschen Leitersprossen und setzten uns mit einem kleinen Abstand zwischen uns an den Rand des Heubodens, wo wir die Beine baumeln ließen. Er neigte sich herüber, um mich zu küssen. Da ich ihm ungeschickt entgegenkam, traf er meine Nase und wurde rot. Doch als ich kicherte und näher rückte, küsste er mich wieder und diesmal auf die richtige Stelle. Er legte den Arm um mich, und ich lehnte mich gegen ihn. Er war warm, sehr warm, doch eine innere Stimme in mir wiederholte in einem fort, was ich einmal meinen Vater zu Mum hatte sagen hören.

»Blut bricht sich Bahn, Lydia. Emma ist unbändig. Sie wird in deine Fußstapfen treten – und in die deiner Mutter, wenn man sie nicht zur Räson bringt.« Danach schlug er die Tür hinter sich zu. Doch ich war wie versteinert und fragte mich, was meine Mutter getan hatte und was das mit dem Blut hieß.

Ehe Billy und ich die Scheune wieder verließen, lagen wir Händchen haltend nebeneinander. Wir hatten uns mit dem einen Kuss begnügt. Er roch nach Zigaretten, und obwohl er kein Magier mehr werden wollte, hatte er doch magische Hände. Denn wenn er meine drückte, durchfuhr es mich kribbelnd. Ich fühlte mich wie in einer anderen Welt, sicher und niemandem im Weg.

Die Schule hatte wieder angefangen, und es war Samstag. Ich saß im Flur vor dem Büro und wartete darauf, meine Post abholen zu dürfen. Ein Handwerker kam mit einer Leiter vorbei und steckte mir ein Karamellbonbon zu. Zwei Nonnen gingen den Flur entlang, steckten die Köpfe zusammen und machten ernste Gesichter. Dann schlenderten drei Mädchen vorbei, und eines zwinkerte mir zu: Rebecca. Zwischen uns herrschte Waffenstillstand.

Die schwarzen und weißen Bodenfliesen waren an den Rändern abgeplatzt, und in den Rissen klebte der Schmutz. Die Wände hatten eine mattbraune Farbe, und in einer Ecke stand eine Topfpflanze, ein großer, dürrer Gummibaum, dem die unteren Blätter fehlten. Kein Vergleich mit den Kautschukbäumen in Malaya.

Früher hatte Vater mich einmal zu einem Flug im Hubschrauber mitgenommen. Als es hell wurde, konnte ich unser Haus und die Schule erkennen und sah, wie der Nebel über den bemoosten Felsbrocken am Fluss aufstieg. Dann flogen wir über Kautschukplantagen und den Dschungel, der von oben dicht und furchterregend aussah. Vater sagte, der Geist des Dschungels habe eine Stimme und spreche Chinesisch. Ich dachte damals, er meinte einen echten Geist, und lachte. Er erklärte mir nicht, dass er die Rebellen meinte.

Meine Eltern waren so verschieden. Das breite Lächeln meiner Mutter kam mir in den Sinn. Sie wirkte immer so lebendig. Dad lachte nie so viel wie sie. Ich versuchte, mich zu erinnern, was sie angehabt hatte, als sie uns zuletzt zur Schule brachte. Aber ich wusste nur noch, wie ich aus dem Auto ausstieg und wie wir ihr im Laufen zuwinkten. Das war alles. Mir stiegen Tränen in die Augen. Es wühlte mich auf, dass die Erinnerungen verloren gingen.

Die Sekretärin kam mit einer Handvoll Briefe aus dem Büro.

»Ein Penny für deine Gedanken«, sagte sie lächelnd.

Ich stand auf und fühlte mich ertappt, als hätte sie in mich hineinsehen können. Sie hielt mir mit lackierten Fingernägeln einen Brief hin. Ich steckte ihn ein und ging zu der Bank zwischen den Büschen. Da die Sommerferien näher rückten, würde ich Gelegenheit bekommen, mit Dad zu reden. Er arbeitete jetzt in Birmingham, kleidete sich elegant und musste viel reisen.

Ich zog den Brief aus der Tasche und riss ihn auf. Gewöhnlich fasste mein Vater sich kurz, und diesmal war es nicht anders, mit Ausnahme einer Mitteilung ganz am Ende: Dort stand, dass Mr. Oliver krank war, was mich ziemlich erleichterte.

Der Gedanke an die Hochzeit brachte mein Herz ins Schlingern. Ich malte mir aus, dass Veronica bis dahin Emma Rothwell gefunden haben und wir nach der Feier zu ihr fahren würden. Ich kam gar nicht auf die Idee, dass sie uns vielleicht gar nicht würde sehen wollen oder dass sie bestreiten könnte, dass wir ihre Enkel waren. Auch nicht, dass sich möglicherweise herausstellte, dass sie gar nicht unsere Großmutter war.

Ich ging in den stillen Arbeitsraum, um mich in meine neueste Geschichte zu vertiefen und weiter an ihr zu schreiben.

Es war ein großer, luftiger Raum mit hoch liegenden Fenstern, aus denen man nicht hinaussehen konnte. Hier saßen wir am Ende jedes Schuljahres bei den gefürchteten Abschlussprüfungen. Überwacht von wechselnden Oberstufenschülerinnen, konnte sich jeder, der wollte, samstags dort hinsetzen und büffeln. Reden war verboten. Für mich war es die einzige Gelegenheit, ungestört zu schreiben. Die meisten Mädchen mieden den Raum wie die Pest. Mir dagegen war er überaus wichtig. Ich schrieb an einem Melodram mit meiner neuesten Heldin, Claris de la Costa. Sie steckte in einer elenden Lage, die ihr böser Großvater verursacht hatte. Um mich herum war es wunderbar still, und ich wollte nun zu einem fesselnden Schluss kommen, der dem Leser den Atem raubte und ihn mit offenem Mund über meine Intelligenz staunen ließ. Doch ich war so erleichtert über Dads Mitteilung, dass ich immer wieder den Faden verlor. Ich drückte mir selbst die Daumen, dass Mr. Oliver noch sehr lange krank bliebe. Am liebsten für immer.

39

Das Krankenhaus war früher einmal die prunkvolle Residenz des Distriktvorstehers gewesen, aber während des Krieges von den Japanern als Gefängnis genutzt worden, und seitdem verfiel es immer mehr. Der düstere Bau, auf halber Höhe an einem Berghang errichtet, diente jetzt als Heim für Geisteskranke. Man betrat die Einrichtung durch eine Holztür mit kunstvollen Schnitzereien, hinter der ein schrecklicher Gestank herrschte. Lydia stand in einer achteckigen Eingangshalle ohne Tageslicht, blickte auf eine Reihe verschlossener Türen und hatte keine Mühe, sich die Schreie von Folteropfern vorzustellen. Bei dem Gedanken, welche Schmerzen diese Wände schon gesehen hatten, krümmte sie sich innerlich zusammen.

Angespannt und ernst ging Adil ins Büro hinüber. Von seiner sonstigen Sanftheit war keine Spur mehr zu erkennen. Vor dem Schreibtisch zückte er seinen Ausweis. Der Wachmann nickte widerstrebend, öffnete dann aber eine der Türen und führte sie durch das Gebäude. Aus dem Stockwerk über ihnen waren Laute des Elends zu hören: unnatürliches Gelächter, fortwährendes Weinen, verzweifeltes Schluchzen. Gerade als sie sich an das düstere Licht gewöhnt hatten, öffnete der Wachmann eine weitere Tür und bedeutete ihnen hindurchzugehen.

»Klingeln Sie, wenn Sie wieder gehen wollen«, brummte er und schlug die Tür hinter sich zu.

Lydia hörte, wie sich der Schlüssel im Schloss drehte, und sah sich um. Sie befanden sich in einem trostlosen kleinen Raum ohne Farbe an den Wänden. Von einem zugedeckten Eimer in der Ecke schlug ihnen der Gestank nach Urin und Desinfektionsmittel entgegen. Unter dem Fußboden hörte man

Wasser rauschen. Mit der Feuchtigkeit drangen auch die Gerüche des Dschungels herein.

Lili saß auf einem Metallstuhl. Sie war zerlumpt und kaum wiederzuerkennen. Ihr sonst so strahlender Teint war grau geworden, ihr zierlicher Körper abgemagert, die schönen langen Haare fransig abgeschnitten. Ihr Gesicht war von Moskitos zerstochen und von Zorn gezeichnet.

»Werden Sie misshandelt?«, fragte Lydia erschüttert.

Die Chinesin fuhr auf, griff hinter sich und schleuderte den Stuhl nach ihr. Er verfehlte sie und krachte gegen die Wand. Im nächsten Moment stürzte Lili sich auf sie. Adil packte sie am Arm und drängte sie zurück. Sie kratzte und schlug um sich, während sie den beiden wütende Blicke zuschoss. Erst als sie ruhiger wurde, ließ er sie los.

»Sie hat ihn mir weggenommen«, fauchte Lili und kniff die Augen zusammen. »Doch nur ich wusste, was Jack wirklich mochte«, fügte sie mit einem kleinen Lächeln hinzu. Dabei drehte sie sich um, zog ihren Rock hoch und machte eine kreisende Bewegung mit dem nackten Hintern.

Erschrocken wich Lydia zurück und spürte, wie ihr schlecht wurde.

»Ich habe doch nur Maznans Mutter erzählt, dass der Junge in Gefahr ist. Für meine Hilfe, ihn zu ihr zu bringen, sollten sie –« Sie stockte und senkte den Kopf. »Ich wollte nicht, dass sie ihn töten.«

»Erzählen Sie weiter«, forderte Adil, und seine Stimme klang kalt.

Lili verzog das Gesicht. »Sie haben sich bereit erklärt, mir Jack zu bringen.«

Lydia schlug sich die Hand vor den Mund.

»Nein! Sie sollten ihn nicht töten. Im Tausch für Maznan sollten sie Jack holen und zu mir bringen. Weg von dir, du weiße Schlange. Sie sollten ihn nicht töten.« Sie zeigte auf Lydia, dann lehnte sie sich gegen die Wand und sackte zu Boden.

Adil ging zu ihr, zog sie an den Armen hoch, stellte den

Stuhl wieder hin und setzte sie darauf. »Möchten Sie ein Glas Wasser?«

Sie schüttelte heftig den Kopf und unterdrückte ein Schluchzen. Dann wurde es still. Lydia schaute zu dem kleinen vergitterten Fenster. Sie hätte Lili gern die Schuld an allem gegeben, doch so einfach war es nicht. Wieder stieg das Bild von Jack in ihr hoch, wie er auf dem Asphalt in seinem Blut lag.

Nach dem Tod der Mädchen hatte sie gehofft, ihre Liebe zu Jack könnte ein Weg der Erlösung sein. Dass sie einander geben könnten, wonach sie sich so bitterlich sehnten. Stattdessen hatte sie ihm den Tod und Lili den Wahnsinn gebracht. Niemand war erlöst worden. In der stickigen Luft wurde ihr schwindelig. Doch in diesem Höllenland gab es keine Erlösung, nur Hitze, Schweiß und Gewalt.

Adil winkte Lydia zur Tür.

»Was ist mit Maznans Mutter? Wurde sie auch festgenommen?«, fragte Lydia ihn.

»Ich wollte nicht, dass er stirbt«, schluchzte Lili. »Ich habe ihn geliebt.«

Adil drückte auf den Klingelknopf. »Das sage ich Ihnen später.«

»Ich habe die Tempelwand bemalt«, sang Lili nun vor sich hin und starrte Lydia mit schwarzen, gefährlich blitzenden Augen an.

Lydia fing Adils Blick auf. Er zuckte die Achseln.

»Ich malte vier Drachen, die durch die Lüfte galoppierten. Aber ich gab ihnen Pupillen. Das war ein großer Fehler. Sie flogen fort.« Sie lachte bitter und spuckte auf den schmutzigen Boden.

Adil drehte sich noch einmal zu ihr herum.

Sie legte den Finger an die Lippen und blickte ihn grimmig an. »Schsch! Nur einer blieb zurück. Der mit einem leeren Auge.« Sie ließ den Singsang verebben und starrte ihn weiter an.

Sie verließen die Zelle und wurden zum Hinterausgang

gebracht. Froh, endlich wieder an der frischen Luft zu sein, schloss Lydia die Augen und atmete tief durch. Adil ging bereits weiter.

»Sie wollten mir etwas über Maz' Mutter erzählen«, sagte sie, als sie ihn einholte.

»Sie schloss sich den Frauen an, die Spenden gesammelt haben. Sie waren als Kautschukzapfer verkleidet, in Dunkelblau mit einem schwarzen Schal um den Kopf.«

Lydia zog die Brauen zusammen.

»Sie sammelte für die Rebellen. Auf diese Weise bekam sie Kontakt zu ihnen und gleichzeitig zu den Arbeitern auf der Plantage.«

»Und wie ist Lili in dieser Anstalt gelandet?«

Er zuckte die Achseln. »Nachdem die Hafenpolizei sie aufgegriffen hatte, befand man sie für geistesgestört.«

Unter einem rosafarbenen Himmel liefen sie über einen einstmals schönen Mosaikboden, der nun Löcher hatte und von zehn Fuß hohen Hibiskussträuchern umgeben war. Die gingen in einen weitläufigen, überwucherten Garten über, in dem an manchen Stellen der Lärm der Stadt zu hören war. Ein Vogelschwarm flog vorbei, und irgendwo hörte man eine Tür in den Angeln schwingen. Lydia schaute sich nach dem Geräusch um.

»Es ist ein Sommerhaus. Möchten Sie es gern sehen?«

Zielstrebig ging Adil auf einen verfallenen Pavillon zu, der verborgen zwischen Bäumen stand. Die Zweige bildeten ein Dach darüber, und schnatternde Affen rasten die Stämme hinauf und schwangen sich einhändig aus den Wipfeln herab. Blumen mit dunkelrosa Blüten und dunklen, faltigen Blättern wuchsen zu den Fenstern heraus, und die zerbrochenen Scheiben leuchteten golden, als die Sonne hinter dem Berg versank.

Die Tür war verzogen, aber als Adil energisch mit der Schulter dagegenstieß, gab sie nach. Im Inneren standen nur eine Holzbank und zwei schäbige Korbsessel.

»Früher war ich oft hier. Zu Anfang besorgte George mir

eine Stelle als Kellner. All diese gesellschaftlichen Extravaganzen vor dem Krieg. Bei einer solchen Gelegenheit habe ich auch Cicely zum ersten Mal gesehen, beladen mit Halsketten und Armbändern, alle vom Gewürzmarkt. Da war sie neunzehn und ebenso mittel- wie skrupellos.«

Lydia sah ihm in die Augen und spürte, wie schwer es ihm fiel, darüber zu sprechen.

»Natürlich sah es hier damals ganz anders aus. Es war eingerichtet wie ein Liebesnest. Dafür hatte Harriet Parrott gesorgt. Seidenkissen, Duftkerzen, Räucherstäbchen, Blumen.« Er spuckte in den Staub.

Lydia bekam eine Gänsehaut. »Was bedeutet Cicely Ihnen?«

Er räusperte sich. »Wie gesagt, wir arbeiteten zusammen.«

»Das ist alles?«

Er schwieg, und ihr kamen leise Zweifel an der Geschichte. Sie glaubte ihm nicht ganz.

Er strich sich über den glatten Kopf. »Sie ist gefährlich.« Dann sah er sich noch einmal um. »Lassen Sie uns gehen. Ich hasse diesen Pavillon.«

»Liegt es nur an dieser alten Geschichte?« Sie wollte ihm in die Augen sehen, doch er wich ihrem Blick aus und schnaubte. Aufmerksam betrachtete sie sein Gesicht im Profil. »Ich habe recht, nicht wahr? Es hat noch einen anderen Grund.«

»Ich dachte nicht, dass man mir das anmerkt.«

»Warum können Sie den Pavillon nicht leiden?«

»Wollen Sie das wirklich wissen?«

Sie nickte, auch wenn sie sich ein bisschen vor seiner Antwort fürchtete. Sie war sich nicht sicher, ob sie wirklich über alles Bescheid wissen wollte.

Als er zu sprechen begann, klang er zunächst distanziert, und sie fühlte sich an ihren ersten Eindruck von ihm erinnert. Sie hatte schon fast vergessen, wie kühl und stolz er ihr damals erschienen war.

»Ein Jeep mit Japanern nahm meine Mutter zu solch einem Pavillon mit. Meistens waren sie an minderjährigen Chinesinnen interessiert, doch obwohl sie schon älter war, strahlte sie Frische und Zartheit aus, und sie gaben sie den ganz jungen Soldaten, die brutal mit ihr umgingen. Sie hatte Glück, dass sie es überhaupt überlebte. Die meisten Mädchen wurden mit Tritten oder einem Schnitt durch die Kehle getötet.«

Lydia sah durch die zerbrochene Scheibe zum Abendhimmel. Dann schloss sie die Augen und konzentrierte sich auf seine Stimme.

»Sie steckten sie bis zum Hals in ein Becken mit kaltem Wasser. Sie musste achtundvierzig Stunden lang stehen, sonst wäre sie ertrunken. Wie sie das überleben konnte …« Er stockte.

Lydia öffnete die Augen. Adil schien weit weg zu sein, und sein resigniertes Achselzucken griff ihr ans Herz.

»Sechs Monate lang haben sie sie bei sich behalten. Dann warfen sie sie nackt auf die Straße. Sie stank nach Fäkalien und Erbrochenem und war mit Brandwunden übersät, weil sie ihre Zigaretten auf ihr ausgedrückt hatten.«

Er zog an einer Ranke mit dunklen Blättern, die durch ein Fenster hereinhing, pflückte eine große Rosenblüte ab, roch daran und ließ sie fallen, um sie mit dem Absatz zu zertreten.

»Wie gesagt, sie hatte Glück, falls man es so nennen will. Viele wurden gezwungen, ihr eigenes Grab zu schaufeln, und wurden lebendig begraben. Doch meine Mutter hat sich nie ganz von diesen Erlebnissen erholt. Später, als sie mich am meisten brauchte …« Er stockte erneut. »Ich war zu beschäftigt. Bei meinem letzten Besuch hat sie mich kaum erkannt. Können Sie sich vorstellen, wie das ist, Lydia? Ich werde mir das nie verzeihen. Nie.«

Lydia saß vollkommen still. Sie konnte die Qual, die aus seinen Worten sprach, nur ahnen.

»Es tut mir so leid, Adil.«

Er zuckte die Achseln. »So war die Welt damals.«

»Sind viele Japaner geblieben?«

»Ich weiß, dass nur wenige Bastarde geboren wurden. Gewöhnlich brachten sie die Frauen nach den Vergewaltigungen um. Ich weiß, dass jeder Mensch zu Grausamkeit fähig ist, aber bei meiner Mutter …«

»Adil.«

Er ballte die Fäuste. »Der Krieg endete hier Mitte August nach dem Abwurf der Atombombe auf Hiroshima. Ich danke Gott dafür!«

Sie schluckte entsetzt.

Er zündete sich eine Zigarette an.

»Ich wusste nicht, dass Sie rauchen«, sagte sie, um ihn von den furchtbaren Erinnerungen abzulenken.

»Nur manchmal.«

»Was wird aus Lili werden?«

»Es wird ihr bald besser gehen. Dann lassen sie sie frei. Vielleicht wird man ihr anbieten, bei einer der Schauspieltruppen zu arbeiten. Oder sie wird Prostituierte.«

»Und Maznans Mutter?«

»Kommen Sie«, sagte er. »Wir waren lange genug hier. Reden wir unterwegs weiter.«

Sie verließen den Pavillon und gingen durch den einsamen Garten zurück. Die malaiische Nacht senkte sich so schnell herab wie ein Vorhang. Nichts war von einer vergleichbaren Schwärze. Lydia hielt sich nah bei Adil, ohne ihn zu berühren.

»Maznans Mutter hat den Dschungel schließlich verlassen. Sie wird jetzt in Haft sitzen, zusammen mit ihrem Sohn.«

»Aber Maz geht es gut?«

»Ich nehme es an.«

»Werden es die Aufständischen nicht auf sie abgesehen haben?«

Er zuckte die Achseln. »Ich hoffe, nicht. Im Augenblick ergeben sich immer mehr von ihnen.«

»Warum?«

»Wegen der Entbehrungen. Es wird bald vorbei sein. Seit Templer '52 Hochkommissar wurde, war es nur noch eine Frage der Zeit.«

Lydia erinnerte sich, dass Alec einmal gesagt hatte, Templer sei ein zäher, zupackender Mann, der zusammen mit der Abteilung für Psychologische Kriegsführung jeden Trick nutze, um gegen den Terrorismus anzugehen.

»Waren die Schauspieltruppen und Filmwagen seine Idee?«, fragte sie.

Adil nickte. »Und es funktioniert.«

Das einzige Licht kam von der Glut seiner Zigarette. Sie blieb mit dem Absatz in einer Bodenspalte hängen und verlor das Gleichgewicht. Er fing sie auf, aber als sie ihren Schuh untersuchte, stellte sie fest, dass der Absatz lose war. Sie riss ihn ab. Jetzt blieb ihr nichts anderes übrig, als sich auf seinen Arm zu stützen. So humpelte sie zum Ausgang, vor dem sie geparkt hatten.

»Maz ist also bei seiner Mutter?«, fragte sie, als sie die Straße erreichten.

»Ich hatte Ihnen versprochen, jemanden aufzutreiben, der Bescheid weiß. Diesen Tipp habe ich gestern erhalten. Und ich wollte Lili sehen, um von ihr selbst zu hören, ob sie darin verwickelt war.«

In dieser Nacht war sie es, die auf dem Sofa schlief. Barfuß tappte sie in die Küche, mischte sich einen großen Gin und zog leise die Jalousien hoch. Der Vollmond kam zwischen den Wolken hervor und versilberte die weite Wasserfläche, auf der ein paar dunkle Sampans lagen. Sie betrachtete ihre Fingernägel, die gefeilt und lackiert und sehr viel hübscher waren, als während ihrer Zeit bei Jack. Ach, Jack, dachte sie, kann ich dich so schnell schon vergessen haben? Erst als der Gin in ihrem Blut kribbelte und sie sich leicht benommen fühlte, konnte sie sich ein wenig entspannen.

Sie kannte jetzt die wahren Umstände von Jacks Tod und Maz' Entführung. Was hielt sie also noch hier? Schließlich war sie deswegen hergekommen. Und was Adil betraf, durfte sie sich ohnehin nicht mehr Nähe erlauben. Abgesehen davon, dass er kein Weißer war, war es für sie noch viel zu früh, um an etwas Neues zu denken. Jack warf einen langen Schatten.

Sie dachte an Adil und schaute auf den Horizont. Immer wieder schob sie das Bild beiseite, wie er im Nebenzimmer schlief. Sie kämpfte mit sich. In ihr rangen Misstrauen und Verlangen miteinander. Wer ist er wirklich?, fragte sie sich. Er hatte seine Versprechen alle gehalten. Trotzdem war sie sicher, dass er ihr etwas verschwieg.

40

Der Bus rumpelte an der Küste entlang, mit Blick auf die Straße von Malakka. Fischerboote sprenkelten das Wasser, und auf der fernen Landzunge sah Lydia die Ruine der holländischen Festung. Sie zog das Fenster herunter und schnupperte. In der heißen, salzigen Luft roch man die Orchideen auf den ausladenden Feigenbäumen. Weißer, gleißender Sonnenschein lag auf dem Wasser. Geblendet zog sie den Kopf zurück und schaute nach vorn aus dem Bus, wo die Wolken ausfächerten.

Sie sehnte sich nach einem Gefühl der Hoffnung oder wenigstens nach Mut, um die Zukunft anzupacken. Sie hatte geglaubt, sich an den Verlust ihrer Töchter zu gewöhnen, doch als der Bus auf der Dammstraße zwischen Johore und Singapur beschleunigte, wurde ihr das Herz schwer von Erinnerungen an eine gemeinsame Fahrt mit den beiden. Die Trauer raubte ihr fast den Atem. Wie sollte sie das für den Rest ihres Lebens ertragen?

In Singapur angekommen, folgte der Bus dem Connaught Drive, der parallel zum Hafen einen Bogen beschrieb. Dann hielt er neben dem Kenotaph am Rand des Raffles Square.

Sobald der Bus aus dem Blickfeld verschwunden war, schaute sie nach Osten aufs Meer und straffte die Schultern. Ohne einen Blick auf die Bogenveranden der Tanglin Road zu werfen, ließ sie die schattigen Alleen des europäischen Viertels links liegen, als sie sich auf den Weg zurück machte. Sie hielt das Gesicht in die Sonne, bevor sie erst am Victoria-Hafen und dann am stark befahrenen Fluss entlangging, der die Stadt teilte.

Einige Engländer mit weißen Hüten, kurzen Hosen und langen Socken lächelten sie im Vorbeigehen an. Sie grüßte nickend und ging weiter, bis ihr der Koffer schwer wurde. Dann blieb sie stehen, um die altmodischen Handelsschiffe zu betrachten, die be- und entladen wurden. Überrascht, dass es die überhaupt noch gab, warf sie lachend den Kopf zurück und freute sich an dem Chaos. Es tat gut zu sehen, wie die Autos und Rikschas die indischen Verkehrspolizisten ignorierten und die Leute scharenweise auf selbstmörderische Art die Straße überquerten. Singapur hatte sich nicht verändert.

Sie stieg in einen Bus. Als Chinatown näher kam, schallte chinesische Musik aus einem prunkvollen Gebäude, und an Stangen, die aus jeder Wohnung ragten, hingen Wäschestücke wie Flaggen im Wind. Singapur. Der Knotenpunkt des Ostens. Nannten die Leute es nicht so? Das günstigste Einkaufszentrum der Welt.

Die meisten billigen Hotels waren Bordelle, und sie hatte Glück, dass sie auf das Welcome Retreat stieß, ein hohes, schmales Haus mit drei Stockwerken, in dem es nach Holzwachs roch. Sie stieg die Treppe hinauf und schleppte ihren Koffer zu einem der drei Zimmer unter dem Dach, wo man sich mit anderen das Bad teilte.

Drinnen hatte sie Mühe, das Fenster zu entriegeln, als sie frische Luft hereinlassen wollte. Es war nicht das Oceanview Hotel, aber immerhin war es sauber, und auch wenn es leicht staubig roch, so doch wenigstens nicht nach altem Fett und billigem Parfüm. Sie sah über die abgenutzten Möbel, dann zählte sie ihre Dollar, auf denen bislang noch das Konterfei der Queen zu sehen war. Wenn man so wenig Geld hatte und Arbeit brauchte, war Singapur genau der richtige Ort. Irgendwann würde sie genügend Dollar beisammenhaben, um vielleicht nach England zurückzukehren und dort ein neues Leben anzufangen.

Draußen quietschten Autoreifen. Ein Stockwerk tiefer schlug eine Tür zu. Angespanntes Flüstern war aus dem Nachbarzimmer zu hören, wo sich ein Pärchen stritt. Sie setzte sich aufs Bett und versuchte, den Streit zu überhören. Die Zeit kroch dahin, während sie später unruhig durch das kleine Zimmer wanderte.

Sie sagte sich, dass sie keine andere Wahl hatte. Sie konnte sich nicht ewig auf Adil stützen, und überhaupt war es an der Zeit, selbständig zu werden. Stark zu sein. Sie dachte an sein markantes Gesicht und daran, wie sie seinen Atem im Nacken gespürt hatte, als sie weinte.

Das Zimmer erinnerte sie an den kleinen Schlafsaal am Ende der Wendeltreppe im Kloster. Zu dritt hatten sie darin geschlafen. Weit bin ich nicht gekommen, dachte sie, als sie sich aufs Bett legte und die Augen schloss. Sie versuchte, sich dem Mädchen, das sie damals gewesen war, zu nähern, doch es kam ihr vor wie jemand aus einem anderen Leben.

Sie sah sich kurz vor ihrem sechzehnten Geburtstag. Der Krieg war bereits im Gange. Es war Sommer, ein sonniger Tag mit strahlend blauem Himmel, und sie erwartete einen Besucher. Ihre Haare, damals feuerrot, waren noch unbändiger als Emmas, und Schwester Patricia bestand darauf, dass sie sie schneiden ließ. Sie war als einziges Mädchen noch nicht in die Ferien abgereist, da sie niemanden hatte, zu dem sie fahren konnte.

Sie wusste noch, dass sie damals auf der Bank vor dem Kloster wartete. Es wurde elf und halb zwölf. Sie brachten ihr Limonade nach draußen und eine Stunde später Sandwiches mit Fischpaste. Sie bekam nichts hinunter und warf das Brot den Vögeln hin. Bei jedem sich nähernden Motorgeräusch sprang sie auf, blieb aber bei der Bank. Schwester Patricia gab ihr einen Familie-Ruggles-Band zu lesen, doch die Buchstaben tanzten vor ihren Augen.

Der Besucher kam nicht.

Lydia rieb sich die Augen. Die Vergangenheit tat weh. Diese schmerzhafte Sehnsucht nach Liebe. Das war es, mehr als alles andere. Sie dachte daran, wie sehr sie ihre Kinder geliebt und wie wenig ihre eigene Mutter sie gewollt hatte. Sie dachte an Em und den letzten Kostümwettbewerb im Club. Emma war als Clown verkleidet. Sie überzeugte weniger durch das Kostüm, dafür schlug sie einen doppelten Purzelbaum vor dem Jurytisch, und ihr betrübtes Gesicht, als sie feststellte, dass sie sich dabei den Hut verbeult hatte, brachte die Jury zum Lachen. Und dafür gewann sie den ersten Preis. Lächelnd dachte Lydia an Fleurs Liebe für hübsche Kleider und an die schreckliche Zeit, als sie Lungenentzündung hatte und lange brauchte, um wieder ganz gesund zu werden.

1946, kurz nachdem der Krieg im Osten zu Ende war, stand sie einmal mit Alec am Meer bei Trengganu. Malaya hatte schwer unter der japanischen Invasion gelitten, aber sie beide standen Arm in Arm, aßen Paranüsse und tranken Kokosmilch aus einer frisch aufgeschlagenen Nuss. Es war ein kurzer Urlaub gewesen. Emma war erst zwei gewesen und Fleur noch nicht unterwegs. Wie salzig das Meer damals roch, und wenn sie nachts das Fenster offen ließen, kam von draußen der Jasminduft herein und mischte sich mit dem Geruch von Pimms und dem ihrer heißen Körper. Nachdem sie sich geliebt hatten, bat sie Alec einmal, ihr etwas aus seiner Kindheit zu erzählen. Die sei ganz gewöhnlich gewesen, sagte er daraufhin, außer dass sein Vater sich eine Zeit lang aus dem Staub gemacht hätte. Aber das habe ihn, Alec, auf den Geschmack gebracht, durch die Welt zu reisen.

Sie seufzte. Die Dinge hatten sich geändert. Und da nur noch wenig von Jacks Geld übrig war, musste sie jetzt aufhören zu grübeln und sich eine Arbeit suchen. So einfach war das.

Ihre erste Stelle bekam sie im größten Kaufhaus Singapurs, einem Gebäude mit Marmorsäulen, duftenden Ladentischen und Flüsterstille, wo gut betuchte Kunden von überaus höflichen Angestellten bedient wurden.

Nur auf ihrem Stockwerk, wo sich die Haushaltsabteilung befand, ging es laut zu. Hundert Putzmittel standen akkurat aufgereiht, und die Flaschen wurden täglich abgestaubt. Töpfe wurden poliert, Küchenutensilien makellos gehalten.

Für Lydia war das Podest, auf dem sie den Gebrauch neumodischer Dampfdrucktöpfe demonstrierte, ein kleines Theater. Es wurde recht gut bezahlt, und es gefiel ihr, solange nicht eines dieser blöden Dinger in die Luft flog. Es wurde verlangt, dass sie die Demonstration stündlich von neuem begann, ob Interessenten zuschauten oder nicht. Sie saß dabei auf einem hohen Stuhl, von dem sie die Abteilung überblicken konnte, und schlug die langen Beine übereinander. Von dort konnte sie auch aus dem Fenster schauen und ihre Vergangenheit vorbeiziehen sehen. Europäische Frauen mit frisch frisierten Haaren, die sich zum Cocktail im Raffles trafen, und englische Kinder vor der von Palmen umgebenen Kirche, die von ihren chinesischen Kindermädchen angewiesen wurden, nicht zu rennen. Erstaunlich, wie das Leben weiterging, nachdem im Krieg so vieles zerstört worden war.

Als sie ihre zweite Stelle bekam, war sie voller Hoffnung. Für diese Arbeit hatte sie Talent. Von ihrer eigenen Kühnheit begeistert, schlüpfte sie durch einen Rundbogen in ein mit gemusterten Seidenbahnen dekoriertes Geschäft, wo Ventilatoren sanft die Luft bewegten und Wolken von Voile unter der Decke schwebten. Die deckenhohen Regale waren vollgestopft mit glänzendem Taft voller Drachen, Vögel und Pagoden, der mit kostbaren Brokatstoffen konkurrierte. Begeistert nähte sie sich ein paar Kleider auf einer Nähmaschine, die sie sich von einer chinesischen Kellnerin borgte.

Die Arbeit hielt sie beschäftigt, und sie genoss es, mit den Stoffen umzugehen und sie in paillettenbesetzte Abendkleider zu verwandeln. Doch ihre Begeisterung ging bald vorüber. Drei Monate später, im August 1957, kurz bevor Malaya unabhängig werden sollte und mehr als zweieinhalb Jahre nach dem Tod ihrer Mädchen, endete dieser Traum für sie mit verhaltenem Applaus. Singapur hatte nicht unbedingt seinen Glanz verloren, doch an diesem Dienstagabend liefen die Geschäfte besonders schleppend. Das Einzige, woran die Menschen interessiert schienen, waren Alkohol und Brathähnchen, mit denen sie sich den Bauch vollschlugen.

Schwester Patricia hatte immer gesagt, sie solle etwas mit ihrer Stimme anfangen. Sie hatte sich dabei sicher nicht vorgestellt, dass Lydia eines Tages im Traveller's Inn des Oceanview Hotels singen würde. Eher in einem Chor oder auf einer Theaterbühne. Doch es stellte sich heraus, dass sie den Manager aus ihrer Zeit mit Alec kannte, und irgendwann fragte er sie beiläufig, ob sie singen könne. Danach trat sie regelmäßig dort auf.

Sie ließ sich vom Barkeeper ein kaltes Bier bringen, strich ihren Rock glatt und setzte sich ans Fenster. Sie betrachtete gern die funkelnden Lichter, mochte das Plätschern der Wellen an den Bootsstegen und fand die Abendluft, wenn es nach Zimt und Ingwer, salzigem Meerwasser und Fisch roch, unwiderstehlich.

Lächelnd kam der Geschäftsführer zu ihr. »Da drüben steht ein Pink Gin für Sie.« Er deutete auf die lange, glänzende Bar.

Ihr wurde häufig am Ende ihrer Vorstellung ein Drink spendiert. Für einen Moment fühlte sie sich niedergeschlagen, doch dann stand sie auf und zwang sich hinüberzugehen.

»Wer ist der Kerl?«, fragte sie. Am kurzen Ende der Bar war es schummrig, sodass sie nur eine Silhouette sehen konnte.

Er zuckte die Achseln. »Keine Ahnung. Gute Nacht, ich mache heute mal früher Schluss.«

Lydia ging hinüber. Zwei Pink Gin und ein paar doppelte Whiskey standen dort aufgereiht.

»Freut mich, dass du dich zu mir setzt«, sagte jemand, ganz lebhafte Höflichkeit.

»Cicely!«

»Wie geht es dir, Darling?« Cicely streckte einen Arm nach ihr aus, mit glänzend rotem Nagellack und silbernen Armbändern, aber ihre Aussprache war undeutlich.

Lydia wich einen Schritt zurück.

»Nein, lauf nicht weg. Bleib und trink etwas. Um der alten Zeiten willen.« Cicely zog einen Barhocker heran und klopfte einladend auf die Sitzfläche.

»Du bist betrunken.«

»Ein kleines bisschen.«

Lydia setzte sich. Es war ungewöhnlich, dass Cicely sich so wenig unter Kontrolle hatte. »Warum bist du hier?«

Cicely lächelte. »Ich übernachte immer hier, wenn ich in Singapur bin. Kann die Hotels am Raffles nicht leiden«, sagte sie mit einer lebhaften Geste und verbreitete dabei Chanelduft. »Da sitzen lauter alte Käuze, die sich nur darüber auslassen, wie es vor dem Krieg war. Wie schön, dass du mir über den Weg läufst.«

»Dann warst du gar nicht auf der Suche nach mir?«

»Nein, aber da ich dich jetzt gefunden habe … Allerdings hat Adil nach dir gesucht.«

Lydia trank ihr Glas in einem Zug aus und genoss das Brennen in der Kehle. Sie starrte Cicely an und stellte sich vor, wie sich seine Lippen bewegten, wenn er ihren Namen sagte. »Nur damit ich richtig verstehe: Hat er dich geschickt?«

Cicely zuckte die Achseln. »Darling, sei nicht so misstrauisch. Warum sollte er? Außerdem sagte ich doch gerade, dass ich nicht deinetwegen hier bin.«

»Was wollte Adil denn von mir?«

»Woher soll ich das wissen? Ich glaube, er hatte dir etwas mitzuteilen. Du kennst Adil. Ein Mann voller Geheimnisse. Er wollte es mir nicht sagen.« Cicely schwenkte ihr Glas und schaukelte leicht auf ihrem Hocker hin und her. »Ich wollte dich schon immer mal was fragen, Darling. Hast du Alec je geliebt? Du hast so gar nicht zu ihm gepasst. So ein engstirniger Mann.«

»Meine Güte, Cicely, er ist tot«, brauste sie auf.

Cicely zog einen Schmollmund. »Sei doch nicht gleich so aufgebracht.«

Plötzlich fühlte sich Lydia niedergeschlagen. Sie musste daran denken, warum sie ihn eigentlich geheiratet hatte, und seufzte. »Na schön. Ich glaubte, ihn zu lieben. Man kann sich so leicht etwas einreden, wenn man nur will, nicht wahr? Er war auf seine stille Art attraktiv, und ich sehnte mich nach dem, was er mir bieten konnte.«

»Vielleicht war er empfindsamer, als du dachtest.«

»Wie bitte?«

»Er glaubte, dass du ihn nie geliebt hast. Hat sich hinterher an meiner Schulter ausgeweint. Männer sagen es einem ja vorher nicht, wenn sie im Bett nicht so umwerfend sind.« Sie grinste entschuldigend.

Lydia war geschockt. »Hinterher? Du hast doch gesagt …«

»Das war gelogen. Doch jetzt genug davon. Lass uns noch was trinken.« Mit ein paar Dollarscheinen winkte sie den Barkeeper heran.

Lydia kniff die Augen zusammen. Cicely schien nicht die geringsten Gewissensbisse zu haben und plauderte schon wieder unbekümmert über die neuesten Nachrichten aus Malakka. Lydia war beim vierten Gin, als die Freundin auf Jack zu sprechen kam.

»Aber ihn hast du geliebt?«, fragte Cicely und schloss mit verhaltener Freundlichkeit an: »Es scheint, wir haben bei Männern denselben Geschmack, nicht wahr?«

Lydia runzelte die Stirn. »Nicht Jack! Du hast nicht –« Sie sprach den Satz nicht zu Ende.

»Nein, obwohl ich es immer wieder versucht habe. Er hatte nur Augen für die attraktive Lydia Cartwright.« Sie nahm einen großen Schluck. »Bist jetzt allerdings ein bisschen magerer als damals. Aber sprich weiter. Erzähl es mir. Wie war er? Ich sterbe vor Neugier.«

Sie starrten einander an.

Lydia seufzte. »Eigentlich geht es dich ja nichts an, aber anfangs konnten wir die Hände nicht voneinander lassen. Dann haben wir uns auch emotional aufeinander eingelassen, was wir niemals hätten tun sollen. Ich war verheiratet und hatte zwei Kinder. Aber nach dem Brand war Jack immer für mich da …«

Ihre geheimsten Gedanken gab Lydia allerdings nicht preis. Sie ahnte, dass ihre Heiratspläne mit Jack, obwohl sie ihn innig geliebt hatte, vielleicht nur auf der Sehnsucht fußten, die verlorene Familie neu zu erschaffen. Sie zu ersetzen. Wie traurig wäre es gewesen, hätten sie dann irgendwann entdeckt, dass die

Leidenschaft erloschen und etwas anderes zwischen ihnen gar nicht vorhanden war.

»Ich verstehe. Und das führt uns zu Adil, außer du hast mir andere Bekanntschaften verheimlicht. Los, gesteh schon, Darling. Ich möchte mir dein Leben so gern voll abgelegter Liebhaber vorstellen ... oder Liebhaberinnen.« Sie schnurrte und warf Lydia einen herausfordernden Blick zu.

Lydia schüttelte den Kopf.

»Und?«, fragte Cicely. »Wie fügt sich denn nun mein Ex in das Gesamtbild?«

»Wie bitte?«

»Darling, keine Sorge, er gehört ganz dir, wenn du ihn haben willst.«

Lydia wurde rot.

»Du meinst, Adil hat es dir nicht gesagt? Ja, Süße, es stimmt, der umwerfende Adil und ich.«

»Wann?«

»Ich lernte ihn kurz nach dem Krieg kennen, als ich noch keine zwanzig war und bevor alles losging.« Sie strich sich über die Brust. »Darling, ist schon in Ordnung. Wenn jemand bestätigen kann, dass er zum Anbeißen ist, dann ich.«

»Als wäre er bloß etwas fürs Vergnügen.«

»Ist er denn nicht umwerfend? Bei ihm läuft einem das Wasser im Mund zusammen. Oder vielleicht doch eher bei Jack.«

Sie schmollte für einen Moment, dann kaute sie auf ihrer Lippe herum und beugte sich zu Lydia. Sie schnippte ein Stäubchen von Lydias Schulter, leckte an ihrem Finger und strich langsam mit ihm an Lydias Hals hinunter bis zum Busen. Lydia erstarrte, und Cicely nutzte den Moment, zog sie an sich und küsste sie auf den Mund.

Im ersten Moment reagierte Lydia nicht. Sie hatte noch nie eine Frau geküsst, es sich nicht einmal vorstellen können. Dann schüttelte sie Cicely ab und hielt sie mit ausgestreckten Armen von sich. »Du bist betrunken.«

»Sag nicht, es würde dir nicht ein kleines bisschen gefallen.

Du bist erotisch, Lydia, Liebes, und ich möchte mit dir ins Bett. Ich habe hier im Hotel ein Zimmer. Es wäre also gar kein Problem. Was sagst du dazu?«

Lydia schwieg.

»Nur eine Nacht, Darling?«

Lydia schüttelte den Kopf und fing an zu lachen.

Cicelys Gesicht verzerrte sich, doch im nächsten Augenblick lächelte sie schon wieder strahlend. »Was ist so lustig?«

Lydia schüttelte wieder den Kopf. Plötzlich wirkte Cicely, die es gewohnt war, die Blicke von Männern und Frauen auf sich zu ziehen, wie eine bemitleidenswerte, schmelzende Eiskönigin. Für eine ganze Weile schwiegen die beiden Frauen. Lydia strich sich durch die Haare. Woher rührte Cicelys Elend? Sie musterte die Freundin, ihre leicht bebenden Nasenflügel, die geschminkten Lippen, die hinreißend blaugrünen Augen.

»Ich habe ihn geliebt, weißt du. Adil. Und nur ihn. Muss an seinen Augen liegen. Und, oh Mann, an seinem Körper natürlich!«, erklärte Cicely. »Aber unterschätze ihn nicht. Er ist gefährlich.«

»Komisch, das hat er auch über dich gesagt. Und jetzt komm.« Lydia nahm sie beim Arm. »Ich bringe dich ins Bett. Du musst jetzt schlafen. Allein.«

Draußen frischte der Wind auf, und Lydia spürte die Kühle, als sie Cicely in den Aufzug schob. Sie hörte die Freundin etwas murmeln, ohne dass sie es verstehen konnte, und beschloss, es zu übergehen, doch Cicely wiederholte es immerzu.

»Was hast du gesagt?«, fragte Lydia, obwohl sie keine klare Antwort erwartete.

»George hat Adil bezahlt, damit du bei Jack Station machst. Du weißt schon, damit sich deine Ankunft in Ipoh verzögert.«

Lydia entschied, die Worte als betrunkenes Gerede abzutun. Doch in der Nacht träumte sie davon, dass ihr die Zähne zerbröckelten. Immer wieder von neuem. Sie waren weich wie Kreide. Und am Ende hatte sie das Gefühl, nicht mehr auf festem Boden zu stehen.

41

Zu Beginn der Sommerferien waren Billy und ich viel zusammen. Ich lenkte mich so von der bevorstehenden Hochzeit ab, und wir hatten viel Spaß miteinander. Wir schlenderten durchs Dorf, trafen uns mit Gleichaltrigen an der Bushaltestelle oder lungerten an der alten Thomas Telford Bridge herum und schauten, was die Strömung anschwemmte. Meistens waren es Abfälle und einmal sogar ein totes Schaf. Natürlich hofften wir, dass eines Tages eine aufgedunsene Wasserleiche vorbeikäme.

Wir saßen im Wartehäuschen, weil es regnete. Billy stupste mich an und sagte: »Em, was hältst du davon, zur Scheune zu gehen?« Er zuckte die Achseln. »Nur wenn du willst.«

Es war, als läse er meine Gedanken. Mit einem breiten Grinsen sah er mir in die Augen. Dann strich er sich seine dichten dunkelblonden Haare aus dem Gesicht und wurde rot. Er drehte eine Zigarette, wahrscheinlich um seine Verlegenheit zu überspielen, und bot sie mir an. Er hielt sich für den zweiten James Dean, aber er war wirklich ein anziehender, junger Mann, ruhig und sehr freundlich. Ich lehnte die Zigarette ab.

Auf dem Weg zur Scheune dachte ich ständig an seine früheren Küsse. Zwar versuchte ich, an etwas anderes zu denken, aber mir kamen immer wieder seine Lippen in den Sinn. Dass sie warm waren, aber nicht nass. Ich dachte daran, wie es mir über den Rücken gelaufen war, als er sagte, ich sei schön. Und dass ich mich gerade jetzt wie ein Kind und gleichzeitig erwachsen fühlte.

Ich war fast fünfzehn, na ja, knapp vierzehneinhalb, und recht gut entwickelt, und ich fand, dass die Heldinnen meiner

Geschichten ein bisschen sexuelle Erfahrung brauchten, damit es realistisch blieb. Ich war nicht in Billy verliebt, fand ihn aber süß, und die meisten Dorfmädchen waren hinter ihm her. Es würde zwar peinlich werden, sich vor ihm auszuziehen, aber es war an der Zeit.

Die Scheune sollte bald abgerissen werden, weil eine Baufirma dort Wohnungen hinsetzen wollte. Vielleicht war das also unsere letzte Gelegenheit. Wir stiegen die Leiter hinauf, ich als Erste. Mein Fuß rutschte weg, und er fing mich am Po ab und ließ seine Hand dort, als ich weiterkletterte. Da ich nur einen dünnen Baumwollrock trug, war es aufregend und fremd, seine Hand dort zu spüren, und es kribbelte in meinem ganzen Körper.

Oben roch es nach Moder und feuchtem Stroh. Ich kratzte mich, weil das Stroh juckte, und kam mir linkisch und mager vor, trotz meiner entwickelten Brüste. Von dort oben sah man nicht viel, nur einen Streifen Grün vom Feld, das sich in die Ferne erstreckte.

Als er mich küsste, waren seine Lippen kühl und feucht, nicht nass, und er roch leicht nach Tabak. Er sagte, dass er mich wirklich gernhabe, und dabei kam sein Dialekt durch, was ich noch anziehender fand. Ich murmelte, ich hätte ihn auch gern, und erregt vom Gefühl seiner Hände auf mir, fühlte ich mich von meinem normalen Leben meilenweit entfernt. Es verschwamm regelrecht in meiner Vorstellung. Billy drückte sich an mich, und es war, als schlüge sein Herz in mir. Als er die Hand zwischen meine Oberschenkel schob, wurde mir heiß, und ein Flattern durchlief mich.

Ich hörte auf zu denken, und mein Körper wusste von allein, was er zu tun hatte, als Billy nur in seiner weißen Unterhose auf mir lag. Obwohl wir es beide wollten, ließen wir es nicht bis zum Äußersten kommen, sondern hielten uns nur eng umschlugen. Es passierte aber doch etwas, denn wir stießen gegen die unebenen Bodenbretter, bis er sich ein paarmal schüttelte und an meinem Hals stöhnte.

Während er die Zunge in mein Ohr schob, blickte ich an seinem Kopf vorbei zum Scheunendach. Die Balken waren schwarz und morsch, und das Dach von unten bemoost. Wo ein paar Schindeln fehlten, waren hellblaue Rechtecke zu sehen. Mir fiel auf, dass es aufgehört hatte zu regnen und die Sonne wieder hervorgekommen war.

»Entschuldige«, sagte ich, als er die Stirn runzelte, weil ich so geistesabwesend war.

»Macht nichts«, meinte er achselzuckend, aber ich sah, dass er gekränkt war.

»Ich gehe jetzt besser. Ich bin mit Veronica in der Bibliothek verabredet.« Ich wollte es nicht noch schlimmer machen und sagte darum, wir würden es wieder tun.

Er drehte sich freudestrahlend zu mir. »Wirklich?«

»Wann reißen sie die Scheune ab?«

»Am Ende der Ferien.«

»Na dann.«

Der Leseraum lag im Keller. Es roch dort stark nach Möbelfirnis, und auf den Tischen standen Leselampen, die gelbes Licht gaben. Ich hatte eine Idee für eine Geschichte, die auf dem Kontinent spielte, und wollte mich in historischen Dingen schlau machen. Während ich auf Veronica wartete, verbannte ich Billy in meinen Hinterkopf und breitete mehrere schwere Bücher auf dem Tisch aus, froh, dass ich den Raum fast für mich allein hatte.

In geschichtliche Ereignisse vertieft, überhörte ich ihre Schritte und erschrak, als sie mich leise ansprach.

»Entschuldige, Schatz, ich wollte dich nicht erschrecken.«

Ich packte zusammen. »Willst du jetzt gleich gehen?«

Sie stellte ihre Einkäufe ab und zog sich einen Stuhl heran. »Um ehrlich zu sein, ist mir so warm, dass ich mich erst mal einen Moment hinsetzen muss. Meine armen Füße!«

Ich warf einen Blick auf ihre Stöckelschuhe und grinste.

»Ich weiß, ich weiß. Was liest du da eigentlich?«

Ich schob ihr ein aufgeschlagenes Buch hin, und sie las. »Du meine Güte, ist das nicht ein bisschen trocken?«

Ich grinste immer noch.

»Übrigens, ich wollte doch meinen Anwaltsfreund Freddy fragen, ob er eine Möglichkeit sieht, diesem geheimnisvollen Mandanten auf die Spur zu kommen. Du weißt ja, dass Freddy in meiner Wohnung in Wandsworth lebt.«

Ich blickte hoffnungsvoll auf. »Hat er eine Idee?«

»Leider nein. Er sagt, dass kein Anwalt es sich leisten kann, gegen die Schweigepflicht zu verstoßen.«

Ich zuckte die Achseln. »Also keine Neuigkeiten.«

»Aber er konnte sich an die Kanzlei erinnern. Seine erste Stelle hatte er bei einem Konkurrenten von ihr in Worcester, und bei irgendwelchen Grundstücksübertragungen mussten er und ein Kerl von Johnson, Price & Co. eine Zeit lang zusammenarbeiten.«

Ich nickte, stapelte meine Bücher und verspürte Hunger. Veronica verstand den Wink mit den Büchern, nahm ihre Tüten, und wir gingen zusammen zur Tür.

»Er hat mir versprochen nachzuforschen, machte mir aber keine großen Hoffnungen.«

Veronica setzte mich zu Hause ab und fuhr sofort weiter. Als sie später wiederkam, sah sie verweint aus. Sie hatte ein Telegramm aus dem Ausland erhalten. Ihr Bruder bat sie zu kommen. Er war jetzt sehr krank, und sie sollte ihn pflegen. Die Hochzeit musste deshalb verschoben werden. Fleur und ich gingen mit nach draußen, um ihr zu winken. Veronica war nicht glücklich über die Reise, aber sie gab uns beiden einen Kuss zum Abschied. Dann fuhr sie heim, um zu packen, bevor sie nach Afrika aufbrach. Ich sah ihr lange hinterher, während Fleur gleich anfing seilzuspringen. Ich mochte Veronica, und außerdem wusste ich nicht, wie ich ohne ihre Hilfe Emma Rothwell aufspüren sollte.

»Alle verlassen uns«, sagte Fleur.

»Veronica kommt bald zurück.«

Fleur begann mit einem Hüpfreim. »Teddybär, Teddybär, dreh dich um. Teddybär, Teddybär, mach dich krumm.«

Beim Seilspringen war sie die Beste in ihrer Klasse und schaffte alle Figuren in der vorgegebenen Zeit, ohne aus dem Rhythmus zu kommen. Während sie herumsprang, dachte ich schon, sie hätte mir gar nicht zugehört. Dann sagte sie: »Wird Gran auch wieder nach Hause kommen?«

Ich schüttelte den Kopf.

»Teddybär, Teddybär, heb ein Bein.«

»Denken wir lieber an angenehme Sachen«, sagte ich.

Fleur hüpfte weiter, und den nächsten Reim riefen wir zusammen. »Teddybär, Teddybär, das war fein!«

Für einen Moment hielt sie inne. »Ich mochte Grans Apfelkuchen.«

»Ja«, sagte ich. »Lass uns überlegen, was es bei ihr zu essen gab.«

Fleur hüpfte weiter. »Kartoffelbrei zum Frühstück, Kartoffelbrei zum Tee, Kartoffelbrei den ganzen Tag, da tut der Bauch bald weh!«

»Und wenn es Leber und Zwiebeln dazu gibt?«, fragte ich.

»Igitt!«

»Sonntags gab es Schweinebraten.«

»Und samstags Fischpastete.«

Mir stiegen die Tränen in die Augen. Ach, Granny, dachte ich, es tut mir so leid, dass du nicht hier sein kannst. Ich war traurig, weil sie im Heim war. Und dieser Umstand hielt mir auch vor Augen, dass das Leben lange ganz normal verlaufen und sich dann plötzlich von Grund auf verändern kann.

Fleur ließ das Seil fallen, kam angelaufen und fasste mir an die Wange. »Sei nicht traurig, Em. Du hast doch noch mich.«

Ich sah ihr in die Augen. Ja, ich hatte sie noch. Sie lächelte, und ich dachte, dass wir vielleicht eines Tages, wenn wir erwachsen waren, richtige Freundinnen werden könnten. Ich hätte gern darüber gesprochen, was ich mit Billy getan hatte, doch sie war noch zu klein dafür, und so behielt ich es für mich.

Ich blickte zu der Heckenrose, die über die vordere Hecke rankte, und dachte über Billy nach. Ich war mir nicht sicher, ob ich es wirklich genossen hatte. Während ich mit ihm zusammengewesen war, hatte ich weiter den Schriftstellerhut aufgehabt und mir vorgestellt, was wohl Claris de la Costa empfinden würde. Und das machte mein Verhalten für mich um einiges akzeptabler.

Ich konnte Billy schlecht sagen, dass ich ihn nicht liebte, denn ich mochte ihn sehr und wollte ihn nicht verletzen. Und während Claris von meinen zärtlichen Experimenten profitierte, musste ich meine Schreiberei nun noch sorgfältiger verstecken als sonst. Dad würde mich umbringen, wenn er es läse. Und eigentlich saß ich sowieso am liebsten unter der Weide auf den Stufen von Coal Quay und ließ die Beine ins Wasser baumeln, denn dort konnte ich die Libellen beobachten und mich wie ein Kind fühlen.

42

Schwitzend stand sie in einem Hausgang in der Street of the Three Dragons, wo es stark nach Kochdünsten, Schweiß und Patschuli roch, und schaute zu seiner Tür hinüber. Die grüne Farbe war inzwischen weiter abgeblättert, und das Haus wirkte schäbiger als früher. Vor ihrer Abreise aus Singapur hatte sie sich ein seidenes Cheongsam angezogen, das an der Seite hoch geschlitzt war. Dann kam es ihr zu aufreizend vor, und sie zog es wieder aus. Sie versuchte es mit einer schlichten Baumwollbluse und einem engen Rock. Zu langweilig. Am Ende entschied sie sich für ein Etuikleid in Seegrün. Es war von dezenter Eleganz und brachte die Farben ihrer Augen und ihres Haars bestens zur Geltung. Sie zog sich einen Lidstrich wie die Chinesinnen und benutzte einen hellen Lippenstift.

Als sie in seiner Straße angekommen war, beschloss sie, sich nur zu zeigen, wenn er an der Tür auftauchen sollte. Das wäre dann, als nähme das Schicksal die Dinge selbst in die Hand. Wenn er nicht käme, würde sie in den nächsten Bus steigen, und er würde nie von ihrem Besuch erfahren.

Sie wartete an einer schattigen Stelle. Neben ihr ließ sich eine Frau mit einem dünnen Jungen an ihrer Seite nieder. Im Arm hielt sie einen Säugling und bettelte mit flehendem Blick um Essen. »Makan, makan!«, sagte sie, zeigte dabei auf den Mund des kleinen Jungen und hielt den Passanten die offene Hand hin.

Lydia war ratlos. Was konnte sie anderes tun, als Geld geben und hoffen, dass es tatsächlich für Essen ausgegeben wurde? Doch ein verstohlener Blick auf den Säugling nahm ihr den Atem. Das starre graue Gesichtchen zeigte, dass es für Essen zu spät war.

Sie kramte im Portemonnaie nach ein paar Münzen und

hätte ihn dadurch fast übersehen. Erschrocken hörte sie ihren Namen und begriff, dass er sie zuerst bemerkt hatte, als er das Haus verließ.

Lächelnd kam er über die Straße, die dunklen Augen voll Neugier. »Ich nehme an, Sie wollen mich besuchen«, sagte er. »Es ist etliche Monate her, nicht wahr?«

»Haben Sie sich etwa über mich erkundigt?«

Er zuckte die Achseln und gab ihr die Hand.

Ein Windstoß blies ihr Staub in die Augen, sodass sie zu tränen begannen. »Ich hasse den Wind«, sagte sie und wischte sich mit einem Taschentuch über die Augen.

Er sah sie an und lachte. »Meine Güte, normalerweise bringe ich Frauen nicht so leicht zum Weinen.«

»Das hörte ich.«

Er zog die Brauen hoch. »Mir scheint, Sie haben mit Cicely gesprochen.«

Sie knabberte an ihrem Daumennagel und spürte, dass sie rot wurde.

»Sie haben da einen schwarzen Fleck. Lassen Sie mich mal.« Er nahm ihr das Taschentuch aus der Hand, und sie sah zu Boden, während er wischte.

»Danke«, murmelte sie.

»Dann muss ich wohl einiges erklären. Wollen wir nicht hineingehen? Sie sehen aus, als könnten Sie etwas Kaltes zu trinken vertragen.«

In seiner Wohnung waren die Jalousien heruntergelassen. Er ließ sie so, schaltete eine Lampe an, und der Deckenventilator fuhr träge durch die stickige Luft. Es war einer dieser feuchtheißen Tage, an denen sich alle nach einem Wolkenbruch sehnten.

»Es tut mir leid, dass ich unangekündigt vorbeikomme. Ich möchte Ihnen nicht lästig fallen.«

»Sehr britisch, Lydia. Aber da Sie es schon ansprechen: Sie sind mir überhaupt nicht lästig.« Er lächelte und hielt mit fragendem Blick eine Orange hoch.

»Sie erinnern sich?«

Er schnitt die Orange durch und presste sie aus, danach eine Zitrone und goss den Saft in ein hohes Glas. Es duftete nach den Zitrusfrüchten.

»Sie haben mich belogen.«

»Könnten wir es als Auslassung bezeichnen?«

Sie war nicht zum Streiten gekommen. »Nennen Sie es, wie Sie wollen. Warum haben Sie es mir nicht gesagt?«

»Das mit Cicely?« Er schüttelte den Kopf. »Es tut mir leid. Ich wollte. Hätte es fast getan an dem Tag, als wir bei Lili waren, aber die Wahrheit ist – nun, es ist kompliziert.«

Sie starrte auf ihre Füße und war froh, dass sie die Zehennägel lackiert hatte, auch wenn sie sich nicht eingestehen wollte, warum sie es getan hatte.

»Ich möchte Sie auch etwas fragen. Warum sind Sie einfach abgereist, ohne ein Wort zu sagen?«

Sie seufzte. »Das ist auch kompliziert.«

Sie schwiegen, während er Soda und Eis in ihr Glas gab.

»Hat George Sie bezahlt, damit Sie dafür sorgen, dass ich nicht so schnell in Ipoh eintreffe?«

»Ah.«

»Sie streiten es nicht ab?«

Er breitete kapitulierend die Arme aus, dann gab er ihr das Glas. »George war mein Vorgesetzter, und damals kannte ich Sie noch nicht.«

»Und als Sie mich dann kannten?«

»Als ich Sie kannte – sind Sie gegangen.« Er sah ihr in die Augen und fing langsam an zu lächeln.

Sie leerte ihr Glas. Sie war gekommen, um Erklärungen einzufordern, und musste feststellen, dass sie sich bei ihm lebendiger fühlte als in der ganzen Zeit in Singapur. Immer wieder waren ihre Gedanken dort zu ihm zurückgekehrt, sosehr sie das auch zu leugnen versucht hatte.

»Schauen Sie, George verlangte von mir, Ihnen zu folgen und Sie möglichst lange aufzuhalten. Auf welche Weise, das überließ er mir.«

»Aber warum wollte er das?«

Adil zuckte die Achseln.

»Und wie war das mit dem Bus? Das verstehe ich überhaupt nicht.«

»Ich wusste, dass Sie dieselbe Strecke fahren würden. Es war nur eine Frage der Zeit, bis Ihnen das Benzin ausging.«

»Aber ich hatte genug im Tank.«

Er legte den Kopf schräg. »Es war nicht weiter schwer, die Benzinleitung zu manipulieren, während Suyin den Jungen in Ihre Obhut gab.«

»Unglaublich. Und ich dachte, es seien Katzen, die da raschelten.« Sie überlegte. »Wenn mich der Busfahrer nun nicht mitgenommen hätte?«

»Ich hätte ihn schon überzeugt.«

»Und der Überfall?«

»Damit habe ich nichts zu tun. Nicht einmal ich habe Einfluss auf die Aufständischen, obwohl ich einen von ihnen kenne. Er saß für einige Zeit in Haft und versorgt uns seitdem mit Informationen.«

»Auch über den Überfall?«

Er schüttelte den Kopf.

»Das ist verrückt.« Einen Moment lang schwieg sie. »Aber Sie haben mir immer noch nicht gesagt, warum George mich aufhalten wollte.«

»Ich weiß es nicht. Das ist die Wahrheit.«

Sie betrachtete seine Wangenbögen, die tief liegenden schrägen Augen, die markante Nase, die vollen Lippen und entdeckte in seinen Gesichtszügen Verletzlichkeit. Sie wollte wütend auf ihn sein, glaubte ihm aber, dass er die Wahrheit sagte.

Er nahm ihre Hand. »Sehen Sie, nachdem ich Ihnen auf der Fahrt nach Ipoh gefolgt war und Sie bei Jack abgeliefert hatte, stellte ich ein paar Ermittlungen an. Die Sache gefiel mir nicht. George wollte nicht sagen, warum ich Sie hatte aufhalten sollen, und ich hatte bereits Hinweise, dass er in etwas Unappetitliches verwickelt war. Es ging um Betrug und sogar um Waffenhandel. Ich überlegte, ob Alec für ihn vielleicht Geschäfte erledigen sollte, bevor Sie in Ipoh eintrafen. Das war natürlich nur eine Vermutung. George hatte mal Verbindungen zur Unterwelt in Singapur, hatte mit Schmuggel und den Triaden zu tun. Doch das war hauptsächlich vor dem Krieg.«

Lydia zog kopfschüttelnd ihre Hand weg.

»Ich habe Sie vermisst. Ich meine es ernst, Lydia.«

Ihre Gedanken drehten sich im Kreis. Auch sie hatte ihn vermisst. Aber nun gab es zu viel, was sie nicht verstand. Und sie hatte auch noch eine andere, weitaus persönlichere Frage. »Warum haben Sie und Cicely sich getrennt?«

Seine Augen wurden düster. »Sie schämte sich für mich, für meine Herkunft. Als mein Vater starb, standen wir ohne Geld da. Ich bin kein Weißer, und hinzu kam, dass meine Mutter im ältesten Gewerbe der Welt arbeitete. Cicely ist ein Snob, und natürlich fand sie es heraus.«

Lydia sagte nichts.

Kurz schaute er aus dem Fenster, dann sah er sie an. »Vielleicht ist es schwer zu verstehen, aber ich war damals jung und stand unter ihrem Einfluss. Es war wie eine schleichende Vergiftung. Am Ende schämte ich mich meiner Mutter so sehr, dass ich sie nicht mehr besuchte. Ich habe sie einsam sterben lassen.«

»Das tut mir leid«, sagte sie.

»Sie bat mich zu kommen, aber ich zögerte es hinaus. Als ich endlich bei ihr war, war sie tot. Die Scham …« Er schaute auf seine Füße, dann blickte er wieder hoch. »Mit dieser Schuld muss ich jetzt leben.«

Nun schwiegen sie beide. Lydia wusste nicht, wie sie reagieren sollte. Sie wollte nicht aufdringlich erscheinen und weiter an seinen Schmerz rühren. Sie entschloss sich, das Thema zu wechseln. »Wie kamen Sie dahin, wo Sie jetzt sind?«

»Ich war George Parrott etwas schuldig.«

Sie zog die Brauen hoch.

»Er war ein Kunde meiner Mutter, damals, als wir noch im

Hafenviertel wohnten. Er gab mir eine Chance, dort rauszukommen. Die Kellnerstelle war nur der Anfang. Danach arbeitete ich für ihn, und er nahm mich unter seine Fittiche.«

»Ich verstehe.«

Er kam zu ihr. »Ich bedauere, dass ich nicht ehrlich war, was meine Vergangenheit angeht. Und jetzt kommen die Geheimnisse durch die Hintertür und vergiften die Gegenwart.«

»Sind es nicht eher die Schuldgefühle, die das tun?« Sie spürte, wie die Unterhaltung sie verlegen machte.

Er lächelte bedrückt. »Und Angst. Gibt es in Ihrer Vergangenheit nichts, das Sie gern leugnen möchten?«

»So einfach ist das nicht«, antwortete sie und dachte an die Zoobesuche mit den Mädchen, bei denen sie sich ab und zu mit Jack getroffen hatte.

»Wo stehen wir nun, Lydia?«, fragte er leise.

Sie neigte überrascht den Kopf.

»Immer wieder führt der Weg zurück zu George Parrott. Es macht mich wütend, dass niemand ist, wie er zu sein scheint.«

»Am Tag als Sie ihn aufsuchten und mich hinterher auf der Straße sahen, stand ich im Nebenzimmer und wartete. Nach allem, was er für mich getan hatte, war es nicht leicht für mich, ihm zu sagen, dass ich ihm auf die Schliche gekommen war. Es kam zum Streit.«

»Wollen Sie damit andeuten, dass er sich deshalb erschossen hat?«

Adil lächelte gequält. »Nicht, solange ich da war.«

Lydias Brust krampfte sich zusammen. Wo war sie da nur hineingeraten? Sie stand auf. »Und für wen arbeiten Sie jetzt?«

Er zog die Brauen zusammen. »Für die Polizei. Ich dachte, das wüssten Sie.«

»Also gut. Noch eine Frage.«

»Nur zu.«

»Haben Sie sie geliebt?«, fragte sie so zwanglos, wie es ihr möglich war.

Er räusperte sich. »Sie machte es einem schwer.«

»Aber Sie haben sie geliebt?«

Er nickte.

Als sie am Abend ausgingen, leuchtete der Himmel rosa. Wenig später senkte sich die Nacht wie ein schwarzer Vorhang herab. Bald würden die Sterne aufgehen. Aus den Gassen hörten sie Rufe und Gelächter, das Geheul eines Hundes, und überall schien ein stinkendes Klo in der Nähe. Noch immer war ihr das alles fremd. Aus einem Haus hinter ihr kam ein tiefer Klagelaut. Sie versuchte, sich auf den Sprechgesang zu besinnen, den der Gärtner den Mädchen beigebracht hatte, damit sie die Dämonen der Nacht fernhalten konnten. In solchen Momenten kam ihr Malaya unwirklich vor, wie eine undurchdringliche Welt aus Mythen und Magie, wo die Kolonialbürokratie gegen die chinesische Rebellion kämpfte, wo Falschheit grassierte und wo einen die weiße Haut zum rothaarigen Teufel machte.

In der Hoffnung auf einen kühlen Luftzug liefen sie zum Hafen. Aber die Segelboote lagen reglos auf dem Wasser. Weiter draußen sah man die punktgroßen Lichter der Fischerboote. Es war vollkommen windstill. Lydia bekam wieder diese ärgerlichen Flecken am Hals und rieb sich die Haut. Dann entdeckte sie einen Chinesen, der an einem behelfsmäßigen Stand Salben und Kräuter verkaufte. Fragend schaute sie Adil an. Er schüttelte den Kopf.

»Lassen Sie uns etwas Kaltes trinken«, sagte er und zog sie durch einen Torbogen.

Sie gingen zu einem Ecktisch im hinteren Bereich der verrauchten Bar, wo ein Radio langsame Musik spielte und zwei, drei Pärchen unter einem Ventilator tanzten. Über die grauen Wände flitzten Eidechsen. Eine nackte Glühbirne zog schwirrende Motten an, die gegen sie prallten, bis sie tot zu Boden fielen. Er bestellte ihr ein gekühltes Bier mit Kardamom.

»Möchten Sie tanzen, Lydia?«

Sie öffnete den Mund, wusste aber nicht, was sie sagen sollte.

Er hielt ihr die Hand hin. »Kommen Sie.«

Die Getränke wurden gebracht. Sie trank einen Schluck, dann nahm sie seine Hand.

»Cicely sagte, Sie wollten mir etwas erzählen«, sagte sie, als er sie um die Taille fasste und die ersten Tanzschritte machte.

»Nein.«

»Sie sagte auch, dass Sie nach mir gesucht haben.«

»Natürlich habe ich gehofft, dass Sie zurückkommen, aber ich habe nicht nach Ihnen gesucht. Wenn Sie zurückkommen, dann weil es allein Ihre Entscheidung ist. Ich habe nichts dergleichen zu ihr gesagt. Habe sie nicht mal gesehen.«

Sie spürte seinen Atem an ihrem Hals und musste sich sehr konzentrieren, um seinen Worten zu folgen. Sie entschied sich, ihm zu glauben, und schloss für einen Moment die Augen.

»Und Sie haben ganz bestimmt keine Ahnung, warum George meine Ankunft in Ipoh verzögern wollte?«

»Nein, wirklich nicht. Jedenfalls im Augenblick noch nicht.«

Sie sah ihm in die Augen. »Habe ich einen Grund, Ihnen zu vertrauen?«

»Ich sollte eigentlich ein Mittel finden können, um Sie zu überzeugen«, antwortete er freundlich lächelnd und führte sie zurück zum Tisch. Seine Hände waren stark und schön geformt, wie ihr auffiel, und oberhalb des Handgelenks begannen dunkle Härchen.

Gegenüber der Bar beobachtete sie ein Mann mit finsteren, aufgedunsenen Augen. Adil ging zu ihm hin und sprach mit ihm, wobei er lebhaft gestikulierte. Er beherrschte die meisten malaiischen Dialekte, während Lydia nur ein paar Ausdrücke verstand. Adil steckte dem Mann ein paar Dollar zu. Plötzlich sah sie Jack vor sich, wie er über den Tisch gebeugt im Licht der Leselampe las. Sie schloss die Augen, um die Vergangenheit auszublenden, und wandte sich wieder Adil zu.

Er lächelte, als er zurückkam. »Habe mir nur die Information besorgt, die wir morgen brauchen.«

Sie war verwirrt. Auf einmal war er ihr fremd, und sie verstand nicht, was er tat.

Wieder draußen in der Nacht, zog eine Wolkenwand heran.

»Gleich wird es kühler werden«, sagte er.

Er hatte recht. Schon klapperten überall die Ladenschilder, wehte Abfall über das Pflaster, und die Boote schaukelten auf dem Wasser. Mit dem Wind kam frische Luft, und Lydia konnte freier atmen. Trotzdem war ihre Kehle wie zugeschnürt angesichts der widersprüchlichen Gefühle, die in ihr tobten. Als aus einem zunehmend aschgrauen Himmel die ersten warmen Regentropfen fielen, eilten sie zu seinem Haus.

43

Auf dem Rasen lag Katzendreck, und in Granddads Randbeeten hatten sich Disteln und Löwenzahn ausgebreitet. Es roch nach Spätsommer. Vater holte den alten Rasenmäher aus dem Schuppen, untersuchte die rostigen Klingen, zuckte die Achseln und ließ ihn stehen. Dann machte er sich irgendwohin auf den Weg, mit hängenden Schultern und unordentlich gekleidet. Veronica fehlt ihm, dachte ich. Ich fühlte mich ebenfalls einsam. Fleur war stiller denn je, und Billy hatte viel für seinen Dad zu tun.

Ich stellte mir das Haus am Strand vor, wo meine nächste Heldin leben sollte. Ein amerikanisches mit weißen Schindeln und umgeben von Wasser. Ich hatte meine Heldin gerade an den Strand gehen lassen, als ich jemanden rufen hörte.

»Hallo. Ist jemand zu Hause?«

Sie klang anders als sonst. Ihre Stimme zitterte, wie wenn man seine Gefühle verbergen will und das nicht so richtig hinbekommt. Ich sah, wie sie um die Hausecke kam. Sie sah schrecklich aus. Ihr Gesicht war gerötet und fleckig und das Haar unfrisiert. Ich zog einen Gartenstuhl heran, und Veronica ließ sich darauf fallen. Mit bebenden Schultern suchte sie in ihrer Handtasche nach einem Taschentuch.

Ich sagte erst mal nichts. Sie schluckte hörbar. Peinlich berührt von ihrem merkwürdigen Zustand, starrte ich sie an. Einen Moment lang hoffte ich, dass Mr. Oliver gestorben war, dann tadelte ich mich für diesen schrecklichen Gedanken.

»Ich dachte, du wärst in Afrika.«

Sie blickte auf. »Es ist wegen Sidney«, sagte sie und begann zu weinen. Ich kaute auf meiner Lippe herum und sah die Angst in ihren Augen. Sie schluckte schwer und verzog gequält das Gesicht. Gewöhnlich gab sie sich gut gelaunt, ruhig und beherrscht. Es war schlimm, sie so zu sehen. Schließlich putzte sie sich die Nase und schaffte es, die Tränen zurückzuhalten.

»Er war gar nicht krank. Er sitzt im Gefängnis.«

Ich blieb vollkommen still, blinzelte nicht mal und wagte nicht zu fragen. Aber ich wusste es sowieso.

»Weil –« Sie stockte.

Wir schwiegen beide. Schließlich sah sie mich an, und ihre blauen Augen wurden wieder nass. Mein Herz machte einen Satz.

»Weil er ein Kind unsittlich berührt hat«, brachte sie leise hervor. Fast hätte ich sie nicht verstanden. Sie stieß einen langen Seufzer aus und wischte sich über die Augen. »So, jetzt ist es heraus. Es tut mir leid. Ich wollte mit Alec sprechen.«

»Er ist nicht da.« Ich ließ den Kopf hängen.

»Emma?«

Ich schüttelte den Kopf, konnte nicht aufblicken.

»Emma.« Sie legte die Hand auf meinen Arm. »Komm her, Liebes, bitte sag mir die Wahrheit.«

Ich schüttelte wieder den Kopf und hielt mir diesmal auch die Ohren zu. Ich wollte nichts hören, und ich wollte nicht angefasst werden. Ich fühlte mich wie diese Pflanzen, die ihre Blätter einrollen, wenn man sie berührt. Ich wollte mich auch einrollen, damit niemand an mich herankam.

Veronica neigte sich zu mir, nahm mir die Hände von den Ohren und hob mein Kinn an. An ihrem weißen Gesicht sah ich, dass sie es erraten hatte.

»Hast du ihn deshalb gestochen?«, fragte sie mit dünner Stimme.

Ich nickte und verschränkte die Arme.

»Oh nein, bitte, nicht auch dich. Was hat er getan, Liebes? Warum hast du uns nichts davon erzählt?«

Ich sprang auf, und der Garten schien zu schwanken. Der Baum am Ende kippte. Ich fuhr herum, fühlte mich gefangen. Mir wurde schlagartig heiß im Kopf. Wenn ich jetzt redete, würde mir alles Mögliche aus dem Mund sprudeln und die Worte würden an meinen Lippen kleben bleiben. Sämtliche Geheimnisse, die ich gehütet hatte, würden vor meinem Dad herauskommen, all die schrecklichen Dinge, die ich über ihn und über Mums Verschwinden dachte, und die Sünden, die ich mit Billy begangen hatte, all meine Pläne, alles würde aus mir herausbrechen.

»Keiner hätte mir geglaubt«, gelang es mir zu sagen.

»Du hast uns gar nicht die Chance gegeben.«

Ich wich einen Schritt zurück. »Er hat mir das Gefühl gegeben, schmutzig zu sein.«

Ich drehte mich auf dem Absatz um, rannte ins Badezimmer, schloss ab, setzte mich auf den Boden und schluchzte. Als ich aufhörte zu weinen, sah ich mir meine geschwollenen Augen im Spiegel an. Die ganze Trauer über den Verlust meiner Mum war plötzlich da, und die Furcht, sie, die ich am meisten liebte, niemals wiederzusehen. Ich hatte ihr das mit Mr. Oliver nicht erzählen können, hatte sie nicht fragen können, was ich tun sollte. Ich dachte, ich hätte den Schmerz tief in mir vergraben. Dabei konnte ihn jeder in meinen Augen sehen. Ich ließ das Waschbecken volllaufen und planschte darin herum, dann kühlte ich mir mit dem Wasser die Augen und setzte mich wieder auf den Boden. Ich schlang die Arme um die Knie und zog sie eng an mich, um nicht auseinanderzubrechen.

Vom Fuß der Treppe hörte ich Stimmen. Dad war nach Hause gekommen und redete mit Veronica. Es war nicht zu verstehen, was sie sagte, aber sie schluchzte laut, und mein Vater redete beruhigend und freundlich auf sie ein. Eine Seite an ihm, die ich nicht kannte.

Ein paar Minuten lang unterhielten sie sich, dann kam jemand die Treppe herauf. Veronica, wie ich hoffte. Nicht Dad.

»Emma?«

Sie war es, aber ich brachte noch immer kein Wort hervor und hatte solches Herzklopfen, dass ich kaum Luft bekam.

Sie klopfte. »Emma, Liebes, es tut mir so leid. Sag mir, was ich tun kann.«

Plötzlich stieg Wut in mir hoch, und ich riss die Tür auf. »Du wusstest es!«, schrie ich. »Du musst es die ganze Zeit gewusst haben.«

Sie fuhr zurück, als hätte ich sie geschlagen, hielt sich am Geländer fest und schüttelte den Kopf. »Nein, ich schwöre. Ganz bestimmt nicht.«

Ich sah ihre Bestürzung und hörte, wie Dad heraufkam. Wir standen alle drei auf dem engen Treppenabsatz direkt vor der Badezimmertür. Ich wollte wegrennen, aber als ich seine feuchten Augen und sein ergriffenes Gesicht sah, blieb ich. Keiner rührte sich oder sagte ein Wort. Ich schaute an ihm vorbei auf die Tapete. Rosa Rosen und blaue Vergissmeinnicht. Granny hatte sie ausgesucht. Ich bekam einen Kloß im Hals. Das Schweigen dehnte sich. Die Welt schien stillzustehen. Dann breitete er die Arme aus. Ich schluckte schwer und ging einen Schritt auf ihn zu. Es war das erste Mal, seit langer, langer Zeit, dass er mich in den Arm nahm und mir übers Haar strich.

»Verzeih mir, Kind.«

So blieben wir mehrere Minuten lang stehen. Am Ende schniefte ich, wischte mir über das Gesicht und löste mich von ihm. Danach wusste er nicht, wie er mich ansehen sollte. Ich holte tief Luft und hielt ihm die Hand hin. Er runzelte die Stirn, als verstünde er die Geste nicht. Plötzlich sah er dünn und verhärmt aus. Ich atmete langsam aus.

Veronica legte einen Arm um mich und ging mit mir nach unten, wo Fleur mit weißem Gesicht am Küchentisch saß.

»Jetzt ist alles wieder gut, ja?«, fragte sie mit kleiner Stimme.

44

Im Morgengrauen wurden sie wach und verließen das Haus, als die Blechjalousien ratternd in die Höhe fuhren, und die Ladenbesitzer ihre Türen aufschlossen. Nebel hing über dem Wasser, und es war ein blasser Morgen, an dem dünne Wolken am ausgebleichten Himmel standen. Vor der Stadt waren die Bäume in Schatten getaucht.

Lydia schloss die Augen und beschwor das immer gleiche Bild vor ihrem inneren Auge. Eine Frau im hellblauen Kleid mit dunkelblauen Kornblumen an Saum und Ausschnitt. Doch diesmal war es anders. Diesmal drehte sich die Frau um und sagte etwas. Lydia konnte ihr Gesicht nicht sehen, fühlte aber ihre Hände, die kindlich weich waren, und hörte, was sie sagte. »Sagen Sie ihr, ich bin da.« Das war alles.

Sie öffnete die Augen und merkte erst jetzt, dass sie eingenickt war. Als sie schließlich in einem Umsiedlungsdorf angekommen waren, schien die Sonne so hell, dass sie allem die Farbe nahm.

Nach einer unruhigen Zeit unter der Kolonialverwaltung hatte Malaya Ende August von Großbritannien die Unabhängigkeit erhalten. Lydia hatte die neuen Zehn-Dollar-Scheine gesehen. Statt der Queen war jetzt ein Bauer mit seinem Büffel darauf, der ein Reisfeld pflügte. Ein paar britische Beamte wie Ralph verrichteten weiter ihre Arbeit, damit der Übergang reibungslos verlief. Andere hatten gehen müssen. Der neue Premierminister setzte einen Generalinspekteur der Polizei ins Amt, der für die innere Sicherheit zuständig war. Aber auch einige britische Polizisten blieben im Dienst. Lydia wusste nicht, wie sehr sich die Veränderungen auf ihr Leben auswirken würden, merkte aber, dass sie sich auf den Straßen nicht mehr so wohl fühlte. Neuerdings folgten ihr Blicke, und sie hielt ihre Handtasche energischer fest.

Adil sah sie forschend von der Seite an. »Was sehen Sie, wenn Sie die Augen schließen?«

»Erinnerungen, Bilder. Sie wissen schon, Dinge, die ich nicht vergessen möchte. Manchmal auch welche, die ich gern vergessen würde.«

»Wollen Sie wissen, was ich sehe?« Er blieb stehen und zwinkerte ihr zu. »Na, vielleicht besser nicht.«

»Sagen Sie es mir«, verlangte sie lächelnd.

»Ich sehe eine Frau, die nicht erkennt, wie stark sie ist.«

»Ich weiß nicht, manchmal ist mir das alles zu viel.«

»Verlieren Sie nicht den Mut. Sie sind schon so weit gekommen.« Er machte eine ausladende Geste. »Nach allem, was Sie durchgemacht haben, stehen Sie heute mit beiden Beinen fest im Leben und tun Ihr Bestes.«

Seine Worte trieben ihr die Tränen in die Augen.

»Aber wie geht es Ihnen wirklich, Lydia?«

Sie zuckte die Achseln.

»Sie haben gute und schlechte Tage, nicht wahr?«

»So ist es wohl.«

»Nun, ich hoffe, dies hier wird ein guter. Es gibt etwas, worüber Sie sich bestimmt freuen werden.«

Sie bemerkte, dass er ein Päckchen aus braunem Papier in der Hand hielt. »Was ist da drin?«

Er tippte sich an die Nase.

Am Tor des Dorfes zeigte er seinen Dienstausweis und führte sie durch die Kontrolle. Auspuffgase hüllten sie ein, als ein Schützenpanzerwagen voll malaiischer Polizisten mit Maschinenpistolen durchs Tor fuhr.

Adil bemerkte, dass sie ihnen nachschaute. »Es wurden einige Frauen aufgegriffen, wegen, nun ja, Unzucht mit Aufständischen, wie es offiziell heißt, und jetzt setzt die Polizei sie als Lockvögel ein. Sehen Sie den Lkw? Darin sitzen lauter Frauen und Rebellen, die sich ergeben haben.«

»Warum ergeben sie sich?«

»Weil das Leben eine Tortur für sie war. Hier bekommen sie Unterkunft und Essen und werden medizinisch versorgt.«

Sie schaute zu den Hütten. »Mit Jack bin ich auch mal zu so einer neuen Siedlung gefahren. Diese kommt mir weniger trostlos vor.«

»Eigentlich sollten die Siedlungen nur vorübergehend bestehen. Inzwischen sind sie sauberer, und es gibt Wasserleitungen.«

Lydia sah zu, wie der Lkw anfuhr.

»Da sind Sehschlitze in den Planen. Sehen Sie die?«

Sie nickte. Zwei malaiische Polizistinnen in Khakiuniform mit silbernem Abzeichen an der Brust gingen daran vorbei.

»Die Leute hinter den Planen sollen auf jeden zeigen, der mit den Rebellen in Verbindung steht.«

Leute standen zur Musterung bereit und rückten ab und zu einen Schritt auf. Sie schienen gelassen, nur ein oder zwei schauten Lydia mürrisch hinterher.

»Manche sehen nicht sehr zufrieden aus«, meinte Lydia.

»Aber viele andere ergreifen die Chance, sich ein neues Leben aufzubauen.«

»Wirklich?«

Adil zuckte die Achseln. »Es gibt noch immer Rebellen im Dschungel trotz der Unabhängigkeit. Diese Siedlungen werden jetzt von den Malaien geführt, und die Leute hier bekommen ein kleines Stück Land. Das hilft.«

Von dem Platzregen in der Nacht war längst nichts mehr zu spüren. Es herrschte eine sengende Hitze. Tiefer im Dorf strichen magere Katzen durch die Gassen, wo es nach Latrinen und faulenden Früchten stank. Lydia unterdrückte ihren Brechreiz. Sie hörte einen Vogel im Käfig krächzen, roch Chilischoten und Tamarinden, als sie an Kochfeuern vorbeikamen, und den süßen Rauch chinesischer Zigaretten, der von einer Gruppe Männer stammte, die eng beieinander saßen.

Sie bogen in eine Gasse ein, stiegen über Bananen- und Ananasschalen, wichen einem Strom Leute aus. Die Gasse mündete auf einen kleinen Platz. Dort blieben sie stehen. Zwei Kinder mit glänzend schwarzen Haaren, ein Junge und ein Mädchen, spielten mit runden Kieseln, um zu sehen, wessen Stein am weitesten rollte.

Das Mädchen drehte sich mit einem empörten Ausruf nach den Störern um. Der dünne, schlaksige Junge blickte über die Schulter und sperrte verblüfft den Mund auf. Einen Moment lang war er wie erstarrt, dann sprang er auf und rannte auf sie zu.

»Mrs. Lydia!«

Einen Schritt vor ihr blieb er plötzlich schüchtern stehen.

Sie hielt die Arme auf. »Maz! Du weißt gar nicht, wie froh ich bin, dich zu sehen.« Sie zog ihn an sich und drückte ihn. Dann musterte sie sein Gesicht. Er sah gut aus. Seine Augen sprühten vor Klugheit. »Du bist gewachsen, Maznan.«

Sie schauten einander an.

»Ja, Mem.«

Dann sah sich Lydia auf dem Platz um. »Wo ist deine Mutter?«

Er machte ein niedergeschlagenes Gesicht. »Mem, ich wohne wieder bei meiner Tante. Meine Mutter ist fortgegangen.«

»Das ist für dich«, sagte Adil und hielt ihm das Päckchen hin.

Maznan nahm es mit großen Augen. »Wirklich? Für mich?«

Adil nickte.

Maz setzte sich auf den Boden und riss es auf. Zuerst fiel ein Springseil heraus, dann rollte ein blauer Ball auf die Erde.

»Ich muss jetzt mit Mem etwas besprechen«, sagte Adil.

Der Junge nickte, gab das Seil dem Mädchen und begann den Ball über den Platz zu dribbeln.

Adil nahm Lydia beim Arm und ging mit ihr ein paar Schritte zur Seite. Am Himmel ballten sich neue Wolken zusammen, und der Wind rüttelte an den Blechdächern.

»Ich wollte Ihnen zeigen, dass er in Sicherheit ist.«

»Ich freue mich so sehr darüber.«

»Und Ihnen erklären, warum Sie ihn nach Norden mitnehmen sollten.«

Lydia wurde still.

»Suyin, seine Tante, hat ihn auf Anweisung von George Parrott zu Ihnen gebracht. Dahinter stand der Plan, dass seine Mutter vielleicht aus dem Dschungel herauskommen würde, sobald sie von seinem Verschwinden hört.«

Lydia blinzelte erschüttert.

Aus einer Hütte drang ein wütender Aufschrei. Als eine Frau herauskam, stellte Adil sich schützend vor Lydia, doch die Chinesin schüttelte bloß die Faust und warf den blauen Ball zu den Kindern zurück. Adil rannte darauf zu, doch Maz fing den Ball ab und schoss ihn dem Mädchen zu, das daraufhin die Gasse entlangdribbelte. Maz stand mit zusammengezogenen Brauen neben dem Springseil.

Lydia hob das Seil auf. »Sieh her, es ist ganz einfach. Du hast den Bogen gleich raus.« Sie zeigte ihm, wie man es machte, dann ging sie zu Adil zurück.

»Wenn ich richtig verstanden habe«, sagte sie, »hat George mich benutzt, um Maz' Mutter aus dem Dschungel zu locken?«

»Sie wusste zu viel und hatte sich mit einem hohen Anführer eingelassen. Parrott wollte verhindern, dass sie Informationen weitergibt.«

»Sie meinen, Vertrauliches aus den Behörden?«

Er nickte. »Sie hat sechs Monate lang in Alecs Büro gearbeitet, bis sie schwanger wurde.«

»Warum hat sie sich den Rebellen angeschlossen?«

»Ihr Schwager gehörte bereits dazu. Er wurde bei einem fehlgeschlagenen Überfall auf einen Lastzug erschossen. Man hat seine Leiche zur Abschreckung in die Stadt gebracht. Maznans Mutter sah sie im Dreck liegen und schwor Rache. Maz hat seinen toten Onkel auch gesehen.«

»Das arme Kind«, sagte sie. »Er hat mir mal erzählt, dass er seinen Onkel sehr liebte. Wie er gestorben ist, hat er nicht gesagt.«

»Sie wollte den Jungen bei ihrer Schwester lassen. Aber die sträubte sich, weil sie selbst schon drei Kinder hatte und mit dem vierten schwanger war.«

»Noch ein Maul zu füttern.«

»Genau. Daraufhin verlangte Maznans Mutter von ihr, sie solle den Vater des Jungen um Geld angehen.«

»Warum schickte sie dafür ihre Schwester?«

»Nachdem sie bei den Rebellen gewesen war, konnte die Mutter nicht riskieren, gesehen zu werden.« Adil wurde still und zog die Brauen zusammen. Einen Moment lang sah er auf den Boden, dann blickte er wieder auf.

Lydia sah Maznan bei seinen Versuchen mit dem Springseil zu. Obwohl er sich immer wieder verhedderte, gab er nicht auf. Für ihn hatte es schon so viele Probleme gegeben, doch sein freundliches Wesen hatte er nie verloren.

Adil erklärte, dass er dagegen gewesen sei, Lydia den Jungen mitzugeben. Er habe mit George gestritten und ihm entgegengehalten, dass es gefährlich sei und vielleicht gar nichts nützen würde.

»Und George hat Sie dafür bezahlt, dass ich meine Reise bei Jack unterbreche.«

»Das war das Einzige an seinem Plan, was mir vernünftig erschien. Wir haben damit gerechnet, dass Jack Sie dann nach Ipoh bringt. Bert wusste Bescheid und sollte Maznans Mutter festnehmen, falls sie auftaucht.« Er nahm ihren Arm. »Lydia, es tut mir leid, dass ich Ihnen nicht alles gesagt habe.«

Sein Bedauern schien echt zu sein, aber sie zuckte nur die Achseln. Immer wenn sie glaubte, jetzt gäbe es keine Geheimnisse mehr zwischen ihnen, kam ein weiteres ans Licht.

»Und der Brand?«

»Hat alle Pläne über den Haufen geworfen.«

»Hat Jack auch Bescheid gewusst?«

»Nein.«

Lydia versuchte, in seinen Augen zu lesen. »Sie wussten also nicht, warum George meine Ankunft in Ipoh verzögern wollte?«

»Nein.«

»Hatte er etwas mit dem Brand zu tun?«

Adil schüttelte den Kopf.

»Aber wer hat Maznan aus Jacks Haus entführt? Seine Mutter?«

»Mit Hilfe von Lili und den Rebellen.«

»Aber ich dachte, Maz sei bei seiner Mutter in Haft.«

»So war es gedacht, aber …« Er zuckte die Achseln.

»Schaut mal!«, rief Maz dazwischen. »Ich kann es.«

Sie drehten sich um und sahen, wie er immer wieder über das Seil sprang.

»Du bist ein großartiger Junge«, sagte Lydia, rannte auf ihn zu und hob ihn hoch. Unwillkürlich musste sie an Fleurs Hüpfreime denken.

Sie luden Maz und seine Cousine zu einem klebrigen Stück Kuchen ein. Lydia strahlte, als sie den Marmeladenmund des Jungen sah. Sie bestellte noch zwei Stücke, aber als sie sich wieder an den Tisch setzte, zeigte Adil auf die schwarzen Wolken, die bedrohlich aussahen.

»Wir sollten besser zum Wagen gehen. Da kommt ein richtiger Sturm auf.«

Sie gab Maznan einen Kuss auf die Wange. »Wir sehen uns wieder. Versprochen.«

Als sie zum Tor liefen, winkte Lydia den Kindern zu, und Maz winkte, bis sie nicht mehr zu sehen waren.

»Warum versprechen Sie etwas, was Sie vielleicht nicht halten können?«, fragte Adil.

Der Regen trommelte auf die staubige Erde und trieb schmutzige Rinnsale auf Lydias nackte Beine hinauf. Sie rannte zum Wagen, zu verwirrt, um etwas zu erwidern.

Im Wagen prasselte es so laut auf das Dach, dass es fast den Donner übertönte und sie sich unmöglich unterhalten konnten. Das Wiedersehen mit Maz hatte Lydia in Hochstimmung versetzt, doch die war durch Adils Enthüllungen gedämpft worden. Er konzentrierte sich aufs Fahren. Wo der Asphalt unter rotem Schlamm verschwand, kam der Wagen immer wieder ins Rutschen. Kein anderes Fahrzeug war durch die regenüberströmte Windschutzscheibe zu erkennen. Lydia holte tief Luft, strich sich die Haare hinters Ohr und hielt die Hände dann fest im Schoß gefaltet. Der Wind drückte zweihundert Fuß hohe Tualangbäume in die Waagerechte. Am Stadtrand riss er Schilfdächer ab und hob Holzschuppen in die Höhe, als wären sie aus Pappe. Nirgends war Licht zu sehen.

Der Sturm war kurz, aber heftig. Bei Sonnenuntergang nahm der Himmel eine sonderbar orange-braune Färbung an. Während Lydia unterwegs die Zerstörungen betrachtete, sortierte sie ihre Gedanken, und als sie schließlich in Adils Wohnung eintrafen, war sie ganz ruhig. Sie war von George benutzt worden, so einfach war das, und Adil war widerstrebend daran beteiligt gewesen. Sie fragte sich nur noch, ob er ihr nun wirklich alles gesagt hatte.

Er nahm sich die *Straits Times* und blätterte sie durch, zögerte kurz, dann faltete er sie, um ihr etwas zu zeigen.

»Es soll eine Gedenkfeier geben, Lydia, für die Menschen, die während des Notstands umgekommen oder verschollen sind.« Er wartete ab, wie sie reagierte. »Möchten Sie hingehen? Ich würde mitkommen, wenn Sie es wollen.«

Lydia schüttelte den Kopf und gab ihm die Zeitung zurück. Sie wollte keine Beileidsbekundungen, selbst wenn sie ernst gemeint waren. Sie sah nach draußen auf die Fassaden der Häuser und Läden, die in dem orange-braunen Licht die Farbe wechselten. Nachdem der Regen aufgehört hatte, war wieder das stete Brummen des Verkehrs zu hören.

»Erzählen Sie mir von George«, sagte sie, während er ihnen einen Kaffee aufbrühte.

»Die Presse- und Verwaltungsarchive wurden von den Japanern weitgehend vernichtet, aber ich konnte ein paar alte Zeitungsausschnitte auftreiben. Vor dem Krieg gab es Gerüchte um einen Skandal, aber nichts Konkretes.«

»Haben Sie denn George nicht getraut?«

»Nein, und ich hatte meine Gründe dafür.«

»Trotzdem haben Sie für ihn gearbeitet?«

»Mit sehr gemischten Gefühlen. Kurz vor der japanischen Invasion konnten die Parrotts noch ausreisen. Sie gingen nach Australien und nahmen Cicely mit. Alle Hinweise auf ein Verbrechen sind im Nachkriegsdurcheinander untergegangen.«

»Aber Sie haben weiter nachgeforscht?«

»Genau.«

Sie spürte sein vorsichtiges Zögern.

»Doch jetzt genug davon«, sagte er. »Ich sehe Sie nicht gern so traurig.«

Sie schüttelte den Kopf. »Bin ich nicht. Ich fühle mich nur manchmal einsam. Wegen der Kinder, meine ich.«

»Ich verstehe.« Er überlegte kurz. »Vielleicht brauchen wir eine Ablenkung. Wollen wir ins Kino gehen oder etwas anderes unternehmen?«

Ein Bild aus der Vergangenheit tauchte auf, als sie und Alec einmal mit den Mädchen ausgegangen waren. Es wäre tatsächlich schön, das mal wieder zu tun.

»Wie wär's mit dem chinesischen Zirkus?«, fragte sie.

»Wenn Ihnen das lieber ist.«

Sie wollte sehr gern mit Adil ausgehen. Sie fühlte sich auf geradezu magische Weise zu ihm hingezogen. Egal, ob er ihr nun alles gesagt hatte oder nicht, sie hatte keine Wahl. Es lag weder an der körperlichen Anziehungskraft wie bei Jack, noch an einem Gefühl von Sicherheit, wie sie es früher bei Alec gehabt hatte. Noch wusste sie es selbst nicht, was sie so sehr an ihm faszinierte.

»Ich bin froh, dass ich Sie bei einem Überfall kennengelernt habe«, sagte sie, als sie ihre Handtasche nahm.

Er runzelte die Stirn. »Sie würden diese Methode also weiterempfehlen, hm?«

»Nein, aber Alec und Jack habe ich auf Partys kennengelernt, und man sieht ja, was daraus geworden ist.«

Adil war exotisch und intensiv wie Malaya selbst. Sie ging zu ihm und legte eine Hand auf seine Schulter, spürte, wie er die Muskeln unter ihrer Berührung anspannte. Seine Haare rochen noch nach Regen. Er legte die Arme um sie und lächelte sie an. Jedes Mal, wenn er das tat, fühlte sie sich, als ginge die Tür ein bisschen weiter auf.

»Du bist mir nicht böse?«

Sie schüttelte den Kopf. »Nicht mehr.«

Sie wischte alle Gedanken an Standesbewusstsein und Hautfarbe beiseite. Stattdessen schaute sie auf ihr Leben zurück, auf die Frau, die sie einmal gewesen war. Auf die Frau, der es Spaß gemacht hatte, zu Kostümpartys oder auf einen Drink in den Tennisclub zu gehen und Bridge zu spielen. Jetzt war ihr nur noch wichtig, bei Adil zu sein und zu sehen, wie der Vollmond durch einen Riss in den Wolken schien.

45

Bei meinem Versuch, über unsere Ankunft in England zu schreiben, hatte ich den Faden verloren und schrieb stattdessen über Billy und mich. Ich wollte Erfahrungen sammeln, um realistischer zu schreiben, aber meine Sätze klangen langweilig. Durch mein offenes Fenster kam Brandgeruch herein, und das Feuer im Garten reichte, um mich nach draußen zu locken.

Ich trug löchrige kurze Hosen und ein altes Hemd und hatte mir nicht einmal die Haare gebürstet. Sie waren während der Sommerferien gewachsen und hatten sich unter der Sonne in ein leuchtendes Orange verwandelt. Dad wollte unbedingt, dass ich zum Friseur ging, aber ich wollte aussehen wie Bertha Mason in *Jane Eyre*, meinem Lieblingsbuch. Ich war anders als andere Mädchen. Die liefen mit steifen Frisuren und noch steiferen Kleidern herum und sahen alle gleich aus. Es muss an Malaya liegen, dass ich so anders bin, dachte ich, als ich die Treppe hinunterrannte.

Das Feuer qualmte mächtig, und zuerst sah ich gar nicht, wer mit einem langen Stock darin herumstocherte. Als ich so weit herangegangen war, dass mir vom Rauch die Augen brannten, blickte Billy auf. Er hatte meine Schritte auf dem Weg knirschen hören. Wir schauten uns an, während nebenan die Nachbarn hinter dem Zaun miteinander tratschten. Dann durchbrach Billy das peinliche Schweigen.

»Ich dachte, bei euch ist niemand«, sagte er und wandte sich wieder dem Feuer zu. »Hab dich in letzter Zeit gar nicht mehr gesehen, Emma.«

»Du hattest viel für deinen Dad zu tun.«

»Nur eine Woche lang, Em.«

Ich starrte auf meine Füße. »Die anderen sind nicht da. Mir war nicht danach, vor die Tür zu gehen.«

Er drehte sich um und trat einen Schritt auf mich zu. »Bin neulich mal bei euch vorbeigekommen. Dein Dad war da. Fleur sagte, sie würde es dir ausrichten, aber du hast dich nicht bei mir gemeldet.«

Ich starrte auf den Schutt, den Dad schon seit Wochen wegbringen wollte.

»Habe ich etwas falsch gemacht?«, fragte er.

Ich schüttelte den Kopf. »Nein, gar nicht ... Wie geht es dir?«

Er antwortete nicht, sondern seufzte nur.

»Was machst du so?«

»Sieht man das nicht?«, sagte er. »Keine Sorge, ich komme nicht einfach in euren Garten und zünde ein Feuer an, falls du das denkst ...«

»Nein, natürlich nicht.«

Er stocherte mit dem Stock in den Flammen herum. »Dein Dad bezahlt mich, damit ich hier einiges erledige. Der Garten soll bis zum Winter ordentlich aussehen. Er will das Haus möglichst schnell verkaufen.«

Ich sperrte den Mund auf.

»Hat er dir das nicht gesagt?«

Ich schüttelte den Kopf. Das Feuer prasselte vor sich hin, Insekten summten, der Wind säuselte. Die Geräusche und Gerüche des Herbstes waren bereits da, und jetzt, da bald das neue Schuljahr anfing, wollte Dad unser Haus verkaufen.

»Willst du mir keinen Kaffee anbieten?«

Mir war klar, dass ich ihm das nicht abschlagen konnte. Zu der Zeit, als wir noch Gokarts aus alten Kisten gebaut hatten, konnten wir über alles miteinander reden, aber jetzt, da wir nicht mehr bloß Freunde waren, brachte ich kaum ein Wort heraus. Er war ebenfalls zugeknöpft, und ich wusste, dass das an mir lag.

»Wenn du möchtest«, sagte ich.

Während ich den Kaffee machte, stand Billy in der kleinen Küche herum und wirkte fehl am Platz. Er zog eine kleine Tüte Kartoffelchips aus der hinteren Hosentasche und bot mir davon an. Doch ich lehnte kopfschüttelnd ab.

»Wir trinken ihn in meinem Zimmer«, sagte ich und stellte zwei Becher auf ein Tablett, dazu ein paar Vanillekekse. Auf halber Treppe zögerte ich und hoffte, er würde die Einladung auf mein Zimmer nicht falsch verstehen.

Mit unseren Kleidern gelangte der Rauchgeruch nach oben. Wir setzten uns aufs Bett und redeten über nichts, wie man es macht, wenn einer etwas Wichtiges zu sagen hat und nicht weiß, wie er anfangen soll. Zwischendurch knabberte Billy die Chips.

Er stellte seinen Becher ab und rückte etwas näher. »Hast du Lust, später zum Musikladen zu kommen? Es gibt eine neue Platte, hinter der ich her bin. Wir könnten sie uns in einer Nische anhören. Mit zwei Kopfhörern.«

Ehe ich antworten konnte, strich er sich die Haare aus der Stirn und küsste mich.

Ich schmeckte das Salz auf seinen Lippen und rückte weg. Dabei sah ich, wie er die Zähne zusammenbiss.

»Was ist los, Em?«, fragte er. »Bisher hat es dir gefallen. Wirst du spießig oder was?«

Ich seufzte. »Billy, ich kann nicht.«

Ich blickte durch das Zimmer und dann zu Boden. Da lag mein Notizbuch auf dem Teppich unter meinem Schreibtisch. Billy sah es im selben Moment und muss mein Erschrecken bemerkt haben, denn er hob es auf. Ich versuchte, es ihm aus der Hand zu reißen, doch sein Blick flog über die Zeilen, während er es außerhalb meiner Reichweite hielt. Sein Gesicht wurde starr. Dann las er laut daraus vor.

»Ich brauche auch Erfahrungen, um schreiben zu können. Mit seiner Fantasie kommt man nur so und so weit. Und wenn es um Sex geht, geht nichts über das eigene Erlebnis. Nach dem ersten Mal bin ich unsicher und unruhig, aber ich sehe allmählich, welchen Erfahrungsschatz Billy mir bieten kann. Es ist die beste Möglichkeit, meinen Figuren Tiefe zu verleihen.«

Ich ließ den Kopf hängen und saugte die Wange zwischen die Zähne.

»Und? Willst du gar nichts dazu sagen?«, fragte er gequält. »Verdammter Mist, Emma, wie konntest du?«

Ich schüttelte den Kopf und wollte ihm mein rotes Gesicht eigentlich nicht zeigen, zwang mich aber doch, ihn anzusehen. »Es tut mir leid.«

»Mehr war es nicht? Eine Möglichkeit, deinen Figuren Tiefe zu verleihen?« Er spuckte mir die Worte vor die Füße.

»Doch«, murmelte ich, »es war schön.« Aber es klang nicht wie die Wahrheit.

Er setzte sich ans Fußende des Bettes und sah tief gekränkt aus. Bitte, lass mich nicht weinen, dachte ich. Meine Beweggründe waren kompliziert und nicht mal mir selbst völlig klar. Wie sollte ich ihm das erklären? Jungen verstanden eben nicht, dass man sich etwas wirklich wünschen konnte und dann gar nicht mehr wollte, wenn man es endlich bekam. Die meisten unterstützten ihren Fußballclub und gingen mit ihrem Dad zu Spielen. Billy tat das auch alles, war aber trotzdem anders. Dachte ich jedenfalls.

»Billy«, begann ich, um mich zu verteidigen, und wäre fast verstummt, als ich seinen misstrauischen Blick sah. »Ich möchte Schriftstellerin werden. Darum geschieht alles, was ich tue, auf zwei Ebenen.«

Er sah mich fest an. »So funktioniert das nicht, Em.«

»Was meinst du?«

»Du musst die Dinge um ihrer selbst willen tun und später darüber schreiben. Du kannst nicht nur leben, um zu schreiben. Das klappt nicht, Em.« Er zuckte die Achseln. »Du hast mich benutzt und so getan, als hättest du mich wirklich gern.«

»Hatte ich doch … Hab ich immer noch.«

Er schniefte, dann schüttelte er den Kopf und wirkte plötzlich kühler, als hätte er eine Entscheidung getroffen. »Du kannst

Leute nicht so behandeln. Das war unrecht.« Er stand auf und ging ans Fenster. »Ich sollte das Feuer jetzt löschen. Ich finde allein hinaus.«

Er sah mich so unverhohlen feindselig an, dass ich die Tränen nicht länger zurückhalten konnte.

»Deine Tränen wirken bei mir nicht, Em. Hätte dich nie für ein berechnendes Miststück gehalten. Sag deinem Dad, er muss sich einen anderen Gärtner suchen.«

Nachdem er gegangen war, stand ich am Fenster. Billy deckte draußen das Feuer zu, bis es nur noch schwelte, und verließ dann mit hoch erhobenem Kopf den Garten und mein Leben.

Ich betrachtete mich im Spiegel, die rot geränderten Augen und die fleckige, blasse Haut. Ich sah mehr denn je wie Bertha Mason aus und war bestimmt keine strahlende Schönheit. Billy war mein einziger echter Freund, wenn ich von der Schule nach Hause kam, und jetzt verabscheute er mich. Ich schämte mich und wusste nicht, wie ich das je wiedergutmachen sollte. Ich konnte mich selbst nicht leiden und fühlte mich überfordert, als hätte ich mich ein Stückchen in die Erwachsenenwelt hinausgewagt und Gefühle geweckt, mit denen ich nun nicht zurechtkam. Dabei mochte ich Billy wirklich. Aber zu mehr war ich noch nicht bereit, und ich war zu dumm gewesen, ihm das nicht zu sagen.

Ich musste etwas tun, damit es mir besser ging, mich zusammenreißen und für Fleur Fruchtgelee oder Flammeri zubereiten oder für Dad die Küche aufräumen. Das wäre nicht viel und würde mich nicht zu einem guten Menschen machen, aber vielleicht würde ich mich dann nicht mehr ganz so schlecht fühlen. Sowie ich an Billy dachte, musste ich mir über die Augen wischen. Es war mir unerträglich, dass ich ihn verletzt hatte. Am meisten beschäftigte mich aber die Frage, wie lange es wohl dauerte, das Haus zu verkaufen, und ob ich noch Zeit haben würde, mich wieder mit Billy zu vertragen, ehe es zu spät war.

46

Die Gedenkfeier sollte im Park stattfinden. Lydia war voll nervöser Energie und trommelte mit den Fingern auf dem Fensterbrett herum. In Malaya zu leben war, als stünde man bei sengender Sonne im Sumpf: Wenn man sich wehrte, ging man unter. Wehrte man sich nicht, starb man an der Hitze. Wer hatte das noch gleich gesagt? Alec? Oder Jack? Sie schloss die Augen. Die dunkelgrüne Hölle machte ihr immer noch Angst, gleichzeitig ging ihr die Schönheit unter die Haut: die Fakire, die Schlangenbeschwörer, die versteckten Dörfer, der Nebel über dem Dschungel.

Sie schaute zu, wie der Wind Abfall und Sand aufwirbelte, während ihr Kaffee kalt wurde. Sie hatte sich von Alec abhängig gefühlt und ebenso von Jack. Doch die Zeiten hatten sich geändert. Sie hatte sich geändert. Sie sah auf die Uhr. Es war Zeit aufzubrechen, und sie beschloss, allein zu gehen. Später würde sie sich Arbeit und eine eigene Wohnung suchen, aber in Malakka, nicht in Singapur. Sie wollte hierbleiben, konnte aber nicht ewig bei Adil wohnen.

Im Park hielt sie sich abseits von den Frauen, die sich in gedämpfte Farben gehüllt hatten und zu dritt und viert beieinanderstanden. Sie fächelten sich mit breitkrempigen Strohhüten Luft zu, steckten die Köpfe zusammen und flüsterten hinter vorgehaltener Hand. Die Männer hatten sich um Ralph versammelt, der im steifen Leinenanzug einherstolzierte, dann mit erhobener Hand um Ruhe bat.

Als oberster Verwaltungsbeamter im neuen Malaya begann er eine pathetische Rede über die Opfer an Menschenleben, die der Terrorismus in den Jahren des Notstands gefordert hatte.

Wenn er in Lydias Richtung schaute, wich sie seinem Blick aus. Sie wollte nicht hier sein, aber sie war es ihren Kindern schuldig. Nach den Reden nickte sie Bekannten zu und entzog sich dann rasch ihren mitfühlenden Blicken. Auf Plattitüden konnte sie gut verzichten. Sie wich Cicely aus und gab nur Ralph die Hand.

Erleichtert, dass sie alles überstanden hatte, hielt sie auf den Ausgang des Parks zu, wo Cicely ihr jedoch entschlossen entgegentrat. Lydia sah resigniert, dass es keine Möglichkeit gab, ihr aus dem Weg zu gehen.

»Ich weiß, dass du nicht mit mir reden möchtest, aber es gibt jemanden, den du unbedingt kennenlernen musst. Keine Widerrede, Darling.«

Lydia seufzte. »Um Himmels willen, Cicely, hat man vor dir denn nie seine Ruhe?«

Cicely ging nicht darauf ein, sondern nahm sie beim Ellbogen und führte sie zu einer großen blonden Frau, die allein stand und eine Zigarette rauchte. Hastig machte Cicely sie miteinander bekannt. Die Frau hieß Clara und war Amerikanerin. Sie und ihre Schwester lebten seit dem Krieg in Malaya und hatten für die britische Regierung gearbeitet. Sie hatten zuerst nur nach dem verschollenen Mann ihrer Schwester suchen wollen und waren schließlich in dem Land geblieben. Leider war ihre Schwester dann als Sekretärin bei dem Brand im Gästehaus bei Ipoh umgekommen. Nach ein paar Sätzen entfernte sich Cicely diskret.

»Sie leben hier?«, fragte Clara mit Westküsten-Akzent und blickte Lydia aufmerksam an.

»Jetzt wieder. Vor kurzem war ich noch in Singapur.«

»Zigarette?«

Lydia schüttelte den Kopf. »Ich möchte nicht unhöflich sein, aber …«

Die Frau hob die Hand. »Ich komme sofort zur Sache. Haben Sie Fotos von Ihren Töchtern?«

Lydia holte tief Luft. »Ja, aber ich verstehe nicht –«

»Bitte. Es dauert nur eine Minute.«

Lydia klappte ihr Medaillon auf und hielt es ihr hin.

Die Frau betrachtete es. »Und Sie sagen, die Mädchen waren in der Brandnacht dort?«

»Es wurden zwar alle Unterlagen vernichtet, die das hätten beweisen können, aber ich gehe davon aus.«

Clara betrachtete erneut die Fotos. »Ich war bis kurz vor dem Brand dort.«

»Dann müssen Sie sie gesehen haben.« Lydia biss sich auf die Lippe.

Es folgte ein längeres Schweigen.

Hatte Cicely sie deshalb miteinander bekannt gemacht? Damit sie mit jemandem sprechen konnte, der ihr etwas über die letzten Tage ihrer Töchter erzählen konnte? Sie fand die Sprache wieder. »Wie ging es ihnen? Waren sie glücklich dort?«

Clara zögerte. »Die Sache ist die: Ich erkenne die beiden nicht. Ich –« Sie stockte.

Lydia starrte über die Frau hinweg. Plötzlich schien alles in unerträglicher Lautstärke in ihren Ohren zu dröhnen: die Geräusche im Park, die Insekten, der Verkehr um sie herum, die Stimmen der Passanten. Sie wünschte sich einfach nur weg. »Es tut mir leid«, sagte sie und hielt die Hand auf, um das Medaillon wieder an sich zu nehmen. »Ich kann das nicht. Ich muss jetzt gehen.«

Clara schaute noch einmal auf die Fotos, schüttelte den Kopf und gab das Medaillon zurück. »Da war eine Familie mit zwei Mädchen. Doch sie zog, eine Woche bevor das Feuer ausbrach, in ein Haus. Ansonsten gab es nur noch zwei weitere Kinder. Zwei Jungen.«

Lydia fasste sich ans Herz. »Wissen Sie ganz genau, dass die Familie mit den Mädchen ausgezogen ist?«

Die Frau lächelte. »Ja. Obwohl es in dieser Nacht drunter und drüber ging. Meine Schwester wohnte schon seit drei Monaten dort, aber kurz nach der Warnung, dass den Behörden in Ipoh ein Anschlag drohte, füllte sich das Haus.«

Das war verrückt. Der Boden schien unter Lydias Füßen zu schwanken. »Andere Mädchen waren nicht dort untergebracht?«

Clara schüttelte den Kopf.

»Erzählen Sie mir von der Familie, die noch rechtzeitig ausgezogen ist.«

»Da war der Vater … mit zwei Töchtern …« Sie versuchte, sich zu erinnern.

Lydia verschränkte die Arme. Ihr Hals schmerzte so sehr, dass sie kaum schlucken konnte. Sie war so nervös wie noch nie.

Das Gesicht der Frau hellte sich auf. »Ich weiß es wieder. Die Frau war hochschwanger. Darum sind sie ausgezogen. Sie wollten in ihrem eigenen Haus sein, bevor das Baby kam. Sie waren zwei oder drei Monate lang in dem Gästehaus gewesen. Ach ja, der Ehemann war genauso dick wie seine Frau. Ich weiß noch, wie ich dachte, dass nicht nur sie für zwei isst.«

Alec war ausgesprochen schlank gewesen. »Und andere Mädchen waren ganz bestimmt nicht dort?«

»Es war nach Mitternacht, als ich ging. Ich habe mich ausgetragen und bemerkt, dass die letzten Gäste gegen sechs gekommen waren, ein Ehepaar mittleren Alters ohne Kinder. Die Party ging zu Ende, alle waren betrunken, schliefen auf Feldbetten im Aufenthaltsraum. Der Pförtner hat hinter mir abgeschlossen.« Sie zögerte.

»Bitte erzählen Sie weiter.«

»Die Aufständischen haben rund um das Haus mit Brandbeschleunigern Feuer gelegt und die Ausgänge blockiert. Bei dem vielen Holz brannte es im Nu lichterloh. Ich habe meine Schwester nie wiedergesehen.« Sie seufzte, senkte aber nicht den Blick.

Lydia fasste sie mitfühlend am Arm. »Meine Mädchen können also nur dort gewesen sein, wenn sie mitten in der Nacht eingetroffen wären.«

»Niemand kam dort je in der Nacht an. Es herrschte strikte

Ausgangssperre, und es wäre viel zu gefährlich gewesen. Ich konnte an dem Abend nur weg, weil mich jemand in einem Polizeiwagen mitnahm. Man schätzt, dass das Feuer zwischen ein und zwei Uhr gelegt wurde.«

»Wenn meine Mädchen da waren, dann schon etwas länger«, sagte Lydia. Wenn sie Georges Worten Glauben schenken konnte, waren Alec und die Kinder damals kurz vor ihr nach Ipoh gefahren. »Und dann wären sie Ihnen aufgefallen.«

»Ich habe meine Schwester zwei Monate lang täglich gesehen, und außer der Familie mit der schwangeren Frau waren bestimmt keine Mädchen dort. Wir haben oft über die anderen Gäste gesprochen.«

»Wenn das so ist –« Lydia bekam weiche Knie. Sie streckte Halt suchend die Hände aus, und Clara hielt sie fest, aber Lydia konnte den Satz nicht zu Ende bringen. Der Kloß in ihrer Kehle verhinderte es.

Clara wurde sehr ernst. »Es ist sicher ein Schock für Sie, aber ich bin mir absolut sicher, dass Ihre Töchter in der Nacht des Brandes nicht im Gästehaus waren.«

Lydia schloss die Augen. Es pochte und rauschte in ihren Ohren, und sie schwankte. Clara nahm sie in den Arm und klopfte ihr beruhigend auf den Rücken. Schließlich löste sich Lydia von ihr und gab ihr einen Kuss auf die Wange. Clara lächelte sie an.

»Danke. Sie ahnen gar nicht, wie dankbar ich Ihnen bin«, sagte Lydia.

Als Lydia wenig später durch die Innenstadt von Malakka ging, schwirrte ihr der Kopf, sodass sie das Chaos um sich herum kaum bemerkte. Weinende Kinder, rufende Männer, Frauen, die Arm in Arm gingen, das Gehupe der Autos, das Rikschaklingeln, die Musik aus den offenen Fenstern – all das nahm sie nur am Rande wahr. Gedankenverloren lief sie durch den Strom der Fußgänger, die Arme halb ausgestreckt, als könnte sie ihre Töchter jeden Moment an sich ziehen und ihren Herzschlag spüren. Ihren Herzschlag! Ihre zarten, lebendigen Körper! Sie hörte ihre Stimmen. Sie sah Emma an ihrem Schreibtisch sitzen und in ihr Tagebuch schreiben, sah ihr eindringliches Lächeln, das so typisch für sie war. Genau wie ihre zupackende Art, etwa als Fleur in den Überschwemmungsgraben fiel. Liebe, süße Fleur.

Bei jeder Erinnerung brannten ihr von neuem die Augen, und sie musste sich die Tränen wegwischen. Sie hatte so hart daran gearbeitet, den Tod ihrer Kinder zu akzeptieren, dass es ihr nun schwerfiel, sich von einer Sekunde auf die andere vom Gegenteil zu überzeugen. Seit dem Brand war jeder Tag für Lydia ein Tag gewesen, der sie weiter von ihrem gemeinsamen Leben mit den Mädchen entfernt hatte, und nun diese Kehrtwende! Von jetzt an würde sie ihnen mit jedem Tag wieder einen Schritt näher kommen. Sie bohrte sich die Fingernägel in die Handflächen. Nein, es war kein Traum. Sie war hellwach und wurde gerade in einem feinen, silbrigen Nieselregen nass.

Als der Wind auffrischte, dachte sie an Emma, die sich mit drei Jahren an einem windigen Tag im Kreis drehte und laut fragte, woher der Wind komme. Vom Atem eines Riesen, antwortete Lydia, und Emma blickte sie daraufhin schräg von der Seite an und sagte: »Sei nicht albern, Mummy, so was wie Riesen gibt es doch gar nicht.«

Als sich Claras Neuigkeiten in ihr gesetzt hatten, hätte sie sich am liebsten mitten auf die Straße gestellt und laut gejubelt, ihrer überbordenden Freude freien Lauf gelassen. Die Tränen strömten ihr übers Gesicht. Sie fühlte sich wie aus den Angeln gehoben und zugleich ekstatisch, in eine neue Welt versetzt, wo nichts mehr war wie vorher, wo das Leben so ganz anders war, als sie es sich hatte vorstellen können, wo Kinder sterben und wieder leben konnten. Nur in ihrer ersten Verzweiflung hatte sie sich an solch eine Möglichkeit geklammert, als der Brandgeruch in ihrem Kopf einen Funken Wahnsinn geschlagen hatte. Und jetzt war es doch passiert, wahrhaftig passiert. Sie wollte Adil sehen. Er sollte ihr bestätigen, dass es wirklich so war.

Erst als es dunkel wurde und die Straßenlampen angingen, betrat sie seine Wohnung. Mit zitternden Händen brühte sie sich einen Kaffee auf. Aber wenn die Mädchen am Leben waren – und Clara war sich da sicher –, wo waren sie dann? Und warum hatte Alec ihr das angetan? Sie konnte es nicht verstehen. Warum sollte er ihr die Kinder nehmen und mit ihnen verschwinden? Doch nicht etwa wegen Jack? Sie hatte Alec versprochen, den anderen nicht wiederzusehen, und war sicher gewesen, dass er ihr glaubte. So lange hatte sie sich nach einem Ende der Traurigkeit gesehnt, und jetzt konnte es tatsächlich so weit sein. Doch in ihre Freude mischten sich Zweifel. Wenn Clara sich nun irrte? Oder wenn sie Emma und Fleur niemals finden würde?

Sie stellte die Tasse ab, weil sie keinen Schluck hinunterbekam. War Alec in Malaya? Irgendwo hinter dem hügeligen Dschungelgebiet?

In dem Haus knackte und knarrte es. Es schien so rastlos zu sein wie sie. Lydia öffnete ein Fenster und sah einer alten Frau zu, die den schmalen Bürgersteig auf der anderen Straßenseite entlangschlurfte. Plötzlich wurde ihr das Zimmer zu eng. Ihre Haut kribbelte, und in ihrem Kopf begann es zu pochen. Sie setzte sich auf den Boden, zog die Knie an die Brust und schaute zu den drei rosafarbenen Wolkenstreifen am Himmel. Sie dachte an die bunten malaiischen Vögel, die glänzenden Fische, die schillernden Insekten. Waren ihre Kinder noch hier? Irgendwo in Malaya? Zwischen den Wolken erschien eine goldene Zickzacklinie, und sie nahm sie als Zeichen. Ja, die Mädchen waren noch hier. Das fühlte sie. Sie stand auf, starrte in den Spiegel, sah die Angst und Aufregung in ihrem Gesicht und atmete ein paarmal tief durch.

Adil wird wissen, was zu tun ist, dachte sie und konnte nun wieder mit mehr Ruhe warten.

Eine Stunde später wandte sie den Kopf zur Tür, als sie hörte, wie sich der Schlüssel im Schloss drehte. Adil setzte sich neben sie, hielt ihre Hand und ließ sie weinen. Mit tränenerstickter

Stimme begann sie zu erzählen, und als sie fertig war, sah sie ihm in die Augen und hielt seinen Blick fest.

»Das sind sehr gute Neuigkeiten«, sagte er.

»Wundervolle Neuigkeiten.« Sie schniefte ein-, zweimal, dann lächelte sie breit und konnte nicht mehr damit aufhören. Mit trockner Kehle und brennenden Augen vom vielen Weinen fing sie an zu lachen.

Er zog sie an sich. »Ich werde alles tun, damit wir sie finden«, sagte er.

»Was würde ich nur ohne dich machen?«

»Du würdest schon einen Weg finden. Aber so musst du dich nicht allein auf die Suche machen. Und wir werden Erfolg haben, das verspreche ich dir.«

Er senkte den Kopf und küsste sie zum ersten Mal auf den Mund.

Während sie in seinen Armen lag, verging die Einsamkeit, die sie schon so lange in sich getragen hatte. Mit klopfendem Herzen wurde ihr klar, dass an ihre Stelle ein Gefühl der Zugehörigkeit getreten war, und zum ersten Mal seit jenem schrecklichen Tag in Ipoh fühlte sie sich sicher.

47

Müde vom Schlafmangel, aber voller Hoffnung startete sie in den nächsten Tag. Nachdem Adil Zweifel daran geäußert hatte, dass die Kinder noch in Malaya waren, wusste sie nicht mehr, was sie denken sollte. Er war sich sicher, dass ihnen sonst etwas über die Mädchen zu Ohren gekommen wäre. Doch Lydia war noch nicht überzeugt. Sie beobachtete, wie die Handelsschiffe mit Waren aus riesigen Lagerhäusern beladen wurden – Kautschuk, Holz, Seide. Und draußen auf dem Meer glitten Ozeanriesen vorbei wie weiße Wale. Waren ihre Töchter mit solch einem Schiff gefahren? Unterwegs zum Hafenamt am Kai, stellte sie sich die beiden an Bord vor. Die Aufregung, die fröstelnde Begeisterung bei Nacht, wenn die Lichter des Schiffes auf dem Wasser glitzerten und der salzige Geruch des Meeres besonders intensiv war. Wenn man die Wellen gegen die Bordwand schlagen hörte.

Beim Hafenamt war nicht verzeichnet, dass Alec mit den Kindern ein Schiff bestiegen hatte. Ihr wurde kalt. Kein Schiff nach Australien, Borneo, England oder sonst wohin. Langsam spazierte sie am Kai entlang und hielt die Tränen zurück. Nicht einmal die tiefliegenden Boote aus Sumatra, die auf den schaumgekrönten Wellen schaukelten, konnten ihr ein Lächeln abringen.

Sie fuhr zur Redaktion der *Straits Times*, wo eine Journalistin der Frauenseite sie zum Interview erwartete. Telefone klingelten, Schreibmaschinen ratterten, und das Radio war zu laut gestellt. Einige kettenrauchende Männer starrten ihr ungeniert auf die Beine. Sie spürte ihre Blicke im Rücken, hielt aber das Kinn hoch und ließ sich nicht beirren. Es war nur ein Versuch, doch wenn Adil falschlag und die Mädchen noch in Malaya waren, würde sich vielleicht jemand auf den Artikel hin melden.

»Eine Frau, die ihre Kinder tot geglaubt hat, findet heraus, dass sie noch leben, weiß aber nicht, wo sie sind … Unsere Leserinnen werden zu Tränen gerührt sein«, sagte die Journalistin und zündete sich eine Zigarette an.

Nach dem Treffen in der Redaktion ging Lydia zur Post, um ein Telegramm aufzugeben. Als sie in der Schlange stand und wartete, spürte sie das vertraute Kribbeln an Hals und Brust. Alec hatte immer betont, dass ihn nichts dazu bringen könne, je wieder nach England zu gehen, egal was passierte. Auch zu seinen Eltern hatte es keinen Kontakt mehr gegeben. Aber vielleicht wussten sie doch, wo er sich jetzt aufhielt. Früher hatte Alecs Vater rundheraus abgelehnt, ein Telefon installieren zu lassen. Trotzdem sah Lydia im internationalen Telefonbuch nach. Nichts. Also musste sie schreiben, und ein Telegramm war schneller als ein Brief. Sie überlegte, es an die Eltern zu adressieren, folgte aber einer Eingebung und gab Emmas Namen an. Ihr Herz machte einen Sprung bei dem Gedanken, dass Emma es schon bald lesen würde.

Es war Adils Idee, zum Stausee hochzufahren und sich anzusehen, wie er am Abend eine saphirblaue Farbe annahm. Adil hatte soeben mit der Polizei in England und Australien telefoniert. Es war ein feuchter Abend, und Lydia wischte sich den Schweiß von der Stirn, als sie zum Wagen gingen.

»Was haben sie gesagt?«, fragte sie.

»Ohne einen Beweis, dass Alec im Land ist, können sie keinen Vermisstenfall daraus machen.«

»Könnte die Kripo nicht ermitteln?«

»Nur wenn ein Verbrechen in ihrem Land passiert ist. Die britische Polizei hat immerhin den Tipp gegeben, dass wir an die Finanzbehörde oder das Sozialministerium schreiben sollen.«

»Das tue ich, sowie wir zurück sind, gleich morgen früh.«

»Ich kann umkehren, wenn du möchtest.«

Sie zögerte. »Ob jetzt oder in ein paar Stunden, das macht keinen großen Unterschied. Lass uns weiterfahren.«

»Wir brauchen nicht lange zu bleiben. Ich dachte nur, es würde dir guttun, mal rauszukommen.«

»Ich weiß.« Nach kurzem Zögern fügte sie hinzu: »Ich würde am liebsten sofort nach England reisen und es bei seinen Eltern versuchen. Schließlich bist du ja auch davon überzeugt, dass sie nicht mehr in Malaya sind.«

»Bin ich, aber du sagst, dass Alec nicht mehr dorthin zurückwollte. Warum um den halben Erdball reisen, wenn es möglicherweise nichts bringt? Das Ticket kostet ein Vermögen, und sie könnten überall sein. Lass uns erst mal sehen, ob wir von hier aus etwas herausfinden.«

»Vielleicht mit Hilfe eines Privatdetektivs?«

Er zog ein Gesicht. »Von denen halte ich nicht viel. Sie nehmen dein Geld und lassen dich dann auf dem Trocknen sitzen. Aber es könnte sich lohnen, sich an Somerset House in London zu wenden. Wenn er wieder geheiratet hat, gibt es einen Eintrag im Personenstandsregister.«

»Was ist mit Interpol?«, fragte sie.

Er schmunzelte. »Unwahrscheinlich, denn die beschäftigen sich vor allem mit dem organisierten Verbrechen. Aber wenn du willst, schreibe ich an das Generalsekretariat.«

Lydia seufzte. Schweigend lauschte sie dem Motorengeräusch auf der Schnellstraße und begann in Gedanken Briefe zu formulieren.

Sie tauchte erst aus ihren Gedanken auf, als er auf eine kurvige Bergstraße abbog. Unterhalb des Gipfels parkten sie. Vom Meer wehte ein frischer Wind herauf, und in der duftenden Abendluft folgten sie einem Trampelpfad durch dichtes Farngebüsch. Er half ihr um große Felsblöcke herum, und wenn er ihre Hand berührte, war da ein Gefühl, das sie nicht erklären konnte. Es war eine bindende, schicksalhafte Kraft, die die Chinesen *yuanfen* nannten. Lydia konnte nicht sagen, ob sie wirklich füreinander bestimmt waren, aber Adil hatte ihr gezeigt, wie stark sie war. Die Gipfel leuchteten in einem graurosa Licht, das die Senken umso dunkler erscheinen ließ. Er sah sie an und lächelte. Nachdem er seine unnahbare Fassade aufgegeben hatte, spürte sie die Wärme, die von ihm ausging.

»Schau«, sagte er und trat einen Schritt zur Seite. »Da drüben. Das ist das Haus der Parrotts.«

»Es sieht so nah aus.«

»Per Luftlinie mag das stimmen, aber über die Straße ist es ein beträchtliches Stück bis dorthin.«

Sie gingen weiter an Wasserfällen und Tümpeln vorbei. Oben auf dem Gipfel sah sie den Hang hinunter. Nach und nach flammten Lichtpunkte entlang des Tals auf. Weiter hinten im Westen, wo der Himmel ans Meer grenzte, leuchtete ein hellvioletter Streifen am Horizont, dessen Farbe in ein strahlendes Orange und Gold überging. Lydia drehte sich um und sah, wie sich die weite Fläche des Stausees rot färbte. Sie stieß einen Pfiff aus, drehte sich um und sah die Sonne im Meer verschwinden, nur die winzigen violetten Schiffe zeigten an, wo der Hafen lag.

Adil blickte zum dunklen Himmel auf. »Wir fahren besser zurück. Es kommt schlechtes Wetter.«

»Danke für den Ausflug. Es ist wunderschön hier oben.«

In sein Gesicht trat ein Ausdruck, den sie nicht benennen konnte. Wenn sie seine Hand berührte, glaubte sie, es längst zu wissen, wollte jedoch, dass er es aussprach. Er sagte nichts, stellte sich aber vor sie und strich ihr sanft über die Schultern. Sie blickte auf und berührte seine Wange.

Keiner sagte ein Wort.

»Das ist vielleicht nicht der richtige Augenblick«, sagte er dann. Er ließ seine Hände sinken und schaute wieder zum Himmel.

»Wäre es nicht wunderbar, wenn im Leben ausnahmsweise mal etwas unkompliziert wäre?«

Er lachte. »Vielleicht, aber vermutlich wären wir dann alle schrecklich gelangweilt.«

»Nach allem, was ich hinter mir habe, wäre ich mit ein bisschen Langeweile sehr zufrieden, das kannst du mir glauben.«

Grinsend nahm er ihre Hand, und sie rannten zum Wagen und sprangen lachend und stolpernd über Felsbrocken, um vor dem Regen dort anzukommen.

Als sie vor Harriets Haus ausstiegen, klatschten große Tropfen auf die Straße. Sie stellten sich unter das Vordach, um nicht durchnässt zu werden, aber ein großer kriechender Feigenbaum an der Hauswand hatte sich bis unter das Glasdach ausgebreitet, sodass die Regentropfen an seinen Blättern entlangliefen und von dort auf ihre Haare und Gesichter fielen.

Harriets Hausdiener öffnete und musterte sie misstrauisch. Adil überredete ihn, sie in den großen Hausflur zu lassen, doch der Diener blieb vorsichtig. Nach ein paar Minuten näherten sich Stimmen, und Harriet erschien im Türbogen, bekleidet mit einem knallgelben Kimono. Etwas von ihrem leuchtend orangefarbenen Lippenstift klebte an einem Schneidezahn, außerdem war er in die senkrechten Fältchen über ihrer Oberlippe gekrochen. Wenig erfreut schaute sie zwischen den beiden hin und her, und ihre breiten Wangen röteten sich. Die Rubine an ihrem faltigen Dekolleté funkelten.

Ist sie betrunken oder nur gereizt?, fragte sich Lydia.

»Sie habe ich auch schon mal gesehen«, sagte Harriet.

Adil nickte.

»Also, lassen Sie uns meinetwegen Platz nehmen.«

Lydia betrachtete Harriets Gesicht und fand, dass sie seit ihrem letzten Besuch gealtert war. Ihr Haaransatz war weiß, die Lider hingen an den Augenwinkeln herab, und sie war noch fülliger geworden. Es musste an Georges Tod liegen oder an der Anstrengung, ihr altes Leben mit seinen Privilegien weiter aufrechtzuerhalten.

»Sie sehen mich so merkwürdig an, meine Liebe. Gefällt Ihnen nicht, was Sie sehen?« Harriet sprach mit einer Schärfe, die Lydia von ihr nicht kannte.

Sie murmelte eine höfliche Floskel.

»Da wir nun hier sind –«, begann Adil und sah Harriet fest in die Augen.

»Da Sie nun hier sind«, fiel sie ihm ins Wort, »lassen Sie uns nicht um den heißen Brei herumreden. Ich nehme an, Sie wollen die Wahrheit über George wissen?«

Adil saß mit unbewegtem Gesicht auf der Sesselkante und blickte sie unverwandt an.

Es folgte ein gereiztes Schweigen.

Harriet lachte gekünstelt. »Hätte er sich nur nicht wieder verleiten lassen. Sie sind der Wahrheit so nahe gekommen, Adil, aber bis Ihre Kollegen kamen, hatten wir jedes Beweisstück vernichtet.«

»Betrug?«, fragte Lydia.

»Waffenschmuggel, meine Liebe. Alec wusste natürlich davon und war bis zu einem gewissen Grad darin verwickelt. Wie weit, wollte George mir nicht sagen. Aber das ist der Grund, warum George ihm geholfen hat, von hier wegzukommen. Mit falschen Pässen und falschen Fährten für Sie, meine Liebe. Es tut mir so leid.«

»Falsche Pässe? Falsche Fährten? Moment mal. Das heißt, er ist mit den Mädchen ins Ausland gegangen.« Heiße Panik stieg in ihr auf. Sie drehte sich zu Adil. Der nickte. Sie wollte etwas sagen, musste aber erst ein paarmal tief durchatmen, bis sich das Panikgefühl legte.

Harriet räusperte sich und schaute weg.

»Ich verstehe nicht«, sagte Lydia schließlich. »Warum wollte Alec so dringend fort? Das kann doch nicht nur wegen mir und Jack gewesen sein.«

»Das hat sicher auch eine Rolle gespielt. Unterschätzen Sie nie den männlichen Stolz, meine Liebe.«

Lydia blickte sie böse an. »Ach, hören Sie auf, er hat meine Kinder mitgenommen.«

»Trotzdem … Aber lassen Sie mich erzählen. George wurde gierig. Er hat den Staat bestohlen. Und da kam Alec ins Spiel, denke ich. Finanzverwaltung.«

Lydia stockte das Herz. »Wollen Sie ernsthaft behaupten, die beiden haben unter einer Decke gesteckt?«

Harriet zuckte die Achseln.

»Also, ich habe Alec ja vieles zugetraut, aber nicht, dass er unehrlich ist.«

»Oh, Sie brauchen sich keine Sorgen zu machen –«

»Sorgen? Um Alec? Das ist das Letzte, was mich beschäftigt!«

»Nun, jedenfalls gibt es keine Beweise mehr bis auf ein einziges ziemlich verfängliches Dokument.« Harriet sah Adil fragend an.

Er schüttelte den Kopf.

»Dann verhält es sich, wie ich gedacht habe: Alec hat es, und er wird sich wohl kaum selbst verraten, nicht wahr?«

»Der Name«, warf Adil ein und schoss Lydia einen warnenden Blick zu, sie möge still sein. »Unter welchem Namen ist er ausgereist?«

Harriet schüttelte den Kopf. »Bedaure, daran erinnere ich mich nicht.«

Lydia glaubte ihr nicht und ließ es sich offenbar anmerken.

»Das ist die Wahrheit«, sagte Harriet. »Ich habe den Namen nur einmal gehört. Er war seinem eigenen sehr ähnlich. Glauben Sie mir, ich habe von alldem nichts gewusst bis kurz vor Georges Tod.«

»Was ist dann passiert?«, fragte Adil.

»Nachdem wir alles verbrannt hatten, stellten wir fest, dass ein Dokument fehlte. George wusste nicht, ob Sie, Adil oder Alec es hatte. Jedenfalls wollte George die öffentliche Schande unbedingt vermeiden. Ein Mann in seiner Position. Darum beichtete er mir alles.« Harriet starrte auf den Boden, dann hob sie den Kopf zu einem gezwungenen Lächeln.

Lydia holte scharf Luft und presste die Lippen zusammen, um sich zu beherrschen. Ihr ging durch den Kopf, dass Harriet mehr wissen könnte, als sie vorgab.

»Wenn ich nicht entdeckt hätte, dass meine Kinder noch leben, hätten Sie es mir je gesagt? Oder hätten Sie mich weiter glauben lassen, sie seien tot?«

»Meine Liebe, ich habe es Ihnen auf meine Weise mitgeteilt. Ich bin auf Clara gestoßen und habe Cicely gebeten, sie mit Ihnen bekannt zu machen.«

»Aber wie konnten Sie mir das antun? Wie konnten Sie so grausam sein? Als ich das Haus damals leer vorfand, bin ich als Erstes zu Ihnen gekommen.«

»Ich versichere Ihnen, damals habe ich noch nichts davon gewusst.«

»Damals vielleicht nicht, aber inzwischen wissen Sie es seit Monaten.«

»Es tut mir wirklich leid. Ich musste einen Weg finden, es Ihnen zu sagen, ohne meinen Mann zu belasten. Trotz all seiner Fehler habe ich ihn geliebt, selbst nachdem ich wusste, was er Ihnen angetan hat.«

Lydia sagte nichts. Sie stand auf und ging mit klopfendem Herzen ein paar Schritte umher. Dann wurde sie laut. »Du meine Güte, das ist unglaublich! Sie sagen mir, dass George meine Ankunft in Ipoh verzögert hat, um Alec einen Vorsprung zu geben? Dass er mich in allem angelogen hat?«

Harriet nickte.

»Sie haben mich glauben lassen, dass meine Kinder tot sind.«

»Es tut mir leid. Fast wäre es anders gekommen.«

»Was heißt das?«

»Nach allem, was George sagte, haben die Reisevorbereitungen wohl länger gedauert als erwartet.«

Lydia schlug sich die Hand vor den Mund. »Du lieber Gott, ich kann es kaum ertragen. Sie meinen, ich habe sie nur knapp verpasst?«

Harriet räusperte sich, sagte aber nichts.

»Aber warum das alles? Hätte Alec mich denn nicht einfach mitnehmen können?«

Harriet seufzte. »Sie wissen, warum. Er dachte, Sie seien bei Jack.«

Lydia glaubte, ihr würde der Kopf platzen. »Was wäre denn gewesen, wenn es diesen Brand nicht gegeben hätte? Wenn ich das Gästehaus erreicht hätte, um dann festzustellen, dass Alec gar nicht dort ist?«

»Vermutlich hätte George eine andere falsche Fährte gelegt«, sagte Harriet.

»Und am Ende?«

Harriet schaute schuldbewusst. »Es tut mir leid.«

Im Hof prasselte der Regen, dann donnerte es. Lydia biss die Zähne aufeinander. Es dauerte einen Moment, bis sie wieder sprechen konnte.

»Können Sie sich überhaupt vorstellen, was das für mich bedeutet hat? Als ich die Nachricht hörte, war es, als sei ein Teil von mir mit ihnen gestorben.«

Harriet holte tief Luft und starrte zu Boden.

»Nein, vermutlich können Sie sich das nicht vorstellen. Sie haben ja keine Kinder, nicht wahr?« Lydias Stimme überschlug sich. Dass sie so getäuscht worden war, überstieg ihre Vorstellungskraft. Während sie versuchte, sich zu beruhigen, brach Adil sein Schweigen.

»Werden Sie hierbleiben?«, fragte er Harriet. »Ich meine, seit der Unabhängigkeit hat sich so viel verändert.«

»Oh, ich denke schon.« Harriet nickte. »Wohin sollte ich auch gehen? Das ist das Traurige am Alter. Man hat, was man hat. Neue Chancen gibt es nicht mehr. Ich beklage mich nicht. Über Georges schmutzigen Zeitvertreib habe ich immer Bescheid gewusst. Damit kam ich komischerweise zurecht, aber nicht mit dem Waffenschmuggel.«

Lydia sah sie an. »Das kann ich mir denken.«

Es folgte wieder ein kurzes Schweigen. Dann lächelte Harriet müde. »Mir gefällt es in Malaya. Kann mir nicht vorstellen, nach Surrey zurückzukehren. Hier sind Leben und Tod untrennbar miteinander verbunden, nicht wahr? Das ist natürlich überall so, aber hier ist man sich dessen immer bewusst. Ihr Freund Jack wusste das auch.«

Lydia zuckte zusammen.

»Er hat in seinem Leben oft Russisches Roulette gespielt. Das war natürlich vor Ihrer Zeit. Ich glaube, nach dem Krieg hat das Gefühl der Sinnlosigkeit des Lebens seine Depression verursacht. Erst als er Sie kennenlernte, konnte er sich davon befreien. Aber bei jemandem wie ihm war es nur eine Frage der Zeit ...« Harriet ließ den Satz unvollendet.

»Also, mir reicht es«, sagte Lydia. »Jack ist tot, und ich sehe nicht ein, warum man in der Vergangenheit herumwühlen sollte. Wir sollten jetzt gehen, meinst du nicht, Adil?«

Harriet ignorierte sie. »Wir haben Malaya nur einmal verlassen – während des Krieges. '41 war das. Kurz vor dem ersten Luftangriff der Japaner auf Singapur.«

Als Harriet in Gedanken versank, wechselten Lydia und Adil einen Blick. Sie war immer noch wütend und fragte stumm mit den Lippen: Was machen wir jetzt? Er schüttelte diskret den Kopf. Draußen prasselte der Regen. Sie fühlte sich gefangen und wollte weg. Wenn sie noch eine Minute länger bliebe, würde sie die Beherrschung verlieren.

»Ich habe George mein Leben zu verdanken«, sagte Harriet. »Als Malaya '42 eingenommen wurde, sind viele alte Freunde umgekommen. Das Leben ist ein ständiges Auf und Ab, das werden Sie noch sehen.«

»Können wir das jetzt bitte beenden? Sofort!« Lydia wurde lauter. »Ich möchte nicht zurückblicken.«

»Sie haben recht, meine Liebe, und ich hoffe, wir können auch über Georges unseliges Tun den Mantel des Schweigens breiten.« Harriet sah Adil an.

Er begegnete ihrem Blick, verzog aber keine Miene. Lydia brauchte Zeit zum Nachdenken. Während Adil und Harriet sich weiter unterhielten, starrte sie auf eine Vase mit prachtvollen rosa Rosen, die auf einem Tischchen am Fenster stand und von der ein unerträglich süßer Geruch ausging.

»Sie bleiben über Nacht hier«, sagte Harriet. »Es stürmt zu stark, als dass Sie zurückfahren könnten. Sind Sie mit zwei Einzelbetten einverstanden? Es gibt natürlich noch andere Zimmer, aber dort sind die Betten nicht bezogen.«

Adil schaute Lydia fragend an. Sie zuckte die Achseln.

Harriet beschrieb ihnen den Weg, und als sie das Zimmer verließen, drehte Lydia sich noch einmal um. »Hätten Sie vielleicht Luftpostpapier und einen Stift für mich?«

»Briefpapier? Natürlich. Ich lasse es Ihnen aufs Zimmer bringen.«

In dem kleinen Gästezimmer an der Rückseite des Hauses ließ Lydia das Fenster einen Spaltbreit offen und schaltete das Deckenlicht aus. Eine Tischlampe in der Zimmerecke gab gedämpftes Licht. Adil kam zu ihr, hielt inne und trat ein wenig zurück, um ihr forschend ins Gesicht zu sehen.

»Geht es dir gut?«, fragte er.

»Eigentlich bin ich mordswütend.«

Nach den aufwühlenden Geständnissen von Harriet war ein Gefühl der Unwirklichkeit zurückgeblieben, und jetzt kam noch hinzu, dass sie mit Adil allein in einem Schlafzimmer war. Das ging alles so schnell, und sie war sowohl verunsichert von der Kraft ihres Zorns auf Harriet als auch von ihren aufwallenden Gefühlen.

»Legen wir uns zusammen aufs Bett«, sagte er. »Nur bis es dir besser geht.«

Vollständig bekleidet, die Finger ineinander verschränkt, lagen sie auf dem Rücken nebeneinander. Dann drehte sie sich zu ihm auf die Seite, legte die Hand auf seinen Oberschenkel und sah ihm in die Augen. Er drückte ihre Hand. Noch immer schossen ihr alle möglichen Gedanken durch den Kopf, während sie Revue passieren ließ, was Harriet erzählt hatte.

»Besser?«, fragte er nach einer Weile.

»Ja.«

Als sie dann schüchtern seine Wange berührte, passierte etwas zwischen ihnen. Ganz langsam drehte er sich herum und zog sich das Hemd aus der Hose, stützte sich auf den Ellbogen und zog den Reißverschluss an der Seite ihres Kleides auf. Er schien zu warten. Sie schob die Hand unter sein Hemd und spürte die Kühle seiner Haut.

»Legen wir uns richtig ins Bett«, sagte sie.

»Bist du sicher?«

»Ja. Und jetzt zieh dir endlich das Hemd aus!«

Er zog die Brauen hoch und lächelte. Einen Moment lang sah sie ihn schweigend an, dann warf sie den Kopf zurück und lachte. Er strich ihr das Haar hinter die Ohren und setzte sich auf, um sich das Hemd aufzuknöpfen. Sie zog sich das Kleid über den Kopf und schob sich hastig unter die Bettdecke, sodass sie mit den Beinen zwischen die einzelnen Lagen kam. Er trat das Bettzeug auf den Boden, atmete langsam ein und schloss die Augen.

Es hatte eine Zeit gegeben, als Lydia glaubte, sie könne nie wieder inneren Frieden finden. Sie sah zwar unverändert aus, aber innerlich war sie gealtert, das Leben hatte ihr die Unschuld geraubt und ihr Erfahrungen beschert, auf die sie nicht vorbereitet war. Die Schicksalsschläge hatten sie beinahe zerstört. Doch dann hatte sie Adil gefunden. Er öffnete die Augen und lächelte sie an.

Ihr Liebesspiel war wie ein Feuer, das sich langsam entwickelt. Es war Ungläubigkeit und eine bislang ungekannte Erregung, die Lydia verspürte. Adil war sanft und bewegte sich so völlig im Einklang mit ihr, dass er sie schließlich atemlos zurückließ.

Danach zog sie eines der Laken vom Boden hoch und deckte sie beide damit zu. Sie schmiegte sich an ihn. Er küsste sie auf beide Lider, dann schlief er sofort ein und schnarchte leise. Sie fand Trost in der Intimität. Im Mondschein sah sie, wie er im Schlaf lächelte, und hörte das Regenwasser vom Dach plätschern. Da sie nicht in ihr eigenes Bett wollte, aber auch nicht einschlafen konnte, weil ihr so vieles durch den Kopf ging, beschloss sie, die Briefe zu schreiben, und löste sich vorsichtig von ihm.

Nachdem sie an die Finanzbehörde, das Sozialministerium und an Somerset House geschrieben hatte, löschte sie das Licht und machte es sich zwischen den kühlen Laken des zweiten Bettes bequem. Adil würde ihr die nötigen Adressen am Morgen besorgen. Sie streckte die Hand zum anderen Bett hinüber und fühlte seine Wärme. So kam schließlich ihr Körper zur Ruhe, wenn auch nicht ihr Geist.

Der Abend war völlig unerwartet verlaufen, dennoch kreisten ihre Gedanken um die Mädchen. Es war ihr unerträglich, dass sie noch immer nicht wusste, wo Emma und Fleur waren. Sie sah sie vor sich, spürte ihre Hände in ihren und überlegte, wieso es für ihre Abreise keine Beweise gab. Wenn Alec noch in Malaya wäre, hätte sie durch Adils Kontakte inzwischen davon erfahren. Und wozu brauchte man sonst falsche Pässe, wenn nicht für eine Reise ins Ausland? Wieder dachte sie an Alecs Eltern, tat den Gedanken aber ab. Alec würde niemals zu ihnen zurückkehren. Wie oft hatte er gesagt, wie unerträglich er es bei ihnen fand? Sie überlegte, ob er sich einen anderen Wagen besorgt haben und nach Thailand gefahren sein konnte. Doch Adil hatte alle Grenzübergänge überprüft.

Aber würde er sie tatsächlich auf so hinterhältige Weise auf eine falsche Fährte locken? Ihr so großen Schmerz bereiten? Ungläubig schüttelte sie den Kopf. Die Affäre mit Jack musste Alec weit mehr getroffen haben, als ihr bewusst gewesen war. Als es dämmerte und rote Streifen am Horizont aufstiegen, hörte sie aus einem offenen Fenster jemanden weinen. Harriet, dachte sie, und endlich fielen ihr die Augen zu.

48

Es war in den Herbstferien 1957. Ich schrieb über unseren ersten Februar in England, 1955, schrieb über das Eis an den Schlafzimmerfenstern und den Kohlenrauch, der in der Luft hing, wenn wir aus der Schule nach Hause gingen. Es fiel mir schwer, denn es brachte zu viele Erinnerungen an die Trennung von meiner Mum zurück.

Veronica steckte den Kopf zur Tür herein. Sie und Dad waren noch immer nicht verheiratet, dank der Verzögerung durch ihre Afrikareise.

Sie kam an meinen Schreibtisch, legte einen Arm um mich und blickte mir über die Schulter. »Eine neue Geschichte?«

»Eigentlich nicht.«

»Hör zu, Emma, ich bin schrecklich in Eile und schneie nur schnell herein, um dir zu sagen, dass es aufregende Neuigkeiten gibt.«

Ich bekam eine Gänsehaut. »Hat jemand Mum gefunden?«

Ein wenig ernster setzte sie sich aufs Bett. »Nein, bedaure, mein Schatz. Wir haben doch schon darüber gesprochen, dass das nicht passieren wird. Aber ich kann dir versichern, du wirst dich trotzdem freuen.«

In dem Moment kam Fleur hereingehüpft und machte die Tür hinter sich zu.

Verärgert über die Störung fuhr ich herum und sah sie böse an. »Wir unterhalten uns gerade, Fleur.«

»Sag bloß«, erwiderte sie und ging nicht weiter darauf ein, sondern hopste auf der Stelle herum und sah mich mit leuchtenden Augen und geröteten Wangen an. »Du hast es nicht gesehen, stimmt's?«

»Was gesehen?«

Sie setzte sich neben Veronica aufs Bett und hüpfte auf der Matratze. »Ich habe gesehen, wie der Junge es gebracht hat. Er sah toll aus. Dunkelblaue Uniform mit roten Paspeln und Pillbox-Kappe. Er hat gepfiffen, als er mich gesehen hat.«

»Fleur, worüber redest du überhaupt?«, fragte Veronica und nahm ihre Handtasche.

»Über das Telegramm. Es stand Emmas Name darauf. Dad hat es angenommen.«

»War das jetzt gerade?«, fragte ich.

»Vor einer Weile. Es schien aus dem Ausland zu sein. Dad hat es mit nach oben genommen.«

Da Fleur immer fest zu Dad hielt, war es seltsam, dass sie es mir erzählte. Sie zog die Brauen zusammen und schaute zu Boden. »Ich dachte, er gibt es dir. Aber dann hast du gar nichts erzählt. Ich wollte wissen, was drinsteht. Bist du sicher, dass er es dir nicht gegeben hat?«

Ich schüttelte den Kopf. Seit dem Tag, als er mich in den Arm genommen hatte, waren wir zu verlegen, um darüber zu reden, was passiert war, und hatten uns voneinander ferngehalten.

»Sag nicht, dass du es von mir weißt«, flehte Fleur mit großen Augen.

Veronica nickte mir zu. »Ich denke, du solltest ihn danach fragen. Aber ich muss jetzt wirklich gehen. Wir sehen uns morgen, Emma, ja?«

Ich nickte, war aber wütend auf Fleur, denn jetzt musste ich bis zum nächsten Tag warten, um Veronicas Neuigkeit zu erfahren.

»Willst du nichts zu Mittag essen?«, fragte Fleur.

Veronica schüttelte den Kopf.

Nachdem sie weg war, gingen Fleur und ich nach unten. Dad war in der Küche und machte eine Dose Hühnercremesuppe heiß. Das war Fleurs Lieblingssorte. Ich dagegen mochte am liebsten Grans Schälerbsensuppe. Ich schluckte den Kloß hinunter, der mir immer in die Kehle stieg, wenn ich an Gran dachte, und verschränkte die Arme.

»Kann ich bitte das Telegramm haben?«, fragte ich so ruhig wie möglich.

Er blickte mich streng an, aber ich wich nicht zurück.

»Das an mich adressiert war.«

Er ließ die Schultern hängen. »Ich wollte dich nur schonen.«

Ich starrte ihn an. »Aber Dad, es ist an mich gerichtet. Fleur hat es gesehen.«

Fleurs Blick klebte an der Tischplatte aus Resopal, als wären die darauf abgebildeten Pfannen, Möhren und Kasserollen hochinteressant.

Mir fiel noch etwas ein. »Warum hast du uns nicht gesagt, dass du das Haus verkaufen willst? Ich hab es von Billy erfahren.«

»Du weißt, dass das zu erwarten war«, antwortete er mit dem Rücken zu mir, während er in der Suppe rührte.

Mir kam die Wut hoch, aber ich beherrschte mich. »Nein, Dad, das weiß ich nicht. Ich weiß gar nichts, weil du mir nichts sagst.«

Es wurde still im Raum. Nur die Suppe blubberte auf dem Herd, und der Holzlöffel schabte über den Topfboden.

»Und überhaupt will ich gar nicht umziehen.«

Er fuhr zu mir herum. »Das ist nicht deine Entscheidung.«

Ich streckte die Hand aus. »Kann ich bitte das Telegramm haben?«

»Fleur hat sich getäuscht. Es war nicht für dich.«

Fleur sperrte vor Verblüffung den Mund auf. In ihren Augen konnte Dad nichts Unrechtes tun.

»Was war es denn dann für ein Telegramm?«

»Nun ist es aber genug, Emma. Das Telegramm geht dich nichts an.«

Dann schien er ein Stück in sich zusammenzusacken und schaute zu Boden. »Nehmt euch eure Suppe. Ich bin gleich wieder da.«

Die neuen Jalousien waren heruntergezogen, sodass das Tageslicht nur durch die Ritzen fiel. Ich schenkte die Suppe aus, und wir aßen schweigend.

Nachdem Dad doch nicht zurückgekommen war, ging Fleur nach draußen, um Rad zu schlagen, und ich schlich nach oben in sein Zimmer. Er war nicht da. Das Telegramm war auch nirgends zu sehen. Ich konnte nicht verstehen, warum er es mir nicht zeigte, wenn auch nur um zu beweisen, dass es nicht für mich war. Es musste mit Mum zu tun haben. Eindeutig. Ich sah mich im Spiegel der Frisierkommode, mein blasses Gesicht mit dunklen Rändern unter den Augen. Draußen schwenkte ein Schwarm Stare zwitschernd über den Himmel und flog zum Dorf hinüber.

Mir war mulmig. Ich hörte die Dschungelschlangen zischeln. Leise kamen sie durchs hohe Gras gekrochen. Ich schüttelte das Bild ab. Das hier war England. Keine Schlangen. Kein Dschungel.

In meinem Schlafzimmer hatte Veronica mir etwas auf den Notizblock geschrieben:

Morgen um Punkt zehn am Rathaus. Bring den Brief von Johnson, Price & Co. mit. X

49

Endlich erschien der Zeitungsartikel. Da auf das Telegramm an Emma keine Antwort gekommen war und der Blick in die Passagierlisten nichts ergeben hatte, war Lydia noch immer aufgewühlt und hatte ständig Kopfschmerzen. Im Postamt verlangte sie eine Luftpostmarke, faltete die Zeitungsseite zusammen und steckte sie in einen großen braunen Briefumschlag. Dann suchte sie aus ihrem Taschenkalender die Adresse heraus. Eigentlich glaubte sie immer noch nicht, dass Alec nach England gegangen war oder seinen Eltern seine neue Adresse mitgeteilt hatte, doch sie musste es versuchen.

Somerset House hatte ein freundliches Schreiben geschickt, aber keine Eheschließung zu melden. Die Finanzbehörde sah sich nicht imstande, Informationen preiszugeben, und vom Sozialministerium war bislang keine Antwort gekommen. Adil war sogar nach Kuala Lumpur zum neuen britischen Hochkommissariat gefahren. Das befand sich zwar in einem prachtvollen Haus mit Säulenveranden und üppigem Garten, aber die Verwaltung war ein einziges Durcheinander. »Kommen Sie in zwei Monaten wieder«, hieß es. Schließlich kam Lydia mit Adil überein, dass sie sich systematisch durch alle Länder arbeiten würden, bis sich eine Spur fände. Doch selbst Luftpostbriefe brauchten eine Ewigkeit. Lydias Ersparnisse aus Singapur reichten nur noch für ein, zwei Monate und eine größere Fahrt. Waren sie verbraucht, würde sie sich wieder nach Arbeit umsehen müssen, diesmal in Malakka.

Zurück in Adils Wohnung trank sie einen Schluck schwarzen Kaffee und schaute unruhig zu den Straßenhuren hinüber. Der Lärm der Stadt verschwamm zu einem monotonen Getöse. Chinesische Stimmen, indische Stimmen, malaiische Klimpermusik. Eine Bewegung ließ sie aufmerksam werden. Im Schatten eines Türbogens stand eine Frau und schaute gegen den Sonnenschein blinzelnd zu ihr herauf.

Als Lydia sie ansah, winkte die Frau sie zu sich. Lydia blinzelte ungläubig. Die Frau dort unten trug ein hellblaues Kleid mit Blüten am Saum. Das konnte sie doch unmöglich sein, oder? Ihr wurde schwindlig, und sie rieb sich die Schläfen. Eine Nebenwirkung der chinesischen Pillen, die Adil ihr gegen die Kopfschmerzen gegeben hatte? Sie nahm ihre Handtasche und huschte die Treppe hinunter. Auf der Fußmatte lag ein Brief, den sie unbesehen in die Handtasche steckte. Draußen schlug ihr die Hitze entgegen wie eine Wand. Sie schaute die Straße hinauf und hinunter, überall Rikschas und Straßenhändler, aber die Frau war verschwunden. Als sie sich umdrehte, um wieder ins Haus zu gehen, sah sie einen hellblauen Rock an der Straßenecke. Die Frau winkte ihr, sie solle ihr folgen, und Lydia tat wie geheißen. Sie konnte gar nicht anders. Sie lief der Fremden nach, während ihr der Schweiß in den Ausschnitt rann.

Die Frau lief immer tiefer in das Labyrinth der Straßen, die zum Chinesenviertel am Hafen führten. Grelle Geräusche drangen aus allen Ecken. Glocken läuteten, Hunde bellten, und Vögel sangen in ihren Käfigen. Eine Horde wilder Kinder rannte mageren Malaien auf Fahrrädern hinterher. Lydia wich zur Seite. Die Malaien entkamen, aber nun umringten die Kinder sie schreiend und betasteten sie. Lydia wurde panisch. Die Frau im blauen Kleid drehte sich um und rief etwas auf Chinesisch, worauf die Kinder auseinanderstoben.

An der Grenze zum chinesischen Viertel, wo zerrissene Plakate mit Akrobaten und Propagandaflugblätter der britischen Regierung um Aufmerksamkeit rangen, wurden die Straßen schmaler, und Lydia lief gegen eine Wand von Wäschestücken, die quer über der Straße hingen. Sie zögerte. Die Angst vor einem Hinterhalt schnürte ihr die Kehle zu. Bislang hielt die Frau immer denselben Abstand. Jetzt lief sie über eine Brücke und bedeutete Lydia mit hastiger Geste, ihr zu folgen. Es war

Mittag, und aus einer offenen Haustür drang der Geruch von Chilischoten und gebratener Ente, aus einer anderen roch es nach Tamarinden und Koriander.

Die Häuser waren schmal und geduckt. Lydia hielt die Handtasche an die Brust gedrückt. Mit diesen vielen Leuten hatte sie nicht gerechnet. Sie war außer Atem und wischte sich den Schweiß von der Stirn, trotzdem lief sie schneller. Die Frau war inzwischen etwas weiter entfernt und nicht mehr klar zu erkennen, aber Lydia folgte dem leuchtenden Hellblau tiefer in das Viertel. Sie lief vorbei an Ladenfronten mit halb heruntergelassenen Jalousien, an Kräuterhändlern, Juwelieren und Geschäften, in denen man die Papiermodelle kaufen konnte, die bei chinesischen Beerdigungen verbrannt wurden. In einem Schaufenster sah sie eine Gitarre, eine Pagode und einen Sampan aus Papier.

Auf einer der schmalen Brücken über den Kanälen blieb sie stehen, um Atem zu schöpfen. Im Wasser schimmerten Elritzen zwischen den silbrigen Wellen. Sie hatte keine Ahnung, wo sie sich inzwischen befand. Seit Ewigkeiten hatte sie kein Taxi mehr vorbeifahren sehen. Sie würde niemals allein zurückfinden. Aber dann sah sie, dass die Frau am Rand eines Abwasserkanals auf sie wartete.

Der Gestank war Übelkeit erregend. Als sie näher kam, wurde offensichtlich, dass die Frau krank war. Sie sah fahl und abgemagert aus. In ihren Augen funkelte Widerwille, während sie Lydia entgegensah. Dann drehte sie sich um und stieß zwei Drachentorflügel auf, hinter denen der Kai lag. Sie ging ein paar Schritte nach links, bog in eine enge Gasse und blieb vor einer Blechhütte am Wasserrand stehen.

Die Frau ging hinein und hockte sich auf eine Binsenmatte. Kurz darauf betrat Lydia die Hütte. Sie sah sich nach einem Stuhl um, aber es gab keinen. Der trostlose Raum roch nach billigem Parfüm und faulender Ananas. Die Decke war schwarz von Fliegen. An einem Haken hing eine Hose. Die Binsenmatte, eine zerbeulte Petroleumlampe und ein Bett bildeten die

Einrichtung. Das Bett bestand aus Holzbrettern mit einer Matratze darauf. Die schwankte, als Lydia sich auf den Rand setzte. Als sie sich an das Zwielicht gewöhnt hatte, sah sie der Frau ins Gesicht. Trotz ihrer elenden Erscheinung hatte sie ein stolzes Auftreten.

»Sie erkennen mich nicht?«, fragte sie langsam.

Lydia schüttelte den Kopf. »Sollte ich?«

Die Frau sah sie aufgebracht an und spuckte auf den Boden. »Nein. Ihre Sorte tut das nie.«

»Meine Sorte?«

»Verwöhnte weiße Frauen, *Mem.*« Das Mem kam voller Verachtung.

Die unverhohlene Feindseligkeit machte Lydia perplex. »Was wollen Sie von mir?«

Die Frau kniff die Augen zusammen. »Haben Sie es gelesen?«

Lydia runzelte die Stirn.

»Haben Sie es gelesen?«

Lydia überlegte einen Moment lang, dann griff sie in ihre Handtasche. »Meinen Sie das?«

Die Frau nickte. Lydia zog den Umschlag auseinander, und ein Stück Papier segelte zu Boden. Sie hob es auf. Es war ein Scheck. Ein Scheck von Alec über mehrere hundert Dollar.

Sie war verwirrt.

»Der Lohn für mein Schweigen«, sagte die Frau und sah Lydia unverwandt an.

»Ihr Schweigen?«

»So dumm können Sie doch nicht sein.«

Lydia reagierte gereizt. »Ich weiß nicht im Geringsten, was das bedeutet.« Sie betrachtete den Scheck. Er war nicht eingelöst worden, und das Datum, das er trug, lag drei Wochen vor Alecs Verschwinden. Sie drehte das Papier um. Auf der Rückseite stand nichts.

»Ihr Mann hat mich bezahlt, damit ich den Mund halte. Dafür gab er mir den Scheck.« Sie spuckte aus. »Was nützt mir ein

Scheck?, sagte ich zu ihm. Bargeld brauche ich, keinen Scheck. Also kam er mit Bargeld und verlangte den Scheck zurück. Ich sagte, ich hätte ihn weggeworfen.«

»Hat er Ihnen geglaubt?«

»Das weiß ich nicht. Aber was sollte er machen? Der Scheck ist meine Sicherheit.« Die Frau lachte, aber es klang bitter, und ihre Augen blieben ernst.

»Ich weiß immer noch nicht, wovon Sie sprechen.«

»Nicht wovon, sondern von wem!«

Lydia runzelte die Stirn.

»Von Maznan. Ich sollte nicht verraten, wer sein Vater ist.«

Lydia starrte die Frau an. Konnte das wahr sein? Ihr Blick schweifte über den festgestampften Erdboden, die Blechwände, die Fliegen an der Decke. In diese Hütte war Alec bestimmt nicht gekommen. Undenkbar.

Befriedigt lächelnd schaute die Frau sie an und nickte.

»Damit ich die Sache richtig verstehe«, sagte Lydia. »Sie wollen mir erzählen, dass Maznan Alecs Kind ist?«

»Ah, sie begreift endlich. Aber das ist erst der Anfang.«

Lydia rechnete mit einer Geldforderung, aber die blieb aus.

»Bringen Sie Maznan zu seinem Vater.«

Überrascht schüttelte Lydia den Kopf. »Ich weiß überhaupt nicht, wo Alec ist … Aber ist Maz in dem Dorf denn nicht glücklich?«

»Diese Stacheldrahtsiedlung!«, schnaubte die Frau. »Meine Schwester will ihn nicht behalten, ohne dass sie Geld bekommt. Ich habe keins, und ich bin krank. Ich werde bald sterben.«

»Warum sollte ich Ihnen glauben, dass er von Alec ist?«

Die Frau zog einen Stoß Fotos aus einer Tasche an ihrer Taille und gab sie Lydia. Auf jedem sah man Alec nackt mit dieser Frau, und eins war kompromittierender als das andere.

»Er wusste nicht, dass er fotografiert wurde?«

Die Frau lächelte. »Natürlich nicht.«

»Aber warum?«

»Zu meiner Sicherheit, wie ich schon sagte.«

Lydia schüttelte den Kopf. »Was für ein Leben!«

»Wir können nicht alle so ein bequemes Leben führen wie Sie, *Mem.*«

Lydia blätterte durch die übrigen Fotos. Auf einigen war Alec mit einem kleinen Jungen auf dem Schoß zu sehen, der einen Arm um seinen Nacken gelegt hatte und sich an ihn kuschelte.

»Schön, schön.« Sie klang selbstsicherer, als sie war. »Doch das beweist gar nichts.«

Sie warf die Bilder hinüber auf die Binsenmatte, und die Frau steckte sie sorgfältig zurück in die Tasche.

»Was ist mit Maz' Großeltern? Können sie ihn nicht bei sich aufnehmen?«

»Zu alt.«

»Selbst wenn ich Ihnen glaubte, warum sollte ich Ihnen helfen?«

Die Frau überlegte sich ihre Worte. »Sie sollen nicht mir helfen, sondern Maznan.«

»Was ist mit Jack? Dem hat auch niemand geholfen.«

»Ich habe sie aufgehalten, sonst hätten sie Sie auch erschossen. Das wollten sie nämlich.«

Alles, was die Frau sagte, konnte gelogen sein. Wo war der Beweis? Der Scheck konnte für etwas anderes ausgestellt worden sein, und das Kind auf den Fotos war womöglich gar nicht Maz. Sie zögerte. Doch, er war es. Auf einem war er klar zu erkennen, und Alec hätte keinem fremden Mischlingskind gestattet, sich an ihn zu schmiegen.

Die Frau verschränkte die Arme. »Haben Sie sich nie über seine hellen Augen gewundert?«

Lydia war erschüttert. Es schien, als hätte Alec sie nicht nur schamlos betrogen, sondern auch sein Kind einfach im Stich gelassen. »Darum war ich also die Richtige, um den Jungen in Obhut zu nehmen. Er blieb sozusagen in der Familie.«

Die Frau erwiderte nichts. Lydia rieb sich die Schläfen und dachte an Alecs höhnische Miene, als sie ihm die Affäre mit Jack gestanden hatte. Und das, nachdem er mit Cicely geschlafen hatte, und wenn diese Frau die Wahrheit sagte, dann hatte er auch noch einen Sohn mit der Tochter seines Chauffeurs.

Ein anderer unwillkommener Gedanke schoss ihr durch den Kopf. Hatte Adil von alldem gewusst und nichts gesagt? Hatte er sie deshalb in dem Kampong davon abbringen wollen, den Jungen weiter mitzunehmen?

Sie dachte an ihre erste Begegnung mit Maz zurück. »Maznan war verletzt, als Ihre Schwester ihn zu mir brachte. Woher hatte er die Wunde?«

Die Frau lächelte. »Es war ein Missgeschick, aber es hat Sie weich gestimmt, nicht wahr?«

Vom Hütteneingang kam ein Geräusch. Eine alte Frau mit weißen Haaren am Kinn schob ein Kind in den Raum, lächelte sie zahnlos an und ging wieder.

Lydia stand auf. »Maz!«

Seine Mutter stand ebenfalls auf, legte den Arm um den Jungen und trat einen Schritt näher. Von Verachtung war nichts mehr zu spüren. »Werden Sie ihn mitnehmen?«

Lydia war getroffen von der Traurigkeit in den Augen der Frau.

»Aber er ist Ihr Sohn.«

»Ich kann ihm nichts bieten. Aber Ihr Mann kann es.«

Lydia war hin- und hergerissen. Sie hatte Maz sehr gern, aber das war doch verrückt.

Breit lächelnd kam Maz zu ihr und schob die Hand in ihre. Lydia wusste, wann sie geschlagen war, und lächelte zurück.

Seine Mutter begleitete sie durch das Gassengewirr am Hafen bis zu Adils Viertel. Lydia kam sich vor wie ein Jongleur. Während sie verzweifelt nach ihren Töchtern suchte, warf das Schicksal ihr den Jungen zum zweiten Mal in die Arme.

Die Frau küsste Maz auf die Stirn und drückte Lydia ein zusammengefaltetes dünnes Blatt Papier in die Hand. »Das brauchen Sie für den Reisepass.«

Lydia faltete es auseinander. Du meine Güte, dachte sie,

seine Geburtsurkunde. In dem Feld für den Namen des Vaters stand in Maschinenschrift Alec Cartwright. Warum hatte die Frau ihr das Schriftstück nicht gleich gezeigt?

Auf dem Weg zu Adils Haus dachte Lydia an die Armut, die sie gesehen hatte, und erinnerte sich, wie mühsam ihr alter Gärtner seinen Lebensunterhalt zusammengekratzt hatte. Er ängstigte die Mädchen mit Geschichten über Geister, Schlangen, die kleine Kinder verschluckten, und Hexen, die bei Mitternacht kämen und Leute entführten. Emma kam einmal ins Haus gerannt und erzählte atemlos von einem Dämon mit Froschgesicht, der im Garten eine Siamkatze getötet habe. Fleur bestand darauf, sie bräuchten einen Dämonenfänger, und Lydia erfand, man könne eine alte Puppe dafür benutzen. Sie zogen die Puppe weiß an und platzierten sie draußen vor dem Kinderzimmerfenster. Am nächsten Tag kam der Gärtner mit einer Stoffpuppe, die seine Frau genäht hatte. Damit hätten sie dann zwei, hieß es. Natürlich verlangte er dafür Geld, und Lydia fühlte sich hereingelegt.

Aber das Leben war hart, nicht nur in den Umsiedlungsdörfern. Jetzt hatte sie mit eigenen Augen gesehen, wie die Leute leben mussten und dass sie gezwungen waren, alles zu tun, um an einen Dollar zu kommen. Der Gärtner war in Wirklichkeit nur überaus erfinderisch gewesen.

Maz schwatzte glücklich vor sich hin, obwohl er seine Mutter verlassen musste. Er war noch zu jung, um zu verstehen, dass es ein Abschied für immer war. Lydia drückte seine Hand, und bevor sie in Adils Straße einbogen, blickte sie über die Schulter und sah einen hellblauen Rock zwischen den Fußgängern verschwinden. Wie seltsam, dachte sie. Hätte die Frau nicht diese Farbe getragen, wäre ich ihr vielleicht gar nicht gefolgt.

50

Es war Freitag, der letzte Tag der Herbstferien. Im Rathaus, wo ich mich mit Veronica getroffen hatte, verlangte sie das Wählerverzeichnis. Sie hielt meinen alten Brief von Mr. Johnson in der Hand und wedelte damit.

»Schau her, Emma.« Sie zeigte auf das Aktenzeichen in der oberen rechten Ecke.

»E C-Mb/0557/002«, las ich.

»Nun, die ersten Buchstaben sind ein Namenskürzel.«

»Und der Rest?«

»0557 steht für Mai 1957. Und 002 bedeutet, dass es der zweite Brief ist, der in diesem Monat für einen bestimmten Mandanten kam, in diesem Fall für E C-Mb.«

»Ich verstehe. Und?«

»Das bestätigt die Neuigkeit, die ich dir gestern nicht mitteilen konnte.«

»Aber du hast gesagt, es besteht nicht viel Hoffnung.«

»So war es auch. Doch vor ein paar Wochen war ich in London und habe Freddy zu einem guten Essen eingeladen. Ich habe ihn gebeten, sich für dich einzusetzen.«

Ich machte ein verwirrtes Gesicht.

Veronica hob die Hand. »Du wirst es gleich verstehen. Er beschloss, bei Johnson, Price & Co. anzufragen, ob sie mit ihrem Mandanten in Kontakt treten würden, um ihm dein Anliegen zu erklären. Mr. Johnson kannte deinen Brief und wusste, worum es sich handelt.«

»Und hat Mr. Johnson es getan?«

»Nun, zuerst sträubte er sich, aber Freddy kann sehr überzeugend sein, und am Ende gab Mr. Johnson nach. Er wollte um die Erlaubnis bitten, dir ihren Namen zu nennen.«

Ich bekam Herzklopfen. »Ihren Namen?«

Veronica nickte. »Sie hat darüber nachgedacht und schließlich eingewilligt. Sie heißt Miss Cooper-Montbéliard. Ein ungewöhnlicher Name.«

»C-Mb steht also für Cooper-Montbéliard.«

Sie strahlte mich an. »Genau. Der Hinweis lag die ganze Zeit vor unserer Nase. Aber es wäre natürlich unmöglich gewesen, von allein darauf zu kommen. Und jetzt sehen wir im Wählerverzeichnis nach, ob die Adresse, die Freddy bekommen hat, richtig ist.«

»Aber es ist schon der letzte Ferientag«, jammerte ich. »Uns bleibt nur noch morgen, und am Sonntagnachmittag fahre ich zurück zur Schule.«

Sie tätschelte mir den Arm. »Aber du kannst schreiben, nicht wahr?«

Am nächsten Tag, nachdem ich den Brief geschrieben hatte, setzte ich mich mit einer meiner Geschichten an den Schreibtisch und wartete, dass es aufhörte zu regnen. Ich hatte Probleme mit meiner Hauptfigur. Der Held, ein großer Mann spanischer Abstammung, der Pedro Gonzalez Montes hieß, stieg gerade eine Leiter hoch, um Claris vor ihrem bösen Großvater zu retten. Als er oben ankam, rutschte die Leiter weg, und er stürzte, kam zwar nicht zu Tode, erblindete aber und wurde zum Krüppel – war als Held also nicht mehr zu gebrauchen. Außer er wäre Mr. Rochester.

Das Schreiben war nicht so einfach, wie ich es mir immer vorgestellt hatte. Früher taten meine Figuren, was ich ihnen sagte, heute fielen sie von Leitern, machten unerwartete Bemerkungen und benahmen sich überhaupt unmöglich. Empört schnaubend ließ ich Claris auf blutverkrusteten Laken liegen, neben der dünnen Wand, hinter der sie die Ratten scharren hörte.

Draußen herrschte ein trübes Nieselwetter. Es reichte nicht, um den Schirm aufzuspannen, aber nass wurde man trotzdem.

Nachdem ich den Brief abgeschickt hatte und mich auf dem Rückweg dem Gartentor näherte, kam Fleur aus dem Haus gesaust und stieß mit mir zusammen, tränenüberströmt. Ich nahm sie in den Arm und strich ihr über den Rücken, bis sie aufhörte zu weinen.

»Komm, gehen wir ein bisschen die Straße entlang, dann kannst du mir erzählen, was los ist«, sagte ich.

Sie sah mich mit verweinten Augen an, dann schaute sie über die Schulter zur Haustür. Sie deutete mit dem Kinn zum Haus. »Ich hab sie streiten hören«, brachte sie schluchzend hervor.

Ich fragte, worüber, aber sie konnte nur stottern. Fast hätte ich grinsen müssen, wäre es ihr nicht so ernst gewesen. Wir gingen langsam die Straße entlang und warteten, bis sie alle Tränen losgeworden war.

Sie versuchte es erneut. »Es war schrecklich, Emma.« Sie blieb stehen und rieb sich die Augen. »Er kam mit der Post, nachdem du weg warst. Veronica und ich saßen in der Küche, und Dad kam mit einem großen braunen Umschlag herein. Als er ihn aufriss, fiel ein Zeitungsblatt auf den Boden, aus der *Straits Times*. Ich habe es selbst gesehen.« Sie fing wieder an zu weinen.

Bisher verstand ich gar nichts.

»Veronica hob es auf. Ich habe es gesehen, Em. Ein Foto von Mummy und uns, als wir noch kleiner waren. Veronica wurde weiß wie die Wand. Eine dicke Schlagzeile stand darüber. Daddy wollte ihr das Blatt wegnehmen, aber sie stand auf und las laut vor.«

Ich biss mir fest auf die Lippe.

»Ich hatte solche Angst.« Sie sah mich mit großen, glänzenden Augen an, und schon liefen ihr wieder Tränen übers Gesicht. Ich strich ihr über den Rücken.

»Mummy ist nicht tot. Sie hat uns nicht verlassen. Sie ist nicht mal verschollen.«

Sie sagte das so leise, dass ich zuerst dachte, ich hätte nicht richtig gehört. »Wenn das ein Scherz sein soll, Fleur, dann finde ich es nicht lustig.«

»Das ist kein Scherz, Em. Sie sucht nach uns. Sie weiß nicht, wo wir sind. Sie dachte, wir sind tot. Und dann fand sie heraus, dass wir noch leben, und jetzt sucht sie nach uns.«

Ich holte scharf Luft. Mir war plötzlich so heiß, dass ich dachte, mir würde gleich der Kopf platzen. Um mich herum torkelten und kippten die fast kahlen Bäume, und die Welt schien auf dem Kopf zu stehen. Mir kamen Dutzende Fragen in den Sinn, alle auf einmal, aber keine gescheiten Erklärungen.

»Sie ist noch in Malaya. Daddy hat mich aufs Zimmer geschickt, aber ich habe ihn und Veronica vom Flur aus belauscht.«

Ich musste mich auf den Rand des Bürgersteigs setzen, so schwindlig war mir. »Vielleicht ist es aus einer alten Zeitung«, brachte ich hervor, aber meine Zunge erschien mir viel dicker als sonst, und ich hörte mich komisch an.

»Veronica hat das Datum vorgelesen. Es war noch nicht lange her. Warum hat er gesagt, dass sie uns verlassen hat?«

Ich ließ den Kopf zwischen die Knie sinken. Fleur setzte sich neben mich und hielt meine Hand.

»Veronica fing an zu weinen. Daddy redete leise auf sie ein, aber sie hörte nicht auf und sagte lauter Schimpfwörter zu ihm. Sie schrie, dass er sie zu einer Bigamistin machen will und wie er etwas so Schlechtes tun kann und was aus den Mädchen werden soll.« Sie zögerte einen Moment lang. »Em, was ist eine Bigamistin?«

Ich drückte die Augen fest zusammen. »Oh, Mehlwurm, jemand, der mit zwei Leuten gleichzeitig verheiratet ist.«

»Aber dann wäre nicht Veronica diejenige.«

»Nein, Dad wäre es.«

Obwohl ich ihm das mit Mum nicht geglaubt hatte, haute es mich doch um, meinen Verdacht auf diese Weise bestätigt zu sehen. Es war, als hätte mir jemand hinterrücks einen Schlag versetzt.

»Du hast es nie geglaubt, stimmt's?«

Ich schüttelte den Kopf.

»Es tut mir leid, Em. Es tut mir leid, dass ich wegen Mummy gemein zu dir war. Ich wollte so gern Brautjungfer sein.«

»Ach, Mehlwurm!« Ich zog sie in meine Arme und hielt sie fest. Wir zitterten beide. Ich hörte einen Wagen vorbeifahren, aber es war mir egal, was die Leute dachten. Nach einer Weile schloss ich vor dem grauen Tag kurz die Augen und atmete ein paarmal tief durch, dann zog ich Fleur mit mir hoch. Wir gingen zurück nach Hause, was immer uns dort auch erwarten mochte. Jetzt war ich ganz sicher, dass das Telegramm mit Mum zu tun hatte oder sogar von ihr selbst war.

Veronica fuhr in ihrem Morris Minor an uns vorbei, mit rot geweintem Gesicht. Ich hatte noch nie jemanden so aufgebracht gesehen. Ich winkte ihr und versuchte zu lächeln, aber sie sah mich nicht.

Ich war nie über den Verlust hinweggekommen und wollte am liebsten laut herausschreien, dass meine Mum am Leben war, damit alle Welt es wusste. Zu Hause hörten wir lautes Gepolter aus der Küche und hasteten die Treppe hinauf. Fleur hielt mich fest und bettelte, damit ich sie mit in mein Zimmer nahm.

»Em, was weißt du noch von Mummy?«

»Vieles.«

»Fang mal an.«

»Ich weiß, was für Haare sie hatte, wie sie sie hochsteckte und dass sie morgens sang.«

»Der Park. Sie ist mit uns in den Park gegangen.«

»Ja, und in den Zoo. Mum mochte die Löwen.«

Sie senkte den Blick und schluckte. »Daran kann ich mich nicht erinnern.«

»Weine nicht, Fleur.«

»Ich kann mich aber noch an die Tiger erinnern. Hat Mummy uns nicht geliebt, Em?«

Ich legte den Arm um sie und drehte ihr Gesicht zu mir.

»Das hast du die ganze Zeit geglaubt, was? Dass sie uns nicht geliebt hat?«

Sie nickte.

»Hör zu. Sie hat uns mehr geliebt als alles andere auf der Welt.«

Am liebsten hätte ich meinen Vater gepackt und geschüttelt, bis ihm die Zähne ausfielen. Aber ich zwang mich, ruhig zu bleiben, solange wir abwarteten, was er tun würde. Ich las Fleur eine meiner Geschichten vor, nicht die schlüpfrige mit der Leiter, sondern eine ältere, in der sich Claris einer Schauspielertruppe anschließt, um ihrem bösen Großvater zu entkommen. Das Lesen beruhigte, aber im Hinterkopf überlegte ich ständig, wie ich mit Vater umgehen sollte. Wir kamen bis zu der Stelle, an der Claris den Schlüssel zu ihrer Rettung findet, dann kam er herein und stellte sich breitbeinig, die Hände in die Seiten gestemmt, vor uns hin.

»Warum seht ihr mich so an?«, fragte er. Es klang herausfordernd, aber ich vermutete, dass er bluffte. »Ich weiß, wie es aussieht, aber ich habe es nur zu eurem Besten getan.«

Fleur starrte auf den Teppich. Ich blickte ihm über ihren Kopf hinweg ins Gesicht. »Was passiert jetzt?«, fragte ich so ruhig wie möglich, während es in mir brodelte.

Er zögerte nicht. »Wir ziehen um, das passiert.«

Fleur und ich sahen uns ungläubig an. Ich war empört. Das konnte er doch nicht tun! Fleur nickte mir zu, um mir zu zeigen, dass sie hinter mir stand, und ich beschloss, meinem Vater die Stirn zu bieten.

»Aber Daddy, was ist mit Mum?«, fragte ich und versuchte immer noch, höflich zu bleiben. »Wie soll sie uns finden, wenn wir umziehen?«

»Stellst du mich etwa in Frage, Emma?«

Natürlich tat ich das, aber sein Blick ließ mich verstummen. Ich schluckte und bezwang meine Wut.

»Gut. Ich bin froh, dass ihr beide vernünftig seid.«

Ich weiß nicht, ob es seine Erleichterung war oder der Gedanke, dass es ihm wieder einmal gelungen war, mich einzuschüchtern. Jedenfalls verlor ich die Beherrschung. In mir zerbrach etwas, und Mums Schimpfwörter fielen mir wieder ein. Ich straffte die Schultern, machte einen Schritt auf ihn zu und zeigte mit dem Finger auf ihn.

»Du Scheißkerl. Du verdammter, widerlicher Scheißkerl.«

Fleur sperrte den Mund auf. In der Sekunde, bevor er die Hand gegen mich erhob, blickte ich ihm direkt in die Augen. Wir hielten beide inne. Ich wartete, dass er weiteratmete, und als er es tat, wurde er knallrot, und sein Adamsapfel hüpfte. Fleur sagte leise: »Daddy, nicht.«

Er schien innerlich zusammenzusacken. »Es tut mir leid. O Gott«, sagte er dann, drehte sich abrupt um und ging, ohne die Tür zu schließen.

Fleur und ich sahen uns an. Wir waren beide bestürzt, weil ich gewagt hatte, so etwas zu ihm zu sagen, aber auch erschüttert über seine Reaktion. Fast tat er mir leid.

»Warum hat er das getan, Em?«

Ich wusste nicht, was ich sagen sollte. »Keine Ahnung, aber ich werde es herausfinden.«

Da ich mich vor seinem Zorn nicht mehr fürchtete, ging ich ihm nach und fand ihn draußen in Granddads altem Gewächshaus. Veronica hatte dort weiter Gemüse ziehen wollen, aber es waren nur einige Tomatenstauden mit ein paar verschrumpelten Tomaten und eine Gurkenpflanze dabei herausgekommen. Auf die Gurken war sie stolz und legte uns immer ein paar bittere Scheiben zwischen unser Corned-Beef-Sandwich. Aber Fleur und ich fischten die Gurke jedes Mal heraus und warfen sie weg, wenn Veronica nicht hinsah. Arme Veronica.

Er beachtete mich nicht, als ich hereinkam, sondern ging an mir vorbei zu dem Laubfeuer, das er angezündet hatte. Von dem Haufen stieg Rauch auf, aber Flammen waren nicht zu sehen.

»Dad!«, rief ich ihm hinterher. »Ist das Laub nicht zu feucht?«

Er kehrte mir ein trauriges Gesicht zu. Mit seiner Selbstbeherrschung war es vorbei. So hatte ich meinen Vater noch nie gesehen. Mit einem Kloß im Hals kämpfte ich gegen die Tränen an und konnte nicht sprechen. Er sah alt und voller Angst aus, und mir war, als schwankte der Boden unter mir.

»Daddy, warum hast du behauptet, dass Mum uns verlassen hat und tot ist?«, fragte ich in sanfterem Ton.

Dünner blauer Rauch kringelte sich über dem schwelenden Haufen. Er schüttelte den Kopf und murmelte vor sich hin, das Feuer bekäme nicht genug Luft. Darauf stocherte er mit einer Eisenstange im Laub herum und lockerte es auf. Eine Wolke dunkleren Rauchs stieg auf, und einen Moment lang kam mir die ganze Situation unwirklich vor.

»Das dachte ich mir. Da hat der Sauerstoff gefehlt«, sagte er dann mit abgewandtem Blick.

»Dad, warum ist Mum nicht mit uns nach England gekommen?«

Er ging auf die andere Seite des Haufens und sah mich mit geröteten Augen durch den Rauchschleier an. »Alle Angelegenheiten der Erwachsenen kannst du noch nicht verstehen, Emma. Vielleicht später einmal, wenn du älter bist.«

»Ich bin kein Kind mehr«, sagte ich und zog die Brauen hoch, wie Mum es immer tat.

Er sah es und schwieg. Eine Amsel flog tief über den schwelenden Laubhaufen hinweg.

»Ich habe Billy geküsst, weißt du, richtig geküsst.«

»Oh Gott, wie ihre Mutter«, sagte er leise.

»Daddy, ich möchte George Parrotts Adresse haben. Ich will wissen, wo Mum ist.«

Endlich sah er mich richtig an. »George Parrott wird dir nichts nützen.« Er griff in seine Jacke, holte die Brieftasche hervor und faltete einen Zeitungsausschnitt auseinander. Ich las ihn zweimal und wusste, dass es wahr war. Mr. Parrott war tot.

Wir schwiegen beide. Für einen Moment war ich versucht, alles zu überspielen und so zu tun, als wären wir eine normale Familie, als stünde ich im Garten bei meinem Dad, der mich wirklich liebte, und meine Mum kochte für uns in der Küche. Dann sagte er, dass er nicht nach Malaya zurückkehren könne, um Mum zu finden, weil das Haus schon zum Verkauf stünde und wir hier sein müssten, um die Leute herumzuführen. Vielleicht mal, wenn ich älter wäre. Als ob mich das hätte beschwichtigen können!

»Kann ich den Zeitungsartikel über Mum sehen? Ich könnte an die Person schreiben, die mit ihr gesprochen hat. Vielleicht kann sie uns sagen, wo Mum ist.«

Er deutete auf den Laubhaufen, aus dem nun doch noch Flammen schlugen.

Ich rannte hin und zog ein versengtes Papierstück heraus und ließ es fallen. Mir schossen die Tränen in die Augen, als die schwarzen Flocken zu Boden rieselten.

Er kam und legte einen Arm um mich. »Wirklich, es ist besser, wenn du sie vergisst, Emma. Es war wegen dieses Mannes, zu dem sie gegangen ist. Den wollte sie. Nicht mich.«

Ich erstarrte.

»Nicht uns, wollte ich sagen«, fügte er schnell hinzu.

Ich stieß ihn weg und schnaubte aufgebracht. Mir war nicht ganz klar, ob er mich wirklich vor einer Enttäuschung schützen wollte oder ob er das nur vorschob.

»Besser für wen? Für mich oder für dich?«

Sein Gesicht war rot, als er erneut den Arm nach mir ausstreckte. Er wirkte einsam, als wüsste er nicht, wohin er eigentlich gehörte. Aber es war zu spät.

»Na komm, du bist wütend, aber lass uns die Hand verarzten. Du hast dich verbrannt.«

»Du hast recht, ich bin wütend … Ich hasse dich.«

Seine Miene verhärtete sich. »Emma, hör mir zu.«

»Nein, ich glaube dir sowieso nicht. Und ich glaube auch nicht, was du über das Telegramm gesagt hast. Mum hat es geschickt. Ich weiß es, und ich werde nicht aufhören, sie zu suchen. Niemals.«

Ich drehte mich um und lief davon. Mum suchte nach uns.

Ich spürte ihre Hand, roch ihr Parfüm. Mein Mund wurde trocken, und ich dachte, mir würde schlecht. Nichts war mehr wichtig, außer sie zu finden, und selbst wenn sie zu Jack gegangen wäre, es wäre mir egal. Sie war meine Mutter, und ich liebte sie.

Während ich die Straße entlangrannte, sah ich am Dorfrand Rauch aufsteigen, bei den Häusern, wo Billy wohnte. Ich bekam einen Kloß im Hals, und als wir uns im Dorf plötzlich über den Weg liefen, gelang es mir zu sagen, wie leid es mir tat. Ich brach in Tränen aus, und während er mich mit schmalen Augen schweigend ansah, fingerte ich an meinen Haaren herum und wartete, ob er etwas sagen würde. Stattdessen küsste er mich auf die Stirn, holte ein Taschentuch heraus und wischte mir lächelnd die Tränen ab.

»Keine Sorge, es ist sauber. Komm, Em, vergessen wir das Ganze einfach.«

»Dann sind wir wieder Freunde?«

»Sind wir.« Er zwinkerte mir zu.

Ich erzählte ihm von dem Artikel in der *Straits Times*. »Und jetzt hat Dad ihn verbrannt, und ich kann nichts mehr machen. Guck, meine Hand ist ganz rot, weil ich ihn aus dem Feuer ziehen wollte.«

»Meine Mum wird dir Salbe draufschmieren.«

Ich nickte.

Er sah mich sonderbar an und grinste dann. »Du bist eine Idiotin, Emma.«

Ich runzelte die Stirn. »Ich hab doch schon gesagt, dass es mir leidtut. Ich dachte, es ist jetzt gut.«

»Das meine ich nicht. Verstehst du denn nicht?«

Ich schüttelte den Kopf.

»Emma, du kannst sehr wohl etwas machen. Komm, gehen wir zu mir nach Hause. Ich erzähle es dir unterwegs.«

51

Mit Lebensmitteltüten beladen gingen Lydia und Maz zu Adils Wohnung. Fast gleichzeitig kam Adil von einer langen Fahrt zum Hafenamt in Singapur zurück, wo er die Passagierlisten der vergangenen drei Jahre eingesehen hatte, auch die vertraulichen. Diesmal mit offizieller Befugnis. Außer Atem und mit gerötetem Gesicht fasste er Lydia und Maz an der Schulter, dann beugte er sich vornüber, um zu verschnaufen.

Sie sah, wie aufgeregt er war, und bekam Herzklopfen. »Langsam«, sagte sie, »lass dir Zeit.«

Er holte tief Luft. »Ein Mann, auf den Alecs Beschreibung passt, wurde gesehen.«

»In Malaya? Du meinst, hier in Malaya?«

Er hob die Hand, um sie zu unterbrechen. »Er wurde gesehen, als er an Bord eines Frachtschiffes ging, mit zwei kleinen Mädchen. Es fuhr nach England. Das Datum passt. Einer der Angestellten im Hafenamt konnte sich erinnern. Es ist ihm im Gedächtnis geblieben, weil es so selten vorkommt, dass ein Mann allein mit zwei Kindern reist.«

Lydia rührte sich nicht und blieb vollkommen still.

»Ich hatte nur die Passagierschiffe durchsehen lassen und nicht an die Frachtschiffe gedacht, die von Singapur abfahren und nur ein paar Passagiere mitnehmen. Darum habe ich mir die Erlaubnis geholt, auch die damaligen Frachtlisten durchzusehen.«

»Und?«

»Nun, ein Alec Cartwright war nicht dabei.«

Lydia blickte enttäuscht, aber er fasste sie hastig am Arm. »Nein, hör zu. Du erinnerst dich doch, dass Harriet sagte, der falsche Name habe so ähnlich geklungen.«

Lydia hielt den Atem an. Konnte das wirklich sein?

»Darum bin ich zuerst alle Namen mit C durchgegangen und hatte kein Glück. Doch ein Alec Wainwright mit zwei Töchtern ist mit einem Frachtschiff nach Liverpool gefahren.«

»Oh! Wainwright statt Cartwright. Er hatte nur die erste Silbe geändert.«

»Genau.«

»Gibt es keine Zweifel? Alec hat immer gesagt, er würde nie nach England zurückgehen.«

»Das eine Mädchen war acht, das andere elf. Und sie sind als Fleur und Emma eingetragen. Sie waren es, Lydia. Sie waren es wirklich.«

Sie griff sich an die Brust. Sie war so wütend auf Alec gewesen, doch in diesem Moment war das nebensächlich. Die Kinder waren in England, und sie würde sie finden.

»Danke, Adil. Ich danke dir.«

Sie küsste ihn auf die Wange, und sie strahlten sich an, während Maz einen Freudentanz auf dem Bürgersteig aufführte.

Sie lachte lauthals. Ein Traum hatte sich erfüllt. Sie hatte die Kinder in ihrer Erinnerung lebendig gehalten. Selbst als sie glaubte, sie seien tot, hatten die beiden in ihren Gedanken weitergelebt, als fröhliche Kinder mit leuchtenden Augen. Jetzt kam ihr ein Bild von Fleur in den Sinn, die mit überkreuzten Beinen unter dem weiten Blätterdach eines Banyanbaumes saß und die Füße in einen Teppich aus rosa Früchten geschoben hatte. »Mummy, wie sieht Schnee aus?«, fragte sie wehmütig.

Wie die Dinge standen, wusste ihre Kleine das inzwischen.

52

Grans hellbraune Tapete mit den Hühnern und Schweinen gab es längst nicht mehr. Jetzt waren die Wände ganz modern in sonnigem Gelb gestrichen. Fleur und ich saßen am Küchentisch und warteten aufs Mittagessen. Die Weihnachtsferien waren fast um, das Jahr 1958 hatte begonnen. Ich war fröhlich, denn in diesem Jahr würde ich meine Mutter wiedersehen.

Bereits in den Herbstferien, an dem Tag, als Veronica und ich im Rathaus gewesen waren, hatte ich an Miss E. Cooper-Montbéliard, Kingsland Hall, geschrieben. In dem Brief hatte ich erklärt, wer ich war, und sie gebeten, mir nach Hause zu schreiben – aber erst in den Weihnachtsferien. Jetzt kam mir ein schrecklicher Gedanke: Wenn sie nun nicht wusste, wann die Ferien endeten, und ihr Brief erst einträfe, wenn ich wieder im Internat war?

Von dem Zeitungsartikel über Mum war keine Rede mehr gewesen, und Dad hatte wieder sein gewohnt selbstbeherrschtes Auftreten. Natürlich hatte ich auch an die *Straits Times* geschrieben, und zwar an die Chefredaktion, wie Billy mir geraten hatte. Den Namen des Journalisten, der den Artikel geschrieben hatte, hatte ich dazu nicht gebraucht. Billy hatte recht. Ich war wirklich eine Idiotin, dass mir das nicht selbst eingefallen war. Bisher war jedoch keine Antwort gekommen.

In unserem Haus war endlich ein Telefon installiert worden. Dad hatte Veronica geschrieben, um ihr die Nummer mitzuteilen, aber drei Tage lang rief niemand an. Als das Telefon dann klingelte – wir hörten gerade die *Goon Show* im Radio –, fuhren wir erschrocken zusammen. Dad ging in den Flur. Ich drehte das Radio leiser und hörte ihn sehr zerknirscht reden. So kannte ich ihn überhaupt nicht. Hinterher sagte er uns, dass

Veronica vorbeikäme. Fleur klatschte in die Hände, und ich strahlte.

Bisher hatten wir keine Spur von Emma Rothwell gefunden, obwohl Veronica ihr Bestes getan hatte. Ich war enttäuscht gewesen. Umso mehr freute ich mich darauf, Veronica wiederzusehen, denn jetzt würde ich ihr erzählen können, wie ich meine Mutter finden wollte. Ich hoffte so sehr, diesmal mehr Glück zu haben.

Vor Weihnachten war ständig Post gekommen, zu den verschiedensten Zeiten und zweimal am Tag. Jedes Mal stürzte ich hinaus, um Dad zuvorzukommen. Heute kam der Briefträger, als wir gerade zu Mittag aßen. Dad schob seinen Stuhl zurück, um aufzustehen.

»Schon gut, ich hole sie«, sagte ich, sprang auf und rannte in den Flur.

»Erwartest du etwas, Emma?«, rief Dad aus der Küche.

»Nein, gar nichts«, antwortete ich und schob mir den Brief in den Schlüpfer. »Dachte nur, es kommen vielleicht noch verspätete Weihnachtskarten.«

Das Mittagessen zog sich hin. Es mag seltsam erscheinen, dass nach allem, was passiert war, das Leben weiterlief wie immer. Nichts hatte sich geändert. Aber so war es nun mal. Auch was Dad gekocht hatte, war so mies wie immer. Es gab Bratkartoffeln mit Gemüseresten, die sich in meinem Mund zu einem Kloß formten, den ich kaum herunterbekam.

Nach dem Essen sauste ich nach oben ins Bad und schloss mich ein, lehnte mich gegen die Tür und atmete erst einmal tief durch. Dann öffnete ich den Umschlag.

Liebe Emma!

Ich war nicht überrascht, Deinen Brief zu erhalten, da ich nach reiflicher Überlegung meinem Anwalt gestattet hatte, meinen Namen preiszugeben. Es wäre mir wirklich eine Freude, Dich kennenzulernen. Wie ich hoffe, am Samstag zum Tee hier in Kingsland Hall, falls Dir das passt? Falls das ungelegen kommt, brauchst Du mich nicht zu be-

nachrichtigen. Ich bin in jedem Fall hier und nehme den Tee stets um vier. Schreib mir nur ein paar Zeilen, wann du stattdessen kommen möchtest.

Herzliche Grüße
Emmeline Cooper-Montbéliard

Toll! Morgen um vier Uhr würde ich E C-Mb kennenlernen und endlich erfahren, wer sie war und warum sie mein Schulgeld bezahlte. Ich schob den Brief weit unter meine Matratze und beschloss, Veronica – wenn sie zum Tee käme – zu bitten, mit mir dorthin zu fahren.

Am nächsten Tag stand Veronica Punkt drei vor der Tür. Es hatte geschneit. Die Hecke sah aus wie überzuckert, und vom Rasen war gar nichts mehr zu sehen. Das Spinnennetz neben der Haustür war starr gefroren. Ich fand es immer schön, mit anzusehen, wie eine Spinne Faden um Faden ihr Netz knüpfte, und fragte mich, was mit den Tieren im Winter passierte. Gefroren sie auch?

Dad war überrascht, Veronica schon so bald wiederzusehen, denn er hatte uns am Tag zuvor nicht miteinander flüstern hören und nicht gesehen, wie sie mir einen Kuss auf die Wange gab und sagte, wie sehr sie mich vermisste. Gute, alte Veronica. Sie hatte für Dad eine Ausrede parat und sagte, sie wolle meine Füße ausmessen lassen, um mir neue Schuhe zu kaufen. Ich weiß nicht, ob er ihr das so ganz abnahm, aber er war kaum in der Position, ihr zu widersprechen.

Wir fuhren durch die schmalen Straßen Kidderminsters, an denen schmutzige rotbraune Backsteinhäuser standen, und kamen bald aufs Land, wo der Schnee die Felder zugedeckt hatte. Trotz vereister Straßen ging es gut voran, und bald gelangten wir an ein hohes schmiedeeisernes Tor, das weit offen stand.

Am Ende einer kiesbestreuten Lindenallee erhob sich Kingsland Hall. Es war nicht das düstere Schloss, das ich erwartet hatte, kein majestätischer Bau, sondern eher ein geräumiges

Gutshaus mit drei Stockwerken. Es war aus Backstein, aber ohne Pfeiler oder Säulen. Ich schaute zu einem der vielen Fenster im Erdgeschoss, wo eine Frau die Nase an die Scheibe drückte. Sie wandte sich nicht ab, als sie mich sah, darum hob ich das Kinn und hoffte, einen guten Eindruck zu machen.

Wir stiegen eine kurze Treppe zur Haustür hinauf. Veronica zog an der altmodischen Klingel. Die schwere Eichentür war mit Schnitzereien verziert, Eicheln in den Ecken und Engelchen am oberen Rand. Als man uns öffnete, wurde ich nervös, setzte aber ein Lächeln auf und spähte neugierig an dem Angestellten vorbei.

In dem holzgetäfelten Flur verpuffte meine Begeisterung. Überall blickte ich auf schwere goldverzierte Möbel und goldgerahmte Ölgemälde, auf denen ernste Gentlemen mit Schnurrbärten und sittsame Damen mit weißem Busen dargestellt waren. Oberhalb der Täfelung waren die Wände dunkelgrün. Gott, wäre mir das peinlich, dachte ich, wenn das hier tatsächlich eine Einrichtung der Wohlfahrt ist. Ich sah den Zeigern der Standuhr zu, bis es irgendwo klingelte.

Der Mann kam zurück in den Flur und forderte uns auf mitzukommen. Wir betraten ein langes Wohnzimmer mit drei hohen Fenstern, die auf den vorderen Garten und die Auffahrt hinausgingen. In einem davon hatte ich die Frau gesehen. Im Gegensatz zum Flur war das Zimmer sehr hell, und es hatte den größten Kamin, den ich je gesehen hatte. Dort saß die Frau an einem prasselnden Feuer.

Sie war groß und dünn, trug ein hellblaues Kostüm mit einer Rüschenbluse und hatte schlohweiße Haare, die modern geschnitten waren. Nach einem eindringlichen Blick bat sie uns, Platz zu nehmen.

»Nachdem wir die Förmlichkeiten hinter uns gebracht haben, können wir nun Tee trinken.«

Ihr Assistent nickte, und die Tür schloss sich hinter ihm.

Miss E C-Mb sah mich aufmerksam an, und ich straffte die Schultern. In dem Moment klingelte das Telefon. Widerstrebend ging sie an den Apparat. Das gab mir Gelegenheit, mich noch einmal umsehen. Es roch nach einem süßen Parfüm und brennendem Holz. Die Wände waren mit einem hellen, schimmernden Stoff bespannt, der Boden mit Orientteppichen bedeckt, und auf den Fensterbänken standen lauter glänzend polierte Holztiere.

Das Telefongespräch endete, und sie drehte sich mit freundlichem Blick zu uns um. »Ich sehe, dir gefallen meine Tiere. Sie stammen aus Afrika.«

Ich lächelte unsicher.

»Ich bin froh, dass du gekommen bist. Du wirst vermutlich wissen wollen, warum ich für deine Erziehung zahle.«

Ich wusste nicht, wie ich mich in dieser herrschaftlichen Umgebung benehmen sollte, darum nickte ich nur und sagte: »Ja, bitte.«

Sie seufzte schwer. Veronica und ich wechselten einen Blick.

Nach einigem Zögern sagte Miss C-Mb: »Als mein Assistent mir von der Rückkehr deines Vaters berichtet hat, war ich verwirrt, dass deine Mutter nicht mitgekommen ist.«

»Wie hat er davon erfahren?«, fragte Veronica.

»Durch den Dorfklatsch. Hier bleibt nichts verborgen.«

Ich zog die Brauen zusammen. »Aber warum war das für Sie wichtig?«

Sie antwortete nicht.

»Ich denke, Emma würde gern verstehen, welches Interesse Sie an ihrer Familie haben«, sagte Veronica.

»Ich fürchte, da bleibt mir nur eines übrig«, sagte Miss C-Mb, und ihre Stimme schwankte ein wenig. »Hoffentlich wirst du mich nicht hassen, nachdem ich es dir erzählt habe.«

»Nein, bestimmt nicht«, murmelte ich verständnislos.

Es wurde still im Raum. In der Ferne läuteten Kirchenglocken, und ein Wagen fuhr vorbei. Der Wind pfiff um die Hausecken.

»Die Wahrheit ist die: Lydia Cartwright ist meine Tochter.«

Ich schluckte und griff nach Veronicas Hand.

»Dann sind Sie –« Veronica stockte.

»Ja, ich bin Emmeline Cooper-Montbéliard, Emmas Großmutter.«

Ich stand auf und merkte, dass ich weiche Knie hatte. »Das kann nicht sein. Die Mutter meiner Mutter hieß Emma Rothwell.«

Sie nickte. »So ist es. Rothwell war der Mädchenname meiner Großtante. Sie ist vor etlichen Jahren gestorben und hat keine Nachkommen hinterlassen. Da dieser Zweig der Familie ausgestorben ist, hatte ich den Namen für die Zeit meiner Schwangerschaft angenommen und meinen Vornamen zu Emma verkürzt.«

Ich musterte ihr Gesicht. Dann nahm ich mein Miniaturgemälde aus der Tasche und gab es ihr. Ich beobachtete sie genau, wollte auch etwas sagen, aber meine Kehle war so trocken, dass ich kein Wort hervorbrachte.

»Ja, das war ich einmal«, bemerkte sie nur und gab mir das Bild zurück. Doch dann verschränkte sie die Arme vor dem Körper und beugte sich vornüber.

Ich setzte mich wieder.

Sie blickte auf. »Mein Anwalt zog diskrete Erkundigungen ein und fand heraus, wo ihr wart. Dabei stellte sich auch heraus, dass Lydia weder bei euch war noch unter der alten Adresse in Malakka zu erreichen ist.«

»In unserem alten Haus?«, fragte ich, als ich meine Sprache wiederfand.

»Ja. Mir war natürlich bekannt, wo Alecs Eltern lebten, da mein Anwalt mich über Lydias Verbleib immer auf dem Laufenden gehalten hatte, auch schon bevor sie nach Malaya zog. Ich trat daraufhin mit deinem Vater in Kontakt. Nachdem Lydia verschwunden zu sein schien, konnte ich nicht länger schweigen. Natürlich wusste dein Vater nicht, wer ich bin, und war schockiert, als er es erfuhr.«

Und zu uns hat er kein Wort gesagt, dachte ich.

»Er erzählte mir, deine Mutter habe dich und deine kleine

Schwester verlassen, und darum sei er allein mit euch nach England zurückgekehrt. Aber nach allem, was ihr selbst als Kind widerfahren war, konnte ich nicht glauben, dass sie ihre Töchter im Stich lassen würde.«

»Ich habe es auch nicht geglaubt.« Ich schluckte heftig. »Keine Sekunde lang.«

»Jedenfalls trafen dein Vater und ich eine Vereinbarung. Er steckte gerade in finanziellen Schwierigkeiten. Darum bot ich an, deine Internatsausbildung zu bezahlen, wenn er mir im Gegenzug helfen würde, deine Mutter zu finden. Er bestand darauf, das Arrangement geheim zu halten. Ich hätte euch schon damals gern kennengelernt, aber er verbot es. Es würde euch zu sehr aufwühlen, meinte er. Da ich euch nicht kannte, musste ich seinen Standpunkt akzeptieren.«

»Was hat er herausgefunden?«, fragte Veronica.

»Nichts Nützliches, nur dass sie verschollen ist.«

»Das hat er uns auch gesagt, und dass man sie für tot halten würde«, fügte ich hinzu.

»Nun, ich hielt das für Unsinn und stellte selbst Nachforschungen an. Zunächst ohne Ergebnis, aber kürzlich stieß ich in einer malaiischen Zeitung auf die Adresse einer Freundin von ihr und schickte ein Telegramm.« Sie schaute zu Boden.

Der Zeitungsartikel. Eben noch war mir kalt, jetzt fand ich es drückend heiß in dem Raum. Ich rutschte bis an die Sesselkante vor und griff um die Armlehnen.

Sie strich sich im Nacken die Haare glatt, und dabei blitzte aus den Rüschen ihrer Bluse ein Anhänger hervor, eine silberne Eidechse mit Smaragdaugen. »Bisher habe ich keine Antwort erhalten.«

Mein Herz klopfte schneller, und ich musste mich zwingen, ruhig zu atmen.

»Bitte, erzähl mir von deiner Mutter, Emma«, sagte sie mit leiser Stimme. Ihre Hände zitterten, und sie schien nur schwer Luft zu bekommen.

»Wie bitte?«

»Erzähl mir von deiner Mutter.«

Mir war, als liefe ich durch einen langen Tunnel. Ich muss wohl blass geworden sein, denn ich hörte Veronica sagen, ich solle den Kopf zwischen die Knie nehmen.

Nach einer Weile blickte ich auf. »Meine Mutter hat solche Eidechsen … als Ohrringe.«

»Ja, es waren meine.« Es folgte ein kurzes Schweigen. »Nun, ich wollte sagen, dass ich heute nicht mehr dieselbe bin wie damals. Wir verändern uns. Das Leben verändert uns.«

Aus den Augenwinkeln sah ich, wie Veronica nickte.

»Ich wurde gezwungen, sie abzugeben, und durfte sie nicht besuchen. Das war eine Qual für mich, aber du kannst dir nicht vorstellen, welche Schande ich damals über meine Familie gebracht habe.«

Ich sah die feinen Fältchen auf ihren Wangen und die tieferen Runzeln auf der Stirn. Den Schmerz in ihren Augen konnte ich kaum ertragen.

»Es war 1924. Meine Eltern verboten mir jeden Kontakt zu meinem Kind. Aber ich konnte eine der Nonnen überreden, mich einmal mit Lydia zusammenkommen zu lassen, nur ein einziges Mal. Die beiden unternahmen einen Ausflug ans Meer, nach Weston-super-Mare. Dort habe ich mich mit ihnen getroffen. Wir sahen am Strand einem Künstler zu, der eine Sandskulptur schuf, einen Löwen. Bis heute ist das der glücklichste Tag meines Lebens. Ich weiß noch, welches Kleid ich getragen habe, es hatte blaue Blüten am Saum. Viele Jahre später sollte es eine zweite Gelegenheit geben, Lydia wiederzusehen … aber der Besuch wurde verhindert.«

Ich sah nach draußen. Der Wind wirbelte den Schnee auf. Es tat mir so leid für meine Mum und für diese Frau, die sie verlassen hatte, aber ich war auch wütend über die einsame Kindheit meiner Mutter. Sie fehlte mir so sehr, dass mir die Tränen kamen. Ich wischte sie mit dem Handrücken weg.

»Als ich mich von ihr verabschieden musste, blieb ein Teil von mir zurück«, sagte sie. »Ich durfte sie nie wiedersehen. Ich hatte alle Rechte abgetreten, und es hieß, dass sie sich sonst zu sehr aufregen würde. Damals war alles noch so anders, weißt du.«

»Und der Vater?«, fragte Veronica leise.

Ich schaute die alte Dame wieder an, um zu sehen, wie sie reagierte. Ihr Kinn zitterte, und ich dachte, sie würde anfangen zu weinen. Sie stand auf, um ein Scheit aufs Feuer zu legen, und stocherte mit dem Schürhaken, bis es brannte. Als sie sich wieder setzte, war sie ganz gefasst.

»Charles Lloyd Patterson, der Maler ... Sie dürfen ihm keine Vorwürfe machen, er wusste nichts von dem Kind. Und ich durfte Lydia nicht behalten. Das war damals ganz unmöglich. Da ich kein Geld hatte und mich niemand unterstützt hätte, tat ich, was meine Eltern mir befahlen.«

»Wie ist es passiert?«, fragte Veronica.

Ich wollte das auch wissen, dennoch war mir Veronicas Offenheit peinlich.

Meine Großmutter – das war sie schließlich – stand auf und ging händeringend vor dem Kamin auf und ab. »Meine Eltern gaben bei ihm ein Porträt von mir in Auftrag. Es kam völlig überraschend, doch wir verliebten uns ineinander. Ich war sehr jung. Er nicht.«

»Und nach der Geburt?«

»Ich wollte zurück nach Hause, aber mein Vater kaufte mir stattdessen eine Wohnung in London. Ich glaube, es brach ihm das Herz. Ich bekam eine Stelle im Britischen Museum und kehrte erst nach seinem Tod nach Hause zurück. Ich verließ London und zog hierher. Vor fünf Jahren starb dann meine Mutter.«

»Und der Maler?«

»Ich habe Charles nie wiedergesehen. Er wusste nichts von Lydia.«

»Wir haben zwei Porträts in dem Atelier gesehen«, sagte ich.

Sie blieb stehen und sah mich an. »Du bist dort gewesen?«

Ich nickte. Ich wollte gern wütend auf sie sein, konnte es aber nicht. Eine Weile sagte keiner etwas.

»Und? Urteilst du streng über mich?«, fragte sie schließlich mit einem Anflug von Angst.

Ich drehte mir eine Locke um den Finger. Ich stellte es mir schrecklich vor, gezwungen zu werden, sein Baby abzugeben. Nein, ich konnte sie nicht verurteilen. »Nein«, antwortete ich leise.

Ihr Gesicht hellte sich auf, und sie streckte die Arme nach mir aus. Ohne Zögern ging ich zu ihr und bekam einen Kuss auf die Wange, den zartesten, den man sich vorstellen kann.

Veronica sah uns mit feuchten Augen zu, und ich setzte mich wieder neben sie.

»Und Alec? Woher wussten Sie, dass er Lydias Mann ist?«

»Kommen Sie, ich zeige es Ihnen.«

Emmeline ging mit uns hinaus und einen Flur entlang in den hinteren Teil des Hauses. Mit einem Schlüssel, der ihr um den Hals hing, schloss sie ein Zimmer auf, in das milchiges Sonnenlicht fiel.

Dort hing eine große Pinnwand mit lauter Zeitungsausschnitten und Fotos. Fotos von zwei Babys, von zwei kleinen Mädchen, von einer schönen, rothaarigen Frau. Ich ging näher heran. Mit stockte der Atem. Die Hochzeit meiner Eltern. Meine Geburtsanzeige. Der kurze Brief meines Vaters, in dem er behauptet, meine Mutter sei verschollen. Artikel über Malaya, die Schönheit des Landes und den Terror im Dschungel.

Mir schossen zahllose Bilder durch den Kopf, halb vergessene Ereignisse, Familienausflüge, Stimmungen, und auf dem Weg zum Meer die orangegelben Dächer der Bungalows in der Sonne. Ich dachte an den Duft von Zitronengras und das Parfüm meiner Mutter.

»Du weißt also alles über uns«, sagte ich zu ihr. »Über Fleur und mich und über Mum.«

Sie schüttelte den Kopf. »Nicht alles. Und ich weiß noch immer nicht, wo deine Mutter ist. Aber wie gesagt, mein Anwalt hat mich über ihren Lebensweg auf dem Laufenden gehalten. Ich beauftragte ihn mit der Suche, ungeachtet der Kosten.«

»Bitte, erzähl weiter«, sagte ich.

»Nach einiger Zeit stießen wir auf eine Spur. Ich reiste ins Ausland, um mehr zu erfahren. Eigentlich wollte ich nach Malaya, bin aber nur bis Australien gekommen. Es ging mir gesundheitlich zu schlecht.«

»Wir müssen sie finden«, sagte ich leise.

Sie sah mich fest an. »Das werden wir, und ich hoffe, dass Sie, Veronica, uns dabei helfen.«

Veronica nickte.

Emmeline brachte uns zur Tür, und ich hielt ihre Hand. Sie war eiskalt. Hinter meiner Großmutter sah ich die Ölgemälde hängen und fragte mich, ob das meine Vorfahren waren.

»Warum hast du dich nicht bei ihr gemeldet, als sie erwachsen war?«, fragte ich.

»Ich habe es immer tun wollen. Aber je länger ich es hinausschob …« Sie brachte den Satz nicht zu Ende. »Nun, die Umstände und eine tiefe Angst, sie könnte mich abweisen, haben mich immer wieder davon abgehalten. Dann kam der Krieg, und schließlich zog sie überraschend nach Malaya. Es tut mir alles so leid.«

»Warum hast du dem Anwalt erlaubt, mir deinen Namen zu verraten?«

»Ich wollte dich und deine Schwester unbedingt kennenlernen, und so habe ich die Gelegenheit ergriffen, auch wenn es Alec nicht recht wäre.«

Ich sah ihren Kummer und küsste sie auf die Wange, die auch kalt war.

»Komm im Februar wieder. Vielleicht habe ich bis dahin etwas herausgefunden«, sagte sie. »Und wenn wir nach Malaya müssen, um sie zu finden, reisen wir alle zusammen.«

Ich strahlte sie an und winkte, während Veronica mit mir hinaus auf den winterlichen Vorplatz trat, über dem ein milchiger Himmel hing. Mir war heiß vor Freude, trotz des eiskalten Wetters. Ich wusste jetzt, wer das Internat für mich bezahlte. Aber das war kaum noch wichtig. Das Wichtigste war, dass ich

Emma Rothwell gefunden hatte. Ich hatte meine Großmutter gefunden.

Ich überlegte, ob Veronica sich wohl fragte, warum mein Vater uns belogen hatte. Ich jedenfalls tat es.

»Was machen wir mit Dad?«, fragte ich.

»Vielleicht ist es am besten, wenn wir es ihm verschweigen, bis wir wissen, wo deine Mutter ist.«

»Aber er will das Haus verkaufen.«

»Keine Sorge. Ich werde schon dafür sorgen, dass das nicht so schnell passiert. In den nächsten Ferien hole ich dich wieder ab und fahre mit dir zu deiner Großmutter.«

»Liebst du ihn denn noch?«, fragte ich.

Sie nickte. »Es ist sicher schwer zu verstehen, aber ich liebe ihn noch. Er ist ein komplizierter Mann, und er braucht mich.«

Sie hatte recht: Es war schwer zu verstehen.

53

Lydia konnte vor Aufregung nicht einschlafen und nahm zwei Schlaftabletten. Die hatte sie noch aus der Zeit, als sie glaubte, ihre Kinder seien bei dem Brand umgekommen. Sie schlief gut und erwachte in Adils Bett. Die Sonne schien durch die Jalousien und überzog das Zimmer mit Lichtstreifen. Sie dachte daran, wie es sich anfühlte, wenn Adil neben ihr lag. Nach dem Aufwachen dachte sie immer an ihn, aber nachts, bevor sie einschlief, und tagsüber dachte sie nur an ihre Töchter.

Sie hörte Stimmen aus dem Wohnzimmer, raffte sich schlaftrunken auf und ging zur Tür.

Cicely hob ihr perfekt geschminktes Gesicht. »Hallo, Darling. Aufregende Nacht gehabt?« Sie lachte unverblümt und schoss Adil einen zweideutigen Blick zu. »Trinkst du einen Kaffee mit uns?«

Lydia war peinlich berührt. Cicely verstand es immer wieder, sie aus der Fassung zu bringen. Stirnrunzelnd ging Lydia ans Fenster und vermied es, Cicely anzusehen. Sie musterte angestrengt ihre rot lackierten Fingernägel, dann schaute sie nach draußen. Es war ungewöhnlich windig. Unsicher, wie sie sich weiter verhalten sollte, sah sie den vorbeifliegenden Wolken nach, bis ihr einfiel, dass sie Cicely zumindest Dank schuldete.

Sie drehte sich um. »Ich habe dir noch gar nicht gedankt, dass du mich mit Clara zusammengebracht hast. Wenn ich nicht mit ihr gesprochen hätte … nun, es ist gar nicht auszudenken.«

»Du brauchst mir nicht zu danken, Darling.«

Lydia sah Cicelys Gesicht im harten Sonnenlicht und bekam Mitleid mit ihr. Die Fältchen an den Augenwinkeln hatten sich vertieft.

»Ich sollte jetzt gehen. Viel Glück, Darling.« Cicely lachte und nickte Adil zu. »Viel Spaß!« Sie zog eine Braue hoch und verschwand mit einer schnellen Drehung ihres behängten Handgelenks.

Lydia verzog das Gesicht.

»Lass dir von ihr nicht die Laune verderben«, sagte Adil und zwinkerte ihr zu. Die Farben, die er trug, Weinrot und Blau, passten gut zu seinen braunen Augen.

Maz drehte sich auf seinem Hocker im Kreis und schälte eine Satsuma. Zitrusaroma verteilte sich im Zimmer.

»Was wollte sie eigentlich, außer mich in Verlegenheit bringen?«

Kopfschüttelnd hob Adil einen Brief hoch. »Du lässt dich zu leicht aus der Fassung bringen. Sie hatte diesen Umschlag dabei.«

»Von wem ist er?«

Er gab ihr das Telegramm mit unverhohlener Neugier.

Sie las es und runzelte die Stirn.

»Und?«, fragte er.

»Ich verstehe das nicht. Eine Frau will wissen, wo genau ich mich aufhalte.«

»Wer ist sie?«

»Sie heißt Cooper-Montbéliard. Es geht angeblich um meine Familie. Da ist ein Postfach in Worcestershire angegeben.«

»Warum hat sie das Telegramm an Cicely geschickt?«

»Keine Ahnung. Aber was kann Sie wollen?« Sie las die Zeilen noch einmal. »Was heißt: im Interesse meiner Familie? Sie muss Emma und Fleur meinen.«

Adil sagte nichts dazu. Sie las die Worte noch mehrmals, ehe sie aufblickte. Er breitete die Arme aus. Sie ging zu ihm und legte den Kopf an seine Brust. Maz sprang quiekend auf den Sofatisch und klatschte in die Hände.

»Maz, du wirst ihn zerbrechen.« Adil hielt ihm die Hand hin und ließ ihn hinuntersteigen. »Und mach endlich das Feldbett ordentlich.«

»Worauf warten wir noch?«, fragte Lydia und machte sich los. Sie notierte sich das Postfach auf einem Zettel.

»Weißt du überhaupt, wer die Frau ist?«

Sie zuckte die Achseln. »Das ist mir egal. Ich schicke sofort ein Telegramm zurück.«

»Willst du gleich abreisen? Nach England, meine ich.«

Sie nickte, und an ihrer Schläfe pochte eine Ader. Sie wollte ihn spüren, sein Herz schlagen hören, wenn sie den Kopf an seine Brust legte. Aber die Stimmen ihrer Töchter zogen sie fort.

»Hat dir schon mal jemand gesagt, dass du ganz außergewöhnliche Augen hast?«, fragte er lächelnd.

»Ich dachte schon, das merkst du nie.« Sie legte den Kopf schräg und lachte, aber es klang zittrig. Sie hörte nicht zum ersten Mal, dass sie schön war, doch bei Adil bedeutete es ihr etwas.

Schweigen breitete sich aus, und keiner von ihnen rührte sich vom Fleck. Lydias Gefühle für Adil waren langsam gewachsen und mit ihnen die Gewissheit, dass er ihre Zuneigung erwiderte. Bei dem Gedanken daran, ihn zurückzulassen, fühlte sie sich hin- und hergerissen. Es gab ein paar Dinge, die sie ihm sagen musste, doch sie brachte die Lippen einfach nicht auseinander.

Maz drehte sich auf seinem Hocker noch immer im Kreis, während Adil mit ihm redete.

»Ich muss dir etwas sagen«, begann sie dann doch mit tränenerstickter Stimme.

Adil verstummte, und sie blickten einander quer durch das Zimmer an.

»Ich habe meinen Mann enttäuscht und meine Töchter im Stich gelassen.«

»Wenn das stimmt, dann bist daran nicht nur du schuld.«

»Mag sein. Aber das hier muss ich allein tun. Meine Töchter wiedersehen. Es tut mir leid. Ich meine –«

Er trat einen Schritt auf sie zu, doch sie hielt ihn mit dem ausgestreckten Arm zurück. Sie hatte Angst, von ihren Gefühlen überwältigt zu werden, und schluckte den Kloß in ihrem Hals hinunter.

»Meine Kinder stehen an erster Stelle«, sagte sie. »Hätte ich von Anfang an danach gehandelt, wäre das alles nicht passiert … Was siehst du in mir?«

»Ich sehe die Frau, mit der ich zusammen sein will.«

Es folgte ein kurzes Schweigen. Maz hörte auf, sich zu drehen.

»Das sagst du auch noch, nachdem du alles über mich und Jack und die Kinder weißt?«

Er kam zu ihr, fasste ihr um die Taille und küsste sie auf die Stirn. »Lydia, hör auf, dir Gedanken zu machen, und geh dich anziehen.«

Sie sah ihn an und liebte ihn für seinen Gesichtsausdruck in diesem Moment. Er meinte ehrlich, was er ihr sagte.

Nachdem sie vom Hafenamt in seine Wohnung zurückgekehrt waren, wirkte Adil entspannt.

»Bist du sicher, dass ich nicht mitkommen soll?«, fragte er.

Ihr Herz klopfte, als wollte es aus der Brust springen. Sie lächelte ihn an und blinzelte die Tränen weg. »Ich habe schon einen Reisegefährten.«

Maz strahlte. »Ich fahre mit einem Schiff.«

»Gut, dass der Suezkanal frei ist«, sagte Adil. »Sonst würdest du einen Monat länger brauchen.«

Daran hatte sie gar nicht gedacht. Und gut, dass sie Maz' Geburtsurkunde hatte. Damit konnte Adil die Reisedokumente besorgen. Danach blieb noch genügend Zeit bis zum Auslaufen des Schiffes, sodass das Telegramm aus England sie sicher noch erreichen würde. Und dann wusste sie hoffentlich, wo sie in England weitersuchen musste.

»Das wird dir gefallen, mit dem großen Schiff zu fahren, was, mein Schatz?«, sagte sie und verstrubbelte dem Jungen die Haare. »Keine Angst, ich werde auf dich aufpassen.«

Sie schaute an Adils Schulter vorbei zum dunstverhangenen Meer, bevor sie ihm ins Gesicht blickte.

»Es tut mir leid«, sagte sie leise.

Mit ruhiger Miene strich er ihr über den Kopf. Wie wenig sie ihn im Grunde doch kannte. Trotzdem war da eine leise Regung in seinen Augen und eine tiefe Wärme, als er lächelte, die sie davon überzeugten, dass seine Gefühle für sie echt waren. Und dieses Wissen ließ sie freier atmen, als ob sich endlich ein schmerzhafter Knoten in ihr gelöst hätte. Lächelnd nahm sie eine Schachtel gezuckerte Datteln und ging damit ans Fenster. Maz und Adil stellten sich zu ihr, und zu dritt verzehrten sie die Datteln und sahen den Möwen nach, die an dem plötzlich wolkenlosen Himmel kreisten.

»Schluss mit dem Bedauern«, sagte er.

»Schluss damit.«

»Du schreibst mir? Gibst mir Bescheid? Bald?«

»Sehr bald.«

Von der Straße wehte süßer Melonenduft herauf, und lautes Vogelgezwitscher zog ihren Blick nach draußen. Es würde sie traurig machen, aus Malaya wegzugehen.

»Ich danke dir«, sagte sie mit trockner Kehle. Er beugte sich zu ihr herab, und sie nahm sein Gesicht in beide Hände und küsste ihn auf die Lider. »Du warst immer, was du mir versprochen hast: ein wahrer Freund. Aber inzwischen bist du so viel mehr als das. Ich weiß nicht, wie du es gemacht hast, aber durch dich sehe ich mich klarer.«

»Ich werde hier sein«, sagte er. »Ein Wort von dir, und ich nehme das nächste Schiff. Sobald du alles geklärt hast, können wir entscheiden, was wir tun wollen.«

Sie nickte und legte den Finger an seine Lippen. Dies war eine neue, erwachsene Liebe. Mit einer Gewissheit, die keiner Erklärung bedurfte. Ihr fiel eine Bemerkung von Emma ein, als sich in ihrem Bekanntenkreis ein Ehepaar getrennt hatte. »Das kommt, weil sie nicht die Richtigen füreinander sind«, sagte das Mädchen damals sehr traurig.

Lydia lächelte breit.

»Was ist so komisch?«, fragte Adil.

»Du bist es. Du bist der Richtige für mich. Ich hoffe, du wirst mit der Kälte in England zurechtkommen.«

Er lachte. »Ich bin zäh, Lydia.«

Ein Leben ohne ihn konnte sie sich jetzt nicht mehr vorstellen. Die Zukunft stieg vor ihr auf, und ganz gleich, wo sie sich sah, da war auch er. Alles würde gut werden. Sie würden sich wiedersehen, und das schon bald. Sie schloss lächelnd die Augen und fühlte sich so unbeschwert wie schon lange nicht mehr. Drüben am Ufer winkte eine Frau im hellblauen Kleid. Der Geist, der über ihrem Leben geschwebt hatte, verblasste, und Lydia wandte sich der Zukunft zu. So Gott wollte, dauerte es nur noch Tage, bis sie ihre Töchter wiedersah. Das Leben hatte ihr eine zweite Chance gegeben.

54

Am heiß ersehnten ersten Ferientag sollte Veronica mich abholen und mit mir nach Kingsland Hall fahren. Es war knackig kalt und noch früh am Morgen. Alles war von Raureif bedeckt. Sie stand mit ihrem Wagen an der Seite des Gebäudes, wo die Hauswand unter dem Frost gerissen war.

Gleich als ich zu ihr einstieg, merkte ich, dass etwas passiert war. Ich fragte sie danach, doch sie sah mich nur stumm an, und als ich wissen wollte, ob wir nach Kingsland Hall führen, drehte sie sich traurig lächelnd zu mir herum.

»Leider nicht. Wir müssen sofort wieder nach Hause.«

»Was ist denn passiert?«

»Dein Vater weiß es.«

Ich zog die Stirn kraus.

»Er weiß, dass wir ihn hintergangen haben und dass ich mit dir nach Kingsland Hall gefahren bin. Er ist wütend und sagt, ich sei nicht loyal.«

»Wie kann er dir das vorwerfen, nach allem, was er getan hat!«

Veronica schüttelte den Kopf. Sie war den Tränen nahe.

»Wie hat er es herausbekommen?«

»Er hat gelauscht, als ich mit deiner Großmutter telefonierte, gestern Abend. Wir sprachen über die Tickets.«

Sie erwähnte das ganz beiläufig, aber ich war sofort aufgeregt. Trotz ihrer Niedergeschlagenheit lächelte sie leise. Es war wundervoll. Ich konnte es kaum glauben. Tickets nach Malaya!

»Du weißt doch, dass deine Großmutter die Adresse dieser Cicely erfahren hat. Sie hat sie offenbar von der Journalistin bekommen, die den Artikel über deine Mutter geschrieben hat.«

»Ich erinnere mich noch an Cicely.« Da ich von der Chefredaktion keine Antwort bekommen hatte, war ich heilfroh, dass meine Großmutter mehr Erfolg gehabt hatte.

»Sie schickte Cicely ein Telegramm, hat aber seitdem nichts gehört, und deshalb schreibt sie nun einen Luftpostbrief, in dem sie ankündigt, dass sie mit dir nach Malaya reisen wird.«

Mir kam ein schrecklicher Gedanke. »Was, wenn Dad mir das verbietet?«

»Dann reist sie allein. Das ist jedenfalls der Grund, warum wir sofort nach Hause fahren. Dein Vater ist zwar in übler Stimmung, aber ich will sehen, ob ich ihn dennoch überreden kann. Du brauchst einen neuen Reisepass, und den kann ich nicht ohne sein Einverständnis beantragen.«

Zu Hause herrschte eine angespannte Atmosphäre. Fleur war bei einer Freundin und würde dort übernachten. Ich saß in meinem Zimmer bei angelehnter Tür, sodass ich Dad unten reden hören konnte. Es war nicht viel zu verstehen, aber an seinem Ton hörte ich, dass er Schwierigkeiten machte.

Irgendwann kam Veronica mit rot geweinten Augen und noch blasser als sonst zu mir herein. »Wir gehen aus. Ich habe ihn überredet, mit mir in Chipping Campden essen zu gehen. Kommst du hier allein zurecht?«

Ich grinste sie bloß wortlos an.

Was konnte Dad schon tun, solange ich meine Großmutter hatte? Meine Großmutter. Ich wiederholte das Wort immer wieder und vergewisserte mich, dass ich nicht träumte. Aber es machte mir ein bisschen Sorge, ob sie das Klima in Malaya vertragen würde, und da blieb noch das Problem mit meinem Reisepass.

Der Nachmittag verging gemächlich. Ich träumte hoffnungsfroh von der Hitze in Malaya, als ich draußen den Kies knirschen hörte. Kam Fleur etwa früher nach Hause? Ich ging die Treppe hinunter und schaute durchs Küchenfenster. Die Sonne stand hinter den Buchen am Ende des Gartens. Es fing schon an zu dämmern, und jemand trieb sich am Haus herum. Ich öffnete die Hintertür.

Billy kam herein und küsste mich auf die Wange. »Eines Tages wirst du über all das schreiben«, sagte er.

»Worüber?« Ich hatte so gut wie nichts mehr zu Papier gebracht, seit ich Claris ihrem Schicksal überlassen hatte.

»Über den Wind, der dir gleich durch die Haare weht, Em. Ich bin mit dem Moped meines Vater hier. Wohin willst du fahren?«

Während der Fahrt nach Kingsland Hall schaute ich über den Fluss, der schwarz und kalt dahinströmte, und erinnerte mich, wie Billy und ich früher die Beine ins Wasser baumeln ließen. Als wir die Lindenallee hinauffuhren, zeigte sich eine schmale Mondsichel über dem Haus. Ich seufzte. Ein neuer Mond, ein neues Leben.

Der Assistent meiner Großmutter öffnete uns. »Sie ist nicht da«, sagte er und wirkte betrübt.

Ich erschrak. »Wo ist sie?«

»Im Krankenhaus. Es tut mir sehr leid für dich.«

»Kannst du mich hinbringen?«, bat ich Billy. »Bitte.«

Der Assistent hob die Hand. »Ich fürchte, sie ist ernsthaft erkrankt. Nach all der Aufregung konnte das nicht ausbleiben. Ich habe gerade mit der Oberschwester gesprochen. Vor morgen früh werden sie niemanden zu ihr lassen.«

»Billy?«

»Komm, Em. Wir warten bis morgen früh, wie er sagt.«

Mit weichen Knien stand ich am Empfang. Der Pförtner schickte uns ins oberste Stockwerk des Hauptflügels. Obwohl es noch früh war, herrschte reger Betrieb. Überall roch es nach Äther. Pflegerinnen mit Servierwagen kamen uns auf dem Gang entgegen, und Ärzte standen vor Krankenzimmern und berieten sich leise. Ich drückte die Schwingtür zur nächsten Station auf. Dort schien es jeder eilig zu haben, ein Telefon läutete endlos, und zittrige Stimmen riefen nach der Schwester. Auf dem Schild über der Tür stand Intensivstation. Gerade wurden die Frühstückstabletts verteilt. Ich machte jemandem Platz und stieß prompt gegen eine mollige Krankenschwester.

»Jetzt ist keine Besuchszeit«, sagte sie. »Und damit nehmen wir es sehr genau.«

»Bitte. Ich komme wegen meiner Großmutter, Miss Cooper-Montbéliard.«

Sie überlegte kurz, ging mit uns durch die Stationstür und einen anderen Gang entlang bis zu einem abgeschiedenen Zimmer, über dem ein rotes Lämpchen brannte.

»Sie liegt allein auf dem Zimmer. Darum darfst du ausnahmsweise hinein«, sagte sie zu mir. »Aber rege sie nicht auf. Sie ist sehr krank.«

Ich seufzte schwer. »Willst du hier draußen warten, Billy?«

Er nickte. Ich drückte die Tür auf und spähte ins Zimmer. Die Vorhänge waren zugezogen, das Licht gedämpft. Eine Flasche Lucozade, eine Dose Ovaltine und eine ungeöffnete Schachtel Pralinen standen auf dem Nachttisch. Zuerst sah ich sie gar nicht. Ihr weißes Gesicht und die weißen Haare verschwanden fast zwischen Kissen und Bettdecke. Nur ein leises Pfeifen verriet, dass ich nicht allein war. Ich horchte auf ihren Atem, dann trat ich näher heran und setzte mich auf den harten Krankenhausstuhl, der an ihrem Bett stand.

Sie war an einen Tropf angeschlossen. Ich lehnte mich zurück und schloss die Augen. Sonst war ich beim Beten nicht so eifrig, aber jetzt flehte ich Gott an, sie wieder gesund zu machen, sie leben zu lassen, damit meine Mum sie kennenlernen konnte. Mir war klar, dass eine Reise nach Malaya nicht mehr in Frage kam, aber das war nicht wichtig. Ich wünschte mir nur, dass sie am Leben blieb. Es wäre so gemein, sie jetzt zu verlieren, nachdem ich sie gerade erst gefunden hatte. Ich wischte die Tränen weg, aber es kamen gleich neue.

Nach einer Weile machte sie die Augen auf. Sie schien mich nicht zu erkennen und schlief gleich weiter. Eine Krankenschwester schaute besorgt herein, nickte mir zu und ging wieder. Ich blieb stundenlang dort sitzen, bis mir auf dem harten

Stuhl der Hintern einschlief. Billy brachte mir heißen Kakao und ein Brötchen vorbei und ging dann wieder hinunter in die Kantine, um zu warten.

Dann kam ein Arzt.

»Wird sie wieder gesund?«, fragte ich ängstlich.

Er räusperte sich. »Sie hat eine Lungenentzündung.« Sein Ton war ausdruckslos.

»Sie ist meine Großmutter. Bitte sagen Sie es mir.«

Er überlegte. »Nun, das ist schwer zu sagen. Sie ist Asthmatikerin, und das ist eine ernste Komplikation. Wir beobachten sie sorgfältig. Du darfst hier sitzen, aber es wäre besser, du würdest hinunter in die Kantine gehen.«

»Ich warte hier.«

Er zog die Vorhänge auf und ließ uns allein.

Blinzelnd sah ich nach draußen. Das Fenster ging auf einen Parkplatz hinaus. Ich sah Leute kommen und gehen, die alle ihre eigenen Sorgen hatten. Dann schob ich den Stuhl näher ans Bett und dachte über all das nach, was in den letzten drei Jahren passiert war. Ich war noch ein Kind gewesen, als ich von Malaya wegzog, und jetzt horchte ich auf den Atem meiner kranken Großmutter und erkannte, wie weit ich seit damals gekommen war. So saß ich eine lange Zeit einfach nur schweigend da.

»Emma?«

Ich fuhr zusammen, als sie mich plötzlich ansprach, und sah überrascht, dass sie vollkommen wach war. Ihre Augen waren voller Leben.

»Du wirst wieder gesund.«

Sie lächelte. »Hör zu, Kind«, sagte sie atemlos. »Ich habe ein neues Testament gemacht. Es liegt bei meinem Anwalt, und mein Assistent weiß, was zu tun ist, wenn mir etwas zustößt. Alles soll dir und Fleur gehören, sobald ihr beide volljährig seid.«

»Aber –«

Sie hob ihre zitternde Hand. »Bis dahin wird mein Vermögen treuhänderisch verwaltet, und ihr bekommt, was ihr braucht. Ihr werdet in meinem Haus leben können, wenn ihr das möchtet. Ich freue mich so sehr darauf, Fleur irgendwann einmal zu sehen.«

»Und meine Mutter?«

»Ja. Wenn sie mir verzeiht. Ich wäre zu dir ins Internat gefahren, aber dann kam die Krankheit dazwischen. Ich wollte dich mit den Tickets für Malaya überraschen.« Sie seufzte und zuckte die Achseln.

Ich nahm ihre Hand. »Was sollen wir nun wegen Mum unternehmen? Sollen wir noch mal an ihre Freundin schreiben?«

»Das habe ich schon getan. Selbst per Luftpost wird es ein Weilchen dauern, bis ich Antwort erhalte. Natürlich kann es sein, dass auch diese Cicely nicht weiß, wo Lydia ist, aber es ist einen Versuch wert. Übrigens hat mein Assistent die Tickets stornieren lassen. Wir reisen erst, wenn ich wieder gesund bin.«

Mein Herz klopfte heftig, und als ich mich mit der Wange auf den Bettrand legte, strich sie mir übers Haar.

»Mach dir keine Sorgen, mein Liebling, du wirst sie wiedersehen. Ihr beide werdet euch so viel zu erzählen haben.«

Ich sah auf. »Und ihr beide?«

»Wir auch.« Sie schloss die Augen.

Ich schluckte, aber der Kloß in meinem Hals wuchs. Ich fühlte nach ihrem Puls.

»Keine Angst«, sagte sie und machte die Augen wieder auf. »Ich bin nur müde. Ehe du dichs versiehst, bin ich wieder auf den Beinen. Es gibt so vieles, was ich noch erleben möchte. Obwohl ich es nicht verdient habe.«

Meine Kehle war staubtrocken, sodass ich kein Wort herausbekam. Sie würde wieder gesund werden, und eines Tages würden wir alle zusammen in Kingsland Hall wohnen.

Ich sah die hohen Decken und die glänzende Holztreppe vor mir. Konnte das wahr sein? Selbst in meinen kühnsten Geschichten hätte ich mir das nicht ausdenken können. Am liebsten wäre ich vor Glück herumgesprungen. Aber gleichzeitig flüsterte eine Stimme in mir: Warum hat Cicely nicht auf das

Telegramm deiner Großmutter geantwortet? Was, wenn deine Mutter dich gar nicht mehr haben will? Ich verscheuchte diese Gedanken. Meine Sehnsucht nach ihr war zu groß. Ich wollte sie so verzweifelt wiedersehen, dass nichts anderes zählte.

55

Im Liverpooler Hafen warteten scharenweise Leute, als das Schiff anlegte. Gegen die dunklen Wolken und Tropenstürme Malayas war der bleiche englische Himmel ein Segen. Männer in schmutzigen Blaumännern, die nach Maschinenöl rochen, mühten sich mit schweren Tauen und Ketten ab. Der Boden war rußig, und überall herrschte geschäftiges Treiben. Lydia traute sich kaum, an ihre Töchter und die drei langen Jahre ohne sie zu denken. Die Zeit, als sie geglaubt hatte, sie seien tot, kam ihr inzwischen wie ein böser Traum vor.

Seltsamerweise war von Miss Cooper-Montbéliard keine Antwort gekommen. Lydia hatte fest damit gerechnet, bei ihrer Ankunft in England eine Adresse in der Hand zu haben. Sie entschloss sich, es als Erstes bei Alecs Eltern zu versuchen. Sie hielt Maz fest an der Hand und freute sich schon, die vertrauten grünen Hügel wiederzusehen. Ein paar Leute starrten sie an, als sie, endlich an Land, die Arme ausbreitete und genießerisch das Gesicht in den Nieselregen hielt.

Das Taxi rollte langsam an den Rinnstein. Sie bat den Fahrer, in der Nähe zu parken und auf sie zu warten.

Sie strich Maz über den Kopf. »Bleib im Wagen. Es wird nicht lange dauern.«

Alecs Elternhaus sah noch genauso aus wie damals. Doch als sie näher kam, sah sie, dass der Garten verwilderte. Da stimmte etwas nicht. Alecs Vater hätte es früher nie so weit kommen lassen. Dann fiel ihr Blick auf das Schild im Vorgarten: *Zu verkaufen*. Es lag umgekippt auf dem ungemähten Rasen. Sie spürte Enttäuschung in sich aufsteigen.

Suchend sah sie sich um. Im Garten nebenan harkte jemand

seinen Rasen. Sie ging hin und räusperte sich. Der Mann blickte auf.

»Entschuldigen Sie die Störung«, sagte sie. »Ich suche nach Eric Cartwright und seiner Frau. Können Sie mir vielleicht sagen, wo ich sie finde?«

Der Mann richtete sich auf und griff sich mit einer Hand ins Kreuz, die andere hielt er sich hinters Ohr. »Was sagen Sie, meine Liebe?«

»Ich suche Eric Cartwright«, sagte sie lauter.

»Oh nein, die sind nicht mehr da«, sagte er und schüttelte den Kopf. »Tut mir leid, meine Liebe.« Er nahm seinen Rechen und ging damit zum Garagentor.

»Wissen Sie, wo sie jetzt sind?«, rief sie ihm nach, aber er hörte sie nicht und zog das Tor hinter sich zu.

Hinter dem Telegrammschalter im Postamt arbeitete eine grauhaarige Frau. Als sie Maz offen anstarrte, hielt Lydia seine Hand umso fester und setzte ein verbindliches Lächeln auf.

»Ich habe von einer Miss Cooper-Montbéliard ein Telegramm erhalten mit einem Postfach als Absender. Ich habe ihr geantwortet und mit einem zweiten Telegramm von ihr gerechnet. Aber es kam keins.«

»Welches Postfach haben Sie?«, fragte die Angestellte.

»Ich selbst habe keins.«

»Aber Sie sagten doch, dass Sie auf eine Antwort warten.«

»Entschuldigen Sie das Missverständnis. Was ich brauche, ist die Adresse der Dame, der das Postfach gehört.« Sie wühlte in ihrer Handtasche und fand den Zettel. »Sehen Sie, das ist die Nummer. Ich hab sie mir extra aufgeschrieben.«

Die Frau schürzte die Lippen. »Oh nein, wir geben keine Adressen heraus. Das ist der Sinn eines Postfachs.«

»Aber es ist wirklich wichtig.«

»Das ist es immer, meine Gute. Wenn das dann alles wäre?«

Lydia schüttelte den Kopf. Sie war nicht den weiten Weg gekommen, um sich so einfach abweisen zu lassen. »Nein, das ist nicht alles. Hier, das ist die Nummer. Können Sie wenigstens nachsehen, ob ein zweites Telegramm an mich geschickt wurde? An Mrs. Lydia Cartwright.«

»Das kann ich tun.« Die Frau schaute auf die Ziffern und runzelte die Stirn. »Sind Sie sicher, dass die Nummer korrekt ist?«

Lydia nickte.

»Haben Sie das Telegramm bei sich?«

Lydia suchte in ihrer Handtasche und wurde dabei immer hektischer. Hatte sie es etwa bei Adil liegen gelassen? Sie erinnerte sich, wie sie die Postfachnummer abgeschrieben und das Telegramm an einen sicheren Platz gelegt hatte, wo es nicht verloren gehen konnte. Dann war sie mit demselben Zettel, den sie jetzt in der Hand hielt, zum Telegrafenamt gegangen.

»Ich bedaure, das ist keine von unseren Nummern. Unsere Postfächer beginnen nicht mit sieben fünf. Ich wünsche Ihnen einen guten Tag.«

Lydia bemühte sich, nicht die Beherrschung zu verlieren, und wandte sich ab. Angestrengt versuchte sie, sich zu erinnern. Ganz bestimmt hatte sie das Telegramm eingesteckt. Sie rief sich in Erinnerung, wie sie eine Tasche für sich, die andere für Maz packte, sah sich aber nicht das Telegramm in die Hand nehmen. Offenbar hatte sie es doch liegen lassen. Wie hatte sie nur so unaufmerksam sein können? Und in der Hast musste sie dann auch noch die Nummer falsch abgeschrieben haben.

Miss Cooper-Montbéliard hatte ihr Telegramm gar nicht bekommen.

Niedergeschlagen stand sie mit Maz auf der Hauptstraße. Was nun? Das lief alles nicht wie geplant, und die Angst, ihre Mädchen vielleicht doch nicht zu finden, schnürte ihr die Kehle zu.

»Mir ist kalt, Mem«, sagte Maz zähneklappernd.

Sie zog ihn in ihren Mohairstrickmantel. »Du armer Kleiner. An die Kälte habe ich gar nicht gedacht. Wir werden dir gleich eine dicke Jacke kaufen.«

Nachdem sie ihm einen schönen, warmen Dufflecoat gekauft hatte, setzten sie sich zum Aufwärmen in ein Café. Maz sah sie an, den Kopf voller Fragen.

»Wohin fahren wir als Nächstes?«, wollte er wissen.

»Darüber denke ich gerade nach.«

Er schaute durch die beschlagenen Fenster auf die Passanten. Eingemummt in Schals und Mützen, hätten sie seinen Landsleuten nicht unähnlicher sein können.

»Ist es hier immer so kalt?«

»Im Sommer nicht.«

»Ist es dann so heiß wie in Malaya?«

»Nein, mein Liebling.«

Plötzlich fiel ihr ein, was sie tun musste. Sie lächelte. Natürlich zu dem Immobilienmakler fahren. Sie stand auf und nahm den Jungen bei der Hand.

Die Hände in den Manteltaschen vergraben, saß Maz im Taxi, das ein kleines Stück entfernt vor dem alten Haus stand, das er schon kannte.

»Bleib sitzen, Maz«, sagte Lydia. »Ich bin gleich zurück.«

Mit Stift und Zettel in der Hand öffnete sie das Gartentor. Der Wind wehte durch das hohe Gras. Sie bückte sich zu dem umgefallenen Schild und notierte sich Namen, Adresse und Telefonnummer des Immobilienmaklers, ohne zu bemerken, dass ein Wagen vor dem Tor hielt.

Ein Mann rief: »Das wird aber auch Zeit. Besser, Sie schlagen es diesmal mit dem Hammer in den Rasen. Kein Wunder, dass sich noch kein Käufer gemeldet hat.«

Lydia erkannte die Stimme sofort. Sie richtete sich auf, wischte sich die feuchten Hände am Mantel ab und drehte sich zu ihm um.

Er riss die Augen auf und wich einen Schritt zurück. »Lydia!«

Sie sah ihn nur schweigend an.

Es gab so viel, was sie in diesem Moment hätte empfinden

können. Doch sie verspürte nichts als Mitleid. Er sah verhärmt aus, als hätte ihm das Leben übel mitgespielt. In dem dunklen Wintermantel, mit dem dünner gewordenen Haar und den Schatten unter den Augen sah er sehr viel älter aus als in ihrer Erinnerung. In seinem Wagen saß ein Mädchen und starrte aus dem Fenster. Lydias Herz klopfte heftig, und ihre Augen wurden groß, als das Mädchen aus dem Morris Oxford stieg und auf der Straße stehen blieb.

Das war nicht mehr die kleine Fleur mit den gescheitelten blonden Haaren und der Schleife an der Seite. Diese Fleur hatte hellbraune Haare, einen langen Pferdeschwanz und eine Brille.

»Fleur?«, rief sie und bekam einen Kloß im Hals. Mehr brachte sie nicht heraus. Der Augenblick dehnte sich. Sie öffnete das Tor und ging auf die Straße. Durch den Tränenschleier konnte sie kaum etwas sehen. Sie blieb stehen. Fleur hatte sich nicht von der Stelle gerührt. Lydia breitete die Arme aus.

»Fleur, ich bin es, Mummy. Erkennst du mich nicht?«

Sie wischte sich die Tränen weg. Eine große blonde Frau im grauen Kostüm stand auf der anderen Seite des Wagens. Sie kam herum, flüsterte Fleur etwas ins Ohr, klopfte ihr auf die Schulter und gab ihr einen kleinen Schubs. Fleur tat ein paar Schritte wie mit einem Schlüssel aufgezogen. Lydia ging auf sie zu. Sie blickten einander an, Fleur still und blass.

Als Lydia vor ihrer Tochter in die Hocke ging, war ihre Kehle wie zugeschnürt. Sie konnte kaum atmen und brachte kein Wort heraus. Sie roch Fleurs Shampoo und wollte ihre Haare berühren.

Fleur drehte den Kopf zu der blonden Frau und sah sie fragend an. Die nickte, aber Fleur rührte sich nicht. Verwirrt schaute Lydia ebenfalls zu ihr hin. Die Frau nickte noch einmal.

Lydia und Fleur verharrten voreinander, ohne sich anzufassen. Dann neigte sich Fleur ein wenig nach vorn. Lydia verstand die Geste und strich ihr übers Haar.

»Sieh dich an, wie lang deine Haare geworden sind, und wie schön du bist.«

Sie schlang die Arme um ihre Tochter. So oft hatte sie sich diesen Augenblick vorgestellt, hatte ihre Töchter im Traum an sich gedrückt und in ihre Augen geblickt. Jetzt war der Traum Wirklichkeit geworden. Sie hatte ihre Töchter wieder.

»Also, wir können nicht weiter hier draußen in der Kälte stehen bleiben«, sagte Alec. »Ihr kommt besser ins Haus.«

Lydia blieb, wo sie war.

»Lydia?«, rief er.

Sie nahm Fleurs Hand, stand auf und sah ihm ins Gesicht. »Wo sind deine Eltern jetzt?«

»Nirgendwo.«

»Der Nachbar sagte, sie seien umgezogen.«

»Entschuldigen Sie, aber Eric ist tot, und Alecs Mutter ist in einem Pflegeheim«, sagte die blonde Frau. Sie trat auf Lydia zu und gab ihr die Hand. »Ich heiße Veronica.«

Lydia schüttelte ihr die Hand, aber sie dachte nur an ihre Töchter und schaute sich suchend um.

»Wo ist Emma?«

Alec deutete mit dem Kopf ein gutes Stück die Straße hinunter. Ein junges Mädchen stieg von einem Moped, nahm den Helm ab und schüttelte sich die Haare. Dann stellte sie sich auf die Zehenspitzen und küsste den jungen Mopedfahrer auf die Wange.

»Er setzt sie immer da hinten ab, damit wir es nicht sehen«, erklärte Veronica. »Natürlich wissen wir es trotzdem.«

Das Mädchen drehte sich um und stutzte. Lydia sah Emma stockstill dastehen, ein großes junges Mädchen mit kurzem Haarschnitt und modern gekleidet: dreiviertellange Hosen trotz der Kälte und knöchelhohe Stiefel. Lydia küsste Fleur auf die Stirn, überließ sie Veronica und rannte auf ihre große Tochter zu, knickte um, blieb stehen. Emma stand noch genauso da wie vorher. War das dasselbe Mädchen, das als Clown verkleidet zu Kostümpartys gegangen und ihr bei Schulschluss »Mummy!« schreiend in die Arme gelaufen war?

Emma schien zu schwanken.

Lydia ging zu ihr und nahm sie bei den Schultern.

Emmas Kinn zitterte. »Mummy?«

Lydia musterte das fast schon erwachsene Gesicht ihrer Tochter und sah, wie sich die türkisblauen Augen mit Tränen füllten.

»Oh, mein Liebling, ich hatte solche Angst, euch nicht mehr zu finden.«

»Ich habe dir einen Brief dagelassen, Mummy. Darin habe ich dir geschrieben, wohin wir reisen.«

Empört drehte Lydia den Kopf zu Alec. Der senkte den Blick auf seine Füße.

»Als ich nach Hause kam, war das Haus leer, und ihr wart weg. Es lag nirgendwo ein Brief.« Sie schluckte ihre Tränen hinunter und sah den Schmerz in den Augen ihrer Tochter.

Sie hatte das Gefühl, dass alle sie beobachteten, nicht nur Alec, Fleur, Veronica und Billy, sondern die ganze Welt schien zuzusehen.

»Ach, Mummy«, flüsterte Emma.

Lydia nahm sie in die Arme und fühlte Ems Herzschlag an ihrer Brust. Etwas Kostbareres konnte sie sich nicht vorstellen. Em begann zu schluchzen, und sie hielten sich fest umschlungen.

Als sie sich losließen, trat Emma einen Schritt zurück. »Du hast mehr graue Haare bekommen. Du siehst verändert aus.«

»Du auch.«

Emma wurde rot und fing an zu schluchzen. Lydia strich ihr über den Rücken. Fleur kam und stellte sich neben ihre Schwester. Lydia betrachtete die beiden mit ungeheurem Stolz.

»Ihr seid so hübsch.«

Fleur lächelte süß, und Em errötete wieder.

Alec und Veronica standen abseits.

»Sie ist nett«, sagte Fleur leise an Lydias Ohr. »Sie hat ihm verziehen, obwohl Dad sie zur Bigamistin machen wollte.«

Ach, tatsächlich?, dachte Lydia. Sie hielt ihre Töchter an der Hand und ging ein paar Schritte auf Alec zu.

»Wir sollten jetzt besser ins Haus gehen«, sagte er wieder.

»Ja, bitte, kommen Sie doch herein«, bekräftigte Veronica. »Ich werde Tee kochen, und Sie können sich ungestört unterhalten.«

Einen Moment lang bewegte sich niemand, dann wollte sich der Mopedfahrer, der inzwischen bei ihnen stand, verabschieden. »Ich fahr dann mal, Em. Wir sehen uns später.«

»Billy kann doch bestimmt mit reinkommen, oder?«, sagte Emma.

»Heute lieber nicht. Wir müssen über viele Dinge reden«, sagte Lydia. »Geh doch schon mit Veronica und Fleur hinein, während ich noch kurz mit deinem Vater spreche.«

Fleur sah Veronica fragend an, die zustimmend lächelte.

Während Fleur und Veronica durchs Gartentor gingen und Emma ihren Freund mit einem weiteren Kuss verabschiedete, blickten Lydia und Alec einander in die Augen.

Als er von den anderen unbeobachtet war, gab er seine Zurückhaltung auf. »Ich habe dich geliebt, Lydia. Dieser ganze Unsinn mit der kranken Freundin. Du hast mich sitzen lassen.«

»Ich hatte mich für dich entschieden.«

Er sah sie eindringlich an. »An mir warst du schon lange nicht mehr interessiert. Du hattest dich für die Mädchen entschieden.«

Sie betrachtete sein Gesicht, bemerkte einen Schnitt vom Rasieren, den verschlissenen Kragen. Also nicht mehr so picobello wie früher. Doch als sie ihm in die Augen sah, tat sie es in der Hoffnung, eine Spur von dem Mann darin zu sehen, den sie einmal geliebt hatte.

Schweigend verschränkte Alec die Arme vor der Brust.

Emma hatte sich inzwischen verabschiedet und lief zum Haus, wo Fleur und Veronica an der Tür standen. In dem Moment hörte Lydia Schritte aus der Richtung des Taxis und eine helle Kinderstimme.

»Mrs. Lydia, Mem?«

Sie fuhr herum und sah Maz, der zu ihr gelaufen kam.

»Du meine Güte, wo hatte ich nur meine Gedanken?« Sie nahm seine Hand, drückte sie und drehte sich zu ihren Töchtern um. »Kinder, bitte, kommt mal her, bevor wir hineingehen.«

Als Fleur und Emma bei ihr waren, legte Lydia Maznan eine Hand auf die Schulter.

»Maz, ich möchte dich mit deinen Halbschwestern bekannt machen.«

Lydia sah, wie Emma blass wurde, und schüttelte den Kopf. »Nein, Schatz, er ist nicht mein Sohn.« Sie drehte den Kopf zu Alec, der Maz anstarrte.

Eine Weile sagte niemand ein Wort.

Es kam Wind auf. Lydia hörte, wie das hohe Gras raschelte. Die letzten Jahre gingen ihr durch den Kopf. Die Trauer. Der Schmerz, den er verursacht hatte. Nichts, was Alec tun könnte, würde das wiedergutmachen. Außer vielleicht diese eine Sache.

Alec hielt ihren Blick für einen Moment fest, dann, als er Veronica scharf Luft holen hörte, drehte er sich um und versuchte zu lächeln. Veronica schüttelte den Kopf und wich zurück. Er schaute die wartenden Mädchen an und wandte sich schließlich Maznan Chang zu.

Der kleine Junge lächelte ihn breit an.

Alle sahen zu, als Alec sich bückte und seinen Sohn auf den Arm hob. Der drückte ihn und strahlte Lydia an.

»Mem, meine Mutter hat mir verboten, es zu verraten. Das ist mein Papa.«

Fleur schluckte schwer, und Emma legte ihr tröstend die Hand auf die Schulter. Veronica schloss die Haustür auf.

»Ich denke, das reicht jetzt«, sagte sie steif. »Ich schlage vor, wir gehen alle ins Haus. Ich gebe nicht vor, das Geringste zu verstehen. Da werden wohl einige Erklärungen nötig sein.«

EPILOG

Drei Monate später, England 1958

Drei Jahre habe ich ohne meine Mutter gelebt. Wenn wir heute über diese verlorene Zeit reden, machen wir ein tapferes Gesicht und sagen: Aber es hat uns stärker gemacht.

Mum behält uns ununterbrochen im Auge, erlaubt sich keinen Moment der Ablenkung. In dem Medaillon, das sie trägt, hat sie ein Foto von mir und eines von Fleur. Sie legt es nie ab, außer zum Duschen. Wenn ich mein Bild betrachte, sehe ich ein Kind mit aufmerksamem Gesicht, schiefem Grinsen und einem Schmutzfleck an der Nase. Ich kann mich kaum erinnern, wie ich damals gewesen bin. Aber manchmal gelingt es mir doch, die Vergangenheit wieder zum Leben zu erwecken. Und dann sehe ich Mum, Fleur und mich, und es ist erst 1955, und nichts von alldem ist passiert.

Nachdem wir am Tag unseres Wiedersehens ins Haus gegangen waren, ließ meine Mutter ihrem Zorn freien Lauf. So wütend hatte ich sie noch nie erlebt. Vor uns allen drohte sie Dad, ihn wegen Betrugs und Entführung bei der Polizei anzuzeigen. Fleur brach in Tränen aus, und Veronica, die selbst kalkweiß im Gesicht war, schaffte es, sie zu beruhigen. Dad erwiderte, sie könne nichts beweisen, doch Mum weigerte sich, uns noch eine Nacht bei ihm im Haus zu lassen. Ich glaube, was die mangelnden Beweise anging, bluffte er, denn er ließ uns mit ihr in ein Hotel gehen, wenn sie dafür auf eine Anzeige verzichtete. Fleur musste erst überredet werden, was Veronica schließlich gelang, aber Maznan und ich fanden es aufregend, in einem Hotel zu übernachten.

Mum bekam das Sorgerecht für Fleur und mich, und Maz entschied sich, bei uns zu leben. In Wirklichkeit war Mum selbst nicht scharf auf eine polizeiliche Untersuchung. Wir hätten genug durchgemacht, meinte sie später einmal zu mir, und für Fleur wäre es entsetzlich gewesen, wenn Dad ins Gefängnis gemusst hätte.

Wenn Fleur und Maz ein Wochenende bei ihrem Vater verbringen, zeigen wir ihnen nicht, wie wütend wir noch immer auf ihn sind. Ich kann Dad nicht verzeihen, was er getan hat, und Mum kann es auch nicht. Sie hat nur kalte Höflichkeit für ihn übrig, wenn er Fleur und Maz zurückbringt. Ich habe den Eindruck, dass er mit ihr reden möchte, aber sie will es nicht. Das Traurigste ist, dass Veronica noch am Tag unseres Wiedersehens weggefahren ist, und seitdem hat keiner von uns sie mehr gesehen. Vielleicht war Maz der Tropfen, der das Fass zum Überlaufen brachte? Jedenfalls ist Dad jetzt einsam, und das ist vielleicht Strafe genug.

Nachdem Mum ihre Mutter zum ersten Mal wiedergesehen hatte, kam sie mit rot geweinten Augen ins Hotel zurück, aber auch mit einem breiten Lächeln und den Schlüsseln für Kingsland Hall.

Ich sehe sie im großen Wohnzimmer Feuer machen. Sie zerknüllt Zeitungspapier, legt Kiefernzapfen und Kiefernspäne dazu. Sie ist immer noch schön, in gewisser Weise sogar schöner als früher, wenn auch nicht mehr so strahlend. Und ihre Haare, die sie mit einer großen Schildpattspange hochsteckt, halten jetzt. Es ist schon Mai, aber Mum friert.

Mit geröteten Wangen erhebt sie sich vom Feueranzünden und sieht uns warten.

»Mum, das ist Billy. Du hast ihn vor Dads Haus gesehen.«

»Ich erinnere mich. Hallo Billy. Ich werde dir besser nicht die Hand geben.« Sie wischt sich den Ruß an einem Lappen ab.

»Billys Band spielt im Mecca Ballroom in Birmingham. Am Samstag.«

»So?«

»Wir spielen nur als Vorgruppe, aber das ist eine große Chance für uns«, erklärt Billy.

»Ganz bestimmt.«

»Jedenfalls, Mum, die Sache ist die: Billy hat mich gefragt, ob ich mitkomme.«

»Nicht auf dem Moped, Mrs. Cartwright. Sie würde mit mir im Lieferwagen fahren.«

»Nein, wohl eher nicht«, sagt Mum und macht sich auf den Weg in die Küche, wo Fleur Kuchen backt. »Sie ist noch viel zu jung dazu.«

»Mum!«

»Emma?«

Wir starren uns an. Das ist nicht das erste Mal, dass sie mein Alter vergisst. Ich ziehe ein Gesicht. »Mum, ich bin *fünfzehn*.«

Sie sieht mich an, als ob sie sich an etwas zu erinnern versucht, dann nickt sie, und ihre Augen werden feucht. »So ist es.«

»Ich darf also mitfahren?«

»Nun, auch fünfzehn ist noch reichlich jung.«

»Mein Dad fährt den Wagen«, fügt Billy hinzu.

»Na gut, ich gebe auf. Solange sie nicht zu spät nach Hause kommt.«

Billy und ich grinsen uns an, als Mum geht, um Fleur zu helfen. Ich bin so aufgeregt, dass ich hüpfe wie ein kleines Kind.

»Ich dachte, du bist *fünfzehn*«, sagt er in genau meinem Tonfall, und ich versetze ihm einen Schlag in die Rippen.

Nichts kann diese hoffnungsfrohen Tage trüben. Es ist toll, jung zu sein und mit Billy ins Mecca Ballroom zu gehen. Und es ist wunderbar, dass ich meine Mutter wiederhabe. Das unsichtbare Band zwischen uns ist nicht zerrissen, das wusste ich immer. Und das ist kostbarer als alles andere, kostbarer noch als die Bekanntschaft mit meiner Großmutter und das Leben in Kingsland Hall.

Ab und zu, wenn ich mich auf dem Boden ausstrecke, denke ich an die Zeit zurück, als ich elf war. Ich schließe die Augen, liege wieder auf dem Bauch und zähle die Löcher in den Bodendielen unseres Zimmers in Malakka. Malaya liegt so weit zurück und ist so weit weg, aber ich werde mich immer an die Wolken erinnern, die wie Zitronenbrauseschaum aussahen, und an die Gerüche, die einen vom Garten weglockten.

Egal wo mich das Leben noch hinführt, und selbst wenn ich eines Tages die Geräusche Malayas nicht mehr höre, tief in mir wird es bleiben und mich immer wieder berühren. Dort habe ich als Kind gelebt, bevor ich erfuhr, wie grausam das Leben auch sein kann. Darum werde ich bestimmt nie vergessen, wie Zitronengras duftet und wie es klang, wenn meine Mutter am frühen Morgen sang, mit einer Paradiesvogelblüte im Haar, die sich mit ihrer Haarfarbe biss.

ANMERKUNG DER AUTORIN

Dieser Roman erzählt eine fiktive Geschichte vor dem Hintergrund des malaiischen Notstands in den 1950er Jahren. Die Charaktere sind frei erfunden und jedwede Ähnlichkeit mit tatsächlichen Personen ist nicht beabsichtigt, jedoch finden sich in der Geschichte Nachklänge meiner in Malaya verlebten Kindheit.

So sind manche Abschnitte durch Familiengeschichten inspiriert. Zum Beispiel bin ich wie meine Figur Emma in einem Wachsfigurenmuseum gewesen und habe gesehen, was sie sieht, und meine Mutter ist tatsächlich in einem Hotel in Singapur als Sängerin aufgetreten. Ich erinnere mich an den natürlichen Teich in einer Kautschukplantage bei Johore, in dem ich geschwommen bin, an die Schusswaffen der Pflanzer, die sie auf dem Tisch im Flur ablegten, als sie zu einer Party ins Dorf kamen, und an die Farben und die Geräuschkulisse des chinesischen Viertels, wohin mich mein chinesisches Kindermädchen Ah Moi mitgenommen hat. Ich erinnere mich an die Pfahlhäuser, an die Eidechsen, die ihren Schwanz abwerfen können, und an vielerlei Gerüche, Laute und Bilder Malayas.

Die Erinnerungen meiner Mutter, ihre Memoiren und ihre wunderschönen Fotoalben haben mir bei der Erschaffung vieler Örtlichkeiten für das Buch geholfen, besonders bei Jacks Plantage, Harriet Parrotts Haus, Cicelys Haus und der psychiatrischen Anstalt. YouTube bot exzellentes Bildmaterial zum kolonialen Einrichtungsstil und nützliche Details zum Leben auf einer Plantage und verschaffte mir Einblick ins häusliche Leben in Singapur und Malakka. Der Colonial Film Catalogue erbrachte eine Fülle an Filmen über das Britische Empire.

Mein Vater arbeitete in der Entwicklung und Instandsetzung

des Postwesens, und wir zogen in acht Jahren achtmal um. Er sprach nicht viel über seine Arbeit, aber es gefiel ihm in Malaya, und seine Erinnerungen an diese Zeit haben bei mir einen bleibenden Eindruck hinterlassen, waren also mitbestimmend für mein Bild vom malaiischen Dschungel, den Kampongs und den Umsiedlungslagern.

Durch das Internet hatte ich Zugang zu einer Fülle von Sachbüchern, Blogs und Memoiren, die mich mit Informationen über das Land Malaya und insbesondere das damalige Malakka, meine Heimatstadt, versorgten. Ich empfinde es als Glück, in diesem außergewöhnlichen Land zu einer außergewöhnlichen Zeit geboren zu sein. Das hat mich sicherlich geprägt. Was ich in meinem Roman über Malakka schreibe, beruht auf Erinnerungen; eventuelle Irrtümer sind also meinem verschleierten Blick auf die Vergangenheit geschuldet. Gerade auf den kam es mir bei meiner Schilderung an, und so habe ich das heutige Melaka nicht besucht, um mir den Zauber der damaligen Schauplätze zu bewahren.

Die Geschichte über Lydia, Alec, Emma und Fleur entstammt allerdings nicht meiner Familiengeschichte. Wir waren nie getrennt, sondern sind alle gemeinsam nach England zurückgekehrt, mit dem Schiff genau wie Emma, aber das war 1957, als der Suezkanal noch gesperrt war. Die Szenen auf dem Schiff basieren auf meiner Erinnerung daran, wie ich unterwegs während eines Sturms seefest wurde.

Anregungen zu den Geistergeschichten habe ich teils aus dem Internet und teils aus folgenden Büchern erhalten:

Malaya Magic von Walter Skeat, Macmillan and Co., Limited. London. (1900)
Shaman, Saiva and Sufi von R. O. Winstedt, Neuauflage bei Forgotten Books. (Erstmals veröffentlicht in Singapore 1925.)
The Book of Chinese Beliefs von Frena Bloomfield, Arrow Books, Great Britain. (1983)

Für das, was Lydia durchmacht, habe ich auf meine eigene Erfahrung zurückgegriffen, da ich den Tod eines Kindes zu verkraften habe. Das gehört zu den Dingen, die man nie ganz hinter sich lässt. Darum möchte ich zu guter Letzt ein Gedicht beifügen, das mein damaliger Schwager geschrieben hat. Von all den wunderbaren Karten und Briefen, die ich seinerzeit bekam, sind es diese Worte, bei denen ich noch heute einen Kloß im Hals habe. Ich hoffe, dass einige Worte in meinem Roman die gleiche Wirkung haben.

Für Dinah, zum Tod ihres Sohnes

Nächstes Mal, wenn wir dich kommen sehen
wie eine Einbeinige,
schauen wir suchend
nach dem Glied, das nicht da ist.

Lächelnd halten wir
auf halbem Weg zu seinem Lachen,
nächstes Mal, wenn wir dich kommen sehen,
Ausschau nach seinem Grinsen.

Doch wenn wir dich reden hören –
mit dem Stolz einer Einbeinigen,
die sich weigert zu straucheln –,
sind wir es dann, die unter deinem Schmerz hinken,

und es wird nur Friede sein,
wenn wir, uns still um deinen Stuhl versammelnd –
um unsere Einbeinige –,
bereit, dich aufzufangen,
wenn du unausweichlich fällst,

es wird nur Friede sein,
wenn wir, uns still um deinen Stuhl versammelnd,
inne werden
der vierzehn Schatten
der Sonne seiner Jahre.

Dick Holdsworth, 1985

DANKSAGUNG

Sehr gern möchte ich denen danken, die bei der Entstehung dieses Buches unschätzbare Hilfe geleistet haben:

Meiner alten Freundin, der Autorin Gillian White, die von Beginn an mit Ermutigungen nicht gespart hat. Vanessa Neuling fürs Lesen der ersten Fahnen und ihre scharfsinnigen Bewertungen. Meiner Agentin Caroline Hardman von Hardman & Swainson, weil sie sich des Buches mit solch begeistertem Engagement angenommen und mich mit fachlichem Rat begleitet hat. Dem Team bei Viking/Penguin, insbesondere Verlagsleiterin Venetia Butterfield und meiner Lektorin Elspeth Sinclair, die beide fantastisch waren. Nicole Wotherspoon, die mich an ihren Erinnerungen an das Malaya der 1950er Jahre und das Leben in einem englischen Internat teilhaben ließ. Sophie Endersby für die Informationen über das Erbrecht jener Zeit und über die Beschaffung von Totenscheinen bei fehlender Leiche. Meiner Mutter für ihre Erinnerungen und Fotoalben. Und meiner großartigen hilfreichen Familie, den Jungen und Alten, besonders aber meinem schwer geprüften Gatten Richard, der immer an das Buch geglaubt und mir mit Freuden bei der Recherche geholfen hat. Allen sei herzlich gedankt.

Mitreißende Schicksale vor der grandiosen Kulisse Argentiniens

Sofia Caspari
DIE LAGUNE DER
FLAMINGOS
Roman
592 Seiten
ISBN 978-3-404-16759-3

Argentinien, 1876: Die jung verwitwete Annelie Wienand ist mit ihrer Tochter Mina aus Frankfurt am Main eingewandert, um ein zweites Mal zu heiraten. Doch ihre Ehe ist eine bittere Enttäuschung. Für die vierzehnjährige Mina sind einzig die Treffen mit dem Nachbarssohn Frank Lichtblicke in ihrem rauen Familienalltag. Doch eines Tages geschieht etwas Schreckliches, und Frank muss fliehen ...

Die Lebenswege dreier Familien sind unabwendbar miteinander verknüpft und entführen den Leser in die Welten von Arm und Reich, Ehrbahren und Verruchten, Hassenden und Liebenden.